А. И. ГЕРЦЕН

[俄] 赫尔岑—著 项星耀—译

БЫЛОЕ И ДУМЫ
往事与
随想

中

四川人民出版社

目 录

第四卷
莫斯科、彼得堡和诺夫哥罗德（1840—1847）

第五卷

巴黎——意大利——巴黎（1847—1852）

革命前后

第三十四章

第三十五章

共和国的蜜月。穿皮上装的英国人——诺阿耶公爵——自

一些已经触及的问题引起的思考

第四十二章

家庭悲剧

俄罗斯的影子

第四卷

莫斯科、彼得堡和诺夫哥罗德

（1840—1847）

第二十五章

不谐和音——新的朋友们——狂热的黑格尔主义——别林斯基、巴枯宁及其他人——与别林斯基的争吵及和解——在诺夫哥罗德与一位夫人的辩论——斯坦克维奇小组

1840 年初，我们告别了弗拉基米尔与可怜而狭小的克利亚济马河。离开我们结婚的城市，我的心情是悲痛的、惶恐的；我预见到，那单纯而深刻的内心生活不会再有了，必须多挂些帆，应付不同的风浪了。

不会再有那种孤独而漫长的郊外散步，在那里我们隐没在大草原中，这么鲜明地意识到大自然的春天和我们的春天……

不会再有那种冬日的夜晚，在那时我们彼此紧挨着坐在一起，掩上书本，谛听大雪橇的吱吱声和铃铛声，不由得回想起 1838 年 3 月 3 日，或者我们 5 月 9 日的旅行……

不会再有了！

……人们早已知道，也用各种方式歌唱过，"生命的五月只有一

3

次，永不再来"①，然而成年的六月，那繁忙的劳作，那路上的碎石，还是使人感到意外。在思想、感情和意愿的代数学中，青春漫不经心地向前飞驰，商数如何不必理会，也无需考虑，只有爱情，啊，未知数找到了，一切归结为一个人，一切得通过一个人，他们共同的就是可贵的，他们中意的就是美好的，其余一切都不在话下：只要他们心心相印，哪管得周围一片凄凉！

可是青春的道路上总要长出荆棘荨麻，它们迟早会刺痛肌肤，钩破衣衫。

我们知道，我们不能把弗拉基米尔随身带走，可依然认为，五月尚未过去。我甚至觉得，回到莫斯科就是重新回到大学时期。周围的一切也加深了这个幻觉。同样的住宅，同样的家具，这就是那间屋子，我和奥加辽夫曾在这里锁上房间，密谋策划，尽管参政官和我父亲近在咫尺——啊，这就是他本人，我的父亲，他老了，背驼了，但仍像当年一样，随时预备责怪我回家太迟。"明天是谁讲课？测验在哪一天？放学后得找奥加辽夫……"这是 1833 年啊！

奥加辽夫真的在这里。

他获准回莫斯科比我早几个月。他的家又成了老朋友和新朋友聚会的中心，尽管从前的一致性消失了，大家还是同情地围绕着他。

正如我已指出过的一样，奥加辽夫天然赋有一种独特的磁性，那种女性的吸引力。别人虽无明显的原因，却乐于靠拢和接近这些人。他们鼓舞、联合和安慰人们，他们是公开的餐桌，任何人都可以在这里入席，从中汲取力量，获得休息，提高勇气和信心，然后作为一个朋友离开这儿。

---

① 引自席勒的诗《断念》。

熟人们侵占了他许多时间，有时他也为此苦恼，但并未关上大门，依然和颜悦色地迎接每一个人。许多人认为这是他的大缺点；不错，光阴过去了，消失了，但得到了爱，不仅是亲密朋友的爱，还有外人和其他弱者的爱；要知道，这是抵得上读书和各种活动的！

我从来不能明白，为什么要责备奥加辽夫这类人游手好闲。工场和作坊的观点在这里未必合适。我记得，还在大学时期，一天，我们与瓦季姆一起喝莱茵葡萄酒，他越喝越烦闷，突然，眼中噙着泪珠，背诵了唐·卡洛斯的话，而唐·卡洛斯是背诵尤利乌斯·恺撒的话："二十三岁，不朽的业绩还一事无成！"[1] 这使他忧心忡忡，以致用尽力气，一巴掌打在绿酒杯上，把手割破了一大块。事情确实如此，但是无论恺撒，无论唐·卡洛斯和波沙[2]，无论我们与瓦季姆，都未曾说明，为什么要干不朽的业绩？有工作就应该去做，问题在于是为工作而工作，还是为了流芳百世？

这一切还是模糊的；而且什么叫工作？

工作，事业[3]……官员们只知道民事和刑事工作，商人只承认经商是工作，军人把立正稍息，在和平时期从头到脚武装起来，叫作他的工作。我认为，成为整整一群人的中心和纽带，是一件重要的工作，特别是在被隔绝和被奴役的社会中。没有人责怪我游手好闲，我所做的事，有一些曾赢得许多人的赞美，可是他们是否知道，我所做的一切中，有多少是反映了我们的谈话，我们的论争，我们无所事事地踯躅街头或在田野上漫步的夜晚，或者那些酒酣耳

---

① 据传说，恺撒把自己与马其顿王亚历山大大帝比较时，说过这么一句话。后来在席勒的剧本《唐·卡洛斯》中，西班牙王储唐·卡洛斯复述了这句话。

② 《唐·卡洛斯》中的人物，唐·卡洛斯的好友和导师。

③ 原文是英文。

热、更为闲散的时刻?

……但不久这环境中也吹来了一股逆流，令人想起春天已经过去。当团聚的欢乐平息，酒筵散席，当重要的话题已经讲完，应该继续前进的时候，我们发觉，那无忧无虑的欢快生活，我们从回忆中寻找的一切，在我们的圈子里，特别是在奥加辽夫家中，已不复存在了。朋友们高谈阔论，争争吵吵，有时觥筹交错，但并不愉快，较从前已大为逊色。每人都隐藏着内心的想法，不能畅所欲言；气氛有些勉强；奥加辽夫看了伤心，凯切尔阴郁地扬起了眉毛。在我们的和声中，出现了不和谐的音符，那种刺耳的噪音；不论奥加辽夫的热情和友谊多么丰富，也无济于事，无法消灭它们。

我顾虑重重、担心了一年的事，毕竟发生了，而且比我预料的更糟。

奥加辽夫的父亲已于 1838 年去世；他死前不久，奥加辽夫结了婚。他结婚的消息使我很吃惊—— 一切来得太快，太突然了。关于他妻子的流言蜚语，我也有所耳闻，对她不是很有利的①。虽然他的信写得兴奋而甜蜜，我也更相信他本人，但我还是为他担忧。

1839 年初，他们到弗拉基米尔来过几天。从奥兰斯基向我们宣读判决书以后，这还是我们初次见面。我不想多作评论，只记得开头几分钟，她的声音在我心头引起了不愉快的反应，但这印象转瞬即逝，消失在兴高采烈的欢乐中了。是的，这是个人幸福完美无缺的日子，在这些日子中，人们接触到了个人幸福的最高极限，却根本不会想到它的最后边界。没有丝毫阴郁的回忆，没有一点不祥的

---

① 奥加辽夫的第一个妻子名玛丽亚·列沃夫娜·罗斯拉夫列娃，两人婚后感情并不融洽，她死于 1853 年。

预感，有的只是青春，友谊，爱，充沛的精力，无限的能量，健康和远大的前途。那时还没完全消失的神秘主义情绪，也正如钟声、赞美诗和明亮的枝形烛台一样，赋予我们的会见以庄严的节日气氛。

我房中一张桌上，放着一个耶稣受难像的小铁十字架。

"跪下！"奥加辽夫说，"为我们四人的团聚，让我们感谢上帝吧！"

我们跪在他旁边，一边拭泪，一边拥抱。

但是四人中有一个人未必需要擦眼泪，这就是奥加辽夫的妻子，她看到这场面有些惊讶；我当时以为这是矜持，但后来她亲口对我说，她觉得这场戏是牵强的，幼稚的。我想，在局外人眼中可能是这样，但为什么她要站在旁观的立场上，为什么在普遍的陶醉中唯独她清醒，在这青春的激情中唯独她老成持重呢？

奥加辽夫回自己的庄园，她前往彼得堡，为他办理重返莫斯科的事。

过了一个月，她再度路过弗拉基米尔——这时是一个人。彼得堡和两三家贵族客厅迷惑了她的头脑。她爱好华丽的外表，向往富贵的生活。"她能与这人和谐相处吗？"我想。这么背道而驰的情趣，可能产生许多不幸。但财富、彼得堡和沙龙，对她都是新鲜的；也许这只是一时的诱惑——她生得聪明，又爱奥加辽夫，因此我仍抱有希望。

在莫斯科，人们担心她的转变不那么容易。与文学艺术界人士的交往，相当迎合她的虚荣心，但这还不是她的主流。在贵族的沙龙中，给文人学士们留一角席位，她会同意，但同时却尽力把奥加辽夫拉向空虚的世界，那个使他感到窒息的世界。一些亲密的朋友开始觉察这一点，凯切尔早已皱起眉头，现在严峻地发出了警告。

性情急躁、自尊心极强的她，不习惯约束自己，侮辱了与她同样容易激动的人的自尊心。她桀骜不驯，态度生硬，对人冷嘲热讽，而且声音怪腔怪调，初次见面就引起过我的不快，现在这一切招来了强烈的反击。她与凯切尔争吵了两个月（凯切尔虽然在道理上是对的，方式方法却总不对头），又引起了几个人的反对，这几个人可能因物质地位不同，因而过分吹毛求疵；最后，她把矛头指向了我。

她怕我，但希望跟我较量，以便最后判明，友谊和爱情究竟何者居上，仿佛它们是势不两立的。这不仅是企图通过任性的争论达到自己的目的，这里还包含一种意识，认为我是实现她的愿望的最大障碍，同时也涉及争风吃醋的嫉妒心理和女性的权力欲。她和凯切尔争执到落眼泪，像凶恶的孩子骂街一样，每天吵架，但并没有达到你死我活的程度；对我，她却一见就脸色发白，恨得发抖。她指责我自私自利，僭望独占奥加辽夫的友谊，破坏她的幸福，指责我骄傲自大，不把她放在眼里。我觉得这不公正，因而也变得残忍无情。五年之后，她自己向我承认，她一度曾想害死我，这就可见她恨我之深。她与纳塔利娅①断绝了往来，因为她爱我，得到大家的好感。

奥加辽夫是痛苦的。无论是她，无论是我，无论其他人，都不能谅解他。我们选择了他的胸膛（这是他自己在一封信中讲的）作"战场"，并不考虑，无论哪一边战胜，他都同样痛心。他恳求我们和解，竭力缓和矛盾，我们和解了；但只要一句话，受辱的自尊心就会野性大发，触痛的委屈感就会爆发成一场鏖战。奥加辽夫惊恐万状，眼看他所珍惜的一切在坍毁，他所心爱的女人并不以他的神

---

① 本书中出现的"纳塔利娅"，在俄文原著中均为法文，下面不再一一加注说明。

龛为神龛，她与他是两种人，但他又不能不爱她。我们志同道合，然而他悲戚地看到，命运递给他的苦水，我们不能为他分担一滴。大自然的威力把他与她联系在一起，他无法粗暴地割断这联系，也不能扼杀使我们结合的强烈共鸣。不论怎样，他的血反正将因此流尽，他感到了这一点，力图保留她，也保留我们，神经质地拉住她的手和我们的手，可是我们却拼命要朝相反的方向奔跑，像刽子手一样肢解他的身体！

人是残酷的，只有历尽坎坷才能变得温驯；孩子残酷，因为他年幼无知；青年残酷，因为他以纯洁自豪；神父残酷，因为他以圣徒自居；学究残酷，因为他自负是饱学之士——我们全都铁面无情，每当自恃有理的时候，更是寸步不让。人心融解和变软，通常是在遍体鳞伤之后，在翅膀灼伤之后，在意识到自己的没落之后，在令人毛骨悚然的发现之后——当他独自一人，没有旁观者的时候，才发现自己是多么软弱而渺小。心变得温厚了，于是他一边揩干惊惧和羞愧的汗珠，怕人看见，一边为自己寻找辩解的理由，但找到的却是别人的理由。从这时起，法官和刽子手的角色才使他感到厌恶。

那时我还离此甚远！

敌对状态时起时伏地继续着。满腹怨恨的女人在我们不知宽容的追击下越走越远，终于陷入这种纠纷中不能自拔，她挣扎，倒下，可是没有改变。感到自己无力取胜，她为烦恼和委屈所苦，为没有爱情而嫉妒。她那些混乱的思想，毫无系统地取自乔治·桑的小说，取自我们的谈话，从来没有使她对任何问题获得鲜明的概念，却把她从一种谬误引向另一种，引向她错认为独立自主精神的乖戾行径，引向所谓女性的解放，根据它，她从现存的和公认的事物中，随心所欲地否定她所不满的一切，又固执地保留其他的一切。

决裂成为不可避免了，但奥加辽夫仍对她恋恋不舍，拖了很久，想挽救她，对她寄托着希望。当她身上有时冒出一股柔情，或者一缕诗的气息时，他便准备永远忘记以往的一切，开始和谐、静谧及爱的新生活；但她无法克制自己，再度丧失平衡，而每次的反复只是使她愈陷愈深。他们之间的纽带一丝一丝地痛苦地坼裂，终于无声地磨破了最后一条线——他们决裂了。

在这一切中，有一个问题令人难以理解。奥加辽夫对周围一切人产生的强烈影响，激发了共鸣，足以把外人引向崇高的境界，引向共同的事业，偏偏在这女人心头轻轻掠过，未留下丝毫有益的痕迹，这是为什么呢？何况他热爱她，为了挽救她而花的力气和精神，比花在其他一切方面的多；并且她自己起先也是爱他的，这一点毫无疑问。

我对这问题考虑过许久。开头我当然责备一方，后来才逐渐明白，这个奇怪的反常的事实是可以解释的，它本身并无矛盾。在志同道合的朋友中间发生影响，比对一个妇人发生影响容易得多。在教堂内传道，在讲坛上说教，在课堂上讲学，比教育一个孩子容易得多。在讲堂内，在教堂和俱乐部中，共同的志愿和趣味占据主导地位，人们为了它们而汇集一堂，以便继续发展它们。奥加辽夫小组的成员包括从前的大学同学，年轻的学者、艺术家和文学家；共同的信仰，共同的语言，更重要的是共同的憎恨，把他们联系在一起。对于某些人，这信仰事实上并未成为他们的生命问题，他们就相继离开，由另一些人所代替，这种自由选择的亲和作用和具有粘合力的共同信念，巩固了人们的思想和团结精神。

与妇人的接触纯粹属于私人生活，它的基础不同，那是一种神秘的生理亲和性，一种自发的本能。我们先是接近，然后才互相认识。有些人，生活没有一定的目标，思想没有一定的准则，均势是容易建立的；他们一切都无定论，他让步一半，她让步一半；即使不让步，也不足为患。相反，一个忠于自己的思想的人，一旦发现她并非他所想象的那种人，便张皇失措。仓促间，他就想唤醒她，但在多数场合，只是使她惶恐和混乱。她与旧的一切隔绝了，但思想并未获得解脱，她只是被抛进了一个空无一物的峡谷，却认为已经脱胎换骨，于是傲慢，自大，粗枝大叶地推翻旧事物，不加选择地接受新事物。在思想和感情中都是一本糊涂账，一片混乱……这并不奇怪，缰绳丢开了，利己心失去了控制……可是我们却以为已经大功告成，站在讲台上对她继续说教！

教育的才能，就是善于耐心地爱，全心全意地、持之以恒地、忠诚不渝地爱，这是比其他一切更为罕见的才能。关怀备至的母爱，说理充分的辩证法，都不足以完全代替它。

难道不是由于孩子不易教育才责骂他们吗？有时对大人也是这样，因为责骂是容易的。我们自己无能，却用惩罚向他们进行报复！

这是奥加辽夫当时就理解的；正因为这样，大家（包括我在内）才会责怪他过于温和宽厚。

……聚集在奥加辽夫周围的青年人，已经与以往不同。除了我们，只有两个老朋友还在。调子，趣味，活动——一切都变了。斯坦克维奇①的朋友们占了主要地位；巴枯宁和别林斯基站在他们前列，他们每人手执黑格尔的哲学著作，年轻偏激，而没有这种偏激情绪，就不可能有杀身成仁的热烈信仰。

---

① 斯坦克维奇 (1813—1840)，19 世纪 30 年代俄国思想界的代表人物之一，莫斯科大学内斯坦克维奇小组的领导人，崇奉费希特、谢林和黑格尔哲学。

德国哲学是由米·格·帕夫洛夫①移植到莫斯科大学内的。哲学教研室已于 1826 年撤销。但帕夫洛夫讲授的不是物理学和农业概论，而是哲学概论。听他的课未必能学到物理学，也不能学到农艺学，然而他的讲课使人获益不浅。帕夫洛夫站在数理系门口向学生发问道："你希望了解大自然吗？但什么是大自然？知识又是什么呢？"

这非常重要；我们的年轻人跨进大学时对哲学一窍不通，只有教会中学学生对它有些概念，然而完全是被曲解了的。

作为对这些问题的回答，帕夫洛夫在课堂上叙述谢林和奥凯恩②的学说，他讲课具有雕塑似的明确性，没有一个自然哲学家比得上他。如果说他还不能在一切方面做到透彻明了，那么过错不在于他，而在于谢林哲学的晦涩难懂。帕夫洛夫应受责备的，毋宁说是他停留在这哲学的《摩诃婆罗多》③上，没有经历黑格尔逻辑学的严峻锻炼。但他甚至对自己的专业也没有超出引言和概论一步，最低限度，他的教学内容是这样。这种停留在入门阶段不想登堂入室的现象，这种没有屋顶的房屋，没有房屋的地基，这种通向简陋住所的华丽前室，是完全符合俄罗斯民族精神的。我们满足于前室，不正因为我们的历史还刚刚在叩门吗？

帕夫洛夫没有完成的事，由他的一个学生——斯坦克维奇完成了。

斯坦克维奇也是一个"游手好闲"的人，终生一事无成，但在莫斯科青年中他是黑格尔的第一个追随者。他研究德国哲学，造诣

---

① 莫斯科大学教授。

② 德国自然哲学家。

③ 古印度的著名史诗，既是文学作品，又包含深刻的宗教、哲学寓意，以内容艰深、结构复杂、想象丰富著称。

极深，没有功利观念；他天赋的非凡才能，把许多友人引进了他所向往的活动。这些人是非常卓越的，他们中间产生了一大群学者、文学家和哲学家，别林斯基、巴枯宁、格拉诺夫斯基① 便是其中的佼佼者。

我流放前，我们的小组和斯坦克维奇的小组不太融洽。他们不喜欢我们那种几乎排斥其他一切的政治倾向，我们也不喜欢他们那种几乎排斥其他一切的思辨倾向。他们称我们为投石党分子② 和法国人，我们称他们为感伤主义者和德国人。我们和他们公认的第一个人是格拉诺夫斯基，他对双方都伸出了友谊之手，以自己温厚的爱与和解的天性扫除了彼此误解的最后痕迹；但是当我抵达莫斯科的时候，他还在柏林，而可怜的斯坦克维奇在科摩湖边③ 已奄奄一息，那时他才二十七岁。

斯坦克维奇体弱多病，天性文静，是诗人和幻想家，这样的人必然更喜爱直观和抽象思维，不愿接触生活中纯粹的实际问题。艺术的理想主义对他是合适的，在他夭折前年轻苍白的额上，这成了一顶"胜利的桂冠"。其他人太强壮，也太少诗人气质，不能长期留在理论思维中而不转向生活。纯思辨倾向是完全违背俄罗斯性格的，我们不久即会看到，俄国精神怎样改造黑格尔学说，我们的现实天性，尽管已剃度为哲学的僧侣，仍要发挥作用。但在1840年初，奥加辽夫周围的青年人还没有想到要为精神反对理论文章，为

① 格拉诺夫斯基 (1813—1855)，历史学家，莫斯科大学教授，19世纪30至40年代俄国西欧派的代表人物之一，赫尔岑的好友。

② 投石党运动是17世纪法国贵族和资产阶级反对专制王权的运动，目的在于限制国王的权力。

③ 意大利米兰城以北的一个湖泊，斯坦克维奇从佛罗伦萨前往米兰时，死在那里。

生活反对抽象概念。

　　新的友人接待我，像接待流亡者和老兵，接待出狱的囚徒，从奴役或放逐中归来的人，他们怀着尊敬和宽容的心情，欢迎我参加他们的行列，但同时毫不退让，暗示他们是今天的，而我们已属于昨天，要求我们无条件接受黑格尔的《现象学》和《逻辑学》，而且尊重他们的解释。

　　他们孜孜不倦地探讨这些著作，三卷《逻辑学》，两卷《美学》，以及《哲学全书》等，没有一节没有经过几个通宵的热烈论争。彼此友爱的人们，由于对"无所不包的精神"的定义各执己见，整整几个星期不相往来，由于对"绝对个性及其自我存在"看法不一致，彼此攻击，相持不下。一切毫无价值的小册子，在柏林和其他省城，以至县城出版的德国哲学书，只要提到黑格尔的，无不被一一搜罗来，在几天之内读到书页破烂、脱落、沾满污迹。弗朗凯尔①在巴黎听说，俄国人公认他是一个伟大的数学家，整个年轻一代都在用他用过的那些字母，解决各次幂的方程式，他感动得哭了，那么，一切湮没无闻的韦尔德、马海内克、米希勒、奥托、瓦德克、沙莱尔、罗森克兰茨②，以及被海涅惟妙惟肖地称之为"黑格尔哲学司阍者"的阿尔诺德·卢格③本人，如果知道，他们在莫斯科的马罗

────────────────

① 法国数学家，他编的教科书曾译成俄文。

② 韦尔德（1806—1893），德国黑格尔派哲学家和诗人。马海内克（1780—1846），德国哲学家，右翼黑格尔派领导人。米希勒（1801—1893），德国右翼黑格尔派哲学家，柏林大学教授。奥托（1816—1897），德国黑格尔派哲学家。瓦德克（1806—1882），德国黑格尔派哲学家及神学家。沙莱尔（1810—1868），德国哲学家。罗森克兰茨（1805—1879），德国黑格尔派哲学家及文学史家。

③ 卢格（1802—1880），德国政论家，青年黑格尔派分子，资产阶级激进派，曾与马克思一起主编《德法年鉴》。海涅在《论德国宗教和哲学的历史》序言中，称卢格为"黑格尔学派司阍者"。

谢卡街和青苔街 ① 之间，如何引起激烈的战斗和论争，大家如何诵读和抢购他们的著作，他们一定也会失声痛哭的。

帕夫洛夫的主要功绩在于他的阐述深入浅出——浅显却并不损害德国思想的深度。相反，现在一些年轻哲学家，接受了一套特殊的术语，不把它们译成俄语，却全部照搬，为了方便省事，还原封不动保留了所有的拉丁文，只是加上斯拉夫语尾，按俄文七格变位而已。

我有权利这么说，因为我也被卷进了当时的潮流，我自己就是这么写的，著名的天文学家佩列沃希科夫把这称为"鸟的语言"②，我还觉得奇怪呢。那时没有一个人会反对这样的句子："抽象思想在雕塑领域的具体化，表现自我探索精神之某一阶段，在此阶段它为使其自身得到明确化，从自然内在性还原为在和谐范围内的美之形象化。"很清楚，这里的俄国话，正如叶尔莫洛夫③讲的一次著名筵席上将军们的谈话一样，比拉丁文更外国化。

德国科学习惯于使用矫揉造作、佶屈聱牙的烦琐哲学语言，这是它的主要缺陷，其原因即在于它生活在学院中，生活在唯心主义的大寺院中。这是科学上神父的语言，为信徒们使用的语言，没有一个入门者会懂得它；它像密码电报，必须掌握了密码才能理解。这些密码今天已不是秘密，人们了解它，因而惊讶地发现，科学阐述的道理有条不紊，那些深奥的措辞实际上非常简单。费尔巴哈是

---

① 马罗谢卡街是当时著名文学评论家及政论家博特金的住处，博特金也是斯坦克维奇小组成员，西欧派的代表人物之一。他参加过《祖国纪事》和《现代人》的工作，与别林斯基友善，赫尔岑等经常在他的家中聚会。青苔街是莫斯科大学所在地。
② 见本书第七章的作者注。
③ 俄国 1812 年卫国战争中的著名将领。

第一个用普通人的语言讲话的。

机械模拟德国经院学究的行话之所以不可容忍，正在于我国语言的主要特点就是它十分灵活。它一切都可以表达：抽象的思想，内心的抒情感觉，"耗子的扰攘奔突"①，愤怒的呼声，妙趣横生的戏谑和惊心动魄的情欲。

除了语言晦涩，还有一种错误更为严重。我们的青年哲学家们不仅损害词句，也曲解了实质。生活和现实的关系，变成了寻章摘句、咬文嚼字的关系，这种对普通事物的学究式理解，歌德曾通过靡非斯特菲勒斯与大学生的对话，给予天才的嘲笑。②一切本来直接明了的东西，各种寻常的感觉，都被提高为抽象的范畴，再从那里折回时已没有一滴鲜血，成了苍白的代数学符号。这在他们还不失为一种天真作风，因为他们是完全真诚的。在他们看来，如果有人到索科利尼基郊外散步，那么这是为了领略泛神论乐趣，让自己感到与宇宙已融为一体；如果他在路上遇到一个喝醉的士兵或一个女人与他谈话，那么这位哲学家不仅是与他们谈话，而且是在通过直接的、偶然的现象，确认人民的实体。夺眶而出的眼泪也被严格分类属于："精神状态"还是"内心的悲痛感"……

在艺术中也这样。歌德的知识，尤其对于《浮士德》第二部（也许正由于这一点，它比第一部逊色，或者艰涩难懂），是像衣服之于人一样不可缺少的。在音乐中，哲学占了首要地位。理所当然，罗西尼不值一谈，莫扎特还差强人意，虽然也被认为幼稚和贫乏，可是贝多芬的每一个和音都被进行了哲学分析，舒伯特则被推

---

① 引自普希金的诗《失眠之夜有感而作》。
② 见《浮士德》第一部第四场《书斋》。

崇备至，我想，这与其说是因为他那些优美的乐章，不如说因为他采用了哲理的主题，例如《全能之主》和《阿特拉斯》①。与意大利音乐同样被打入冷宫的是法国文学和一切法国产物，因而也是一切政治倾向性。

由此不难理解，我们必然会遭遇并进行厮杀的战场在哪里。论争如果只限于歌德是客观的，但他的客观性是主观的，而席勒是主观的诗人，但他的主观性是客观的，或者相反，一切都会太平无事。然而更激烈的问题不久终于出现了。

黑格尔在柏林担任大学教授时期，部分地由于年老，但双倍重要的是因为满足于自己的地位和声誉，故意把他的哲学架空到地平线之上，让它浮在空中，在那里一切当前的利益和情绪都变得模糊不清，正如从气球上俯瞰房屋和村庄一样。他不愿触及这些可恶的实际问题，它们很难处理，而且必须正面给予回答。在科学中强行推销这种暧昧二元论，其荒谬是一目了然的，因为科学的出发点就是要取消二元论，使它变得容易理解。真正的黑格尔是耶拿大学的那个朴实的教授，荷尔德林②的朋友，在拿破仑进城时曾把自己的《现象学》藏在衣襟内③的哲学家，那时他的哲学还不是印度的无为主义，也不是对现存社会形式的辩护，又不是普鲁士式的基督教；那时他不是在宣讲自己的宗教哲学，而是在写天才的作品，如后来刊载在罗森克兰茨写的传记上的《论剑子

---

① 阿特拉斯是希腊神话中肩负天体的巨神。舒伯特的音乐以抒情的浪漫主义风格为主，《阿特拉斯》等不是他的主要作品。

② 荷尔德林 (1770—1843)，德国著名浪漫主义诗人，与谢林、黑格尔、席勒等均有密切来往。

③ 拿破仑的军队于 1806 年 10 月间攻占了耶拿，当时黑格尔刚写完《精神现象学》，匆忙间把稿本揣在口袋里，去友人家躲避。

手及死刑》①。

黑格尔停留在抽象的领域，是为了避免与经验的结论及实际的应用发生接触，为此他非常巧妙地选择了美学这片风平浪静的海洋；他很少走进新鲜的空气中，偶尔涉足也只一会儿，还得像病人一样裹紧衣衫，而且哪怕这时仍要把当代人最关心的问题留在辩证法的迷宫中。簇拥在他身边的一群低能儿（只有甘斯②可说是例外），把文字当作事实，喜欢侈谈辩证法。也许，老头儿看到自己的学生过分自满而又浅薄无知，有时也难免觉得痛心和惭愧。辩证法如果不能体现事物本质的发展，培养这种思想可以说只是纯粹把它作为一种外部手段，以便把形形色色的事物纳入范畴的体系，这是一种逻辑操练方式，其作用正如它在希腊诡辩学派和阿伯拉尔③以后的中世纪经院哲学家那里一样。

有一句哲学名言造成的危害最大，德国的保守派企图用它调和哲学与德国的政治状况，它便是："凡是现实的都是合理的"④，这只是充足理由律⑤、逻辑和事实统一的原则的另一说法。黑格尔这一被曲解的名句，在哲学上体现了基督教的吉伦特党人⑥保罗说的话："没有权柄不是出于上帝的"⑦。但如果一切权力都来自上帝，如果现存的社会秩序是合乎理性的，那么反对它的斗争只要也是现实存

---

① 罗森克兰茨著有黑格尔的传记，其中辑录了黑格尔的一些未发表的短文及手稿。

② 甘斯（1798—1839），德国黑格尔派哲学家。

③ 阿伯拉尔（1079—1142），法国中世纪经院哲学家和神学家。

④ 见黑格尔的《法哲学原理》序言，原共两句话："凡是现实的都是合理的，凡是合理的都是现实的。"

⑤ 形式逻辑中的基本原理，最早由17世纪德国客观唯心主义哲学家莱布尼茨提出，他认为事实的实际存在即是其真理性的充足理由。

⑥ 法国资产阶级革命中温和的共和派。

⑦ 见《圣经·保罗达罗马人书》第十三章第一节。

在的，就也是合理的。从形式上看，这两句箴言纯粹是同义反复，但不论是否同义反复，它直接引导到承认当前的政权，使人停止斗争，而这正是柏林的佛教徒们所期望的。这种观点不论怎样违背俄国精神，我们莫斯科的黑格尔主义者们却公然奉为至理名言，跟着它走上了歧途。

别林斯基是天性最活跃、最容易激动、最富于辩证精神的勇猛战士，那时他鼓吹的不是斗争，而是印度的静观哲学和理论研究。他信仰这种观点，面对任何后果而毫无惧色，也不向任何道德说教低头，在可以使没有主见的懦夫望而生畏的别人的议论面前，他绝不退缩一步；他不知胆怯为何物，因为他是坚强的，真诚的，他的良心是纯洁的。

"您可知道，"我对他说，想用自己的革命的最后通牒使他慑服，"从您的观点来看，您可能证明压在我们头上的丑恶的专制政体是合理的，应该存在的。"

"毫无疑问。"别林斯基回答，给我念了普希金的《波罗金诺周年纪念》①。

这使我不能忍耐，在我们之间爆发了激烈的战斗。我们的争执影响了别人，小组分裂为两个阵营。巴枯宁企图进行调停，劝解，讲得苦口婆心，但没有取得真正的和平。别林斯基一怒之下，带着

---

① 1830 年的波兰起义遭到沙皇的残酷镇压，1831 年 8 月 26 日沙皇的军队攻占了华沙。这一天正是 1812 年波罗金诺战役的周年纪念日，消息传来，普希金便写了《波罗金诺周年纪念》一诗。普希金站在斯拉夫民族主义立场上，反对波兰起义，因而歌颂了俄军的胜利。赫尔岑与奥加辽夫对普希金的这些所谓"爱国主义诗歌"一直持否定态度，但别林斯基当时热衷于黑格尔哲学，认为应对沙皇政权采取容忍态度，因而多次赞扬了这些诗。赫尔岑与别林斯基的争执发生在 1839 年秋至 1840 年初。

不满情绪去了彼得堡，从那里向我们发出了最后一批炮弹，这就是那篇他故意取名为《波罗金诺周年纪念》的文章。

这时我与他断绝了一切往来。巴枯宁虽然争论激烈，但开始自我反省了，他的革命精神在把他推向另一边。别林斯基责备他软弱，退让；他的偏激情绪发展到了登峰造极的地步，连他的朋友和崇拜者也感到吃惊。但是群众站在别林斯基一边，他们瞧不起我们，骄傲地耸耸肩膀，认为我们已经落伍了。

在这场内讧中，我看到必须追本溯源，认真从事黑格尔的研究。我甚至想，没有在黑格尔的《精神现象学》和蒲鲁东的《社会经济矛盾》①中接受过考验，没有经历过这熔炉的锤炼的，都算不得完备的现代人。

等我习惯了黑格尔的语言，掌握了他的方法，我才发现，我们的观点比黑格尔的追随者的观点，与黑格尔更接近得多。他早期的著作是这样，凡是他才气横溢、一往直前、忘记了"勃兰登堡门"②的时候，都是这样。黑格尔的哲学是革命的代数学，它空前解放了人，彻底摧毁了基督教世界，摧毁了过时的传统世界。但它（也许是故意的）采取了艰涩的表达方式。

正如在数学中（只是那里更有权利这么做）人们不会回头去确定空间、运动、力的定义，只会让它们的性质和规律继续进行辩证的发展，在哲学形式的理解上也是这样，一旦习惯了那些原则，人们就只是继续从那里推演出结论。一个新手还不能使方法变成习惯，与它打成一片，因此总是把这些教条和惯例当作思想本身，抱

---

① 指蒲鲁东的《经济矛盾的体系，或贫困的哲学》。

② 普鲁士腓特烈大帝在柏林修建的宏伟城门，它是普鲁士精神的象征，被称为柏林的凯旋门。黑格尔晚年颂扬普鲁士君主制，称它为最完善最合理性的政体。

住不放。早已熟谙此道，因此不可能毫无偏爱的人们，便难免奇怪，这么"明摆着"的事物，为什么别人偏不理解。

怎么能不理解如此简单的真理，例如："精神是不灭的，只有个体才会死亡"——这个思想已由柏林的米希勒在其著作中作了淋漓尽致的发挥①。还有一个真理更为简单，即绝对精神是通过世界认识自己，同时其本身也能进行自我认识的个体。

所有这些事物，在我们的朋友们看来都如此简单明了，以致他们嘲笑"法国人"的反驳，使我有一个时期感到压力极大，只得刻苦钻研，务必把他们的哲学"行话"弄得一清二楚才成。

幸亏烦琐哲学也像神秘主义一样，与我极少因缘，我把它的弓拉得太紧，结果弦断了，情况也清楚了。奇怪的是，使我达到这一点的是我与一位夫人的辩论。

一年后，我在诺夫哥罗德认识了一位将军，我与他来往是因为他最不像一个将军。

他的家庭是阴郁的，空气中含着眼泪，显然死神刚从这里经过。白发过早覆盖了他的头顶，慈祥凄恻的笑容比皱纹流露出更多的忧患。他五十来岁。在他妻子苍白消瘦的脸上，摧残一切生机的命运，留下了更加清晰的痕迹。他们过得太寂寞了。将军在研究力学，他的妻子每天早晨给一些贫穷的女孩子上法文课，她们走后，她就读书；这里鲜花很多，也只有它们使人想起另一芬芳馥郁、阳光灿烂的时期；柜子里还放着玩具，只是已经没有人玩了。

他们有过三个孩子，两年前一个聪明伶俐的男孩死了，他才九岁；过了几个月，另一个孩子患猩红热，又死了；母亲想换换空

---

① 指米希勒于 1841 年出版的《关于神的个体及灵魂不灭的讲演录》。

气，挽救最后一个孩子，跑到了乡下，过了几天她回来了，与她一起回来的是马车上的一具小棺木。

他们的生活失去了意义，它已经结束，只是毫无必要、毫无目的地延续着。他们彼此怜惜，相依为命，唯一的安慰只在于深信，一方的存在对于另一方是必要的，对于度过苦难的残年是必要的。我很少见到更和谐的夫妇，但这已不是夫妇，联系他们的不是爱，而是一种同病相怜的深厚感情；三双冰冷的小手，充满在他们周围和前面的无望的空虚，把他们的命运紧紧拴在一起，不能分开了。

孤苦伶仃的母亲完全沉溺在神秘主义中，和平肃穆的神秘世界，成了她解脱烦恼的避难所，宗教对人心的阿谀哄骗了她。对于她，神秘主义不是游戏，不是幻觉，这是她再次获得的孩子，保卫她的宗教就是保卫他们。但是作为一个智力特别发达的人，她喜欢挑起论争，检验自己的力量。在此前后，我遇见过许多神秘主义者，他们形形色色，有维特贝格和托维扬斯基①的追随者，那些把拿破仑看作神在战争中的化身，走过旺多姆圆柱②要脱帽致敬的人，也有如今已无人记得的"妈爸"③——此人曾亲口对我说，他在蒙莫朗西和巴黎之间的公路上遇见过上帝。这些人大多患有歇斯底里症，他们刺激人的神经，利用人的幻想或心灵，把任意的符号与哲学概念混为一谈，不愿走进明朗的逻辑的田野。

---

① 托维扬斯基（1799—1878），波兰民族解放运动中一个神秘主义教派的领导人，认为世上有许多"弥赛亚"（救世主），拿破仑便是其中的一个。
② 巴黎旺多姆广场的圆柱，为纪念拿破仑而建立，上有拿破仑铜像（在巴黎公社起义时已被拆除）。
③ 原名甘诺，法国神秘主义教派领导人，因主张男女平等，改名"妈爸"。他的活动在 19 世纪 40 年代曾轰动一时。

拉·德①坚守虚无世界，毫无惧色。她这种雄辩的艺术才能从何而来，我不得而知。一般说来，女性的发展是个谜，从涂脂抹粉，跳舞，打情骂俏，看小说，做媚眼，流眼泪，往往猝然一变，变得意志刚毅，思想成熟，知识渊博。谈情说爱的少女倏地不见，出现了泰罗昂·德·梅里库尔②，屹立在讲台上慷慨陈词，鼓动人民群众；出现了达什科娃公爵夫人③，她年方十八便高踞马上，手持利剑指挥叛军。

对于拉·德，一切都结束了，她没有怀疑，没有动摇，没有理论上的薄弱环节。耶稣会教徒或卡尔文派教士，恐怕都不会像她那样心安理得，坚信自己的学说。

她失去孩子之后，不是憎恨死，而是憎恨生。这正是基督教所需要的，基督教就是对死的全面讴歌——蔑视尘世，蔑视肉体，不可能有其他意义。因此它才压制一切生命力，压制现实精神，压制享乐，压制健康和欢乐，压制无拘无束的生活方式。拉·德甚至发展到不爱歌德，也不爱普希金。

她对我的哲学的攻击是别出心裁的。她讥笑我，要我相信，辩证法的一切表演和奥妙，不过是一场喧闹的锣鼓声，懦夫们可以靠它来掩盖良心的惊恐。

她说："你们永远不能靠任何哲学找到神的个体，找到不灭的灵魂，你们又没有勇气做无神论者，否定死后的生活。你们是彻头

---

① 指拉里莎·德米特里耶夫娜，即那个将军的夫人。将军名弗拉基米尔·伊万诺维奇·菲利波维奇。

② 原名安娜·泰罗昂，巴黎名妓，本来举止轻佻，生活浪漫，法国资产阶级革命爆发，她立即参加了攻打巴士底狱的行动，成为英勇的革命战士，后遭受迫害而发疯。

③ 达什科娃（1743—1810），叶卡捷琳娜女皇的宫女，1762年参与了叶卡捷琳娜篡夺帝位的军事行动。

彻尾的人，不可能不怕这些后果，不厌恶和回避它们，所以才想出了那些逻辑的魔术，以便转移视线，达到简单幼稚的宗教所要达到的目的。"

我反驳，争辩，但内心觉得我没有充足的论据，她的理由比我的站得住。

一个卫生局长①自告奋勇要帮助我，结果只是使我不得不彻底认输。这人是好好先生，但属于我所遇见的最可笑的德国人之一。他是奥凯恩和卡鲁斯②的忠实信徒，谈问题时引经据典，对一切都有现成的解答，从来不对任何事发生怀疑；他自以为与我完全一致。

医生按捺不住，大发脾气，特别因为没有其他办法取胜，便把拉·德的反驳说成女人的异想天开，还引证了谢林关于学院理论的讲演③，念了布尔达赫④的生理学中的几段话，企图证明人身上确有永恒的和精神的因素，而在大自然内部潜藏着某种具有个体的"神灵"。

拉·德早已熟知这种泛神论的"老生常谈"，把他驳得体无完肤，频频含笑向我使眼色。她当然比他有理一些，我苦苦思索，不抱成见，看到我的大夫沾沾自喜，在一旁发笑，不免有些不满。我十分关心这场论争，因此重又发奋攻读黑格尔的著作。我的疑虑痛苦持续了不多久，真理便在我眼前闪现，终于豁然开朗。我倒向了我的对手一边，但并非像她希望的那样。

我对她说："您是完全对的，跟您争论使我很惭愧；当然，没

---

① 指当时诺夫哥罗德的卫生局长季梅，他显然也是德国古典唯心主义哲学的追随者。
② 卡鲁斯 (1789—1869)，德国科学家。他与奥凯恩都是谢林派哲学家。
③ 指谢林的著作《关于学院式研究方法的讲演录》。
④ 布尔达赫 (1776—1847)，德国生理学家，著有《经验科学生理学》等。

有神的个体，也没有不灭的灵魂，因此才无从证明它们的存在。您瞧，排除了这些先入之见的假设，一切就变得又简单又自然了。"

我的话使她有些不好意思，但她立刻镇静下来，说道：

"我为您感到惋惜，不过也许事情会逐步好转，您在这条路上不会停留太久，因为它太空虚，太沉闷了。"她笑了笑，又道："至于我们的大夫，他已不可救药，他不怕待在这迷雾中，连前面一步路也看不到。"

然而她的脸色比平时更苍白了。

过了两三个月，奥加辽夫路过诺夫哥罗德，给我捎来了一本费尔巴哈的《基督教的本质》[1]。我刚读了开头几页，就高兴得跳了起来。打倒伪装的衣衫，打倒隐晦曲折，打倒拐弯抹角，我们是自由人，不是桑恩斯[2]的奴隶，不需要把真理隐藏在神话中！

在我的哲学热的全盛时期，我着手写了一系列文章，这就是《科学中的一知半解态度》[3]，在那里我顺便鞭挞了一下医师。

现在我们回头来谈别林斯基。

他于 1840 年去彼得堡，过了几个月我们也到了那里。我没有找他。我与别林斯基的争执使奥加辽夫很伤心，他明白，别林斯基的荒谬观点只是暂时性的疾病，我也这么看，但奥加辽夫比我善良。最后，他写信强使我们见面。我们的会晤起先是冷淡的，不友好的，不和睦的；但无论别林斯基或我都不是大外交家，在无关紧

---

[1] 原文是德文。

[2] 公元前 5 世纪的古希腊历史学家。他的历史著作主要依据神话和传说，把它们看作事实，而不是对它们采取批判分析的态度。

[3] 赫尔岑在 1842 至 1843 年间写的一部论文集，这是他研究黑格尔哲学和法国唯物主义思想的结晶。

要的闲话中间，我提到了《波罗金诺周年纪念》这篇文章。别林斯基从座位上一跃而起，涨红了脸，非常坦率地对我说道：

"谢天谢地，您谈到了这个问题，要不，我的牛脾气真叫我不知从何开始才好……您胜利了，在彼得堡的三四个月，比一切论证更能说服我。这件倒霉事不必再提。我告诉您一个情况就够了：前几天我在一个朋友家用膳，同席有一位工兵部队军官；主人问他，想不想认识我？军官凑在他耳边问：'这就是那篇关于波罗金诺周年纪念文章的作者？'主人说：'是。'军官冷冷地回答道：'谢谢，我不想认识他。'这一切我都听到了，我再也忍不住，热烈地握住军官的手，对他说：'您是个正直的人，我向您致敬……'瞧，这还需要说什么！"

从这时起直到别林斯基谢世之日，我与他都是手挽手前进的。

可以预料，别林斯基会用尽他尖刻的语言，不遗余力地攻击他先前的观点。但他的朋友中有许多人是不够光彩的，他们的保皇派立场超过了君主本人，他们不幸非常英勇，力图保卫自己的观点，尽管他们并不拒绝体面的停战。

一切实事求是的有识之士都转向了别林斯基一边，只有顽固的形式主义者和教条主义者与他分道扬镳。其中一些人钻进了德国烦琐的死科学的牛角尖，失去了与生活的一切联系，然后默默无闻地消失了。另一些人变成了东正教斯拉夫主义者。黑格尔和斯特凡·亚沃尔斯基① 的结合，看似不可思议，实际上却是可能的；拜占庭神学正是一种肤浅的决疑论，一套逻辑公式的游戏，与形式主义地理解的黑格尔辩证法并无二致。《莫斯科人》② 的一些文章已不

---

① 亚沃尔斯基 (1658—1722)，著名的东正教神父和神学家。

② 1841 至 1856 年间出版的带有斯拉夫主义倾向的刊物。

容怀疑地证明，哲学与宗教的鸡奸可以达到如何登峰造极的地步。

别林斯基扬弃了对黑格尔的片面理解，但绝对没有抛开他的哲学。恰恰相反，哲学观念和革命思想正是在这里开始了它们那生动、精确、独特的结合。我认为，别林斯基是尼古拉时期最杰出的人物之一。在1825年后硕果仅存的自由派分子波列沃伊之后，在恰达耶夫那些阴森的文章①之后，别林斯基那愤世嫉俗的否定从痛苦中诞生了；他热烈干预一切问题，在一系列批评文章中，不管切题不切题，他无所不谈，带着始终不渝的憎恨攻击一切权威，并经常上升到诗的灵感的高度。他所分析的作品大抵只是为他的出发点提供一点材料，半路上他便抛开它，专谈某一问题。《奥涅金》中一行诗句："所谓亲戚便是这么一群人"②，已足够他借题发挥，把家庭生活传到法庭上，剥开亲属关系的画皮。谁不记得他那些论《旅行马车》③，论屠格涅夫的《巴拉莎》④，论杰尔查文，论莫恰洛夫⑤和哈姆雷特的文章？他坚持原则，始终如一，无所畏惧，在书报审查制度的暗礁间巧妙地航行，英勇地抨击文化界的学阀，抨击三个上层阶级的作家，抨击御用的文人学士、官僚政客，这些人随时企图把反对他们的人置之死地，软的不成便用硬的，反驳不成便用密告陷害。别林斯基无情地鞭挞他们，那些迂腐狭隘的风花雪月的讴歌者，那些文明、善行和温情的鉴赏家，他们浅薄的自尊心无不受到他的挖苦。他嘲笑他们视作珍宝的内心思想，他们在风烛残年焕发

---

① 指恰达耶夫的《哲学书简》。

② 见《叶夫根尼·奥涅金》第四章第二十节。这里指别林斯基在《亚历山大·普希金作品集》第八章中的论述。

③ 俄国作家索洛古勃的小说。

④ 屠格涅夫于1843年发表的叙事诗。

⑤ 莫恰洛夫（1800—1848），俄国著名悲剧演员，以饰演哈姆雷特等闻名。

的诗情画意，他们靠安娜绶带掩盖的天真稚气。为了这一切，他们对他真是恨之入骨！

从斯拉夫派说来，它是通过与别林斯基的鏖战正式形成的；他尽情讽刺他们，连他们戴的农民皮帽、穿的老式粗呢上衣也不放过。只要想一下，别林斯基起先是在《祖国纪事》上撰文，而基列耶夫斯基①最早出版的卓越期刊名叫《欧罗巴人》；这些名称最足以证明，开头还没有明显的分歧，还没有形成两种理论和派别。

莫斯科和彼得堡的青年从每月 25 号起便如饥似渴地等待着别林斯基的文章。大学生们三番五次跑进咖啡馆，打听《祖国纪事》到了没有；厚厚的杂志一到便争相翻阅。"有没有别林斯基的文章？""有。"于是怀着狂热的同情，把它一口气读完，一边读一边笑，一边争论……三四种不同的信仰和根据顿时化为乌有。

难怪彼得保罗要塞司令斯科别列夫一天在涅瓦大街上遇到别林斯基，跟他开玩笑道："您什么时候驾临我们的要塞啊，我已准备好一间温暖的牢房供阁下居住。"

我在另一部书②中，已就别林斯基的发展和他的文学活动作了论述，这里只想谈一下他本人。

别林斯基非常怕羞，平常遇见陌生人或者人太多的时候，他就会手足失措；他知道这一点，想要掩饰，结果反而弄得很滑稽。K③要他一起拜访一位夫人；离她家越来越近，别林斯基也变得越来越不安，他问，可不可改天再去，说他头痛。K了解他，不理睬他的借口。车到门口，别林斯基一下雪橇，便想溜之大吉，被 K 一

---

① 斯拉夫派理论家。
② 指赫尔岑在 1851 年出版的《论俄国革命思想的发展》。
③ 不知是谁，一般认为指凯切尔。

把抓住大衣，拖进了屋子。

他有时也上奥多耶夫斯基公爵①府，参加文学界和外交界的晚会。在那里聚会的人，除了某种相互的猜忌和厌恶之外，没有任何共同点。这些人形形色色，有大使馆官员和考古学家萨哈罗夫②，也有画家和亚·迈恩多夫③，还有学者出身的高等文官，北京来的雅金甫·比丘林④，半宪兵半文学家的人物，以及全部是宪兵而根本不是文学家的人物。安·克⑤在那里始终保持沉默，以致将军们都把他当作权威。主妇看到丈夫这些粗俗的座上客，心中不免暗暗叫苦，她之容忍他们，正如路易－菲力普登基之初，迁就自己的拥戴者，请他们参加杜伊勒里宫的舞会，让吊袜带技师、杂货店老板、鞋匠和其他可敬的公民挤满整个底层一样。

在这种晚会上，别林斯基总是心慌意乱，不知怎么办才好；他一边是不懂一句俄国话的萨克森公使，另一边是连别人头脑中的话也懂得的第三厅官员。他每参加一次这样的晚会总要病两三天，把带他去的人大骂一顿。

有一次在星期六，新年前夕，大部分客人已经离开，主人忽发奇想，要煮热糖酒款待亲密朋友。别林斯基本来一定也走了，但家具拦住了他的出路，他不知怎么被挤进了一个角落，前面有一张小桌子，桌上放着酒和杯子。茹科夫斯基穿了绣金边的白官服裤，端

① 奥多耶夫斯基 (1804—1869)，俄国公爵，作家和音乐评论家。

② 萨哈罗夫 (1807—1863)，俄国著名的考古学家和人种学家。

③ 迈恩多夫 (1798—1865)，俄国大官僚和经济学家。

④ 雅金甫·比丘林 (1777—1853)，俄国东正教传教士，汉学家，曾在华传教多年 (1807—1821)，曾翻译和撰写有关中国历史和风俗的著作。

⑤ 指安德烈·克拉耶夫斯基 (1810—1889)，俄国著名的政论家，《祖国纪事》的发行人，别林斯基主持该刊的批评栏达六年之久。

坐在他斜对面。别林斯基耐心坐了好久，但看到自己的命运毫无好转的希望，便开始慢慢挪动桌子。桌子起先还听话，后来忽然一晃，砰的一声倒在地上，把一瓶波尔多酒泼了茹科夫斯基一身。他跳了起来，红葡萄酒便顺着裤子往下流。大家慌了手脚，一个仆役拼命用餐巾给他擦裤子，把没沾酒的地方也弄脏了，另一个仆役拾掇打碎的酒杯……别林斯基趁骚乱当口一溜烟走了；他窘得要死，是步行奔回家中的。

可爱的别林斯基！这类事件总是使他怨恨不已，几天不能平静，一想起来不是觉得好笑，只是觉得可怕，在屋里踱来踱去直摇头。

但是这个腼腆的人，这个虚弱的身体，却具有一种强大的、斗士般的性格；是的，这是一个坚强的战士！他不善于说教，劝导，他需要论争。没有对手，没有愤恨，他就语不惊人，但是一旦他觉得自己受了伤害，一旦他心爱的信念遭到触犯，他的脸部肌肉开始颤动，声音喷薄而出，情形就不同了；他像一头小老虎，扑到对方身上，撕裂他的肢体，剥开他的表皮，把他弄得狼狈不堪，丑态百出，同时以非凡的力量，非凡的诗意，阐明了自己的观点。论争结束之时，这位病人往往咯血不止，脸色苍白，气喘吁吁，眼睛注视着与他谈话的人，用哆嗦的手拿起手帕，按在嘴边，缄默不语，为自己的体弱多病而深感苦恼和沮丧。每逢这种时候，我是多么爱他和可怜他啊！

他在经济上受到文学包工头的剥削，在精神上受到书报审查制度的摧残，在彼得堡他的周围很少志同道合的人，波罗的海气候对折磨他的疾病又有致命的危害，处在这样的环境中，他变得愈来愈愤愤不平，容易动怒。他回避生人，怕羞到闭门不出，有时几个星期闷闷不乐，无所事事。于是编辑部一再写条子来催稿，这位被奴役的文学家只得咬紧牙关，拿起了笔，写出了那些愤激之情溢于言表的尖刻文章，那些使读者心惊胆战的起诉书。

筋疲力尽的他，常常跑到我家中休息，接连几个小时躺在地板上，逗我两岁的儿子玩儿。只有我们三个人的时候，一切都太平无事，但一旦传来门铃声，惊悸的神色马上会从他脸上掠过，他不安地四面张望，寻找帽子；后来由于斯拉夫人的弱点，又留下了。这时只要一句话，一个意见不合他的心意，便会引起一场别开生面的争吵和辩论……

一天他在一个文学家①那儿用膳，这时正是耶稣受难周的斋期，吃的是素餐。

"您几时变得这么虔诚的？"他问。

"我们吃斋也是不得已，"文学家回答，"总得为人表率啊。"

"为人表率？"别林斯基问，气得脸色发白。"是做给那些仆人看吧？"他又说一遍，离开了座位。"您的仆人在哪里？我要告诉他们，他们受骗了。这种对弱者、对无知者的愚弄，这种助长愚昧的假仁假义，比任何公开的罪恶更坏，更不人道。您以为您是自由人吗？您与一切帝王、神父和剥削者不过是一丘之貉。再见，我不能为了愚弄人民吃斋，我不想为人表率！"

在那些已彻底德国化的俄国人中，有一个是我们大学的硕士，刚从柏林回来②；这位好好先生戴一副蓝眼镜，墨守成规，拘泥礼节，已被哲学和语文学弄得头脑迟钝，冥顽不灵，再也不能有所作为了。可是这个有些迂腐的书呆子偏爱高谈阔论。一次在那位恪守

---

① 指伊·伊·帕纳耶夫（1812—1862），当时的一个作家，1847 年起与涅克拉索夫一起主编《现代人》，写有著名的《文学回忆录》。

② 指作家和教授涅韦罗夫，也是斯坦克维奇小组的成员。

斋期、要为人表率的小说家的文学晚会上,硕士大放厥词,发表了一通冠冕堂皇、四平八稳的议论。别林斯基靠在墙角的躺椅上,我走过时,他一把拉住我的衣襟,说道:

"你听见这个混蛋在胡诌什么吗?我的舌头早已忍不住了,可是胸口有些痛,人又太多,我央求你行行好,捉弄他一下,给他点颜色看,想几句话挖苦他,反正这是你的拿手戏,来吧,替我出出气。"

我哈哈大笑,对他说,他怂恿我做这事,正如唆使哈巴狗去捉老鼠。我与这位先生可说素昧平生,而且几乎没听到他在说什么。

晚会临近结束时,戴蓝眼镜的硕士大骂科利佐夫①抛弃了人民的服装,骂了一会儿忽然把话题一转,谈到了恰达耶夫的著名《书简》,他的话庸俗无聊,口气却那么妄自尊大,令人觉得好笑,最后他说道:

"不论怎样,我认为他的行为是卑鄙的,可耻的,这种人为我所不齿。"

有一个在场的人是熟知恰达耶夫的,这便是我。关于恰达耶夫,我以后还有不少话要讲,我始终爱他,尊敬他,也为他所爱,我不能对这种粗野的攻击置之不理。我严厉责问他,他是否认为,恰达耶夫写这文章是别有用心或者言不由衷的?

"完全不是。"硕士回答。

这就开始了不愉快的对话,我向他证明,把"卑鄙"、"可耻"这类形容词加在敢于直抒己见、并为此承受痛苦的人身上,这行为本身就是卑鄙可耻的。于是他向我大谈民族的统一,国家的团结,破坏这种团结便是犯罪,它们是神圣不可侵犯的等等。

---

① 科利佐夫(1809—1842),著名的俄国诗人,平民出身。

突然，别林斯基打断了我的话，从沙发上一跃而起，脸色像纸一样白，走到我身边，拍拍我的肩膀道：

"事情很清楚，他们要当审判官和检察官，统治人民的思想……"于是他滔滔不绝说了下去。

他的话具有振奋人心的威力，在严厉的措辞中夹杂着匕首似的讥刺。

"瞧他们那副大义凛然的架势！鞭打——他们无动于衷，流放西伯利亚——他们无动于衷，可是一旦恰达耶夫触犯了他们的民族荣誉，他们就开口了：不准讲话！讲话就是大逆不道，奴隶从来没有资格讲话！在比较文明的国家，人们的感觉应该也比在科斯特罗马和卡卢加发达一些，为什么在那里倒不怕人讲话？"

"文明的国家里有监狱，"硕士说，露出一副无与伦比的得意神色，"监狱可以把亵渎全民族荣誉的疯子囚禁起来……这么做非常好。"

别林斯基挺直了身子，这时他像巨人一样，神色是可怕的，他把两手合抱在衰弱的胸前，逼视着硕士，用深沉的嗓音回答道：

"在更文明的国家中有断头台，它可以处死那些认为这么做非常好的人。"

说完这话，他已精疲力竭，倒在安乐椅上，不再作声。听到"断头台"，主人面色发白，客人目瞪口呆，大厅中一时鸦雀无声。硕士被弄得十分尴尬，但人的自尊心在这种时候偏偏不肯善罢甘休。屠格涅夫劝人在卷进一场风波怒不可遏时，讲话之前先把舌头在嘴巴内卷动十来次。

硕士不懂得这个简便的办法，继续喋喋不休，但这些废话与其说是对别林斯基，不如说是对其他人讲的。

"不论您如何偏激，"他最后说，"我相信有一点我还是与您一致的……"

"不！"别林斯基回答，"随您怎么花言巧语，我与您什么也不会一致！"

大家笑了一会儿便吃夜宵去了。硕士也拿起帽子走了。

……物质上的匮乏，精神上的痛苦，很快损伤了别林斯基虚弱的肌体。他的脸，特别是嘴角边的肌肉和凝然不动的悲愤目光，都说明他内心活动的激烈，体力消耗的迅速。

我最后一次见到他是在巴黎，这是 1847 年秋，他已病重，怕大声讲话，从前的精力只是回光返照似的偶尔重现一下。就是在这个时期，他写了给果戈理的信。

二月革命①的消息传到时，他还活着；直到临终，他仍把它看作黎明前的曙光！

这一章②在1854年便是这么结束的；那以后情况有了很大不同。我与那个时期已变得接近多了，这是由于我与这里的人距离扩大了，也是由于奥加辽夫的到来③和两部书的问世：安年科夫④的斯坦克维奇传记和别林斯基文集的头几卷⑤。病房的窗户突然打开，田野上的新鲜空气吹进了屋子，这是一股春天的清新气流……

斯坦克维奇的书信没有引起注意，它发表得不是时候。1857 年

---

① 指 1848 年法国的二月革命，别林斯基于同年 5 月 26 日在彼得堡去世。

② 指 1855 年发表在《北极星》上的这一章，后来在编定《往事与随想》的单行本时，赫尔岑把"斯坦克维奇小组"部分也编入了这一章。

③ 奥加辽夫于 1856 年离开俄国前往伦敦，与赫尔岑一起主持《警钟》的出版工作。

④ 安年科夫 (1812—1887)，俄国自由派文学评论家及回忆录作者。他所编的《斯坦克维奇，他的书信及传记》于 1857 年在莫斯科出版。

⑤ 《别林斯基文集》于 1859 年起在莫斯科出版，共十二卷。

底，俄国在尼古拉的葬礼之后还没有清醒过来，还在期待和瞻望；这不是回忆的适当时机……但是这本书不会湮没无闻。它将作为时代的罕见的纪念碑之一留在荒凉的墓园中，识字的人都能从这里读到当年被无声无息地埋葬了的东西。从 1825 年延续到 1855 年的瘟疫时期，不久即将被彻底肃清；人的脚印在警察的蹂躏下可能泯灭，但未来的时代面对这空空荡荡的萧瑟原野，尽管一再感到困惑莫解，仍将不断探索消失不见的思想发展的踪迹，因为它们实际上并未中断。从表面来看，血液已停止流动，尼古拉束缚了动脉，但是血仍通过周围的各种孔道在渗透。正是这些毛细管在别林斯基的文集和斯坦克维奇的书信中留下了自己的痕迹。

三十年前，未来的俄罗斯仅仅存在于几个孩子之间，他们刚离开童年，还那么微不足道，不易察觉，因此可以在专制制度的铁蹄和土地之间的隙缝中盘桓发展，可是他们身上蕴藏着 12 月 14 日的传统，全人类科学和真正人民罗斯的传统。这些新的生命必然要成长，正如青草会在尚未冷却的火山口上顽强地繁衍一样。

有一些不同寻常的孩子逃脱了恶魔的血盆大口；他们生长，发展，开始了截然不同的另一种生活。他们软弱，微小，无依无靠，非但这样，而且受尽摧残，因此极易丧失生命，不留下一点痕迹，但他们活了下来，即使半途夭折，也不会一切都随着他们死去。这是头一批种子，历史的萌芽，无人瞩目，也难于发现，与一切幼芽相同。

他们中间逐渐形成了一些小组。不同的人向着不同的核心汇集，小组之间后来变得壁垒森严。这种分裂为它们提供了广泛而多样的发展，及至到达极限，不可能再发展时，各个支流又重新汇合，不论它们叫什么名称——斯坦克维奇小组、斯拉夫派或我们的小组。

它们共同的主要特色，是对官方俄罗斯，对周围的环境，怀着深刻的否定情绪，力图超脱这环境，有的甚至激烈到要消灭它。

反对者说，这些小组上不巴天，下不着地，不过是例外的孤立现象，与大局无关，这类青年所受教育大多是舶来品，进口货，他们的观点并不新鲜，不过是法国和德国思想的俄文翻版。我们认为，这说法是毫无根据的。

也许，在上世纪末和本世纪初，贵族中间出现过一批外国化的俄国人，这些人割断了与民族生活的一切联系，但是他们既未发挥积极作用，也没为自己的信念建立小组，也未创造自己的文学。他们无声无息地消逝了。作为彼得一世脱离民族的方针的牺牲者，他们成了一些怪物和狂人，这种人不仅并无必要，而且不值得怜惜。1812年的战争给他们敲了丧钟，此后老的一代只是苟延残喘，新的一代则已改弦易辙。把恰达耶夫归入他们这一类，是大错特错的。

抗议，否定，对祖国的憎恨，与心平气和的外国化，可以说完全具有不同的意义。拜伦抨击英国生活，像躲避瘟疫一样逃离英国，然而他仍是典型的英国人。海涅出于对德国丑恶的政治现状的愤慨，竭力使自己法国化，然而他仍是地道的德国人。基督教是对犹太教的最大抗议，然而它仍充满犹太教精神。北美合众国与英国的决裂可能导致战争与仇恨，然而不能使北美人变成不是英国人。

人们要摒弃自己的生理烙印和传统气质，一般说来非常困难；除非此人淡泊恬静，已丧失一切热情，或者在从事抽象的理论研究。没有个性的数学，超乎人生之外的大自然的客体，不致涉及这些精神方面，不会激起这种变化；但一旦我们触及生活、艺术、道德等等问题，情况立即不同，在这里人不仅是观察者和研究者，同时也是参与者，于是我们发现，生理的局限多么难以跨越，天生的血液和脑髓中印有摇篮曲，祖国山河、风俗习惯和周围一切事物的痕迹，它们总要发生作用。

诗人和艺术家在自己真正的作品中始终是具有民族性的。不论他做什么，对他的创作怀着什么目的和思想，他所表现的，有意无意之间总会流露民族性格的某些气质，而且会比民族历史本身表现得更深刻，更显著。甚至在抛弃一切民族色彩之后，艺术家仍不会丧失某些主要特征，使人们可以据以看出，他系何许人。歌德在希腊式的《伊菲格涅亚》①中，在东方风味的《诗集》②中，仍是德国人。确实像罗马人所说的，诗人是"先知"，但他们抒发的决不是乌有之物或偶然现象，他们只是把存在于群众朦胧意识中尚未被察觉的、处于昏睡状态的东西，形诸笔墨而已。

盎格鲁－撒克逊民族精神中自古以来存在的一切，都由一个人囊括无遗地作了表现；它的每一条纤维，每一个迹象，每一种世代沿袭的迫害，都无意之间在他那里取得了形态和语言。

大约谁也不致认为，伊丽莎白时代的英国，特别是大多数民众，都了解莎士比亚的作品；直至今日，他们也不一定了解得很清楚——要知道他们对自己也不很了解呢。但是英国人走进剧场，由于意气相投，本能上会了解莎士比亚，这是我毫不怀疑的。他听戏的时候，随着戏剧的进展，会觉得愈来愈了解，愈来愈明白。法国人聪慧敏锐，接受能力强，这样的民族应该也可以了解莎士比亚。例如哈姆雷特，这是具有全人类意义的性格，尤其在充满疑虑和苦闷的时代，在意识到某种罪恶勾当正在身旁进行，而德行遭到背弃，卑鄙

---

① 指歌德的剧本《伊菲格涅亚在陶里斯》。

② 指歌德的《东西方合集》。

宵小之徒飞扬跋扈的时代，很难设想谁会不理解这样的人物。然而一切努力与尝试都无济于事，对于法国人，哈姆雷特依然是陌生的。

上世纪的贵族一贯鄙视俄国的一切，但事实上他们仍像俄国人，比仆役之像农奴还像得多。由此可见，青年人也决不会因为读了法国和德国的科学著作便失去俄罗斯性格。一部分莫斯科的斯拉夫人，正是拿着黑格尔的书走上极端斯拉夫主义道路的。

这里要谈的那些小组，它们的出现本身，就是对当时俄国生活的回答，是它的深刻的内在需要引起的自然反应。

1825年转折之后的停滞时期，我已谈过多次。社会的道德水平降低了，发展中断了，生活中一切进步的、强大的因素被铲除了。剩下的是一些惊慌失措、软弱无力、灰心丧气的人，他们头脑空虚，胆小怕事；现在，亚历山大时期的废物窃据了要津，他们逐渐变成了趋炎附势的生意人，失去了对酒高歌、雍容华贵的豪迈诗意和任何独立自主的尊严感。这些人一心做官，爬上了高位，但并无雄才大略。他们的时代过去了。

在这个贵族社会下面，民众的广阔世界保持着冷漠的沉默；对于他们，一切都没有改变——他们的境况很糟，但并不比以前更糟，新的打击不是落在他们伤痕累累的背脊上。他们的时代尚未到来。在这个屋顶和这个地基之间，一批孩子首先抬起了头，也许这是因为他们从未想到，这有多么危险。但是不论怎样，这些孩子惊醒了俄国，俄国开始思考了。

理论与客观生活实际截然相反的矛盾，使这些孩子感到惊愕。教师、书本、学校讲的是一回事——这"一回事"，他们的思想和感情是能够接受的。父母、亲戚和周围的人们所讲的又是一回事，而这"一回事"，无论思想和感情都无法赞同，但是它却得到执政当局的嘉许和物质利益的鼓舞。教育与习俗之间的这个矛盾，在任何地方都不如在贵族的俄罗斯那么突出。披头散发的德国大学生，把圆制帽戴在七分之一的脑瓜上，干着惊世骇俗的越轨行为，然而他们与德国市侩阶级的血缘关系，远远超出一般人的想象之外。法国大学生由于竞争和虚荣心作怪，变得清癯消瘦，然而已不难看出，他们是未来善于钻营投机的精明人物。

我们这儿，受教育的人总是十分罕见。但是有机会受教育的，他们获得的与其说是渊博的知识，不如说是相当普遍的人道精神；它一旦被接受，就能使每一个学生人化。然而"人"正是升官发财和振兴地主家业所不需要的。因此不得不或者重新失去人性（许多人正是这么做的），或者暂停前进，扪心自问："难道一定要做官不成？难道当地主真的很好吗？"于是一部分比较软弱、缺乏毅力的人，开始过闲散生活，他们以骑兵少尉的身份退伍，隐居乡间，穿长袍，玩古董，打牌，喝酒；另一些人则开始了考验和内心活动的时期。他们不能生活在双重人格中，又不甘心同流合污，否定自我；激昂的思想要求出路。对同样折磨年轻一代的各种问题，产生了不同的解决方法，从而导致了分裂为不同的派别。

例如，我们的小组就是这么形成的，在大学内，它遇到了已经存在的孙古罗夫小组。它的倾向与我们的一样，主要在政治方面，不是在学术方面。斯坦克维奇小组也在那时形成，与两者同样接近，也同样有距离。它走的是另一条路，它的兴趣纯粹在理论方面。

在30年代，我们的信念还太幼稚，太偏激和热烈，不可能不带有排外性。我们对斯坦克维奇小组保持着冷淡而尊重的态度，但不能融洽无间。他们在编制哲学体系，从事自我剖析，满足于精致的泛神论，然而并不排斥基督教。我们的理想是遵循十二月党人的范例，在俄国组织新的同盟，我们认为科学只是手段。政府的一切作为，都巩固了我们的革命倾向。

1834年，孙古罗夫小组全部被流放，因而消失了。

1835年，我们被流放；五年后回来时，我们经受了锻炼，增加了阅历。青年人的理想已变为成年人至死不渝的决心。这时正是斯坦克维奇小组的黄金时代。他本人我已经无缘得见——他已在德国；但正是在这时，别林斯基的文章开始引起了大家的注意。

回来后，我们进行了较量。从双方看，战斗是不平衡的；立足点、武器和语言都不一样。论争没有结果，于是我们看到，现在轮到我们来认真对待学术问题了，我们开始研究黑格尔和德国哲学。当我们理解一切之后，这才发现，我们与斯坦克维奇小组其实无须争论。

斯坦克维奇小组的解体应该是不可避免的。它完成了自己的使命，而且完成得十分出色。它对整个文学和高等教育发生了巨大影响，只要举出别林斯基和格拉诺夫斯基就够了；它产生了科利佐夫，它的成员中包括博特金和卡特科夫①等人。但是它要继续保持独立的地位，就不能不走上德国纯理论的道路，而这是活跃的俄国人所无法办到的。

在斯坦克维奇小组旁边，除了我们，还有一个小组，它是在我们流放期间形成的，它像我们的小组一样，与它处在犬牙交错的状态；这个小组后来称为斯拉夫派。"斯拉夫人"是从相反的方面去接触我们共同关心的人生问题，他们对现实生活和当前斗争，比斯坦克维奇小组热心得多。

自然，斯坦克维奇小组分别向斯拉夫派和我们的小组分化。阿

---

① 卡特科夫 (1818—1887)，俄国政论家，早年具有自由主义倾向，后转向反动方面。

克萨科夫弟兄①和萨马林②参加了斯拉夫派，即投向霍米亚科夫③和基列耶夫斯基弟兄④一边。别林斯基和巴枯宁转向我们一边。斯坦克维奇最亲近的友人，与他关系最密切的莫逆之交格拉诺夫斯基，从德国一回来就参加我们的小组了。

哪怕斯坦克维奇还活着，他的小组也不能免于没落。他本人也会转向霍米亚科夫或我们一边。

1842年，这个分化和组合的过程早已完成，我们的阵营与斯拉夫派进入了对峙状态。关于这场斗争我将在别处加以叙述。

最后，我想就组成斯坦克维奇小组的分子再讲几句话；这将投下一道光线，让人看到那些奇妙的地下暗流，怎样在悄悄地哺育这个俄国德式机体的健壮肌肤。

斯坦克维奇是沃罗涅日省一个富裕地主的儿子，起先在乡下当少爷，自由自在，后来被送进奥斯特罗戈日斯克中学（这在当时是异乎寻常的）。对于优良的天性，富人的、甚至贵族式的教育，也可以大有裨益。富足为一切发展和成长提供了不受限制的自由和广阔的天地，使年轻的头脑不必过早为生活操心，为前途担忧，最后，让人可以充分自由地从事他爱好的活动。

斯坦克维奇一帆风顺，多才多艺；他的艺术与音乐禀赋，加上反应灵敏、观察深入的天性，使他一进大学就崭露头角。他不仅理解力强，富有同情心，而且善于调和矛盾，或者如德国人所说，消

_____

① 伊·阿克萨科夫和康·阿克萨科夫都是当时斯拉夫派政论家及作家。

② 萨马林（1819—1876），斯拉夫派政论家。

③ 斯拉夫派主要理论家。

④ 指前面提到的伊·瓦·基列耶夫斯基和他的弟弟彼·瓦·基列耶夫斯基，他们都是斯拉夫派理论家。

灭矛盾，这种才能来源于他的艺术家气质。德国人需要和谐、融洽、欢乐的生活，他们从不计较方法；为了抹杀陷阱的存在，他们用布把它覆盖。布不能承受压力，但深坑不再裸露在眼前。他们遵循这样的途径，走进了泛神论的清静世界，在那里安心睡觉。但是斯坦克维奇是有才能的俄国人，他不可能长期安于"平静状态"。

这从他一毕业便不得不面临的第一个问题即可看出。

规定的学习时期结束了；他可以自己决定一切，不必听从别人的支配，但是他不知道该做什么。没有事需要继续干，周围也没有一个人或一件事对一个朝气蓬勃的年轻人具有吸引力。于是他在离开学校之后便睁开眼睛，打量世界了，他发现他在当时的俄国就像一个旅人在荒野上一觉醒来，不论往哪里看，只见到处是遗迹，到处是死者的白骨，到处是野兽和令人毛骨悚然的空虚，在这里灭亡是容易的，而斗争是不可能的。唯一可以继续从事，不必违背良心和志趣的，便是研究学问。

于是斯坦克维奇埋头钻研理论；他认为他的使命是当一名历史学家，他开始研究希罗多德①的著作。可以预料，这种研究是不会带来什么成果的。

他想上彼得堡，那里似乎热火朝天，那里的戏剧活动也令他神往，而与欧洲又近在咫尺；他还想担任奥斯特罗戈日斯克中学的名誉校长，决心"在这平凡的园地上"当一名园丁——这比研究希罗多德更难取得成效。实际上他向往的是莫斯科，是德国，是大学中的同窗好友，是他所憧憬的事业。没有亲近的朋友，他活不下去（这又可证明，他当时身边没有志同道合的人）。斯坦克维奇需要同

---

① 希罗多德（约公元前484—前425），古希腊历史学家，号称"历史之父"。

情，这种心理如此强烈，以致他有时甚至凭空臆造，把人们根本没有的同情和才能赋予他们，并赞赏不已①。

但是他具有一种能耐，使他不必经常乞灵于这种虚构，这就是他随时都会遇到一些杰出人物，而他善于正确地对待他们，凡是得到他真诚相待的，总是终生成为他的知交，他也总是用自己的言行使他们获益不浅，减轻他们的负担。

在沃罗涅日，斯坦克维奇常上当地唯一的图书馆借书，他在那里遇见一个贫穷的青年，这人是平民，谦逊，忧郁。原来他的父亲是牲畜商贩，斯坦克维奇的父亲也是他的主顾。牲畜商的年轻儿子获得了斯坦克维奇的好感，他读过许多书，喜欢谈论学问。他们接近了。青年人露出羞涩而胆怯的神色，自称他也在练习写诗，还红着脸说，他要把它们拿给他看。斯坦克维奇在伟大的天才面前愣住了，可是这个人还没有意识到自己的才能，还没有树立信心。从这时起，他始终关心着他，直至科利佐夫的诗歌传遍整个俄国，受到普遍赞美为止。这个贫穷的小牲畜商在父母的压力下，得不到丝毫同情与温暖，得不到任何人的承认，如果没有遇到斯坦克维奇，很可能只得在伏尔加河边驱赶着牲口，让自己的诗歌湮没在寂寞的草原上，而俄国也不会听到这些美妙的、亲切感人的诗歌。

巴枯宁从炮兵学校毕业后，进了近卫军当军官。据说他的父亲由于对他不满，亲自要求把他调往作战部队。他随着炮兵辎重车驻在白俄罗斯的偏僻村庄中，孤单寂寞，性情变得古怪而孤僻了；他

---

① 克柳什尼科夫曾形象地指出过这一点，他说："斯坦克维奇是一枚银卢布，却对五戈比铜币的体积惊羡不止。"（见安年科夫的《斯坦克维奇传记》第133页）——作者注
克柳什尼科夫（1811—1895），俄国诗人。

什么也不干，整天穿着皮袄，躺在床上。队长同情他，但也无可奈何，只得提醒他，应该或者工作，或者退伍。巴枯宁从未想到他有这权利，当即提出辞职申请。批准之后，巴枯宁到了莫斯科；从这时（大约1836年）起，巴枯宁开始了严肃的生活。从前，他什么问题也不研究，什么书也不读，德文也很差。他天生擅长辩证的方法，具有坚韧不拔的、顽强的思维能力，凭着这些天分，他在没有计划、无人指导的状况下，涉猎光怪陆离的各家学说，在自学的道路上摸索。斯坦克维奇了解他的才能，引导他专心研究哲学。巴枯宁从康德和费希特的著作中学会了德文，然后着手钻研黑格尔，完全掌握了他的方法论和逻辑学——而后来谁没接受过他的教导啊！我们和别林斯基，夫人们和蒲鲁东，都是这样。

但是别林斯基同样也直接从那个源泉汲取过力量；斯坦克维奇对艺术、对诗及其与生活的关系的观点，在别林斯基的文章中，发展成了那种使人耳目一新的、强劲有力的批判，那种对世界和生活的新见解，它们震惊了俄国的整个思想界，使一切腐儒学究惶恐不安，望风而逃。斯坦克维奇不得不出来约束别林斯基，后者那种冲破一切樊篱的天才是热烈而无情的，它疾恶如仇，与斯坦克维奇美学上稳健的中庸之道发生了抵触。

与此同时，斯坦克维奇还得像兄长一样支持和鼓励格拉诺夫斯基；后者文静，和蔼，耽于沉思，当时正处在消极悲观状态。斯坦克维奇写给格拉诺夫斯基的信是优美动人的，而格拉诺夫斯基也是多么爱他啊！

斯坦克维奇去世不久，格拉诺夫斯基写道："我还没有从最初的打击中苏醒过来。灾难本身并不使我震动，我早已有了预感。但直至现在我还不相信这是真的——只是有时心里闷得发慌。他带走了我生命中必不可少的东西。我应该感激他的实在太多了，这是任何人也比不上的。他对我们的影响是无穷的，美好的。"

……可以这么讲的人有多少啊！——也许他们已经讲了！……

在斯坦克维奇的小组内，只有他和博特金两人是富裕的，完全不必为衣食担忧。其余的人虽然千差万别，其实都是无产者。巴枯宁的父母对他断绝了接济；别林斯基是琴巴雷地方小官吏的儿子，因"缺乏才能"被莫斯科大学开除，只得靠写文章的微末收入糊口。克拉索夫①毕业后，到外省一个地主家当临时家庭教师，但是与宗法制农奴主一起过活叫他受不了，于是他在严寒中背起背囊，跟着一些农民的大车队，徒步跑回了莫斯科。看来，他们每个人在离开家庭接受父母的祝福时，父母（谁能因此责备他们呢？）说的都是："唉，记着，要用功读书；读好书，给自己开拓一条道路，不要指望得到遗产，我们也没什么可以给你，你的命运靠你自己创造，但是不要忘记我们。"另一方面，斯坦克维奇听到的大概是：从各方面看，他可以在社会上占有一个体面的位置，他的财富和门第也使他可以出人头地。博特金也一样，从老父亲到掌柜的，家中所有的人都用言语和行为向他表明，应该尽量赚钱，使自己富上加富。

是什么感召了这些人，是谁用法术改造了他们？他们所想的，所关心的，不是自己的社会地位，不是个人利益，不是生活保障；他们的整个生命，他们的一切努力，全都贡献给了没有丝毫个人利益的共同事业；一些人忘记了自己的财富，另一些人忘记了自己的贫穷，为了解决理论上的问题，前进不息。真理、科学、艺术和人道的利益压倒了一切。

---

① 克拉索夫（1810—1855），俄国诗人，斯坦克维奇小组成员。

注意，这种超脱世俗利益的态度，绝不限于大学时代和青年时期的二三年岁月。斯坦克维奇小组最优秀的人物死了，其余活到今天的也仍一如既往。别林斯基于努力工作和历尽辛酸之后，作为一个战士在贫困中死去。格拉诺夫斯基是为了传布科学与人道，在走上讲台时倒下的。博特金事实上没有成为商人……他们谁也未曾飞黄腾达。

两个兄弟组——斯拉夫派和我们，也是这样。试问，在现代西方的任何角落，任何地方，你们会见到这么一群群思想界的隐修士，科学界的苦行僧，这种把青年的理想一直珍藏到白发皓首的狂热信徒吗？

请问，这种人在哪里？我可以大胆向你们挑战；你们只能举出一个国家，它一度可算例外，那就是意大利。但我要划定战场的界线，即对方不得从统计的范畴溜进历史的范畴。

布鲁诺① 和伽利略等是为理性和科学而受难的人，在他们的时代，人们对理论的兴趣如何，对真理与宗教的热情怎样，我们是知道的。我们也知道，18 世纪下半叶百科全书派的法国怎样。但往后呢？往后就……无可奉告了！

现代的欧洲没有青春，也没有青年。我这观点已遭到复辟时期末年和七月王朝时期法兰西最卓越的代表维克多·雨果的反对。他特别提出了 20 年代的青年法国，我也乐于赞同，承认我讲得太绝对；② 但除了这一点，我仍无法对他让步。这有法国人的自白为证。

---

① 布鲁诺 (1548—1600)，意大利天文学家，无神论思想家，因捍卫哥白尼学说，反对宗教迷信，被宗教裁判所判处死刑，火焚而死。

② 维·雨果读了德拉沃翻译的《往事与随想》，写信给我，为复辟时期的法国青年辩护。——作者注

只需读一下阿尔弗雷德·德·缪塞①的诗歌和《一个世纪儿的忏悔》，回顾一下从乔治·桑的记载，当代的小说、戏剧和法院案卷中透露出来的法国，即可窥见一斑。

但是这一切证明什么呢？证明很多东西，不过最重要的是：德国制的中国靴子，俄国已穿了一百五十年，磨出了不少老茧，但显然还没损伤骨头，因此只要舒展一下肢体，每次都会产生一些充满生机的年轻活力。这虽然不能为未来提供任何保证，但已使这种变化显得完全可能了。

按:《往事与随想》第一卷的法译本于1860年初在巴黎出版，赫尔岑送了一本给雨果，雨果读后，在给赫尔岑的感谢信中，提到第七章中对法国青年的批评不够公正，认为这是该书的"白璧之瑕"，并为此表示遗憾。

① 缪塞（1810—1857），法国著名诗人。在自传体小说《一个世纪儿的忏悔》中，缪塞抨击了复辟时期的法国。

第二十六章

警告——贵族铨叙局——内务部办公厅——第三厅——岗警事件——杜贝尔特将军——本肯多夫伯爵——奥莉加·亚历山德罗夫娜·热列布佐娃——第二次流放

　　我们在莫斯科虽然过得自由自在，最后仍不得不迁居彼得堡。这是我父亲的要求；内务大臣斯特罗戈诺夫伯爵把我安置在他的办公厅供职，于是我们在 1840 年夏末到了那里。

　　不过在 1839 年 12 月，我到过彼得堡一次，住了两三个星期。

　　事情是这样的。自从对我的监视撤销之后，我取得了出入"皇上驻地和首都"（按照康·阿克萨科夫的说法）的权利①，而我的父亲坚信，涅瓦河畔的皇上驻地比古都对我更合适。于是学区总监斯特罗戈诺夫伯爵②写了一封信介绍我去拜见他的胞弟。但这

---

① 康·阿克萨科夫是斯拉夫派的主要理论家之一，斯拉夫派主张把俄国恢复到 17 世纪以前的状态，因此当时俄国虽然已经迁都彼得堡，他们仍把莫斯科看作首都，而彼得堡不过是"皇上的驻地"。

② 谢·斯特罗戈诺夫 (1794—1882)，当时的莫斯科学区总监，他是前面提到的内务大臣亚·斯特罗戈诺夫的胞兄。

还不是全部情由。弗拉基米尔省长推荐我晋升八等文官，我的父亲希望我的升级尽快实现。[①] 在贵族铨叙局，各省有一定的顺序。按这顺序进行往往像乌龟爬行一般旷日持久，除非提出特别申请。这几乎已成为规矩，它的代价是昂贵的，因为一省的名单可以不按顺序，但不能从名单中单独提出一个官员进行铨叙。因此必须为大家付钱，"否则，其余的官员岂不成了免费超越顺序？"通常官员们是醵资以后推派代表进京办理；这次一切费用却由我父亲一人承担，因此弗拉基米尔的几位九等文官是靠了他，才提早八个月当上八等文官的。

父亲为这事打发我上彼得堡活动的时候，与我告别之后，又再一次叮嘱道：

"看在上帝面上，你千万小心，要提防所有的人，从驿车管理员到我写信介绍你去拜访的那些熟人，一个都不能相信。今天的彼得堡与我们那时候不同啦，在任何场合总有那么一两只苍蝇。这话你务必牢记在心。"

我怀着彼得堡生活的这句座右铭，跨上原始的驿车（这种驿车具有其他驿车已彻底清除的一切缺点）出发了。

我于晚上九时到达彼得堡，当即雇车赶往伊萨基耶夫广场——我希望我对彼得堡的观光从它开始。一切都覆盖在厚厚的白雪下，只有彼得大帝高踞马背，在灰色的座基上从茫茫黑夜中露出阴暗森严的轮廓：

---

① 当时俄国的文官晋升制度还是彼得大帝时期确立的，共分十四个等级，而从第九等升为第八等十分重要，因为按照这个制度，凡世袭贵族均可取得八等以上官职，而非世袭贵族升至第八等即可获得贵族称号。

黑影透过夜雾，

昂起高傲的头，

巍然挺身马上，

挥手指向远方，

这雄伟的巨人，

勒紧马首笼头，

坐骑高举前蹄，

使他更可高瞻远瞩。

（《感怀》）[1]

为什么 12 月 14 日的战斗正是在这广场上进行，为什么俄国解放的最早呼声正是从这铜像下发出，为什么方阵[2]会紧靠着彼得一世——这是对他的褒奖……还是惩罚？ 1825 年的 12 月 14 日，是 1725 年 1 月 21 日[3]所中断的事业的继续。尼古拉的炮弹针对叛乱，也同样针对着铜像；可惜霰弹未能摧毁青铜的彼得……

回到旅馆，我发现一位亲戚在等我；与他闲聊了一会儿，我无意间提到了伊萨基耶夫广场和 12 月 14 日。

"叔父怎样？"亲戚问我，"您离开时，他身体好吗？"

"多谢，与往常一样；他向您问好……"

亲戚丝毫没有改变脸色，只用目光向我发出责备、劝导和警告的信号；他把眼珠向旁边一斜，我不免转过身去，原来一个火夫在

---

① 引自奥加辽夫的长诗《感怀》第二卷第三章。

② 指起义者在彼得一世铜像周围布列的方阵。

③ 彼得一世逝世的日子实际上应为 1 月 28 日。

壁炉中架木柴，木柴烧着后，他就自己发挥了风箱的作用；雪从他靴子上融化，淌到地上，形成了一洼浊水。然后他拿起哥萨克长矛似的火钩走出了屋子。

我的亲戚这时才开始责备我，说我不该当着火夫的面谈这种"不堪入耳"的事，而且还用俄语。临走时他小声告诉我：

"顺便说一下，不要忘记，这儿有个理发师，在旅馆兜揽生意，出售乱七八糟的东西，如梳子，发霉的发蜡等等；您对他得多加小心，我看他与警察有联系——他说话颠三倒四的。我在这儿等您时，为了免得他纠缠，向他买了些小玩意儿。"

"为了奖励他？哦，那么洗衣妇大概也参加了宪兵团。"

"不要笑，您比别人更容易遭殃。您刚流放回来，背后有十个保姆在照顾您呢。"

"那样更好，七个保姆已经可以使我无人照顾了。"①

第二天我去找从前替我父亲办事的官员，他是小俄罗斯人，讲俄语带刺耳的重音；不论我讲什么，他毫不搭理，只是露出惊讶的神色，闭上眼睛，有时跟耗子似的举起胖胖的小手……他终于忍不住，看到我拿起帽子要走，把我叫到窗口，四面打量一下，对我说："我有句话请您别见怪，我与令尊府上，还有您几位故世的伯父，都已相识多年，这才不揣冒昧……我是说，关于您过去的事最好别再多提。您不妨想想，这有什么必要，现在一切都已烟消云散。您刚才不该在我的女厨子面前讲那些话，这个芬兰婆娘，谁知道她是什么货色，我本来就有些怕她呢。"

我琢磨着这个"可爱的城市"，告别了提心吊胆的官员……大

---

① 俄国有句谚语：保姆共七个，孩子没人管。意思是管的人多了，大家不负责。

雪纷飞，棉絮一般满天飘舞，潮湿阴冷的风沁入肌骨，吹打着帽子和大氅。车夫几乎看不清一步路以外，在雪中眯缝着眼睛，低垂着脑袋，一边吆喝："小心……心！"我回想起父亲的劝告，回想起亲戚和官员，还想到了乔治·桑的一篇童话：一只麻雀出外旅行，路过立陶宛，看见一只狼冻得半死，就问它，这地方气候这么坏，为什么要住在这里，狼回答道："自由使我忘记了气候。"

车夫是对的——"小心，小心！"我多么盼望快些离开啊！

这就难怪我初次赴京时间不久。三星期内我便办完事情，赶新年前回到了弗拉基米尔。

我在维亚特卡的经历，对我上贵族铨叙局办事大有用处。我已经知道，这个机构有点像从前伦敦的圣贾尔斯区域①，是公认的藏垢纳污之处，任何检查，任何改革，都无济于事。为了肃清圣贾尔斯地区的罪恶，必须采取非常手段，买下它的房屋，夷为平地。对贵族铨叙局也应照此办理。况且它完全没有必要，不过是培养寄生虫的温床；这是管理升官发财的机关，铨叙定级的办公厅，考据贵族爵位门第的文献研究所，衙门中的衙门。理所当然，滥用职权在那里是司空见惯的！

我父亲的代理人带一个瘦长老头儿来见我。老头儿穿一件制服，每个纽扣都松动了，衣服腌臜；虽然是清早，他已喝过酒。这人是枢密院印刷所的校对，他一边校正排印上的错误，一边却在幕后帮助铨叙部门各级官员制造其他错误。我与他商量了半个小时，讨价还价，像买一匹马或一件家具似的。然而他本人不能作肯定答复，先回枢密院请示，得到同意之后，才向我收取"定金"。

---

① 伦敦西部的一个区域，是盗贼聚居的罪恶渊薮。

"可是他们讲话算数吗？"

"您老尽管放心，这些人是靠得住的，他们得了好处，决不会不履行义务，这是人格问题。"校对回答，口气显得十分委屈，以致我不得不再增加一些酬金，表示歉意。

我的钱征服了他，他大讲起来：

"贵族铨叙局从前有一个秘书，真了不起，您可能听到过他，此公捞钱毫无顾忌，可从来未曾失事。一天，外省一位官员到局里托他办事，临走时偷偷从帽子下抽出一张灰票子①塞给他。秘书对他道：'何必这么秘密啊，这又不是情书，偷偷摸摸干啥？一张灰票子，让其他求情的人看到更好，这可以鼓励他们，因为他们看到，我拿了两百卢布，但没有白拿，事情圆满解决了。'于是他把钞票摊开，折叠整齐，放进坎肩口袋。"

校对讲得不错，秘书忠实履行了责任。

我是怀着近乎憎恨的心情离开彼得堡的。然而没有办法，我还是得迁移到这个令人不快的城市中居住。

我任职时间不长，又千方百计逃避工作，因此对这个衙门没多少话好讲。内务部的办公厅与维亚特卡省的办公厅相比，差别不过如干净靴子之与肮脏靴子一样：皮质相同，鞋底相同，只是前者擦得亮晶晶的，后者却沾满污泥。我在这儿没见到酗酒的官员，也没见到为一份证件索取二十戈比的事，但总觉得，在他们衣冠楚楚、温文尔雅的外表下，隐藏着同样卑鄙、阴暗、浅薄、贪婪和怯懦的灵魂，相比之下，我那位维亚特卡的科长②还更像一个人。看

---

① 旧俄纸币，值二百卢布。
② 指阿列尼岑，维亚特卡省办公厅主任，不是科长。

到这些新同事，我不禁想起，那位科长有一次在省土地丈量员的宴会上喝得兴致勃勃，拿起吉他弹舞曲，最后终于忍不住，一边弹吉他，一边一跃而起，蹲下两腿跳起舞来。这些家伙却从来不会对任何事着迷，他们的血是冷的，酒不会冲昏他们的头脑。他们可以在舞蹈课上与德国妞儿跳法国的卡德里尔舞，扮演失恋的痛苦，吟诵季莫费耶夫和库科利尼克①的诗句……他们是外交家、贵族和曼弗雷德②。遗憾的是，哪怕达什科夫大臣③也无法叫这些恰尔德·哈罗尔德④们戒除在戏院，在教堂，在一切地方，向长官立正鞠躬的习惯。

彼得堡人嘲笑莫斯科人的装束，看不惯那种轻便短上衣和鸭舌帽，长头发和平民化的小胡子。莫斯科确实是非官方城市，有些不受约束，不守规矩，但这是优点或是缺点，还不能下定论。千篇一律，缺乏变化，缺乏个性，没有例外和特色，形式上的绝对统一，外表上的彻底整齐——这一切只有在最不合人情的场合，在兵营中，才能获得高度发展。制服和单调统一，是专制政体的癖好。时装式样在任何地方都不如在彼得堡那样得到严格遵守，一丝不苟，这证明我们的修养还那么幼稚，我们的衣衫是别人的。欧洲人是穿衣服，我们是化装，因此总担心袖子太宽，领圈太窄。在巴黎，人们只担心穿得不雅致，在伦敦，人们只担心受凉，在意大利，人们爱穿什么就穿什么。如果我们那些衣服千篇一律、钮子扣得紧紧的时髦绅士，排队走过涅瓦大街，英国人见了一定以为是一队警察呢。

我每次都是耐着性子走进部里的。办公厅主任卡·卡·冯·波

---

① 当时俄国两个平凡的诗人和剧作家。

② 拜伦的诗剧《曼弗雷德》的主人公，一个孤高绝望的人物。

③ 当时俄国的司法大臣。

④ 拜伦的长诗《恰尔德·哈罗尔德游记》的主人公。

尔，出生在希乌马岛①，是摩拉维亚兄弟会②成员；这个萎靡不振的好好先生使周围的一切都笼罩在虔诚的宗教气氛中。科长们挟了公文夹跑来跑去，忙忙碌碌，对股长总是不满。股长们成天伏案书写，还是写不完那些公文；他们的前途就是终老在这位置上——最低限度，如无特别幸运的机会，得坐上二十来年。收发室一个公务员干了三十三年，天天登记公函，收发文件。

我的"文学习作"使我在这儿也叨了光，获得了某种优待。科长知道我对其他事一无所长，便派我编写汇报，把各省各地的报告归纳汇总。上司的先见之明，使他们认为必须对未来的结论事先提供一些指导，免得数字与事实妨碍了要求。例如，对一份汇报定了这么一个框框："根据罪行的数目及性质（虽然它们的数目和性质还不知道）分析，可见地方当局为提高民众道德，励精图治，已取得显著成效。"

命运和本肯多夫伯爵救了我，免了我参与制造假报告的工作。这原委我记在下面。

12月初，早晨九时，马特维报告说，警察所长要见我。我猜不透，是什么事劳驾他光临我的家，只得请他进屋。他给我看一张纸，上面写的是："请于上午十时前往皇上办公厅第三厅一谈。"

"很好，"我回答，"这是在链子桥附近？"

"不必费心，我的雪橇在下面，我送您去。"

我想事情不太妙，心里很紧张。

我走进卧室。我的妻抱着孩子坐在那儿，孩子病了好久，刚开

---

① 爱沙尼亚的一个岛。

② 基督教新教的一派，又称波希米亚兄弟会，反对教会内部的等级制度和烦琐仪式。

始复原。

"警察来干什么？"她问。

"不知道，可能有点小事，我得跟他走一趟……你不用担心。"

我的妻看了我一眼，什么也没回答，只是面色变了，仿佛乌云遮没了她的脸。她把孩子递给我吻别。

这时我才体会到，任何打击对成家的人总是沉重得多，因为承受打击的不仅他一人，他得为大家痛苦，也为大家的痛苦责备自己。

克制、忍耐和隐藏这种感情是可能的，但要知道，这代价也不小，我走出家门时，真是悲痛欲绝。六年前，我随警察局长米勒前往普列契斯钦警察所时，可不是这样的。

车子过了链子桥和夏园，拐向一幢房子，它本来属于科丘别伊家，现在尼古拉建立的世俗宗教裁判所就设在旁边一排房子里。我们的马车停在后门口；凡是从后门进去的人，不是都能出来的，有时即使出来，也是为了消失在西伯利亚，或者死在阿列克谢耶夫堡垒①中。我走过各种大大小小的院子，最后才到达办公厅，尽管有警官陪同，我还是被宪兵拦住了；他叫一个官员出来验看公文，然后把警官留在走廊内，让我跟官员入内。我被带到主任办公室，里面有一张大桌子，桌旁放着几把沙发椅。一个干瘦的老头儿，头发花白，脸色阴险，孤零零地坐在桌后。他故意装出一副了不起的样子，把一份公文看完之后，才起身向我走来。他胸前挂着一枚宝星勋章，我由此断定，这是宪兵机关的一个特务头子。

"您见过杜贝尔特将军②吗？"

---

① 彼得保罗要塞的一部分，是专门囚禁政治犯的监狱，佩斯捷利、雷列耶夫和车尔尼雪夫斯基等均曾囚禁于此。

② 杜贝尔特 (1792—1862)，俄国特务头子，本肯多夫的助手，第三厅办公厅主任。

"还没有。"

他沉默片刻，并不看我，皱起眉头，露出阴森的脸色，用一种嘶哑的嗓音（这种嗓音使我不寒而栗，想起莫斯科审讯委员会小戈利岑那种神经质的叫嚣）问道：

"您获得批准来京，大概还不太久吧？"

"那是去年。"

老头儿摇了摇脑袋。

"您辜负了皇上的恩典。看来您只能重返维亚特卡啦。"

我惊讶地望着他。

"是的，先生，"他继续道，"政府放您回来，您却对它以怨报德。"

"我简直什么也不明白。"我说，再三思索仍不得要领。

"不明白？——这更糟！可见根深蒂固，本性难移。您不是首先表示忠心，洗净青年时期误入歧途留下的污点，把自己的能耐用到有益的方面——不是！根本不是！还是妄谈国事，造谣惑众，危害政府。这就谈出事情来了；您怎么不吸取教训？您从何得知，与您谈话的人中间始终没有一个坏蛋[1]，他正求之不得，但愿能一转背就上这儿报功呢。"

"如果您能向我说明，这一切是什么意思，我将非常感激。我再三回忆还是不明白，您这些话是指什么，或者与什么事有关。"

"指什么？……哼……好吧，我问您，有没有听到蓝桥旁边一个岗警夜间杀人抢劫的事？"[2]

---

[1] 我可以保证，这位可敬的老人确实用了"坏蛋"这个字眼。——作者注

[2] 赫尔岑于1840年11月给父亲写信时提到了这件事，这封信落到了宪兵手中，因而出事。

"听到过。"我直率地回答。

"可能还传播过这消息吧？"

"大概讲过。"

"也许还发表了议论？"

"也许。"

"什么议论呢？对政府心怀不满，肆意攻击——这就是症结所在。我坦白对您说，有一点您还值得赞许，这就是您对一切供认不讳。我想伯爵会考虑这一点的。"

"算了，这哪里谈得到供认，"我说，"全城百姓谁不知道这件事，内务部办公厅以至小店铺中，都有人议论。因此我谈到它又有什么可奇怪的？"

"散播虚假而有害的谣言是一种罪行，是法律所不许可的。"

"您对我的责备使我觉得，似乎这事是我捏造的？"

"在呈送皇上的报告中仅仅说，您传播了这种有害的谣言。因此圣上决定，要您重返维亚特卡。"

"您不过是在吓唬我吧，"我回答，"怎么可以为这么一点小事就把一个有家的人放逐到千里之外，何况这是否事实，还没有经过查证，怎么能就此判罪和定刑呢？"

"您已经承认了。"

"可是在您与我谈话之前，报告已经呈上，事情已经决定了，不是吗？"

"请您自己瞧吧。"

老头儿走到桌边，在不大一叠公文中翻寻，冷冷地抽出一份递给我。我一看，简直不相信自己的眼睛；这种毫无公理可言的行径，这种不顾法律和正义的无耻勾当，哪怕在俄国也是惊人的。

我沉默了。似乎老头儿自己也觉得案情荒唐可笑，不可理喻，因此不想再为它辩护，也沉默了。过了一会儿，他问我：

"您好像说，您已经成家？"

"是的。"我回答。

"可惜我们事前不知道这一点，不过伯爵会尽力而为；我会转告他我们的谈话，但是不论怎样，您不能再留在彼得堡。"

他看了我一眼。我没作声，但我感到我的脸在发烧，我不能诉诸言语的一切，我强压在心头的一切，都从我脸上呈现出来了。

老头儿垂下眼皮，略一沉思，忽然装出委婉谦恭的神色，用冷漠的声调对我说道：

"我不能再留您了，我衷心希望……不过，以后怎样您会知道的。"

我赶回家中，心中充满怒火，像要爆炸一般；我的无权地位和无能为力使我痛苦，我像铁槛中的野兽，街上任何一个无耻顽童都可以随意侮弄它，因为他知道，老虎使尽所有的力气也不足以冲破牢笼。

我发现我的妻在发烧，从这天起她病了，加上晚间再次受惊，几天后终于引起了早产。孩子只活了一天，而她几乎过了三四年才复原。①

据说多情善感的父亲② 尼古拉·帕夫洛维奇，听到女儿死去时哭了③ ！

---

① 赫尔岑被第三厅召见时，他的妻子正在怀孕，因受惊，于 1841 年 2 月引起早产，生下赫尔岑的第二个儿子，取名伊万，孩子几天后便夭折了。

② 原文是拉丁文。

③ 尼古拉·帕夫洛维奇即沙皇尼古拉一世。尼古拉一世的女儿于 1844 年在分娩中死去。

他们这么起劲是为了什么——纷乱不堪，侦探密布，闹得鸡犬不宁，仿佛皇宫失火，皇位动摇，皇室面临覆灭了；可这一切实际上毫无必要！这是宪兵的诗歌朗诵，密探的即兴表演，一场无中生有的戏剧，目的无非为了向皇上表示耿耿忠心……瞧他们调兵遣将，好不热闹！

……我去第三厅的当天晚上，我们坐在小桌旁发愁，孩子在桌上摆弄玩具；我们很少说话。门铃蓦地响了，我们不禁一惊。马特维赶去开门，过一会儿，一个宪兵军官闯进了屋子，军刀和马刺铮铮作响。他先是彬彬有礼地向我的妻表示歉意，一再挑选字眼，说他"没有想到，没有料到，没有预计到，这儿有夫人和孩子，因此非常抱歉……"

宪兵是礼貌之花，要不是由于神圣的责任，由于职务在身，他们不仅永远不想陷害人，而且不会在大街上对前导马御者或赶车的拳打脚踢。我在克鲁季茨兵营已领教过这种事，那位无可奈何的军官为了不得不搜查我的口袋，曾大感伤心呢。

保罗－路易·库里埃①早已指出，刽子手和检察官正在成为最有礼貌的谦谦君子。检察官写道："敬爱的刽子手阁下，如果方便的话，务望劳驾，于明晨将某某人明正典刑，枭首示众，鄙人不胜感激。"刽子手马上复文道，他"认为自己三生有幸，能为检察官阁下略尽绵力，而且今后随时愿供驱策。"可是那个第三者却在他们的礼让声中丢了脑袋。

"杜贝尔特将军请您去一下。"

---

① 库里埃（1772—1825），法国自由派政论家，以文笔优美著称。这里提到的内容见他所著《致〈检察官〉杂志编者的信》。

"什么时候？"

"对不起，请现在立刻动身。"

"马特维，给我大衣。"

我与妻握了手，她满脸泪痕，手是火烫似的。现在已晚上十时，这么迫不及待，莫非发现了阴谋，怕我逃跑，或者尼古拉·帕夫洛维奇最尊贵的生命面临了危险？我不禁想："我确实对不起那位岗警，在这个政府治下，它的某个爪牙杀害了两三个过路人，这又何足为奇；难道那些第二等和第三等的高级岗警，会比蓝桥上的这位伙伴好一些吗？那位岗警中的岗警本人又怎样呢？"

杜贝尔特派人传见我，只是为了通知我，本肯多夫伯爵要我明晨八时前去见他，以便向我传达圣上的旨意！

杜贝尔特是个怪物，看来，在他管辖下的大大小小的第三厅官员中，他比别人聪明一些。他那张蓄着两撇长长的淡胡子的瘦脸庞，那倦怠的目光，特别是面颊上和嘴角边那些皱纹，都清楚地表明，各种欲望曾在这胸膛中进行过搏斗，最后蓝制服战胜了一切，或者不如说掩盖了一切。他的面貌有些像狼，甚至狐狸，既表现出猛兽的狡猾与机灵，也表现出它们的阴险与傲慢。他对人总是彬彬有礼。

我走进他的办公室时，他正穿着没有肩章的军装坐在那里一边写字，一边吸烟斗。他一见我，马上起立，请我在他对面坐下，用下面这句奇怪的话开始：

"亚历山大·赫里斯托福罗维奇伯爵[1]使我有机会见到阁下。今天早晨您应该会见过萨赫迪斯基[2]了吧？"

---

[1] 即沙皇的特务头子本肯多夫。

[2] 即前面赫尔岑会见过的那个老头儿，他也是当时第三厅的高级官员，杜贝尔特的助手。

"见过。"

"我很抱歉，为了一件对您十分不愉快的事，不得不把您请来。您的疏忽又招致了陛下对您的不满。"

"将军，我要对您说的，与对萨赫迪斯基伯爵说过的一样，我不能想象，仅仅由于我复述了街头的谣言，就得再度流放。您当然比我更早听到这谣言，可能也像我一样谈论过。"

"是的，这事我听到过，也讲过，在这方面我们是一致的；不同的是，我讲到这无稽之谈时，坚信它纯属虚构，您却根据这谣言攻击整个警察机构。这完全是出于诽谤政府的不幸情绪，这种情绪是西方的腐朽影响在阁下身上的反映。在法国，政府与各党派水火不相容，它们也任意诋毁它；可是我们不同，我们的政府像慈父，一切都可以在内部解决……我们正尽一切力量要让社会尽可能保持安定和平静，然而有些人不顾惨痛的教训，坚持徒劳无益的反对派立场，企图煽动舆论的不满，用口头和书面传布谣言，说警察在大街上杀人。是不是？您在信上写过这事吧？"

"我没想到它有这么严重，这才认为根本没有必要隐瞒我在信上谈过这事，而且我还得指出，我这信只是写给父亲的家信。"

"当然事情并不严重，但是它却对您不利。皇上马上想起您的姓名，想起您到过维亚特卡，命令把您送回那里。因此伯爵要我通知您，请您明天上午八时前来见他，他会向您说明陛下的旨意。"

"那么这是说，为了您所讲的那件并不严重的事，我便得挈带有病的妻子，有病的孩子，前往维亚特卡？……"

"您在政府供职吗？"杜贝尔特问，仔细打量我的文官制服上的纽扣。

"我在内务部办公。"

"多久了？"

"六个来月。"

"一直在彼得堡？"

"是的。"

"我没有印象。"

"您瞧，"我笑笑说，"我多么安分守己。"

萨赫迪斯基不知道我已经结婚，杜贝尔特不知道我在政府机关任职，可是他们知道我在房间里讲些什么，想些什么，给我父亲写信谈些什么……问题在于我那时刚开始与彼得堡的文学界人士接近，发表文章，主要是我从弗拉基米尔调到彼得堡，是通过斯特罗戈诺夫伯爵的关系，完全没有让秘密警察插手；到达彼得堡后，我也没有听从一些好心人的劝导，立刻向杜贝尔特或第三厅报到。

"好吧，"杜贝尔特打断我的话头，说道，"我们收集到的情报，对您都是有利的，昨天我还对茹科夫斯基说过，我真希望我的儿子得到的反应，也能像他对您的评论那么好呢。"

"可我还是得回维亚特卡……"

"要知道这是您的不幸，因为报告已呈交皇上，当时有许多情况还不清楚。您必须走，这不能改变，但是我想，可以把维亚特卡换成另一个城市。我跟伯爵商量一下，他今天还要进宫。一切可以使您从轻发落的办法，我们都将尽力而为；伯爵是像天使一般善良的。"

我站了起来。杜贝尔特送我到办公室门口，这时我忍不住，站定了对他说：

"将军，我对您有个小小的请求。如果您有事，最好别派警察或宪兵去叫我，他们会弄得人心惶惶，特别在晚上。我的妻有病，为什么她该为岗警的事受罪呢？"

"哦，我的天，实在抱歉！"杜贝尔特回答，"这些人都笨手笨脚的。您放心，我不会再派警察打扰您。那么，明天见；别忘了，八点钟去见伯爵；我们在那儿会面。"

仿佛我们在相约上斯穆罗夫饭店吃牡蛎。

翌日八时，我到了本肯多夫的会客厅。那里已有五六个人在求见，他们垂头丧气，心事重重，靠墙站立，听到一点响声就惶恐不安，把身子缩得更紧，对每一个走过的副官都弯腰鞠躬。其中有一个女的，穿了丧服，拿着一卷纸坐在那儿，纸像白杨树叶一样在抖动。离她三步远，站着一个高高的、背有些佝偻的老人，七十来岁，秃顶，皮肤有些发黄，穿一件深绿色军大衣，胸前挂了一排奖章和十字勋章。他不时叹气，摇摇头，喃喃地自言自语。

窗旁坐着一个人，大模大样的，像是这儿的"上宾"或者奴仆和值星官。我进屋时，他站起身，我仔细瞧他的脸，认出了他；在戏院里，人家指给我看过这个讨厌的家伙，那是街上的主要特务之一，记得名叫法勃尔。他问我：

"您有事求见伯爵？"

"我是应召而来。"

"贵姓？"

我讲了姓名。

"哦，"他说，改了口气，仿佛遇见了老朋友，"不要客气，请坐！伯爵过一刻钟就会出来。"

客厅里静悄悄的，显得阴森可怕，日光勉强透过雾和结冰的玻璃窗射进屋内；谁也不讲话。副官们敏捷地穿梭来去，门口站着一个宪兵，偶尔倒换一下脚，弄得军刀铮铮出声。又来了两个求情的人。每来一人，值星官就得上前问明事由。一个副官走到他跟前，小声与他交谈，那副神气活像是无耻的浪荡子；大概他们谈的是什么下流事件，因此常常打断话头，露出奴才的无声的笑，值星官还扮鬼脸，表示他再也忍俊不禁，要笑出声了，一再说道："别讲啦，求求您，别讲啦，我受不了。"

过了五六分钟，杜贝尔特出来了。他敞开上装，随随便便，扫了一眼那些求见的人，他们赶紧鞠躬。他从远处望见我，说道：

"您好，赫先生，您的事情大有起色①，一切顺利……"

我刚想问"让我留下了吗？"但话还没出口，杜贝尔特又回去了。接着，客厅里进来了一位将军，他全副戎装，整整齐齐，身子挺得笔直，穿着白军裤，肩上披着绶带，总之，我没见过更漂亮的将军。如果哪一天伦敦要举办将军展览会，像如今在辛辛那提举办婴儿展览会②一样，那么我建议一定得把他从彼得堡请去。将军走到本肯多夫出入的门口，马上立正，一动不动地站住了。我津津有味地端详着这位模范军士……看来他的一生就是在操练步法时鞭打士兵；这种人是从哪里物色来的呢？他生到世上无非为的整队出操，立正稍息！跟他一起进屋的大概是他的副官，这是天下最俊秀的骑兵少尉，腿特别长，简直举世无双，头发金黄，脸蛋小得像松鼠，表情单纯，凡是被母亲宠坏的宝贝儿子大抵是这副样子，他们从来不学习，最低限度，从没学会什么。这株穿军装的金银花，与模范将军保持着应有的距离，站在那里。

杜贝尔特又出来了。这次他端起了架势，钮子也扣上了。他一见

①　原文是法文。
②　原文是英文。辛辛那提是美国的城市。

将军，立即问他有何贵干。将军像传令兵见了长官，准确地报告道：

"昨天接奉亚历山大·伊万诺维奇公爵①传达的上谕，命卑职前往高加索作战部队服务，为此特在启程之前向伯爵大人辞行。"

杜贝尔特郑重其事地听完这些话，微微颔首表示赞许，退回里屋，过不一会儿又出来了。

他对将军说："伯爵万分遗憾，没有时间接见阁下。他很感激，要我转达，祝您一路平安。"说毕，他伸开双臂，拥抱了将军，还把自己的唇髭在将军的面颊上贴了两下。

将军迈着庄重的步伐走了，松鼠脸和仙鹤腿的年轻副官跟在后面。这个场面抵消了我那天的不少痛苦。将军的步法表演，委托接受的告别仪式，最后，列那狐②的油滑嘴脸与将军阁下的空心脑瓜的接吻——一切都那么滑稽，使我几乎忍俊不禁。我觉得，杜贝尔特似乎发现了这一点，因此这以后才不敢小看我。

两扇门终于一齐打开了，本肯多夫走进了客厅。宪兵司令的外表确实无可挑剔，容貌与日耳曼血统的、特别是德国种的贵族大体一致，脸上布满皱纹，神色显得困倦，眼睛中流露出足以迷惑人的善良目光，这是那种随和的、冷漠的人所常有的。

本肯多夫这个恐怖的秘密警察头子，站在法律之外和法律之上，有权干涉一切，也许作为这样一个人，他没有干尽他所能干的一切坏事，这我可以相信，特别是想起他那淡漠呆板的脸色时。但是他也没有做过好事，这需要毅力、意志和热情，而他没有。在尼古拉这种冷酷无情的暴君手下作大员，却不敢为受害的弱者仗义执

---

① 当时的陆军大臣切尔内绍夫的名字。

② 法国中世纪市民文学《列那狐的故事》中的角色。列那狐是新兴市民阶级的代表，以奸诈狡猾著名。

言，这已比得上任何罪恶了。

有多少无辜的人牺牲在他的魔掌下，又有多少人由于他的疏忽怠慢，由于他忙于寻欢作乐而死去；也许，这个过早衰老和虚弱的人，最后在船上背叛自己的宗教，企图从天主教会得到拯救，靠赦免一切的赎罪符获得解脱的时候①，曾有不少阴郁的鬼魂和沉重的回忆在他的头脑中徘徊，折磨着他……

"皇上得知，"他对我说，"您在参与传播危害政府的谣言。他看到您还很少悔改，因此命令把您重新遣返维亚特卡。但是我根据杜贝尔特将军的请求和有关您的情报材料，向皇上说明了您夫人的病，皇上愿意改变自己的决定。皇上禁止您进入京城，您得重新接受警察的监督，但是居住地点可由内务大臣另行指定。"

"请允许我直说，即使这时候，我也还不能相信，我的流放没有其他原因。1835 年我为我没有参加过的酒会被流放；今天我又为众所周知的谣言受到惩罚。这命运太不公平了！"

本肯多夫耸耸肩膀，摊开双手，表示一切道理他都知道，于是打断了我的话：

"我是向您宣布皇上的旨意，您却向我发表议论。您向我说什么，或者我向您说什么，这都无关紧要，都是废话。现在什么也不能改变了，至于将来怎样，一部分要取决于您自己。您既然提到了您的第一次事件，那么我得特别提请您注意，别招来第三次，到了第三次，您恐怕就不能这么便宜了。"

本肯多夫微微一笑，向我表示了好意，便朝那些求情的人走去。

---

① 本肯多夫于 1844 年 9 月从国外坐船回彼得堡时，突然死在船上。死前不久，他改信了天主教。

他很少与他们讲话，收了状子，略看一眼，便丢给杜贝尔特，对求情者的诉说，只偶尔露一下表示体谅的优雅笑容。这些人整整筹划了几个月，日夜盼望着这次会见，它关系到他们的荣誉、财产和家庭；他们费尽周折，花了多少力气，才走进这间客厅，而在叩开紧闭的双扉之前，宪兵或司阍又曾把他们赶走过多少次。何况不是万不得已，他们决不敢冒昧求见秘密警察的头子；事前，一切合法道路必然都已试过。可是这个人却用一些不痛不痒的话对他们敷衍搪塞，可想而知，最后不过是某个科长作出某种决定，把案件移交另一个衙门而已。那么他这么忙忙碌碌，忧心忡忡，又是为的什么呢？

本肯多夫刚走到挂勋章的老头儿面前，那人就双膝一跪，诉起苦来：

"伯爵大人，请您设身处地替我想想。"

"真不害臊，"伯爵大声呵斥，"您玷污了您的勋章！"于是怀着崇高的愤怒扬长而过，没有收他的状子。老人默默起立，无神的眼光显得恐怖而困惑，下嘴唇哆嗦着，嘟嘟哝哝不知在说些什么。

这种人异想天开，指望当一个人，却落得如此不像人样！

杜贝尔特上前向老头儿收了状子，说道：

"您这是何苦啊？好吧，您把状子给我，我会处理的。"

本肯多夫觐见皇上去了。

"我怎么办呢？"我问杜贝尔特。

"您请内务大臣挑选一个合意的城市就成了，我们不想干涉。我们明天就把全部案卷转到那里；我祝贺您获得这么顺利的解决。"

"我十分感谢您！"

离开本肯多夫那儿，我便回到了部里。我已说过，我们的主任属于那类德国人，这种人有点像狐猴，细长条子，做事不慌不忙，慢条斯理。他头脑迟钝，思路不清，要揣摩好久才能理出一点头绪。不幸我把事情告诉他时，第三厅的公文尚未送到。这事他完全没有料到，因此像晴天霹雳，吓得他话也说不连贯了，他自己也觉察了这一点，为了改正，只得对我说："请允许我使用德语"①。也许他用德语讲话，文法错误可以少些，但意思仍不准确鲜明。我看得很清楚，在他身上有两种情绪在搏斗，他了解这处分完全不公正，但认为主任的责任是拥护政府的行动；他既不愿在我面前扮演粗野的角色，又不能忘记秘密警察与内务部之间经常存在的敌对情绪。这样混乱的思想要表达得清清楚楚，自然不易办到。最后他只得声明，在向大臣请示之前，他不便表示什么，说毕便去找他。

斯特罗戈诺夫伯爵召见我，向我了解情况，仔细听完以后，对我谈了他的结论：

"这纯粹是警察的陷害。嘿，好吧，我也不会放过他们。"

我真的以为他会马上觐见皇上，向他说明一切，其实大臣们是不会这么鲁莽行事的。

"关于您这件事，"他接着说，"我已收到皇上的命令，这就是，您瞧，它要我选择一个地点，安排您的职务。您希望去哪里？"

"特维尔或诺夫哥罗德。"我回答。

"当然……好吧，既然地点可以由我决定，而这两个城市对您大概都一样，那么一有省府参议的空缺，我首先委派您，按照您的官衔，这是您可能得到的最高职位了。现在您可以准备缝一套绣花领圈的官服啦。"他又打趣道。

这就是他的对策，但并不符合我的要求。

---

① 原文是德文。

过了一星期，斯特罗戈诺夫呈报枢密院，任命我为诺夫哥罗德省的参议。

　　这是十分可笑的，多少个秘书、八等文官和省县官员，都在觊觎这个位置，为它奔走钻营，千方百计托人情，送贿赂，好不容易才得到了神圣的诺言，可是这位大臣为了执行圣上的旨意，为了对秘密警察进行报复，决定用升级作为惩罚，让苦药变成甜酒，突然把这个空缺(大家你争我夺、梦寐以求的目标)丢到了一个人的脚下，而这个人却是抱定宗旨，一有机会就要弃官出走的。

　　辞别斯特罗戈诺夫之后，我便去拜见一位夫人；关于我与她的认识，应该补充几句。

　　我上彼得堡时，父亲给我的介绍信中，有一封我拿起过十多次，在手中簸弄了一会儿，又放回了桌上，把拜访推迟到下一天。这信是写给一位七十岁的阔绰贵妇人的；我父亲与她的友谊还是早年开始的；他认识她时，她还在叶卡捷琳娜女皇宫中，后来他们在巴黎重逢，一起游历各地，最后，三十年前，两人都回国休息了。

　　我一般不爱结交显贵，特别是妇人，何况还是七十高龄的老太太；但是父亲问了两次，问我是否拜会过奥莉加·亚历山德罗夫娜·热列布佐娃？最后，我决定吞下这颗药丸。听差把我领进一间相当阴暗的客厅，这儿陈设简陋，墙壁已经褪色，有些发黑了，家具和帷幔等也失去了光泽，显然一切放在原地已经多年，从未移动过。它使我想起梅谢尔斯卡娅公爵小姐府上；老年也像青春一样，必然对周围的一切留下痕迹。我抱着自我牺牲的决心等女主人接见，准备应付那些枯燥的问题，那种耳聋和咳嗽，以及对新一代人的谴责，也许还有道德说教。

　　过了五六分钟，一位高大的老妇人迈着稳健的步子进屋了。她面容端庄，早年的出众美貌还依稀可见；她的姿态、举动、手势，在在表现出执拗的意志、顽强的性格和敏捷的智慧。她目光炯炯，把我从头到脚打量了一遍，走到沙发跟前，一挥手推开桌子，对我说道：

"坐到这儿圈椅上来，靠近我一些，我与您父亲是老朋友呢，我喜欢他。"

她打开信，把它交给我，一边说：

"请您念给我听，我眼睛痛。"

信是用法文写的，除了各种恭维话，就是回忆和暗示。她露出微笑，听我念完，说道：

"他的头脑还没有老，还是那样；他很可爱，非常尖刻。现在还一直坐在书房里，穿着长袍装病吗？两年前我路过莫斯科，探望过您爹，他说，我是勉强接见您的，我不久于人世啦，可后来谈得起劲，就把自己的病给忘啦。这都是无病呻吟；他比我稍大一些，长两三岁，说不定还没有，我又是个妇女，可还照样自己走路。真的，您父亲提到的那年代，如今多远了哟。您想，我与他是头一批会跳舞的。那时英国舞正风行一时呢；我与伊万·阿列克谢耶维奇①常在故世的女皇那儿跳舞；您不妨想一下，您爹穿了淡蓝的法国长衣，扑了粉，我穿了箍骨裙和夜礼服②。与他跳舞是非常愉快的，他是一个美男子③，他比您漂亮——哦，您让我仔细瞧瞧，对了，他比您漂亮一些……您别生气，我这样的老人才会讲真话。其实，我想您也不在乎，您是文学家和学者呢。哟，我想起来啦，

---

① 即赫尔岑的父亲。

② 原文是法文。

③ 原文是法文。

您倒给我讲讲，您那件事究竟怎么样？您流放到维亚特卡以后，您爹写信给我，我找布卢多夫^①设法——他不敢插手。为什么要放逐您，他们都不肯讲，这些人什么都是'国家机密'。"

她的举止言谈都那么朴实，诚恳，与我的预料相反，我变得轻松而自由了。我半开玩笑半严肃地给她讲了我们的案子。

"向大学生开战，"她说，"把什么都看成阴谋暴动；那些家伙当然正好乘机巴结，小题大做。他身边尽是这种小人，这些不清不白、不明来历的家伙，不知他是从哪儿搜罗到的？想想看，亲爱的阴谋家^②，您当时几岁，十六岁吧？"

"正好二十一岁。"我回答，心里觉得好笑，她竟然把我的和尼古拉的政治活动看得这么无关紧要，毫无价值。"不过我是年纪最大的。"

"整个政府怕四五个大学生，真是可耻。"

这么谈了半小时，我起身准备告辞。

"等一下，等一下，"奥莉加·亚历山德罗夫娜叫住了我，声音显得更友好了，"我还没结束我的教义问答呢。您是怎么带走您的新娘的？"

"您也知道这件事？"

"唉，我的少爷，新闻是会到处飞的。当时我对您父亲说，青年人是有热情的；他还在生您的气呢，不过他是聪明人，后来明白了……何况你们生活很美满，那还要怎样？他说：'怎么能违抗命令，私自潜入莫斯科，万一被发觉了，非坐牢不可。'我回答他

---

① 1832 至 1837 年的俄国内务大臣。
② 原文是法文。

说：'可现在没被发觉啊，您应该为此高兴才对呢，何必胡思乱想，自寻烦恼。'他说：'唉，您总是什么也不怕，冒冒失失的。'我回答他：'我的爷，我这一辈子也不比别人过得坏啊。再说，这算什么，捉弄小两口，不给他们钱！这不像话！'他说：'得啦，我给他们寄钱就是了，您别生气。'哦，让我见见您的夫人，行吗？"

我向她道了谢，说我这次是一个人来的。

"您耽搁在哪儿？"

"在德穆特饭店。"

"也在那儿用膳？"

"有时在那儿，有时在杜马餐厅。"

"为什么要上饭馆，多花钱，这对有家的人也不合适。如果您不嫌弃一个老太婆，您到这儿来与我一起吃饭好了，真的，我认识您感到很高兴；谢谢您的父亲打发您来看我，您是非常有趣的青年人，别看您年轻，很懂道理，瞧，我刚才跟您什么都谈；跟那些朝廷大臣在一起可讨厌呢，这些人光知道宫廷，要不就是什么人得了勋章，净讲些废话。"

梯也尔在一卷执政府时期的历史中①，相当详尽、相当忠实地记载了保罗一世被害事件②。他两度提到一个女人，叶卡捷琳娜女皇的最后一个宠臣祖博夫伯爵的姐姐③。她年轻漂亮，但已经守寡，丈夫

①　梯也尔是法国政治家和历史学家，他所著《执政府时期和帝国时代史》共二十卷，这里是指它的第一卷。执政府时期是 1795 至 1799 年拿破仑任执政官的时期。

②　保罗一世推行敌视英国的政策，引起英国政府和俄国政府中亲英派的不满。一部分贵族与皇太子亚历山大在英国大使馆的支持下，于 1801 年 3 月发动政变，杀死保罗一世，由亚历山大一世继承皇位。

③　即奥·亚·热列布佐娃，她的兄弟祖博夫是叶卡捷琳娜女皇的宠臣，她自己也是女皇的宫中女官。

是一位将军，大概在作战中阵亡的。她天性热烈好动，从小娇生惯养，但是才智出众，具有丈夫气概；在保罗一世野蛮疯狂的统治时期，她成了一切不满者荟萃的中心。人们在她府上密谋策划，她则推波助澜，当了他们与英国大使馆联系的桥梁。保罗的警探最后对她产生了怀疑，但她事先得到消息（可能是帕连①亲自通知她的），逃到了国外。阴谋那时已准备就绪，她在普鲁士国王②的舞会上，收到了保罗被弑的消息。她毫不掩饰自己的欢乐，在舞会上兴奋地当众宣布了这事。它使普鲁士国王感到难堪，当即下令限她二十四小时内离开柏林。

她到了英国。这位显贵的夫人从小安富尊荣，过惯了宫廷生活，为叱咤风云的野心驱使着，成了伦敦首屈一指的名流，在与世隔绝、高不可攀的英国贵族社会中扮演了重要角色。威尔士亲王，即后来的国王乔治四世③，曾拜倒在她的脚下，后来更……她在国外的那些岁月真是煊赫一时，但是在朝欢暮乐中终于蹉跎了美好年华。

随着老境的到来，她的生活也变得一片凄凉，有的只是命运的打击，寂寞的光阴，伤心的回忆。她的儿子在波罗金诺战役中阵亡，她的女儿病故，留给她一个外孙女奥尔洛娃伯爵夫人④。老太太每年8月从彼得堡前往莫扎伊斯克，为她儿子的坟茔扫墓。孤独和不幸不能摧毁她坚强的性格，只是使它变得忧郁和傲慢了。她像严寒中的古木，树干和树枝仍保持着挺拔的姿态，只是树叶凋落了，光赤的枝柯似乎又瘦又冷，但整个外表却显得更加庄严肃穆，气宇

---

① 帕连（1745—1826），俄国的伯爵和大臣，1801 年宫廷政变的组织者之一。
② 指 1794 至 1840 年的普鲁士国王腓特烈·威廉三世，他在国际上执行中立政策。
③ 1820 至 1830 年的英国国王。
④ 即沙皇宪兵司令奥尔洛夫伯爵的妻子。

轩昂，树干蒙上了一层白霜，依然高傲而阴森地屹立着，任它风吹雨打也不弯折。

她的一生是漫长的，活动频繁，交游广阔，也不少坎坷不幸，而世态炎凉更带给她辛酸之感，这一切造成了她那种睥睨一切的目光。她有自己的哲学，它的出发点就是对某些人的彻底鄙视，可是活跃的天性又使她离不开这些人的奉承凑趣。

各种胖的和瘦的枢密官及将军们告退时，她常常向我颔首示意，对我说："您还不了解这些人，可我已经看透了他们，我不像他们想的那么容易哄骗；我的兄弟得宠的时候，我还不满二十岁，女皇对我爱怜关怀，真是无微不至。说来您也不信，那些挂满勋章的老头儿，连行走也困难了，却争先恐后跑进前室，给我拿大衣，递暖鞋。女皇驾崩，第二天我的屋子就空了，人们躲避我就像躲避瘟疫，见了我就像见了疯子，可他们就是昨天那些奉承拍马的人。我走我自己的路，不需要任何人；我到了海外。回国后，上帝给了我不少灾难，可是我没看见谁对我表示过同情；只剩下两三个老朋友依然与我来往。嗯，新的皇朝开始了，奥尔洛夫据说有了势力，当然，我不知道这算不算真有势力……不过至少大家这么想；他们知道，他是我的继承人，外孙女又爱我，于是又有人上门来了，又准备给我拿大衣和皮鞋了。唉！我了解这些人，可有时独自坐着实在心烦，眼睛又痛，看书不便，况且也不能老看书啊，我只得让他们来讲些废话，散散心，打发一些时光……"

这是从上世纪留下的一件精致古董，她的周围尽是些昏庸老朽的官僚，他们是从彼得堡宫廷生活的污泥浊水中长大的。她认为自己比他们优越，这也是事实。如果说她分享过叶卡捷琳娜的狂欢节日和乔治四世的佳肴美酒，那么她也分担了保罗时期阴谋者面临的风险。

她的错误不在于鄙视那些无足轻重的小人，而在于她把我们这一代人也当作了宫廷菜圃的产物。叶卡捷琳娜时期，宫廷和近卫军确实包括了俄国全部有教养的人士，这多多少少继续到了1812年。从那以后，俄国社会获得了惊人的发展；战争唤醒了人们，人们的觉悟引起了12月14日事件。社会内部发生了分化，宫廷方面留下的已不是俊彦之士；酷刑与暴政使一些人愤然离开，新的风气又使另一些人背离了它。亚历山大继承了叶卡捷琳娜的文明传统，到了尼古拉时期，贵族社会的高尚风气已荡然无存，取而代之的，一方面是金玉其外、败絮其中的极权暴政，另一方面是卑躬屈膝的奴才精神。这是拿破仑式歇斯底里粗暴作风和没有灵魂的官僚世界的混合物。新社会以莫斯科为中心迅速地发展着。

谈到奥莉加·亚历山德罗夫娜的时候，我不由得想起一本绝妙的书：达什科娃公爵夫人的《回忆录》[1]，这是二十年前在伦敦出版的。书后附有维尔莫特两姐妹[2]的《笔记》，她们于1805至1810年间是达什科娃的亲信女伴。姐妹俩是爱尔兰人，多才多艺，具有极高的观察能力。我希望她们的书信和回忆录也能介绍给我国读者。

把1812年前的莫斯科社会与1847年我出国时相比，我的心高兴得直跳。我们获得了惊人的进步。那时对现实不满的都是离职的，被贬黜的，被迫退休的人；现在却是一些具有独立思想的人

---

① 指《达什科娃公爵夫人回忆录》，1840年用英文出版于伦敦。

② 凯瑟琳·维尔莫特和玛丽·维尔莫特，都曾作过达什科娃公爵夫人的宫中女伴，写有记述当时俄国宫廷生活的回忆录和书信等。

了。那时社交界的名流是反复无常的寡头政治家，如阿·格·奥尔洛夫伯爵①和奥斯特曼②等，正如维尔莫特小姐所说，那是"影子的世界"，由十五年前在彼得堡去世的那些国务活动家所组成，他们终生搽粉，挂绶带，在莫斯科出席午宴和酒会，颐指气使，妄自尊大，既无力量，也不懂得什么。1825 年后，莫斯科的社会名流却是普希金，米·奥尔洛夫③，恰达耶夫，叶尔莫洛夫④。从前人们低声下气地聚集在奥尔洛夫伯爵府上，夫人们戴着"别人的钻戒"⑤，男舞伴们不敢擅自坐下，伯爵的农奴在我们面前表演化装跳舞。四十年后，我却看到这一类人聚集在莫斯科大学的讲堂里；那些戴别人的钻戒的夫人们的女儿，那些不敢坐下的先生们的儿子，在这儿全神贯注地聆听格拉诺夫斯基那深刻有力的讲演，对他的每一句话都报以热烈的掌声，那些激昂慷慨、大义凛然的话深深打动了他们。

　　这些人来自莫斯科的四面八方，他们挤在讲台前面，年轻的科学战士则在台上探讨严肃的问题，谈古论今，预言未来，而这一切正是热列布佐娃不可能想象到的。奥莉加·亚历山德罗夫娜对我特别仁慈和器重，原因就在于我是她从未接触过的世界的第一个标本；我的谈吐，我的思想，都使她惊讶。她把我看作另一个俄罗斯的新生幼苗，而冬宫的窗结了冰，已把原来的俄罗斯遮蔽得阴暗无光了。我感谢她的美意！

　　我听到的奥莉加·亚历山德罗夫娜的轶事，可以写整整一部

---

① 1762 年宫廷政变的参与者。
② 奥斯特曼 (1725—1811)，俄国外交家，大臣。
③ 十二月党人。
④ 1812 年卫国战争中的名将。
⑤ 维尔莫特小姐的话。——作者注

书；她不论与谁来往，与阿图瓦伯爵①和塞居尔②，还是与格伦维尔勋爵③和坎宁④，她都有自己的见解，独立的看法，而且与众不同。我只限于叙述一件小事，而且尽量用她本人的话。

她住在海军街。有一次一支军乐队在街上吹吹打打走过，奥莉加·亚历山德罗夫娜走到窗前看了看，对我说：

"我有一幢别墅，离加特契纳⑤不远，夏天我有时上那儿避暑。我吩咐在屋前开辟了一个大广场，那是按照英国的方式，地上铺了草皮。前年我到了那儿；真没想到，清早六点钟外面就鼓声大作，我躺在床上给吓得半死；鼓声越来越近，我按铃把我的卡尔梅克使女叫来，问她：'我的妈，这是怎么回事，这么吵？'她说：'这是米哈伊尔·帕夫洛维奇⑥在操练士兵呢。''在哪儿？''在我们院子里。'原来他看中了这块草坪，绿绿的，平平的。真是岂有此理，一位夫人住在这儿，又是老太太，还有病，他却在六点钟跑到这儿打鼓！我想，这种小事好办。'叫管家来见我。'管家来了。我对他说：'你马上坐车到彼得堡，雇几个白俄罗斯人，愈多愈好，叫他们明天上这儿挖池塘。'我想，他们总不至于到我窗前来训练海军吧。这些人简直毫无教养！"

……自然，我离开斯特罗戈诺夫伯爵后，立即拜访了奥莉加·亚历山德罗夫娜，把事情原原本本告诉了她。

---

① 即查理十世（1757—1836），1824 至 1830 年为法国国王，被七月革命所推翻。他早年被封为阿图瓦伯爵。
② 法国外交家及作家。
③ 英国外交家。
④ 坎宁（1770—1827），英国政治家，曾任外交大臣及首相。
⑤ 俄国皇室领地。
⑥ 俄国皇族，大公。

"我的天，真是胡闹，越来越不像样了，"她听完后说，"为这点小事，把一个世家子弟放逐到外地，这成何体统。让我跟奥尔洛夫谈一下，我难得求他什么，这些人都不愿给人帮忙；不过有时说不定也会干点什么。您过一两天再来，我给您回音。"

过了一天，她早晨派人找我。我进屋时，她那儿已有几个客人。她没戴包发帽，只是用一块白麻纱手帕裹着头，这通常是她心情不好的迹象。她眯缝着眼睛，几乎看也不看那些前来请安的高级文官和显赫将军。

一位客人露出得意扬扬的神气，从口袋中掏出一张纸，递给奥莉加·亚历山德罗夫娜，说道：

"我把昨天皇上给彼得·米哈伊洛维奇公爵的嘉奖令给您抄来了，您也许还没看过吧？"

我不知道她听清楚没有，但她拿起纸，把它摊开，戴上眼镜，皱起眉尖，非常吃力地念道："公－爵，彼－得·米－哈伊洛－维奇！"

"您这是给我的什么？……啊？……这不是给我的呀！"

"我向您报告过了，这是皇上的嘉奖令……"

"我的老天爷，我眼睛痛，连写给我的信也常常没法看，您却要我念别人的信。"

"让我念……我真的没想到。"

"算了，不必费心了，他们的事与我无关，何必管他们写些什么。我没几天好活了，不想再为这些事操心。"

这位先生落了个没趣，只得强装笑容，把嘉奖令放回了口袋。

看到奥莉加·亚历山德罗夫娜情绪不好，很容易冒火，客人陆续告辞了。等只剩下我们时，她对我说道：

"我要您到这儿来，是为了告诉您，我变得老糊涂了，答应替您办事，可什么也没办成。俗话说：不知深浅，且慢涉水，真是一点不错。昨天我与奥尔洛夫谈了您的事，可毫无指望……"

这时正好听差进屋通报，奥尔洛娃伯爵夫人驾到。

"哦，没什么，都是自己人，我马上讲完了。"

伯爵夫人生得很美，还正当盛年，她上前向外祖母吻手问安，奥莉加·亚历山德罗夫娜回答说，她觉得很不舒服，然后介绍了我的姓名，又对她道：

"坐吧，坐吧，我的朋友。孩子身体好吗？"

"很好。"

"谢谢上帝。对不起，我正在讲昨天的事。就这样，我对她的丈夫说：'随你怎么对皇上讲，总之，怎么能干出这种蠢事？'可哪儿成！他说什么也不干，对我道：'这属于本肯多夫的管辖范围，我可以与他商量一下，但不能麻烦皇上，惹他生气，况且这不是我们应该过问的。'我对他说：'你这算什么主意，跟本肯多夫商量？那我何必拜托你。这个人老朽昏聩，自己也不晓得在干些什么，整天想的就是女戏子，可早已不是拈花惹草的年纪啦；不论秘书写的是什么无稽之谈，他都拿去报告。他会干什么？算了，你趁早别给我丢脸，亏你想得出，要恳求本肯多夫，事情都是他搞坏的。'他说：'我们的规矩是这样'，于是给我谈一通大道理……嘿！我看得出，他无非是怕找皇上……我说：'怎么，他是野兽不是，你这么怕他？那为什么还要一天朝见五次？'这种人还跟他讲什么，毫无指望。您瞧，"她指指奥尔洛夫的画像，又对我说，"多么威风凛凛，可是不敢讲话！"

我没瞧画像，却忍不住瞟了奥尔洛娃伯爵夫人一眼；她的处境是不太惬意的。她含笑坐着，有时睃我一下，仿佛在说：老太太生气了，小辈只得让她几分，但发现我的目光并不同意她的看法，便佯装没有看到我。她并不开口，这是很聪明的。奥莉加·亚历山德罗夫娜不是容易说服的，她的脸气红了，你劝她反而会被她狠狠奚落一顿。只能听她数落，静候暴风雨的过去。

"对啦，那时你们在哪里，大概在沃洛格达吧，那些小公务员都以为奥尔洛夫是皇上宠信的，势力很大……其实这都是胡说八道，是他手下的人放的空气。这些人有什么势力，他们小心谨慎，诚惶诚恐，还谈得到什么势力……您别埋怨我，我这是多管闲事。您现在该怎么办呢？我看，别去诺夫哥罗德！不如上敖德萨，离他们远一些，这地方几乎像外国，而且沃龙佐夫①在那儿，这人如果还没变坏，与他们是不同的。"

沃龙佐夫当时在彼得堡，每天登门探望奥莉加·亚历山德罗夫娜，但她对他的偏爱是并无多大根据的。他表示愿意带我前往敖德萨，只要本肯多夫同意。

……然而几个月过去了，冬季也过了，谁也没有催我动身，大家把我忘了，特别是下面那次会见之后，我更不把这事放在心上了。沃洛格达省长博尔戈夫斯基当时在彼得堡，他是我父亲多年的老朋友，相当喜欢我，我不时上他家走走。他参加过谋害保罗一世的政变，当时他是谢苗诺夫近卫团的青年军官，后来到了1812年，斯佩兰斯基那不明不白的案件②发生后，他受了牵连。那时他在作

---

① 沃龙佐夫（1782—1856），俄国大官僚和国务活动家，曾任比萨拉比亚总督。这人是个伪君子，普希金曾多次谈到他。

② 亚历山大皇朝初期，斯佩兰斯基因推行资产阶级改革方案，遭到地主贵族陷害，于1812年被撤职查办，放逐到下诺夫哥罗德，后又被贬黜到西伯利亚任总督。

战部队任团长，突然被捕，送至彼得堡，后被流放西伯利亚，但还没到达流放地，亚历山大赦免了他，让他回团供职。春天有一次我去看他，有个将军背朝门坐在大安乐椅上，我看不见他的脸，只见到一块银肩章。

"让我给您介绍一下。"博尔戈夫斯基说，这时我才发现，原来那是杜贝尔特。

"我荣幸得很，早已认识列昂季·瓦西里耶维奇了。"我笑笑说。

"您快去诺夫哥罗德了吧？"他问我。

"关于这一点，我正想向您请示呢。"

"对不起，我根本没有催您的意思，只是随便问问罢了。我们已把您交给了斯特罗戈诺夫伯爵，您什么时候动身与我们无关，何况您的夫人病了，这是完全合法的理由……"（真是世上最谦恭有礼的人！）

六月初，我终于拿到了枢密院的委任令，任命我为诺夫哥罗德省府参议。斯特罗戈诺夫伯爵认为我可以动身了，于是我在 7 月 1 日前后抵达了上帝和圣索菲亚保护下的城市诺夫哥罗德①，住在沃尔霍夫河边，对岸有一个大丘陵，12 世纪的伏尔泰主义者们便是从这儿把威灵显赫的雷神像丢进河中的。

---

① 诺夫哥罗德是俄国最古老的城市之一，圣索菲亚被认为是它的守护神，公元 10 世纪城内即建有索菲亚大教堂，12 世纪时形成了以诺夫哥罗德为中心的独立的封建国家。

第二十七章

省政府——我处在自己的监视下——神灵派和保罗——地主
与地主太太们的家长统治——阿拉克切耶夫伯爵与军屯制
度——骇人听闻的审讯——辞职

　　我动身前,斯特罗戈诺夫伯爵对我说,诺夫哥罗德省省长埃尔
皮季福·安季奥霍维奇·祖罗夫在彼得堡,他向他谈了我的任命,
劝我拜访他一下。我发现这是一个相当直爽、相当和善的将军,具
有军人的仪表,身材不高,正当中年。我们谈了半个小时,他殷勤
地送我到门口才分别。

　　到了诺夫哥罗德,我便去拜访他,想不到环境的改变会发生如
此惊人的作用。在彼得堡,省长是客人,在这儿是主人;他的身材
在诺夫哥罗德似乎也变高了。我根本没有惹他,他却认为必须向我
说明,他不允许参议发表意见,或者在公文上保留自己的观点,这
于公务不利,如果有分歧,可以商量,一旦不能统一,那么双方必
有一方应该辞职。我笑了笑回答他,我是不怕辞职的,辞职是我任
职的唯一目标,并且告诉他,我到诺夫哥罗德当官是迫不得已,无
可奈何,我大概不会有机会发表意见的。

这次谈话对双方都完全够了。我离开时，决心不与他接近。据我看，我给他的印象与他给我的印象同样坏，就是说我们虽属泛泛之交，认识不久，彼此的不能容忍却已达到极限。

　　当我了解省政府的工作情况后，我看到我的处境不仅很糟，而且非常危险。一个参议非但要负责一个处，还要分担其他各处的责任。把各部门的公文全部看一遍是绝对不可能的，只得凭信任签字。好在省长忠于自己的主张，参议永远只能参而不议，某处的公文经该处的参议一签字，省长首先也签上了大名。这于理不合，也违反规定，但对我个人而言，这很有好处，他的签字为我提供了一定的保障，因为他已分担了责任，何况他常常郑重其事宣称，他一向光明磊落，像罗伯斯庇尔一样铁面无私。至于其他参议的签字，我是不大放心的。这些人都是久经考验的老狐狸，在衙门里混了几十年，才爬上参议的位置，要靠当官，也就是靠贿赂生活。责怪他们是多余的；我记得，一个参议一年的薪俸是一千二百纸卢布，这点钱不够一个有家的人开销。当他们看到我既不会参加他们的分赃，自己也不想捞钱，我在他们眼里就成了不受欢迎的客人和危险的目睹者。他们不大乐于接近我，特别是看到我与省长之间关系并不融洽。他们互相包庇，沆瀣一气，而对我毫不理会。

　　再说，万一出事，不论罚款和退赔的数目怎么大，我那些可敬的同行也不怕，因为他们一无所有。他们可以冒险，案子越大越好；退赔五百卢布或五十万卢布，对他们反正一样。逢到退赔，便把薪金的一部分扣还国库，哪怕延长到二百年、三百年也无妨，如果官员也能这么长寿就好了。通常不是他寿终正寝，便是皇上御驾归天，于是新皇登基，大赦天下，赔款终于一笔勾销。这种恩赦并非罕见，皇帝生前也常有，如皇子诞生、成年等等，机会不少；它们是官员们的希望所在。但我相反，我有田地，还有父亲分给我的资产，一旦出事便可没收一部分。

如果我可以依靠自己的科长们，情况会好一些。但不论我怎么笼络他们，客气地对待他们，在金钱上接济他们，结果只是使他们不把我放在眼里。他们只怕当他们小厮看待、半醉半醒来上班的参议们。这些可怜的小人物，没有受过一点教育，没有任何希望，他们一生的乐趣只限于小酒店和伏特加。因此我在自己的处里也得多加小心才是。

起先省长分配我负责第四处，这是管捐税和各种财务的。我要求他换一下，他不肯，说他不得到其他参议的同意，无权调动。我当着省长的面，问第二处参议，他同意，于是我们对调了。第二处是不太吸引人的，那里管身份证和各种通告，处理地主滥用权力、分裂派教徒、伪造货币犯以及由警察监督的管制分子等等的案件。

不能想象比这更荒谬、更不合理的事了，我相信，四分之三的读者读到这里也会怀疑，[①]然而这是千真万确的，我作为省府第二处的参议，要审阅警察局长就我本人情况所作的三个月一次的汇报，因为我是处在警察的管制下。警察局长出于礼貌，在操行栏什么也没填，在职业栏写的是："在国家机关供职"。有了两三种互相敌对的警察系统，用公文程式代替法律，用班长的纪律观念代替政府的理智，这就难怪事情会发展到如此荒谬绝伦的地步。

---

① 因此怪不得有个德国人在《广告晨报》上攻击了我十来次，说我没有流放，因为我在省政府身居参议官的要职。——作者注
《广告晨报》是英国的资产阶级报纸，于1794年起在伦敦发行。1855年，赫尔岑的《监狱与流放》在伦敦出版了英译本，接着《广告晨报》发表了一些文章，认为赫尔岑在维亚特卡的经历不是流放。赫尔岑进行了答辩，这涉及他与马克思的关系。

这本糊涂账使我想起一件事，它几年前发生在托博尔斯克。当地的文职省长与副省长不和，利用公文大打笔墨官司，写了各种尖酸刻薄的公函送给对方。副省长是个迂腐的冬烘先生，教会学校出身的老好人，喜欢舞文弄墨，总是绞尽脑汁亲自草拟尖刻的复函，看来已把这场争吵当作自己的生活目的。省长刚好有事，临时去了彼得堡。副省长代理他的职务，于是作为省长，他收到了他本人昨天发出的恶毒公函；他毫不犹豫，命令秘书答复，在复文上签了字；而作为副省长，他收到公文后又立即聚精会神编写复函，对作为省长的自己大肆攻击。他认为，这是他大公无私的表现。

我在省政府受了半年罪，日子很难过，非常枯燥。每天早上十一点钟，我穿好制服，挂上文官佩剑，前去上班。十二时省长驾到，看也不看一眼参议们，直奔对面墙角，放下军刀，然后瞧瞧窗外，理理头发，走向自己的安乐椅，朝大家一鞠躬。跟随他的是一个骑兵司务长，这人留着两撇骇人的白胡子，与嘴唇正好构成直角；司务长总是先到，他刚庄严地把门打开，办公厅内刚听到军刀的铮铮声，参议们立即肃然起立，弯腰站着，直等省长鞠躬后始得坐下。我的无法无天的最早表现之一，便是我没有参与这种集体肃立和专诚恭候的大典，却安心坐着，等他向我们鞠躬时才向他答礼。

激烈的争论和相持不下的意见都是没有的。参议极少事先向省长探询高见，省长更少向参事垂询案情。每人面前都堆着一叠公文，每人要做的便是在公文上签字——这是制造签字的工厂。

想起塔列朗①的名言，我办公并不特别卖力，得过且过，但求

---

① 塔列朗（1754—1838），法国著名外交家。据说，他认为当时法国的外交官们越卖力，事情越糟，因此有一次在外交部对他们说："主要是请各位不要太卖力！"

无过，不致引起麻烦即成。但在我的处里有两类事，我认为我不应敷衍塞责，这就是关于分裂派教徒和地主滥用权力的事。

我们的分裂派教徒并不经常遭到迫害，但是一旦主教公会或内务部心血来潮，就会对某个教派或某个村社发动突然袭击，弄得人们倾家荡产，然后不了了之。分裂派教徒通常都有消息灵通的代理人驻在彼得堡，一有风吹草动，他们就会通风报信，于是当地人马上收集款子，把书和神像藏好，请东正教神父和东正教县长大吃大喝，付一笔赎金；这样又可太平十来年。

在诺夫哥罗德省，叶卡捷琳娜统治时期，有不少神灵派教徒[①]。他们的教主是一个老人，驿站车夫的头领，大约住在扎伊采沃，享有极高的威信。保罗一世到莫斯科举行加冕礼时在途中召见老人，可能想感化他。神灵派教徒像贵格会[②]信徒，不肯脱帽；白发老人便戴着帽子觐见加特契纳的皇帝。这使他受不了。保罗和他的儿子们，除亚历山大以外，都特别注重细小的礼节，喜欢挑剔。他们手握生杀大权，可是甚至不如野兽，野兽还能意识到自己的力量，因此大狗决不会任意欺侮小狗。

"你是在谁面前，还戴着帽子？"保罗大发雷霆，怒不可遏，气喘吁吁地嚷道，"你认识我吗？"

"认识，"分裂派教徒镇静地回答，"你是保罗·彼得罗维奇。"

"把他铐起来，送到矿山上服苦役！"保罗继续叫嚷，不愧是

---

① 是否真是神灵派教徒，我不能肯定。——作者注
　神灵派是俄国分裂派中的一派，形成于 18 世纪下半叶。他们反对东正教的烦琐仪式，强调真诚的信仰，具有基督教共产主义思想，主张建立基督教公社。
② 又称公谊会或教友会，17 世纪起源于英国，主张教徒之间的平等友爱，反对形式化的宗教仪式等。

个骑士！①

老头儿入了狱，皇上下令从四周放火焚毁村庄，把村民送往西伯利亚定居。到了下一站，他的一个心腹大臣跪在他脚下，说自己罪该万死，没有执行圣上的旨意，恭请陛下三思。保罗有些清醒了，他明白，烧毁村庄，不经审判把人送往矿山，这种事传扬出去，势必引起舆论的不满。他命令主教公会查明农民的案件，把老头儿送往斯巴索－叶夫菲米修道院终身监禁。他认为，东正教僧侣对他的折磨会比苦役更厉害，但他忘了，我们的僧侣不仅是东正教徒，也是贪婪嗜酒的俗人，可是分裂派教徒一不喝酒，二不吝惜金钱。

神灵派公认老头儿是圣徒，他们从俄国各地赶来朝见，买通了寺院向他参拜。老人端坐在斗室中，穿一身素白衣裳，他的信徒们把周围的墙壁和屋顶都蒙上了麻布。他死后，他们请准把他葬在家乡，庄严地抬着他的遗体从弗拉基米尔走到诺夫哥罗德省。只有神灵派教徒知道他的葬地；他们相信，他生前已有了创造奇迹的能力，他的身体是不朽的。

这一切一部分是弗拉基米尔省长伊·艾·库鲁塔讲的，一部分是诺夫哥罗德的驿车夫讲的，还有一部分来自斯巴索－叶夫菲米修道院管理权杖的修士。现在这个修道院中已没有政治犯，但监牢内仍关满了各种教士、信徒和遭到父母控告的忤逆儿子等。修士大司祭曾带我们参观监狱院子，这人肩膀宽阔，身材魁梧，戴一顶皮帽。他一进门，拿枪的军士立即上前禀报："报告司祭大人，监狱中一切平安无事，犯人现有若干"。大司祭便向他祝福——真是咄咄怪事！

关于分裂派教徒的案件，从性质看，最好根本不再提起它们，

---

① 保罗一世于 1798 年接受了马耳他骑士团荣誉团长的称号。

因此我看过后便把它们搁在一旁。相反，地主滥用权力的案子，却必须切切实实重新审理；我用尽一切力量，在这片沼泽中取得了若干胜利，从迫害下解救了一个年轻姑娘，也使一个海军军官受到了管制。这可以说是我任职以来的唯一成绩。

一个太太有个使女，可是没有任何证件可以证明后者是她的农奴，使女要求恢复她的自由权。我的前任很聪明，裁定在判决前她仍应完全听从地主太太的支配。这公文得由我签字，我找省长，向他指出，在姑娘提出申诉之后，仍把她留在太太家中，她的命运是可想而知的。

"那把她怎么办呢？"

"关在警察局中。"

"生活费由谁负责？"

"由地主太太负责，如果判决她输了的话。"

"如果不呢？"

这时正好省检察官来了。按社会地位，按职务关系，按制服的纽扣看，检察官总是省长的仇人，最低限度，要处处与他抬杠。我故意当着检察官的面把事情谈下去。省长开始生气了，说这种案子根本不必多费唇舌。检察官虽然对申诉者的命运漠不关心，但马上站在我一边，从法典中搬出了五花八门的十点根据。省长实际上更不关心，带着嘲笑对我说：

"反正办法只有一个：或者交给太太，或者送进监狱。"

"当然送进监狱好一些。"我说。

"这也比较符合法规的精神。"检察官说。

"那就照您的意思办吧。"省长说，讥诮的笑容更多了。"您保护了她，过几个月她出狱之后会报答您的。"

我不再继续争论——我的目的只是要搭救这个姑娘，摆脱地主家的压迫。我记得，两三个月以后，她完全获得了自由。

在我的处没有解决的案件中，有一件比较复杂，公文往来已拖了几年，这是关于一个退伍海军军官斯特鲁戈夫希科夫在自己领地上胡作非为的案子。起先原告是他的母亲，后来农民也告了状。他与母亲还能和解，可是对农民他却反咬一口，说他们企图谋害他，但又提不出任何确凿证据。不过从他母亲和仆役们的指控中，可以看出这人残暴成性，无所不为。这案子在衙门里睡了一年多，反正调查和不必要的公文程序可以无限期进行，最后不了了之，归档完事。要判处他接受监督，必须呈报枢密院，但要呈报枢密院，首先要得到首席贵族^①的同意。首席贵族对这类事一般采取模棱两可的态度，因为不肯牺牲选票。这件事能否成功完全靠我的决心，但需要首席贵族决定性的最后一击。

诺夫哥罗德省的首席贵族参加过1812年的民军，得过弗拉基米尔勋章，为了炫耀自己博学多才，见了我总要用卡拉姆津以前的那种文绉绉的语言讲话。一天，他指着诺夫哥罗德贵族为表彰他们自己在1812年的爱国行为而建立的纪念碑，感慨系之地说道，首席贵族的责任可以说既艰巨，又神圣，又值得自豪。

这一切正好供我利用。

首席贵族为一个教士发疯的事到省里作证人。各位法庭庭长提了形形色色的问题，这些问题之愚蠢可笑，使疯子也有权对他们说，他们自己的头脑也不见得正常。当问题提完，教士终于被确认为精神错乱之后，我把首席贵族拉到一边，向他谈了我的案件。他耸耸肩膀，表示愤慨和惊骇，最后认为海军军官是彻头彻尾的坏蛋，"玷污了诺夫哥罗德贵族社会的崇高声誉"。

"我想，"我对他说，"如果向您查询，您一定也会这么签署意见吧？"

首席贵族措手不及，只得答应照良心讲话，最后并说："公正和诚实是俄罗斯贵族必然具备的属性。"

虽然对这些属性之是否必然具备，我还不无怀疑，我仍着手办理了；首席贵族没有失信。案件呈报了枢密院；我记得很清楚，枢密院的命令送到我的处里时，我高兴得心花怒放：海军军官的领地交政府托管，他本人则由警察管制。海军军官本以为案子已经了结，在诺夫哥罗德听到枢密院的命令，简直像晴天霹雳。马上有人告诉了他全部的内情，他气得发疯似的，打算伺机揍我，收买了几个纤夫，埋伏在街头，但由于不习惯陆地作战，他终于悄悄溜走，躲到一个县城去了。

可惜在我们的贵族身上，对仆役和农民的野蛮、淫乱和暴虐等等"属性"，比起公正与诚实，更加"必然具备"。当然，少数几个受过教育的地主不会从早到晚与仆人打架，也不会每天鞭打他们，然而即使这些人中也不乏"佩诺奇金之流"[①]，至于其他人，那么离萨尔狄契哈[②]和美国种植园主就不远了。

翻阅案卷时，我发现了普斯科夫省的一份公文，其中讲到一个女地主亚雷日基娜，她打死过两个使女，到第三个时受到了审问，

[①] 佩诺奇金是屠格涅夫的小说《村吏》（见《猎人笔记》）中一个假仁假义、自诩文明的地主。

[②] 俄国18世纪的一个女地主，以对农奴残暴狠毒闻名。

但刑事法庭几乎宣判她无罪，理由之一是第三个使女没有死。这位太太发明了各种奇怪的刑罚，刑具有烙铁、多节的棍子和棒槌等。

我不知道那位姑娘干了什么，但太太确实大显身手。她命她跪在木板上，木板是钉了钉子的，然后用棒槌毒打她的背脊和脑袋；她打累了，想叫车夫接替，正巧车夫不在仆役房，太太只得出外找他；姑娘痛得几乎昏迷，满身鲜血，只穿一件衬衣，她乘机逃到街上，躲进警察所。所长接受了申诉，案件照程序进行，警察和法院为此忙了一年；法院显然被收买了，一年后作了英明的判决：传见亚雷日基娜的丈夫，命他约束老婆，不准再使用那些刑罚，至于她本人，因无从证实两名使女系她打死，只得存疑，责令她具结不再重犯。根据这判决，不幸的姑娘必须回到太太那里——在案件审理时她躲在别处。

姑娘对自己的前途充满恐惧，不断写状子申诉，事情闹到了皇帝那儿，他下令重新审查案件，并从彼得堡派出了一个官员。大概亚雷日基娜的资财有限，不够收买京城大员和宪兵队的审讯官，原判决被推翻了。女地主被遣送西伯利亚居住，她的丈夫受到管制，刑庭的全体人员也被逮捕法办；最后如何，我不知道。

我在别处①讲过一个人怎样被特鲁别茨科伊公爵鞭打致死，还讲过宫廷高级侍从巴济列夫斯基遭到仆人们鞭打的事。在这里我再讲一个太太的故事。

奔萨省宪兵团长夫人的使女拿了一壶开水，太太的孩子跑来撞在使女身上，开水泼了，孩子被烫伤了。太太要用同样的方式报

---

① 见《领洗礼的私有财产》。——作者注（这是赫尔岑在 1853 年发表的一本小册子，所谓"领洗礼的私有财产"即指农奴而言。赫尔岑在文中分析了两个俄国——地主的俄国和农奴的俄国不共戴天的对立状态。）

复，命令把使女的孩子带来，用茶炊的沸水浇他的手……省长潘丘利泽夫得悉这件骇人事件，表示内心很遗憾，但无能为力，因为他与宪兵团长关系不太融洽，如果干预，难免被人看作挟嫌报复！

可是多愁善感的人们听到农民杀死地主和他的全家，听到旧鲁萨军屯区的士兵痛揍俄国的德国佬和德国化的俄国佬，却大呼奇怪。①

骇人的暴行在前室和女仆房，在乡村和警察的刑讯室，留下了一篇篇蒙难史，它们被记在心中，一代代传下去，终于引起了血腥的残酷报复。这种报复要预防是容易的，但要压制恐怕无法办到吧？

旧鲁萨，军屯制度——谁听了不毛骨悚然！难道历史真会被阿拉克切耶夫先期用酒钱收买，②难道它永远不会揭开这块白尸布，让人看到它掩盖着政府的多少暴行，那在军屯制度下无动于衷地、继续不断地制造的暴行？本来灾祸遍地，民不聊生，现在又增加了新的灾难，它带有独特的性质——彼得堡 - 加特契纳和日耳曼 - 鞑靼精神的结合。不屈的人们整整几个月生活在棍棒的毒打和树条的抽击下……乡镇公所和刑房地上的血迹从没干过……人民为了反抗刽子手，在这些地区铤而走险，干出各种罪行，这是理所当然的！

---

① 亚历山大一世在阿拉克切耶夫的支持下，实行了军屯制度，把原属国家的一些村庄划为军屯区，当地农民世世代代成为士兵，过军营生活，并从事农业生产，稍有反抗，即按军法处死。军屯区内实行普鲁士的军国主义制度，有不少德国人在那里管理士兵，士兵也不断举行暴动。1831 年夏诺夫哥罗德省旧鲁萨军屯区发生的一次暴动规模最大，杀死了不少德国和俄国军官，最后被残酷镇压。沙皇政府于 1842 年被迫撤销了军屯区。

② 阿拉克切耶夫在当铺里存了大约十万卢布，指定在一百年后连同利息一起，奖给写出亚历山大一世时期最好的历史著作的人。——作者注
按 1833 年，阿拉克切耶夫在国家银行存了五万卢布，作为一百年后发给颂扬亚历山大一世功绩的作者的奖金。

莫斯科时代[①]的蒙古精神扭曲了俄国人的斯拉夫性格，横行无忌的指挥刀损害了彼得时代的声誉，而这一切的登峰造极的集大成者便是阿拉克切耶夫伯爵。毫无疑问，阿拉克切耶夫是彼得一世之后出现在俄国政府上层的最丑恶的人物之一，正如普希金所说，他是

头戴皇冠的大兵的奴才，[②]

是标准的军士，腓特烈大帝的父亲的理想人物[③]：超人一等的忠心，机器一样的唯命是从，天文钟一样的准确，绝对的冷酷，墨守成规，精力饱满，智慧正好满足执行命令的需要，而功名心、嫉妒心和乖张的脾气，又正好足以保证把权力看得比金钱更重。这样的人是皇帝的宝贵财富。尼古拉只因度量狭窄，宿嫌未消，才不肯重用阿拉克切耶夫，只用了他的门徒。[④]

保罗一世是由于臭气相投，才起用阿拉克切耶夫。亚历山大在还有一点羞耻心的时候不很重视他，但热衷于排队出操是他得自遗传的天性，一旦这种天性占了上风，他就把远征军[⑤]的办公厅交给

---

① 指彼得大帝以前以莫斯科为京城时期的俄罗斯。

② 引自普希金的讽刺诗《咏斯图尔札》。斯图尔札是德国的反动政论家，神圣同盟的鼓吹者。普希金这诗在他生前未发表过，只是以手抄本流传，用来影射和讽刺阿拉克切耶夫。

③ 普鲁士国王腓特烈大帝的父亲腓特烈·威廉一世推行军国主义政策，希望把人培养成盲目服从的野蛮工具，对他的儿子他便是这么培养的。

④ 尼古拉一世登基后，阿拉克切耶夫失宠了，本肯多夫取代了他的地位，成为新成立的沙皇办公厅第三厅长官，第三厅继承阿拉克切耶夫的全部警察统治方式。

⑤ 指1812年卫国战争胜利后追击拿破仑的军事行动。当时亚历山大一世任远征军总司令，阿拉克切耶夫任远征军办公厅主任，成了沙皇指挥军队的代理人。

了阿拉克切耶夫。这位炮兵部队出身的将军有没有打过仗，我们不知道①，他在军队里主要干的是文官职务，他的战场是在士兵的背脊上，他的敌人是别人捉住后戴着镣铐给送到他面前的。亚历山大皇朝的最后几年，全俄国都处在阿拉克切耶夫的支配下，他干预一切，大权独揽，身边有空白的圣旨。后来亚历山大体弱多病，闷闷不乐，患了忧郁症，在亚·尼·戈利岑公爵②和阿拉克切耶夫之间有些摇摆不定，但最后自然仍倾向于后者。

在亚历山大出巡塔甘罗格时期，阿拉克切耶夫的情妇被仆人暗杀了，这是在格鲁兹诺县伯爵的领地上。为了缉拿凶手，进行了恐怖的侦查，直至今日，即相隔十七年之后，诺夫哥罗德的官吏和居民谈起它还不免心惊胆战。

阿拉克切耶夫已是六十岁的老人，他的情妇是一个年轻的女农奴，她仗势欺压仆役，打骂陷害无所不为，而伯爵对她言听计从，照她的话鞭挞仆人。大家忍无可忍，一个厨子才终于杀死了她。事情做得天衣无缝，没有留下任何痕迹。

但是多情的老人务必把凶手缉拿归案，他扔下国家大事，驰赴格鲁兹诺。在拷打和鲜血中，在呻吟和濒死的哀号中，阿拉克切耶夫用姘妇尸体上解下的血迹斑斑的头巾包着脑袋，给亚历山大写了一封情意绵绵的信，亚历山大复信道："来吧，来靠在你的朋友的

---

① 阿拉克切耶夫是可怜的懦夫，托尔伯爵在《回忆录》中谈过这点，御前大臣马尔琴科也在一篇关于12月14日事件的小文章中讲到过这点，这篇文章载在《北极星》上。工程兵将军赖谢尔曾告诉我，旧鲁萨暴动时期，阿拉克切耶夫躲在屋里，吓得魂不附体。——作者注
托尔伯爵是亚历山大一世的副官长，马尔琴科是尼古拉一世的亲信，曾参与镇压十二月党人事件。
② 即曾任宗教事务及教育部大臣的戈利岑公爵。

胸口，忘掉你的不幸吧。"从男爵维利①的话大概是对的，他说，皇上死前，水流进了脑髓。

但是凶犯没有找到，俄国人的善于保密是惊人的。

这时，阿拉克切耶夫完全像疯子一样，又来到诺夫哥罗德，一群受难者给送到了那里。他的脸色蜡黄，阴沉可怕，眼睛布满血丝，血迹斑斑的头巾仍未取下；审问重新开始，情形真是触目惊心，惨绝人寰。八十来人再度被捕。在城内，谁只要讲错一句话，有一点形迹可疑，就给抓走，向他盘查与阿拉克切耶夫某个仆人的关系，追问那些疏忽的议论。过路人也被捕入狱；商人和小文书们待在警察局几个星期，等候审问。居民躲在家中，不敢上街；对案件本身，大家噤若寒蝉，不敢触及。

克莱恩米赫尔这个阿拉克切耶夫的老部下，也参加了这场审问……

省长把自己的官邸变成了刑讯所，拷打在他的办公室旁边从早到晚地进行。旧鲁萨的县长，这个早已司空见惯一切暴行的人，现在也感到了不安。有一个年轻妇女已怀孕五六个月，他奉命拷打审问她；他觉得无能为力，求见省长（这事是老波波夫②告诉我的，他当时也在场），对他说，这女人经不起鞭挞，这么做是直接违反法律的；省长气得发疯似的从座位上跳了起来，冲到县长面前，举起拳头嚷道："我命令马上逮捕您，马上审问您，您是叛徒！"县长被捕后辞职了。我衷心感到遗憾，不知道他的姓名，为了这件事，他过去的一切罪恶都可以得到宽恕——简单地说，这是英雄行为，

---

① 亚历山大一世的御医，亚历山大即于这年末死于塔甘罗格。
② 赫尔岑在诺夫哥罗德省府任职时的同事。

在这班强盗面前显示人的感情，不是轻易能办到的。

妇女受尽拷打，她什么也不知道……然而因此死了。

但是"万寿无疆"的亚历山大也死了。那些恶魔还不知道今后的变化，作了最后的努力，终于查到了凶手；当然，他被判了答刑。正当刽子手们庆贺胜利的时候，尼古拉下诏把他们送交法庭审问，制止了事态的发展。

省长被押送最高法院受审[①]……甚至那儿也无法为他开脱罪责。但是尼古拉加冕后，发布了大赦令，大赦的范围不包括佩斯捷利和穆拉维约夫的朋友们[②]，却包括这个混蛋。两三年后他已因在自己的领地上滥施淫威，在坦波夫再度被送上法庭；是的，他应该得到尼古拉的赦免，因为他还比不上他。

到1842年初，我对省政府的职务已忍无可忍，想找个理由脱身。我正在左思右想，选择办法时，一件完全无关的事替我作了决定。

一个寒冷的冬天早晨，我去上班。前室中站着一个三十来岁的农妇，她见我穿着制服，马上跪在我面前，泪流满面，要求我主持公道。她的主人穆辛－普希金把她和丈夫放逐外地，却把他们十岁的儿子留下，她要求让她带走孩子。她正向我诉说时，省长进来了，我向她指指他，把她的状子交给他。省长向她解释，孩子年满十岁，就该留在地主那儿。母亲不能理解荒谬的法律，继续哀求，他感到不耐烦，女人却哭哭啼啼，抱住他的脚不放，他粗暴地推开了她，一边说："你这人怎么这么笨，我已用俄国话对你讲过，我没有办法，你还纠缠什么。"说完，他迈开大步，庄严地走到墙

_____

① 我非常遗憾，忘了这位罪有应得的省长的名字，只记得他的姓是热列布佐夫。——作者注

② 指被流放和判刑的十二月党人。

角放军刀了。

我也走了……这对我已经够了……那女人不是已把我看作他们的同伙了吗？应该结束这场喜剧了。

"您身体不舒服吗？"赫洛平参议问我，这人是因为犯了错误给从西伯利亚调来的。

"我病了。"我回答，站起身一鞠躬便走了。当天我就写了病假报告，从此我的脚没再踏进省政府。后来我又"因病"呈请辞职。枢密院批准了我的报告，并确定我的官阶是七等文官。但本肯多夫同时通知省长，不准我进入首都，应仍在诺夫哥罗德居住。

奥加辽夫第一次出国回来后，便在彼得堡替我活动，希望我能重返莫斯科。我不大相信这位保护人能获得成功，在诺夫哥罗德这个无足轻重的历史名城中，只觉得度日如年。谁知奥加辽夫办事有方，居然成功了。1842 年 7 月 1 日，皇后利用家庭节日①的机会，请求皇帝让我回莫斯科居住，理由是我的妻有病，希望移居该地。皇帝允准了，三天后我的妻便接到本肯多夫的信，他通知她，我已蒙皇后的关照，获准随她回莫斯科；还向我报告了一个愉快的消息：我到了莫斯科仍得继续接受警察的监督。

我毫不留恋诺夫哥罗德，因此越快离开越好。然而临走时却发生了我在诺夫哥罗德生活时期几乎唯一叫我感到兴奋的事。

我没有钱，又不想等莫斯科寄钱，因此托马特维替我设法借一千纸卢布。一小时后，马特维带了旅馆主人吉宾来见我，我认识他，在他的旅馆中住过一个星期。吉宾是胖胖的商人，面貌和善，他一边向我鞠躬，一边递给我一包钞票。

---

① 这一天是尼古拉结婚二十五周年的纪念日。

“您要多少利息？”我问他。

“您知道我不干这个营生，”吉宾回答，“有利息我也不一定借，只是听马特维·萨韦利耶维奇说，您要用钱，借一两个月，我们很尊敬您，我手头又正好有些闲钱，所以拿来了。”

我道了谢，问他希望我写一张普通的借条，还是签一张期票给他？但吉宾对此也答道：

“这是多余的，我相信您超过相信字据。”

“得啦，万一我死了呢？”

“那么我损失几个钱，比起对您的悼念来，就算不得什么啦，”吉宾笑笑说。

我深为感动，用热烈的握手代替了字据。吉宾按照俄国的风俗拥抱了我，说道：

“我们实际上什么都明白，知道您做官是不得已的，您办事也跟别的官员不同，您对我们商人和老百姓一向采取保护的态度，因此有机会为您效劳，我感到很高兴。”

当我们深夜离开这个城市时，车夫在旅馆门前停了车，那位吉宾又为我们的旅途准备了一个大得像车轮的蛋糕……

这也是授予我的“功绩奖章”！

第二十八章

痛苦的思想[1]——流放后重返莫斯科——波克罗夫村——马特维之死——约翰神父

　　我们在诺夫哥罗德的生活并不愉快。我不是怀着自我牺牲精神和坚定的意志，而是怀着懊丧和愤怒的心情到达那里的。第二次流放的平庸性质使我生气，而不是痛苦；它不是那种可以振奋精神的灾难，它只是使人心烦意乱，其中既没有新鲜的趣味，也没有危险的刺激。单单省政府和它的埃尔皮季福·安季奥霍维奇·祖罗夫，它的参议官赫洛平，它的副省长皮缅·阿拉波夫，已足够叫人头痛不止了。

　　我闷闷不乐，纳塔利娅也被忧郁征服了。她天性温柔，从小习惯于发愁和流泪，现在重又陷入了自怨自艾的烦恼中。悲痛的思想长时间压在她的心头，使她看不到一切光明和欢乐。生活变得复杂了，弦变得多了，忧虑也随之增加了。萨沙[2]病后，接着便是第三

---

① 原文是德文。
② 萨沙即赫尔岑的长子亚·亚·赫尔岑。

100

厅的骚扰，流产，婴儿之死。婴孩的死，父亲是不大感觉得到的，对产妇的照顾使他几乎忘记了这个一闪而过的生物，他还没来得及哭出声音，还没来得及吸一口奶，便死了。但对于母亲，这个新生命与她朝夕相处已经多日，她早已感觉到他，他们之间存在着身体、化学和神经的联系；况且，婴孩之于母亲是付出了十月怀胎的艰苦代价的，是分娩的阵痛的产物，没有他，痛苦就失去了意义，成了对人的侮弄，没有他，无用的乳汁就会扰乱头脑。

纳塔利娅去世后，我在她的文件中发现了一张字条，我早已把它忘记了，这是我在萨沙诞生前一两个小时写的。[1] 它是祈祷，是祝福，是对新生者踏上"为人类服务"的道路的献辞，是对他的"艰难历程"的预言。

背面有纳塔利娅亲笔写的字：

"1841年元旦。昨天亚历山大给了我这张字条，他做得对，这是最好的礼物。这张纸一下子把三年的幸福生活呈现在我的眼前，这是充满着不断的、无限的爱的三年。

"我们就这样跨进了新的一年；不论等待着我们的是什么，我愿垂下头，为我们两人向它宣告：一切悉听尊便！

"我们在家中迎接新年，冷冷清清，只有亚·拉·维特贝格[2] 与我们在一起。全家人只少一个小亚历山大，孩子已进入安静的梦乡，对于他，既不存在过去，也无所谓未来。睡吧，无忧无虑地睡吧，我的小天使，我为你祈祷，也为你，我那尚未出生的孩子祈祷——我已用我的全部母爱爱你，我的心已多次感到你的动作，听

---

① 萨沙生于1839年6月13日，字条应是从赫尔岑当时的日记中摘录的。

② 维特贝格当时已回彼得堡。

到你的声音。愿你来到世上愉快而幸福！"

但是母亲的祝愿没有实现：尼古拉处决了婴儿。俄国专制皇帝的魔掌也伸到了孩子头上，把他扼杀了！

孩子的死给她留下了创伤。

我们怀着忧伤和深入内心的愤怒，到达了诺夫哥罗德。

那时的真实情况就按照当时的理解，保存在当时的笔记本中，它不会因距离遥远而产生虚假的幻觉，不会因时过境迁而淡忘，也不会因其他许多事件的相继出现而变得模糊晦暗。我曾多次打算写日记，但都是虎头蛇尾，有始无终。在诺夫哥罗德，我生日那天，纳塔利娅送给我一本空白的本子，我有时就把心中感到的或头脑中想到的写在这本子上。

这本子还保存着。纳塔利娅在第一页上写道："愿这本子的每一页和你的整个生命，都充满着光明和欢乐！"

三年后，她在它的最后一页上又写道：

"我在1842年曾希望，你的日记的每一页都充满着光明，风平浪静；现在三年过去了，回顾往事，我的愿望没有实现，然而我并不懊丧，因为欢乐与痛苦对于完满的生活都是必要的，而你可以在我对你的爱中找到安慰，这爱是充满在我的全部身心和整个生命中的。

"过去的让它过去吧，祝未来幸福！1845年3月25日于莫斯科。"

1842年4月4日写着这么一段话：

"我的天，多么不能忍受的忧郁哟！这是软弱，还是我的法定权利？难道我应该把生活看作已经结束，难道我的全部工作意愿，我亟待吐露的一切，都应该予以压制，让这些要求无声无息地湮灭，然后开始空虚的生活？人生可以只留下一个修身养性的目的，但是在书斋中，同样可怕的忧郁依然困扰着我。我之需要发言，也许正如蛐蛐之需要鸣叫一样……而这种压力还得忍受多少年啊！"

仿佛自己感到害怕似的，我在这后面摘录了歌德的几行诗：

失去财产——损失不大，

失去荣誉——损失极大，

但你一旦赢得声誉，

人们仍会改变对你的看法。

而失去勇气——就丧失了一切。

这时不如没有出生更好。①

以后还写道：

"……我的双肩已将压断，但仍支持着！"

"……我们这一代经历的全部恐怖，全部悲剧方面，未来的人们能否理解，能否正确评价呢？然而我们的痛苦，正是他们的幸福所赖以生长的胚胎。他们能否理解，我们为什么无所事事，追求各种享乐，喝酒及其他？为什么我们的手不从事伟大的劳动，为什么在兴奋的时刻不能忘记忧愁？……让他们站在我们长眠的墓前，洒下几滴怀念的泪水吧：他们的眼泪，我们是当之无愧的！"

"……我再也无法长时间忍受我的处境了，我会窒息死的——不论怎样，我必须挣扎出去。我写信给杜贝尔特，要求他设法让我获准移居莫斯科。信写好后，我病了，觉得自己受了侮辱。这大概

---

① 原文系德文，引自歌德的《赠辞》。《赠辞》是歌德与席勒合作的一部短诗集。

正是妓女初次出卖灵魂时体验到的心情……"

然而我这种苦恼，这种不可克制的焦躁的呼声，这种对自由活动的渴望，这种手脚被束缚的感觉，纳塔利娅却作了不同的理解。

我常常发现她坐在萨沙的小床旁边，眼睛哭得肿肿的；她竭力使我相信，这一切只是由于她心情不好，不值得注意，也不值得多问……我相信了她。

一天晚上我回家较迟，她已经睡了。我走回卧室。我的情绪很坏：刚才菲①邀我到他家里，告诉我，他怀疑我们认识的一个朋友与警察有联系。这类事使我痛心，主要还不是由于可能发生危险，而是由于精神上感到的厌恶。

我默不作声，在屋里踱来踱去，思量听到的消息，突然发觉仿佛纳塔利娅在啼泣；我拿起她的手帕，它已给眼泪浸得湿湿漉漉的。

"你怎么啦？"我问，有些害怕和震动。

她握住我的手，呜呜咽咽地对我说：

"我的朋友，让我向你实说吧；也许这是虚荣感，是利己心，是精神失常，但我感到，看到，我不能使你快乐；你心里烦闷，这我能理解，我不怪你，但我难受，痛苦，我只得哭泣。我知道，你爱我，也同情我，但是你不知道，你的忧郁来自哪里，这空虚感来自哪里，你只是觉得你的生活太贫乏——那么说真的，我能为你做什么呢？"

我像一个人突然在半夜给人叫醒，在他还没完全清醒之前，就把一个可怕的消息告诉了他，他惊骇，发抖，但还不明白是怎么回事。我本来心安理得，坚信我们的爱情根深蒂固，完满无缺，因此

---

① 指第二十五章中提到的那个将军菲利波维奇。

从不谈论到它，认为在我们的生活中，这根本是不言而喻的；安详的感觉，无限的信任，排除了一切疑虑，甚至内心的犹豫，这已构成我私生活中幸福的基本源泉。宁静，安谧，生活的美好方面，这一切仍如 1838 年 5 月 9 日[①]我们在墓园相会以前一样，仍如弗拉基米尔生活的初期一样，这完全在于她，在于她，在于她！

我那深刻的忧虑，我的惊诧，起先驱散了这些乌云，但过了一个月，两个月，它们重又出现了。我劝解她，安慰她，她自己也为这些阴暗的幻觉感到可笑，于是阳光重又射进了我们中间。但只要我稍一疏忽，它们便乘机抬头，无缘无故地来到我们中间，以致它们每次到来时，我早已在担心它们的重复出现了。

1842 年 7 月我们迁回莫斯科时，我的心情便是这样。

莫斯科的生活起先过于散漫，不可能发生良好的作用，也不可能使人安心。这时我非但没有帮助她，相反，还使她的痛苦的思想[②]有增无减，日益深入……

我们离开流放地诺夫哥罗德，迁回莫斯科的前夕，还发生了一件事。[③]

从前有一天早上，我走进我母亲的房间，看见一个使女在打扫屋子，她是新来的，即参政官去世后留给我父亲的，我与她可说素不相识。我坐到椅上，拿起一本书，耳边似乎听见这姑娘在抽泣。我抬头一看，她真的在哭；忽然她在惊悸不安中走到我面前，双膝

---

① 指赫尔岑夫妇结婚的一天。

② 原文是德文。

③ 从这一段起至"1843 年 5 月 30 日……"那一段止，这长达三四页的关于赫尔岑与使女卡捷琳娜的事，在作者生前并未发表过。《赫尔岑三十卷集》根据原稿以"编者注"的方式附在正文下。《赫尔岑九卷集》则为了保持整章"艺术上的完整"，把它编入了正文，但系按照原稿移入，在时间交代上不很清楚。

跪下。

"你怎么啦，怎么啦，有话快讲！"我对她说，既诧异又不好
意思。

"带我走吧……我一定忠心耿耿侍候您，您需要使女，带我走
吧。我留在这儿一定会羞死的……"她呜呜咽咽，像个孩子。

这时我才恍然大悟。

可怜的姑娘带着恳求的目光站在我面前，脸孔因哭泣和羞涩而
发红，流露出恐怖和期待的神色，这是妇女在怀孕之后常有的表情。

我笑了笑，嘱咐她去打点行装。我知道，我带走谁，我的父亲
是全不介意的。

她在我们身边过了一年。我们在诺夫哥罗德的最后阶段心情很
不平静，我对流放深恶痛绝，每天愤愤不平地等待着回莫斯科的许
可。正在这时，我发现我的使女生得非常漂亮……她也猜到了我的
心思！……一切本可到此为止，机会却使我们欲罢不能。这种机会
是随时都存在的，特别是当我们不想避免的时候。

我们到了莫斯科。宴会接连不断……一天我深夜回家，不得不
穿过后面一些屋子。卡捷琳娜给我开门。显然她刚离开床铺，两颊
红通通的还没苏醒，肩上披一条大围巾，粗粗的辫子没有扎紧，随
时可能像浊浪似的掉下……这时天已黎明，她瞟了我一眼，笑笑说：

"您多迟啊。"

我望着她，陶醉于她的美貌之中，本能地、半意识地把手伸到
了她的肩上，围巾掉下了……她啊了一声……她的胸脯裸露了。

"您做什么啊？"她嗫嚅着，激动地瞅一下我的眼睛，扭转了
头，仿佛为了让我不致面对见证人……我的手触到了睡得热烘烘的
肉体……当一个人忘记一切，沉浸和陶醉在自然中的时候，那是多

么美好啊……

在这时刻，我爱这个女人；这狂欢中似乎包含着某种不道德因素……使谁受了委屈，受了侮辱……使谁呢？使我在世上最亲密、最宝贵的那个人。我的迷恋不过是一闪而过的欲念，它不足以左右我——它没有根基（双方都如此，她甚至不一定真的钟情），一切本将消失得无影无踪，只留下一丝微笑，一点狂热的回忆，也许还有两三次的脸红……但事实不然，介入了其他因素；我的轻率种下了恶果……我无法控制事态的发展……

我觉得，纳塔利娅似乎已有所风闻，产生了怀疑，我决定向她供认一切。这样的忏悔是困难的，但我觉得，这是必要的净化和赎罪，为了重建纯洁坦率的关系，我必须打破沉默，不让它造成危害和威胁。我认为，真诚本身可以减轻打击，谁知它引起的却是强烈而深刻的震动；她非常悲痛，似乎我已经堕落，并将把她也带进万劫不复的深渊。为什么我不考虑后果，不在行动之前悬崖勒马，却要到事后才想起，它在一个与我有着千丝万缕、密不可分的关系的人身上，必然引起的反应？一个妇女，哪怕受过最完备的教育，早已摆脱基督教的羁绊的，对于失节仍抱着不作任何区分，不接受任何辩解的禁欲主义观点，这我难道不知道吗？

责备妇女固执己见，未必是公平的。有谁曾严肃而正直地致力于破除她们的偏见呢？破除它们的是经验，因此被摧毁的不是偏见，而是生活。人们回避我们所关心的问题，正如老婆子和儿童回避坟墓或那种地点……①

---

① 原稿在此中断，这句话没有完。但这段话的思想可从第五卷《一些已经触及的问题引起的思考》中找到补充。

她跨过了界线，但这是在接触到棺木之后！她什么都明白了，然而打击来得猝然而沉重；对我的信念动摇了，偶像坍毁了，幻觉的痛苦变成了现实。难道这事不是证明我内心空虚吗？如若不然，为什么一遇诱惑便无法抵御？而且这是什么诱惑？发生在何处？就在离她几步远的地方。而情敌又是谁？她是牺牲在谁的手中？在这样一个女人手中，这个女人是可以倒进任何一个男人的怀抱的……

我觉得这一切并非如此，觉得她从来没有被牺牲，"情敌"这话不合适，如果这个女人不是轻佻的女人，那么什么也不致发生，但从另一方面看，我明白，她的想法是自然的。

激烈的斗争在她心中进行，对这一点，不论以前和以后，我都感到惊讶。她没说过一句让卡捷琳娜伤心的话，使她可能猜到纳塔利娅已知道一切——承受责备的是我。她离开我们的家时心平气和，毫无芥蒂。纳塔利娅对她那么亲切，让她获得了自由，以致这个平凡的女人（她仍是人民的纯真的儿女）抽抽搭搭，跪在她面前，亲自坦白了一切，并请求饶恕。

纳塔利娅病了。我在她旁边，成了我所造成的灾难的见证人；不仅是见证人，而且是自我控诉人，甚至准备成为行刑人。我的想象翻腾起伏——我的堕落越来越显得严重了。我觉得自己卑鄙可耻，几乎到了自暴自弃的程度。在那时的笔记本上，我留下了一系列精神失常的痕迹：从悔罪和自我谴责到怨恨和烦躁，从忍耐和流泪到愤怒……

1843 年 3 月 14 日我写道："我有罪，我罪孽深重，我受到的惩罚是罪有应得……但是当一个人深刻意识到自己的过错，充满悔恨，决心与旧我决裂的时候，他是希望受到鞭挞和惩罚的，任何判决他都乐于接受，他会温顺地垂下头忍受一切，但愿拷打和灾难会减轻他的痛苦，刑罚会勾销和抵偿过去的错误。然而惩罚的力量只能到此为止，如果它继续不断，如果它重提旧事，那么他就会恼羞成怒，开始为自己辩解……确实，他已作了真诚的忏悔，此外还要他说什么呢？他还得靠什么来赎取前愆呢？做人的道理应该是：在为罪人的堕落与他同声痛哭之后，向他指出，他还有改过自新的途径。一个人犯了罪，如果让他相信，他已无可救药，那么他只能自杀，或者更加沉沦下去，以求忘记一切，此外没有其他出路。"

4月13日："爱情！……它的力量在哪儿？我爱她，可是侮辱了她。她更爱我，可是不能宽恕我的侮辱。既然这样，人与人之间还剩下什么？这只能是一种直线的发展，对它说来无所谓过去，过去始终活在它中间，永不消逝……它没有曲折，只会断裂，只会随着另一个人的堕落而幻灭，不可能恢复原状。"

1843年5月30日："清晨的红霞消失了，当暴风雨逐渐过去，乌云逐渐散开的时候，我们的理智增加了，可是幸福感减少了。"①

纳塔莉娅愈来愈沉浸在忧郁中——她对我的信心动摇了，偶像倒塌了。

这是危机，是从青年到成年的痛苦转折。她无法摆脱那些折磨她的思想，她病了，瘦了；我在她面前惶恐不安，责备自己，我看到我已丧失了从前那种可以排除任何阴郁情绪的至高权力，我为此痛心，更无限怜惜她。

据说，孩子是在疾病中成长的；在这场使她濒临肺痨边缘的精神疾病中，她飞速地成熟了。她通过这段忧伤的历程，离开了明朗

---

① 以上三段均引自赫尔岑的日记，但有的已经过改写。

的、但是斜射的晨光，走进了敞亮的中午。身体未受损伤，这已是最大的幸运。她的柔情丝毫不减往日，但是思想获得了非常勇猛和深刻的进展。她露出自我牺牲的笑容，温顺地接受不可避免的命运，没有发出浪漫主义的呻吟，另一方面也没有故作镇静，用傲慢自负的态度对待它。

她不是在书本中，也不是靠书本，而是靠清醒的头脑和生活本身获得解脱的。细小的不幸和痛苦的争执，对于许多人往往不会产生任何印象，但在她的心头却会留下鲜明的痕迹，足以引起她深刻的内心活动。只要有一点轻微的迹象，她就会寻根究底，毫无畏惧，直至把连男人的心也难以忍受的真理探究明白为止。她伤心地告别了自己的圣像壁，在这里曾珍藏着多少浸透了忧郁和欢乐的泪水的圣物啊！她抛开它们，但没有像女孩子长大后抛弃昨天的玩偶那样脸红；她不是背弃它们，只是怀着悲痛割舍它们，她知道这将使她今后的生活更贫乏，更没有保障，闪烁不定的亲切的灯光将被灰色的黎明所代替，迎接她的将是严峻而淡漠寡情的力量，它们对喃喃的祈祷声听而不闻，对来世的祝愿也无动于衷。她把那些圣物像死去的孩子一样，从胸前轻轻移开，小心放进棺木，她尊重它们，因为它们是她生命中过去的一页，那诗的一页，那另一时期的欢乐。即使今后，她也不想再用冷漠的手触摸它们，正如我们没有必要不会再跨进墓园一样。

处在这种强烈的内心活动中，处在一切信念幻灭和重新调整的时刻，自然会感到需要休息和孤独。

我们到了莫斯科郊外我父亲的庄园上。

一旦我们单独在一起，周围只有树木和田野的时候，我们觉得心胸开阔了，重新看到了生活的光辉。我们在乡下住到了深秋。有时从莫斯科来一些客人，凯切尔在这儿住过个把月；8 月 26 日 [①]，所有的朋友欢聚了一天，然后又恢复了平静的生活。宁静，森林，田野，除了我们谁也没有。

僻静的波克罗夫村位在一大片森林中间，与莫斯科河边群村环抱的欢乐的瓦西里耶夫庄园相比，情景是完全不同的，显得严峻得多。这差异甚至在农民中也一目了然。波克罗夫村的庄稼人住在森林中，不如瓦西里耶夫村人那么像莫斯科郊区的居民，虽然它离莫斯科还近二十俄里。他们安静，朴实，相互间非常融洽。我的父亲曾把一家富裕的农民，从瓦西里耶夫迁至波克罗夫，但他们从来不把这家人家看作本村人，总是称他们为"移民"。

我的童年也与波克罗夫村有密切关系，我在不懂人事时已到过那里，后来从 1821 年起，我家每年夏季从瓦西里耶夫回来，或去瓦西里耶夫时，总要到那儿逗留几天。那个 1813 年后失宠的瘫痪老人卡申佐夫 [②] 就住在那儿，幻想着一睹他的老爷佩戴勋章和绶带的英姿。那儿还住着一个年高德劭的白发老村吏瓦西里·雅科夫列夫，这人腆着个大肚子，后来死在 1831 年的霍乱中，我记得他一年年衰老下去，他的胡须渐渐从深褐色变成银白色。那儿还住着我的同乳兄弟尼基福尔，他因为我夺去了他母亲 [③] 的乳汁而引以为荣，他的母亲后来死在疯人院中……

小小的村庄共有二十户或二十五户农家，与相当大的主人住宅保持着一定的距离。它一边是一片半圆形的牧场，打扫得干干净净，四周围了栅栏，另一边可以看到一条河流，河中筑了坝，这是

---

① 赫尔岑夫人的命名日。

② 即第二章中提到的那个安德烈·斯捷潘诺夫，卡申佐夫才是他的姓。

③ 即第一章中提到的奶娘达里娅。

十五年前打算造磨坊用的，还可看到一座倾侧的、古老的木教堂，共同占有这块领地的参政官和我的父亲，每年都说要修理这座教堂，这也有十五年了。

住宅是参政官造的，非常漂亮，房间宽敞，窗户高大，两边有露台似的走廊。屋子全用上等大圆木建造，内外都没经过任何粉刷，只有塞在缝里的麻屑和青苔点缀在各处。这种墙壁能发出一股松香味，松脂像熔化的琥珀从表面渗出。屋前是一片不大的田野，田野那边是黑压压的建筑木材林，林中一条小路通往兹韦尼哥罗德。另一边是蜿蜒的村庄，一条村道仿佛尘土织成的细长带子，从村中伸出，消失在黑麦田中，这条路经过迈科夫工厂通往莫扎伊斯克。沉静的和喧闹的阔叶树林，苍蝇、蜜蜂、黄蜂，它们的不断的嗡嗡声……还有一阵阵香味，这是饱和着植物蒸汽的草木的气息，不是花香，是绿叶的清香……我走遍意大利和英国，想寻找这种香气，可是无论春天还是盛夏，几乎从未找到过。有时在干草收刈之后，在西洛可风①中，在雷雨之前，仿佛袭来一阵这样的香气……于是我想起了屋前的一方草坪，由于我禁止修剪青草，还引起了村长和仆役们极大的不满；我三岁的儿子就在这儿的三叶草和蒲公英上面，在螽斯、各种昆虫和瓢虫中间打滚，还有我们自己和我们的朋友，我们的青春！

太阳落山了，气候还很温暖，我们坐在草地上，不想回家。凯切尔在摘蘑菇，无缘无故与我吵嘴。这是什么，是铃铛声吧？车子是来我们这儿的？很可能——今天是星期六。

"县长出门办事啦。"凯切尔说，其实并不相信这是他。

_____

① 从干旱地区或非洲的沙漠地区吹来的一种热风。

一辆三驾马车过了村庄，咚咚地驶上木桥，绕到小丘背后；那儿只有一条路，是通到我们家的。我们刚赶去迎迓，车子已到了大门口；米哈伊尔·谢苗诺维奇①像雪崩似的从车上滚到地下，嘻嘻哈哈与我们拥抱，笑得前仰后合的。就在这时，别林斯基也钻出了车子，一边揉腰眼，一边骂波克罗夫路远，骂俄国马车不好，俄国道路不平。凯切尔却大骂他们：

"你们真是活见鬼，晚上八点才到，不可以早一点吗？一定是别林斯基这个促狭鬼不肯早些起床。你们看什么？"

"他在你这儿越发像野人了，"别林斯基说，"瞧这头发，留得这么长！凯切尔，你可以在《麦克白》中扮演活动森林啦。等一会儿，别把话都骂完，还有比我们更迟的坏蛋呢。"

另一辆三驾马车已拐进院子，车上坐着格拉诺夫斯基和叶·科尔什②。

"你们要在这儿玩几天吧？"

"两天。"

"好极了！"凯切尔高兴得跳了起来，像塔拉斯·布尔巴③见了自己的儿子一样。

是的，这是我们生活中一段光辉的时期，暴风雨过去了，只剩下几朵正在消失的乌云。朋友们欢聚一堂，融洽无间！

可是一件意外的事故几乎破坏了一切。

一天傍晚，马特维跟着我们，在堤上指给萨沙看什么东西。他

---

① 即俄国著名演员谢普金。

② 科尔什（1810—1897），俄国新闻工作者，曾任《莫斯科新闻》等的编辑。早年曾参加赫尔岑小组。

③ 果戈理的同名小说的主人公。

脚一滑，从狭窄的堤坝边沿掉进了水里。萨沙吃了一惊，向他奔去，等他钻出水面，就用小手拉住他，噙着眼泪反复说道："别走，别走，你会淹死的！"谁也没想到，孩子的眷恋竟是马特维一生得到的最后的爱，而萨沙的话中包含着对他的可怕的预言。

马特维浑身湿湿漉漉的沾满了污泥，便去睡了，从此我们没有再看到他。

翌日早晨七时，我站在阳台上，听到有人讲话，声音越来越嘈杂，还夹杂着喊叫，接着，几个农夫慌慌张张冲进屋子。

"出了什么事？"

"糟了，"他们答道，"老爷府上有人落水了……一个捞得快，救上岸了，可还有一个怎么也找不到。"

我奔到河边。村长脱了靴子，挽起裤管，在岸边指挥。两个农夫从小划子上往水中投网。过了五六分钟，他们大喊道："找到了，找到了！"把马特维的尸体拖上了岸。这个年轻力壮、两腮红红的漂亮小伙子，睁着两眼躺在地上，没有一点气息，脸的下部已开始肿胀。村长把尸体留在岸上，严禁农夫碰它，又给它盖上了一件粗呢大衣，派了看守，然后打发人上警察所报案……

我回到家中，遇见纳塔利娅，她已知道一切，呜咽着扑在我身上。

我们非常可怜马特维。在我们的小家庭中，马特维是不可缺少的一员，他与我们最近五年的一切重大事件紧密联系在一起，他是真心爱我们的，他的死对于我们是无法弥补的。

我当时写道："也许，对于他，死是幸福，生活许给他的只能是可怕的打击，他没有出路。但是用这种办法摆脱未来的不幸，实在太凄惨了。他是在我的影响下成长的，然而成长得太快，这种不平衡的发展使他感到痛苦。"

马特维的命运的悲剧方面，正在于匆忙的发展给他的生活造成了裂痕，他又无力填补这裂缝，缺乏战胜它的坚强意志。在他身上，高尚的感情和温柔的心肠比思想和性格更强大。他像女人一样敏捷地领会了许多事物，尤其是我们的观点；但既不甘心回到识字课本的初级阶段，又没有条件用知识来充实缺漏和空虚。他厌恶自己的身份，也不可能不厌恶。社会地位的不平等，在任何场合都不如在主仆之间那么令人感到可耻和屈辱。罗特希尔德[①]在街上，对拿了扫帚在他面前扫垃圾的乞丐，比对穿绸袜子、戴白手套的他的侍仆客气得多。

我们每天听到主人埋怨仆人，它与仆人埋怨主人同样合理，因为这不在于主人还是仆人变坏了，而在于双方对自己的地位愈来愈清楚了。这造成了仆人的压抑感，也对主人发生了腐蚀作用。

我们已习惯于对待奴仆的贵族老爷态度，因此完全不以为怪。世界上有不少小姐善良多情，可以为一只冻毙的小狗落泪，把最后的钱施舍给乞儿，乐于冒着严寒参加摸彩大会，救济叙利亚的难民，或者出席为阿比西尼亚的灾民举办的音乐会。她们在要求妈妈多留一刻，再跳一曲卡德里尔舞的时候，从来不会想到，驾驭前导马的小厮在风雪之夜坐在马上，血管中的血冷得已快冻结。

主仆关系是令人厌恶的。工人至少知道这是他的职业，他在制造什么，他可以快一些把东西制成，于是他就没事了，最后，他还可以希望自己将来成为老板。仆役的职务却是不会完的，这是终身苦役；生活不断产生垃圾，仆役就得不断打扫。他必须把生活中一

---

① 詹姆斯·罗特希尔德 (1792—1868)，欧洲著名的银行家集团罗特希尔德家族的成员，犹太人，原籍德国，在巴黎等地均设有银行。赫尔岑在巴黎与他打过交道。

切不舒服的琐事，一切腌臜的劳动，一切乏味的工作，全部包下。他得穿上号衣，表示他并不属于他自己，而是别人的所有物。他要侍候比他强壮一倍的人，为了让后者不致玷污靴子，他便得踩进污泥里，为了让别人暖和，他便得自己挨冻。

罗特希尔德没有让爱尔兰乞丐作他的豪华酒宴的目击者，没有派他给二十来个客人斟葡萄酒，同时提醒他，如果他斟给自己喝，就得把他当贼赶走。最后，爱尔兰乞丐根本不知道世上有柔软的弹簧床和芳香的美酒，单凭这一点，他就比大公馆的奴隶幸福了。

马特维离开佐年贝格来到我身边的时候是十五岁。我的流放生活是与他一起度过的，在弗拉基米尔我也与他在一起。他跟随我们时，我们并没有钱。他像保姆一样照料萨沙，此外，他对我无限信任，盲目服从，因为他认为我不是真正的老爷。他对我的态度，与从前意大利画师的弟子对他们的老师一样。我常常责备他，但从未当他是仆人……我为他的前途担忧，他为自己的处境痛苦、烦恼，但从未设法另找出路。照他的年纪，如果他想干什么，他是可以开始新的生活的；但是为此必须坚持顽强持久的劳动，往往还是枯燥幼稚的劳动。他的阅读只限于小说和诗歌，他理解它们，有时还能非常正确地评价它们，但是严肃的读物使他困倦。他算账很慢，常常算错；他不会书写，总是词不达意。我多次要他学算术和写作，但毫无效果；他不学俄文文法，却一会儿学法文字母，一会儿学德语会话，这自然是浪费时间，只能使他失去信心。我为此狠狠骂他，他觉得伤心，有时还哭了，说他是不幸的人，读书已太迟了；有时他还这么绝望，甚至想死，丢下一切工作，几星期几个月地游荡，苦闷。

才能平庸，抱负不大，这还可有所作为。不幸的是，这些感情细腻灵敏，但意志薄弱的人，把大部分精力都消耗在向前冲击中，以致不能持之以恒，不断前进。他们遥望知识和学问，只看到了它们优美可爱的一面，他们希望取得的也正是这个方面，却不知道，不掌握事物的一切技术部分，没有培养起一种能力，那么任何工具都是不能为我所用的。

我常常问自己，他的半开化状态对于他是不是反而有害？未来等待着他的会是什么？

命运一下子解决了这个难题！

可怜的马特维！连他的葬礼，那具有悲悼沉痛性质的葬礼，也被演成了一幕丑剧，然而这是完全符合民族风格的。

中午，警察所长和文书到了，跟他们一起来的还有我们的乡村神父，一个老酒鬼。他们检验了尸体，在厅堂里开始侦讯和记录。神父什么也不记，什么也不看，鼻梁上架了一副大银边眼镜，坐在那里一言不发，一会儿叹气，一会儿打哈欠，画十字，后来突然转过身子，向村长做了个仿佛腰痛得受不了的姿势，问道：

"萨韦利·加夫里洛维奇，酒菜准备没有？"

村长是个稳重的农民，参政官和我父亲因他是出色的木匠，才提拔他当了村长。他不是本村人（因此对它一无所知），生得很漂亮，虽然已经快六十岁。他将将那一大把络腮胡子，觉得这事与他毫不相干，因此一边皱起眉头瞧我，一边用粗重的嗓音答道：

"很抱歉，我不知道！"

"准备了。"我回答，吩咐了仆人。

"感谢上帝；该吃点东西啦，亚历山大·伊万诺维奇，我一早起身，肚子都饿瘪了。"

警察所长放下笔，搓搓手，装模作样地说：

"我们的约翰神父好像饿得受不了啦；既然主人不见怪，这是好事，我们就叨扰了。"

仆人端上了几盘凉菜、甜伏特加、果子酒和葡萄酒。

"神父，向主谢恩吧，您是带路人，您开个头，我们才可跟着您走呢。"警察所长说。

神父匆匆忙忙念了一段非常短的祈祷文，便拿起一杯甜伏特加一饮而尽，把一小块面包送进嘴巴，嚼了几口，随即又喝了一杯，然后才慢条斯理地、细心地吃火腿。

警察所长给我的印象特别深，他也跟着喝了一杯甜伏特加，对它很满意，便装出行家的神气对我说道：

"我看，您这种茴香甜烧酒是寡妇鲁热的店里酿制的吧？"

我不知道这是从哪儿买的，吩咐把酒瓶拿来，果真，它来自寡妇鲁热的店里。根据伏特加的香味，就能辨别这是哪个商店的产品，这得有多么丰富的经验啊！

他们吃完后，村长把一袋燕麦和一袋马铃薯装到警察所长的车上；文书是在厨房喝酒的，他一坐上驾车座，车子就驶走了。

教士跟跟跄跄地步行回家，一边还在用一根小木条剔牙缝。我正向仆人交代安葬的事，约翰神父蓦地站住，招招手，村长跑到他跟前，然后回来了。

"什么事？"

"神父要我问您老一声，"村长回答，并不掩饰自己的嘲笑，"安葬后由谁置办酒宴？"

"你怎么回答他？"

"我说，他不必担心，油煎薄饼总是有的。"

马特维安葬了，神父吃到了薄饼和烧酒，然而这一切在我心头留下了一条漫长的黑影。此外，还有一件可怕的事等着我办，这就是通知他的母亲。

但是关于波克罗夫圣母教堂中的这位高僧，我还得讲几句，然后才能把他丢开。

约翰神父不是教会学校出身的时髦教士，不懂得希腊文变位和拉丁文句法。他已经七十岁出头，在伊丽莎白·阿列克谢耶夫娜·戈洛赫瓦斯托娃[1]的大村庄上当过半辈子教堂执事，我的姑母要求总主教赏了他一个神父的职位，我父亲的村子正好有个空缺，主教就派给了他。尽管他喝了一辈子酒，酒量越来越大，他还是不能抵挡酒的作用，因此每天一到下午便迷迷糊糊的。在属于他的教区的附近几个村庄里，每逢婚丧喜庆，他总要喝得酩酊大醉，然后农民们把他像一捆烂干草那样抬上马车，把缰绳缚在车辕上，全权委托他的马把他送回家中。那匹识途老马也总是万无一失，把他平安带回府上。神父太太不比他差，也是有酒必醉。但最令人惊异的是，他们那位十四岁的小千金也能一口气喝下一茶碗烧酒。

农民们瞧不起他和他一家人。有一次他们甚至联合向参政官和我父亲告了状。参政官和我父亲要求总主教查明事实。农民控告他主持圣礼收费太贵，如不预先付钱，丧礼要拖延三天，婚礼则根本不给举办。总主教和宗教法庭发现，农民的控告事事属实，要约翰神父停职反省了两三个月。神父在亲聆主教的教诲之后，回村时不仅加倍喝酒，而且成了小偷。

我听仆人们说，在一次教堂节日中，一个老农民与神父一起酗酒，喝醉后对他说："嗨，你也太胡闹了，还惊动了主教大人！你不肯好好干，大家自然要收拾你。"神父听了很生气，好像是这么

---

[1] 即赫尔岑的姑母。

回答："嘿，我也有办法对付你们这些混蛋，我主持婚礼和葬礼时，专给你们念最不吉利的祈祷文。"

过了一年，即1844年夏季，我们又去波克罗夫村。满头白发的神父瘦得多了，但他照样酗酒，照样每天醉得昏昏沉沉的。每逢星期日做完祷告，他总要来找我，坐上一两个钟头，拼命喝烧酒。这使我讨厌，我吩咐别接待他，甚至躲进森林回避他，然而他照旧光顾："主人不在家吗？没关系，伏特加总在家中吧？他不会随身带走吧？"我的仆人只得把一大杯甜伏特加送进前室，神父喝了酒，吃了咸鱼子酱，这才若无其事地回家。

最后，我们的关系终于破裂了。

一天早晨，教堂的诵经士来找我，这是个身材细长的年轻小伙子，头发向后梳，像女人似的；他的满面雀斑的年轻妻子也来了。两人都非常激动，你一言我一语，一边说一边哭，一边擦眼泪。诵经士用不自然的尖嗓子，他的太太用咬不清字音的口齿，争先恐后地说，前两天他们的怀表和首饰匣失窃了，首饰匣里有五十来个卢布，诵经士的老婆找到了贼，这不是别人，就是我们的高僧和基督徒约翰神父。

证据是确凿无疑的：在神父家扔出的垃圾中，诵经士的老婆发现了失窃的小匣子上一块打碎的盖子。

他们要求我主持公道。我再三向他们解释，教会和世俗的权力不能互相干涉，但诵经士不听劝告，他的老婆也哭个不住，弄得我束手无策。我同情他们，据他估计他们的损失约值九十卢布。我考虑了一下，吩咐套车，写了一封信，派村长去见县长；我把诵经士对我的希望寄托在县长身上。傍晚，村长回来了，县长要他转告我："别管这事，否则宗教法庭出面干涉就麻烦了。不要沾了一手蜜糖洗不干净。"这答复，特别是最后这句话，萨韦利·加夫里洛夫向我传达时非常得意。

"首饰匣是神父偷的，"他又说，"这一点正如我站在您面前一样清楚。"

我把世俗权力的答复转告了诵经士，表示遗憾。相反，村长却安慰他道：

"你这么垂头丧气还为时过早呢，结账的日子在后面。你是婆娘还是诵经士啊？"

村长和他的伙伴们真的替他报了仇。

萨韦利·加夫里洛夫是不是分裂派教徒，我不大了解。但是我父亲出售瓦西里耶夫庄园时，从那儿迁来的农民全部是旧礼仪派教徒①。这些人戒酒，机灵，勤劳，全都痛恨神父。其中有一人，农民都称他粮栈老板，在莫斯科的涅格利诺街开店做买卖。怀表失窃的事马上传到了他耳中；他经过调查，知道波克罗夫神父的女婿，一个丢了差使的教堂执事，曾向人兜售或抵押一只表，这表在一个银钱兑换商人手中；粮栈老板见过诵经士的表，他马上找银钱商，一点不错，表正是诵经士的。他喜出望外，马上带了这个消息坐车来到波克罗夫村。

诵经士掌握了充分的证据，便找教区监督。过了三天，我听说神父付了一百卢布给诵经士，他们和解了。

"这是怎么回事？"我问诵经士。

"教区监督听了我的控告，便召见了我们的老暴徒。他们谈了好久，只是谈些什么，我不知道。后来监督又通知我去见他，对我

---

① 即分裂派教徒。

严厉地说:'你们争吵什么?你还年轻,这个人尽管贪酒,但年纪老了,是你父亲一辈的人,你与他闹,不害羞吗?现在他给你一百卢布,与你和解。你满意吗?'我回答:'满意,大人。''既然满意,今后不准再提这事,更不准向外宣扬;记住,他已经七十多岁了。如果你不照我的话办,当心我给你颜色看。'"

于是这个被粮栈老板揭发的贪酒的贼,仍照旧行使神父的职权,尽管村长仍是那个向我坚决指出他偷了首饰匣的村长,读经台上也仍是那个诵经士(但是现在他再也不让那只著名的怀表离开他的口袋,只允许它躺在那儿测定易逝的时间了),农民也仍是那些农民!

这件事发生在 1844 年,离莫斯科五十俄里的地方,而我是这一切的目睹者!

这样,毫不奇怪,正如贝朗瑞的诗歌所讲的,对约翰神父的召唤,圣灵是不会降临的:

圣灵不说,我不降临! ①

为什么不驱逐他呢?

东正教的贤哲们告诉我们:教会人士是像恺撒的夫人一样不允许怀疑的! ②

---

① 原文是法文。这行诗引自贝朗瑞的诗歌《圣灵弥撒》。
② 恺撒说过,他的妻子是不能受到怀疑的。

第二十九章　自己人

(一)莫斯科的友人们——酒席上的谈话——西欧派(博特金，列德金，克留科夫，叶·科尔什)

波克罗夫之行，在那儿度过的安静的夏季，成了我们莫斯科生活中意气风发、生动活泼的那个优美阶段的开始，它延续到我父亲去世，也可以说，到我们出国为止。

在彼得堡和诺夫哥罗德的紧张不安的情绪消失了，内心的风暴平静了。痛苦的自我解剖和互相解剖，这种对不久前的创伤所作的不必要的指摘，这种对同一些不幸遭遇的反复议论，现在也已结束了。相信自己并无罪愆的思想，经过这一番波折之后，使我们能更严肃、更正确地对待生活。我那篇文章《由一出戏想起的》①，就是我那段痛苦经历的结束语。

警察的监视是唯一的外来压力；我不能说它很严重，但是意识到有一根警棍随时可以打到我的头上，这感觉总不是愉快的。

新的友人对我们的接待比两年前热烈得多，也好得多。站在他

---

① 赫尔岑写于 1842 年 10 月的一篇文章，后编入《任性与深思》中。

们前面的是格拉诺夫斯基，他在这五年中居于领导地位。奥加辽夫几乎常年都在国外[①]。格拉诺夫斯基成了他的替身，我们应该为当时那些美好的时刻感谢他。这个人身上具有一股伟大的爱的力量。我与许多人在观点上更为一致，然而与他更为亲密——这是出自灵魂深处的一种感觉。

格拉诺夫斯基和我们每一个人都很忙，大家在辛勤劳动，有的在大学讲课，有的写论文和编杂志，有的研究俄国历史。这个时期是我们以后所做的一切的开始。

我们早已不是孩子了；1842年，我已整整三十岁。我们非常清楚，我们的活动会把我们带向哪儿，但是我们没有停止。我们不是一时冲动，而是深思熟虑地走着我们的路，我们的步子是安详的，沉着的，它是经验和家庭生活熏陶的结果。这并非表示我们老了，不，我们依然那么年轻，正因如此，一些人在走上大学讲台的时候，另一些人在发表文章或出版报纸的时候，每天都冒着被捕、撤职和流放的危险。

这类天赋不凡、学识渊博、多才多艺、纯洁无疵的人，以后我在任何地方，不论在政界的顶端或文学艺术界的头面人物中，都未曾遇见过。我跑过不少地方，经历过各种生活，结识过不少人，革命还把我带到了号称最为文明的国土，但是凭良心说，我还是没有改变我这观点。

西欧人最后形成的那种孤芳自赏的个性，起先我们觉得它与众不同，继而又发现它片面单调。他们始终踌躇满志，他们的自负使我们气愤。他们从不忘记个人的得失，他们的处境一般并不顺遂，

---

① 奥加辽夫流放回来后，于1841至1846年在德、意、法等国游历。

心力大多花费在生活琐事上。

我并不认为，这儿的人从来就是这样；西欧人不是处在正常的状况——他们正在退化。没有成功的革命风起云涌，没有一次能使他们脱胎换骨，然而每一次都留下了痕迹，搅乱了人的观念，于是历史的潮流顺理成章地把污浊的市民阶层推上了主要的舞台，挤走了被铲除的贵族阶段，扼杀了民间的幼苗。谢天谢地，市民精神与我们不能相容！

我们无所用心也罢，精神不够深邃，行动不够坚定也罢，教育方面太幼稚，修养方面太贵族化也罢，但是我们一方面既更懂得生活的艺术，另一方面也比西欧人单纯得多，我们不如他们那么与众不同，然而比他们更全面。我们这里有识之士不多，但这些人才华横溢，气度恢弘，决不受任何局限。西方却完全不同。

那儿，即使气质上与我们最为接近的人，我们接谈之下，也总感到格格不入，找不到共同的语言，无法统一。他们这种固执己见和不由自主的隔膜态度，使我们不由得对这个业已定型的世界感到无能为力。

我们之间理论上的分歧恰恰相反，它提高了生活的意义，促进了交换思想的需要，使我们的头脑更活跃，步伐更迅速。我们是在这种互相争论中成长的，它实际上增强了我们小组的凝聚力①——这是蒲鲁东对机器劳动所作的出色说明。

我怀着眷恋的心情，要谈一下这个时期，这是同心协力、慷慨激昂、和衷共济、英勇斗争的时期，也是我们青春时代的最后

---

① 原文是法文。蒲鲁东在《什么是私有财产》一书中，谈到集体劳动的特点时，作过这样的说明。

几年！……

我们的小组人不多，常常在这个或那个人家中，特别是在我的家中集会。除了谈笑逗哏、吃喝取乐之外，这成了交流思想、消息和知识的最活跃、最迅速的场合。各人把读到听到的公诸同好，通过辩论统一认识，使一人之所得变成众人的财富。在任何知识领域，文学艺术的任何方面，没有一个重大现象会不引起我们中某一个人的注意，并被立即传达给大家。

我们的集会的这种性质，正是那班愚钝的学究和迂阔的文人所无从理解的。他们只看见酒肉，其余什么也看不见。宴饮是生命力充沛的表现，拘泥小节者往往是枯燥无味、自私自利之辈。我们不是僧侣，不能过隐士生活，酒酣耳热，豪情满怀，更促进了我们的才干，我们的成就不会比那些在科学后院从事苦役的君子们逊色。

朋友们，无论是你们还是那个光辉灿烂的时期，都是我所珍爱的；每当我回忆起这些，总是不胜依恋，几乎难割难舍。我们与苏巴朗①笔下那些疲惫虚弱的修士不同，不会为尘世的罪孽啼哭；我们只是同情它的苦难，准备含笑迎接一切，对未来的灾祸毫无畏惧。整天哭丧着脸的苦行僧，我总觉得可疑；如果他们不是矫揉造作，他们的头脑或肠胃一定有了毛病。

你是正确的，我的朋友，你是正确的②……

---

① 苏巴朗（1598—1662），西班牙画家，所作绘画主要反映宗教生活，表现修士自我惩罚的苦行精神等。

② 英国作家艾迪生所作剧本《卡图》的主角卡图所讲的一句话。原话是："你是正确的，柏拉图，你是正确的。"

是的，博特金，你是正确的——比柏拉图正确得多，你不曾在花园中，在游廊上对我们说教，因为我们这儿户外太冷，你是在友好的酒筵上向我们大讲"泛神论的"享受；你说，静观海浪的舞蹈和西班牙少女的舞蹈，倾听舒伯特的乐曲和草菇煮火鸡的香味，能同样得到这种享受；听了你这番高论，我才首次发现，我国语言具有这么深刻的民主精神，可以使香味像声音一样诉诸听觉。

你离开马罗谢卡街是有收获的，你在巴黎懂得了烹饪艺术的伟大，你从瓜达尔基维尔河不仅带回了对脚的崇拜，也带回了对至高无上的小腿的崇拜！①

列德金②也到过西班牙，但他的收获是什么？他游历这个历史上没有法制的国家，却是为的要对普希塔③和萨维尼④的著作进行法学分析，他关心的不是梵坦戈舞和波勒洛舞⑤，而是巴塞罗那的暴动⑥（它的结局与任何卡楚查舞⑦一样，即毫无结局）；回国之后，他大讲这次暴动，弄得学监大人斯特罗戈诺夫直摇头，瞅着他那条瘸腿，只是嘟哝什么街垒，仿佛在怀疑这位"偏激的法学家"不是在效忠君主的德累斯顿⑧，从马车里摔到地上跌伤的。

"真是太不尊重科学了！老弟，你知道我不喜欢这么开玩笑。"

---

① 马罗谢卡街是博特金在莫斯科的住处。瓜达尔基维尔河在西班牙，博特金在游历西班牙时写的《西班牙来信》中，大谈西班牙女人的舞姿和衣衫。

② 列德金 (1808—1891)，俄国法学家，赫尔岑小组的成员。

③ 普希塔 (1798—1846)，德国法学家，罗马法的权威之一。

④ 萨维尼 (1778—1861)，德国法学家，历史法学派的代表之一。

⑤ 都是西班牙的民间舞蹈。

⑥ 1842 年 11 月西班牙第三次资产阶级革命时期，巴塞罗那发生暴动，但不久即被残酷地镇压。

⑦ 西班牙安达卢西亚地区的民间舞蹈，以活跃的快节奏为特点。

⑧ 德国的城市，当时在萨克森选侯和国王的统治下。

列德金板起面孔说，其实根本没有生气。

"这很……很可……可能，"叶·科尔什结结巴巴地回答，"可你为什么要把自己与科学等同起来，难道跟你开玩笑就是不尊重科学？"

"算了，今天没时间谈了。"列德金接着道，便像埋头研读罗特克①全集一样专心喝汤了，但一边却在听克留科夫②讲那些大有古典风味的委婉精致的俏皮话。

这时大家的注意力已经离开他们，集中在鲟鱼肉上。谢普金亲自讲解，看来他对现代鱼肉的研究，比阿加西斯③对上古骨骼的研究更多心得，他一边讲一边眯缝着眼睛，轻轻摇头——他摇头不是左右摇摆，而是前后晃动的。唯独凯切尔坚持原则，对尘世的一切奇迹无动于衷，自顾自吸烟，谈其他事物。

不要为这几行废话生我的气，我不再往下讲了。它们不过是我想起我们莫斯科的酒会，无意之间写下的；我一时间忘了不应该浪费篇幅，因为这些话只对我，对极少几个残存者才有意义。每当我追忆往事，我便不寒而栗——曾几何时，那壮怀激烈的峥嵘岁月，已一去不复返了！

……我们的拉撒路④们又在我的眼前复活了，但不是带着死亡的气息，而是变得更年轻了，充满着活力。其中一人是像斯坦克维

---

① 罗特克 (1775—1840)，德国自由主义历史学家及政治活动家。

② 克留科夫 (1809—1845)，莫斯科大学古罗马文学教授，40年代的赫尔岑小组成员。

③ 阿加西斯 (1807—1873)，瑞士动物学家和地质学家，在研究冰川活动和绝种鱼类方面作出过巨大贡献。

④ 《圣经》中的人物，见《约翰福音》第十一章：拉撒路死后，耶稣使他复活，走出了坟墓。

奇一样，在远离祖国的地方亡故的，这就是加拉霍夫①。

他的话常使我们哑然失笑，但不是愉快的笑，是果戈理有时所引起的那种笑。克留科夫和叶·科尔什的俏皮话和笑料，也像汽水一样层出不穷，但这是精力过剩的表现。加拉霍夫的幽默却是阴沉的，这是一个与自我、与环境经常不能协调的人的幽默，他如饥似渴地盼望安宁及和谐，但看不到出路。

加拉霍夫是在贵族家庭长大的，很早进了伊斯梅洛夫团，也很早退伍，退伍后才真正开始接受教育。他才气横溢，但偏激，感情用事，缺乏思辨能力，往往迫不及待，想一举手解决真理问题，而且是要实用的、马上可付诸实施的真理。他正如大多数法国人那样，不理解真理只能通过一定的方法获得，而且与后者不可分割；真理作为结果，不过是一些公式和原理。加拉霍夫不是怀着谦逊的自我克制精神在探求真理，不论他的发现对他本人如何，他寻找的正是可以给他带来快慰的东西，因此毫不奇怪，真理总是从他任性的搜索中溜之大吉。他便为此烦恼，生气。这类人不习惯于否定和分析，解剖学与他们格格不入，他们要寻找现成的、完整的、定型的东西，那么，加拉霍夫能从我们这个时代，这个处于尼古拉皇朝统治下的时代，找到什么呢？

他到处摸索，甚至求助于天主教会，但是他活跃的心灵受不了它那阴森的气息，那潮湿的坟墓，那凄凉的监狱似的隐修室。他抛弃了旧的耶稣和新的耶稣——毕舍②，想研究哲学；但它那阴冷森严的前室使他望而生畏，几年中他一直停留在傅立叶主义上。

---

① 加拉霍夫 (1809—1849)，赫尔岑的友人，19 世纪 40 年代赫尔岑小组的成员。
② 毕舍 (1796—1865)，法国历史学家，基督教社会主义思想家之一。

法伦斯泰尔①的现成组织、严格结构和有些像兵营的制度，如果说对批判的人没有什么吸引力，那么毫无疑问，对那些倦怠的人正是投其所好，他们几乎含着眼泪，要求真理像乳母一样，把他们搂在怀中，好让他们安然入睡。傅立叶主义有一个固定的目的，劳动，共同劳动。一般说来，人们往往乐于放弃个人的意志，只求终止动摇和犹豫。这种情况在日常生活中是屡见不鲜的。"您今天是想看戏，还是上郊外玩儿？"对方回答："随便。"于是两人都不知怎么办才好，等待着客观环境替他们作出决定，究竟上哪里。正由于此，卡贝②得以在美国建立他的教区，那个共产主义教派，直属上帝的伊加利亚大寺院。不安静的法国工人，经历了两次革命和两次反动，终于精疲力尽，怀疑开始主宰他们，为了逃避这种精神上的苦闷，他们欢迎新的事物，自愿放弃无目的的自由，屈从伊加利亚的严格纪律，那儿的上下关系决不比本笃会③各大修院的等级制度稍好一些。

　　加拉霍夫过于有学问，不受约束，不可能完全沉浸在傅立叶主义中，可是它吸引了他几年。1847年我与他在巴黎会晤时，他对法伦斯泰尔所抱的感情，已与其说是信徒对教会的感情，不如说像我们对就读多年的母校，对安度过几年生活的家庭的怀恋。

　　在巴黎，加拉霍夫比在莫斯科显得更古怪，更有趣。他的贵族天性，他的高贵的骑士意识，处处遭到伤害；他厌恶他周围的市侩世界，正如胃口不好的人见到油腻的食物一样。无论法国人还是德

---

① 法国空想社会主义者傅立叶设计的理想社会组织方式，又称法朗吉。

② 卡贝（1788—1856），法国空想社会主义者，认为一切改革靠道德的感化力量即可完成。著有空想小说《伊加利亚旅行记》，描绘他理想的共产主义社会"伊加利亚"。19世纪40年代，卡贝企图在美国得克萨斯州建立他的"伊加利亚"，成员是法国工人，最后以失败告终。

③ 天主教的一派，由意大利人圣本笃创建。本笃会的隐修院有严格的组织和教规。

国人，都不能迷惑他；当时的许多风云人物，他往往不屑一顾，非常简单地指出他们的微不足道、唯利是图和自高自大。对这些人的鄙视，使他甚至带上了与他格格不入的民族自尊心的色彩。例如，他谈到他深恶痛绝的一个人，往往通过表情、笑容和眯缝的眼睛，只用"德国人！"这个字概括此人的一生，他的全部生理特征，以及日耳曼种族特有的许多庸俗、粗鲁、笨拙的缺陷。

他与一切神经质的人一样，情绪时起时伏，极不平衡，有时他一言不发，沉思默想，有时口若悬河，慷慨激昂，以严肃的谈吐和深刻的感情令人折服，有时又出其不意，用怪诞的形式引得人捧腹大笑，只消简单的几笔，便把事物勾勒得惟妙惟肖。

复述这一切几乎是不可能的。我只能把他讲过的一件事，而且只是一个不大的片断，尽可能传达一下。一天在巴黎，我们谈到了离开国境时的不愉快感觉。加拉霍夫听后，给我们讲了他最后一次回自己领地的经历——这真是一篇杰作。

"……我到了边界，天下雨，地上尽是泥浆，路上拦着一根大圆木，漆成一条黑一条白的。我们得等待，不能通过。这时只见对面来了个手执长矛的哥萨克，骑着马。

"'请出示护照。'

"我给了他，说：

"'老总，让我跟你进守卫室，这儿雨太大。'

"'不成。'

"'为什么？'

"'请您安心等着。'

"我想走回奥国的哨所，可哪儿成，刚转身，只见又一个哥萨克站在我面前，仿佛从地底下钻出来的，脸像中国人。

"'不能回去！'

"'为什么？'

"'请您安心等着！'可雨下个不停……军士突然从值班室大喊：'升起！'于是铁链轧轧直响，漆成条纹的纹刑架升起了；我们的车子从它下面驶过去，铁链又轧轧直响，放下了圆木。嘿，我想，现在只得由他们摆布了！值班室里有个世袭兵在登记护照。

"'这是您本人吗？'他问；我马上塞给他二十个克里泽①。

"军士正好进屋，那人什么也没讲，可是我也马上给了他二十个克里泽。

"'一切无误，请到海关去吧。'

"我坐上车，动身了……可总觉得后面有人追赶。回头一看，一个哥萨克拿了长矛，骑了马，跟着车子。

"'老总，什么事？'

"'护送您老上海关。'

"海关上一个官员戴上眼镜，检查我的书。我给了他一个三马克银币，说：

"'您放心好了，这都是科学书，医学书！'

"'一点不错！喂，守卫，把箱子关上！'

"我又给了二十个克里泽。

"终于放行了。我雇了一辆三驾马车，穿过漫无边际的原野；蓦地天边出现了一片红光，愈来愈大……像晚霞。

"'你瞧，'我对车夫说，'啊？失火啦。'

"'没什么，'他回答，'大概一间小农舍或烘谷房起火了。驾，

_____

① 从前奥匈帝国的银质辅币。

驾，快跑，快跑！'

"过了一两小时，发红的天空已到了另一边。我不再问什么，心想这不过是烧掉了一间小农舍或烘谷房。

"……我在大斋节从乡下到了莫斯科；雪差不多融化了，雪橇滑过石板路，车灯在污浊的水潭中射出昏暗的反光，边套马把冰冷的泥浆大块大块地直抛到我的脸上。最奇怪的是：在莫斯科，春天刚一开始，五六天不下雨，泥浆就会变成一阵阵灰土，刮进眼睛和鼻孔，一个警官心事重重地站在马车上，指指灰土，露出不满的神色，警察们则忙作一团，正在把各种碎砖瓦铺到路上，防止灰尘！"

加拉霍夫非常随便，心不在焉，但这与科尔什的口吃一样，不失为一个可爱的缺点。他时常出洋相，弄得很尴尬，有时他会因此发点小脾气，但大多只是一笑置之。一天霍夫林娜[1]请他参加晚会，他却跟我们一起上剧院听《夏莫尼的林达》[2]，看完戏又一起上谢瓦利埃饭店，在那儿坐了一两个小时，这才回家更衣，前往霍夫林娜府上。前室点着一支蜡烛，堆着一些什物。他走进大厅——一个人也没有；走进客厅，只见霍夫林娜的丈夫坐在那儿，他刚从奔萨省回来，还没脱下旅行服装。加拉霍夫的来访使他惊讶。客人问了旅途平安，便在沙发上安然坐下。霍夫林娜的丈夫说，道路很坏，他非常疲倦。

"玛丽亚·德米特里耶夫娜在哪儿啊？"加拉霍夫问。

"早已睡了。"

"怎么睡了？难道这么迟了？"他问，开始猜到是怎么回事。

---

① 霍夫林娜（1801—1877），19 世纪 30 至 40 年代莫斯科的女名流，与文学艺术界人士交往密切，经常在家中举办晚会。
② 意大利作曲家杜尼采蒂所作的歌剧。

"四点钟了！"霍夫林娜的丈夫回答。

"四点钟！"加拉霍夫重复了一遍，"对不起，我只是听说您回家，特地来向您问好的。"

另一次，也是在他们家，那是一次招待晚会，男的都穿着燕尾服，女的也打扮得端端正正。不知是加拉霍夫没有接到请柬，还是他忘了，总之，他是穿着平常的衣服去的。他坐了一会儿，就着蜡烛点了一支雪茄，便开始高谈阔论，根本没留意客人们的服饰。过了一两小时，他问我了：

"你还要上哪儿？"

"哪儿也不去？"

"那你怎么穿着燕尾服？"

我不禁哈哈大笑。

"咳，真是乱弹琴！"加拉霍夫嘟哝道，拿起帽子便走。

我的儿子五岁那年，加拉霍夫给他的圣诞树送来一个蜡洋娃娃。洋娃娃至少有我儿子那么大，加拉霍夫亲自让它坐在椅上，希望引起意外的效果。圣诞树布置好了，门打开了，萨沙又惊又喜，慢慢向前走，用恋恋不舍的目光端详那些彩色纸片和蜡烛，但蓦地愣住，站在那里，脸涨得通红，然后惊叫着转身逃走。

"你怎么啦，怎么啦？"我们问他。

他哭得抽抽搭搭的，只是一再嘀咕：

"那儿有个陌生孩子，我不要他，不要他。"

他把加拉霍夫的洋娃娃看成了另一个孩子，以为这孩子要与他争夺圣诞树，因此非常伤心。但更伤心的还是加拉霍夫本人，他一把抓起不幸的洋娃娃，转身便走，此后好久不愿再提起这事。

1847年秋，我与他在尼斯的会见是最后一次。当时意大利革命运动正如火如荼，他非常关心。他的目光虽然充满讥刺，但心头仍保持着浪漫主义的憧憬，对某些信念不胜向往。我们间的长谈和争论，使我想起应把它们写成文字。《来自彼岸》就是以我们的一次谈话开始的。[1]我把开头几节念给加拉霍夫听过；那时他已病重，看来不久于人世了。他临终前夕，还写了一封非常风趣的长信给我，这时我在巴黎。可惜信遗失了，否则我可引述几段。

离开他的墓前，我要凭吊另一个更令人怀念的、也是更新的坟墓了。

（二）在友人墓前

> 他的心灵纯洁而高尚，
>
> 他的性情温柔如同慈母，
>
> 他的友谊童话般令人难忘。[2]

……1840年，我路过莫斯科，第一次见到格拉诺夫斯基。那时他刚从国外回来，准备在大学讲授历史。我喜欢他那文雅的举止，沉思的外貌，紧皱的双眉，忧郁的眼睛，以及微带悲戚的慈祥笑容。他那时留着长发，穿一件式样别致的普鲁士藏青大衣，领圈是

---

[1] 指《来自彼岸》的第一章《暴风雨前》。这一章赫尔岑写于1847年底（即1848年革命风暴的前夕），是以他与加拉霍夫1847年秋在尼斯的谈话为基础的。赫尔岑把加拉霍夫作为当时俄国进步的贵族知识分子中"多余人"的一种典型加以叙述，这种人有才能，但脱离实际，充满浪漫主义幻想，终于一事无成。在《暴风雨前》中，赫尔岑与加拉霍夫就革命前途问题展开了争论。

[2] 引自奥加辽夫的诗《致伊斯坎德尔》（《我行走在空旷的平原上……》）。

天鹅绒做的，衣钮是呢子做的。他的容貌、服饰、黑发，都使他显得风度翩翩，优雅潇洒；他当时正处在青春即将消逝、精力充沛的壮年即将开始的分界线上。我想，即使冷漠寡情的人对他也不能毫不动心，何况我一向重视美，把它看作一种天赋和力量。

我与他只匆匆见了一面，因此带回弗拉基米尔的印象，不过是觉得他人才出众，并根据这一点，相信他可以成为我未来的挚友。我的预感没有欺骗我。过了两年，我在彼得堡，以及第二次流放回来，住在莫斯科的时候，我们交往密切，建立了深厚的友谊。

格拉诺夫斯基天性温和，平易近人。他从不虚张声势，疾言厉色，也从不自以为是，他待人接物总是那么诚恳，坦率，因此与他非常容易相处。他不以友谊压人，而是赤诚相爱，决不把自己的观念强加于人，也不因事不关己便采取"反正一样"的态度。凡是真正投身于生活的人，难免有一些怕人知晓、不愿声张的弱点，我不记得，格拉诺夫斯基曾对这种"小节"做过粗暴的干预，或不恰当的指责。因此，有些话哪怕不能与最亲密的人讲（这些人虽然完全可以信赖，但是他们的某些难以听到的心弦还是与你有着不同的音域），却可以对他直言不讳，无须顾虑。

他的心灵充满着爱、宁静和宽容，在那里找不到无法调和的纷争，听不到盛气凌人的声音。他在我们中间，是联系许多事和许多人的环节，互相敌对的团体，濒于决裂的友人，往往由于对他的同情而消除隔阂。格拉诺夫斯基与别林斯基完全不同，虽然他们同样是我们中间最光辉、最杰出的人物。

在昨天的俄国，那个艰难时世 ① 的末期，一切都被打翻在地，

---

① 指尼古拉一世统治时期，尼古拉一世死于 1855 年。

只有官方的败类可以大声说话，文学成了一泓死水，科学被代之以奴才的理论，书报检查机关对基督的教诲也不以为然，对克雷洛夫的寓言也要大加删削①——在那个时期，看到格拉诺夫斯基屹立在讲台上，心里就会轻松一些。"如果他还在讲话，那么一切不致毫无希望。"大家这么想，感到呼吸自由一些了。

然而，格拉诺夫斯基既不是别林斯基那样的战士，也不是巴枯宁那样的雄辩家。他的力量不在于尖刻的论争，不在于勇敢的否定，而在于正面的道德感染，在于他引起的绝对信赖，在于他的艺术禀赋和平静安详的精神素质，在于他性格的纯洁和对俄国现存秩序的深刻持久的抗议。不仅他的话，连他的沉默，也是一种力量：他的思想不能自由吐露时，就会鲜明地表现在他脸部的表情中，让大家一目了然，因为在这个国家，狭隘的专制制度已使人们学会了理解言外之意，懂得隐晦曲折的语言。从1848年至尼古拉去世这个灾难深重的时期中，格拉诺夫斯基不仅保住了自己的讲台，也保全了自己的独立思想方式，这是因为骑士的勇敢，坚如磐石的信仰，与女性的温柔，灵活的形式，以及我们已讲过的那种善于求同存异的天性，在他身上结成了和谐的统一体。

格拉诺夫斯基给我讲过宗教改革时期许多沉着稳健的革命传教士，他们不像路德那么狂热，威严，不会"慷慨激昂，咄咄逼人"，但是开朗，慈祥，对桂冠与荆冠同样泰然处之。他们镇定沉着，刚毅坚决，从不意气用事；这种人叫法官畏惧，觉得不好对付；他们那种宽容和解的笑，也使刽子手事后受到良心的谴责。

---

① 据赫尔岑当时收集到的消息，俄国在1848年成立的"秘密书报检查机关"，曾不同意全文印行《圣经》的《福音书》，并要从克雷洛夫的作品中删去十二篇寓言。

科利尼①本人便是这样，吉伦特派②的优秀分子也是这样；确实，从精神特征和浪漫主义气质来看，从不爱走极端来看，格拉诺夫斯基更像胡格诺派③教士和吉伦特党人，不像再浸礼派④教徒或山岳党人⑤。

格拉诺夫斯基对莫斯科大学和整个年轻一代的影响是巨大的，而且历久不衰；他在身后留下了漫长的光辉。我特别感动的，是看到他当年的学生把自己的书，作为对他的纪念呈献给他；他们在序言中，在报刊的文章中，热情洋溢地谈论他；他们怀着年轻美好的愿望，要把自己的新著作与友好的故人联系在一起，要借书前的题词来抚慰他的英灵，公认他是他们思维活动的渊源。

格拉诺夫斯基的发展与我们不同。他小时在奥廖尔读书，后来进了彼得堡大学。父亲给他的钱不多，他从非常年轻的时期起就得为杂志"特约"撰稿。那时他认识了叶·科尔什，从此直至他去世，他们保持着最亲密的友谊，并一起为先科夫斯基⑥工作，后者需要新的力量和没有经验的青年为他卖力，以便把他们真诚的作品挽进《读书文库》淡而无味的水酒中兜揽生意。

严格地说，他一生从未寻欢作乐，从未荒唐过一天。毕业后，

---

① 科利尼 (1519—1572)，法国政治家，宗教战争时期胡格诺派的领袖。

② 法国大革命初期温和的共和派，在国民议会中构成右翼，反对审判国王路易十六。

③ 16 至 18 世纪法国的新教教派，从信仰上看大多属于加尔文宗，在宗教改革中态度比较温和。

④ 16 世纪宗教改革运动中流行于德国、瑞士、荷兰等地的教派，具有基督教社会主义思想，反对教会等级制度，在德国农民战争中发挥过重要作用。

⑤ 即雅各宾派。

⑥ 先科夫斯基 (1800—1858)，俄国批评家及杂志编辑，《读书文库》的主编，别林斯基与他展开过多次论战。

他就由师范学院派往德国。在柏林，他遇见了斯坦克维奇——这是他青年时期最重要的一件事。

凡是认识这两个人的都会明白，格拉诺夫斯基和斯坦克维奇必然立即成为亲密朋友。在性格、年龄、志趣等等方面，他们都有许多相似之处；两人胸部也同样潜伏着注定早死的种子。但是对亲密的感情，牢不可破的友谊而言，仅仅相似是不够的。只有可以互相补充的爱，才是深刻而巩固的。对于卓有成效的爱，相异与相似同样必要；没有相异之处，感情便会萎缩，衰退，变成只是一种习惯。

两位青年的追求和力量极不相似。斯坦克维奇早年就受过黑格尔辩证法的陶冶，具有敏捷的思辨才能，如果说他把美学因素带进了自己的思维中，那么毫无疑问，他也把同样多的哲理带进了自己的美学。格拉诺夫斯基热烈拥护当时的科学潮流，但对抽象思维既不爱好，也无才能。他非常了解自己的天赋，选择了历史作为他的终生事业。他永远不可能成为抽象思想家，或杰出的自然科学家。逻辑学的冷若冰霜，铁面无私，大自然冷酷无情的客观性，都叫他不能忍受；为了思想忘记一切，为了观察摒弃自我，他办不到；相反，他无限关注人世间的一切。难道历史学不就是这种思想和这种气质在另一形式下的表现？格拉诺夫斯基想的是历史，学习的是历史，后来又以历史作宣传手段。斯坦克维奇则不仅把现代科学的观点，也把它的方法，作为优美的礼品赠给了他。

学究们对此表示怀疑，他们是用汗水和气喘病测量思想活动的成绩的……然而，我们要问，那么蒲鲁东和别林斯基呢？难道他们对黑格尔的方法，不比一切研究到头发脱落、满脸起皱的迂夫子更加精通吗？然而这两人谁也不懂德文，谁也没读过一本黑格尔的原著，一篇他的左派和右派门人的论文，他们仅仅与他的弟子们探讨过他的方法。

格拉诺夫斯基在柏林与斯坦克维奇一起度过的日子，根据前者的叙述和后者的书信，是他一生中光辉灿烂的时期之一。那时他们风华正茂，精力充沛，奔放的热情第一次得到表现，他们互相善意地调笑戏谑，同时进行着严肃的学术探讨。这一切是温暖的，充满热烈深刻的友谊，那种仅仅青年时代才有的友谊。

过了两年他们分开了。格拉诺夫斯基在莫斯科大学讲课，斯坦克维奇在意大利医治肺病，后来死了。斯坦克维奇的逝世，使格拉诺夫斯基深为悲痛。过了好久，他收到了故友嵌肖像的纪念品，那时我正好在场，我很少看到更为沉痛的默默无言的忧伤。

这是在他婚后不久。和谐、安静、融洽的新生活，给蒙上了一层哀悼的黑纱。这个打击的痕迹长期不能消除，我不知道，它最后有没有完全消失。

他的妻子非常年轻，还没完全成熟。她身上还保存着少女时代不够温顺，甚至冷漠的特色，这是淡黄头发的少女，特别是日耳曼血统的少女所常有的①。这种个性大多能干、刚毅，但觉醒较迟，长期处于昏睡状态。促使这位少女苏醒的动力如此温柔，缺乏任何痛苦与斗争，又出现得这么早，使她几乎没有觉察。她的血继续在她心脏中缓慢而安静地流动。

格拉诺夫斯基对她的爱是平静亲切的友谊，与其说热烈，不如说深沉，温柔。一种安详的、动人心弦的宁静，笼罩着他们的小家庭。有时看到埋头工作的格拉诺夫斯基身旁，一位亭亭玉立、婀娜多姿的女伴默默无声地沉浸在爱情和幸福中，这是非常愉快的。我

---

① 格拉诺夫斯基的妻子是德国家庭出身，比他小十一岁，他们结婚时，她才十七岁。

看到他们，立即想起新教创始者们那些光辉的、贞洁的家庭，这些人无畏地唱着殉道者的赞美诗，随时准备手挽着手，沉着坚定地走上宗教裁判法庭。

在我眼中，他们像兄妹，特别因为他们没有孩子。

我们很快接近了，几乎每天见面，有时通宵达旦，无话不谈……正是这些夜阑人静的时刻，使人们产生了密不可分、难割难舍的友情。

后来我们与格拉诺夫斯基在理论和信仰上长期存在分歧，想起这一点，我感到遗憾和痛心。何况它们之于我们并不是可有可无的东西，而是真实的生活基础。但是我得赶紧声明：如果时间证明，我们可以产生分歧，可以互不理解，互相指责，那么更多的时间将会加倍地证明，我们不可能分裂，我们的友谊不可能消失，哪怕死亡也无力办到。

确实，好久以后，格拉诺夫斯基和奥加辽夫这两个互相热爱的好友中间，除了理论上的分歧，也产生了不和谐的音调，但我们会看到，它最后也完全消失了。

谈到我们的争论，那么这是格拉诺夫斯基使它结束的。1849年8月25日，他从莫斯科写信到日内瓦，向我讲了下面这段话。我怀着虔敬和自豪的心理在这里引述它们：

"我对你们两人（即对奥加辽夫和我）的友谊，包含着我心灵中最美好的力量。其中感情是一个部分，正是它使我在1846年不由得伤心落泪，责备自己无力斩断那显然已难以为继的关系。我几乎怀着绝望的心情发现，你们与我的心紧紧拴在一起，要割断这些纽带势必损伤我的血肉。这段时间对我不是毫无益处的。我在与我的缺陷方面的斗争中胜利了。你们所指责的我的那种浪漫主义，已荡然无存。然而我天性中的一切浪漫因素，贯穿在我的个人爱好中。你记得我读了你的《克鲁波夫》①后写给你的信吗？它是在一个难忘的夜晚写的。笼罩在我心灵上的黑纱落下了，你的形象重又光辉地出现在我眼前，我向远在巴黎的你伸出了手，我感到欣慰，温暖，正如在我们莫斯科生活中那些神圣美好的日子一样。对我起作用的不仅是你的才华，从这作品中我看到了整个的你。有一次你羞辱我，说：'不要寄任何希望于个人因素，要相信集体的力量。'而我总是过多地重视个人因素。但对于我，个人因素和集体力量正是在你身上合而为一。我因此才毫无保留地爱你呢。"

在我谈到我们的争执时②，但愿读者看了会想起这几行……

1843 年末，我发表了一组论文：《科学中的一知半解态度》③。它们的成功使格拉诺夫斯基像孩子一样兴奋。他带着《祖国纪事》到朋友家串门，亲自朗读、解释，如果谁不表示欢迎，他就愤愤不平。此后我也看到了格拉诺夫斯基的成功，而且更大。我这是指他的首次公开讲学，讲的是英法两国的中世纪史。④

恰达耶夫听完第三和第四讲走出挤满全莫斯科的绅士淑女的讲堂时，对我说："格拉诺夫斯基的讲学是有历史意义的。"我完全同意他的话。格拉诺夫斯基把讲堂变成了客厅，变成了上流社会⑤聚会的场所。他没有为此给历史穿上华丽的衣衫，绣金的服饰，恰恰相

---

① 指赫尔岑的中篇小说《克鲁波夫医生》。

② 赫尔岑与格拉诺夫斯基的争执主要是理论问题引起的，因此后者觉得感情上无法割断他们之间的联系。

③ 赫尔岑的哲学论文集，共四篇，最后一篇，即第四篇发表于 1843 年 12 月的《祖国纪事》上，但其他三篇发表在该年上半年。

④ 格拉诺夫斯基的这次学术讲演主要说明，人类的发展尽管矛盾曲折，但总是不断前进的，这无异宣告了当时俄国落后的专制农奴制度之必然灭亡。赫尔岑正是从这个意义上理解格拉诺夫斯基的讲学，并两次撰文谈论此事。

⑤ 原文是法文。

反，他的语言是严肃的，一丝不苟，充满力量、勇气和诗意，它们有力地震撼了听众，唤醒了他们。他的仗义执言所以平安无事，不是由于妥协，而是由于他天然具有的那种温和的表达方式，他不喜作法国式的箴言，画蛇添足地在寓言后面附上几句说教。他只是叙述事实，巧妙地安排材料，让它们自己说话，使他没有明言的思想变得十分清楚，听众也因此更感到亲切，仿佛这是他们本人在思想。

第一次讲座圆满结束，他获得了真正的成功，这在莫斯科大学也是盛况空前的一件事。当他讲完之后百感交集地向听众致谢时，大家如醉似狂地跳了起来，夫人们挥手帕，其余的人拥向讲台，与他握手，向他索取相片。我亲眼看见，青年们涨红了脸，含着泪水高呼："好极了，好极了！"离开是不可能的，格拉诺夫斯基站在那里，微垂着头，合抱着手臂，脸色白得像纸；他还想说几句，但说不出口。震天动地的鼓掌声，疯狂的赞扬声，愈演愈烈，大学生们排列在楼梯上，把讲堂让给来宾们去欢呼叫好。格拉诺夫斯基疲惫不堪，穿过人群，走进会议室。过了几分钟，人们看见他出来了，于是又响起了连续不断的鼓掌声；他转过身子，向大家挥手致意，带着万分激动的疲乏神色走进了办公室。这时我扑到他身上与他拥抱，我们默默无言地流下了眼泪。

……这样的眼泪我还流过一次，那是在夕阳残照的科洛西姆斗兽场上，那时英雄契切洛瓦基奥把未成年的儿子献给了罗马武装起义的人民，但几个月后，这父子两人就被一个戴皇冠的孩子非法杀害，死在武装刽子手们的枪弹下了！ [1]

---

[1] 这是指意大利民族解放运动中的一件事。1848 年 3 月，意大利人民在罗马的科洛西姆斗兽场上召开大会，募集志愿军，预备攻打伦巴第，支援米兰的起义者，打击奥地利占领军。意大利革命者契切洛瓦基奥当场把自己十五岁的儿子献给了

是的，这是珍贵的眼泪：一次我为俄国的希望洒下，另一次洒在革命的怒潮中！

但革命在哪儿？格拉诺夫斯基又在哪儿？全都与那披着乌黑鬈发的少年，那肩膀宽阔的平民，那些我们所尊敬的他们的伙伴们，一起消失了。然而对俄国的信心还没有动摇。那么难道它有朝一日也得破灭吗？

为什么不可理喻的偶然性夺走了格拉诺夫斯基，这位正直的活动家，这个深受苦难的人，而且正当俄国另一个时代开始的时候——尽管这个时代我们还不清楚，但总之是另一个时代了；为什么它不让他呼吸一下新鲜空气，这新鲜空气正向我们吹来，它至少已没有那种强烈的刑房与兵营的气息了！

他逝世的消息使我大为震惊。我收到信时在里士满，正要上火车站。我一边走一边看信，真的，一时间不明白是怎么回事。我坐上火车，不愿重新读信：我怕它。周围的人进进出出，脸那么愚蠢，难看；汽笛响了，我向车内扫了一眼，心想："对，这是胡诌！怎么可能？这个人正当壮年，他的笑容，他的神态，还在我的眼前，难道他已不在人世？……"我昏昏欲睡，身上非常冷。到了伦敦，我遇到阿·塔朗迪埃①；跟他问好之后，我说我收到了一封不祥的信，我仿佛刚才听到噩耗，忍不住流下了眼泪。

最近这段时期，我们很少联系，但是我需要知道，在那远方，在我们的祖国，这个人还活着！

志愿军。这位少年后来牺牲在战场上，他的父亲也于次年革命失败后，被奥军枪决。所谓"戴皇冠的孩子"，是指奥地利皇帝约瑟夫，他于1848年登基，当时才十八岁。

① 塔朗迪埃（1822—1890），法国小资产阶级民主主义者，1848年法国革命的参加者，1851年后流亡伦敦，与赫尔岑友善。

没有他，莫斯科变得空虚了，又一条纽带断了！……什么时候我才能独自跑到那遥远的地方，凭吊他的坟墓——它埋葬着这么丰富的力量和生命，这么远大的前途，这么多的爱和思想——就像我曾站在另一个他不完全陌生的人①的墓前一样！

我要在那里为他念这些忧郁的、和解的诗句，它们对我是如此亲切，我要求把它们呈献给我们的回忆。

致亡友

在萧瑟的秋季，

在墓园的瓶饰和碑石中间，

又出现了一堆黄土——

不久前你在这里安眠。

你的学生们向你献上

爱的礼物，忧伤的礼物，

那鲜花和绿叶编成的花圈，

一个个安放在你的墓上。

坟茔的永恒的守卫者，

那苍劲的青松，

随着肃杀的秋风，

漠然摇拂头顶阴森的绿叶，

附近小溪冲刷着两岸，

水波平静，不见涟漪，

---

① 指赫尔岑的妻子，她死于 1852 年。

沿着无尽的河床，
潺潺流动不息。

我久已生活在远方，
得不到你温暖的友情，
听不到从你口中
发出的最后的问候。
我们的争执使你不快，
可能还深感伤心。
你也在无意中深深伤害了我，
使我久久不能忘怀。
我们谁也不会心怀恶意，
只是生来固执任性，
谁也不肯当面认错，
各人认为真理在他手中。
现在我来向你请求和解，
要把真情向你吐露，
倾诉我诚挚的忏悔。
并从你接受同样的宽容……
可惜已为时太晚……

在那忧郁的一天，
在那萧瑟的秋季，
我独自站立你的墓前，
仍不能相信目睹的一切，
故友真已永远离我而去？

你的双目真已永远合上？
你的声音已在痛苦中沉默？
从今我再不能与你见面，
接受你的拥抱？
也再不能与你依依惜别？
你的爱心也再不会
倾听我坦率的告白？
一切过去了，永不复返了，
真实竟如此冷酷可怕！
我冰凉的嘴唇
含糊不清地喃喃自语，
浑身一阵阵战栗，
似乎有人在把我责怪，
眼泪涌上我的心头，
我头脑昏沉，目光晦暗，
血管中的血在冷却……
快给我空气！给我光明吧！
啊，这是多么可怕……
恍如噩梦或谵妄……

我终于强忍悲痛，
重又在世俗的悲欢中彳亍，
但心头的创伤不能愈合，
谈笑间仍泪水暗流。
逝者业已永诀，

只留给我一幅遗容，

我目视这亲如手足的形象，

仿佛死神并未把他夺走。

脑中蓦地浮想联翩，

宛如一切只是一场幻梦，

他眉目含笑，不过暂入睡乡，

明日仍会一觉醒来，

发出正义的声音，

给青年带来神圣的礼品，

那自由的精神，

还有思想的光，火热的心……

但忧郁的回忆，

又唤起累累的荒冢与墓碑，

新坟的一抔黄土，

坟头堆积的花圈；

苍劲挺立的青松，

那墓园的永恒守卫者，

随着肃杀的秋风，

漠然摇拂头顶阴森的绿叶；

而溪水冲刷着河岸，

不息地向前奔流。①

　　格拉诺夫斯基没有受到迫害。他那悲愤的谴责目光，使尼古拉

---

① 这是奥加辽夫写的一首诗。

的爪牙也望而却步。他是在新一代人的爱戴，整个俄国知识界的同情，以及敌人的赞誉声中去世的。但我仍坚持我的意见：他经历了不少苦难。扼杀生命的不仅是铁链；我出国后，恰达耶夫在写给我的唯一的一封信（1851 年 7 月 20 日）中说道，他正在死亡和衰老，以迅速的步子迈向坟墓，这"不是由于那种促使人奋起反抗的压迫，而是由于那种使人不得不委曲求全、忍气吞声的力量，正因为这样，它比前者危害更大"[①]。

我面前放着三四封信，这是格拉诺夫斯基最后几年写的，那每一行都包含着多少辛酸和悲痛啊！

"我们的处境一天天变得难以忍受了。"他在 1850 年写道。"西欧的每次运动都在我们这里引起了迫害的措施。密告成风。三个月中对我进行了两次调查。但与普遍的灾难及压迫相比，我个人的安危还算不得什么。大学面临关闭的危险，只是眼前实行的还限于下列措施：提高学费和减少学生人数，规定每所大学不得超过三百人。莫斯科大学现有学生一千四百名，因此必须减少一千二百人，才能招收一百名新生。贵族学院停办了，许多学校面临着同样的命运，皇村学校便是这样。专制制度公然宣告，它与文明不能和睦相处。武备学堂制定了新的教学大纲。编制这份大纲的军事教育家，可以使耶稣会教士也甘拜下风。按它的规定，神父应向武备学堂学生灌输一种思想，这就是：基督的伟大主要在于服从政府。他被说成了服从命令、遵守法律的模范。历史教员必须揭露古代共和国表面的光彩，阐明历史学家还一无所知的罗马帝国的优越性，这个帝

[①] 恰达耶夫这信写于 1851 年 7 月 26 日，原信见本书最后的《旧信选编》，只是文字略有不同。

国只有一个缺点：缺乏遗传性！

"……有些事简直会叫人气得发疯。别林斯基很幸福，他及时死了。许多正直的人陷入了绝望，用麻木的平静对待发生的一切——这个世界什么时候崩溃呢！

"我决定不提出辞呈，等待命运替我作出抉择。我还可以做些事，让他们自己把我撵走吧。

"……昨天传来加拉霍夫逝世的消息，前几天还盛传你也死了。人家把这话告诉我，我差点放声大笑。然而这也难怪，为什么你不该死呢？这种谣言是不足为奇的。"①

1853 年秋他写道："想到我们从前（即与我在一起时）怎样，现在又变得怎样，心便发痛。我们依然照过去的方式喝酒，但不觉得愉快；只有对你的回忆使我的心变得年轻。如今我最美好、最快活的理想，便是再见到你一次，可是看来它已难于实现了。"②

在这些最后的信件中，有一封这么说："人们到处在低声抱怨，但力量在哪里？对抗的力量在哪里？困难啊，朋友——活人是找不到出路的！"③

在我们的北国，人们在野蛮的专制暴政下迅速地死亡。我怀着惶恐的心情回顾那里，仿佛那是一片战场，到处躺着死去的和受伤的人……

格拉诺夫斯基不是一个人，几个青年教授与他在一起，他们都是我们流放期间从德国回来的。他们有力地推进了莫斯科大学，历

---

① 这前三段引自格拉诺夫斯基 1849 年 6 月给赫尔岑的信；第四段引自 1849 年 7 月的信。两信均见本书最后的"附录"，只是文字略有不同。

② 这封信的原信没有编入本书的"附录"中。

③ 这些话也是引自 1849 年 6 月的那封信。

史是不会忘记他们的。这些孜孜不倦的学者，黑格尔、甘斯和李特① 等人的学生，他们受业之时，辩证法的骨骼正开始生长血肉，科学也不再认为自己是与生活相对立的；那时，甘斯走上讲堂时，手中拿的不是古籍巨著，而是巴黎或伦敦出版的最新杂志。那时人们试图以辩证法精神解决当代的历史问题，这是不可能的，然而使事实在人们眼中变得更清楚了。

我们的教授们随身带着这些珍贵的理想，对科学和人的热烈信念；他们保持着全部青春的热力，对于他们，讲台是神圣的读经台，他们的责任就是从那里传播真理。他们在讲堂上不是学术工匠，而是人的宗教的传教士。

这一群学术界的灿烂明星（格拉诺夫斯基是其中的佼佼者）如今何在呢？卓越可爱、博学多才的克留科夫，只活了三十五岁便死了。佩切林② 这位古希腊语文学家，在俄罗斯生活中挣扎了几年，终于无法忍受，跑到了国外，他意气消沉，心力交瘁，没有钱，没有目的，像无家可归的孤儿在各地流浪，最后变成了耶稣会教士，在爱尔兰焚烧新教圣经。列德金变成了世俗的僧侣，一面在内务部供职，一面写神学论文，阐述经义。③克雷洛夫④——但是够了。落幕了！落幕了！⑤

---

① 李特 (1791—1869)，德国黑格尔派哲学家。

② 佩切林 (1807—1885)，莫斯科大学希腊文学教授，后皈依天主教。

③ 列德金后来当了大官僚。此处所谓"写神学论文"，指他写的许多教育论文，因其中大量引用了《圣经》。

④ 尼·克雷洛夫 (1807—1879)，曾任莫斯科大学教授，后变节成为沙皇的书报检查官。

⑤ 原文是法文。

第三十章　对立面

斯拉夫派和泛斯拉夫主义——霍米亚科夫，基列耶夫斯基弟兄，康·阿克萨科夫——彼·雅·恰达耶夫

是的，我们是对立的，但这种对立与众不同。我们有同样的爱，只是方式不一样……我们像伊阿诺斯[1]或双头鹰，朝着不同的方向，但跳动的心脏却是一个。[2]

《警钟》第90期（纪念康·谢·阿克萨科夫专号）

1

除了自己的伙伴，我们还有对立面，那些我们友好的敌人[3]，或者准确些说，敌对的友人[4]，这就是莫斯科的斯拉夫主义者。

我们之间的争论早已结束，我们也已互相伸出了手；但是在

---

① 古罗马神话中的门神，有前后两个面孔，朝着两个方向。

② 引自赫尔岑所写悼念康·阿克萨科夫的文章。

③ 原文是法文。这是贝朗瑞的诗歌《姑娘们的想法》中的用语，原为巴黎皇宫区的妓女对敌军士兵的称呼。

④ 原文是法文。

40 年代初，我们的对立是不可避免的——为了忠于各自的原则，必须这么做。他们对我国历史童年时代的幼稚崇拜，我们本可置之不问，但由于把他们的正教精神看得过于认真，由于他们在宗教上的偏执情绪（它表现在两个方面，即对科学和对分裂派的态度上），我们觉得必须起而反对他们。我们认为，他们的学说是给沙皇涂抹的新的圣油，给思想加上的新的锁链，也是良心向拜占庭教会奴役制度发出的新的投降书。

我们长期不能理解俄罗斯民族及其历史，这是斯拉夫派造成的恶果。他们那种圣像画式的理想和神香的烟雾，妨碍了视线，使我们看不清民族的风习和农村生活的基础。

斯拉夫派的东正教，他们那种复古的爱国主义，那种过甚其词的、排外的民族感情，是走向相反极端的结果。他们的观点的重心；它的真正精神和本质方面，根本不在于东正教和独特的民族性，而在于俄罗斯生活的那些原始因素，这是他们从人造的文明的肥料下挖掘到的。

民族性的想法本身就是一种保守思想，它是为了维护自己的传统，对抗外来的影响。它含有犹太人的种族优越性观念，贵族对纯正血统和世家门第的自我吹嘘。民族性作为旗帜，作为战斗口号，只有在争取民族独立，推翻外来压迫的时候，才带有革命的光辉。因此民族感情及其一切夸张之辞，在意大利和波兰是充满诗意的，然而在德国却是卑鄙的。

向我们证明我们的民族性，比向德国人证明他们的民族性更为可笑，因为连咒骂我们的人也并不怀疑它的存在，他们因恐惧而憎恨我们，但不能像梅特涅①之否定意大利一样否定我们。我们需要

---

① 梅特涅（1773—1859），公爵，奥地利反动政治活动家，"神圣同盟"的组织者之一，曾力图镇压欧洲各国的，特别是意大利的民族解放运动。

用民族性来对抗德国化的政府及一切丧失民族气节的人。这种内部斗争不可能达到史诗规模。斯拉夫主义作为一种流派，一种特殊的学说，它的出现完全合乎逻辑；但是如果它赤手空拳，另外没有东正教的神幡作旗帜，没有《家训》①及彼得大帝前纯粹俄国式的艰苦卓绝的生活作理想，那么斯拉夫派只是另一时代留下的一群古怪的魑魅魍魉。他们的力量和前途不在那里。他们的宝物可能藏在教堂古色古香的神器中，但它的价值不在于容器，也不在于形式。他们一开始就没有把它们分开。

谈到本国的历史，我又想起了同一种族的其他各国。我们的斯拉夫派对西方的泛斯拉夫主义持同情态度，认为这是同一事物和思潮，忘记在那里排外的民族主义才是深受外来压迫的民族的呼声。西方的泛斯拉夫主义诞生之初，即为奥地利政府当作保守的一步而加以接受。它在风雨如晦的维也纳会议②时期获得了发展。这是一切复古和复旧的时期，形形色色的拉撒路，新死的和发臭的僵尸还魂的时期。这时出现了日耳曼主义，鼓吹要重建巴勃罗萨③和霍亨斯陶芬王朝④的"太平盛世"，同时也出现了捷克的泛斯拉夫主义⑤。各国政府欢迎这一动向，它们本来就鼓励各民族间的仇恨。人民群众重又按种族关系结合，种族的纽带收得更紧了，改善生活环境不再成为普遍的要求。国境变得更难跨越，民族

---

① 俄国 16 世纪的一部作品，它规定了家庭生活的各项准则，要求家庭成员无条件服从家长，成了俄国家长制社会的法典。

② 1814 至 1815 年的维也纳会议是欧洲各国战胜拿破仑之后的分赃会议，它成了欧洲反动时代的开始。

③ 德意志神圣罗马帝国皇帝腓特烈一世的外号，意为"红胡子"。

④ 1138 至 1254 年的神圣罗马帝国王朝。

⑤ 泛斯拉夫主义运动最早是在布拉格形成的，并以捷克为中心。

间的联系和同情逐渐中断。理所当然，得以抬头的只是民族性中消极无为、软弱无力的方面，而且它们的活动只能限于考古性的学术研究和词源学上的论争。在米兰和波兰，民族性不可能局限于文字之争，因而它遭到了百般限制。

捷克的泛斯拉夫主义激发了俄国的斯拉夫种族观念。

斯拉夫主义或俄罗斯主义，不是作为一种理论，一种学说，而是作为一种被侮辱的民族感情，一种模糊的回忆和忠贞的本能而出现的，这是对风行一时的外国影响的反抗，这种影响从彼得一世割下第一把胡须的时候就开始了[1]。

对彼得堡恐怖主义教化的反抗从未间断；反抗者被处死，被肢解，被挂在克里姆林宫的雉堞上，由缅希科夫[2]和沙皇的其他"少年兵"[3]当场射杀，这便是那些叛乱的狙击兵[4]的命运——被投进彼得堡要塞的监狱中毒死，这也是阿列克谢太子[5]的遭遇。后来，这种反抗又表现为彼得二世时期的多尔戈鲁基集团[6]，比龙时期的反德情绪[7]，叶卡捷琳娜二世时期的普加乔夫起义，在普鲁士霍尔斯泰因

---

[1] 俄国男子本来蓄须，彼得一世开始吸收西方文明，才强令贵族割下胡须。

[2] 缅希科夫 (1673—1729)，彼得大帝的主要助手，据说是卖烧饼出身。他热烈支持彼得，压制贵族，积极参与改革俄国的工作。

[3] 彼得大帝少年时常与一些孩子作战争游戏，后来即以这些少年为骨干组成了两个近卫军，习惯上称为"少年兵团"。

[4] 狙击兵是俄国的一种旧式常备陆军，纪律松弛，腐败无能。彼得对大帝的改革引起了他们的不满，于 1698 年发动叛乱，随即被镇压，处死者达一千人以上。

[5] 彼得大帝的长子，因反对彼得的改革措施，阴谋发动政变，被彼得拘禁在要塞中，由特别法庭判处死刑。

[6] 彼得二世是 1727 至 1730 年的沙皇，彼得大帝之孙。多尔戈鲁基公爵当时执掌大权，反对彼得大帝的各项改革措施，放逐了缅希科夫。

[7] 比龙本是德国贵族，在安娜·伊万诺夫娜女皇统治时期独揽朝政，大量任用德国人，引起了人民的普遍不满。

家的彼得三世[1] 当政时期，它还表现在叶卡捷琳娜二世这位德国东正教徒[2] 本人身上，也表现在依靠当时的斯拉夫派登上皇位的伊丽莎白女皇身上[3]——莫斯科居民以为她加冕之时，会杀尽一切德国人。

一切分裂派教徒都是斯拉夫主义者。

一切出家的和不出家的东正教神职人员又是另一类斯拉夫主义者。

士兵们要求撤换巴克莱·德托利[4]，因为他的姓是德国姓，这些人是霍米亚科夫及其同伙们的前辈。

1812 年的战争大大加强了民族意识和爱国思想，但 1812 年的爱国主义没有维护斯拉夫旧传统的性质。这在卡拉姆津和普希金的作品中，在亚历山大皇帝本人身上，我们都能看到。一切强大民族遭受外来侵略时，都会激发一种力量，实际上爱国主义就是这种本能的表现；同时，这也是高昂的胜利感，进行反抗的自豪感。但它的理论是贫乏的；爱国志士为了使人爱俄国历史，不得不按照欧洲的方式表现这种感情。他们一般从法文中把希腊罗马式爱国主义搬

---

① 彼得三世是彼得大帝的女儿安娜嫁给德国的霍尔斯泰因公爵后生的儿子，因此实际上是德国人，登基后执行亲德政策，引起普遍不满，在位不到半年即被推翻。

② 叶卡捷琳娜二世本来是德国人，是德国一位亲王的女儿，而且出生在德国，只是因为嫁给了彼得三世，才成为俄国的皇后，但她杀死了丈夫彼得三世，因此这里称她为"德国东正教徒"。

③ 伊丽莎白是彼得大帝的女儿。1740 年，安娜·伊万诺夫娜女皇退位，指定由她的侄女的儿子继承皇位，称伊万六世，而安娜·伊万诺夫娜的丈夫本来是德国的公爵，因此她的侄女和伊万六世也都是德国人。这引起了近卫军的不满，伊丽莎白便利用近卫军发动政变，逮捕了伊万六世，自立为女皇。

④ 巴克莱·德托利 (1761—1818)，俄军统帅，1812 年与拿破仑作战时，因采用敌进我退的战略，不为部下理解，被指责为德国人。沙皇用库图佐夫代替了他，但库图佐夫实际上仍采用他的战略。

进俄文，这不外是这样的诗句：

对于高尚的心，祖国是多么宝贵啊！ ①

确实，希什科夫② 当时已在喋喋不休，要复活古文体，但他的影响极其有限。至于真正的民族体裁，大概只有写过告民众书之类传单的半法国人罗斯托普钦伯爵才知道。③

随着战争之被遗忘，这种爱国主义也渐告平静，最终或者蜕化为《北极蜂》④那种卑鄙下流、厚颜无耻的阿谀奉承，或者堕落成庸俗无聊的扎戈斯金⑤式爱国主义，把舒亚城吹成我们的曼彻斯特⑥，把舍布耶夫⑦吹成我们的拉斐尔，大言不惭地夸耀刺刀，夸耀从冰天雪地的托尔尼奥绵延至丛山峻岭的塔夫利达的辽阔疆域……⑧

在尼古拉统治下，爱国主义变成了某种皮鞭和警棍，尤其在彼得堡，为了适应它的世界主义性质，这股野蛮的风气愈演愈烈，最

① 原文是法文。这是伏尔泰的悲剧《唐克莱德》中的一句话。

② 沙皇的御用文人。

③ 罗斯托普钦是 1812 年的莫斯科总督，发表过一些告示和传单，号召人民起来反抗拿破仑的侵略。赫尔岑在此是讽刺这些文告所使用的假民间语言，罗斯托普钦实际上是一个崇拜法国文化的贵族。

④ 俄国反动作家布尔加林所编的刊物。

⑤ 以爱国主义自我标榜的反动作家。

⑥ 舒亚是俄国的小城市，曼彻斯特是英国的大工业中心。

⑦ 当时俄国的一个普通画家，彼得堡美术学院教授。

⑧ 托尔尼奥在今芬兰北部，塔夫利达是克里米亚古代的名称。这两句是暗指普希金的诗《致俄罗斯的诽谤者们》，普希金在诗中提到了刺刀和"从彼尔姆到塔夫利达，从芬兰的冰山到炎热的科尔希达"等字句。这首诗与《波罗金诺周年纪念》一样，都是在俄军镇压波兰起义后写的，在当时即已引起争论。

后出现了按照塞巴斯蒂恩·巴赫的风格发明的国歌①，按照席勒的风格描绘的普罗科皮·利亚普诺夫②。

尼古拉被 12 月 14 日事件吓怕了，为了与欧洲，与文明，与革命切断联系，他从自己这边树起了东正教、专制制度和民族性这三位一体的大旗。他按照普鲁士军旗的式样绣制这面旗帜，把一切都拿来作它的支柱：扎戈斯金的粗俗小说，粗俗的圣像画，粗俗的建筑术，乌瓦罗夫③，对合并教派④的迫害和《上帝的手挽救了

---

① 起先，大家只是随口哼哼《上帝保佑国王》的曲调，此外几乎从未唱过什么国歌。这一切是尼古拉的新花招。波兰战争后，当局规定在皇家节日及大音乐会上要唱国歌，即宪兵团上校利沃夫编写的那支歌。

亚历山大一世皇帝是很有修养的，他不爱庸俗的奉承拍马。当巴黎的院士们匍匐在胜利者脚下满口甜言蜜语的时候，他听了很讨厌。有一次，他在自己的前室中见到夏多布里昂，就把刚出的《辩论日报》拿给后者看，并说："我老实对您讲，这种浅薄无耻的东西，在任何一份俄国报纸上，我从未见过。"但在尼古拉统治下，出现了一些文人，他们没有辜负皇上的信任，使 1814 年的法国报人，甚至 1852 年的一些官僚政客也相形见绌。布尔加林在《北极蜂》上写道，莫斯科彼得堡铁路所带来的各种好处中，有一种使他不能不感激涕零，这就是：它使一个人可以早晨在彼得堡的喀山大寺院为皇上的龙体祈求安宁，而晚上即可在克里姆林宫参加另一次祈祷！这种骇人的废话可说已经登峰造极，然而莫斯科却有一位文人比布尔加林先生更胜一筹。尼古拉有一次驾临莫斯科，那里的一位学者写了一篇文章，其中谈到聚集在皇宫前的人民群众时，学者写道，只要皇上稍有表示，这前来瞻仰他的数千群众，马上会跳进莫斯科河中。这句话被谢·格·斯特罗戈诺夫伯爵删了，这个可爱的小故事就是他讲给我听的。——作者注

按：《上帝保佑国王》是英国国歌。利沃夫是当时的作曲家，他写了《上帝保佑沙皇》这支俄国国歌，当时他在沙皇特务机关第三厅供职。

② 《利亚普诺夫》在莫斯科初次上演时，我正好在场，看到利亚普诺夫挽起衣袖，讲了这样的话："我要在波兰的血泊中跳舞。"整个池座中发出了一片厌恶的嗡嗡声；甚至宪兵、警官以及坐在不知怎么磨掉了号码的包厢中的人，也没有勇气鼓掌。——作者注

这里写的是俄国反动剧作家格杰奥诺夫写的剧本《利亚普诺夫之死》1846 年在莫斯科上演的情况。利亚普诺夫是该剧的主人公。

③ 沙皇的国民教育大臣。

④ 正式名称是"东仪天主教"，即原为希腊正教系统的教会，后来皈依了天主教，

158

祖国》^①。

莫斯科的斯拉夫派与尼古拉的彼得堡斯拉夫主义的汇合，对于前者是一大不幸。尼古拉是为了逃避革命思想，用民族性和东正教作避风港。它们之间除了文字便毫无共同之处。莫斯科斯拉夫派诚然偏激和荒谬，但是没有利害打算，与第三厅或当地警察局也毫无关系，当然，这对它并无帮助，它仍是非常荒谬的。

例如，30 年代末，泛斯拉夫主义者加伊^②路过莫斯科，这个人后来起的作用不太清楚，有些像克罗地亚族的鼓动家，但同时又与耶拉契奇^③长官过从甚密。莫斯科人大多轻信一切外国人；加伊不单是外国人，也不单是自己人，他既是前者又是后者。因此他极易打动我们斯拉夫同胞的心，引起他们对达尔马提亚及克罗地亚苦难深重的东正教弟兄的命运的同情。^④几天之内他就募集了一笔巨款，此外，莫斯科人还以支持全体塞尔维亚人和罗塞尼亚人的名义设宴款待加伊。席间，一位声调及职业均属高雅之至的斯拉夫派先生，虔诚的东正教信徒，大概因频频为黑山族领袖，为一切伟大的波斯尼亚人、捷克人和斯洛伐克人举杯祝酒，以致热血沸腾，即席吟诗

但仍保持东方教会的各种礼仪和典制。波兰某些地方的正教教会在 16 世纪末便采取了这条路线，与天主教合并，形成了所谓"合并教派"。1830 年波兰起义时，天主教徒曾积极参加，因而在起义被镇压后，沙皇政府对东仪天主教也采取了镇压措施，并于 1839 年正式发布命令，取缔合并教派，重建东正教的绝对权威。

① 俄国反动剧作家库科尔尼克写的剧本，以鼓吹所谓"爱国主义"为目的。

② 加伊（1809—1872），克罗地亚族政治家，泛斯拉夫主义者，主张克罗地亚族与塞尔维亚族联合，反对匈牙利的马扎尔人。

③ 耶拉契奇（1801—1859），克罗地亚民族主义者，1848 年在加伊的支持下当选为克罗地亚地区行政长官，随即在 1849 年参与镇压匈牙利革命运动的活动。

④ 达尔马提亚人和克罗地亚人，以及后面提到的塞尔维亚人，罗塞尼亚人，黑山人，波斯尼亚人，捷克人，斯洛伐克人，均属于斯拉夫种族，分布在今东欧各国。当时这些斯拉夫人大多处在奥匈帝国统治下。

一首，其中有一句是不太符合基督徒精神的：

我要痛饮马扎尔人和德意志人的血。

一切头脑还没糊涂的人听了这句话都很反感。多亏聪明机智的统计学家安德罗索夫[1] 挽救了喝血的诗人；他从椅上一跃而起，拿起餐刀说："各位先生，恕我失陪了，我得离开一会儿；我忽然想起，我的房东，制造乐器的老技师迪茨是德国人，我得赶紧去宰了他再来喝酒。"

一场哄堂大笑使愤怒化为乌有。

就是在这一群要以鲜血来祝酒的伙伴中，形成了莫斯科的斯拉夫派，这是我流放外地和住在彼得堡及诺夫哥罗德期间的事。

斯拉夫派是狂热的，一般说来喜欢论争，在别林斯基的批评文章发表之后[2]，这种特点尤其有所发展；但在这以前，恰达耶夫的《书简》轰动一时[3]，已使他们不得不紧密团结，大声提出自己的意见了。

恰达耶夫的《书简》仿佛是最后的判决，一条界线。这是黑夜中发出的枪声；也许它宣告了什么东西的覆灭和死亡，也许它是信号，求救的呼声，是黎明的消息，或者黎明不再到来的通知，但不论怎样，必须醒来了。

---

① 安德罗索夫（1803—1841），斯坦克维奇小组成员，《莫斯科观察家》的编辑。

② 别林斯基曾猛烈抨击斯拉夫派，认为他们的理论是为沙皇专制统治服务，并责备赫尔岑对某些斯拉夫主义者采取了姑息容忍的态度。

③ 恰达耶夫的《哲学书简》第一篇于1836年发表在莫斯科《望远镜》杂志上，它引起了热烈的反应，也引起了沙皇政府的疯狂镇压，《望远镜》因而被查封，《书简》的其余各篇也直到几十年后才得以问世。

一份评论月刊上的两三页篇幅，能起什么作用呢？然而语言的威力正是如此，在一个不习惯于发表独立见解的、沉默无声的国家内，几页文字便发生了这么大的力量，恰达耶夫的《书简》震动了整个俄国思想界。它对此是当之无愧的。《聪明误》之后，没有一部文学作品发生过这么强烈的影响。它们之间是十年的沉默，12月14日，绞刑架，苦役，尼古拉。彼得时期已两面碰壁。坚强的人被流放西伯利亚，留下的空白点后继无人。思想在苦闷中探索，但还一无所获。讲话是危险的，而且也无话可说，就在这时，一个阴郁的影子蓦地悄悄升起，要向公众安详地宣告自己的把一切希望抛在后面吧[1]。

1836年夏，我静坐在维亚特卡的书房中，邮车驿员给我送来了最新一期《望远镜》。只有尝过流放的滋味，在穷乡僻壤生活过的人，才会理解新书的意义。自然，我丢下一切，动手裁开《望远镜》的书页。《哲学书简》是写给一位夫人的，没有署名。脚注中说，这些信是一个俄国人用法文写的，即是说，它是译文。这一切使我对它不感兴趣，我开始读"评论栏"和"杂文栏"。

最后才轮到《书简》。读了二三页，我已被它那严肃悲痛的语调吸引住了：每句话都散发出一种已经冷却、但仍余恨未消的郁积的忧愤情绪。只有经过长期思考、反复思考、感受过许多切身体验的人，才能这么写；这不是从理论，而是从生活中得到的观念……我往下读，《书简》变得高大了，成了对俄罗斯的阴森逼人的控诉书，一位历尽忧患、想把心头积压的一切吐露一部分的志士的抗议书。

我两度掩卷叹息，读不下去，想让思想和感情稍事休息，然后

---

[1] 原文是意大利文。引自但丁《神曲》地狱篇第三章，地狱大门上的题词。

重新往下读。这篇用俄文发表的无名作者的文章……几乎使我发狂。后来我把《书简》读给维特贝格听，读给维亚特卡中学的青年教师斯克沃尔佐夫听，然后又独自诵读。

同样的情形很可能也发生在各省各县，发生在首都和老爷们的住宅中。几个月之后，我才知道作者的姓名。

长期与人民隔绝的那部分俄国人，在单调乏味、无所作为、不能提供任何补偿的桎梏下，默默无声地忍受着苦难。每人感到了压力，每人有话要说，然而大家沉默着。最后来了一个人，他按照自己的看法讲出了这些话。他的话句句沉痛，没有一线光明，他的观点也没有一线光明。这就是恰达耶夫的《书简》，它是毫不留情的痛苦的呼声，对彼得的俄国的谴责——它是应该受到谴责的：难道这种现状曾怜惜和宽容过作者或任何人吗？

自然，这声音必然引起人们的反对，否则它就变得完全正确了，它是这么说的：俄国的过去是一片空白，现在暗无天日，将来也毫无希望，这是"丧失理智，是给人民的严峻教训，表明闭目塞听和奴役制度可以造成多大的危害"。[①] 它是悔罪和责难；预知消弭矛盾的办法，这不属于忏悔和抗议的责任，否则认罪变得无关紧要，赎罪也只是虚伪的空话了。

但事情并不如此简单：一时间，这凶险的声音惊醒了所有的人，连昏睡的和麻木的人也吓了一跳。大家惊讶不安，多数人觉得受了侮辱，但也有十来个人向作者大声喝彩，热烈鼓掌。客厅的议论是不祥的前奏，政府的措施继之而来。首先发难的是德国人出身的俄国爱国者维格尔，他是因普希金的讽刺诗才从反面名

---

① 引自《哲学书简》的第一封信。

噪一时的。①

　　杂志随即被封闭；担任图书审查官的莫斯科大学老校长博尔德列夫被撤职；发行人纳杰日金②被流放到乌斯季瑟索利斯克；恰达耶夫则由尼古拉下令宣布为疯子，并被迫具结永不写作。每逢周末，医师及警察局长务必光顾一次，为他检查身体，向上呈报，即根据皇上的诏令，提出由本人签字的五十二份假诊断书；这不失为聪明而合乎道义的办法。他们当然受到了惩罚；恰达耶夫对他们怒目而视，毫无惧色，把这种把戏看作独裁政权实际已经发疯的表现。医师和警察局长始终不敢透露他们光顾的目的。

　　我在流放以前，与恰达耶夫见过一面。那是在奥加辽夫被捕的当天。我已谈过，这一天米·费·奥尔洛夫家举行宴会。宾客到齐后，进来一个人，向大家冷冷地鞠躬，他的外表与众不同，显得风度翩翩，个性鲜明，这必然会引起每个人的注意。奥尔洛夫拉住我，给我介绍；这便是恰达耶夫。这初次会面，我印象不深，对他也并未留意；他与平时一样，态度冷漠，严肃，才气焕发，愤世嫉俗。饭后，奥尔洛夫的岳母拉耶夫斯卡娅对我说：

　　"您为什么这么闷闷不乐？唉，青年人，青年人，你们现在怎么都变得这样啊？"

　　"您以为，"恰达耶夫说道，"我们现在还有青年人吗？"

　　他留给我的印象就是这些。

　　回到莫斯科后，我与他接近了，从那时起，我们一直保持着最

---

① 维格尔（1786—1856）是大官僚，曾就《哲学书简》进行过密告，赫尔岑认为他的密告是一系列迫害的开始。但据后来的材料证明，沙皇政府早在收到这密告之前，已决定了对恰达耶夫等人的镇压措施。普希金的讽刺诗指他在1823年写的一首诗《摘自致维格尔的信》（《万恶的城市基什尼奥夫》）。

② 纳杰日金（1804—1856），莫斯科大学教授，《望远镜》的发行人和编辑。

友好的关系。

恰达耶夫那忧郁而独特的姿态，在暗淡沉闷的莫斯科上流社会中显得很不调和，似乎是对它的一种悲痛的谴责。在那些徒具外表的大人物、那些轻浮的枢密官、满头白发的老花花公子和道貌岸然的废物中间，我喜欢看到他。不论人群如何密集，眼睛马上可以发现他；他身材端正，未因年龄而变形，穿得总是十分整齐；当他沉默不语的时候，他那柔和苍白的脸毫无表情，仿佛这是蜡制的面具或大理石雕像，而"前额像秃顶一样大"[①]，灰蓝的眼睛露出伤感的神色，同时显得那么善良，薄薄的嘴唇却相反，总是挂着讥嘲的微笑。十年来，他合抱着双手，站在某个圆柱旁边，站在林荫道的树木下，站在客厅、剧场和俱乐部中，像否定的化身，像活的抗议一样，凝视着周围那扰攘不休、追名逐利的芸芸众生，他变得喜怒无常，性情怪僻，与社会落落寡合，又无法与它决裂，于是他讲出了心中的话，而把热情安详地隐藏在冰层下，就像把它隐藏在面皮下一样。接着他又沉默了，又显得怪僻、不平、愤慨了，又以不屑的目光俯视着莫斯科社会，但依然无法抛弃它。不论年老的，年少的，都觉得与他在一起不自在，不好办；不知为什么，大家怕接触他那毫无表情的脸，那炯炯逼人的目光，那忧伤的嘲笑，那鄙视而宽容的神态。是什么使他们接待他，邀请他……甚而登门拜访他呢？这是值得深思的问题。

恰达耶夫并不富裕，特别是在晚年；他也没有地位，不过是退职的骑兵大尉，胸前只有一枚库尔姆铁十字勋章。他确实像普希金说的：

---

① 引自普希金的诗《统帅》。这句话原是形容巴克莱·德托利的。

在罗马可以成为布鲁图①，

在雅典可以成为伯里克利②，

但在沙皇政权的压制下，

他只是一名骠骑兵军官……③

　　与他来往，在手握生杀大权的警察眼中，只能玷污一个人的名誉。他的声望从何而来？为什么每到星期一，老巴斯曼街他那寒碜的小书斋，会使英吉利俱乐部的"名流"，特维尔林荫大道的显贵趋之若鹜？为什么时髦的夫人们要走进阴沉的思想家的隐修室？为什么对文人的事一窍不通的将军们，认为自己责无旁贷，必须登门拜访这位老人，装模作样冒充斯文，然后又把恰达耶夫针对他们讲的话拿来鹦鹉学舌？为什么那位古怪的"美国人"托尔斯泰④，那位践踏波兰文化的野蛮的侍从将军希波夫⑤，也会出现在他的家中？

　　恰达耶夫不仅不对他们让步，还捉弄他们，使他们随时感到他与他们之间的距离。⑥当然，这些人去拜访他，邀请他出席自己的

---

① 布鲁图（？—公元前509），传说中的罗马共和国创始人，与专制主义进行过激烈的斗争。

② 伯里克利（约公元前495—前429），古希腊最伟大的政治家，雅典民主制度的捍卫者。

③ 引自普希金的诗《题恰达耶夫画像》。

④ 一个粗野的地主。

⑤ 沙皇的将军，曾参与镇压1830至1831年的波兰起义，后来又在波兰担任要职。

⑥ 恰达耶夫常去英吉利俱乐部。有一次，海军大臣缅希科夫走到他面前说："彼得·雅科夫列维奇，您怎么连老朋友也不认识啦？"
"哦，这是您！"恰达耶夫回答"真的不认识啦。您怎么穿上黑领子啦？以前好像是红的啊？"
"一点不错，您难道不知道，我如今是海军大臣啦。"
"是吗？可我想，您从来连小舢板也不会驾驭呢。"
"不是神仙才能烧陶器的。"缅希科夫回答，有些不高兴。

晚会，是出于虚荣心，但问题不在这里；主要是这无异于公开承认，思想已成为一种力量，应该受到尊重，哪怕它违背圣上的旨意。"精神错乱"的骑兵大尉恰达耶夫成了公认的权威，它的力量增加一分，尼古拉皇上的"精神错乱"的权力就降低一分。

恰达耶夫有自己的怪僻，自己的弱点，他愤世嫉俗，放任不羁。莫斯科社交界的夜郎自大、唯我独尊，我看是举世无双的，正因为这样，它有些像外省社会，显得鼠目寸光，自以为是。在这里，一个五十岁的老人，几乎失去了一切朋友，又无财产，整天苦思冥想，牢骚满腹，怎么会没有自己的习惯，自己的怪僻呢？

著名的谢苗诺夫事件 ① 发生时，恰达耶夫是瓦西里奇科夫的副官。我记得，那时皇上在维罗纳或亚琛参加会议 ②。瓦西里奇科夫派恰达耶夫呈送报告，他不知怎么迟到了一两个钟头，落在奥地利公使勒布采尔腾 ③ 的使者后面。沙皇那时完全醉心于梅特涅的反动政策，而梅特涅对谢苗诺夫事件抱着幸灾乐祸态度。沙皇接到消息，勃然大怒，对恰达耶夫极不客气，一边骂一边生闷气，后来自知失礼，下令让他当侍从武官；恰达耶夫谢绝了这种荣誉，只提出一

一位大法官向他叫苦，说他太忙了。

"忙什么呢？"恰达耶夫问。

"真不得了，天天是看不完的公文、案卷。"大法官在离地一俄尺高的地方比画了一下。

"可您实际没有看呢。"

"不，有时候是非看不可的，而且往往需要我提出意见。"

"不过照我看，根本没有这种需要。"恰达耶夫说。——作者注

① 1820 年近卫军谢苗诺夫团在彼得堡发生兵变，抗议团长的暴虐行为，后为沙皇所镇压。瓦西里奇科夫（1775—1847），俄国将军，1817 至 1823 年任近卫军司令。

② 指 1820 年亚历山大一世出国参加"神圣同盟"第二次会议（会议实际上在西里西亚的特罗保举行，史称特罗保会议）。

③ 勒布采尔腾（1774—1854），奥地利外交官，当时任驻俄国公使。

个要求：辞职。当然，这极不得皇上的欢心，但辞职被批准了。

恰达耶夫放弃绣金制服之后，并不急于回俄国，却开始研究学问了。亚历山大驾崩，发生了 12 月 14 日事件，恰达耶夫不在国内，使他避免了必然会遭遇的厄运①，他是在 1830 年前后回国的。

在德国，恰达耶夫与谢林来往密切；后来他之倾向神秘主义哲学，大概谢林的影响是一个主要原因。他的革命的天主教即来源于这种哲学，并成为他终生的信仰。在《书简》中，他把俄国的灾难一半归罪于希腊教会，归罪于它脱离了无所不包的西方统一体。

这种意见不论我们看来如何奇特，但不应忘记，天主教本身具有极大的伸缩性。拉科代尔②一面宣传天主教社会主义，一面仍是多明我会③修士，他的助手谢威仍是《人民之声报》④的编者。其实新天主教不比修辞上的自然神论逊色，这不是宗教，不是戒律，只是一种温和的神学，属于受过教育的市民的思想范畴，是"裹在宗教外衣中的无神论"。

如果在 1848 年之后，在费尔巴哈和蒲鲁东之后，在庇护九世⑤和拉梅内⑥之后，还可能有龙格⑦和毕舍⑧的追随者，如果一个最强

---

① 我们现在已完全清楚，恰达耶夫是这个组织的成员，这可查阅雅库什金的《回忆录》。——作者注

　雅库什金 (1793—1857)，十二月党人，他的一部分回忆录曾发表在《北极星》上。

② 法国传教士。

③ 天主教四大修会之一，由 13 世纪的西班牙教士多明我（多明尼克）创建，主张实行严格的苦修生活。

④ 1849 至 1850 年在巴黎出版的报纸，由蒲鲁东主编。谢威 (1813—1875) 是法国新闻记者和政论家。

⑤ 1846 至 1878 年的罗马教皇。

⑥ 拉梅内 (1782—1854)，法国神父，基督教社会主义思想家之一。

⑦ 龙格 (1813—1887)，德国神父，德国天主教运动的发起人之一。

⑧ 基督教社会主义思想家。

大的政治派别也得在自己的旗帜上涂上神秘主义的色彩，如果直到现在还有密茨凯维奇和克拉辛斯基①这些人在继续宣传弥赛亚救世主义，那么恰达耶夫从 20 年代的欧洲，把这类学说携带回国，就毫不足怪了。我们对那时的欧洲已有些忘记，但只要回想一下沃拉贝尔②的《历史》，摩根夫人③的《通信集》，安德利亚尼④的《回忆录》，拜伦和莱奥帕尔迪⑤的作品，就可以深信不疑，这是一个乌云密布的历史时期。革命已被打入冷宫，一面是野蛮的君主主义在无耻地夸耀自己的武力，另一面是狡猾的君主主义在以宪章为遮羞布，伪装贞洁。至多只能偶尔听到几声希腊民族解放斗争的歌声，坎宁⑥或鲁瓦耶－科拉尔⑦的几句慷慨激昂的言辞。

在新教的德国，那时天主教派别形成了，施莱格尔⑧和利奥⑨改变了信仰，老杨恩⑩等人大谈什么天主教的人民性和民主性。人们在中世纪和神秘主义中逃避现实，读艾卡茨豪生⑪的书，研究催眠术和霍恩洛厄⑫的奇迹。雨果是天主教的仇敌，可是它的复兴也得

① 克拉辛斯基 (1812—1859)，波兰诗人，浪漫主义作家。

② 沃拉贝尔 (1799—1879)，1848 年法国国民教育部长，写有《两次复辟的历史》。

③ 摩根夫人 (1783—1859)，爱尔兰女作家。

④ 安德利亚尼 (1797—1863)，法国革命家，参加过意大利和法国的革命运动，写有《一个国事犯的回忆录》。

⑤ 莱奥帕尔迪 (1798—1837)，意大利著名诗人。

⑥ 英国政治活动家。

⑦ 鲁瓦耶－科拉尔 (1763—1845)，法国哲学家和政治家，实际上是君主立宪制度的拥护者。

⑧ 施莱格尔 (1772—1829)，德国作家，反动浪漫主义理论家。

⑨ 利奥 (1799—1878)，德国反动历史学家。

⑩ 杨恩 (1778—1852)，德国反动政论家，但在体育运动上有杰出贡献。

⑪ 艾卡茨豪生 (1752—1803)，德国神秘主义作家。

⑫ 霍恩洛厄 (1794—1849)，德国神秘主义者，研究用魔术治病的"方法"。

力于他，正如得力于对当时死气沉沉的时代感到痛心疾首的拉梅内一样。

这种天主教对一个俄国人必然发生更大的影响。它表面上具备俄国生活中缺少的一切；俄国与世隔绝，只是在物质权力的压制下，靠自己的触须在探索道路。西方教会那种严格的教规和高傲的自主精神，那种独行其是的彻底性，那种实际的运用，那种坚守不渝的信念，那种认为可以靠自己的高度一致性，自己的永恒幻景，自己的向罗马和全世界①，自己对世俗权力的轻视，使一切矛盾化为乌有的假象，对一个热血奔腾、在成年时期开始接受严肃教育的人，是极易发生压倒一切的作用的。

恰达耶夫回国时，在俄国遇到的是另一种社会，另一种气氛。我尽管年轻无知，但我记得，随着尼古拉皇朝的到来，上层社会的堕落如何怵目惊心，它变得更卑贱，更奴颜婢膝了。亚历山大时期贵族的独立精神，近卫军的豪迈气概，1826年后已荡然无存。

幼苗和嫩芽已在生长，但还缺乏自觉性，还像孩子一样光着脖子在玩乐，或者在寄宿学校和皇村学校读书。有些青年文学家已开始试探自己的力量，练习写作，但还没有崭露头角，环境也与恰达耶夫当年的社会不同了。

他的友好成了苦役囚犯。起先他在莫斯科形单影只，后来与普希金在一起，成了两人，最后与普希金和奥尔洛夫在一起，成了三人。这二人辞世后，恰达耶夫常指着沙发背后墙上两个不大的黑影说，他们的头就靠在这儿！

把普希金给恰达耶夫的两首书翰诗对照一下，真使人无限感

① 原文是拉丁文。这是教皇在重大场合向全体教徒表示祝福的用语。

伤，变化的不仅是他们的生活，也是整个时代，整整一代人的命运——先是满怀希望向前猛进，然后给无情地抛在后面。青年普希金对自己的友人说：

朋友，你要相信，

迷人的幸福会像朝霞一般升起，

俄国会从酣睡中醒来，

而在专制暴政的废墟上，

人们会把我们的名字写上。①

但是朝霞没有升起，升起的只是尼古拉的宝座，于是普希金写道：

恰达耶夫，往事可还记得？

曾几何时我怀着青春的狂热，

要把灾难深重的名字，

呈献到另一片废墟上？

如今心灵的火已被风暴吹熄，

剩下的只是懒散和宁静，

但在令人感奋的回忆中，

我要在神圣的友谊之石上，

刻写我们的姓名！②

---

① 引自《致恰达耶夫》（1818 年）。

② 引自《致恰达耶夫》（1824 年）。尼古拉是在 1826 年才正式登基，赫尔岑把这诗的写作时间定在尼古拉统治时期，是一个错误。据说，当时有人向赫尔岑指出了

恰达耶夫那种绝望的观念，是他对俄罗斯生活的一种报复，他对它发出了深思熟虑的、饱经忧患的诅咒，要用它总结自己悲惨的一生和俄国历史的一整个时期。对斯拉夫派说来，世上再没有比这一切更不可容忍的了。他必然引起他们的强烈反感，他痛苦地、悲愤万分地亵渎了他们所宝贵的一切，首先是莫斯科。

恰达耶夫常说："每个外国人到了莫斯科，就给带去参观它的大炮和大钟，但大炮已不能发射，大钟也已摇摇欲坠。在这个惊人的城市里，值得一看的竟只是这些破烂。也许，这座没有钟舌的大钟便是这个默默无声的大国的象征，住在这里的种族虽然自称为斯拉夫人①，却仿佛对人类之有语言感到十分惊讶。"②

俄罗斯生活像叫人纳闷的斯芬克斯，它在沙皇虎视眈眈的监督下，在军用大衣的覆盖下蒙头大睡，恰达耶夫和斯拉夫派同样站在它面前，同样发出了疑问："今后怎么办？不能这么生活下去：现状的沉闷和荒谬已一目了然，再也无法忍受，但出路在哪里呢？"

"没有出路。"彼得时期的人③回答。他只知道西方文化，在亚历山大时期相信俄国将沿着欧洲的道路发展，但现在只得悲哀地指出，整整一个世纪的努力毫无实效：教育只是提供了新的压迫手段，教会成了警察的保护伞，人民忍受再忍受，而政府压迫再压迫。"其他民族的历史是它们的解放记录，俄国的历史却是农奴制

这一点，赫尔岑也承认了，但后来并未更正。普希金这诗是在克里米亚游览狄安娜神庙废墟时写的，因此诗中有"另一片废墟"之语。

① 在俄语中"斯拉夫人"与"语言"发音近似，来自同一语源。

② 他曾当着霍米亚科夫的面，对我说："此外，他们自诩具有语言才能，可是整个民族中只有霍米亚科夫一个人在讲话。"——作者注

③ 指恰达耶夫，即赞同彼得大帝的改革的人。恰达耶夫一般被认为倾向西欧派。

度和专制制度的发展史。"彼得的改革只是使我们变得更坏，成了最可耻的东西：文明的奴隶。在这苦闷混乱的精神状态中，我们受够了折磨，人民不理解我们，政府打击我们，现在该休息了，该让和平降临到心灵中，找个地方躺下了……这无异是说"该安息了"，于是恰达耶夫企图在天主教会中，为一切历尽辛酸苦难的人们找到许诺给他们的安宁。

从复辟时期[①]表现出来的西方文化的角度看，从彼得的俄罗斯的角度看，这观点是完全合理的。斯拉夫派对问题提出了不同的答案。

他们的出发点是对人民活的灵魂怀着忠诚的信念，他们的直觉比他们的理性更敏锐。他们明白，俄国的现状尽管已病入膏肓，但还不是绝症。恰达耶夫认为，个人的得救尚有一线希望，民族则不然，斯拉夫派却明确表示，为现代生活所俘虏的个人必然灭亡，但民族的得救是有希望的。

斯拉夫派说："出路在我们这儿，出路在于抛弃彼得时期，回到被外国文化和外国政府所隔绝的人民中去，恢复古风旧习！"

但历史是不会倒转的；生活有的是布料，它永远不需要旧的衣衫。一切复古，一切复辟，始终只是假面具。我们已见到两次：法国正统派未能复活路易十四的时代，共和派也未能恢复到热月八日以前[②]。事实胜于雄辩，那是斧头也砍不掉的。

何况我们也无古可复。彼得以前的俄国生活是丑陋的，贫困的，粗野的，而斯拉夫派要恢复的就是这样一个社会，虽然他们并

---

① 指 1814 至 1830 年法国波旁王朝复辟时期。

② 指法国大资产阶级于 1794 年 7 月 27 日（法国共和历热月 9 日）发动热月政变以前革命民主派专政的时期。

不承认这一点。否则，他们的一切复古意图，对古代风俗习惯的崇拜，以及不要穿好得多的现代农民服装，偏要恢复笨拙不便的老式衣服，该如何解释呢？

在整个俄国，除了斯拉夫派，谁也不戴摩莫卡皮帽[①]。正如恰达耶夫讲笑话时说的，康·阿克萨科夫穿着民族服装在大街上走过，老百姓都以为他是波斯人。

他们对回到民间去的理解也极肤浅，与西方大多数民主派人士差不多，把民族看作一个现成的固定的东西。他们认为，接受人民的偏见就是与人民打成一片，牺牲自己的理性，而不是在人民中发展这种理性，便是向人民靠拢的伟大行动。由此就产生了对仪式的盲目崇拜和全盘照搬；在朴素的信仰中，这些仪式是动人的，但一旦另有意图，它们就成了对人的侮辱。斯拉夫派要回到民间去之所以不切实际，最好的证明即在于他们丝毫没有激起人民对此的同情。无论拜占庭教会，还是多棱宫[②]，都不能对斯拉夫世界的未来发展提供更多的东西。回到农村和劳力组合，回到村社大会和哥萨克自由体，这是另一回事；但重建这一切决不是为了使它们停滞不动，变成凝固的亚细亚社会，而是为了发展和解放它们所赖以建立的基础，清除一切杂质和畸形物，清除附生在它们上面的浮肉——当然，我们的使命便在这里。但是不应该产生误解，这一切已大大超出国家的范围；莫斯科时期正如彼得堡时期一样，对此极少帮助，它也决不比后者优越。彼得只是把诺夫哥罗德市民议会的大

---

① 18世纪前俄国人戴的一种平顶毛皮帽。
② 莫斯科克里姆林宫中的宫殿，建于1487至1491年。在彼得大帝迁都彼得堡以前，沙皇便在这里召见大臣，商议国事。

钟①改铸成大炮，把它从钟楼上取下的还是伊凡·瓦西里耶维奇②；彼得的户口调查③只是巩固了农奴制度，而它是由戈杜诺夫④开始实行的；在《法典》⑤中已没有民选税吏的影子，而鞭打、笞刑和体罚也渊源久远，早在用树条抽打和用刀身平打背脊之前就有了。

斯拉夫派的错误在于他们认为，俄国有过独特的发展道路，只是被各种事件掩盖了，最后到了彼得时期才被切断。其实这种发展道路俄国从来没有过，也不可能有。那现在来到我们头脑中的东西，那开始在思想和预感中闪现的东西，那未被意识到的存在于农舍和田野中的东西，只是现在才在历史的园地上萌芽，而这片园地是经过了二十代人的鲜血、眼泪和汗水的灌溉的。

这是我国生活方式的基础，它们不是回忆，不是写在编年史上的东西，而是现实中具有生命力的因素。但它们只是在建立统一国家的艰苦历史过程中保全下来的，并在政府的压力下幸免于难，然而没有得到发展。我甚至怀疑，没有经过彼得时期，没有获得欧洲文化的养料，它们是否具备发展的内在力量。

这种生活方式的基础依靠本身是不够的。印度自古以来直至今日，始终存在着以分配土地为基础的农村共同体，与我们的村社极

---

① 诺夫哥罗德是俄国最早的城市之一，在 12、13 世纪是一个公国的中心。市民议会是古代罗斯的一种地方机构，大钟是用来召集市民议会的。

② 即伊凡雷帝，曾对俄国的统一和发展作出重要贡献。

③ 彼得一世为了应付庞大的国家财政开支，建立了人头税制度，凡成年男子均得交付人头税，为此进行了户口调查，制定了农奴名册。但户口调查作为建立农奴制度，确定农奴身份的措施，早在这以前已经实行。

④ 戈杜诺夫（1551—1605），原为伊凡雷帝的大臣，1598 年留里克王朝绝嗣，经贵族议会选举，成为沙皇。

⑤ 俄国在 1649 年编订的法律全书，《法典》严格规定了农民的地位，因此一般把 1649 年作为俄国正式实行农奴制的日期。

为相似。然而它并未使印度获得远大的发展。

只有西方在漫长的历史中形成的强大思想，才足以使斯拉夫宗法制社会中酣睡的种子发芽生根。劳动组合和村社，利益和土地分配制度，村民大会和以若干村庄联合构成的自治性行政单位——这一切都是基石，我们未来自由村社的大厦就要建筑在这些基石上。但基石毕竟只是基石……没有西方的思想，我们未来的大厦将始终只是一片地基而已。

一切真正具有社会性的东西，命运都是如此，它不由自主要走上各民族互相依靠的道路……闭关自守、与世隔绝的结果，不是停留在原始的村社共同体中，便是成为共产主义的空想，它正如基督教的圣灵一样，不能找到一个血肉之躯。

斯拉夫人敏于感受的天性，他们的"女性气质"，缺乏首创精神，强大的吸收能力和可塑性，使他们首先成为需要依赖其他民族的一种民族，他们不能完全独立。如果无依无靠，斯拉夫人便会像一位拜占庭编年史家所指出的，"为自己的歌声所催眠而昏昏入睡"。但一旦被别人惊醒，他们即会紧跟到底；没有一个民族对其他民族的思想会这么深刻而完整地吸收过来，同时又保持自己的本色。日耳曼民族和拉丁民族一千年前便彼此隔膜，直至今日依然不变，但在斯拉夫民族和它们之间就不会发生这种情形。斯拉夫族这种富于同情、易于接受和吸收的天性，使它必须献出自己，追随别人。

为了形成一个公国，俄罗斯需要瓦兰人①。

---

① 古代斯拉夫人称北欧斯堪的纳维亚人为瓦兰人。据说古代诺夫哥罗德人厌烦战乱局面，请瓦兰人去实行统治，这就形成了留里克王朝，它一直存在到 1598 年。留里克王朝建立了以基辅为中心的基辅公国。在蒙古人入侵（1240 年）之后，

为了成为一个国家，它需要蒙古人。

欧罗巴主义使它从莫斯科王国发展成了庞大的彼得堡帝国。

"但是斯拉夫人尽管接受能力强，他们不是处处表明，他们完全无力建立当代欧洲的国家秩序，经常或是陷入不可救药的专制主义，或是弄得混乱不堪，束手无策吗？"

这种无能和不足之处，在我们看来，正是伟大的天赋优点。

整个欧洲现在已到了需要专制主义的地步，否则在力图建立新秩序的社会思潮的进攻面前，它便无法维持当代的国家生活，因为尽管西方提心吊胆，百般防范，仿佛冥冥之中仍有一股力量在把它推向这种新秩序。

曾有一个时期，半自由的西方对压在沙皇宝座下的俄罗斯投以鄙夷的目光，受过教育的俄国人则望着幸福的兄长们叹息不已。这个时期过去了。大家已在向奴隶制度看齐。

我们现在面临一大奇迹：那些还保持着自由机构的国家，也对专制主义不胜向往。在君士坦丁大帝 [①] 时代，自由的罗马人为了逃避苛捐杂税，主动要求贬为奴隶，但那时以后，人类还没有出现过类似的情况。

专制主义或社会主义——二者必居其一。

然而欧洲表明，它对社会变革已经完全无能为力。

我们认为，对这种变革，俄国还不致那么无能为力，这是我们与斯拉夫派一致的地方。我们对俄国前途的信心，正是建立在这上面。那是从 1848 年底起我就开始鼓吹的。

欧洲选择了专制主义，挑中了帝国。专制主义便是军事体制，

它又逐渐演变成莫斯科大公国，于 15 至 16 世纪开始发展成统一的民族国家。

① 公元 306 至 337 年的罗马帝国的皇帝。

帝国便是战争，皇帝便是军事统帅。一切披上了戎装，只等战争爆发，但真正的敌人在哪里呢？国内——在下面，在底层；国外——在涅曼河①那边。

战争现在开始了②，它可能出现休战状态，但在全面变革开始前不会结束，只有全面变革才是重新洗牌，开始新的一局。欧洲有两大历史巨人③，他们是开拓全部西欧史的沙场老将，两个世界，两个传统，两种原则——国家和个人自由的代表，现在却有一个默默无声、既无旗号、又无名望的第三者，不合时宜地站了起来，脖子上套着奴役的绳索，粗暴地企图闯进欧洲的大门，历史的大门，他一只脚跨到德意志身边，另一只脚踹在太平洋上，狂妄地自称要步拜占庭的后尘。对这个第三者，两位沙场老将不可能听其自然，不予以迎头痛击。

这三者能否和解，较量之后，能否决一雌雄？俄国将被瓜分，还是衰老的欧洲从此堕入拜占庭的深渊？它们能否彼此伸出手来，洗心革面，开始新的生活，携手前进，还是将无休无止地厮杀？只有一点我们可以知道，而且也不会从未来几代人的意识中消失的，那就是：俄罗斯民族生活的合理而自由的发展是与西欧社会主义的理想一致的。

---

① 俄国当时边境的河流，在今立陶宛境内。"涅曼河那边"指俄国。
② 写于克里米亚战争时期。——作者注
③ 指英、法两国。下面的"第三者"指俄国。这里谈的即当时英法联合对付俄国的克里米亚战争。

2

我从诺夫哥罗德回到莫斯科，发现两个阵营已壁垒分明。斯拉夫派戒备森严，作好了战斗部署；它的轻骑兵由霍米亚科夫率领，非常迟钝的步兵则以舍维廖夫①及波戈金②为首，此外还有前沿狙击兵和志愿兵；它的雅各宾极左派否定基辅时期③以后的全部历史，它的吉伦特温和派则只否定彼得堡时期。他们在大学里有自己的讲台，在社会上有自己的月刊④，尽管这月刊常常拖到两个月以后才出版，但总是出版了。这个大本营中有黑格尔派东正教徒，拜占庭神学家，神秘主义诗人，许多闺阁名媛，以及形形色色的其他人。

我们的战争成了莫斯科文学沙龙的重要话题。一般说来，俄国当时正进入对智力活动发生浓厚兴趣的时期，那时因不能接触政治，文学问题成了生活的中心。一本优秀作品的诞生⑤是一件大事；批评和反批评争论不休，每篇文章都受到密切注意，仿佛从前的英国人或法国人注视议会的辩论一样。社会活动的其他一切领域遭到压制，知识阶层只得在书籍世界中寻找出路，事实上也唯独这个世界还隐晦曲折、半明半暗地透露了对尼古拉专制暴政的抗议，这种抗议在他死后才变得比较公开和响亮。

莫斯科社会通过格拉诺夫斯基，对西方向往自由的思想，对解放头脑并为此而进行斗争的思想，发出了欢呼。通过斯拉夫派，它

---

① 舍维廖夫（1806—1864），莫斯科大学教授，文学评论家和斯拉夫派理论家，曾与别林斯基进行过激烈的论战。

② 斯拉夫派的主要理论家之一，莫斯科大学教授。

③ 指以基辅为中心的古代俄罗斯，即公元9至12世纪的基辅罗斯。

④ 指《莫斯科人》杂志，它出版于1841至1856年。

⑤ 在初版中，"一本优秀作品"之后有"例如《死魂灵》"几个字。《死魂灵》于1842年5月在莫斯科出版，并立即引起了热烈论争。

为被侮辱的民族感情，对彼得堡的比龙式傲慢态度发出了抗议。

在这里我必须声明一下。我在莫斯科熟悉的只是两个圈子，它们构成莫斯科社交生活的两极，因此我谈的也只限于它们。起先我的周围全是一些老人，有些是叶卡捷琳娜时期的近卫军军官，我父亲的老同事，另一些是把参政院当作避风港和养老院的、他哥哥的同事。后来我又认识了一个年轻的莫斯科，文学界的上流社会，我要谈的只是这部分人。那些拿过笔和剑的老人正在等待按官级穿戴整齐之后走进坟墓，他们的儿子或孙子却不想争取任何官衔，一心"读书和思想"，至于在这两代人之间保持着或存在着什么，我不知道，也不想知道。这个中间地带是真正的"尼古拉罗斯"，一个平凡庸俗的世界，既无叶卡捷琳娜时期的独立精神，1812年的大无畏气概，也没有我们的追求和兴趣。这是可怜的一代，被压垮的一代，只有几个殉难者在那里挣扎，喘息，最后死亡。我谈到莫斯科的客厅和餐厅，是指普希金曾经主宰过的那些地方；在那里，我们还能听到十二月党人的声音；在那里，格里鲍耶陀夫发出过微笑；在那里，米·费·奥尔洛夫和阿·彼·叶尔莫洛夫由于在宫廷失宠而受到了友好的接待；最后，在那里，霍米亚科夫从晚上九时一直辩论到清晨四时；在那里，康·阿克萨科夫拿着摩莫卡皮帽为莫斯科大声疾呼，尽管谁也没有攻击它，每逢拿起香槟酒，便要偷偷祝告和祈祷，尽管大家知道这一点；在那里，列德金为了增进黑格尔的荣誉，论证了上帝作为个体的存在；在那里，格拉诺夫斯基侃侃而谈，发出了坚定的声音；在那里，大家怀念着巴枯宁和斯坦克维奇；在那里，恰达耶夫衣冠楚楚，抬起蜡像似的柔和的脸，发出尖刻的讽刺，惹怒了惊慌失措的贵族和斯拉夫派东正教徒，他的讽刺总是具有独特的形式，特地裹上了一层冰冷的外衣；在那里，老当益壮的亚·伊·屠格涅夫①谈笑风生，欧洲的一切名流，从夏多布里昂和雷卡米耶②到谢林和拉埃尔·瓦恩哈根③，无不遭到他的揶揄；在那里，博特金和克留科夫沉浸在泛神论的享受中，津津有味地听谢普金讲故事；最后，别林斯基有时也会像康格里夫④的烧夷弹一样突然飞进屋里，把遇到的一切统统烧成灰烬。

一般而言，莫斯科生活与其说都市化，不如说更为乡村化，只是老爷们的住宅彼此连接罢了。这儿的人当然不会千篇一律，不同时代、不同教养、不同阶层、不同经纬度的俄国人，都能在这里找到自己的模式。拉林和法穆索夫们⑤在这儿安度晚年，但不仅他们，这里还有弗拉基米尔·连斯基和我们的怪物恰茨基⑥，至于奥涅金，那太多了。他们可干的事都很少，生活清闲，无忧无虑，得过且过。地主的放任不羁，说句老实话，我们是欣赏的；这中间包含着某种气魄，是我们在西方的市民生活中看不到的。那种奴颜婢膝的买卖人气质（在达什科娃的《回忆录》中，维尔蒙特小姐曾提到这一点，我自己也还见到过）在现在谈到的这些人中间是没有的。构成这个社会的是不做官的地主，或者不是为自己、而是为了安慰亲属才做官的地主，一些生活富足的人，以及青年文学家和教授们。这

---

① 亚·伊·屠格涅夫（1785—1846），俄国历史学家，与普希金、恰达耶夫等友善，曾游历欧洲各国，收集俄国历史资料。

② 雷卡米耶（1777—1849），法国一个银行家的妻子，她的沙龙曾是巴黎政治和文学活动的中心，夏多布里昂等名流经常出入其中。

③ 瓦恩哈根（1771—1833），德国女作家，她的家在19世纪初期成为柏林的文学沙龙，海涅等人经常在那里露面。

④ 康格里夫（1772—1828），英国将军，烧夷弹的发明者。

⑤ 拉林是《叶夫根尼·奥涅金》中的地主，法穆索夫是《聪明误》中的官员和贵族。

⑥ 连斯基是《叶夫根尼·奥涅金》中一个理想主义的青年，恰茨基是《聪明误》中一个进步的贵族青年。

个社会是自由的，各种关系还没有凝固，各种习惯也还没有成为清规戒律，因而与从前欧洲的生活不同；同时，它还保存着西方彬彬有礼的传统，这是我们从小接受的教养，可是在西方已每况愈下；此外，它还杂有斯拉夫人随心所欲、有时甚至放纵逸乐的脾性，这构成了莫斯科社会独树一帜的俄国特色，也使它十分伤心，因为它梦寐以求的就是与巴黎看齐，但这个愿望大概只能是愿望而已。

　　我们所知道的欧洲还是从前的欧洲。一提起它，我们就想到伏尔泰在巴黎的沙龙中执牛耳的时代，那时，听狄德罗的辩论不过是家常便饭；那时，大卫·休谟[1]的莅临巴黎竟使整个社会为之轰动，所有的伯爵夫人和子爵夫人都对他百般奉承，竞相卖弄风情，致使她们的另一个宠儿格林[2]大为恼火，认为这简直不成体统。我们的脑海中有的仍然只是霍尔巴赫男爵[3]的晚会，《费加罗》初次上演的盛况，那时，全体贵族整整几天站在那儿排队买票，时髦的夫人们不惜以干粮代替午餐，只为了要弄到一个座位，看一下一个月后将在凡尔赛宫上演的这出革命戏剧（由普罗旺斯伯爵，即后来的路易十八[4]饰演费加罗，由玛丽·安托瓦内特[5]饰演苏珊娜[6]！）。

　　那个时代早已过去了……不仅18世纪的那些客厅不复存在——这是一些奇怪的客厅，在珠光宝气、花团锦簇中间，贵族用

---

① 休谟 (1711—1776)，英国重要哲学家，主观唯心主义者，不可知论者。

② 格林 (1723—1807)，德国文学家及外交家。

③ 霍尔巴赫 (1723—1789)，法国百科全书派哲学家，机械唯物主义的代表，无神论者。

④ 路易十五的孙子 (1755—1824)，1814 年法国波旁王朝复辟后成为国王，称路易十八。

⑤ 路易十六的妻子 (1755—1793)，法国资产阶级革命中被送上断头台。

⑥ 《费加罗的婚礼》的女主人公。

自己的纤手和乳汁哺育和养大了一头小狮子，这就是后来的革命巨人——而且另一些客厅，例如斯塔尔夫人[1]和雷卡米耶夫人的客厅，也已收场了，在那里聚会的是贵族中的一切名流，文学家和政治家。现在他们却怕文学，而且文学也根本不再存在；党派分歧如此之大，不同政见的人不可能互相尊重，会集在一间屋子里。

恢复原来意义上的"客厅"的最后一次尝试失败之后，它就随着它的女主人一起消失了。德尔芬·盖[2]用尽了自己的聪明才智和卓越思想，才使彼此猜疑、彼此仇恨的客人勉强相安无事，保持体面的和平。这种一触即发的、紧张的休战状态，决不能带给人任何快乐，主人送走客人之后，只觉得精疲力尽，倒在沙发上，感谢上帝，这一晚总算太平无事，没有出什么乱子。

确实，今天在西方，特别在法国，文人的清谈，优美的风度，高雅的仪态，早已失去魅力。把可怕的马蜂窝用皇帝的龙袍覆盖之后，小市民将军们，小市民部长们，小市民银行家们便寻欢作乐，成百万地赚钱，成百万地花钱，等待石客[3]的清算了……他们需要的不是轻快的谈话，而是丰盛的酒肉，庸俗豪华的生活，在这里，正如在第一帝国时期[4]一样，黄金代替了艺术，卖淫妇代替了贵夫人，交易所代替了文学。

社会的瓦解不限于巴黎一地。乔治·桑在诺昂[5]是周围一切邻居活动的中心，凡是与她认识的，不论身份高低，都可以作她的座

---

① 斯塔尔夫人（1766—1817），法国著名女作家，她的家曾成为巴黎的文学沙龙。

② 德尔芬·盖（1804—1855），法国女作家。

③ 指普希金的小悲剧《石客》中的石客，这里是指革命。

④ 即1804至1814年拿破仑称帝时期。

⑤ 法国贝里省的诺昂是乔治·桑的家乡。

上客，大家不拘礼节，随随便便，非常融洽地度过一个晚上。那里有音乐，有朗诵，有戏剧即兴表演，最重要的是乔治·桑本人也参加这些活动。但是1852年后，气氛开始变了，好心的贝里人已经不是为了休息和谈天来串门，他们眼色凶恶，心中充满怒气，不管当面背后，彼此挖苦，有的炫耀自己的新官服，有的担心遭到告密陷害。那种轻松愉快、说说笑笑、无拘无束的情景已一去不复返。经常忙于调停纷争、解释误会的乔治·桑，对这一切感到苦不堪言，非常讨厌，终于取消了诺昂的这种晚会，把接待的客人缩小到只限于两三位老朋友……

……据说，现在莫斯科（年轻的莫斯科）老了，它的活力没有保持到尼古拉去世之后，它的大学也退化了，而在农奴解放问题面前，它的地主性质又显得过于刺目，它的英吉利俱乐部也愈来愈缺少英国风味，索巴凯维奇在那里大叫大嚷，反对解放运动，诺兹德廖夫①则声嘶力竭，要保卫贵族"天赋的、不可剥夺的"权利。这可能！……但是40年代的莫斯科不是这样的，这个莫斯科曾积极参与拥护或反对男用平顶皮帽的活动；太太小姐们细心阅读非常枯燥的文章，静听漫无止境的辩论，还亲自发言，拥护康·阿克萨科夫，或者拥护格拉诺夫斯基；她们觉得可惜的只是阿克萨科夫太像斯拉夫人，而格拉诺夫斯基则太缺少爱国精神。

在一切文学和非文学性晚会上，论争一再展开。我们在这些晚会上见面，一星期大约两三次，星期一在恰达耶夫家，星期五在斯韦尔别耶夫②家，星期日在叶拉金娜③家。

---

① 索巴凯维奇与诺兹德廖夫都是《死魂灵》中的地主。
② 莫斯科的贵族，斯拉夫派和西欧派常在他家的晚会上展开辩论。
③ 基列耶夫斯基弟兄俩的母亲，1830至1840年莫斯科文学沙龙的主持人。

除了参加辩论的人，除了持一定观点的人，还有些人是出于好奇心出席晚会的，其中甚至有妇女。他们坐到深夜两点，看这些斗牛士怎样厮杀，谁胜谁败。他们来听辩论，就像从前去看拳击，或者上罗戈日门外的竞技场一样。

在东正教和斯拉夫主义一边，众人瞩目的穆罗姆人·伊利亚[①]是阿列克谢·斯捷潘诺维奇·霍米亚科夫，正如他的手下败将莫罗什金[②]说的，他是"当代的雄辩家高尔吉亚"[③]。这人头脑发达，灵活，办法多，而且不择手段，记忆力强，思想敏捷，一辈子就是在热烈而不知疲倦地与人论争。这个精力充沛的勇士，不停地攻打和刺杀，进犯和追击，讽刺挖苦，引经据典，威胁恐吓，直至把对方逼进森林，不讨饶就休想脱身——总之，为信仰战斗的，只得放弃信仰，为理论战斗的，只得抛弃理论。

霍米亚科夫确实是危险的对手，一个老练的、喜欢争斗的辩证法家，对方的一点疏忽，一点退让，都会被他利用。这个才能非凡、学识渊博的人，像中世纪的骑士守卫圣母一样，连睡觉也不卸下武装。不论白天黑夜，他随时准备迎接错综复杂的辩论，为了使自己的斯拉夫观点旗开得胜，他不惜利用世上的一切：从拜占庭神学的决疑法，到中世纪法学家诡计多端的奥妙花招。他的反驳往往披上伪装，把人弄得眼花缭乱，无计可施。

霍米亚科夫非常清楚自己的力量，也经常运用这种力量。他是靠口若悬河征服对方，靠博古通今压倒对方，靠冷嘲热讽威胁对

---

① 俄国古代民间壮士歌中的英雄，农民之子，体现了勇敢、纯朴等美德。

② 当时莫斯科大学的法学教授。

③ 高尔吉亚（约公元前483—前375），古希腊所谓"智者派"的代表之一，奴隶制民主派政治家，诡辩学家。

方，使他们终于对自己的观念和信仰产生动摇，发生怀疑：我自己的东西果真完美无缺吗？他善于把半路停顿的人捉住，放进雄辩的熔炉中折磨，吓唬弱者，弄得一知半解的先生们手足无措；在这一切进行中间，他脸上总是露出仿佛真诚的微笑。我说"仿佛"，因为他那张略带东方情调的面孔，总有一种叫人捉摸不透的东西，那种幼稚的东方式狡猾和深沉的俄国式心计的混合物。一般说来，他以诡辩取胜的时候多，以理服人的时候少。

他的哲学论辩的实质在于：他否认靠理性获得真理的可能性；他认为，理性只有形式上的作用，即帮助幼芽或种子发展，而幼芽或种子本身则另有来源，而且已初具规模（即它们是神的启示所给予，是信仰所产生）。如果理性无所依附，那么它只能在空虚中徘徊，建立一些范畴，这样，它也可能揭示自身的法则，但是永远无法理解精神，也无法懂得不灭等等概念。霍米亚科夫就这样打败了那些逗留在宗教和科学之间的人们。不论他们在黑格尔方法的程式中怎样挣扎，建立什么样的体系，霍米亚科夫总是跟踪追击，最后，他们用逻辑公式盖成的纸房子被他推倒了，或者他们给他用脚一绊，不是栽倒在他们所耻与为伍的"唯物主义"上，便是落进他们简直不敢设想的"无神论"中。霍米亚科夫胜利了！

我听过几次他的辩论，发现了这种诡计。因此当我自己不得不与他较量的时候，第一次我就主动把他引向这些结论①。霍米亚科夫眯缝着斜眼，晃晃漆黑的鬈发，预先露出了笑容。

---

① 指前面否定理性的结论，这是斯拉夫派理论的核心。他们认为西方教会是理性的，东方教会是直觉的，非理性的，欧洲文明是在西方教会的精神中发展的，而俄罗斯民族是在东方教会的传统中成长的，因此从彼得大帝开始的吸收西欧文明的道路是错误的，俄国必须回到它原来的东方传统中去。

"可您知道，"他突然说，仿佛这是一个新发现，"单靠理性不仅不能把握在自然界发展的合理的精神，而且无从了解大自然本身，除非只是把它当作一种简单的、接连不断的、没有目的的活动，它既可以继续，也可以停止。既然这样，您想证明，历史不会在明天中断，不会随着人类和地球的灭亡而灭亡，就办不到了。"

"我何曾对您说过我要证明这一点？"我回答他。"我完全清楚，这是不可能的。"

"怎么？"霍米亚科夫说，有些惊讶了。"您能接受残暴之至的内在力量的这些可怕后果，居然无动于衷吗？"

"我能，因为理性的结论不取决于我愿意不愿意。"

"哦，您至少是合乎逻辑的；然而，一个人要容忍您的科学的这些悲观结论，听其自然，内心会多么痛苦啊！"

"您只要向我证明，您的'非科学'更为正确，我也会毫不掩饰、毫无畏惧地接受它，不论它把我引向哪里，哪怕引向圣母大教堂也成。"

"这只有信仰才能办到。"

"但是，阿列克谢·斯捷潘诺维奇，您知道：'没有是算不得过失的'。"

许多人（从前也包括我）认为，霍米亚科夫是为爱好辩论而辩论，其实他并无深刻的信仰。造成这错觉的原因在于他的举止，他那永恒的微笑，以及批评他的人的浅薄无知。我认为，斯拉夫派中任何一人在传播他们的观点方面，功劳都不如霍米亚科夫大。这个非常富裕、没有担任过任何官职的人，他的一生就是献给这种宣传工作的。他笑也罢，哭也罢，都取决于他的神经，他的思维方式，他的环境对他的作用，以及他的反应。这与信仰之是否深刻并无关系。

也许，霍米亚科夫靠永无休止的争辩，靠既忙碌又清闲的论战，填补了精神上的空虚感，避免了他的同志和亲密朋友基列耶夫斯基弟兄的命运，他们正是被这种空虚感吞噬了生活中一切欢乐的。

这两个被尼古拉时代所断送的人，他们受害之深是有目共睹的。在论战的热潮中，有时可能忘记这一点，而现在这已显得无关紧要、微不足道了。

基列耶夫斯基弟兄俩像悲伤的幽灵一样，站在民族觉醒的大门口；他们得不到世人的承认，狷介不群，始终没有抛掉身上的尸衣。

伊万·瓦西里耶维奇那未老先衰的脸上，布满苦难和挣扎的深刻痕迹，仿佛船舶沉没之后，海上只剩下一片忧郁而平静的涟漪了。他一生不得志。记得在1833年，他曾满腔热情地编印《欧罗巴人》月刊[①]。已出的两期是不错的，但第二期一出，它就被查禁了。他在《朝霞》上发表了一篇关于诺维科夫[②]的文章，《朝霞》即被没收，书报检查官格林卡也因而入狱。[③]《欧罗巴人》使基列耶夫斯基受到了严重损失，他意气消沉，躺在莫斯科生活的沙漠上发愁，周围看不到一点出路，于是他忍耐不住，去了乡下，克制着对工作的渴望，把深刻的悲痛隐藏在心中。这个像钢一样纯净坚强的汉子，在可怕的时代中也生锈了。十年后，他从与世隔绝的乡村重返莫斯科时，成了神秘主义者和东正教徒。

他在莫斯科的处境并不顺遂。无论与他的朋友还是与我们，他

---

① 莫斯科斯拉夫派的刊物。

② 诺维科夫（1744—1818），俄国讽刺作家，发行过《雄蜂》《画家》等杂志，对俄国进步思想的形成发生过较大影响。

③ 《朝霞》是1830年在莫斯科出版的一种文集，但这里讲的与事实略有出入，《朝霞》并未被查禁，而《欧罗巴人》出版于1832年。

都落落寡合，不太融洽。他与我们中间隔着一堵宗教的墙壁，而作为一个自由的向往者，作为法国大革命时代的仰慕者，他又不能同意新守旧派教徒对欧洲全盘否定的态度。有一次他怀着深重的忧伤对格拉诺夫斯基说道：

"我的心与你们联系得更紧，但你们的信仰有许多我不能同意。我们的人在宗教观念上与我比较接近，但在其他方面，我与他们同样存在不少分歧。"

事实上，他在家里也闷闷不乐，十分孤独。只有他的弟弟和朋友彼得·瓦西里耶维奇站在他身边。弟兄俩在晚会或朋友的聚会中出现的时候，神色那么忧郁，仿佛眼泪还没有干，仿佛昨天刚有灾难降临到他们的头上。伊万·瓦西里耶维奇在我眼中像一位寡妇，或者一个失去了儿子的母亲；生活辜负了他，而前途一片渺茫，唯一的安慰只是：

> 稍等一下吧，
> 你也快安息了！ [1]

我不忍打破他的神秘主义，从前我与维特贝格在一起时也体验过这种心情。他们两人的神秘主义具有一种艺术意境，似乎真理并未因此消失，只是用离奇的形式和僧侣的长袍掩盖着。没有必要那么冷酷，把一个人从梦中唤醒，除非他的精神错乱采取了论战的形式，或者与他的关系如此密切，以致任何不协调都会引起痛心和不安的后果。

---

① 引自莱蒙托夫的诗《摘自歌德》（《山顶》）。

能讲下面这种话的人是不应该反对的，他说："一天我站在礼拜堂中，眼望着神灵的圣母像，思忖着那些向她祈祷的人们那种天真的信心；几个生病的妇女，还有几个老人跪在地上，画十字，叩头。后来我怀着热烈的希望，谛视圣容，终于渐渐悟得了神力的奥秘所在。是的，这不仅是一块画像的木板……许多世纪以来，它继续不断地接受了这些诚挚的赞美，这些哀伤和不幸的人们的祈求，它必然充满着力量，这力量从它发出，又反射在那些善男信女身上。它成了一种活的机体，创世主与凡人交会的地点。想到这里，我又看了一眼那些老人，那些匍匐在地上的妇女和孩子，那至高无上的圣像，这时我亲眼看到，圣母的面容活了，她露出慈祥的笑容，望着这些平凡的人们……我不觉跪到地上，向她恭顺地祈祷。"

彼得·瓦西里耶维奇更加不可救药，在东正教斯拉夫主义路上走得更远；他的天赋可能较低，但为人严正，一丝不苟。他与伊万·瓦西里耶维奇或斯拉夫派黑格尔分子不同，不想在宗教及科学，西方文化及莫斯科民族精神之间和稀泥；恰恰相反，他否认一切和解。他独立地、坚定地站在自己的立场上，既不挑起论战，也不逃避论战。他什么也不怕，毫无保留地忠于自己的观点，与它紧密溶合在一起，对当代俄国充满忧虑和怜悯，这种忠诚使他心安理得。他的观点正如他哥哥的一样，万难苟同，但也正如一切不知妥协的偏激之见一样，是容易谅解的。我很久以后才能正确评价他观点中的合理部分，这就是那种痛苦的、令人心灰意冷的对西欧社会状况的认识，这是我们在 1848 年的风暴之后才明白的；但是他凭他悲天悯人的清醒头脑预见到了这一点，凭他对彼得以西方的名义带来的灾祸的切齿痛恨和复仇心理领悟了这一点。因此，彼得·瓦西里耶维奇与他的哥哥不同，他的东正教斯拉夫主义不想寻找什么人道的宗教哲学，靠它来解决他对现实的不满。不，他的阴森的民族主义全面而彻底地排斥西方的一切。

他们的共同不幸在于：他们生得太早或太迟。12 月 14 日事件发生时，我们是孩子，他们已是青年。这点很重要。我们那时还在读书，根本不懂得现实世界是怎么回事，满脑袋都是理论和幻想。我们是幼儿园中的格拉古①和里恩佐②，后来又局限于一个小圈子，在友谊中度过了几年大学生活；走出高等学府的大门，我们又走进了监狱的大门。青年时代的监狱和流放，那无情的迫害和黑暗的岁月，对我们是极有益处的，这是一种锻炼；监狱只能使软弱的机体屈服，对于这类人，斗争只是年轻时期一瞬间的冲动，而不是一种才干，一种内在的需要。对公开的迫害形成清醒的认识有助于增强反抗意志，成倍增长的危险也可以锤炼毅力，铸造个性。这一切使人深思，使人怅惘，使人激怒，使人憎恨，因此囚徒和流放犯不时会迸发强烈的愤怒，而从生活在庸俗沉闷的环境中的意气消沉的自由人身上，往往只能看到那种无能为力、无动于衷的绝望和厌倦。

我们从流放地回来时，在文学界，在大学，在社会上，另一股潮流已开始兴起。这是果戈理和莱蒙托夫的时代，别林斯基著书立说和格拉诺夫斯基等青年教授讲学的时代。

我们的前人遇到的不是这样一个时代；他们刚跨进成年时期，就听到了警钟声，它向俄国宣告了佩斯捷利的死刑和尼古拉的登

① 格拉古（公元前 163—前 132），古罗马的护民官，曾为维护农民的利益英勇斗争，以身殉职。他的弟弟盖约继承了他的事业。因此历史上一般把他们并称作"格拉古兄弟"。

② 里恩佐（1313—1354），中世纪罗马政治家，曾为统一意大利与封建主进行艰苦的斗争。

基。他们还太年轻，未能参与密谋，又已不是孩子，不能在学校安心读书。他们遇到的那十年，是以恰达耶夫的阴森的《书简》作尾声的。当然，十年中他们不可能衰老，但是他们消沉了，困乏了，被那个毫无生气的、可怜的、懦弱的、卑躬屈膝的社会葬送了。这是青春的最初十年啊！于是他们不得不像奥涅金一样羡慕瘫痪的图拉省陪审官，像莱蒙托夫的佩乔林[1]一样远走波斯，像真的佩乔林[2]一样皈依天主教；如果他们不想沉湎酒色，鞭打农奴，或者玩牌，那么只得投进狂热的东正教和发疯的斯拉夫主义的怀抱。

霍米亚科夫一感到这种空虚，立即去欧洲游历，那是查理十世[3]治下那个醉生梦死、昏昏沉沉的时代。在巴黎写完了已被遗忘的悲剧《叶尔马克》之后，他回国了，在路上他与各种捷克人和达尔马提亚人高谈阔论，但回到国内，仍是那么沉闷！幸而土耳其战争[4]爆发了，他毫无必要、毫无目的地进了军队，前往土耳其。战争结束时，他完成了另一本已被遗忘的悲剧《冒名为王者德米特里》。还是那么沉闷！

在这沉闷，这忧郁，这骇人的环境和骇人的空虚中，一个新的思想诞生了；它刚一露头，便遭到了嘲笑；然而霍米亚科夫保卫它的决心更加强烈，与基列耶夫斯基弟兄俩的血肉关系也更加紧密了。

种子播下了；他们为培育和护理幼苗花尽了力气。需要新的一代，那没有受伤、没有消沉的人，老师们历尽艰辛苦难取得的思想，要由这些人予以继承和发扬。一些青年人响应了他们的召唤，

---

① 莱蒙托夫的小说《当代英雄》的主人公。

② 指莫斯科大学教授佩乔林。

③ 1824 至 1830 年的法国国王。

④ 指 1828 至 1829 年的俄土战争。

斯坦克维奇小组也有一部分人奔向他们，其中包括一些坚强的人物，如康·阿克萨科夫和尤里·萨马林。

康斯坦丁·阿克萨科夫不像霍米亚科夫一样面带笑容，也不像基列耶夫斯基弟兄一样沉浸在没有出路的悲叹中。作为一个年富力强的小伙子，他急于创立事业。他的信仰中没有探索者的犹豫彷徨，没有荒漠中的传教士的凄凉意识，没有前途茫茫的哀叹，没有遥遥无期的憧憬，有的只是狂热的信念，那种偏执、猛烈、片面、同时可以开拓胜利前景的信念。阿克萨科夫像一切战士一样，是片面的；怀着四平八稳的折衷主义是无法战斗的。他被敌对的环境所围困，这环境是强大的，对他占有极大优势，他必须从形形色色的敌人身边杀出重围，树立自己的旗帜。在这里是谈不到宽容的！

他的一生就是以俄罗斯民族不被承认的、受压制的生活的名义，向彼得的俄罗斯，向彼得堡时期提出的无条件抗议。他的雄辩才能比不上霍米亚科夫，他也不是伊万·基列耶夫斯基那样的诗人式思想家，但是他可以为自己的信仰走进法场，走上断头台，而言语后面有了这点精神，它们就具备了惊人的说服力。他在40年代初大力宣传农村共同体、村社和劳动组合。他使哈克斯特豪生[①]懂得了这一切，而且天真地身体力行，自己首先把裤腿塞进靴筒，穿上了斜领短衫。

"莫斯科是俄罗斯民族的首都，"他说，"彼得堡只是皇帝的驻跸地。"

"请您注意，"我回答他，"它们的区别究竟多大：在莫斯科，我

---

① 哈克斯特豪生 (1792—1866)，德国经济学家，1843 年在俄国游历，并写了论俄国土地使用制度的书。

们得关进拘留所，在彼得堡，我们则被送进要塞的禁闭室。"

"阿克萨科夫终其一生都是热情洋溢、光明磊落的小伙子；他容易激动，也容易使人激动，但他的心永远是纯洁的。1844 年，我们的争吵达到了顶点，不论是斯拉夫派还是我们，大家再也不愿见面，一天，我在街上步行，康·阿克萨科夫坐了雪橇经过。我友好地向他鞠躬，他本想掉头不顾，但突然喊住车夫，下了雪橇，向我走来。

"他说：'我见了您不理不睬，扬长而过，这会使我非常痛苦。您明白，自从您的朋友和我的朋友之间发生了那一切以后，我不便再去看您。这非常可惜，但是没有办法。我希望与您握握手，互相告别。'他快步走回雪橇，但蓦地转身回来，我站在原地，心里很忧郁；他扑到我身上，搂住我紧紧亲吻。我不觉流下了眼泪。在这个彼此失和的时刻，我多么爱他哟！"①

这里说的争吵是我讲过的那种论争的结果。

格拉诺夫斯基与我在原则上不让步，但还能与他们勉强和睦相处；我们没有把不同意见当作个人问题。别林斯基的偏激和狂热却使他走得更远，他的责备是辛辣的。他从彼得堡写信给我道："我天生是犹太人，不能与非利士人②同桌吃饭……格拉诺夫斯基想知道，我读过他在《莫斯科人》上的文章没有？没有，而且也不想读。你对他说，我不爱在肮脏的地点与朋友们见面，也不想在那儿与他们约会。"

但斯拉夫派也对他大肆攻击。《莫斯科人》对别林斯基怀恨在心，对《祖国纪事》的声望和格拉诺夫斯基讲学的成就也十分恼火，

---

① 见《警钟》第 90 期。——作者注
② 《圣经》中记载的与犹太人对立的古代民族；"非利士人"又有市侩、庸人等意义。

因此不择手段地为自己辩护，它特别不能宽恕别林斯基，直截了当地把他说成一个危险人物，破坏分子，"喜欢观赏火灾的人"。

然而，《莫斯科人》主要是大学中斯拉夫派学究的喉舌。这一派人不仅可以称作大学派，在某种程度上也可以称作政府派。这是俄国文学界的一大新奇现象。我们的奴才们不是默不作声，贪赃枉法，不通文墨，便是一边诋毁别人的文章，一边却在效忠君主制的竖琴上大弹赞歌。

布尔加林和格列奇①不能作例子：他们骗不了谁，谁也不会把他们的奴才帽徽当作识别他们的意见的标志。波戈金与舍维廖夫这两位《莫斯科人》的编辑先生却恰恰相反，是真心诚意的奴才。舍维廖夫不知是为了什么，可能是受了他的一位祖先的感化，这位祖先在伊凡雷帝时期虽经严刑拷打仍口唱赞美诗，就差没有恭祝暴虐的老皇上万寿无疆了。至于波戈金，那是出于对贵族的憎恨。

历史上，思想家与政府合作的事是有的，但这只是在政府起进步作用的时候，例如彼得一世时期，或者当它在保卫祖国的时候，例如 1812 年，或者当它在医治战争的创伤，使它得到休养生息的时候，如亨利四世②时期，也可能在亚历山大二世时期③。但是选择俄国专制统治最没有生气、最缺乏远见的时代，企图以沙皇老爷作靠山，反对贵族个人的胡作非为，而这贵族又是同一沙皇政权所扶植和支持的——这做法本身就是荒谬而有害的。

有人说，忠于沙皇政府，取得它的保护，就可以更大胆地宣讲

---

① 这二人都是当时的反动文人，著名的杂志编辑。
② 1594 至 1610 年的法国国王，也是波旁王朝的第一代君主，当时法国正处在胡格诺战争之后，国内民生凋敝，矛盾重重，亨利四世不得不全力整顿，使它摆脱危机。
③ 写于 1855 年。——作者注（这年尼古拉一世去世，亚历山大二世登基。）

真理。然而为什么他们不讲呢?

波戈金作为教授是有益的;俄国历史学已被卡切诺夫斯基[1]糟蹋得一无所有,现在波戈金给这片废墟带来了新的力量和并不全新的海雷恩[2]。但是作为一个作家,他没有多大意义,虽然他什么都写,甚至还用俄文写过《葛兹·封·贝利欣根》[3]。他那生硬晦涩的文句,那种耳朵残缺、肌肤不全、思想夹生的粗糙表现手法,从前不知怎么感染了我,我模仿他的笔法写过一篇《韦特灵君旅行笔记》。学区总监斯特罗戈诺夫看后说道:

"波戈金看了,也一定会以为是他自己写的呢。"

舍维廖夫当了教授,可是大概什么也没干成。至于他的文学论文,我简直想不起其中有丝毫独创的思想,独立的见解。然而他的文体却与波戈金的截然不同:浮夸空洞,像一块海绵,一块忘了加苦杏仁的没有凝固的奶油杏仁冻,不过在他那层糖浆下还是潜伏着大量苦涩的、自命不凡的怨恨。读波戈金的文章时,你老是以为他在骂街,不免要抬头打量一下,屋里有没有夫人在场。读舍维廖夫的文章,却总觉得恍恍惚惚,像做梦一样。

提起莫斯科杂志界这一对难兄难弟的文章,不免要想起盖奥尔格·福尔斯特[4],他是库克在桑威奇群岛[5]的著名伙伴,也是罗伯斯

---

① 卡切诺夫斯基对俄国历史持怀疑主义态度,因此作者这么说。

② 海雷恩(1760—1840),德国历史学家,著有《论古代世界各主要民族的政治、联系及贸易》。这里指波戈金关于该书的讲演录。

③ 指波戈金翻译的歌德的剧本《铁手骑士葛兹·封·贝利欣根》。

④ 福尔斯特(1754—1794),德国博物学家和探险家,曾随同英国著名航海家库克船长作环球航行。他同情法国大革命,因此在1793年又曾代表德国共和派革命家到巴黎活动,后来德国革命失败,他便留在巴黎。

⑤ 夏威夷群岛的旧称。后面的塔希提岛也是太平洋中的岛屿。

庇尔在统一而不可分割的共和国①国民议会中的同志。这人在维尔诺担任植物学教授时，听到波兰语有这么丰富的子音，想起塔希提岛的那些同伴几乎只用元音讲话，便说："如果把这两种语言混合起来，那将产生多么响亮而流畅的语调啊！"

然而，《莫斯科人》的这一对孪生子尽管文笔拙劣，仍不怕丢丑，不仅向别林斯基挑衅，还攻击格拉诺夫斯基的学术讲演。不幸的是他们总是那么不知轻重，以致激起了所有正直人士的反对。他们谴责格拉诺夫斯基热衷于西方的发展，热衷于某种思想方式，而尼古拉正是为了要"纠正"这种思想方式才把人们套上锁链，流放到涅尔琴斯克的。

格拉诺夫斯基接受了他们的挑战，以勇敢而正直的反驳迫使他们羞愧得无地自容。他从讲台上公开责问挑衅者：为什么他应该憎恨西方，如果他憎恨它的发展，为什么他还要在讲台上讲演它的历史？格拉诺夫斯基说："有人责备我把历史只是作为阐述我的观念的手段。这在某种程度上是正确的，我有信仰，并把它们注入了我的讲演中；如果我没有这些信仰，我就不会站在各位面前，对古往今来的历史事迹作多少引人入胜的叙述了。"

格拉诺夫斯基的回答如此简单，如此英勇，他的讲演又如此动人，使斯拉夫派的腐儒学究噤若寒蝉，而他们的年轻一代却像我们一样热烈鼓掌。讲学结束后，甚至有人试图从中斡旋。我们设宴款待格拉诺夫斯基，祝贺他讲演成功。斯拉夫派想与我们一起参加，推派尤·萨马林做主持人（我们这边是推我做主持人）。宴会是热烈的，大家频频敬酒，不仅融洽无间，而且不断干杯；结束时，我

---

① 法国 1793 年的宪法规定法国为"统一而不可分割的共和国"。

们与斯拉夫派举行了俄国式的拥抱和接吻。伊·瓦·基列耶夫斯基只是要求我把我姓中的 e 换成 ЬI，他说，这样听来更多些俄国味。但舍维廖夫连这一点要求也没有，相反，抱住了我，用自己的尖嗓子一再说："他有 e 也好得很，他有 e 也像俄国人。"双方对和解都开诚布公，心口如一，但是自然，这并不妨碍一星期后我们的距离变得更远。

一般说来，和解只有在不需要和解的时候才是可能的，这就是说，双方的仇视已经消失，或者意见已经接近，彼此见到时已没有什么可争论了。否则，一切和解只能是互相削弱，使双方都失去鲜明的色彩，变得暗淡无光。我们的凯纳甲湖协议①不久即表明是一次失败的尝试，战斗以新的威力重又爆发了。

从我们这方面说，我们无法约束别林斯基。他从彼得堡给我们送来了严厉的通牒，把我们革出教门，断绝往来；他在《祖国纪事》上发表的文章更加凶险。最后，他庄严地指出了斯拉夫派的各种"花招"，一再责备我们："瞧，你们活该！"我们都低下了头。别林斯基是正确的！

一个曾经受到爱戴的诗人②，由于体弱多病变成了虔信者，又由于亲属关系参加了斯拉夫派，他想伸出垂死的手攻击我们，不幸他还是选择了警察的皮鞭。在题为《我们的对立面》的一本诗集中，他把恰达耶夫称作东正教的叛教者，把格拉诺夫斯基称为腐蚀青年的冒牌教师，我则是穿着漂亮的仆役制服，匍匐在西方科学面前的

---

① 凯纳甲湖在今保加利亚。1768 至 1774 年俄土战争结束时，两国在此签订凯纳甲湖条约，结束了长达六年的战争。

② 指俄国诗人亚济科夫（1803—1846），他年轻时曾是普希金、雷列耶夫等的朋友，享有一定声誉，后来倾向斯拉夫主义，攻击西欧派。他与霍米亚科夫是姻亲。

奴才，我们三人都是祖国的叛徒。当然，他没有指名道姓——这是朗诵的人加上的，这些人带了这本告密的诗集，起劲地从一个客厅走到另一个客厅。康·阿克萨科夫出于义愤，也用诗回答了他，痛斥了这种恶意中伤，同时把那些假借基督名义、充当宪兵角色的形形色色的斯拉夫派分子，也称作"我们的对立面"。

这情况使我们之间的关系大为恶化了。诗人的名字，一位朗诵者①的名字，跟他往来的朋友，为诗人摇旗呐喊的人们，这一切都使我们感到愤愤不平。

我们的争论几乎酿成大祸，使代表两边的两个最纯洁、最优秀的人物丧生：格拉诺夫斯基与彼·瓦·基列耶夫斯基相持不下，立即形成了决斗的局面，多亏朋友们从中调停，始告无事。

处在这种状况中，舍维廖夫对格拉诺夫斯基讲学所取得的巨大成绩，怎么也不甘心认输，企图在他本人的领域中打败他，也宣布了公开讲学的消息。他讲的是但丁，是艺术中的民族性，科学中的东正教精神等等。听众很多，但反应十分冷淡。他有时也有创见，这得到了充分的评价，但总的说来，效果很差。只有一次讲演给我留下印象，因为这次他讲了米什莱②的著作《人民》和乔治·桑的小说《魔沼》，生气勃勃地接触到了当前的现实问题。吹嘘东方教会的神学作家，颂扬俄国的希腊教堂，那是很难博得同情的。在舍维廖夫特别卖力赞美东正教会时，通常只有费奥多尔·格林卡和他的夫人③，那位写过《论圣洁少女的乳汁》的叶夫多基娅，谦恭地低垂

---

① 即前面提到过的那个"因普希金的讽刺诗从反面名噪一时"的维格尔。

② 米什莱（1798—1874），法国著名历史学家。

③ 格林卡（1786—1880），俄国诗人，十二月党人，1826年被流放，后赦回。他的妻是专写宗教性作品的女作家，《论圣洁少女之乳汁》系指她的《圣母传》。

着双目，坐在第一排上。

舍维廖夫的讲学之所以失败，与他的文章相同，是由于他攻击的那些思想、书籍和人物，正是我们不惜冒坐牢危险加以保护的。

然而，"不论怎样开动脑筋，寻找窍门"，他仍不能为《莫斯科人》打开局面。要把一份论战性杂志办得生动活泼，必须具备时代感，那种灵敏锐利的触觉，能把激动社会的一切立即反映在刊物上。《莫斯科人》的编者完全缺乏这种敏感性，无论他们怎样大谈可怜的涅斯托尔①和可怜的但丁，②他们最终仍不得不相信，在这个人心不古的时代，不论波戈金那种斩细剁碎的句子，舍维廖夫那种唱歌一般从容的辩才，都毫无用武之地。他们考虑再三，决定把主编职务让给伊·瓦·基列耶夫斯基。不仅从智力和才能的角度看，而且从财务的角度看，基列耶夫斯基都是最合适的人选。我自己在这世上就最乐意与基列耶夫斯基做交易。

为了使读者对他的理财哲学有个概念，我讲下面一则小故事。他办了个养马场，马是运到莫斯科后估价出售的。一天，一个青年军官来买马；他非常中意一匹马，马夫看出了这一点，便抬高价格；经过磋商，军官同意了，去见基列耶夫斯基。基列耶夫斯基收了钱，查了价目，对军官说，这匹马定价是八百卢布，不是一千卢布，马夫大概弄错了。骑兵军官听了简直不敢相信，要求再看一下马；看过马以后，他推让道："马无疑是匹好马，只是主人不好意思多收钱……"哪儿还能找到更好的编辑呢？

他热心办事，花了不少时间，还为此迁居莫斯科，但是他的才

---

① 涅斯托尔（约1056—1113），基辅山洞隐修院修士，俄国最早的历史学家之一。
② 指《莫斯科人》上不断刊载的关于俄罗斯古代史的材料，以及但丁的《神曲》等。

干无济于事。《莫斯科人》不能回答社会上普遍关心的任何一个现实问题，因此，除了自己的小圈子，找不到其他读者。失败一定使基列耶夫斯基非常伤心。

在第二次的挫折之后，《莫斯科人》再也无法重整旗鼓。斯拉夫派自己也明白，靠这条船是走不远了。他们开始考虑另办其他刊物。

但这一次胜利的也不是他们。舆论完全倾向我们一边。在漆黑的深夜，当《莫斯科人》沉没，《灯塔》①不能再从彼得堡向它发出亮光的时候，别林斯基以自己的鲜血哺育大了《祖国纪事》又把它的过继儿子②抚养成人；他赋予了二者巨大的生命力，使它们在今后几年内，单靠几个校对员和排印工，几个文学界的税吏和出版界的罪人，③便能继续自己的道路。别林斯基的名字已足以使两家店铺门庭若市，并把俄国文学界的精华集中到他参与工作的编辑部中。可是在这同一时期，基列耶夫斯基的才华，霍米亚科夫的亲身参与，都不能为《莫斯科人》打开销路，找到读者。

就在这时，我退出战场，离开了俄国。双方的争执又爆发过一次④，但 1848 年的大事把一切问题都改变了。

尼古拉死了；新的生活使斯拉夫派和我们跳出了内讧的圈子，

---

① 1840 至 1845 年在彼得堡出版的月刊，它完全站在官方立场上攻击一切进步事物。

② 指《现代人》。《现代人》于 1836 年由普希金创办，普希金死后由于编辑不善，每况愈下，读者寥寥。1847 年在别林斯基的支持下，涅克拉索夫和帕纳耶夫接办了这杂志。

③ 这里"税吏"和"罪人"指普通人和小人物，出自《圣经》。

④ 康·卡韦林的文章和尤·萨马林的答复。关于此事，见《论俄国革命思想的发展》。——作者注
　康·卡韦林是当时的自由派政论家，1847 年在《现代人》上撰文攻击斯拉夫派。萨马林随即在《莫斯科人》上进行反击。

我们向他们伸出了手，但是他们在哪里呢？都去世了！连康·阿克萨科夫也去世了，这些"比许多自己人更为亲密的对立面"已永远离开了我们。

生活不是轻松的，它使人像秋风中的蜡烛一样烧化了。

当我初次写这一章时，他们还全部活着。那么这一次让它用下面这几行来结束吧，它们是安葬阿克萨科夫时我写的悼词中的几段话。

"基列耶夫斯基弟兄、霍米亚科夫和阿克萨科夫尽了自己的责任；他们的一生有长有短，但在闭上眼睛的时候，他们都可以问心无愧地说，他们已做了他们要做的事；如果说，他们未能拦住彼得发出的那辆军用三驾马车，以致比龙仍得安坐车中，驱使车夫把车子驶进麦田，碾死百姓，那么，他们已唤醒了迷惘的舆论，迫使一切严肃的人不得不进行严肃的思考了。

"俄国思想界的转折点是从他们开始的。当我们说这句话的时候，我们应该不致被怀疑为有什么偏心吧。

"是的，我们与他们是对立的，但这种对立与众不同。我们有同样的爱，只是方式不一样。

"从早年起，一种强大而无法克制的、生理性的炽烈感情，已在他们和我们的心头诞生；他们认为这是往事的返照，而我们认为这是未来的先兆；这是一种无边无际的、笼罩着整个生命的爱，对俄国人民、俄国生活方式、俄国思想气质的爱。我们像伊阿诺斯或双头鹰，朝着不同的方向，但跳动的心脏却是一个。

"他们把全部的爱，全部的温情，献给了被压迫的母亲。我们则是在外边长大的，因此这种纽带削弱了。我们由法国家庭女教师哺育成人，很迟才知道，我们的母亲不是她，而是受尽欺压的农妇，我们还从容貌的相似上意识到了这一点，并且觉得，她的歌声比法国喜剧更为亲切悦耳；我们非常爱她，但是她的生活太狭隘了。在她的小屋中，我们感到窒息：那儿只有圣像上那银质的衣饰和发黑的脸，那喃喃祈祷的神父和教士，这些人只能使遭受士兵和文书折磨的不幸妇女戅觫不安。她为失去的幸福发出的永恒哀泣，撕裂着我们的心。我们知道，她没有欢乐的过去；我们也知道，她的幸福是在未来。她的腹内孕育着一个胎儿，他是我们的弟弟，我们不要红豆，就愿意把长子权出让给他①。至于目前：

> 母亲哟，母亲，放开我吧，
> 让我在荒山野岭上漫步！②

"十五年前，我们的家庭纠纷就是这样。现在时光过去很久了，我们遇到山妖拦住了去路，他们碰见的也不是木乃伊世界，而是俄国的现实问题。我们的账是算不清的，谁也没有权利说自己绝对正确；时间、历史和经历使我们走到一起，不是为了让他们把我们拉过去，也不是为了让我们把他们拉过来，而是为了使我们在今天比当年在杂志上激烈鏖战的时候更接近真理，何况即使当年，我也不记得我们曾怀疑过他们对俄国的热爱，或者他们曾怀疑过我们。

"这种相互的信任，这种共同的爱，使我们有权向他们的坟茔

---

① 出自《圣经》的故事：雅各之兄以扫因腹饥难忍，向雅各索取红豆汤吃，雅各乘机索取长子权。以扫即以长子权卖给雅各，换了红豆汤，见《创世记》第二十五章。
② 引自席勒的诗《山地射手》。

俯首哀悼，给安息在墓中的人们撒上我们的一撮黄土，对着他们发出神圣的祝告：但愿在他们的墓上和我们的墓上，生长出一个繁荣昌盛的年轻的俄国！"①

---

① 见 1861 年 1 月 15 日《警钟》。——作者注

第三十一章

父亲的去世——遗产——分产——两位外甥

　　1845 年底起，我父亲的精力一天不如一天；他衰老了，自从参政官死后，这特别明显。参政官的死完全符合他一生的规律，是猝然发生的，差点没倒在马车上。1839 年的一个晚上，他照例在我父亲这儿闲坐；他刚从一个农业学校出来，身边带着一件农业机器的模型，据我看，他对使用这机器其实没有多大兴趣。到了十一点钟，他回家了。

　　他在家中照例要吃一点东西，喝一杯红葡萄酒。这天他不想喝，对我的老朋友卡洛说，他很疲倦，想早些睡，卡洛可以走了。卡洛帮他脱了衣服，把蜡烛放在床头，便离开了房间。他刚回到自己屋里，脱下燕尾服，参政官打铃了，卡洛赶到，老头儿已躺在床边死了。

　　这件事使我父亲极为震动和害怕，他的孤独感加深了，可怕的事即将临到他的头上：三位兄长已相继去世。他变得更加忧郁，虽然照旧掩饰自己的感情，扮演冷漠的角色，但是肌肉松弛了——我故意说"肌肉"，因为他的头脑和神经直到去世一天仍是完好的。

1846年4月，老人脸上开始出现了死亡的征兆，眼光没有神，人一天天消瘦，他常常伸出手对我说：

"只要剥下这层皮，就完全是一具骷髅了。"

他的声音变轻了，讲话慢条斯理，但头脑、记忆力和性格仍如往常一样，依然喜欢冷嘲热讽，总是对一切不满，火气大，任性。

他死前十来天，一个老朋友问他："战后我国在都灵的代办是谁，您记得吗？您在国外是一直知道他的。"

老人一下子就想到了，答道："谢韦林①。"

5月3日我去看他，他已躺在床上，脸颊烧得红红的，这是以前几乎从未有过的。他心情烦躁，抱怨不能起床；后来吩咐给他贴水蛭，进行这手术时，他照旧讲些讥刺的话。

"哦！你在这里。"他说，仿佛我刚才进屋。"亲爱的朋友，你还是上哪儿散散心吧，这个场面太没趣味——看一个人怎么土崩瓦解，这不能给你什么快乐！喂，你先给小厮十戈比酒钱。"

我在口袋里掏了好久，最小的是二十五戈比的银币，我想给他，病人看到了，说道：

"你真叫人不喜欢；我对你说：十戈比。"

"我没有十戈比的钱。"

"把写字台上我的钱袋拿来。"他找了半天，找到了一个十戈比硬币。

我父亲的外甥戈洛赫瓦斯托夫来了，老人不再说话。戈洛赫瓦斯托夫想找个话题，就说他刚从总督那儿来。病人一听这话，就像敬礼似的把手指伸到黑丝绒软帽边上碰了一下。我研究过他的每一

_____

① 谢韦林 (1792—1865)，俄国外交家，普希金在阿尔扎玛斯社的朋友。

个动作，因此马上明白这是什么意思：戈洛赫瓦斯托夫应该说"刚从谢尔巴托夫 [1] 那边来"。

"您想想，多么奇怪，"外甥继续道，"他发现了结石病。"

"总督发现生了结石病，这有什么奇怪的？"病人慢吞吞地问。

"怎么不奇怪，舅父，他七十多岁啦，才第一次发现有结石病。"

"那我呢，我虽然不是总督，但也多么奇怪，我七十六岁啦，才第一次快要死了。"

他确实感到了情况严重，正因为如此，他的讽刺带有阴森可怕的气息，让人听了觉得既好笑，又有些毛骨悚然。他的听差总是晚上向他报告家中一切琐事，一天对他说，运水的马颈轭坏了，得买新的。

"你真古怪，"父亲回答道，"人家快死了，你却跟他谈颈轭。再等一两天吧，等你把我抬进客厅，放在桌上，那时再向他（他指指我）报告，他不单会让你买颈轭，还会让你买根本不必要的马鞍和缰绳呢。"

5月5日，他的热度升高了，脸也变得更瘦更黑了，显然，老人体内的虚火正在消耗他的精力。他讲话极少，但神志完全清醒；早晨他要喝点咖啡和肉汤……还常常吃些鸡汁什么的。到傍晚，他叫我去，说道：

"完了。"一边把手像军刀或镰刀那么在被上一挥。我把他的手按在嘴上，手是火烫的。他想说什么，开了个头……但什么也没说，最后道：

---

[1] 当时的莫斯科总督。

"唉，可你知道。"于是转脸瞧着站在床的另一边的格·伊^①。

"真难受。"他对他说，把困倦的目光停留在他身上。

格·伊是我父亲那时的代理人，他为人非常正直，比任何人更得到我父亲的信任。他俯下身子对病人说道：

"您直到现在所使用的一切方法，都证明是无效的，依我看，您是不是该换一种药呢？"

"换什么药？"病人问。

"您看要不要请神父？"

"啊，"老人说，回头对我道，"我还以为格·伊真的要劝我换一种药呢。"

接着他便睡熟了，直到第二天早晨才醒，这应该是昏迷。一夜中，疾病惊人地恶化了，弥留的时刻已到，我在九时派人骑马去请戈洛赫瓦斯托夫。

到了十点半，病人要求穿衣。他脚既站不稳，手也拿不动什么，但立刻发现，扣紧裤子的银扣环少了一颗，吩咐立即把它取来。穿好衣服后，他由我们扶着，走进他的书房。那儿有舒适的大安乐椅和狭小的硬卧榻，他吩咐让他坐在卧榻上。他含糊不清地说了几句不连贯的话，但过了四五分钟，他睁开眼睛，遇到了戈洛赫瓦斯托夫的目光，却问他：

"怎么这么早就来了？"

"舅父，我正好在这儿附近，"戈洛赫瓦斯托夫答道，"因此拐进屋里看看您的病好些没有。"

老人笑了笑，似乎是说："你骗不了我，亲爱的朋友。"然后他

---

① 指格·伊·克柳恰廖夫，代理赫尔岑家经济事务的人。

要他的烟盒，我把它递给他，打开了盒盖，但他不论怎么使劲仍合不拢手指，抓不起一撮烟末。这仿佛使他很吃惊，他向周围瞧了瞧，这时乌云又遮没了他的头脑，他说了几句听不清的话，接着问道：

"喂，那种用管子通过水吸烟的家伙叫什么啊？"

"水烟筒。"戈洛赫瓦斯托夫回答。

"对，对……我的水烟筒。"但没能说完。

这时，神父已带着圣餐恭候在门外，那是戈洛赫瓦斯托夫安排的，他大声问病人，愿不愿接待神父；老人睁开眼睛，点了点头。克柳恰廖夫打开门，神父走进屋子……我的父亲又陷入了昏迷状态，但神父拖长的话音，尤其是神香的气味，惊醒了他，他画了个十字，神父跨上一步，我们退到后面。

仪式结束后，病人看见利文塔尔大夫在认真写药方。

"您在写什么？"他问。

"给您开药方。"

"什么药方，是麝香还是什么？您怎么不害羞，您还不如开些鸦片，好让我死得舒服一些……扶我起床，我想坐在椅上。"他对我们说。这是他还能说得连贯的最后几句话。

我们抬起垂死的他，让他坐在安乐椅上。

"把我移近桌子。"

我们把他推到桌边。他用无神的目光看看大家。

"这是谁？"他问，指指马·卡①。我讲了姓名。

他想用手支头，但抬不起手，它像没有生命似的掉在桌上；我让他靠在我的手上。他用困倦而痛苦的目光瞧了我两次，好像要我

---

① 指马·卡·埃恩 (1823—1916)，赫尔岑家的友人，1847 年随赫尔岑一家一起出国。

帮他什么，脸上的表情越来越安详，平静……他喘了口气，又喘了口气，头便沉重地倒在我的手上，开始冷却……室内死一般的沉静保持了几分钟。

这是 1846 年 5 月 6 日，大约午后三时。

他葬在处女修道院，葬礼是隆重而盛大的。两户由他解放的农民，从波克罗夫村赶来抬棺木；我们跟在后面；火炬，唱诗班，神父，修士大祭司，主教……那震惊心灵的声音："在天上安息吧"，然后是坟墓，泥土沉甸甸地落在棺材盖上——老人漫长的一生就这么结束了，而生前他把家庭的统治权牢牢掌握在手中，像大山一样压在周围人的头上，现在他的影响蓦地消失了，他的意志不再被考虑，他本人也没有了，无影无踪了！

坟墓堆上了土，神父和教士被请去用膳，我则告辞回家；马车分别驶走了，乞丐挤在修道院大门口，农民三三两两站着，擦脸上的汗。这些农民我全都熟识，我向他们一一告别，道谢，然后坐车走了。

我父亲临终前，我们几乎已全部从那幢小房子迁进他住的大公馆了；在开头忙乱的三天中，我没有留心这儿的一切，这是很自然的，现在安葬回来，心情却有些异样，觉得很不自然。在院子里，在前室中，我遇到的男女仆役都向我要求庇护和关照（原因何在，我马上会说明）；客厅中点着神香，我走进父亲的卧室，他的床已经搬走，门开着，可是这么多年来，不仅仆人，连我走进这扇房门，也得小心谨慎、轻手轻脚呢。一个使女在墙角拾掇一张小桌子。一切都在等待我的安排。新的处境使我感到厌恶，屈辱；这一切，这房屋之所以属于我，只是因为一个人死了，而这个人是我的父亲。我总觉得，这是一种粗暴的侵占，包含着某种不正当的性质，仿佛是对死者的掠夺。

遗产本身含有深刻的不道德成分：对失去的亲人理所当然的悲哀被它歪曲了，变成了对他的财物的占领。

幸好我们避免了另一个丑恶的后果——在棺材旁边野蛮地、不顾脸皮地争吵和分赃。全部家产只花了两个来小时便分好了，谁也没有冷言冷语，谁也没有提高嗓门，分手时大家客客气气，彼此更为尊重。这件事主要应该归功于戈洛赫瓦斯托夫，它值得我在这儿谈几句。

参政官生前与我父亲共同订了一份遗嘱，彼此作祖传领地的继承人，并在最后把它传给戈洛赫瓦斯托夫。我父亲把自己的一部分田庄卖了，这笔钱指定归我们所有。后来他把科斯特罗马省的一小片庄园给了我，这是由于奥莉加·亚历山德罗夫娜·热列布佐娃的坚决要求才这么办的。这庄园现在仍由政府扣押着，但它事先没有问过我，我是否打算回国，因此这是违法的。参政官死后，我父亲出售了他在特维尔省的领地。在我父亲本人的祖传领地能抵偿他所出售的他哥哥的领地时，戈洛赫瓦斯托夫没有作声。后来我父亲想把莫斯科附近的庄园给我，并要我照他指定的数目付一部分钱给我的哥哥，还付一部分钱给其他一些人，这时，戈洛赫瓦斯托夫便提出，这不符合故世者的意愿，因为领地是指定给他的。老人在任何事上都容不得丝毫反对意见，尤其这计划他已考虑很久，因此认为是绝对正确的。他把外甥挖苦了一番，外甥便拒绝过问他的任何事，特别是当他的遗嘱执行人。争执起先十分激烈，以致他们断绝了一切来往。

这个打击对老人是沉重的。世界上所有的人，他真正爱的不多，而戈洛赫瓦斯托夫是其中一个。他是在他眼睛下长大的，全家都宠爱他，我父亲还极其信任他，经常把他当作我学习的榜样；可现在，这位"伊丽莎白姐姐的儿子米佳"①突然反叛了，拒绝服从他的安排，公然发表不同意见，这简直成了第二个"化学家"，在那儿用硝酸熏坏的手指擦着鼻子，向我父亲发出讥刺的目光和冷笑。

父亲虽然很生气，照例不露一点声色，只是避免谈到这位外甥，但显然变得更加忧郁和烦躁，牢骚也更多了，动不动便说，在这个"一切亲族关系分崩离析的可怕时代，尊敬长辈的古风旧习早已荡然无存，与那个太平盛世不可同日而语了"，他这指的应该就是以叶卡捷琳娜二世为一切伦理道德的代表的那个时代！

这场争执开始时，我在索科洛沃，对它几乎一无所知，但我回到莫斯科的第二天一早，戈洛赫瓦斯托夫就来找我了。这个大书呆子和形式主义者用文雅准确的语句把事情原原本本讲给我听，还说正为这事他才急于见到我，让我知道真相，免得听信别人的谣言。

"我不是白叫亚历山大的，"我跟他开玩笑道，"这个戈尔迪乌斯结我一下子就能给您解开②。不论怎样，您必须和解，为了消灭争执的根源，我可以老实告诉您，我绝对不想要波克罗夫村，单单那儿的林场已足够抵偿特维尔的领地了。"

戈洛赫瓦斯托夫有些不好意思，因此更不厌其烦地向我解释只消三言两语就能说清的道理。我与他分开时没有一点疙瘩。

过了几天，父亲在晚上自己谈到了戈洛赫瓦斯托夫。照他的习惯，他对某人不满时，总把这人说得一无是处。从我十岁起就被指

---

① 米佳是德米特里的爱称，他是赫尔岑的姑母伊丽莎白的长子，当时任莫斯科学区副总监，他的父亲就是在 1812 年去世的那个老戈洛赫瓦斯托夫。

② 戈尔迪乌斯是古代弗里吉亚的国王，他设计了一种结，宣布谁能解开这结就能征服亚洲。后来马其顿王亚历山大大帝便用剑把它一下子斩断了。

定为我的学习榜样的这个理想人物，这个模范儿子，这个标准兄长，这个全世界最好的外甥，这个彬彬有礼的君子，这个衣冠楚楚、从来连领结也打得不大不小的绅士，现在忽然被移到了照相底片上，亮的变了暗的，白的变了黑的。

但一下子变为破口大骂，未免太突然，失去了声调上由弱到强、色彩上由浅入深的各种过渡。我父亲是聪明人，不会干这种傻事。

"哦，对了，我一直忘了问你，你回来后，与德米特里·帕夫洛维奇（他平常是叫他米佳的）见过面吗？"

"见过一次。"

"怎么样，这位总监大人好吗？"

"不错，身体很健康。"

"你常与他见面，这很好；这种关系是应该一直保持的。我爱他，也一向爱他，他对这一切也当之无愧。当然，他也有缺点，一些极可笑的小毛病……不过只有上帝才没有缺陷呢。他官运亨通，所以就有些忘乎所以……真的，年纪轻轻，已挂上安娜勋章。再说，他的职务本来如此，监督官呢，到了学校就骂学生，打官腔，高高在上惯了……他训话，学生就得在下面洗耳恭听……于是他以为，跟一切人都可以用这种腔调说话。我不知道你发觉没有，甚至他的声音也变了。我记得，女皇在世时，普罗佐罗夫斯基公爵[①] 对传令兵就是用这种刺耳的声音讲话的。说起来好笑，他忽然跑来教训我了。我听了想：如果伊丽莎白姐姐在天上能看到这才好呢！她结婚那天，是我亲手把她交给帕维尔·伊万诺维奇的，可现在她的儿子却对我嚷嚷：'对，舅父，如果这样，您不如找阿列克谢·亚历

---

① 普罗佐罗夫斯基（1732—1809），叶卡捷琳娜女皇时期的俄军元帅。

山德罗维奇①，不要再来麻烦我。'你知道，我一条腿已经跨进棺材，要操心一大堆事，又有病，真是多灾多难的约伯②。可他当着我的面吵吵闹闹……这是什么世道啊！我知道，他训人训惯了……他什么也不想干，光爱在家里发号施令，跟村吏和管马厩的耍威风。至于他手下那班小公务员，见了他总是大人长大人短的！这就把他弄迷糊了……"

总之，正如路易－菲力普的画像那样③，面貌的逐步改变，使衰弱的老人终于变成了一只烂梨子。"模范的米佳"也逐步被改变色调，最后简直成了卡尔图什或谢米亚卡④。

等我父亲的画笔完成这一幅变形图的杰作之后，我把我与戈洛赫瓦斯托夫的谈话全部告诉了他。他仔细听完，皱紧眉头，然后一边继续不断嗅鼻烟，一边明确地对我说：

"很好，亲爱的朋友，你不要以为你决心放弃波克罗夫村，就可以把我难倒了……我不会恳求任何人，向他打躬作揖：'请收下我的庄园吧'，对你也不会。有人会要它的。大家反对我的计划，这叫我讨厌，我可以把一切捐给医院，病人会记住我的好处。不仅米佳，终于连你也要来教训我怎样支配我的家产了，可是薇拉⑤给你在木盆里洗澡的日子还不久呢，是吗？不成，我疲倦了，该告退

———————

① 即赫尔岑的堂兄"化学家"。

② 赫尔岑的父亲经常称自己为"多灾多难的约伯"。约伯是《圣经》中的人物。

③ 1834 年在法国出现了一组对路易－菲力普的讽刺画，一共四幅，每一幅都对路易－菲力普的相貌略加改变，最后使它变成了一只烂梨，但仍保持着路易－菲力普的特色。

④ 卡尔图什 (1693—1721) 是法国著名的强盗首领，谢米亚卡 (1420—1453) 是俄国封建主，后来他的名字被用来称呼一切残酷而不公正的法官。

⑤ 即薇拉·阿尔达莫诺夫娜。

了；我自己也得进医院啦。"

谈话就这么结束了。

翌日上午十一点钟，父亲派听差来叫我，这是极少有的，通常我在午餐前去见他，如果不与他一起吃饭，就在喝茶时跟他见面。

我进屋时，老人坐在书桌前，戴着眼镜，正在看什么文件。

"到这儿来，对，如果你可以分给我个把钟头时间……你就在这儿帮我整理一下各种字条。我知道你很忙，老是在做文章——文学家呢……有一次我在《祖国邮报》[①]上看见过你的大作，可惜一点看不懂，满篇深奥的术语。文学现在也变样了……从前写作的是杰尔查文，德米特里耶夫，现在是你了……还有我的表侄奥加辽夫。虽然，老实说，坐在家里写些小玩意儿，比整天在外乱跑，上雅尔饭店喝香槟好一些。"

我听着，怎么也不明白，蒙他这么关照的原因是什么。

"坐到这儿来，看看这份东西，讲一下你的意见。"

这是遗嘱和几份附件。从他的观点看，这是他所能给予的最大信任。

人的心理状态是奇怪的。在阅读和谈话的过程中，我发现了两件事：首先，他希望与戈洛赫瓦斯托夫和解，其次，他非常赞许我放弃领地的行为，事实上，正是从这时，即 1845 年 10 月起，直至去世，他不仅在一切场合表现了对我的信任，而且不时还跟我商量，有两三回甚至照我的意见办事。

如果谁昨天偷听过我们的谈话，他不知会怎么想？关于波克罗夫村的事，我父亲的回答我记得很清楚，我的记载没有改变他

---

① 《祖国纪事》之误。

一个字。

遗嘱的主要部分是简单明了的：全部不动产由戈洛赫瓦斯托夫继承，全部动产、资金和我母亲的几幢房屋，归哥哥和我两人平分。然而那些附件写在没有编号的各种纸张上，一点也不明确。他要我们，特别是要戈洛赫瓦斯托夫担当的责任，实在是非常棘手的。它们互相矛盾，而且意义含糊不清，这往往会引起荒谬的争吵和诉讼。

例如，其中一张写道："一切仆役，凡曾为余作过辛勤而忠诚之服役者，余一概允其获得自由，并托付尔等发给与其功劳相当之赏金。"

一份附件说，砖石旧宅归格·伊所有，另一份又把这屋子给了别人，只是指定给格·伊一笔钱，但根本没提到这笔钱是代替房屋的。根据一份附录，我的父亲留给一位亲戚一万银卢布，可是根据另一份附录，他分了一小块领地给那位亲戚的姐妹，要她付一万银卢布给她的弟兄。

应该指出，这些安排有一半我从前听他讲过，而且听到的不仅我一人。例如，他曾多次当我面谈到格·伊的房子，甚至还劝他搬进那儿居住。

我向父亲提议，请戈洛赫瓦斯托夫负责，与格·伊一起把这些附件归纳成一张总清单。

"当然，"他说，"米佳可以帮助我，可是他太忙呢。你知道，这些当官的……他哪有心思管我这个快死的舅父——他忙着视察学校呢。"

"他一定会接受的，"我说，"这件事与他关系太密切了。"

"我总是欢迎他光临的。只是我的头脑有时不太好，不能处理事情。米佳说话太啰唆，他一讲，我就累了，脑子都给他弄昏了。最好你先把这些文件拿给他，让他把自己的意见写在纸边上。"

过了两天，戈洛赫瓦斯托夫亲自来了。这个大形式主义者，对文件的混乱比我更加吃惊；作为古代语文学家，他这么概括他的意见："亲爱的，这是亚历山大大帝的遗嘱呢。"[1] 我的父亲碰到这类情况，照例加倍装起病来，旁敲侧击地讽刺了外甥一番，然后拥抱了他，把脸贴在他脸上，弄得外甥很感动，于是家族的坎波福尔米奥和约[2] 便正式签订了。

我们尽一切力量劝老人重新编订他的附件，综合成一份清单。他要自己动手，以致这事拖了六个月才完成。

财产分好后，自然就出现了一个问题：谁该解放，谁不该解放？至于赏金，我曾要求父亲指定数目，经过再三商讨，他定为三千银卢布。戈洛赫瓦斯托夫宣称，这屋里的仆人都是谁，工作怎样，他一概不知道，只得让我来遴选。我先把家中所有的仆役全部开列清单。哪知消息一传开，所有老几辈的仆人统统从四面八方赶来找我，他们当中男的下巴颏上留着没剃光的灰白胡髭，秃头，衣服破破烂烂，脑袋有气无力地摇晃着，手哆哆嗦嗦（这是二三十年酗酒的结果）；女的满脸皱纹，戴着阔皱边的包发帽。这些与我素昧平生的教子教女，他们的存在，我简直毫无印象。有些我根本没见过，有些想起来像做梦一样。最后还出现了一些人，这些人我确实知道从未在我家做过事，只是常年靠身份证在各地揽活干，还有些人在这儿帮过工，可不是在我家，是在参政官家，或者早已在村子里定居了。如果这些行走不便的老头儿，变得干瘪瘦小、皮肤发

---

① 马其顿王亚历山大大帝死前没有指定继位人，只是遗言由"最贤良的人"继位，这引起了极大的纷争。

② 坎波福尔米奥是意大利的一个地方，1797 年拿破仑战胜奥地利后，法奥两国在这里签订了和约。

黑的老太婆，想要解放证，那还好办；但问题恰恰相反，他们是打算在德米特里·帕夫洛维奇老爷这儿住到去见上帝呢，何况他们每人几乎都有一大群儿子女儿、孙子孙女。我再三考虑，琢磨来琢磨去，最后还是统统发给了他们证书。戈洛赫瓦斯托夫很清楚，这些不相识的人有一半从未帮我家干过事，但看了我的单子，吩咐全部照发解放证。我们签发证件的时候，他用手指搔搔头发，对我笑道：

"我看，我们恐怕把别家的人也放走了几个。"

戈洛赫瓦斯托夫也可算得是一种怪物，正如我父亲家所有的人一样。

我父亲的小姐姐嫁给了一位年老而非常富裕的俄国贵族帕维尔·伊万诺维奇·戈洛赫瓦斯托夫。戈洛赫瓦斯托夫家是古老的世袭贵族，从伊凡雷帝时起就在俄国历史上不时出现；在冒名为王者季米特里和帝位虚悬时期①，也能看到他们的名字。修士阿夫拉米·帕利岑②在谈谢尔吉圣三一大修道院被围的历史时，对德米特里·帕夫洛维奇的一位祖先作了不够谨慎的叙述，以致引起了他的愤怒，后来写了一篇长长的文章③进行反驳。

帕维尔·伊万诺维奇为人阴沉，吝啬，但非常正直，能干。我们已看到，1812 年他曾连累我父亲未能逃离莫斯科，后来又因中风

---

① 伊凡雷帝死后，鲍里斯·戈杜诺夫为了篡位，毒死了王子季米特里。1605 年戈杜诺夫死后，便陆续有人自称季米特里王子，在波兰人和哥萨克等的支持下，侵占莫斯科，自立为王。直至 1611 年，这些人才被肃清，开始了罗曼诺夫皇朝的统治。帝位虚悬时期即指这个时期。

② 17 世纪初的俄国修士，写过《波兰人及立陶宛人围攻谢尔吉圣三一大修道院记》，记载了该寺院对抗伪季米特里及外国侵略者的斗争。

③ 指帕夫洛维奇写的《谈 1608 至 1610 年圣三一大修道院之被围攻及 17、18、19 世纪历史家们对此事之记述》。

死在乡下。

他留下了两个儿子，一个女儿。他们跟着母亲住在特维尔大道的大公馆里，当年就是它的起火曾使老人大吃一惊[1]。有些严峻、吝啬和沉闷的性格从老人开始，一直传了下来。这个家中笼罩着一种深思、高傲和枯燥的气氛，他们表面上彬彬有礼，谦恭好客，又处处保持着自己的优越感，这一切归根结底是非常讨厌的。那些陈设富丽的大房间显得空空荡荡，太安静了。女儿总是默默坐着做活计；母亲通常躺在沙发上，她还保持着一些青年时代留下的美貌，年纪也还不太大，大约四十五六岁，但已开始生病。两人偶然交谈几句，声音拖得很长，与当时莫斯科一般夫人小姐们说话一样。十八岁的德米特里·帕夫洛维奇已像四十岁的男子。弟弟比他活泼一些，但几乎从来不待在家里……

……所有这些人都去世了……不过我还记得，当年那位母亲曾郑重其事地把一匹马和一辆车交给德米特里·帕夫洛维奇个人使用。当过他们的家庭教师的马尔沙尔，继布绍之后教过我课，这人是不错的，我的《谁之罪》中的约瑟夫[2]就是以他为原型的。

不论你怎么回避，怎么掩盖，怎么巧妙地解释生命、死亡、命运这些激动人心的问题，它们还是会带着坟头的十字架，带着死人脸上那龇牙咧嘴的、不合时宜的笑面对我们！

不过仔细思忖一下，你自己也会发觉，这是不能不笑的。就拿这两位弟兄的命运来说吧——想起他们，叫人纳闷的事太多了！

尽管他们从小在同一间屋子长大，有同一个家庭教师，同样一

---

[1] 见《往事与随想》第一卷第一章。——作者注
[2] 《谁之罪》中当过别尔托夫的家庭教师的瑞士人。

些老师，同样的生活环境，他们却截然相反，与他们相比，我父亲和参政官之间的不同简直算不得什么。

哥哥是淡黄头发，皮肤略带不列颠人的浅棕色，眼睛是浅灰的，不时眯成一条缝，说明他的内心毫无风波。随着年龄的增加，他的外表日益表现出充分的自尊心，那种心理上的自我满足。这时他不仅眯缝眼睛，连那外形相当动人的、与众不同的鼻孔也皱紧了。他的头发总有些卷曲，梳得整整齐齐；每逢讲话，他就用左手的中指搔鬓角，同时嘴边也总是露出一抹殷勤的微笑，这种笑来自他的母亲和拉姆皮①的叶卡捷琳娜二世画像。他的面庞端正，体格匀称，身材相当高，举动仔细稳重，脖子上的领结"从来不大不小"，这一切赋予他一种庄重的美；这是婚礼中的主婚人，名誉见证人，给优秀学生发奖状的授奖人，或者至少是前来祝贺圣诞节或新年的客人。但是对平时的日常生活而言，他未免打扮得太整齐了。

他的一生一帆风顺，青云直上，他的道德和成就也使他当之无愧。马尔沙尔为他的弟弟费尽心思，但对德米特里·帕夫洛维奇却赞美不止，绝对相信他的法文句法正确无误。确实，他讲的法语没有一丝差错，连法国人也自叹不如（大概因为他们从未意识到，熟知法语语法有如此重要的意义）。十四岁时，他已不仅参与管理庄园，而且为了练习文笔，还能把赫拉斯科夫②的《俄罗斯颂》全部翻译成法语散文。他的老父在九泉之下如果得知此事，一定会比"密安得河上的天鹅"更加高兴。但戈洛赫瓦斯托夫不仅法语和德语讲

---

① 奥地利画家。

② 赫拉斯科夫是俄国古典主义的重要代表之一，《俄罗斯颂》是他的主要作品，诗中主要描写 18 世纪两次俄土战争的情况，歌颂爱国精神。下面"密安得河上的天鹅"即引自该诗，密安得河在土耳其境内，即今大门得雷斯河。

得准确，不仅精通拉丁文，还讲得一口流利正确的俄语。

马尔沙尔认为他是模范学生，他的母亲也认为他是模范儿子，他的舅父认为他是模范外甥，当他被派到德米特里·弗拉基米罗维奇·戈利岑① 手下任职时，公爵又认为他是模范官员。但更重要的还是：这一切确实都是真的。奇怪的只是他……总使人感到缺少一点什么。他聪明，能干，博闻强记——那么还缺少什么呢？

这种个性，这种“圆滑”的智慧，这种清醒灵敏（在一定的广度和深度内）的头脑，我后来也屡次遇到。他们的议论四平八稳，不会越出规范一步，他们的行动更加稳健，从不离开平坦的大道；他们是自己的时代，自己的社会的真正的当代人。他们所讲的一切都是正确的，但他们最好能讲一些别的话；他们所做的一切都是无懈可击的，但他们最好能干一些别的事。他们通常是合乎道德的，但邪恶的力量在你耳边说道：“不过他们敢于违反道德吗？”德国人会把他们称为“理性的人”；这是英国的辉格党人（他们今天的天才和杰出代表是麦考莱②，从前是瓦尔特·司各特），这是道敦街隐士③的实用哲学和魏斯④的哲学理论的产物。这些先生的一切都是正确的，符合分寸的，合乎时宜的；他们循规蹈矩，爱好德行，回避罪恶；他们的言行举止带有夏天既不下雨又无太阳的阴霾日子的某种魅力，至于他们缺少的，那是无关紧要的，不值一提的，正如尼基塔沙皇的公主们一样……他

---

① 1820 至 1843 年的莫斯科总督。

② 麦考莱（1800—1859），英国著名历史学家，辉格党议会领袖，所著《英国史》以文字优美、内容翔实著称。

③ 法国作家埃蒂安纳所著同名小说中的人物。

④ 魏斯（1801—1866），德国哲学家，主张一神论思辨哲学，反对黑格尔学派。

也缺少那个，[①]

而缺少了那个，其余一切就不足称道了。

戈洛赫瓦斯托夫的弟弟生来瘸腿，单单这一点已使他无从效法哥哥的古典式姿态和凡尔赛步法。而且他的头发是黑的，眼睛也又大又黑，从来不会眯成一条缝。这年轻力壮的漂亮外表便是他的一切；内心蕴藏的则是不受约束的情欲和杂乱无章的观念。我的父亲从不把他放在眼里，每逢对他特别不满的时候便说：

"造化对人的捉弄真是有趣，你瞧，尼古拉的肩膀上，"于是老人耸耸自己的肩膀，"却生了一个波斯国王的脑瓜！"

他的哥哥一生可说一分钟也闲不住，总是在做着什么，尼古拉·帕夫洛维奇一生却绝对什么也不干。年轻时他不读书；到了二十三岁，他已结婚，而且结婚的方式非常别致，那是私奔。他爱上的是一个平民出身的穷姑娘，她具有格勒兹式[②]的迷人脸型，可爱得像最精美的塞夫尔瓷像[③]。他要求母亲允许他与她结婚，这是毫不奇怪的。但母亲充满贵族的偏见，认为她的儿子至少应娶一位鲁缅采夫或奥尔洛夫家[④]的小姐做妻子，还得有沃罗涅日或梁赞省的一大片领地做嫁妆才成，她当然不同意。但不论哥哥怎样劝他，舅父和姑母们怎样开导他，少女的一对秋波还是占了上风。我们的维

---

① 引自普希金的诗歌《沙皇尼基塔和他的四十个女儿》。诗中说，沙皇尼基塔生了四十个女儿，个个都美丽非常，但是"缺少了一点什么"，而这"一点什么"正是不可缺少的。原诗带有戏谑性质，在普希金生前未发表。

② 格勒兹（1725—1805），法国风俗画家及肖像画家，画有许多妇女头像，大多温柔美丽，借以表现资产阶级家庭的动人情景。

③ 法国塞夫尔市制造的瓷器，以质地精美闻名。

④ 鲁缅采夫和奥尔洛夫是俄国两个著名的贵族世家。

特看到无法改变亲人们的意志，就在一天夜间，把他的首饰匣和几件衣服，还有他的听差亚历山大，从窗口挂到地上，随后自己也爬出了窗口，让房门从里边倒锁着。第二天午后家人把门打开时，他已完成了结婚手续。这件秘密婚事使他的母亲气得一病不起，就此死了，把自己的生命献给了门当户对的礼教祭台。

在他们家里，从大瘟疫和普加乔夫时期起，就住着一位奥尔斯克要塞守备官的寡妻，这个老官太太耳朵聋了，嘴唇上生着一些胡髭，喜欢唠叨。那次惊人的出走，后来成了她与我闲谈的话题，她讲完后总要发一通议论："少爷，尼古拉·帕夫洛维奇小的时候，我就看他不会有一点出息，总是伊丽莎白太太的累赘。有一件事我一辈子也忘不了，他十二岁那年跑来对我说，笑得眼泪都流出来了：'娜杰日达·伊万诺夫娜，娜杰日达·伊万诺夫娜，快到窗口来看，您瞧，咱们的奶牛变得这样儿！'我到窗口一瞧，把我吓了一跳。少爷，原来几条狗把牛尾巴咬断了，可怜的牛，它从此就没了尾巴……这是蒂罗尔种牛呢……我实在忍不住了，对他说，你看到你妈妈的奶牛，你们的家私遭殃，还乐得这样，你怎么会有出息！从那时起我就知道他成不了材。"

从奶牛丢失尾巴得到的神奇启示，不久就应验了。哥儿俩分了家，小的花天酒地过日子。

大家记得，贺加斯[①]有一组画，对勤劳和懒惰的生活作了对照。勤劳者在教堂做祈祷，懒汉却在玩骨牌，勤劳者在家庭中读道德教条，懒汉却在喝酒等等。这对比正是我们的哥儿俩的写照，只是社会地位不同罢了。贺加斯的画中，一个人物从盗窃开始，最后走

---

① 贺加斯 (1697—1764)，英国著名画家，这里是指他的组画《勤劳与懒惰》。

上绞刑架，另一个一生从不寻欢作乐，最后是判处了朋友死刑。盗窃不是他的本性，不能怪他，只能怪他没有一个像伊丽莎白·阿列克谢耶夫娜那样的妈妈，给他在卡卢加省留下两千农奴和五十万现款。否则他就不会想方设法去干那种事，因为盗窃终究不是休息，倒是很不愉快的、非常危险的一种活动。

两兄弟分开后，就不遗余力地各干各的了。一个拼命想扩大家产，另一个则拼命挥霍。我不知道，德米特里·帕夫洛维奇夜以继日的努力，有没有使他的财产增加一百卢布，但尼古拉·帕夫洛维奇十年之后却确实欠了一百多万债。

母亲死后不久，德米特里·帕夫洛维奇安置了妹妹，即替她找了一个婆家，便上巴黎和伦敦游历去了；尼古拉·帕夫洛维奇则在莫斯科大显身手，舞会、酒宴、剧场成了他的生活中心。他的家从早上起就挤满了来吃精美早餐的酒肉朋友，美酒鉴赏家，青年舞蹈家，有趣的法国人和近卫军军官；那里整天酒筵不断，歌声不绝；他手面之阔绰有时竟超过了当地首屈一指的名流德·弗·戈利岑公爵和尤苏波夫王爵。

这时，独身的德米特里·帕夫洛维奇循规蹈矩地游历了欧洲，学会了英国的一切回国了。他脑袋里装着德文郡的农场和康沃尔郡的养马场，背后跟着英国驯马师，两头爪上长膜的、呆头呆脑的长毛纯种大纽芬兰狗。同时，播种机和簸谷机，不同寻常的犁和各种农业生产上的时新花样，也跟着他远渡重洋到了俄国。

德米特里·帕夫洛维奇忙着推行不适合我国土壤的四区轮作制，在东正教的牧场上种植三叶草，忙着给俄国父母生的马驹灌输英国式教育，忙着研究泰耶尔[①]的农艺学，而就在这时，尼古

————————

① 泰耶尔（1752—1828），德国农艺学家。

拉·帕夫洛维奇却干了一件我认为是他一生最坏最蠢的事：他不爱自己的太太了。仿佛他觉得舞会和酒宴还不足以使他尽早破产，他又养了一个唱戏的舞女，但毫无疑问，这个女人就连给他的太太系紧身胸衣的带子也不配。从这时起，一切便急转直下：他的家产被查封了，他的妻子哭哭啼啼，担心自己的命运，也担心孩子们的前途，最后着了凉，几天后便死了，这个家也完了。

德米特里·帕夫洛维奇看到这情形，怕自己的家产也落进弟弟的债务人手中，马上采取紧急措施：决定结婚。他小心翼翼，挑选了一位聪明能干的妻子；他的婚姻与狂热的爱情无关，这是为了传宗接代，好让祖宗留下的家业后继有人，不致落入外人手中。

哥哥的结婚使弟弟大为伤心。这件事完全出乎他的意料之外；看来，他们是注定要在婚姻大事上弄得彼此大吃一惊的。为了消愁解闷，他就加倍饮酒作乐。这种事不论进度如何缓慢，最后总要达到拍卖家产的地步。我想，弟弟的破产，德米特里·帕夫洛维奇是不会关心的，不过这里也涉及家族的体面，因此，他在两位舅父的支持下开始挽救弟弟了。他们先是收买各种过期票据，每卢布给四十戈比，就是说要把一大笔钱丢在水里，而且后来发现，这根本无济于事——期票太多了。这方面有个小插曲给我印象很深。分家时，母亲的钻石首饰分给了尼古拉·帕夫洛维奇；最后他把它们也抵押了。看到装饰过伊丽莎白·阿列克谢耶夫娜尊贵玉体的钻石，竟然要出售给商人的老婆，德米特里·帕夫洛维奇觉得不忍心，便向弟弟指出，他的行为荒谬绝伦。弟弟哭了，发誓改过自新。德米特里·帕夫洛维奇给了他一张自己的支票，让他向高利贷者赎回钻石。尼古拉·帕夫洛维奇要求把钻石交给哥哥保管，将来作为他的唯一遗产留给他的女儿。他赎回了钻石，预备拿给哥哥，但大概走到半路，他改变了主意，因为他没有去找哥哥，却找了另一个高利贷者，把它们重新抵押了。要是不知道当时参政官如何惊讶，德米特里·帕夫洛维奇如何烦恼，我的父亲如何大发议论，也就不会明白，为什么我对这件高度喜剧性的故事觉得如此好笑。

最后，一切办法都用尽了，庄园出售了，住宅也在等待买主，仆人遣散了，钻石也没有再度赎回，于是尼古拉·帕夫洛维奇吩咐砍伐莫斯科的花园，把木材拿来生炉子，但这时，那使他快活了一辈子的美好命运又一次搭救了他。他到别墅拜访一位堂兄，与他出外散步，正讲得起劲，蓦地站住，用手摸摸脑袋，倒在地上死了。

勤奋的德米特里·帕夫洛维奇在一生的最后几年，像辛辛纳图斯①一样丢下耕犁去管理莫斯科的学校共和国了。这件事是这么发生的。尼古拉皇上认为，皮萨列夫少将要大学生剪短头发已剪得差不多了，要他们扣上制服纽扣也很有成绩了，现在可以取消军事管理，把大学交给文官统治了。在从莫斯科返回彼得堡的路上，他任命了谢尔盖·米哈伊洛维奇·戈利岑公爵②为学区总监——根据什么理由，这很难说，可能他自己也讲不出一个所以然。除非他是为了表示，学区总监这个官职根本没有必要。戈利岑当时在皇上身边，由于不惯车马劳顿，早已给颠得半死不活，听到这项任命，更加魂不附体，马上辞谢。但在这种场合，跟尼古拉是没有什么好商量的，他的固执达到了不可理喻的程度，就像孕妇自恃肚子大，可以随心所欲地支使别人一样。

---

① 公元前6世纪古罗马的执政官，后退隐田野，过了十余年，罗马面临了敌人侵犯的威胁，元老院便派人请他再度出山。据说，使者找到他时，他正在汗流浃背地耕田。他打退敌人，解除罗马的危机后，再度归隐。

② 1830至1835年的莫斯科学区总监，参与过对赫尔岑的审讯。

弗龙琴科 [1] 被任命为财政大臣时，跪在尼古拉面前恳求，说他不能胜任。尼古拉意味深长地回答他道：

"这都是废话；我以前也没治理过国家，可现在学会了——你也可以学会的。"

弗龙琴科不得不当了大臣，这使小市民街上那些"不受保护的女人"大为高兴，在自己的窗前张灯结彩，大叫："我们的瓦西里·费奥多罗维奇当上大臣了！"[2]

车子又跑了一百来俄里，戈利岑更加疲倦了，决定再找皇上商量一下；他说，除非有一个得力的助手，能帮助他开导大学中的莘莘学子，否则他不敢从命。又过了五十俄里，皇上命令他自己物色助手。这样，他们顺利地抵达了彼得堡。

在彼得堡休息了个把月，戈利岑悄悄地到了莫斯科，开始物色副手。他在大学里本来有个助手，那就是高得异乎寻常，除了他的兄弟和普列奥布拉任斯基近卫团的鼓手长，谁也不能相比的亚·帕宁伯爵；但他实在太高了，矮小的老人不敢挑选他。在莫斯科找来找去，戈利岑的目光落到了德米特里·帕夫洛维奇身上。从他的观点来看，这是最理想的人选。凡是最高当局希望我们这一代人具备的优点，德米特里·帕夫洛维奇全部都有；而它不喜欢的缺点，他一个也没有。他学问渊博，出身贵族世家，富裕，懂得农艺学，不仅没有"荒唐的思想"，而且一生品行端正。他从未闹过一次桃色纠纷，从未与人决斗，出了娘胎就没有玩过牌，没有酗过酒，每逢星期日照例做礼拜，不仅做礼拜，而且是上戈利岑公爵家的教堂做

---

[1] 弗龙琴科 (1780—1852)，1844 至 1852 年的俄国财政大臣。

[2] 弗龙琴科的名字是费奥多尔·帕夫洛维奇，这里略有错误。这则轶事是根据当时人的一些记载。"不受保护的女人"即妓女。

礼拜。此外还得加上他那流利的法语，稳重的举止，而他唯一的癖好却是无关紧要的，那就是养马。

戈利岑刚考虑定夺，尼古拉又风驰电掣般飞到了莫斯科。戈利岑趁他还没首途前往图拉的时候，赶紧向他引见了德米特里·帕夫洛维奇。后者从皇帝那儿出来时已成了学区副总监。

自这时起，德米特里·帕夫洛维奇显然开始发胖了，他的外表更加威严，讲话也比以前更多鼻音，穿的燕尾服也显得大了一些，虽然还没挂上宝星勋章，但看来已为期不远了。

在他奉命管理大学之前，我与他相当接近，只是年龄不同造成一些差距（他比我大十六岁）。但这以后，我们几乎闹翻了，最低限度，接连十年之久彼此抱着不友好的冷漠态度。

这里毫无个人原因。他对我始终客客气气，既不表示不必要的亲热，也没有盛气凌人的架子。这件事之所以值得注意，是因为我父亲从自己的愿望出发，竭力要我们接近，然而他所做的一切，却恰好使我们彼此敌视。

他经常向我说明，参政官和德米特里·帕夫洛维奇是我天然的保护人，我理应依靠他们，重视这两位亲戚的照顾。另外他又说，理所当然，他们对我表示的一切关心主要是由于他，不是由于我。对于参政官，我几乎已养成习惯，一向像对父亲一样对待他，区别只是我不怕他，因此在这方面父亲的话毫无意义，但它们却使我与戈洛赫瓦斯托夫疏远了，要不是他立身处世总保持着一定分寸，我们早已决裂。

这些话我父亲不是在烦恼的时候，而是在心情舒畅的时候讲的。他这么说是因为在叶卡捷琳娜时代，寻求庇护是一种风气，下属绝不敢因为上司称他"你"而生气，所有的人都得公开寻找主子和保护人。

当德米特里·帕夫洛维奇给派来管理大学的时候，我的想法正好与谢尔盖·米哈伊洛维奇一样，认为这对学校大有益处；事实却正好相反。如果戈洛赫瓦斯托夫当时当了省长或总检察官，完全可以相信，他会比许多省长和总检察官好一些。但管大学对他完全不合适；他把他那冷漠的形式主义，那种学究习气，用到了管理大学生的饮食起居、日常生活上；他的学监作风，那种对课堂教学的干预，哪怕皮萨列夫也没敢大规模推行。更坏的是，帕宁和皮萨列夫只是管头发和纽扣，戈洛赫瓦斯托夫却要在精神生活方面发挥他们的作用。

从前，尽管他表现了莫斯科狭隘的保守主义倾向，他身上多少保留着一点自由文明的气息，他拥戴法治，反对专制暴政，痛恨贪官污吏。自从跨进大学，他的职务却使他站到了一切压迫措施方面，他认为这对他的官员身份是必要的。我的求学阶段正是政治活动最激烈的时期，我能跟尼古拉这个忠实奴才保持良好关系吗？

他的形式主义，整天道貌岸然、装模作样的姿态，有时使他陷入非常可笑的处境，他又老是要保持自己的尊严，自以为是，结果弄得十分尴尬，不能轻易脱身。

作为莫斯科图书审查委员会的主席，他自然成了设置在那儿的一大障碍，以致后来人们都把书刊文章送往彼得堡审查。莫斯科有个老人米亚斯诺夫喜欢养马，编了一本各种马的血统渊源流变表，为了赢得时间，要求用校样送审，不送原稿，因为他大概还想修订原稿。戈洛赫瓦斯托夫觉得不好办，对他发表了长篇演说，罗列了一大堆可以和不可以的理由，然而最后归结为一点：可以用校样送审，但作者必须保证，书中没有任何反对政府、宗教和道德伦常的言论。

米亚斯诺夫是急性子，脾气暴躁，一听就跳了起来，郑重其事地说道：

"既然这事在于我的保证，那么我必须声明在先：我的书中当然没有片言只语反对政府，也不会违反道德伦常，但是在宗教方面有无抵触，我不能充分肯定。"

"是吗？"戈洛赫瓦斯托夫讶异地说。

"比如说吧，《主导法典》①中有一条是这么讲的：'凡对着瓦罐起誓者，凡编结发辫者，凡出入赛马场者，均应革出教门。'可我在书中常常谈到赛马场，因此我确实不知道……"

"这无关紧要。"戈洛赫瓦斯托夫回答。

"我万分感激，您给我解答了一个疑问。"尖刻的老人一边说，一边鞠躬道谢。

我从第二次流放回来时，戈洛赫瓦斯托夫在大学的地位不如从前了。谢尔盖·米哈伊洛维奇公爵的职务已由谢尔盖·格里戈里耶维奇·斯特罗戈诺夫伯爵接任。斯特罗戈诺夫的观点尽管自相矛盾，不够明确，比前者还是高明得多。他希望提高大学在皇帝眼中的地位，维护它的权利，保障学生不受警察的迫害；他思想开明，作为一个肩上绣着尼古拉一世大名的将军衔侍从武官②，作为斯特罗戈诺夫家族继承权的谦恭的拥有者③，他的自由主义作风已达到最大

---

① 一部教会法规，来源于拜占庭帝国的《东方教会法纲要》。13世纪起，俄国编定了它的斯拉夫文节本，称为《主导法典》（直译为《舵手之书》），俄国东正教宗教法庭普遍采用这一法典。

② 尼古拉一世时，将军衔侍从武官的肩章上绣有由尼古拉一世的名字组成的花体字。

③ 谢尔盖·斯特罗戈诺夫娶了他的亲戚，另一个斯特罗戈诺夫的独生女儿，因此谢尔盖获得了斯特罗戈诺夫家族全部财产的继承权，而那个斯特罗戈诺夫非常富裕，拥有五万农奴。

限度。我们不应忘记，这是得克服重重困难才办得到的。

"果戈理的《外套》实在太可怕了，"有一次斯特罗戈诺夫对叶·科尔什说，"您想，这个幽灵站在桥上，干脆把我们每个人的外套从肩上剥掉。您得站在我的地位来看这篇小说。"

"我办不到，"科尔什回答，"我不习惯从一个拥有三万农奴的人的角度来看问题。"

的确，戴着领地继承权和尼古拉花体字这两副有色眼镜，是不容易看清这个世界的；斯特罗戈诺夫伯爵有时也会越出常轨，变成纯粹的将军衔侍从武官，即脾气乖张暴戾，尤其是当他的胆汁性痔疮发作的时候。但是他的将军气质不够，因此即使这时仍会露出性格中善良的一面。为了阐明我想谈的问题，我不妨引用一件事例。

有个官费大学生成绩很好，毕业之后被派往外省一所中学当了高年级教师。一次他听说，莫斯科一所中学有了一个与他同一专业的初年级教师的空缺，便跑去找伯爵要求调动。年轻人的目的是为了继续自己的研究工作，在外省缺少这个条件。不巧得很，斯特罗戈诺夫走出办公室时，脸像教堂的蜡烛一样黄。

"您有什么权利得到这个位子？"他问，眼睛瞧着旁边，一面用手指捻唇髭。

"伯爵，我向您要求这位子是因为现在正好有了空缺。"

"哦，"伯爵打断了他的话，"那么现在我国驻君士坦丁堡的大使也出缺了，您也想要求这个位子吗？"

"我不知道这是由您大人管辖的，"年轻人回答，"如果您让我得到大使的职位，我自然万分感激。"

伯爵脸色更黄了，然而客气地把他请进了办公室。

我自己与他的交往也是非常有趣的。我们的初次会晤便带上了亲密的色彩，它具有鲜明的俄罗斯情调。

一天晚上，在弗拉基米尔，我坐在雷别杰河对岸的家中；突然，一个中学教员穿着制服来找我，他是耶拿大学的博士，德国人，名叫德利奇。德利奇博士对我说，莫斯科的大学总监斯特罗戈诺夫伯爵早上来了，派他约我明天上午十点去看他。

"没有这回事，我根本不认识他，您一定弄错了。"

"这不可能。伯爵还和蔼可亲地向我了解了您在这儿的状况呢。喂，去不去啊？"

我作为俄国人，虽然仍与德利奇争论，仍相信不必多此一举，但第二天还是去了。

阿尔菲耶里[1]因为不是俄国人，所以行动与我不同。法军元帅占领佛罗伦萨后，邀请这位素不相识的人参加晚会。他回了一封信给元帅：如果这只是私人的邀请，那么他非常感激，但是请元帅原谅，因为他从不上陌生人家中；如果这是命令，那么他知道城内处在戒严状态，晚上八时出门必然被送进监牢。

斯特罗戈诺夫是把我当作从前大学留下的一件古玩，一个流离失所的学生，约我会面的。他不过想见见我，尤其想向我吹嘘一下他在大学实施的改革——人总是难免有这种短处的，哪怕他肩上已有了很厚的穗饰。

他对我很客气，讲了一大堆恭维话，然后迅速扯到了正题上。"可惜您不能上莫斯科，现在您见了大学会不认识了；从建筑和课堂到教授和教学内容，统统都变了"等等。

为了表示我在仔细倾听，不是庸俗的傻瓜，我很谦虚地指出，

---

[1] 阿尔菲耶里（1749—1803），意大利著名诗人。

教学内容之所以改变，大概是因为有许多新的教授从国外回来了。

"这毫无疑问，"伯爵回答，"但此外，领导的精神，统一，您知道，精神上的团结一致……"

不过，说句公道话，他那"精神上的团结一致"给大学带来的利益，确实比泽姆利亚尼卡^①的"正直和秩序"对医院做出的贡献大得多。莫斯科大学应该感谢他的地方不少……但是想起他居然对一个因政治错误而流放异地、接受管制的人，吹嘘他的功绩，还是不能不叫人觉得好笑。本来，一个因政治错误而被流放的人，竟给一位将军衔侍从武官毫无必要地当作座上客，这已经够滑稽了。啊，俄罗斯哟！……外国人看到我们这一切觉得不理解，又何足怪哉！

第二次我在彼得堡遇到他，那正是我流放诺夫哥罗德即将出发的时候。他住在他的弟弟内务大臣的家中。我踏进客厅时，他刚好出来。他穿着白制服裤，佩戴着全部勋章，肩头披了绶带，正要进宫觐见。看到我，他站住了，把我引到一边，详细询问我的案情。他们弟兄俩对我的被无理放逐都感到很气愤。

这是我的妻生病的时候，几天前她刚生了一个男孩，男孩死了。我的眼神和谈吐一定流露了极大的愤怒或烦恼，因为斯特罗戈诺夫突然劝我要以基督的温顺忍受一切考验。

"要知道，"他说，"每人都有自己的一只十字架。"

"有时甚至很多呢。"我心里想，望望他胸前那形形色色的十字架，忍不住噗哧笑了。

---

① 果戈理的《钦差大臣》中的慈善医院院长，在第三幕第五场中他向钦差大臣说道，在他的医院中，"病人还未走进病房，身体已经好了，主要不是靠医药，而是靠正直与秩序。"

他觉察到了，脸有些发红。

"您大概在想，"他说，"这个人倒很会说教。不过要知道，一切都要偿还的——至少阿扎伊斯①是这么想的。"

他不仅说教，还确实与茹科夫斯基一起为我奔走过，但疯狗咬住了我，它是不容易拉开的。

1842 年我定居莫斯科后，有时也去拜望斯特罗戈诺夫。他待我不坏，不过也会对我发脾气。这种喜怒变化，我觉得很有趣。当他的自由主义情绪高涨的时候，他大谈书报杂志，称赞大学，总把它与我求学时期它的可怜境况相比较。但是当他的保守主义情绪一来，他就责备我不肯当官，没有勋章，骂我的文章，说我在把大学生引入歧途，骂青年教授，说他们越来越不像话，使他不得不或者背叛效忠沙皇的誓言，或者撤销他们讲课的权利。

"我知道，这么一来会闹得满城风雨，您首先会骂我是摧残文化的野蛮人。"

我点点头，表示确实如此，并说：

"您永远不会这么干，因此我可以说，您对我的好评，我确实不胜感激。"

"我一定会干的，"斯特罗戈诺夫捻着唇髭嘟哝，脸有些发黄，"您等着瞧吧。"

我们大家知道，他决不会做这一类事，因此对他的周期性恐吓可以置之不问，特别是考虑到他继承的产业，他的官衔和痔疮。

有一次他与我谈话时，忽然信口开河起来，一边骂一切革命活

---

① 阿扎伊斯 (1766—1845)，法国哲学家，著有《人类命运中的平衡》，认为人的一切遭遇都会得到补偿，取得平衡，有些像中国的"善有善报，恶有恶报"之类。

动，一边讲给我听，12 月 14 日那天 T[①] 怎样离开广场，心慌意乱地跑进他父亲的家，不知怎么办好，走到窗边用手指敲玻璃。那时在他家当家庭教师的一个法国女人忍不住了，大声对他说："真不知羞耻，您的朋友们在广场上流血，您却站在这里，您是这么理解您的义务的吗？"他拿起帽子走了——您想，他上哪儿啦？躲进了奥国大使馆。

"当然，他应该上警察局报告才对。"我说。

"什么？"斯特罗戈诺夫问，吃了一惊，几乎倒退了一步。

"要不，难道您的意见与那个法国女人一样，"我说，收敛了笑容，"认为他应该回到广场上去向尼古拉开枪？"

"瞧您，"斯特罗戈诺夫说，耸耸肩膀，不自觉地瞧了瞧门口，"您的思想方法太不行了，我只是说这些人……当没有建立在信仰上的真正的道德原则时，当他们离开正路时……一切都混乱了。您年纪大些就会明白这一点的。"

我还没有活到这年纪，但是斯特罗戈诺夫这种不能自圆其说的窘态，虽然时常遭到恰达耶夫的猛烈嘲笑，我却恰恰相反，认为这是他的一大优点。

据说，在我们涅瓦河畔的扫罗[②] 心情最不愉快的时候，在二月革命之后，斯特罗戈诺夫也卷进了漩涡。听说他在新的图书审查委员会中坚决主张查禁我写的一切作品。我觉得，这确实表明他对我

---

① 指著名的十二月党人特鲁别茨科伊公爵，他在十二月党人中属于温和派的代表，因此并不主张武装起义。尽管这样，后来仍被判处死刑，最后改为终生流放，尼古拉一世死后被赦回。

② 《圣经》中的人物，以色列王，他的统治以残酷专横闻名，后与非利士人作战失败而自杀，见《旧约·撒母耳记》上。"涅瓦河畔的扫罗"指尼古拉一世。

另眼相看，因此听到这消息后，我就着手筹建俄文印刷所了。但扎罗比他走得更远。不久他的反动措施就赶上和超过了我们的伯爵，后者不愿当大学的刽子手，辞去了学区总监的职务。但不仅他这样，过了两三个月，戈洛赫瓦斯托夫也辞职了——彼得堡发出的许多疯狂的指示吓坏了他。

德米特里·帕夫洛维奇的官场生涯就这么结束了。他作为真正的莫斯科人，在放下公务重担之后，打算过几年清闲日子，一面管理庄园，一面在精美图书的包围中安享天伦之乐和养马。

在他担任学监的几年中，他的家庭生活是万事如意的，即是说，他的孩子们及时诞生了，他们的牙齿也及时出齐了。他的家产由于合法继承人的出世而得到了保障。此外，还有一件事物成了他一生最后十年中的乐趣和安慰。我这是指"小公牛"，一匹快步马，无论从跑步、美丽、肌肉或蹄子看，它不仅在莫斯科，就是在全俄国也是首屈一指的。"小公牛"构成了德米特里·帕夫洛维奇严肃生活中诗意的一面。他的书斋中挂着"小公牛"的几幅画像，有油画也有水彩画。正如拿破仑的画像有时是瘦瘦的执政官，头发又长又滋润，有时是肥胖的皇帝，额上披着一绺鬈发，跨坐在矮矮的椅子上，有时是废黜后的皇帝，反抄着双手，站在岩石上，周围是汹涌澎湃的海洋；"小公牛"的画像也表现了它光辉的一生中不同的阶段，有时它在马栏中，这是它的少年时期，有时它在原野上，自由自在，戴着小小的笼头，最后，它套上了小巧玲珑的挽具，后面是一辆小巧玲珑的雪橇，站在旁边的车夫戴着丝绒帽子，穿着蓝上衣，大胡髭梳得整整齐齐，一丝不苟，跟亚述的公牛神①差不多。

---

① 公元前14世纪建立的亚述帝国崇奉公牛，在许多宫殿正门上大多有人面公牛浮

这车夫曾靠"小公牛"赢得过不知多少萨济科夫①制的锦标杯，现在它们便陈列在客厅的玻璃罩下。

看来，既摆脱了大学的枯燥事务，又拥有雄厚的家私和丰富的收入，拥有两枚宝星勋章和四个孩子，应该可以安享清福，长命百岁了。谁知命运另有安排：德米特里·帕夫洛维奇身体健康，精力充沛，才五十来岁，但退职后不久忽然病了，病情一天天恶化，成了咽喉结核；经过痛苦的折磨之后，他于 1849 年死了。

谈到这里，我不禁站在这两座坟墓前陷入了沉思，我提到过的那些奇怪的问题又回到了我的脑海中。

死使两个不同的弟兄变得相同了。他们都从一个默默无声、空虚沉寂的深渊走到了另一个，但他们中间谁较好地享用了这一段历程呢？一个虚掷了光阴，也浪费了家产，但有过芬芳馥郁的蜜月。是的，他是无用的人，但他也没有存心害过任何人。他使自己的孩子贫困无依，这不好，但他们至少受到了教育，而且必然可以从伯父处得到一些接济。何况多少劳动者辛苦了一世，既不能让孩子们受到教育，也不能保障他们的衣食，只得丢下他们，含着悲痛的眼泪与世长辞。路易十六的不幸儿子②曾引起不少人的感伤叹息，托·卡莱尔③为了安慰这些人，对他们说道："的确，一个鞋匠在教育他，即是说他不能得到良好的教育，但千千万万贫民和工人的子女，不论过去或现在都在接受这样的命运。"

雕，公牛神背上有翼，脸上有长须，胡须梳理整齐，有条不紊，构成了亚述造型艺术的特点。

① 当时莫斯科的银器工艺师。

② 法王路易十六被处死后，他的儿子被交给一个雅各宾派的鞋匠扶养，后来死在狱中。

③ 卡莱尔 (1795—1881)，英国著名作家、历史学家和哲学家，著有《法国革命史》。

另一个根本不是在生活，他是像神父一样在作日祷，就是说非常认真地在履行某种习惯的仪式，它庄严隆重，但并无意义。他像弟弟一样，从未考虑过为什么要举行这种仪式。如果从德米特里·帕夫洛维奇的一生中除去两三种爱好——"小公牛"、赛跑马和锦标杯，以及两三个得意的时刻，例如，当他带着"我是首长"的思想走进大学的时候，当他第一次佩上宝星勋章走出房间的时候，当他被带去觐见皇帝的时候，当他陪同殿下参观学校的时候，那么，剩下的只是一片沙漠，一种官样文章式的枯燥无味的人生。不错，他想起他所参与的领导工作的重要性，会感到欣慰；不错，礼节也是一种诗，一种艺术体操，与检阅和舞蹈不相上下；但是比起为了一对迷人的眼睛，与一位千娇百媚的小姐私奔的弟弟来，比起他弟弟在灯红酒绿中度过的一生来，这种诗意又多么贫乏。

最后，德米特里·帕夫洛维奇虽然在道德、公务和卫生方面都保持着正直的生活方式和模范的行动，但他既没有获得健康，也没有获得长寿，却像他的弟弟一样突然身亡，不同的只是他死得痛苦得多。①

好，就写到这儿吧！

---

① 我觉得，在谈到德米特里·帕夫洛维奇的时候，他对我的最后一个行动，我是不应该不提的。我父亲去世后，他欠我四万银卢布。我出国后，这笔账就这么挂着。他临死时，嘱咐家里人，首先应该还我这笔钱，因为我是不会正式向他们讨的。他逝世的消息传来不久，在第二次来信中，他的家属已把这笔钱汇给了我。——作者注

第三十二章

最后一次索科洛沃之行——理论上的决裂——紧张的处境——到那里去！到那里去！①

1840 年我与别林斯基和解之后，我们这不多几个朋友之间没有再发生重大的分歧。差别是有的，个人的看法不尽相同，但来自共同原则的东西还是主要的。它是否能永远保持不变，我没有想过。但我们必然会到达那个界限，遇到那些障碍，于是有的人跨了过去，有的人却被拦住了。

过了三四年，我十分痛心地发现，从同一些原则出发，我们也可以得出不同的结论，这不是由于我们对这些原则理解不同，而是由于大家并不全都喜欢它们。

起先这些争论带有半开玩笑的性质。例如，列德金竭力从逻辑上论证精神的个体的存在，我们便取笑他，说这是小俄罗斯人的固执。谈到这里，我想起和蔼可亲的克留科夫最后讲过的一句笑话。

---

① 原文是德文。这是歌德的小说《威廉·迈斯特的学习时代》中迷娘唱的歌"你可知道那柠檬树开花的地方？"中的话。迷娘是意大利小姑娘，这是她在怀念意大利（"柠檬树开花的地方"）。在这里，这句话是指到国外去。

那时他已病重，我与列德金坐在他的床边。这天天气阴沉，突然电光一闪，接着雷声大作。列德金走到窗前，放下了窗帘。

"为什么要放下窗帘？"我问他。

"放下的好，"克留科夫代他回答，"列德金是相信绝对精神的个体的存在的，所以他要把窗遮没，万一这个个体要用雷电打他的时候，便看不到他在我这儿了。"

可以想见，观点上的这种实质性分歧不可能老是停留在说笑阶段。

在我当时的日记中，有一页上写着下面这几句话，它们显然不是无所指的："私人关系往往使人不能直抒己见。由于尊重人们的某些优秀品质，我们往往放弃对他们的激烈批评。必须有很大的毅力，才能含着眼泪，在卡米尔·德穆兰的判决书上签字。"[①]

这种对罗伯斯庇尔的毅力的赞美，已经孕育着 1846 年剧烈争论的种子。

我们接触到的问题不是偶然的；它们注定要发生，骑了马也无法逃避。这是认识道路上的花岗石障碍，一切时代都存在着，它们使人望而生畏，也使人跃跃欲试。彻底的自由主义必然使人走到面对社会问题的一步，科学也是这样，只要一个人信赖它，不停滞不前，它必然会把他带到这古老的礁石上；从古希腊的七位哲人[②]到康德和黑格尔，一切敢于思索的人都有过这经历。但大家不是简单地说明问题，而是几乎都想回避它们，结果徒然给它们蒙上了一层

---

① 这是赫尔岑 1844 年日记中的一段话。德穆兰是右翼雅各宾党人，属于丹东一派，1794 年被革命法庭判处死刑，由罗伯斯庇尔批准，而罗伯斯庇尔和德穆兰是同窗好友。赫尔岑在这里赞扬罗伯斯庇尔，实际上也是赞扬别林斯基。

② 传说古希腊有七位哲人，他们的言论构成了生活中的各种格言。

新的符号和寓意，以致直到今天，它们仍可怕地屹立着，舟子们不敢驶近它们，便自我安慰，说这根本不是岩石，只是幻觉中的雾影。

这一步是不容易的，但我相信我的友人们的力量和意志，况且他们不像别林斯基和我，不用重新探索航道。我与他在辩证法的迷宫中打转，最后只得跳出圈子，另找出路。他们眼前却有我们的先例，手中还有费尔巴哈的著作。但我一直不愿相信的事，最后也只得相信了：我们的友人们尽管不同意列德金的论证方式，实际上与他还是比与我们更为接近，他们的思想虽然独立不羁，有些真理却是他们所害怕的。除了别林斯基，我与所有的人，与格拉诺夫斯基和叶·科尔什，距离都逐渐远了。

我为这发现悲痛万分；使他们绊倒的门槛，一度曾形诸谈笑，现在却再也不能提了。论争是出于重新获致统一的内在需要，因为只有互相喊叫才能弄清谁站在哪里。

在我们自己明确我们理论上的分歧之前，新的一代已经察觉了，他们是非常接近我的观点的。莫斯科大学和皇村学校的青年，都竞相阅读我的《科学中的一知半解态度》和《论研究自然的信》，连神学校的学生也不例外。后面这一点，我是从谢·斯特罗戈诺夫伯爵处听到的，因为菲拉列特向他大发牢骚，威胁要采取精神防卫措施抵制这类有毒的食物。

大约在这同一时候，我从其他方面也听到了它们在教会学校学生中获得的成功。这对我是极大的安慰，我不能不在这里谈几句。

我认识莫斯科近郊的一个神父，他的儿子大约才十七岁，几次来找我要《祖国纪事》。这个腼腆的小伙子几乎什么也不讲，红了脸，显得手足无措，拿了书便匆匆走了。但他的脸聪明而开朗，很得我的好感，最后我打破了他那种缺乏自信的稚气，与他谈起了

《祖国纪事》。他非常仔细和孜孜不倦地阅读的，正是它上面的那些哲学论文。他告诉我，高年级学生怎样如饥似渴地读我对各种体系的历史叙述，他们在受到布尔梅斯特和沃尔弗①的哲学的熏陶之后，读到我这些文章感到多么惊讶。

青年人从此不时来找我，我有充分时间考察他的才能和工作能力。

"毕业后您打算做什么？"一天我问他。

"出家做教士。"他红着脸回答。

"要是您想当教士，那等待着您的命运，您认真考虑过吗？"

"我不可能选择，我的父亲坚决反对我从事世俗职业。我会得到充分的时间来读书。"

"请您不要生我的气，"我说，"但我不能不把我的意见坦白告诉您。您的谈吐，您毫不加以掩饰的思想方法，您对我的著作的赞许，加上我对您的命运的真心关怀，以及我的年龄，使我似乎有权对您说这些话。穿上教士的长袍之前，您要郑重考虑。脱下比穿上难得多，可是穿着它很可能使您感到窒息。我向您提一个非常简单的问题：您说，您学的神学中是否有一条教理是您绝对信仰的？"

青年人垂下视线，沉默了一会儿，说道：

"我不能在您面前撒谎——没有！"

"我知道这样。现在您想想您的未来吧。您这一辈子不得不每天当着众人的面大声撒谎，背弃真理，而这是违反宗教精神的罪恶，一种明知故犯的、有意识的罪行。您当得成这种两面派吗？您

---

① 布尔梅斯特（1709—1785）和沃尔弗（1679—1754）都是德国哲学家，他们的著作曾被用作俄国的教科书。

的全部社会存在都将成为弄虚作假。您有何颜面面对诚心祈祷的人，如何用天堂和灵魂不灭来安慰垂死者，如何为人赎免罪过？何况还要您开导分裂派教徒，审问他们！"

"这多可怕！多可怕哟！"青年人说，垂头丧气地、不安地走了。

第二天晚上，他又来了。

"我来找您是为了告诉您，"他说，"您的话，我再三考虑过了。您完全正确，我不能担当神职。您放心，我宁可当兵也不做教士。"

我与他热烈握手，答应有机会时尽我的力量劝他的父亲。

这样，我也为挽救一个生灵尽了我的责任，至少我为他的得救出了力。

大学生的哲学倾向，我看得更清楚。1845 年，我听了整整一学年比较解剖学。在课堂和解剖室中，我认识了新一代的青年。

他们的倾向完全是现实主义的，即是彻底科学的。值得注意的是，几乎所有的皇村学校学生都是这种倾向。尼古拉那疑神疑鬼的、死气沉沉的专制统治把皇村学校撵出了美丽的花园①，但它仍是培养人才的伟大温床，普希金的遗言，诗人的祝福，比政府野蛮粗暴的打击更强大。②

---

① 尼古拉一世于 1844 年把皇村学校从沙皇村迁到了彼得堡。

② 皇村学校一个学生怎样进入莫斯科大学的故事，充满了尼古拉时代的独特风味，我不能不在这里把它叙述一下。皇村学校每年都要庆祝它的校庆，这件事已因普希金的几首诗而闻名天下。这一天由于同学的分离，毕业生的返校，通常是允许青年人饮酒作乐的。一次校庆时，一个还没毕业的学生闹着玩，把一个酒瓶扔到墙上，不幸正好扔在一块大理石板上，那上面刻着金光闪闪的几个大字："皇帝陛下于某年临幸巡视……"大理石打碎了一角。训育员跑来，把学生大骂一顿，要赶走他。青年人当着同学的面，下不了台，又喝了酒，一时性起，把训育员的手杖夺过来，抽了他一下。训育员马上向学校报告，学生被逮捕，关进了禁闭室。

我要为来到莫斯科大学的皇村学校学生欢呼，这是新的坚强的一代。

就是这些大学青年，怀着年轻人的热情和迫不及待的心理，投入了刚出现在他们面前的现实主义新天地，以他们朝气蓬勃的清醒意识看出了我是怎么讲的，我们与格拉诺夫斯基的分歧又在哪里。他们热爱他，但是开始反对他的"浪漫主义"了①。他们无疑希望我说服他站在我们一边，认为别林斯基和我才是他们的哲学观点的代表者。

这样到了1846年。格拉诺夫斯基开始了新的公开讲学。整个莫斯科重又聚集在他的讲台周围，他那娓娓动人的、含意深刻的讲演再度震动了人们的心弦；但是第一次讲学的饱满热情和兴奋情绪已大为逊色，仿佛他疲倦了，或者某种他还不能掌握的思想占有了他，妨碍了他。我们很久以后看到，事情确实这样。

在3月份的一次讲演中，我们共同认识的一个朋友急匆匆跑来报告：奥加辽夫和萨京从国外回来了。

他的罪名是可怕的，不仅是殴打训育员，而且是亵渎和污辱了刻有圣上名字的石板。他极可能被送进兵营当兵，但一件不幸的事挽救了他。正在这时他的哥哥死了。母亲悲痛万分，写信给他，说他现在是她唯一的依靠和希望，要他快些读完书，回到她的身边。皇村学校校长那时大概是布罗涅夫斯基，他看了这信很感动，决定搭救这个学生，不把这事报告尼古拉。他找米哈伊尔•帕夫洛维奇大公商量，大公命他把学生暗中开除，了结这事。青年人离校时拿到的证件规定他今后不得再进任何学校，这就是说，他的一切前途都给堵塞了，因为他不是很有钱的，而这一切只是因为损坏了一块刻有皇帝名字的石板！何况这还是多亏上帝的特殊照顾，让他的哥哥及时死了，才靠闻所未闻的将军的慈悲胸怀，靠大公空前绝后的善良心肠办到的！这位具有杰出才能的学生过了好久，才费尽周折争取到了进莫斯科大学听课的权利。——作者注
布罗涅夫斯基（1797—1867），原为将军，1840至1853年任皇村学校校长。
① "浪漫主义"在这里指唯心主义。赫尔岑一般用现实主义指唯物主义，用浪漫主义指唯心主义。

我们已几年不见，也很少通信，不知他们……怎么啦？我与格拉诺夫斯基怀着激烈跳动的心赶往他们所在的雅尔饭店。啊，这是他们，终于回来了，变得多了，胡髭那么长，几年不见……我们问长道短，开始闲聊，虽然心里想讲的是另一些话。

我们小组的人终于又几乎全部会面——现在又可以像从前那么生活了。

1845 年夏，我们住在索科洛沃的别墅中。索科洛沃，这是莫斯科县美丽的一角，离城二十来俄里，在通往特维尔的大道旁边。我们租了那儿一幢不太大的主人住宅，周围像一片花园，一直铺展到山麓的小河旁。它的一边是我们大俄罗斯种满庄稼的辽阔田野，另一边是一望无际的优美风光，难怪主人把那儿的一所亭子题名为"美景亭"。

索科洛沃本来属于鲁缅采夫伯爵家。他们在 18 世纪是豪富的贵族地主，尽管有各式各样的短处，在欣赏能力上他们却高人一等，为他们的后辈所望尘莫及。莫斯科河边这些古老的贵族庄园和乡村无比美好，尤其是那些还未经最近两代子孙改建和翻修过的地方。

我们在那儿过得很愉快。没有出现过遮没夏日天空的任何浓厚乌云；在这花园中，我们尽情工作，尽情玩乐。凯切尔的唠叨少了，虽然有时他还要把眉毛扬得老高，带着强烈的表情说一些叫人难堪的话。格拉诺夫斯基和叶·科尔什几乎每逢周末必然来耽搁一夜，有时甚至挨到星期一才走。米·谢[①]也租了一所别墅，离我们的不远。他常常徒步走来，像拿破仑在朗伍德那样[②]戴一顶阔边帽

———————

① 即米·谢·谢普金。

② 拿破仑于 1816 至 1821 年间流放在圣赫勒拿岛时，常戴着阔边帽、穿着衬衣在朗伍德海岬一带徘徊。

子，穿着白上衣，手提一篮采集的蘑菇，说说笑笑，唱些小俄罗斯曲子，讲几则故事，引得大家捧腹大笑，我想，终生为世界的罪孽以泪洗面的约翰[1]，听了这些故事也会破涕为笑的……

我们常常坐在花园边上的一棵大椴树下促膝谈心，那时唯一遗憾的只是奥加辽夫不在。现在他回国了；1846年我们重游索科洛沃时，他也去了，格拉诺夫斯基整个夏季租了一套小厢房，奥加辽夫被安置在阁楼上，他下面是管房子的，一个失去了一只耳朵的海军少校。

尽管这样，过了两三星期，一种不明确的感觉在我心头诞生了，似乎我们的别墅生活并不美满，而且无法改善。凡是筹备过酒宴的人，都会为朋友们未来的欢乐预先感到高兴；后来客人到了，一切顺利，没有出乱子，可是预期的欢乐并未实现。只有当你不感到血液怎样在血管中流转，不想到心脏在怎样跳动的时候，生活才是轻快而美好的。如果每一个跳动都会在头脑中引起反应，那么眼看就要生病，和谐就要保不住了。

朋友们回国后的最初一段时期，大家沉醉在节日的欢乐和兴奋中；但这段时间还没过去，我的父亲病了。他的逝世，繁忙的事务，使我暂时忘记了理论问题。但在宁静的索科洛沃生活中，我们的分歧势必要表现在谈话中。

奥加辽夫与我四年未见，但在思想上我们仍是一致的。我们从不同的道路，经历了同样的阶段，最后又来到了一起。纳塔利娅也站在我们一边。我们那些严肃的、初看有些可怕的结论，并未使她胆怯，她赋予了它们一种特殊的诗的色彩。

---

[1] 指《圣经》中的使徒约翰。

争论越来越多，通过千百种方式反复出现。一天，我们在花园中用膳。格拉诺夫斯基读了《祖国纪事》上我论研究自然的一封信（记得是谈百科全书派的），感到非常满意。

"你赞许它的什么呢？"我问他。"除非是它的辞藻吧？它的内在意义你是不可能赞同的。"

"在思维科学上，"格拉诺夫斯基回答，"你的意见正如百科全书派的著作一样，是具有历史意义的。我喜欢你的文章，正因为我喜欢伏尔泰或狄德罗的作品；它们生动而尖锐地提出了问题，唤醒人们，推动他们前进。至于你观点中的一切片面性，我未敢苟同。难道现在还有人大谈伏尔泰的理论吗？"

"然而真理就没有一个标准吗？我们唤醒人们只是为了对他们说些无关紧要的话吗？"

我们的谈话继续了好久。最后我指出，科学的发展，它当前的状况，使我们不能不接受某些真理，不论我们愿意或不愿意；我们一旦认识了它们，它们就不再是历史的谜，而是不容置辩的确知的事实了，如欧几里得的原理，开普勒的定律，以及原因和作用、精神和物质的不可分割等等。

"这一切远不是必然的，"格拉诺夫斯基反对道，"所以，我永远不会接受你们那种枯燥冷漠的思想，把肉体和精神看作统一体，从而使灵魂不灭观念化为乌有。也许，你们不需要它，但是放弃这个信仰，对我来说牺牲太大了。我不能没有个体不灭的观念。"

"如果我们要什么马上就有什么，"我说，"像童话中间一样，可以使无变成有，那么实在太幸福了。"

"你想，格拉诺夫斯基，"奥加辽夫接口道，"这实际上是不敢面对灾难呢。"

"你们听我说，"格拉诺夫斯基回答道，脸色苍白，但仍装出无动于衷的样子，"我求求你们，别再跟我谈这些事情吧，有意思的话题多得很，何不谈谈它们，那有益得多，也有趣得多。"

"好吧，一切听便！"我说，感到脸色是冷淡的。奥加辽夫没有作声。我们大家彼此望了望，这目光已足够了；我们太亲密了，只要看到一点脸色，就足以充分了解对方的心思。沉默降临了，争论不再继续。纳塔利娅竭力掩饰，想挽回僵局。我们帮助了她。这种场合，孩子总是最好的救星，他们成了话题，大家在和睦的气氛中吃完了饭，如果这时有一个第三者走来，他什么也不会发觉……

饭后，奥加辽夫骑上了自己的"短剑"，我也跳上了老得跑不动的驽马"宪兵"。我们到了田野上，心情这么沉闷，仿佛有个亲人死了。这以前，奥加辽夫和我总以为我们还可调和，我们的友谊会把分歧像灰尘似的掸掉；但是最后那些话的声调和意义让我们看到了我们不愿看到的东西，那存在于我们之间的距离。这就是界线，就是极限，也就是书报审查制度所允许的范围！一路上，奥加辽夫和我都没有讲话。回到家中，我们伤心地摇摇头，异口同声地说："看来我们又只剩下两人了！"

奥加辽夫坐上马车回莫斯科了。在路上，他写了一首小诗，我曾用它的句子作过题词。①

　　……忧伤和寂寞不能使我沮丧，

　　世上本无不散的筵席；

---

① 指第二十九章《在友人墓前》的题词。下面的诗句也引自《致伊斯坎德尔》（《我行走在空旷的平原上》）。

我把严峻的真理在友人间宣讲，

友人们却带着孩子似的惊慌走了。

那位被我当作骨肉同胞的人，

我所挚爱的人，他也离我而去！

⋯⋯⋯⋯⋯⋯⋯⋯⋯⋯⋯⋯⋯⋯⋯⋯

⋯⋯⋯⋯⋯⋯⋯⋯⋯⋯⋯⋯⋯⋯⋯⋯

我们仍将踏上孤独而忧伤的征途，

不倦地呼号真理，

哪怕希望扬长而去，人们毫不眷顾！

第二天我与格拉诺夫斯基见了面，对昨天的事大家只字不提，这又是不祥之兆。痛苦尚未消失，却避而不谈；无声的痛苦无处宣泄，会像深夜的耗子把纽带一丝一丝咬断⋯⋯

过了两天，我到了莫斯科。我和奥加辽夫一起去探望叶·科尔什。他对我们特别殷勤，亲切中带一点忧虑，仿佛有些可怜我们似的。这是怎么回事，难道我们犯了什么过错？我直截了当问叶·科尔什，他听到我们的争吵没有？他听到了，说我们为一些抽象事物争得面红耳赤，大可不必；劝我们不要自寻烦恼，人的观点完全相同只是一种理想，根本不可能，人们的同情像化学亲和性，有一定的饱和点，超过这点必然遇到一些东西，使人们重又分开。他取笑我们活了三十多岁仍那么天真；他这么讲是出于友谊和好意——似乎他也在为这事苦恼。

我们和睦地分手了。我想到我的"天真"不免脸红；后来，当我独自躺在床上的时候，我觉得仿佛我的心给人撕走了一块——在不知不觉中给人撕走了！

以后没再发生什么……只是一切蒙上了一层黑影，变得暗淡了；朋友间无拘无束、开诚布公的气氛消失了。大家变得拘谨，回避某些问题，也即从"化学亲和性的边缘"实行退却——正因为我们彼此真诚地、热烈地爱过，这一切带来的悲伤和痛苦也更多。

也许我太急躁，辩论时盛气凌人，回答时尖酸刻薄……这可能……但实质上我至今仍坚信，在真正亲密的关系中，信仰的一致，主要理论观点上的一致是必要的。当然，对于朋友间的亲密关系，单单理论上的一致是不够的；例如，我与伊·瓦·基列耶夫斯基的感情便比与我们中的许多人好。另外，在某一问题上一致的人，可以成为忠实可靠的同盟者，但不必有相同的理论观点；例如，我与马志尼和沃尔采尔①的关系就是这样，这些人是我无限敬重的，但他们与我有很大的分歧。我不想说服他们，他们也不想说服我；我们的共同点已足够使我们走同一条道路，不致发生争执。但是在我们一家人中间，在共同生活的骨肉兄弟之间，却不允许出现深刻的分歧。

何况我们不可避免地要把整个身心投入某种事业，在这事业中，我们的全部活动只是在思想领域内，在宣传我们的信念方面……那么怎能在这方面让步呢？……

我们友好的大厦的一堵墙上出现了裂缝，而裂缝总是要扩大的，一点细小的事故，一点误会，在应该沉默的时候不必要的坦率，在必须讲话的时候不合时宜的沉默，都会导致裂缝的扩大；而且这些事仅由心理状态决定，并无规律可以寻找。

---

① 马志尼（1805—1872），意大利资产阶级革命家，意大利民族解放运动中民主共和派的领袖。沃尔采尔（1799—1857），波兰民族解放运动的领导人。

不久，裂痕也在夫人们中间出现了。①

这时一切已无可挽回。

走吧——走得远远的，愈久愈好，非走不可！但是，走也不是容易的。警察的监视仍像无形的锁链缚在我的脚上，没有尼古拉的批准，我不可能领到出国护照。

---

① 指赫尔岑夫人与格拉诺夫斯基等的夫人之间发生的不和。

第三十三章

警察所长充当听差——警察总监科科什金——"有秩序中的无秩序"——再一次会见杜贝尔特——护照

……我父亲逝世前几个月，奥尔洛夫伯爵接替了本肯多夫的职务。那时我写信给奥莉加·亚历山德罗夫娜，问她能不能替我弄一张出国护照，或者想个办法，让我自己上彼得堡办理这事。奥·亚回信说，第二点较易办到；过了几天奥尔洛夫寄来了"皇上的许可"，允许我暂时上彼得堡料理家事。我父亲的病，他的去世，使我真的必须料理一下家务，但我在别墅住了几个月，这样拖到了冬天。11 月底我才动身，事先并向总督提出了护照申请书。我知道他不会批准，因为我还处在警察的严密管制下，我只是希望他把我的申请书转送彼得堡。

动身那天早上，我派人上警察局领通行证，但通行证没拿到，却来了个警官，说这事有些困难，所长会亲自找我。所长来了，要与我单独谈话；他向我秘密宣布了一个消息，说五年前我已被禁止进入彼得堡，没有皇上的特准，他不能签发通行证。

"这问题可以不劳费心。"我笑笑说，从口袋中掏出了信。

警察所长大为惊讶，看了一遍信，要求让他转呈警察总监。两小时后，他送来了通行证和我的信。

必须说，所长与我谈话时，一半用的是非常纯粹的法语。警察所长以及一般俄国警察，因懂得法语而吃到的苦头，这位先生是有深刻体会的。

几年前有个旅行家从高加索到达莫斯科，这人是法国正统的保王派，名叫普禄骑士。他到过波斯，到过格鲁吉亚，见过世面，因此不加检点，在高加索猛烈攻击当时的军事行动，特别是行政当局。高加索总督怕他到了彼得堡也这么胡说八道，为了慎重起见，向陆军大臣打了报告，说普禄是法国政府派来的最危险的军事间谍。普禄在莫斯科过得逍遥自在，被德·弗·戈利岑公爵奉为上宾。一天，公爵突然接到命令，要他派警官把普禄从莫斯科押送出国。对一个熟人这么无理、这么粗暴，总是比较困难的，戈利岑踌躇了两天，才把普禄请到公馆，经过一番委婉曲折的开场白之后，才告诉他，一定有人从高加索诬告他，因此皇上下令要他离开俄国，而且还得派人护送……

普禄很冒火，向公爵指出，由于政府有权命令他出境，他可以走，但不需要护送，他不是犯人，用不着押解。

第二天，警察局长去找普禄时，那人拿了手枪斩钉截铁地说，他不允许警察踏进他的房间，或者他的马车，如果谁强行进入，他就打穿他的脑袋。

戈利岑一般说是非常文雅的，因此很为难，只得把法国领事韦耶尔请来商量对策。韦耶尔想个主意：戈利岑找一个会讲一口流利的法语的警官，由他当作旅客介绍给普禄，要求在后者的马车中占一席位置，并付一半驿马费。

韦耶尔一讲，普禄就猜到是怎么回事了。

"我的马车不是做生意的。"他对领事说。

"这人会很失望。"

"好吧，"普禄说，"我可以让他免费搭车，只是他得听我差遣，干一些小事。这人不会不听使唤吧？否则我得把他丢在路上。"

"这是世界上最听话的人，您尽管吩咐他做事好了。我代他向您道谢啦。"于是韦耶尔赶去报告戈利岑，已经大功告成。

晚上，普禄和那位假旅客出发了。一路上普禄一言不发，到了第一个驿站，他走进房间，躺在沙发上。

"喂，"他对那个伙伴说，"到这儿来，替我把靴子脱下。"

"算了吧，您何必这样呢？"

"我对您说：脱下靴子，否则我便把您丢在路上，要知道我是不会留您的。"

警官替他脱下了靴子……

"把灰尘掸掉，刷干净。"

"真不像话！"

"那么，再见！……"

警官刷干净了靴子。

到了下一站又用衣服如法炮制，就这样，普禄把他捉弄到离开国境为止。为了奖赏这位间谍活动的"受难者"，皇上对他特别开恩，后来提升他当了警察所长。

我抵达彼得堡的第三天，警察要管院子的来问我，"我到彼得堡持有什么证件？"我的唯一证件就是退职证，已在申请护照时交给总督了。我把通行证给管院子的看，他退还了我，说这只适用于离开莫斯科，不适用于进入彼得堡。这时来了个警察，请我上警察总局。我到了科科什金的办公厅（那儿白天也点着灯！）；过了一小时，他来了。科科什金是这类人中的佼佼者：对皇帝忠心耿耿，盲目服从，作为显赫一时的奴才，他既无良心，也无头脑，因此他之升官发财正如鸟会唱歌一样自然。

佩罗夫斯基[1]曾对尼古拉说，科科什金贪赃枉法，十分严重。

"是的，"尼古拉答道，"但是想起他在彼得堡当警察总监，我便觉得可以高枕无忧。"

他跟别人讲话时，我端详着他……那张脸多么苍老，显得酒色过度；头上戴着卷曲的假发，与松垂的皮肤和皱纹形成了鲜明的对照。

他操着德语，正与一些德国女人谈话，那么不拘形迹，那些女人也嘻嘻哈哈，交头接耳的，显得他们是老相识了。她们走后，科科什金找我讲话了，他瞧着地面，用相当生硬的声音问道：

"皇上不是禁止您进入彼得堡吗？"

"是的，但我得到了批准。"

"证明呢？"

"在我身边。"

"拿给我看——一份证明怎么可以用两次？"

"什么两次？"

"我记得，您已来过彼得堡了。"

"我没有来过。"

"您在这儿有何贵干？"

"我有事找奥尔洛夫伯爵。"

---

[1] 1841 至 1856 年的俄国内务大臣。科科什金是当时的彼得堡警察总监。

“那么，您见过伯爵吗？”

“还没有，但到过第三厅。”

“见到了杜贝尔特？”

“见到了。”

“但我昨天见过奥尔洛夫本人，他说，他没有给过您任何许可证。”

“可是它在您手上呢。”

“上帝才知道，这是什么时候写的，它已经过期了。”

“然而，如果我没有得到批准，我不会一到就去拜访杜贝尔特将军。”

“如果您不想自找麻烦，还是回莫斯科吧，而且得在二十四小时内动身。”

“我根本不打算在这儿多住，但我必须等候奥尔洛夫伯爵的答复。”

“这不成，我不允许，况且奥尔洛夫伯爵对您私自来这儿也很不满。”

“请您把我的信还我，我马上去找伯爵。”

“它必须留在我这儿。”

“但这是写给我的信，有我的名字，它是我在这儿的唯一证件。”

“信得留下，作为您到过彼得堡的证明。我正式通知您明天走，免得更糟。”

他点点头走了。跟这种人是谈不通的。

老图奇科夫将军① 与政府机关打过一场官司：他的村吏承包一

---

① 图奇科夫（1775—1858），1812 年卫国战争中的俄国将领。

项工程，营私舞弊，得清理欠款。法院判决向地主追回赃款，因为是他把委托书给村吏的。但这项工程根本没有发过委托书，图奇科夫就这么回复了。案件送到了参政院，参政院又判决："由于退职中将图奇科夫给予委托书……据此……"图奇科夫又复文道："由于图奇科夫中将并未发给该项工程之委托书，据此……"过了一年，警察当局仍坚定不移地宣称："由于中将……据此……"老人又写了复文。我不知道，这件趣闻最后怎么了结。我离开了俄国，没等到它的解决。

这样的事根本不是个别的，它完全正常。科科什金拿着信，它的可靠性不容怀疑，上面有编号和日期，很容易查对，信上写着，我被批准前往彼得堡，他却说："由于您没有得到批准，请您回去。"信却放进了他的口袋。

恰达耶夫谈到这些先生时，他的话确实不错："他们都是会寻开心的孩子！"

我赶往第三厅，把经过告诉了杜贝尔特。他哈哈大笑。

"他们怎么老是纠缠不清！科科什金向伯爵报告，您没获得批准便到了彼得堡，伯爵吩咐把您送回去，但后来我向他说明了一切。现在您可以要住多久就住多久，我马上发个公文给警察局。不过关于您的事，伯爵认为，替您申请出国，恐怕不会成功。皇上已经拒绝过两次，第二次是根据斯特罗戈诺夫伯爵的请求。如果第三次再遭到拒绝，那么在这个朝代，您就再也别指望上矿泉疗养了。"

"那我怎么办呢？"我担忧地问，因为出国获得自由的思想已在我心中扎下了根。

"您还是先回莫斯科；让伯爵给莫斯科总督私人写封信，说您要求出国为您的夫人治病，问他是否可以从您这几年表现不坏这一点出发，考虑取消对您的监督？问题这么提出，他总会同意的。我们就把您已撤销监督的事报告皇上，于是您就可以像其他人一样领取出国护照，爱上哪儿便上哪儿了。"

我觉得这一切相当复杂，甚至可能是一个计策，目的是摆脱我。他们无法拒绝我，怕奥莉加·亚历山德罗夫娜发脾气，因为我每天上她的家。但我一旦离开就不可能再回这个城市；跟这些先生写信也没用。我把我的疑虑透露了一些给杜贝尔特；他有些不高兴，也就是说，眯缝着眼睛，笑得连嘴巴也合不拢了。

"将军，"我最后说，"我不知道，甚至无法相信，斯特罗戈诺夫的呈文已转给皇上。"

杜贝尔特打了铃，吩咐把我的"案卷"拿来，同时对我殷勤地说：

"伯爵和我向您建议的那条获得护照的途径，我们认为是最可靠的。如果您有更好的办法，也不妨试试。您放心，我们决不会从中阻挠。"

"列昂季·瓦西里耶维奇说得一点不错。"一个阴沉的声音在我耳边响了起来，我回头一看，原来是萨赫迪斯基，五年前他也在这个第三厅接见过我，只是现在头发更白，人也更老了。"如果您想走，我劝您还是照他的意见办好。"

我向他道了谢。

"瞧，案卷来了。"杜贝尔特说，从官员手中接过了一大叠公文（要是让我全部看一遍那该多好啊！1850 年我在巴黎卡利埃①的办公室中看过我的"档案"，把它们对比一下一定是很有趣的）。他翻了一阵，打开一页给我看，这是收到斯特罗戈诺夫的报告，要求批

---

① 卡利埃（1799—1858），法国第二共和时期的巴黎警察局长。

准我到德国矿泉疗养六个月之后，本肯多夫的签呈。页边写着大大的铅笔字："尚早"，铅笔字上涂了光釉，下面是钢笔写的一行字："皇上御批'尚早'。亚·本肯多夫伯爵"。

"现在您相信了吧?"杜贝尔特问。

"相信了，"我回答，"我也相信您的话，所以明天就回莫斯科。"

"您可以玩几天，警察现在不会打扰您了，您走以前再来一下，我让您看给谢尔巴托夫 [①] 的信。再见，祝您一路顺风，如果我们不再碰头的话。"

"一路顺风。"萨赫迪斯基跟着说。

不用说，我们是在友好的气氛中分手的。

回到家中，正好警察所长要找我，大概是第二造船厂区的警察所。他问我什么时候动身。

"明天晚上。"

"哦，好像……我以为……将军说是今天呢。当然，总监大人会同意延长一天的，您让我请示一下，好吗?"

"可以，可以，那么您先把通行证给我吧。"

"等我在所里写好后，过两小时送给您。您打算坐谁的车走?"

"坐谢拉平的车，如果有座位的话。"

"很好，万一没有座位，劳驾通知我一声。"

"可以。"

晚上警察又来了，所长要他通知我，不能发给我通行证，要我明晨八时去见警察总监。

这又是什么玩意儿，这么麻烦! 我未能准时到达，但还是在早

---

① 1844 至 1848 年的莫斯科总督。

上赶到了警察总监的办公厅。所长在那儿，他对我说：

"您不能走，第三厅有公文来了。"

"什么事？"

"不知道，将军不让发通行证给您。"

"办公室主任应该知道吧？"

"他当然知道。"他向我指指另一间屋子中的一个上校，那人穿着制服，挂着军刀，坐在一张大办公桌后。我问他是怎么回事。

"不错，"他说，"我们收到了公文，这就是。"他看了一遍，把它递给我。杜贝尔特写道，我完全有权前来彼得堡，要待多久就待多久。

"因此你们才不放我走？对不起，我实在觉得好笑，昨天总监大人不准我留下，要赶我走，今天又不准我离开，原因不过是因为公文上说，我要待多久就可以待多久。"

事情很明显，连这位上校秘书官也不禁哈哈大笑了。

"我已经在驿车上定了两个座位，为什么要白花钱？您还是吩咐给我开通行证吧。"

"不成，我得请示将军。"

科科什金命令给我发通行证。他走过办公室时还责备我道：

"您这是算什么，一会儿要留下，一会儿要走。要知道公文上说您可以留下呢。"

我一声也没回答他。

晚上，我坐上马车出了城。我重又看到了森林中一望无际的大道，一直通到十字路站。我望望天空，在心中真诚地宣誓，再也不踏进这个城市，这个由蓝色的、绿色的、杂色的警察横行霸道的城市，这个杂乱无章的警察天地，这个奴才扬眉吐气、宪兵志得意满的地方，这儿只有杜贝尔特还差强人意，但他也是第三厅的头子。

谢尔巴托夫勉强给奥尔洛夫回了信。他的秘书不是上校，是一个虔诚派牧师①，他因我那些文章恨我，因为我是"无神论者和黑格尔主义者"。我亲自找他商量。这位教士秘书用甜蜜的嗓音，像做祷告似的向我说，总督对我一无所知，他毫不怀疑我崇高的品德，但理应向警察总监查询一下。他是想拖延时间，而且这位先生是不要贿赂的。俄国官场中最可怕的就是这些奉公守法的君子；在我们这儿也只有德国人才天真得无法收买，如果是俄国人却不要钱，那么他一定要你别的东西，而且肯定是个不好对付的大坏蛋。幸亏警察总监卢任对我的印象还不坏。

过了十来天，我回家时在门口遇到了一个宪兵。在俄国，警察的光顾就像瓦片落到了脑袋瓜上，因此我怀着紧张的心情等他开口。他递给我一封公文，奥尔洛夫伯爵通知我，皇上已批准撤销对我的监督。这样，我也获得了领取出国护照的权利。

> 为我高兴吧！我获得了自由！
> 获得了远走他乡的自由！
> 这会不会是梦中的幻景？
> 不会！明天付了护照费，
> 我就可以登上驿车，
> 从一站飞到另一站。

---

① 虔诚派是 17 世纪后流行于德国的路德宗教派，信徒均为德国人，怀有狂热的宗教信念。

我要走了。在那儿将遇见什么？

我不知道！我有的只是信心！

然而未来仍是茫茫一片，

天知道，它将给我什么！

我惶恐地站在欧洲的大门前，

心头充满了热烈的期望，

还有那模糊的憧憬，

但朋友，我仍在怀疑中

频频摇动愁容满面的头。

·····························

（《感怀》第二卷）

"……六七辆三驾马车直送我们到黑土站，我们在那儿最后一次碰了杯，然后含着眼泪告别了。

"天已黄昏，马车开始在雪地上吱吱滑行，你们依依惜别，目送着远去的我们，但决不会想到这是送葬，是永诀。大家全到了，只缺少一个人——那个好友中的好友，唯独他病了，不能送行，仿佛为了免得看到我的离开。

"这是 1847 年 1 月 21 日。"[1]

十天后，我们到达了国境线。

……军士把护照交还了我；一个瘦小的老兵戴着笨重的高筒军帽，军帽上遮着一块漆布，提着异常大、异常重的步枪，拉起了拦

---

[1] 引自本书第五卷第三十五章《西方小品》之一《梦》。"好友中的好友"指奥加辽夫。黑土站是莫斯科通往彼得堡的大道上的第二个驿站，送行者一般到此告别。

路木；一个小眼睛、大颧骨的乌拉尔哥萨克牵着矮小的马，马身上的毛乱糟糟的，挂满了冰锥儿，他走到我跟前，祝我"一路平安"；车夫是犹太人，又脏又瘦，脸色煞白的，脖子上围了四道破布，登上了驾车座。

"再见！再见！"我们的老朋友卡尔·伊万诺维奇^①说，他是送我们到塔乌罗根的。接着塔塔^②的乳母，一个美丽的农妇，也满面泪痕地与我们道了别。

犹太人拉了拉马，车动了，我回头探望，拦路木放下了，风从俄国挟带着雪吹向大路，把哥萨克的马吹得尾巴和鬣毛都斜向了一边。

乳母穿着长袍和坎肩，仍在后面望着我们啼哭；佐年贝格，这个老家的缩影，我童年时起就熟识的可笑人物，挥着绸手帕；周围是一片白茫茫的雪地。

"再见，塔季扬娜^③！再见，卡尔·伊万诺维奇！"

看到界标了，界标上是飘满雪花的瘦瘦的单头鹰，它张开了翅膀……好得很——少了一个头^④。

再见吧！

---

① 即佐年贝格。

② 赫尔岑的大女儿，名纳塔利娅，出生于 1844 年。

③ 即塔塔的乳母。

④ 鹰徽是普鲁士的国徽，双头鹰是帝俄的国徽（鹰徽本来是欧洲各君主国普遍采用的国徽，据说俄国吞并波兰后，加上了一个头，表示两国的合并，也有说这是伊万三世于 1472 年开始使用的，因为他娶了拜占庭末代皇帝的侄女，以此表示俄国要继承拜占庭帝国的地位）。

尼·赫·凯切尔（1842—1847）

我得再谈一下凯切尔，这次要详细得多。

从流放回来，我发现他还是住在莫斯科。看来他已与莫斯科结了不解之缘，无法分开了，我简直不能想象没有他的莫斯科，或者在另一城市中的他。有一次他想迁居彼得堡，但住了不满六个月便走了，重又出现在涅格利纳河畔巴扎诺夫的咖啡馆中，向打台球的军官们宣传自由思想，教演员们演戏，翻译莎士比亚的作品，管头管脚地爱护从前的老朋友们了。不错，他现在也有了新朋友，那就是别林斯基和巴枯宁这些人；但是，虽然他也不分白天黑夜教训他们，在心灵深处他还是只有我们。

他那时已将近四十岁，但仍完全像一个老大学生。为什么会这样呢？这正是我们需要探讨的。

从各方面看，凯切尔属于那种古怪人物，这些人是在彼得的俄国的边缘地带繁殖起来的，1812年后尤其多，他们像这个俄国的后遗症、牺牲品，从某种意义上说，也是它的副产物。他们脱离了那条艰难困苦、光怪陆离的共同轨道，却始终没有找到自己的途径，他们在探索，而且停留在探索中。在这被牺牲的行列中，情况千差万别：他们不全是奥涅金或佩乔林，不全是多余的人，游手好闲的人，也有的勤勤恳恳，但一事无成——他们是失败者。我曾不知多少次想刻画那些与众不同的形象，那些来自生活的独特面貌，但是众多的材料使我感到棘手，我不得不放下了笔。他们决非相似的动物，统一的商品，他们来自不同的模式，具有不同的气质，如果说他们有互相贯通的东西，那么这只是他们的共同灾难。端详一下那灰暗的背景，便可从那里看到在棍棒下的士兵，在皮鞭下的农奴，那流露在脸上的没有发出的呻吟，那驶向西伯利亚的马车，那在这条路上跋涉的囚徒，那剃掉头发的额角，那刺了字的面孔，那头盔、肩章和帽缨……总之，一个彼得堡的俄国。他们的灾难来自它，可是没有力量改变它，也没有力量摆脱它，或者促进它。他们想逃离这个背景，可是办不到，他们的脚下没有土地，他们想呼号，可是找不到语言……也没有肯倾听的耳朵。

毫不奇怪，在这种丧失平衡的状态中，不易产生实际的有用的人，不知疲倦的、勤奋工作的人，却能产生许多奇人怪物，这些人身上有好的、纯粹人的东西，也有同样多的不和谐的、反常的东西。

凯切尔的父亲是器械制作师。他制造的外科用具是有名的，为人也正直无私，但很早去世，留给他妻子一大群孩子和一份败落的家业。他大概是瑞典人出身，因此谈不到什么与人民的真正的、直接的联系，那种从吃奶时起就养成的、随着最初的玩具而俱来的、哪怕在地主府上也存在的东西。外国的技师、手艺人、工匠和他们的老板们，构成了一个独特的天地，他们的生活习惯和趣味使他们与俄国的上层和下层都互相隔绝。这些人的私生活往往高尚得多，纯洁得多，不像我们的商人那么粗野专横、荒淫无耻，也不像我们的小市民那么不顾死活地酗酒，更不像我们的官吏那么狭隘、卑鄙，专干贪赃枉法的勾当。然而这些外国人与周围的世界不通声气，他们一开始就带来了另一种作风，另一些原则。

凯切尔的母亲是俄国人，大概正因为这一点凯切尔才没有成为外国人。我并不认为她关心孩子的教育，但非常重要的是，孩子们接受了东正教的洗礼，也就是说，没有树立任何真正的信仰。如果他们是路德派教徒或天主教徒，他们就会完全德国化，走进这个或那个德国教堂，不自觉地加入某个与社会隔绝的、独树一帜的侨民组织，追随它的教派，拥护它的宗教利益。俄国教会则不同，谁也不会强迫凯切尔进教堂，何况即使他小时常上教堂，它也不像它的姊妹教堂，尤其是那些身处异乡客地的姊妹教堂那样，具有蛛网般的粘结能力。

要知道，我谈的这个时期，根本说不上什么东正教的狂热信仰。那时的教会与国家一样，从不千方百计保卫自己，也不关心自己的权利，这可能是因为谁也不会侵犯它们。大家知道，这是怎样的两头野兽，不会把手伸进它们的嘴巴。然而它们也不会把过路人抓进大门，责备他们背弃正教精神，或者怀疑他们的正统信仰。当莫斯科大学开设神学课程时，老教授海姆①，那位给我们留下了几部宝贵辞典的人，在学校的大礼堂上惶惶不安地说："俄国这所著名大学的末日到了。"哪怕以马格尼茨基和鲁尼奇为代表的宗教狂瘟疫，那种丧失理智的、煊赫一时的、特务式的、警察式的（与我们的一切一样）宗教狂，也只是像一股凶险的旋风卷倒了落在它手中的人们，便化作形形色色的福季和伯爵夫人而销声匿迹了②。在中学

---

① 他编过几本俄德和俄法辞典。

② 马格尼茨基和鲁尼奇都是当时的反动官僚，曾任喀山和彼得堡的学区总监。福季是诺夫哥罗德的修士大司祭，伯爵夫人指奥尔洛娃。所有这些人都是充满宗教狂热精神的反动人物。

和小学中，教义问答课只是一种形式，是应付考试的，因为考试总是从"神学"开始。

到一定的时候，凯切尔进了医科大学。这也是纯粹外国式的学府，没有太多的东正教精神。在那儿教课的有"正直的基督徒"洛德尔，他是歌德的朋友，洪堡的老师，一位坚定的自由思想家，当时的杰出人才之一，正是这些人使德国上升到了它不敢想望的高度。对于他们，科学还是一种宗教、宣传和战斗，他们本人也刚摆脱神学的羁绊获得自由，对斗争记忆犹新，但他们相信这胜利，并以此自豪。洛德尔始终反对按照菲拉列特的教义问答讲授解剖学。他旁边还有瓦尔德海姆·费谢尔和外科医师希尔德勃兰特，这些人我已在另一个地方[①]讲过了。此外还有各种德籍助理、实验员、解剖员和药剂师。"听不到一句俄国话，看不到一张俄国脸"[②]。俄国的一切都退到了次要地位。我们想得起的唯一一例外，只有佳季科夫斯基[③]。凯切尔尊敬地怀念着他，看来他对学生们有着良好的影响。然而直到最近，医科大学仍与其他大学不相往来，那里的学生包括德国人和教会中学毕业生两类，他们不问外事，只知道埋头读书。

但埋头读书对凯切尔是不够的。这充分证明他不是德国人，他寻找的首先不是职业。

他的家庭对他没有特殊的吸引力，从年轻时起他就喜欢独自过活。周围的其他人只能使他感到屈辱和厌恶。于是他拿起席勒的作品一读再读。

---

① 指本书第一卷第六章。

② 引自格里鲍耶陀夫的《聪明误》第三幕第二十二场。

③ 佳季科夫斯基（1784—1841），俄国医学教授。

凯切尔后来翻译过莎士比亚全集①，但不能清除席勒对他的影响。

席勒非常符合我们大学生的口味。波查和麦克司，卡尔·穆尔和斐迪南②，大学生，当强盗的大学生——这一切是黎明前的抗议，最早的愤怒。凯切尔热血沸腾，感情胜过理智，席勒诗中反映的一切，对话中包含的革命哲理，他是容易领悟和接受的。他废寝忘餐，反复阅读，对他说来批判和怀疑是完全不存在的。

在席勒之后过了几年，他找到了另一种读物，他的精神生活终于确定了。其余的一切消失得无影无踪，不再吸引他。90年代③，这天翻地覆的席勒式大悲剧，以它诗的光芒和流血，以它森严的美德和光辉的理想，以它所表现的黎明和抗议的性质，吞没了他。但在这里凯切尔也没形成明确的观念。他把法国大革命当作圣经故事；他相信它，喜爱它的代表人物，对他们倾注了个人的好恶和爱憎，幕后的一切他还无暇过问。

1831年我与他在帕谢克家初次会面时，他是这样；1847年我与他在黑土站分别时，他仍是这样。

作为一个理想家（不是浪漫主义的理想家，不妨说是政治伦理的理想家），他在当时的医科大学中恐怕很难找到他所要寻找的生活环境。他内心的苦闷不是医学所能解决的。他脱离了周围的人，愈来愈沉浸在幻想的人物中，企图从他们中寻找精神寄托。

---

① 凯切尔曾用散文翻译过全部莎士比亚的剧本，这是当时俄国文学界的一件大事。
② 波查侯爵是《唐·卡洛斯》的主人公，麦克司是《华伦斯坦》的主人公，卡尔·穆尔是《强盗》的主人公，斐迪南是《阴谋与爱情》的主人公，他们都是席勒式的英雄人物。
③ 指18世纪90年代法国资产阶级大革命时期。

他到处遇到的都是截然不同的趣味，微不足道的小人，他变得桀骜不驯了，习惯于皱眉头，毫无必要地讲一些令人不快的真理，那种大家知道的真理。他竭力想过拉方登①的"畸零人"式生活，成为"索科利尼基②的鲁滨孙"。他家的小花园中有一个亭子，他搬进里面，于是像当时尼·阿·波列沃伊调侃他的，"凯切尔医师在那儿翻译席勒医师的作品了"③。亭子的门没有锁……屋内连转身也困难。但这正是他所需要的。早上他在园子里翻土，种花，移栽树木，免费给附近的穷人治病，校对《强盗》和《斐艾斯柯》④的校样，读马拉和罗伯斯庇尔的演说辞，代替对梦想的未来的祈祷。总之，如果他少读一点书，多拿一点铁锹，他就可以成为卢梭的理想人物了。

凯切尔是在1831年通过瓦季姆的关系与我们熟识的⑤。那时我们的小组除了他和我，还有萨佐诺夫、萨京、帕谢克和他两个哥哥，以及两三个大学生；凯切尔认为我们是实现他的神圣理想的种子，是1826年被刈割一空的庄稼地⑥上新长出的幼苗，因此满腔热情地靠拢我们。他比我们年长，很快就掌握了"精神检察官"的大权，我们每走一步，他总要提出意见，有时甚至是训斥。我们相信他是实事求是的人，经验比我们丰富，何况我们爱他，非常爱他。谁病了，凯切尔便来当护士，直到病人痊愈才离开。科尔列伊夫、

---

① 拉方登 (1758—1831)，德国感伤主义小说家，《畸零人》是他的长篇小说。

② 凯切尔的居住地。

③ 席勒是在军事学校学医出身的，毕业后还当过军医。

④ 指席勒的《斐艾斯柯在热那亚的谋叛》，这里都是指席勒作品的俄译本。

⑤ 见《往事与随想》第一卷第190页。——作者注（按此处页码系1861年本书初版本的页码，在第六章）。

⑥ 指1826年十二月党人之被处死、监禁及流放。

安东诺维奇等人被捕后，凯切尔首先到监狱探望他们，安慰他们，替他们奔走，以致宪兵将军利索夫斯基把他叫去，要他当心一些，别忘了自己的身份（军医官！）。纳杰日金[①]"在理论上"爱上了一位小姐，想与她秘密结婚，因为她的父母坚决反对这门亲事，于是凯切尔自告奋勇，替他安排了浪漫主义的私奔，亲自裹了那件著名的红里子黑斗篷，与新郎一起坐在圣诞林荫大道的长凳上，等待那神圣的信号。信号老是没有出现。纳杰日金感到伤心和沮丧。凯切尔用斯多葛派的坚毅精神安慰他，可是绝望和安慰对纳杰日金发生了奇特的作用：他睡着了。凯切尔皱紧眉头，在林荫道上闷闷不乐地徘徊。纳杰日金半睡不醒地说："她不来了，我们回家睡觉吧。"凯切尔把眉头皱得更紧了，没精打采地摇摇头，扶着昏昏欲睡的纳杰日金回家了。他们刚走，小姐从家中出来了，约定的信号重复了不是一次，而是十来次，她等了一两个钟头；一切静悄悄的，她也静悄悄地走回了自己的闺房，大概哭了一场，然而也彻底治好了对纳杰日金的相思病[②]。凯切尔一直不能宽恕纳杰日金的瞌睡症，总是摇摇头，张开颤抖的下嘴唇说："他不爱她！"

我们坐牢的时候，凯切尔的关心，我结婚的时候，他对我的帮助，我都在其他地方谈过了。1834 至 1840 年的六年间，他几乎是我们小组中唯一留在莫斯科的人，成了它的英勇而自豪的代表，维护了它的传统，使它没有受到丝毫损害。他就这么等到我们回来，我们有的是在 1840 年回来的，有的在 1842 年……流放，与陌生世

---

① 当时的一个理论家。

② 这位小姐本是纳杰日金的学生，后来成为女作家，笔名叶夫根尼·图尔（即第四章中提到过的那个沙里阿斯·德·图尔涅米尔），与屠格涅夫、托尔斯泰等均有交往。

界的接触，读书和劳动，使我们变化很大；凯切尔这位静止不动的我们的代表者，却依然故我。只是他不在翻译席勒的作品，而在翻译莎士比亚的作品了。

老朋友们在莫斯科再度相会后，凯切尔异常兴奋，他干的第一件事就是重建他的"精神审判权"，只是他很久没有发觉，它已不像以前那么通行无阻了。他的责骂有时会使人生气，这是从前没有的，有时也使人厌恶。过去，生活热火朝天，彼此毫无芥蒂，因此谁也不会注意路上那些小小的石子。但正如我说的，时间使许多东西发生了变化，个性也愈益鲜明和不同，善良而唠叨的"大叔"的角色，除了逗人发笑，没有任何意义。大家尽量想一笑置之，用友谊、纯洁的愿望来解释他那不必要的坦率，那种指摘性的爱，然而效果很坏。何况需要解释、掩饰和提防，这本身已不是吉兆。如果一开始就能制止他，也许不致发展成那些不幸的冲突，使我们的莫斯科生活终于在1847年初结束。

然而新朋友们就不像我们那么宽宏大量了；别林斯基非常爱他，有时也克制不住，像凯切尔本人一样不能容忍不公平的待遇，为了狠狠教训他，便几个月不再与他辩论。凯切尔从来不是冷静或淡漠的人。他不是无情打击，就是爱得发狂，往往从热情洋溢的朋友一变而为铁面无情的法官，不难想见，冷淡和沉默对他是最大的惩罚。

在争吵和一系列严厉的谴责之后，凯切尔马上平静了，愤怒消失得无影无踪，也许他心里对自己很不满，但从来不承认这一点，相反，竭力使一切带上开玩笑的性质，然后再度越过那条界线，使玩笑变得不再可笑。这是在伊万·伊万诺维奇和伊万·尼基福罗维奇的和解中，著名的"公鹅故事"的永恒反复①。谁没见过那些淘气的孩子，像野马一样玩得静不下来，明知要受到责罚，还是欲罢不能。他把一个人挑逗够了，引起了冷峻而尖刻的回答，这才觉得满足了，重又恢复阴郁的心情，扬起眉毛，跨着大步在屋里踱来踱去，像席勒剧本中的悲剧人物，或者来自富基埃–坦维尔②的法庭的陪审员，用猛烈的声调向我们大家发出一连串的指责，尽管这些指责毫无事实根据，最后他自己却深信不疑，于是怀着他的朋友都是混蛋的痛苦思想，闷闷不乐地回家，丢下我们在那儿愣得目瞪口呆，火冒三丈，直到愤怒重又消失在友情中，才像疯子一样大笑不止。

第二天一早，凯切尔就安静地、伤心地在屋里踱方步，一边拼命吸烟斗，等待我们中间谁跑去把他大骂一顿，然后和好如初。当然，和解时他还是不会放下架子，始终保持着吹毛求疵的"大叔"的威风。万一没有人来，凯切尔就会带着一颗惶恐不安的心，垂头丧气地走进涅格利纳河边的咖啡馆，或者那个安静明朗的避风港——米·谢·谢普金的家，他在那里总能看到和善的笑容，受到友好的接待；于是他待在那里，等到他所掀起的风暴平息为止。他自然要向米·谢诉苦，埋怨我们；好心的老人便骂他，说他乱弹琴，我们根本不是他讲的那号坏人，还马上会带他来见我们。我们知道，凯切尔闯了祸自己也很痛苦，对他不肯直截了当找我们道歉的心情，表示了谅解，或者不如说宽恕，三言两语把争吵一笔勾销了。我们的让步首先得归功于夫人们，她们几乎总是他的庇护者。

---

① 在果戈理的小说《伊万·伊万诺维奇和伊万·尼基福罗维奇吵架的故事》中，只因一个伊万骂了另一个伊万是"公鹅"，便打了十多年官司。

② 富基埃–坦维尔 (1746—1795)，法国资产阶级革命家，1793 年任革命法庭检察官，以铁面无情著称。

她们赞许他心直口快（他对她们也不留情），虽然有些粗暴，也有些古怪。看到她们的姑息态度，凯切尔相信，做人就应该这样，这是可爱的，也是他责无旁贷的。

我们在波克罗夫村的辩论和争吵，有时是非常可笑的，然而它们也留下了漫长的黑影，往往几天不能消失。

"为什么咖啡的味道这么坏？"我问马特维。

"它的煮法不对。"凯切尔说，介绍了他的煮法。咖啡还是那样。

"把酒精和咖啡壶给我，我自己来煮。"凯切尔说着便动手干。咖啡毫无起色，我向凯切尔指出这一点。他尝了尝，马上从眼镜下注视着我，用激动的嗓音问道：

"那么照你看，这咖啡没有好一些？"

"没有。"

"真奇怪，你在吃东西这种小事上也不肯放弃自己的观点。"

"问题不在我，在咖啡。"

"简直太糟了，这就是不幸的自尊心在作怪！"

"对不起，这不是我煮的咖啡，也不是我制造的咖啡壶……"

"我了解你……你就是喜欢固执己见。为了一点微不足道的咖啡，真无聊，简直是极端自高自大！"

他忍不住了；我在口味上的专制主义和自高自大使他大为恼火，马上把帽子一戴，提起篮子，跑进了树林。到傍晚他回来了，走了二十多俄里；他喜欢采集食用菌，白菇、白桦蕈和牛肝菌的丰收，驱散了他的阴郁心情；我当然也忘了咖啡的事，竭力赞美各种蘑菇。

第二天早上，他又想重提咖啡问题，但我避开了。

我们争吵的主要根源之一，便是我儿子的教育问题。

教育与医学和哲学的命运是相同的，除了长期认真从事这些工作的人以外，世上任何人都对它们抱有固定的、明确的观点。你问怎么建造桥梁，怎么排除沼地的水分，人家会坦率地说，他不是工程师，不是农艺师。但你谈到水肿病或肺痨，他就会凭记忆推荐一些药，有的是道听途说，有的是他伯父的经验；谈到教育，他更会滔滔不绝："我有这样一条原则，我始终坚持这个观点。对于教育，我不爱开玩笑……这是一件太应该关心的事。"

凯切尔对教育持有怎样的见解，这可以从我们描绘的他的性格中毫发不爽地看到。在这方面他也是非常彻底的，一般谈论教育的人却不具备这种精神。凯切尔与《爱弥儿》①的观点一致，坚信推翻现在加在孩子身上的一切，这本身就是最好的教育。他要把孩子从人为的生活中拯救出来，有意识地让他重返野蛮状态，那种原始的独立状态，在那里一切都趋于平等，连人与猿猴之间的差别也再次消失。

我们自己离这种观点也不太远，但在他那里，它正如一切东西一旦落进他手中一样，变成了一种狂热病，不容许丝毫的怀疑和反对。古老的、神学的、烦琐的贵族教育，它那种教条主义，那种空洞理论，那种迂阔而墨守成规的古典主义精神，那种专重外表、不重实质的道德观念，是应该反对的，也是必须反对的。不幸的是在教育问题上，正如在一切问题上一样，急风暴雨似的革命只能摧毁旧事物，不能给予任何接替它的新事物。让－雅克②的门徒们向往的正常人物，却怀着野蛮的偏见，要使孩子脱离历史环境，变得对它一无所知，仿佛教育不是要让个人参与人类的发展历程。

---

① 卢梭的教育哲理小说，在小说里卢梭具体论述了他所谓顺乎天性的"自然教育"纲领。
② 即卢梭。

关于教育的争论往往不会停留在理论范围……它与实际太接近了。我的儿子那时七八岁，体质虚弱，常患感冒和痢疾。这一直继续到我们去那不勒斯，或者在索伦托遇到一位名医为止，这位医师改变了整个医疗和卫生方法。但当时凯切尔想一下子把他锤炼成钢铁，我不同意，他便大发脾气。

"你是保守派！"他大叫大嚷，"你会葬送这个不幸的孩子！你在使他变成弱不禁风的少爷，同时也是一个奴隶。"

孩子在母亲生病时淘气，吵闹，我制止他；除了单纯的必要性，我认为，要他为别人，为无限爱他的母亲，约束一下自己，这是完全合理的。但凯切尔深深吸了一口"茹科夫"烟，板起面孔，冲着我说道：

"你有什么权利不让他叫喊？他需要叫喊，这是他的生活。打倒父权思想！"

这种争执，不论我怎样不以为意，还是使我们的关系变得紧张了，严重地威胁着我们与凯切尔的亲密友谊。一旦友谊破裂，他会比大家更痛苦，因为他还是与大家不能分割的，而且他也很难过孤独的生活。他的性格根本不是内向的，主要是外向的。他不能没有朋友。他干的工作是经常与另一个人谈话，这另一个人就是莎士比亚。工作了一个上午，他会感到厌倦；夏天他还可以到田野中散步，在花园中种花，但冬天，他只得穿上著名的斗篷，或者骆驼色粗毛大衣，走出索科利尼基，上阿尔巴特街或尼基塔街找我们了。

他的急躁任性，一部分也是由于他缺乏内心活动，缺乏论证和分析能力，不能对事物形成明确的概念和提出问题。对于他，问题是不存在的，它早已解决，他只要向前走，不必左顾右盼。如果他是干实际工作，那也许还好，可是并无实际工作供他做。直接参与社会活动是不可能的：我们这儿只有三个上层阶级有权过问这些。于是他把渴望活动的心情倾注到了朋友间的私人生活中。我们是靠理论工作摆脱那种折磨他的空虚感的，可是他对待一切问题都是一锅煮，不分青红皂白，这样或那样——在他看来反正一样，一旦决定，他便一直朝前走，决不回头，始终固执地忠于自己的决定。

尽管这样，1846 年前我们的关系没有真正破裂。纳塔利娅非常爱凯切尔，对 1838 年 5 月 9 日[①]的回忆是无法与他分开的。她知道，他表面上虽然像刺猬，心中却怀着温柔的友情；但她不愿看到这些刺生长，变得愈来愈多。与凯切尔的争吵，她觉得是不祥之兆；她想，把我们整个青年时代紧紧拴在一起的链子，哪怕用一把小小的锉刀锉它，日子长了，也能把它锉断，一旦各个环节一个接一个断了，整条链子也就散开了。在彼此攻击、各不相让的当口，我往往看到她脸色苍白，示意要我停止；她抛开暂时的烦恼，向他伸出手去。有时凯切尔很感动，但他仍强作镇静，竭力表示实际上他并不在乎，他准备和解，不过，很抱歉，他还是会继续争论……

这种谴责和退让的友谊，它们那反常的、摇摆不定的关系，本可继续多年，但是新的情况使凯切尔的生活复杂化了，这种关系也急转直下地变了。

他也有他的恋爱故事，它正如他一生的一切那么奇怪，把他迅速地拖进了无法自拔的家庭的泥沼。

凯切尔的生活本来非常简单，他像无牵无挂的大学生在人间漂流，只有一些起码的需要，现在这一切突然变了。他的家中出现了一个女人，或者不如说，他有了个家，因为那儿有了个女人。这以

---

① 赫尔岑结婚的日子。

前谁也不能想象凯切尔会结婚，会有自己的家庭，他放浪不羁，随随便便，走路时吃东西，吃饭时一边喝汤、吃牛肉，一边吸烟，晚上不睡在家中，以致康·阿克萨科夫取笑他，说"凯切尔与众不同的地方，就是别人是用膳，他是吃东西"。可是现在他忽然有了一个窝，有了自己的家，自己的小天地！

事情是这样的。

几年前，凯切尔每天要经过索科利尼基和巴斯曼街之间的一些偏僻胡同，他遇到了一个穷苦的、几乎衣衫褴褛的姑娘；她疲倦，忧郁，是从一家作坊打这条路回家去。她并不漂亮，显得胆怯、羞涩而且可怜；她的存在不会引起任何人的注意……谁也不会同情她。她是孤儿，没有一个亲人，多亏基督的照顾，给收容在分裂派教徒的隐修所中，长大之后，便去做苦工，一个人无依无靠地在世上过活。凯切尔开始与她攀谈，叫她不要怕他，向她询问她悲苦的童年，那痛苦的经历。他是第一个给予她同情和温暖的人，她也用全部的真诚对待他。他的生活是孤单乏味的，尽管他经常与朋友们饮酒作乐，高谈阔论，还不时出入莫斯科的大剧院和巴扎诺夫的咖啡馆，他的内心是空虚的；当然，他不承认这一点，甚至对自己也不承认，但那是无法掩盖的。这朵无人注目的可怜的花，自己落到了他的怀中，他把它接住了，没有考虑后果，可能也没有把这件事看得怎么重要。

在妇女眼中，文化程度高的上等人总是具备一定的当选资格的，比这低一等的阶级也自然被认为是活该牺牲的。对这一切我们谁也不以为奇……因此大概也没有人会提出指责。

孤儿把自己毫无保留地献给了凯切尔。这也难怪，她是在分裂派的隐修所中长大的，她从那儿带来了狂热的献身精神，偶像崇拜，坚定不渝的信念和无边的忠诚。她所爱和所尊敬的一切，所畏惧和服从的一切：基督和圣母，圣徒和灵验的神像——这一切现在都集中到了凯切尔身上，他是第一个怜悯她和爱护她的人。这件事是半公开的，秘密的……他们不敢把它公之于众。

……她生了一个孩子，当时她病得很重，孩子死了……可以巩固他们关系的纽带断了。凯切尔对谢拉菲玛变得冷淡了，不大与她见面，最后抛弃了她。这个腼腆的女孩子"不会轻易了却相思债"①，这是可以断言的。除了这爱情，她在世上还有什么可以指望的呢？除非跳进莫斯科河。可怜的姑娘白天干完了活，披着单薄的衣衫，不顾天气阴霾，冒着寒冷，走到通往巴斯曼街的路上，等待几个小时，只为了见他一面，目送他经过，然后回家，整夜啼哭；她大多躲在墙角边，但有时也向他问候，与他搭讪几句。只要听到一两句亲切的答话，她就惊喜若狂，快活地跑回家中。关于自己的"不幸"，自己的爱，她羞于启齿，也不敢讲。这样过了两年多。她默默地、毫无怨言地忍受着自己的命运。1845 年，凯切尔迁移到了彼得堡。这太痛苦了。甚至在街上也看不到他，在远处也望不见他，不能目送他经过，只知道他在七百俄里以外，在异乡客地，却不知道他身体可好，有没有遇到什么灾祸——这是她无法忍受的。她告贷无门，只得一戈比一戈比地积钱，把全部意志集中在一个目标上，这样过了几个月，她终于动身到了彼得堡。疲倦不堪、又瘦又饿的她，找到了凯切尔，哀求他不要抛弃她，要宽恕她，此外她一无所求，她会给自己找到一个栖身之所，她会去做苦工，过贫困的生活，只要能与他待在一个城市里，有时可以见他一面。直到这时，凯切尔才完全明白，在她的胸膛里跳跃着怎样一颗心。他感到

---

① 引自莱蒙托夫的诗《世俗的锁链》。

震惊，喘不出气。怜悯和悔恨，以及意识到自己在这么被她爱着的心情，改变了他所扮演的角色。现在她可以留在他这儿了，这就是她的家，他就是她的丈夫、朋友和保护人。她的理想实现了；那些阴冷的秋夜过去了，可怕的旅途忘记了，那嫉妒的眼泪，悲痛的饮泣，再也不会有了：她已与他在一起，从此不再分开。在凯切尔回莫斯科以前，没人知道这故事，除了米哈伊尔·谢苗诺维奇；如今不能掩盖，也不必掩盖了，我们两人和我们的全体朋友，都张开了双臂，迎接这个完成了英雄业绩的腼腆孩子。

这位姑娘充满着爱，怀着毫无保留的忠诚和驯顺，然而正是她给凯切尔造成了无穷的危害。她身上存在着无产者——尤其是俄国的无产者的一切美德和一切祸患。

从我们来说，我们带给她的危害也几乎与她带给凯切尔的一样多。

然而双方都是无意识的，在主观意图上是绝对纯洁的！

她终于毁坏了凯切尔的生活，正如孩子在好好的画面上乱涂，自以为是在美化它。在凯切尔和谢拉菲玛之间，在谢拉菲玛和我们小组之间，存在着可怕的深渊，而且两岸峭壁嶙峋，既无桥梁，也无渡口。我们与她属于人类发展过程的两个阶段，两种结构形态，世界史上不同的两章。我们是新俄罗斯的子弟，来自大学和研究院，那时正向往西方的政治光辉，在宗教上不信神，公开反对教会；她却是在旧礼仪派的隐修所，在彼得前的俄国长大的，充满了分裂派教徒的狂热信念，怀着秘密教派的一切偏见，向往着俄国古代光怪陆离的生活方式。她吃尽辛苦，才把断裂的绳子重新结在一起，因此牢牢握住这个结不放。

凯切尔已经无法逃脱，他也不想逃脱。他为过去责备自己，真心想悔过自新。谢拉菲玛的行动令他神往，使他折服，他知道，现在轮到他做出牺牲了；他的天性本来非常正直高尚，他把这种牺牲看作赎罪，毫无怨言。然而他只知道它物质的一面：忍受生活中实际的限制；至于另一方面：一个老大学生怀着席勒的理想，与一个女人同居，可是对于这个女人，不仅席勒的世界，而且一切文化世界，世俗教育的世界，都是不存在的——这种矛盾，他却从未想到过。

不管怎么说，"门当户对"的格言是完全正确的，不相配的婚姻在结婚时已播下了不幸的种子。这句话包含着许多愚昧的、傲慢的、资产者的东西，但它的实质是不错的。一切不相称中最坏的莫过于修养的不相称，唯一的挽救办法就是互相教育；但这需要两种罕见的才能：需要一方善于教育，另一方善于接受教育，这样才能一人在前引路，另一人在后跟随。然而胜利的往往是没有修养的人，沉浸在家庭琐事中，此外别无其他爱好和兴趣的人；对方给弄得昏昏沉沉，在疲劳中屈服了；不知不觉，他变得庸俗了，狭隘了，他觉得不自由，但无形的网已把他捆住，他只得安于现状。时常还有那种情况，即双方势均力敌，于是同居变成了长期的斗争，永恒的角力，两人的关系便固定在这种状态，一方要向上拉，另一方要向下拉，即维护原来的立足点，双方就这么无休无止地进行着无益的努力。这种势均力敌的斗争可以吞没生命，最坚强的性格也会给弄得筋疲力尽，终于在路上倒毙。但首先倒下的总是修养高的一方；他的审美感情在这种二重结构面前受到了深刻的侮辱，那些光辉灿烂的美好时刻给破坏了……狂热的人总是要求大家不仅接近他们，也与他们保持同样的思想和同样的宗教观念。这可以说是一种偏执心理。对于他们，在家中吸收新教徒是他们的传道和宣传工作的继续；如果别人不理解他们，尤其是不愿理解他们的时候，他们的幸福感便破灭了。

对成熟的妇女进行补课，是非常困难的，在同居不是爱情关系的开始，而是它的终结的场合，尤其困难。那种由一时的轻薄、草率开端的关系，很少能超越卧室和厨房的范围。共同的家庭建立太迟了，这里已谈不到学习，除非有什么可怕的灾祸惊起了沉睡的、但还能苏醒的心灵。大多数小妇人①永远不会变"大"，永远不会同时既是妻子又是姐妹。她或者是情妇兼卖淫妇，或者是厨娘兼情妇。

同居在一所屋子中，这件事本身就是危险的，婚姻的一半即在这上面毁灭。两人厮守在一起，彼此这么接近，什么都一览无余，毫无遮盖，于是花冠上的花在不知不觉中一朵朵凋谢了，那诗情画意也消失了。但教育程度相等，还能在许多方面弥补这种缺陷。如若不然，空闲的时间又太多，没有那么多废话好讲，也不能天天商量家务或谈情说爱，这时，如果这个女人是介乎姬妾和女仆之间的一类人物，是肉体上接近而思想上疏远的那种人，那么能把她怎么办呢？白天不需要她，她却非在这儿不可；丈夫关心的事，她无从关心，丈夫不关心的流言蜚语，她却对他喋喋不休。

没有受过教育的妇人与受过教育的丈夫一起生活，使我想起大利拉和参孙②：她可以使他丧失力量，他却永远无法在她面前自卫。哪怕用饭很迟，哪怕十点就上床，在用饭和上床之间还是隔着一大段时间，这时你既不想再做什么，又不想睡觉，而衣服已经清点过

① 原文是法文。这里作同居者和妻子解。

② 参孙是《圣经》中的英雄，据说他力大无穷。非利士人之女大利拉嫁他后，逼他泄露了他力大无穷的秘密，因而被非利士人捉住下狱，最后与非利士人同归于尽。见《旧约·士师记》。

了，账目也审查过了，于是就在这几个钟头，妻子把丈夫拉进了烦琐的事务中，拉进了自寻烦恼、说长道短和搬弄是非的世界。这不能不留下痕迹。

有的夫妇教育程度不见得相等，但是同居关系维持得不坏，这是考虑到舒适，考虑到家庭需要，我几乎得说，考虑到卫生的需要。有时这是劳动协作，一种双方都满意的互助；在大多数场合，妻子是作为护士，作为勤劳的主妇存在的，正如蒲鲁东对我说的，这是"为了能吃到精美的菜肴"。古代的法学公式一点不假："由于共同寝食"①——要不是同吃同住，他们就可以心安理得地分手了。

这种实用的婚姻，几乎可算得最佳婚姻。丈夫每天干自己的事：教书，做买卖，上衙门，上事务所，坐店堂；妻子每天料理衣着食物。丈夫回家累了，一切都已为他准备就绪，天天有条不紊，按部就班，他们便这么沿着父母的脚印，走向墓园的大门。这现象是纯粹都市式的，②在英国比在别处尤为常见。这是那种小市民的幸福生活，是法国舞台上的道学先生们所鼓吹的，也是德国人所梦寐以求的。在这里，大学毕业后过了一年，就可与教育程度不同的人相安无事；在这里，双方分工合作，相敬如宾。丈夫，尤其是有产者，成了人民心目中所谓的"主人"，自己的太太的"当家人"。由于这样，也由于相沿成习，他可以高枕无忧：每个女人始终是靠人养活的女人，不是靠外人养活，就是靠丈夫养活。她知道这个道理：

---

① 原文是拉丁文。这是古代法学中对何谓夫妇的解释，意思是不共寝食即不是夫妇。
② 不论无产者或农民，他们夫妇之间都不存在两种不同的教育水平。他们的情况是：在劳动方面，夫妇有极其平等的权利，在统治关系方面，他们却有极其不平等的权利。——作者注

吃谁的面包，

就唱谁的歌。

　　但是哪怕这种婚姻也有它一致的精神，共同的观点，统一的目标。凯切尔没有自己的目标，他当不成"主人"，同样也当不成教育者。他甚至不能与谢拉菲玛斗争——她反正总是让步。他的叫喊和暴躁的脾气使她害怕。尽管她的感情很发达，她的理解能力还是愚钝而迟缓的，头脑也不灵敏，正如我们在完全不习惯于抽象思维的人们身上常见到的那样，这也是彼得以前的时代的特色之一。与自己的"亲人和心肝"住在一起，她就什么也不指望，什么也不怕了。况且有什么好怕的？怕贫穷？难道她的一生还不够穷？难道她没有忍受过饥寒，不是从穷苦和屈辱的生活中熬过来的？怕劳动？难道她没有在工场里，为了几个铜板从早到晚地劳动？怕争吵，遗弃？是的，后者是可怕的，非常可怕；但她已经什么都听他支配，哪怕真的要与她争吵也办不到了；他的怪脾气，她也能忍受，甚至打骂，她也决不反抗，只要她相信他至少还爱她，还不想与她分手。他也确实不想，这除了其他，还有一个新的原因。谢拉菲玛凭自己的爱心清楚地觉察到了这一点。她隐隐约约意识到，她不可能完全满足凯切尔的要求，因此便用无微不至的照顾和关心弥补她所缺少的一切。

　　凯切尔已经四十出头。他从未享受过舒适的家庭生活，一生几乎就像吉尔吉斯人一样过着游牧生活；他没有家私，也不想有，家中没有任何设备，也不要求有。现在一切慢慢改变了，他的周围出现了一张关切和殷勤的网，当他高兴的时候，他可以看到孩子似的笑容，当他扬起眉毛的时候，他会看到惊慌和眼泪；而且从早到晚，天天如此。凯切尔待在家中的时间多了——老是丢下她一人有些于心不忍。况且，她的绝对驯服和我们越来越多的对抗，这二者的差别，他不能不一目了然。他发脾气时，即使毫无道理，谢拉菲玛也能逆来顺受，像女儿一样温柔，用笑容掩盖着眼泪，没有一句怨言，等待着暴风雨的过去。

谢拉菲玛像奴隶一样唯命是从，战战兢兢，随时准备淌着眼泪吻凯切尔的手，这对他发生了很大的影响。退让助长了褊狭情绪。

泰莱丝[1]，可怜而愚蠢的泰莱丝·卢梭，难道没有使人类平等的预言家变成鼠目寸光的小市民，以致无时无刻不在斤斤计较自己的尊严？

谢拉菲玛对凯切尔的影响，论性质与狄德罗指责泰莱丝的完全一样。卢梭生性多疑，但在泰莱丝的影响下愈演愈烈，变得气量狭小，吹毛求疵，与一些朋友争争吵吵，虽然她是无意识的，没有什么意图。泰莱丝从来不肯认真读书，从来连几点钟也弄不清楚，可是对卢梭的多心病，她却起了火上加油的作用，使它变成了精神失常的忧郁症。

早晨，卢梭去看霍尔巴赫；仆人正在准备早餐，摆了三份餐具，这是给霍尔巴赫夫妇和格林的；谈话中谁也没留意这事，除了让－雅克。他拿起了帽子。"别走呀，在这儿用早餐吧。"霍尔巴赫太太说，吩咐再添一份餐具，可是已经太迟，无法改变了：卢梭气得脸色蜡黄，跑出了屋子，一路上闷闷不乐，对人类大加诅咒，见了泰莱丝，便向她诉说：摆了三个碟子，明明是赶他走。这些话正中她的下怀，使她可以向他表示热烈的同情，于是她与他站在一起，

---

① 卢梭的妻子泰莱丝是一个没有受过教育的仆人，1745 年与卢梭同居。

变本加厉地讲别人的坏话，一会儿攻击荷狄特太太[①]，一会儿咒骂大卫·休谟和狄德罗。卢梭粗鲁地与人断绝来往，写无礼的、侮辱性的信，有时引起了可怕的答复（例如从休谟那里），最后被大家所抛弃，躲在蒙莫朗西[②]，由于没有人，只得一边喂麻雀和燕子，一边骂它们。

我再说一遍：没有均衡就没有真正的婚姻。妻子对丈夫从事的一切一窍不通，毫无兴趣，也无从关心，这样的妻子只是情妇，女管家，保姆，不是在完整而美好的意义上的妻子。海涅谈到自己的"泰莱丝"[③]时说："她不懂，也永远不会懂得我在写什么。"人们认为这很有趣，也很可笑，可是谁也不想问一下："为什么她是他的妻子？"莫里哀把自己的喜剧念给厨娘听，这合乎情理得多。然而海涅夫人也对丈夫作了报复，虽然完全是无意识的。在他饱经忧患的晚年，她把她的许多朋友请进了家中，这就是那些年老色衰的过时的"茶花女"，那些由于脸上起了皱纹而变得德高望重的夫人，以及她们的朋友，那些干瘪的、两腿麻木的白发老人。

我完全不是主张，丈夫爱什么，做什么，妻子也非得爱什么，做什么不可。妻子可以喜欢音乐，丈夫喜欢绘画，这不会破坏平衡。我看到官方活动中，丈夫和妻子形影不离，同来同往，总不免毛骨悚然，觉得既可笑又荒谬，他们的地位越高也越可笑。为什么操练骑兵，必须欧仁妮皇后[④]出席呢？为什么维多利亚[⑤]必须带着她的丈夫，那位女王的配偶[⑥]，出席与他毫无关系的国会开幕式呢？

---

① 法国将军荷狄特伯爵的妻子，与卢梭过从甚密。
② 巴黎附近的著名森林，以风景优美著称。
③ 指海涅的妻子马蒂尔达·海涅。
④ 法国皇帝拿破仑三世的妻子。
⑤ 1837 至 1901 年的英国女王。
⑥ 原文是法文。

歌德做得很好，从来不带他那位又高又胖的夫人参加魏玛的宫廷舞会。他们婚后生活的单调乏味，原因不在这里，在于缺乏共同的活动领域，共同的趣味，那种可以在性的差别之外把他们联结在一起的东西。

现在再谈我们给可怜的谢拉菲玛造成的危害。

我们犯的错误，不外是一切乌托邦思想和理想主义历来所犯的错误。它们往往正确地抓住了问题的一个方面，却根本不考虑，这个方面与什么生长在一起，是否可以把它切除，根本不考虑浮肉与整个机体存在着千丝万缕的深刻联系。我们还是像基督徒似的，相信只要对瘫子说一声："拿了你的褥子回家吧。"他就会走路了。①

我们把修女谢拉菲玛，这个从未见过生人的、半野蛮的谢拉菲玛，一下子从她的山洞拉进了我们的圈子。她的纯朴令人喜爱，我们希望她保持这种状态，这就扼杀了她获得发展的最后可能性，消灭了她对文化教育的兴趣，使她相信，这样也不坏。但完全维持原状，她自己也不甘心。结果怎样呢？我们这些革命家，社会主义者，妇女解放的保卫者，把这位天真纯洁、忠诚坦率的女性变成了莫斯科的小市民！

难道国民议会②，雅各宾党人，以至公社③本身，不正是这样把法兰西变成了小市民世界，把巴黎变成了店铺老板的天地吗？

第一所在爱和温暖中向她敞开大门的房子，是我们的家。纳塔

---

① 《圣经》故事：人们用褥子抬着一个瘫子，找耶稣医治，耶稣对他说："拿了你的褥子回家吧"，那人就能行走了，见《马太福音》等。

② 指 1792 至 1795 年法国资产阶级革命时期的国民议会。

③ 法国的基层行政单位，这里指 1792 至 1794 年巴黎的革命自治政府，它也称"巴黎公社"。

利娅亲自找她，硬把她拖来了。一年中，谢拉菲玛始终沉默寡言，回避陌生人，像以前一样胆怯，羞涩，那时的她充满了一种民间的诗意。她丝毫不希望她的奇怪举止引起别人的注意，相反，她但愿谁也不注意她。像孩子和小动物一样，她躲在纳塔利娅的翅膀下，她的忠诚那时是没有限度的。整整几个小时，她与萨沙玩得津津有味，给他和我们讲她童年的经历，在分裂派教徒那儿的生活，在作坊中当学徒时吃的苦。

　　她成了我们中间的玩偶——她最终也乐于这样；她明白，她的地位和她本人都不能与别人相提并论；从这时起，她消沉了，谁也没有拉她一把。只有纳塔利娅认真考虑过，怎样提高她。谢拉菲玛与一般女人不同，她没有沾染各种各样的坏习气——她不爱打扮，对奢侈品不感兴趣，对珠宝金银也无动于衷，只要凯切尔不觉得穷困，不叫苦，其余她都无所谓。起先，她喜欢跟纳塔利娅谈天，谈个没完，她信任她，仔细听她的劝导，竭力照她的话做……但是与我们搞熟以后，习惯以后，也可能由于别人拿她的古怪举止取乐，惹恼了她，她开始流露出痛苦和反感，对任何评论也不再回答得那么天真了："我生来这么倒霉……我哪里还能改变，脱胎换骨？很清楚，我已经注定这么愚蠢，什么也不懂地走进坟墓。"这些话有意无意地表现了自尊心受到伤害的情绪。她在我们中间不再觉得自由，渐渐不大上门。她说："上帝保佑她吧，保佑纳·亚，她不爱我这个可怜人了。"过度的亲昵，女同学中交头接耳的作风，与纳塔利娅是格格不入的，在她身上，占主导地位的是平静和深沉，以及高度的审美感。谢拉菲玛不理解，纳塔利娅对她的态度和别人对她的态度之间的差异的意义，忘记了是谁首先伸出手去把她搂在胸前的。随着她，凯切尔也与我们疏远了，他变得愈来愈阴沉，容易生气。

他的猜疑也变本加厉，每一句不谨慎的话，他都认为是有意识的，包含着恶意，企图侮辱他，而且不仅侮辱他一人，还要侮辱谢拉菲玛。她呢，哭哭啼啼，抱怨命运，为凯切尔难过，这样，由于精神的反射作用，他自己的猜疑又以十倍的威力回到了他那里。他那种谴责性的友谊变成了要在我们身上找过错的情绪，变成了监视，警察的毫不松懈的侦查，结果，朋友们的小缺点在他眼中越积越多，终于掩盖了他们的其他一切方面。

在我们纯洁、明朗、成熟的友谊圈内，出现了女仆房的说长道短，外省小官吏的讥刺挖苦。凯切尔的火气变成了传染病；经常的指责、解释、调停，损害了我们的夜谈和聚会。

这种腐蚀性尘埃侵入了一切裂隙，日复一日地破坏了我们与朋友间的巩固联系。我们大家都会受流言蜚语的影响。连格拉诺夫斯基也变得阴沉了，肝火旺了，不公正地替凯切尔辩护，发脾气。凯切尔对我和奥加辽夫有了意见，便找格拉诺夫斯基诉说。格拉诺夫斯基并不相信，但同情"体弱多病、心情苦闷、仍然充满爱心"的凯切尔，因此袒护他，对我大加指责，说我缺少忍耐心：

"你要知道，他的性格就是这样；这是一种病，是谢拉菲玛的影响，她善良，但没有知识，思想闭塞，她把他一步步推上了这条不幸的道路，你却与他争吵，仿佛他是处在正常状态。"

为了结束这不愉快的故事，我不妨举两个例子……它们清楚地说明，我们离波克罗夫村煮咖啡的理论已多么遥远。

1846 年春的一天晚上，我们五个熟人聚集在一起，其中一人是米哈伊尔·谢苗诺维奇。

"你今年在索科洛沃租了房子没有？"

"还没有，我没钱，那儿是要预付租金的。"

"难道你一个夏季都待在莫斯科不成？"

"等一下再说，以后看吧。"

这就完了。谁也没把这谈话当一回事，过一会儿便转入了别的话题。

第二天饭后，我们打算上科恩采沃，这是我们从小喜爱的地方。凯切尔、科尔什和格拉诺夫斯基想与我们一起去。大家动身了，一切都很好，唯独凯切尔闷闷不乐，扬起了眉毛；但最后大家都弄得不欢而散。

春天的晚上没有灼人的炎热，但暖洋洋的；树叶刚开始发青；我们坐在花园中说说笑笑。凯切尔沉默了半个来小时，蓦地站起身子，走到我面前，露出费麦法庭[①]检察官的脸色，哆嗦着嘴唇，对我说道：

"你真不赖：昨天那么巧妙地提醒米哈伊尔·谢苗诺维奇，他借了你九百卢布，还没还你。"

我真的一点不明白，特别因为我总有一年没想到谢普金的这笔欠款了。

"手段高明，没有说的。老头儿现在没钱，带着一大家子人，正打算去克里米亚，你却当着五个人的面对他说：'我没钱租别墅！'嘿，真不要脸！"

奥加辽夫替我辩护，凯切尔便攻击他；荒谬的指责没完没了。格拉诺夫斯基想劝解，但劝不住，与科尔什先走了。我很生气，觉得受了侮辱，也态度强硬，不肯让步。凯切尔皱紧眉头，看了看

---

① 中世纪德国的秘密法庭，以严厉和残忍著称。

我，一言不发，独自步行走回莫斯科。我们剩下两人，只得在沮丧和气愤中坐车回家。

这次我打算重重教训一下凯切尔，即使不绝交，也得暂时与他断绝来往。他感到懊悔，痛哭流涕。格拉诺夫斯基从中调停，找纳塔利娅谈，显得很伤心。我和解了，但并不愉快，对格拉诺夫斯基说："这至多三天。"

这是一次郊游，还有另一次。

两个月后，我们住在索科洛沃。凯切尔和谢拉菲玛晚上要回莫斯科。奥加辽夫骑了自己的切尔克斯马"短剑"送他们；他们之间没有争吵，也没有口角。

……过了两三个小时，奥加辽夫回来了；我们觉得一天这么和睦地过去，很高兴，便各自去睡了。

第二天格拉诺夫斯基来了，他昨天在莫斯科。他在花园中遇到我，显得心事重重，比平时忧愁，最后对我说，他很难过，想跟我谈谈。我们走过长长的林荫路，坐在长凳上；那儿的风景，凡是到过索科洛沃的人都是知道的。

"赫尔岑，"格拉诺夫斯基对我说，"如果你知道我多么烦闷，多么痛心……不论怎么说，我爱大家，你知道……我看到一切正在崩溃，心里有多难过。好像故意要捉弄我们，那些小错误，可恨的隔膜，不注意礼貌……"

"出了什么事，你讲吧，啊？"我问，真的有些惊慌。

"这样，凯切尔对奥加辽夫非常生气，说真的，也难怪他生气；我尽力斡旋，能做的都做了，可是我没有办法，特别是当事人什么也不愿做。"

"究竟是怎么回事啊？"

"这样的，昨天奥加辽夫骑了马送凯切尔和谢拉菲玛。"

"我当时在场，奥加辽夫晚上回来，我还见过他，他什么也没讲。"

"在桥上'短剑'耍性子，直立起来；奥加辽夫一边驯马，一边气火了，当着谢拉菲玛的面骂骂咧咧的，她听到了……凯切尔也听到了。就算他不是故意吧，可是凯切尔问：为什么他在你的或我的太太面前不会这么不知检点？这话怎么回答？……何况谢拉菲玛虽然那么单纯，还是很会多心的，处在她的地位这也不足为奇。"

我没作声。这太过分了。

"这怎么办呢？"

"很简单，"我回答，"对故意在妇女面前这么放肆的坏家伙，与他绝交就完了。与这种人交朋友是耻辱……"

"可他并未说，奥加辽夫是故意这么做的。"

"那还谈什么？格拉诺夫斯基，你也是奥加辽夫的朋友，他的温和有礼，你不是不知道，你却重复一个疯子的痴语，这个人是应该进精神病院的。你不觉得惭愧吗？"

格拉诺夫斯基不好意思了。

"我的天哟！"他说，"我们这几个人都是我所爱的，只有在这些朋友这里，我才能获得休息和希望，摆脱令人窒息的沉闷环境，可是难道这些人也得在仇恨和愤怒中分手吗？"

他用一只手掩住了眼睛。

我握住他的另一只手，心里非常难受。

"格拉诺夫斯基，"我对他说，"科尔什讲得不错：我们彼此太接近了，挤在一起，彼此会把别人的脚踹痛……安静一些！我的朋友，安静一些！我们应该透透空气，让头脑清醒清醒。奥加辽夫秋天要去乡下，我也快出国了。我们不致在仇恨和愤怒中分开。我们的友谊中一切正确的东西会保存下去，离别会洗清它的污垢。"

格拉诺夫斯基哭了。没有再为这件事向凯切尔作过任何解释。

奥加辽夫在秋天真的走了，接着我们也走了。

1857 年写于普特尼，月桂大厦。

1865 年 9 月修订于布瓦西埃及旅途中。①

……莫斯科友人的消息一天天少了。1848 年后的恐怖使他们胆战心惊，只得等待可靠的机会。但机会很少，护照几乎已经停发。凯切尔几年没给我写过一封信；不过，他是从来不爱写信的。

在我迁居伦敦后，首先给我带来消息的是皮库林大夫②，那是 1855 年……凯切尔万事如意，在欢迎塞瓦斯托波尔保卫者③的盛大酒宴上大出风头，与波戈金和科科列夫④拥抱，与黑海舰队的水兵拥抱，发议论，骂人，说教。奥加辽夫告别了格拉诺夫斯基的新坟，立即出国了，他讲得很少，讲的都是伤心的消息……

又过了一年半。这时期我写完了这一章，首先读给了哪一个不相干的人听呢？真的，书有书的命运⑤！

1857 年秋，奇切林⑥到伦敦来。我们焦急地等待着他；他曾经

---

① 普特尼在伦敦西南郊，月桂大厦是赫尔岑在伦敦的住处之一。布瓦西埃在瑞士日内瓦郊外，赫尔岑于 1865 年春天起住在那里。

② 皮库林（1822—1885），莫斯科大学教授，与赫尔岑等人有密切来往。

③ 指 1853 至 1856 年克里米亚战争中，俄军保卫塞瓦斯托波尔的战斗。

④ 俄国大商人和金融家。

⑤ 原文是拉丁文。

⑥ 奇切林（1828—1904），莫斯科大学教授，作家。

是格拉诺夫斯基的得意门生之一，科尔什和凯切尔的朋友，因此也算是我们的自己人。我们听说过，这人不好相处，思想保守，自高自大，好发空论，但他还年轻……时间会磨光他的棱角。

"我再三考虑，要不要来拜访您。现在拜访您的俄国人这么多，真的，不来比来需要有更大的勇气……我呢，您知道，我完全尊重您，但远不是在一切问题上都同您一致的。"

奇切林的谈话是这么开始的。

他来找我不是没有目的，没有企图的，他怀中揣着石子；他的目光冷酷，他的声音带着挑战和傲慢的调子，显得可怕而讨厌。他一开口，我已觉察到这不是对立面，而是敌人，但我克制了内心的警告，与他谈了起来。

谈话马上转入了回忆，我向他打听消息。他讲了格拉诺夫斯基生前最后几个月的情形；他走时，我对他比开头满意了一些。

第二天饭后，我们谈到了凯切尔。他是奇切林所喜爱的一个人，谈到他那些可笑的行径时，奇切林并无恶意。从他讲的这些细节中，我知道，那种对朋友的指责性的爱仍在继续，谢拉菲玛的影响已发展到引起许多人的反对，他们对她群起而攻之，不让她参加集会等等。我为这些故事和回忆所吸引，提议给奇切林念一下我写的凯切尔，那时这一章尚未发表，我把它全部念完了。我为这事多次感到后悔，不是因为他恶意利用了我念给他听的一切，而是因为我觉得痛心和烦恼：我这个四十五岁的人，居然把我们的过去讲给这种冷血动物听，使他以后可以肆无忌惮地嘲笑他称之为我的"气质"的东西。

我们在观点和气质上存在的距离，马上暴露了。从头几天起争论即已开始，显然，我们在各方面都不一致。他拥护法国的民主政体，不赞成英国没有秩序的自由。他认为皇权是民族成熟的标志，宣扬国家第一，个人在它面前微不足道。很清楚，这些思想应用在俄国问题上结果会怎样。他是政府至上主义者，认为政府比社会及其愿望重要得多，在他眼中，叶卡捷琳娜二世女皇几乎便是俄国所需要的理想君主。这种学说完全来自武断的理论，根据这套理论，他随时可以建立自己的官僚哲学。

"您为什么想当教授，上讲台？"我问他。"您应该当大臣，进衙门。"

我一边争论，一边送他上了火车，我们分手了，什么也没取得一致，只是彼此尊重而已。

过了两星期，他从法国写信给我，赞美那儿的工作人员和政府机构。我复信道："您找到了您要找的东西，而且很快。这就是有现成理论的好处。"接着我提议与他公开通信，并开始撰写一封长信。

他不干，说他没有时间，说这种论争有害无益……

《警钟》上有一篇短评，是谈一般的空头理论家的，他以为是讲他；自尊心受了伤害，他向我送来了"控诉书"，这在当时曾轰动一时。

奇切林打败了——对于我这是毫无疑问的。他的信发表在《警钟》上，在青年一代和文学界引起了普遍的愤怒。我收到了几十篇文章和来信，发表了一篇。我们那时还处在蒸蒸日上的阶段，卡特科夫①式的滚木是绊不倒我们的。盛气凌人、自命不凡的语调可能比内容更使我，同样也使读者感到不满：他当时还是新手。然而给奇切林撑腰的人也不少：叶连娜·帕夫洛夫娜②——冬宫的伊菲格

---

① 原来倾向进步、后来倒向反动一边的政论家。

② 俄国皇族米哈伊尔·帕夫洛维奇大公的夫人。

涅亚①，第三厅长官季马舍夫，以及尼·赫·凯切尔。

凯切尔落到了反动势力一边，开始以同样响亮的声音，同样不加掩饰的愤怒，可能还以同样的真诚，反对我们，正如当初反对尼古拉、杜贝尔特和布尔加林一样……这不是因为他"认为格兰迪逊比勒夫瑞斯好"②，而是因为他没有自己的方向盘，只是靠小组牵着走路，自以为忠于它，却没有发觉它已驶往对岸了。这个盲从的人，对于他是站在谁的旗帜下就讲谁的话，而不是相反。

他从来没有获得过一个明确的观念，一种坚定的信仰，只是凭良心行事，一直蒙着眼睛在打敌人，没有发现位置变了，以致在这些捉迷藏中，他打了我们，打了别人，直到现在他还在打人，却自以为这是在干工作。

我附一封信在这里，这是为了展开友谊性的论战，我打算写给奇切林的，可惜他那检察官的起诉书使我打消了主意。这封信如下：

博学的朋友：

与您辩论我无能为力。您见多识广，您的头脑中拥有的一切既鲜明又新颖，而主要是您信仰您所知道的一切，因此心安理得；您坚定地等待着事态的合理发展，使科学揭示的纲领得以证实。您跟现状不可能发生抵触，您知道，既然过去如此这般，现在必然如此这般，并向如此这般的未来发展；您依靠您的理解，您的解释，可

---

① 古希腊神话中一个自我牺牲的典型，阿伽门农的女儿。叶连娜·帕夫洛夫娜自称为冬宫的伊菲格涅亚。

② 引自普希金的《叶夫根尼·奥涅金》第二章第三十节。格兰迪逊和勒夫瑞斯都是英国小说家理查逊小说中的人物。

以与现实和平相处。您获得了神父的令人羡慕的命运，能用您的科学的永恒真理，用对它们的信心，安慰悲苦的人们。这一切利益均来自理论，因为理论排除了怀疑。怀疑是提出问题，理论是了结问题，解决问题。因而凡属理论都是排他的，坚定不移的，而怀疑永远不能达到这种完美无缺的境界；它之所以为怀疑，正在于它准备同意别人的观点，或从别人的话中虚心寻找意义，以致丧失了为准备反驳所必需的宝贵时间。理论是从一定的角度看待问题，并把它看作唯一可靠的角度；怀疑却要求摆脱一切角度，全面观察，回到原来的出发点，它对真理的谦恭态度往往使它丧失一切活动能力。博学的朋友，您肯定知道向哪里走，如何引路，我却不知道。因此我认为，我们必须观察和学习，而您却是要教导别人。真的，我们能说不应该怎么样，能唤醒人们，引起思想的不安，让它摆脱锁链，认清各种幻象——教会和拘留所，科学院和刑事法庭——但也仅此而已；您却能告诉人们，应该怎么样。

理论对事物的态度是宗教性的，即从永恒的观点看的；暂时的、转瞬即逝的东西，无论人和事，世世代代不能走进科学的圣墓，如果进入，必然已清除血肉之躯，成为植物标本似的逻辑影子。理论的普遍意义确实可以使它生存于一切时代；它生活于当代，也像生活于历史中，不会由于身历其境，便丧失理论上的客观性。它知道，苦难是不可避免的，因此像柱塔修士西门①一样端坐在高处，为永恒牺牲暂时的一切，为普遍的观念牺牲生动的细节。

一句话，理论家是最大的历史家，我们和群众则是你们的基础；

---

① 柱塔修士西门 (356—459)，古罗马基督教禁欲主义修士。据说他常年坐在柱塔顶端，日夜不断，进行苦修。在俄国，直至19世纪仍有不少人模仿这种苦修方式，称为柱塔修士。

你们是"自为的"历史，我们是"自在的"历史。[①] 你们向我们说明，我们害了什么病，但害病的是我们。你们埋葬我们，在我们死后褒奖我们或惩罚我们……你们是医师和神父。但生病和死的是我们。

这种对立并不新奇，它对社会的演变，人类的发展，大有益处。如果人类完全相信你们，大家可能会变得合乎理性，但也会因而在一潭死水似的世界上奄奄待毙。故世的菲利蒙诺夫[②] 曾在自己的《小丑的尖顶帽子》中写过一句题词："如果理性得以主宰世界，那么就什么事也不会发生了。"

理论像几何一样枯燥，像代数一样没有个性，因而可以进行广泛的概括；它必然怕感性印象，正如奥古斯都那样，要命令克莉奥帕特拉放下面纱[③]。但对于积极的干预，热情比理论更为必要，而人在代数中是找不到热情的。他可以理解共性，但他所爱或恨的还是个体。斯宾诺莎以他直言不讳的天才的全部力量宣告道，必须确认实际存在的只是虫蛀不坏的、永恒的、不变的东西，即物质，不能把希望放在偶然的、局部的、个别的事物上。这在原理上谁不明白？但是人接触的只是局部的、个别的、眼前的事物；如何在这两大极端中取得平衡，让它们获得和谐的结合，这正是生活的最高智慧。

如果离开这种就我们的对立观点所作的一般论述，接触到具体事物，我们尽管意图一致，仍能发现同样大的对立，即使在开头一

---

① "自在"和"自为"是德国古典哲学中的概念，指尚处在蒙昧状态的事物和已被认识的事物。

② 菲利蒙诺夫（1787—1858），俄国诗人和杂志编辑。

③ 克莉奥帕特拉（公元前69—前30），埃及以美丽著称的女王，不断利用自己的姿色扩张权力，先后嫁给恺撒和安东尼，在奥古斯都取得罗马的统治权后，她又抛弃安东尼，向奥古斯都卖弄色相，为奥古斯都所拒绝，因而被迫自杀。

致的场合亦不可避免。这举例较易说明。

我们对宗教的态度完全一致；但这种一致只存在于否定天上的宗教时，一旦面对尘世的宗教，我们间的距离便不可以道里计了。您从神香弥漫的阴森的寺院走进了敞亮的衙门，从盖尔非党走进了奇伯林党①，天国的级别在您那里变成了国家的级别，人为神而存在变成了人为国家而存在，上帝由集权政治所代替，神父由警察所代替。

您认为这种变化是进步，是胜利，我们却认为是新的锁链。我们既不想当盖尔非党人，也不想当奇伯林党人。您那种世俗的、国民的、刑法的宗教更加可怕，因为它丧失了一切诗意，一切幻想，一切天真的因素，您用衙门的规章制度，用国家的偶像，代替了这一切，而这个国家上面是沙皇，下面是刽子手。您希望人类从教会解放出来后，在衙门的前室中等待一两百年，让当了官的祭司和当了学者的僧侣来决定，人类怎样获得自由，获得多少自由，像我们那些解放农民的委员会一样。可是我们反对这一切；我们可能得一再容忍，退让，为环境做出牺牲，然而在您看来，这不是牺牲。当然，在这方面，您也比我们幸运。您失去了宗教信仰，仍不致一无所有，您发现，对人的世俗信念可以代替基督教，您便把它接到手中（这做得不坏）当作精神解毒丸和镇静剂向大家推销。但是我们吞不下这种药，我们憎恨您的衙门，您的集权政治，正如我们憎恨宗教裁判所、宗教法庭和《主导法典》一样。

您明白这区别吗？您作为教师，希望教育、管理和领导群众。

① 13 至 14 世纪时意大利的两个党派。盖尔非党拥护教皇，主张在教皇的权力下统一全国；奇伯林党拥护王权，主张在日耳曼皇帝的名义下统一全国。

我们作为正在觉醒的群众，却不愿接受领导，我们要有我们自己的地方机关，自己的代理人，给我们办事的自己的官吏。正因为这样，政府的权力到处都使我们感到屈辱，可是您却对它鼓掌欢迎，正如您的前辈（神父）也曾经欢迎世俗政权一样。您可能与它有分歧，这与教士们和它分歧相同，或者像同乘一条船的人发生了争吵，不论彼此怎么想分开，也不能跳到船舷以外，在我们这些俗人眼中，你们反正都是站在它一边的。

世俗的宗教是把国家神化，这纯粹是罗马的观念，在新世界中主要是法国的观念。它可以造成一个强大的国家，却不能有自由的人民，可以有光荣的军队……但不能有独立的公民。北美合众国完全相反，它已最大限度地消除了警察和行政机关的宗教性质……①

尾声

重读关于凯切尔的这一章，我不禁想，在俄国真是无奇不有，会出现这样的怪物！我国的文明史繁殖和孳生了多少畸形现象。除了莫斯科，在哪里，哪个地方，哪个经纬度，还能找到凯切尔这种桀骜不驯、性情乖张、喜怒无常、狂妄自大、既善良又不善良、既慷慨豪爽又气量狭小的人物？

这类形形色色的怪物，我见过多少啊——从我的父亲起直到屠格涅夫的"儿子"们②为止。

波戈金对我说："用俄国炉灶煮东西就是这样！"一点不错，它煮出了多少奇迹，特别是用德国烹饪法烤面包时……有小巧玲珑的

---

① 这封信赫尔岑没有写完，原稿至此中断。
② 指屠格涅夫的《父与子》中的"子"。

圆面包，长面包，还有东正教式的黑格尔面包，九三年[1]式的法国面包！让这一切别具风味的食物湮没无闻，未免太可惜了。我们通常只把目光停留在大人物身上。

……但在他们身上，俄国炉灶的作用不太明显，它的特色已得到矫正、修补；他们有的主要是俄国的气质和思想方式，不是俄国这只熔炉的影响。从他们的旁边，他们的后面，才能看到各种小人物在那儿徘徊，彷徨，找不到出路……正是在这些人中间可以见到不少怪物。

他们像历史发展中的毛细管，又像面团中微不足道的一点酵母，它能使面团发酵，但不是为了自己。这些人在黑夜中过早地苏醒了，摸索着寻找工作，一路上跌跌撞撞，碰在各种东西上，然而惊醒了别人去从事完全不同的活动。

……今后我还想把两三个这样的人，从完全被遗忘的角落带到台前来。目前他们已消失在灰蒙蒙的雾中，只有高山和峭壁仍呈现在我们眼前……

---

① 指法国资产阶级大革命中的 1793 年。

1844 年的一个插曲

在我们的第二次乡村生活中，发生了一件非常别致的事，把它略而不提未免太可惜了，虽然我和纳塔利娅与它的关系都不大。这故事不妨称之为"阿尔曼斯与巴济尔①（温文尔雅的哲学家，彬彬有礼的基督徒，乔治·桑的雅克②，后来变成了定命论者雅克③）的爱情史"。

它是在法国式的假面舞会上开始的。

这是 1843 年冬，我到了舞会上。人很多，我记得有四五千人，但几乎没有一个认识的。巴济尔跟一个假面女郎正跳得起劲，他顾不到我。只见他摇头摆脑，眯缝着眼睛，像嗜酒的人尝到了美酒，打猎的人发现了一只漂亮的田鹬。

舞会在贵族俱乐部的大厅举行。我到那儿坐了一会儿，看那些俄国贵族穿了各种小丑衣服，拼命模仿巴黎的生意人，跳疯狂的康康舞……后来我上楼吃夜宵。巴济尔在那儿找到了我。他的神色很

---

① 巴济尔即瓦西里·博特金，阿尔曼斯是他的妻子。
② 指乔治·桑的小说《雅克》的主人公，他为了让妻子获得自由而自杀。
③ 指狄德罗的哲理小说《定命论者雅克和他的主人》中的雅克，一个相信万事均由上天注定的宿命论者。

不正常，仿佛初恋的热情正在他心中燃烧，这显得很不相称，因为他那时已快四十岁，头发已开始从高耸的前额上脱落了。他颠三倒四地讲给我听，有一个法国"迷娘，像克蕾尔欣一样单纯①，又像轻佻活泼的巴黎姑娘一样妩媚动人……"

起先我想，这不过是那种只有一章长的爱情故事，它的第一页便是成功，但最后一页不是目录②，却是账单。但后来我终于相信，它并非如此。

巴济尔与自己的巴黎姑娘又见过两三次，他采取了迂回战术，没有立即发动进攻。我经他介绍，认识了她。阿尔曼斯确实是活泼可爱的巴黎孩子，完全像这个城市。从谈吐到举止，以及某种独立精神和勇气——她的一切都显出这个大都会中正直的平民的特色。而且她是工人，不是小市民。这种人我们中间还从未有过。她无忧无虑，无拘无束，快活，自由，调皮，但在这一切中没有丧失自我保卫的本能，对危险和荣誉的敏锐感觉。这些女孩子往往从十岁起就得与贫穷和诱惑搏斗，得不到保护，但在巴黎这个大陷阱和各种罗网的包围中，她们仍能主宰自己的命运，保持独立的人格。她们可能会轻易献出自己，但不会轻易上当，落进别人的手掌。她们中间有的人也许会出卖灵魂，但这些人决不会走进女工的行列，因为她们已经不必出卖劳力，可以过放荡的生活，醉生梦死，然后消失在另一种生活的漩涡中——有时是永远消失，有时是为了在五六年后坐了自己的马车走进跑马场，或者戴上满身的珠宝坐在歌剧院的头等包厢中。

---

① 迷娘是歌德的小说《威廉·迈斯特的学习时代》中的一个少女，克蕾尔欣是歌德的剧本《埃格蒙特》中一个纯洁的少女。

② 俄国的书籍，目录一般都在最后。

巴济尔陷入了情网。这个音乐中的理论家，美术中的哲学家，是莫斯科超黑格尔派最全面的代表之一。他一辈子翱翔于美的天空，哲学和评论的世界。他对待生活像勒瑟尔①对待莎士比亚的作品一样，把一切都提高到哲学的意义上，使一切活的变成了死的，一切新鲜的变成了陈腐的，总之，不给纯粹的心灵活动留下一点余地。不过这样的观点那时在整个小组中几乎是普遍的，只是程度不同而已；有的人靠天才，也有的人靠活跃的天性摆脱了它，但总的说来，它的影响还存在了很久——有的人表现为一些习惯用语，另一些人则保留着它的实质。40年代初，巴枯宁在柏林对屠格涅夫说："走，让我们到真实生活的漩涡中去，投身在它的波浪中。"他们去找瓦恩哈根·冯·恩泽②，要这位情场老手作向导，带他们到花花世界走一遭，最好给他们介绍一位红女伶。可想而知，这样胸有成竹，不仅谈不到在"折磨心灵"的爱情中遨游，连任何行动也不可能。德国人也不懂得行动，然而他们并不想行动，他们宁可心如死水。我们的性格却相反，我们受不了这种斋戒生活——安享理论之乐，只得破戒，跳进红尘，结果不是发生危险，而是弄得啼笑皆非。

就这样，堕入情网的四十岁的哲学家，眯起眼睛，开始集中全力，对"爱的魔力"作哲理探讨了：为什么它会使赫拉克勒斯和软弱的少年同样拜倒在欧姆珐勒的脚下③？他开始向自己和别人阐明家庭的道德观念，婚姻的基础。在黑格尔看来（黑格尔的《法哲学》中论

---

① 勒瑟尔（1803—1871），德国戏剧理论家，黑格尔主义者。
② 瓦恩哈根·冯·恩泽（1785—1858），德国自由派文学批评家，二三流作家，他的名声主要来自他的妻子拉埃尔。
③ 据古希腊神话，赫拉克勒斯是力大无穷的英雄，后来爱上了吕狄亚女王欧姆珐勒，拜倒在她的美貌下，以致荒废了武艺。

道德一章），这是无可非议的。但偶然性和"假象"的虚幻世界，尚未从传统观念中获得解放的精神世界，却不是这么容易说服。巴济尔的父亲彼得·科诺内奇是个老吝啬鬼，财主，他自己接连娶了三个女人，每人给他生了三个孩子，但听说他的儿子，而且是长子，想娶一个天主教徒，这女人既贫穷，又是法国人，还来自铁匠桥，他就坚决不予同意。没有父亲的祝福，以怀疑主义作标榜的巴济尔也许还能应付，问题是老头儿不仅把他的祝福与天上的幸福联结在一起，还把它与地上的幸福连在一起，就是说要剥夺儿子的继承权。

老人的阻挠总是对事情起推进作用，巴济尔开始考虑最快的解决办法：一声不吭，自管自结婚，然后迫使老人接受既成事实，或者把婚事瞒着他，一直瞒到他既不能赐福，也不能诅咒，又不能支配遗产的那一天，反正快了。

但是在这里，不可理喻的传统世界也布置了重重埋伏。在莫斯科偷偷结婚是不容易的，费用太大，而且马上会通过助祭、祭司、诵经员、烤圣饼女人、媒婆、掌柜、店员和各种下流女人，传进父亲耳中。最后只得找我们波克罗夫村的约翰神父，怂恿他承办这门亲事，各位读者已经知道这个人，我们谈过他在酒醉中偷了诵经士的"银表和首饰匣"。

约翰神父听说不孝顺的儿子快四十岁了，新娘不是俄国人，父母不在这里，又听说除了我，还有一位大学教授[①]签字证婚，马上感谢我的照顾，大概以为我要巴济尔结婚是为了让他赚两百卢布酬金。他起劲地对着隔壁房间大喊："神父太太，神父太太，拿两个鸡蛋给我！"又从柜里取出半瓶酒，瓶口是用纸塞住的，要招待我

①指格拉诺夫斯基。

喝几杯。

一切顺利。

结婚的日子等还没有确定。阿尔曼斯先得到我们波克罗夫村暂住，巴济尔想送她来，然后返回莫斯科，把一切料理停当，这才从父亲的诅咒下跑到醉醺醺的约翰神父那儿接受祝福。

……为了迎接约婚夫妇①，我们准备了夜宵，恭候他们。谁知左等右等，钟打了十二下，还是不见人影……一点了，还是毫无动静。夫人们都睡了，我和格拉诺夫斯基及凯切尔开始吃夜宵。

　　　时钟每一刻钟打一下，

　　一，二，三……

但……他们还是没到。

……最后，听到了铃铛声……愈来愈近；马车从桥上辘辘驶过。我们奔向前室。三匹马拉了一辆车子，飞快地驶进院子停下了。巴济尔下了马车。我走上前去扶阿尔曼斯；谁知她一把抓住我的胳臂，力气那么大，使我差点叫出声音，接着她突然扑到我的脖子上，哈哈大笑道："赫尔岑先生……"原来这不是别人，而是维萨里昂·格里戈里耶维奇·别林斯基他老人家本人。

马车里没有别人了。我们惊得面面相觑，唯独别林斯基笑得咳嗽不止，巴济尔却哭丧着脸。我们所以觉得特别惊讶，是因为两天前在莫斯科根本没听说别林斯基要来。

----

① 原文是意大利文。这原是意大利著名作家曼佐尼的小说的名称。《约婚夫妇》描写一对青年男女订了婚约，为了结婚逃亡外出，历尽艰苦的故事，这里只是借用这个名称。

"让我先吃点东西，"别林斯基最后说，"然后把这个奇迹告诉你们；必须救救倒霉的巴济尔，他怕你们超过怕阿尔曼斯呢。"

事情原来是这样的：看到一切即将大功告成，巴济尔害怕了，开始反省起来，心里七上八下地不知如何是好。他根据《主导法典》和黑格尔的著作，对婚姻这不可抗拒的命运，它的不可破坏性，作了反复思考。他关起房门，对自己进行痛苦的分析，无情的解剖。他越想越怕，特别因为退路也困难重重，无论是结婚还是回头，几乎需要同样大的勇气。正在束手无策的时候，别林斯基来敲门了，他从彼得堡一到就上了他的家。巴济尔把他在迎接幸福的道路上感知的一切恐怖，从恋爱跨向结婚时产生的一切厌恶，统统告诉了别林斯基，要求他指导和帮助。

别林斯基回答他，既然明知这会引起什么后果，仍把这条锁链套上脖子，难道他是疯子不成。

"你瞧，"他说，"赫尔岑也结婚，也把妻子带走，而且是从流放中偷跑回来的；你不妨问问他。他从未犹豫过，从未怀疑要不要这么做，或者会产生什么后果。我相信，他觉得非这么办不可。所以他成功了。你呢，也想那么做，可是在思考哲理，自我反省。"

这正是巴济尔所需要的。他当夜就给阿尔曼斯写了一篇论文，谈到婚姻，他的不幸的反省，以及普通的幸福与求知精神如何不相适应等，列举了他们结合的一切害处和危险，问阿尔曼斯有何看法，他们现在怎么办？

他带来了阿尔曼斯的复信。

从别林斯基的叙述和阿尔曼斯的回信看，她与巴济尔两人性格不同是一目了然的。确实，这样截然相反的人结合在一起，简直不可思议。阿尔曼斯的信是忧郁的；她感到既吃惊又委屈，不理解他的反省，认为这是借口，是感情冷了；她说，既然这样，已谈不到结婚，她同意解除婚约，最后并说，在这一切之后，他们不应该再见面了。她写道："我将怀着感激的心情怀念您，决不责怪您：我知道您非常善良，但是更加懦弱！再会吧，祝您幸福！"

收到这样的信应该是不很愉快的。它的每句话都是有力的，坚定的，也有些高傲。这个光荣而刚毅的平民的孩子，没有辱没她的出身。如果换了英国女人，她一定会把巴济尔的信紧紧攥在手里，露出又怒又羞的神色，通过德高望重的律师的嘴，大讲第一次的握手，第一次的接吻……她的辩护士又会含着眼泪，戴着扑粉的假发，向陪审员提出，应该给被侮辱的童贞赔偿一千或两千英镑……

这个穷苦的法国女裁缝却根本没想到这些。

他们在波克罗夫村住了两三天，这对于那位前未婚夫是忧郁的两三天。他像一个学生在教室里干了坏事，既怕老师又怕同学，好不容易挨过两天便回莫斯科了。

不久我们听说，博特金要出国了。他写给我一封含糊其辞的信，表示对自己不满，要求在走前见我一面。八月初，我从波克罗夫到了莫斯科；同时，一篇新的论文从莫斯科寄到了波克罗夫，那是给纳塔利娅的。我去找博特金，正赶上告别宴会。在喝香槟、互相敬酒和祝愿中间，似乎有一种不寻常的气息。

"真的，你不知道，"巴济尔在我耳边说，"我……那个……"接着更小声道："真的，阿尔曼斯跟我一起走。这姑娘！我到现在才了解她。"于是摇了摇头。

可惜别林斯基不在。

在给纳塔利娅的信中，博特金向她详尽地说明，对婚姻的思考和反省，使他陷入了犹豫和绝望，他怀疑自己对阿尔曼斯的爱，以

306

及对家庭生活的适应能力；这样，他终于痛苦地意识到，必须抛开一切到巴黎去，他正是在这种情绪中出现在波克罗夫，显得既可笑又可怜……这么决定之后，他重读阿尔曼斯的信，获得了新的启示，即他非常爱阿尔曼斯，因此要求与她会面，重新向她求婚。他又想到了波克罗夫的神父，但迈科夫的工厂近在咫尺使他害怕①。他打算在彼得堡结婚，然后立即前往法国。"阿尔曼斯快活得像孩子一样"。

在彼得堡，巴济尔想上喀山大教堂结婚。为了表示对哲学和科学的尊重，他邀请西东斯基大司祭②给他主持婚礼。西东斯基是个学者，著有《哲学科学导论》，早已拜读过巴济尔的文章，知道他是世俗的自由思想家和德国哲学研究者。在经历各种奇遇之后，阿尔曼斯获得了罕见的荣誉：两位势不两立的仇敌——宗教和科学，为她的婚礼进行了一次充满喜剧性的会晤。

在婚礼前，西东斯基畅谈新出的一些哲学小册子，表示他对世俗学问无所不知。一切准备就绪后，诵经员把法衣长巾递给他，他吻了它，开始穿法衣，一边垂下眼皮，对博特金说：

"请原谅，这是例行公事……我完全知道，基督教的仪式过时了……"

"哦，不，不！"巴济尔赶紧说，声音中充满了同情和谅解。"基督教是永恒的，它的本质，它的实体是不会过时的。"

西东斯基以真挚的目光向这位不失骑士风度的对手表示了谢

---

① 波克罗夫村的邻村是属于迈科夫家的，那里有一家呢绒厂。工厂老板是莫斯科的商人，博特金的父亲也是莫斯科的大商人，因此博特金怕这位商人会把他结婚的事告诉他的父亲。

② 西东斯基（1805—1873），东正教大司祭，又是哲学和神学教授。

意，便转向教士们，唱了起来："我们的上帝至高至尊……现在，永远，直至千秋万代"。教士们齐声高喊："阿门！"一切按规定进行，巴济尔和阿尔曼斯戴上了婚礼冠，由西东斯基率领，绕读经台一周……连以赛亚①见了也会赞美不止。

巴济尔带了阿尔曼斯回到家中，把她留在那儿，便去参加克拉耶夫斯基②的文学晚会了。两天后，别林斯基把这对新人送上了轮船……大家会想，现在故事大概完了。

差得远呢。

到达卡特加特海峡以前，一切都太平无事，但一到这里，乔治·桑那本该死的《雅克》蓦地跳了出来。

"你认为雅克怎么样？"巴济尔问阿尔曼斯，后者刚看完这小说。

阿尔曼斯讲了自己的意见。

巴济尔向她宣称：这看法完全错误，她的见解侮辱了他精神中最深刻的方面，他的世界观与她的毫无共同之处。

刚强的阿尔曼斯不想改变自己的世界观。这样过了大小贝尔特海峡。

船到了德国海面，博特金的心情舒畅一些了，他又作了一次努力，想改变阿尔曼斯的世界观，说服她对雅克采取不同的看法。

因晕船难过得要死的阿尔曼斯，用尽仅剩的一点力气回答他：她不能改变对雅克的看法。

"那么我们怎么在一起过活？"非常激动的博特金提出。

---

① 希伯来先知，《圣经》中的四大先知之一，传说《以赛亚书》即他所著。
② 《祖国纪事》的主编。

"没关系，"阿尔曼斯回答，"如果您想吵架，不如一上岸就干脆分手。"

"您决定这么办？"博特金说，气得要打架似的，"您宁可分手？"

"世界上什么都比跟您在一起强；您简直叫人受不了——既懦弱又专横。"

"夫人！"

"先生！"

她进了船舱；他留在甲板上。阿尔曼斯没有失信：一到勒阿弗尔，她就去找父亲了，过了一年她单独回到俄国，然后去了西伯利亚。

这一次，这件断断续续的婚姻大事可能真的完了。

但是巴雷尔说过："只有死人才不会回来！"①

（1857 年写于普特尼，月桂大厦。）

---

① 巴雷尔（1755—1841），法国资产阶级革命家，雅各宾党人。他在 1794 年 5 月国民议会开会时说过这一句话，号召法国人民与外国敌人，特别是英国占领军展开彻底斗争。

第五卷

巴黎——意大利——巴黎

（1847—1852）

前　言

开始印行《往事与随想》的又一卷时，我再次面临了故事和场景，以及与它们相伴随的议论的不连贯问题。外在的统一在这里比前几卷更少。使它们融为一体，我始终无法办到。补足空白，很容易给一切带来另一种情调和另一种色彩，于是当时的真实便消失了。《往事与随想》不是历史专著，只是历史在一个偶然走上它的道路的人身上的反映。正因为这样，我决定让不连贯的各章维持原状，像意大利手镯上的镶嵌细工，组成各种图形，所有的图形都围绕同一主题，但是把它们结合在一起的只是框架和链子。

这一卷，尤其是有关 1848 年的部分，必须用我的《法意书简》作补充；我本想从那里撷取一些片断，但需要重印的地方太多，我只得打消这个主意。

不少在《北极星》上未曾出现的章节进入了本卷；然而，由于各种共同的和个人的原因，我还不能把一切都提供给读者。好在不仅删略的章节，而且我所最珍爱的这一卷全部刊印的时间已为期不远了……

1866 年 7 月 29 日于日内瓦。

革命前后

第三十四章 途 中

遗失护照——柯尼斯堡——用自己的手制作的鼻子——到达
了！——离开

　　……在拉乌扎根，普鲁士宪兵把我请进了守卫室。一个老中士
拿了护照，戴上眼镜，毫无必要地操起琅琅的读书声，一字一板地
念道："兹奉尼古拉一世皇帝陛下命令……希各地军警查验放行……
宫廷高级侍从、枢密官、圣弗拉基米尔勋章获得者、因英勇而蒙皇
上嘉奖钦赐题词金剑之内务大臣佩罗夫斯基签发……"

　　这位喜欢朗诵的中士使我想起另一个人。从特腊契诺前往那不
勒斯时，一个那不勒斯宪兵到马车旁边来了四次，每次都得查看我
们的入境签证。我给他看了那不勒斯的签证，还给了他半个卡利
诺①；但这还不成，他把护照带进了办公室，二十分钟后回来了，要
我和我的朋友去见队长。队长是个喝得醉醺醺的老军士，非常粗暴
地问我们：

　　"你们姓什么，从哪儿来？"

---

① 当时在那不勒斯和西西里一带通用的银币。

"这一切护照上都写着。"

"我没空看。"

我们猜到了：队长认识的字没几个。

"根据什么法律，"我的朋友说，"我们要为您念我们的护照？我们的义务是持有护照，出示护照，不是宣读护照，尤其不是向您宣读。"

"他妈的！"老头子嘟哝道，"好啦，好啦！"把身份证还给了我们，没有登记。

拉乌扎根那位学识渊博的宪兵当然不属于这一类，他把三份护照上佩罗夫斯基的勋章、卓越的功绩和奖励，一一念过三遍之后，问我道：

"先生，那么您是谁呢？"

这把我问得瞠目结舌，不明白他对我还有何指教。

"玛丽亚·埃恩小姐，玛丽亚·科尔什小姐，哈格太太①——都是妇女，没有一份男人的证件呢。"

我一看，真的，这儿只有我的母亲和两位与我们一起旅行的女友的护照；我急得出了一身冷汗。

"我没有护照的话，塔乌罗根那边就不会让我通过。"

"确实这样，但要继续旅行就不成了。"

"那叫我怎么办？"

"也许您把它忘在守卫室了，我吩咐给您套一辆雪橇，您亲自回那儿问问，您的同伴就暂时在我们屋里休息一会儿。喂，小伙

---

① 埃恩小姐是赫尔岑家的朋友，玛丽亚·科尔什是叶·科尔什的姐姐，哈格太太即赫尔岑的母亲。

子，给我套上枣红马。"

我想起这件愚蠢的事不能不觉得好笑，因为它把我弄得束手无策。这份护照是我几年来梦寐以求的，为了得到它我奔走了两年，可是刚过国境便把它丢了，这使我非常吃惊。我相信，我曾把它放进口袋，那么一定是在半路上遗失的，上哪儿找呢？雪已把它覆盖……只得申请补发，向里加写信，也许还得亲自走一遭；然后他们在那儿打报告，上面发现我在一月份上矿泉疗养！总之，我已经觉得自己又回到了彼得堡，科科什金和萨赫迪斯基，杜贝尔特和尼古拉，又在我的头脑中出现了。现在，什么都完了，旅行，巴黎，出书的自由，音乐会和剧场……我又得见到内务部的官员，警察局长和形形色色的暗探，背上有两颗亮晶晶的纽扣、似乎在用它们从后面窥视你的警察……首先，我又得见到那个小个子士兵，他总是皱起眉头瞧我，那顶笨重的高筒军帽上写了个神秘的"四"字，还有那匹浑身结了冰的哥萨克战马……也许乳娘还没离开她所说的"塔无洛克"呢。

这时一匹没精打采、瘦骨嶙峋的大马已套上了小雪橇，我与赶车的一起坐进了雪橇，赶车的穿着军大衣和高统皮靴，用标准的姿势挥了一下标准的马鞭，然而就在这时，博学的中士没穿上装，突然跑到过道上大喊道：

"停下，停下！该死的护照在这儿呢！"他双手打开了它，举在前面。

我高兴得不禁发出了一阵大笑。

"您这是在跟我搞什么名堂？在哪儿找到的？"

"您瞧，"他说，"你们的俄国军士把两张纸叠在一起，这谁会知道，我没想到把纸分开……"

于是他读了三遍："沿途各国军警，不论官职大小，仰各查验放行……"

"……由于旅途劳顿、担惊受怕和其他许多事，我到达柯尼斯堡时已筋疲力尽。在软绵绵的床上睡了一觉之后，第二天我便去游览城市了，这是温暖晴朗的冬日。"[①] 旅店主人给我们准备了雪橇，马身上挂满大大小小的铃铛，头上装饰着鸵鸟羽毛……我们心旷神怡，沉重的石块从心头消失了，不愉快的恐怖感和疑虑重重的情绪也已不翼而飞。书店的橱窗里陈列着讽刺尼古拉的漫画，我立刻跑进店堂买了一套。晚上，我在一家又小又脏的戏院里看戏，戏并不好，但我回旅馆时很兴奋，这不是由于演员，而是由于观众，他们大多是工人和青年；在幕间休息时他们高声谈笑，无拘无束，每人戴着礼帽（这是非常重要的标志，正如留胡子的权利等等一样）。这种自由自在、开朗活跃的气氛，给刚过国境的俄国人留下了强烈的印象。彼得堡政府还那么粗暴，那么野蛮，它爱好的只是专制，它希望引起的反应只是恐怖，它要求每个人在它面前发抖，总之，它向往的不仅是权力，而且是权力的戏剧化效果。对于彼得堡的沙皇们说来，理想的社会秩序便是鸦雀无声的候见室和军营。

……我们前往柏林时，我坐的是驿车，我旁边的先生裹在衣服里；这是晚上，我看不清他的脸。知道我是俄国人，他便开始向我打听，警察是否严厉，护照是否难领等等，当然我把我知道的一切告诉了他。后来谈到了普鲁士，他便称赞普鲁士的官员如何奉公守法，政府机关如何秉公办事，国王如何励精图治，最后又大骂波兹南省的波兰人，因为他们不是优秀的德意志人。我听后觉得奇怪，

---

① 见《法意书简》第一信。——作者注

便进行反驳，直截了当告诉他，我完全不同意他的观点，然后不再作声。

这时天亮了，我才发现，我这位保守派旅伴说话带鼻音，根本不是因为感冒，只是因为他没有鼻子，至少没有鼻子中最显著的部分。他大概看到，这发现没有给我带来特别的好感，因此认为必须把失去鼻子和恢复鼻子的过程说明一下，以此表示他的歉意。它的第一部分他讲得含糊不清，但第二部分十分详细：狄芬巴赫[①]亲自从他手上割了一块肉作他的新鼻子，把它在他脸上缚了六星期；一天"陛下"到医院视察，在惊异之余对此大为赞赏。

> 普鲁士国王看到他便说，
> 这真是人间一大奇迹。

不过，狄芬巴赫当时大概忙于其他事务，这个鼻子可做得不太美观。但是不久我便发现，这个用自己的手制作的鼻子在他身上还是最小的一个缺点。

从柯尼斯堡前往柏林这段路是整个旅程中最困难的。我们不知怎么总是相信，普鲁士的驿运设施是最好的，其实这纯属无稽之谈。驿运制度只有在法国、瑞士和英国还不错。英国的驿车制作精良，马强壮有力，车夫灵敏熟练，可以让你舒舒服服旅行。在漫长的驿路上，马车不停地飞驰，不论上山下坡都一样。现在由于铁路的建成，这问题已成为历史陈迹，但在当时，德国那种劣马拉的驿车确实叫我们吃够了苦头，除了它们的驭手，世上恐怕没有更糟的

---

① 狄芬巴赫 (1792—1847)，德国外科医生，尤以擅长整形外科著名。

东西了。

从柯尼斯堡到柏林这段路很长，出发时，我们在长途马车中定了七个座位。到了第一个驿站，乘务员便要我们拿了行李改乘另一辆马车，还郑重地警告我们，他不能保证这些物品完整无损。我向他指出，我在柯尼斯堡问过，他们告诉我，我可以保留这些座位；乘务员推说雪太大，必须换有滑雪板的马车，这就没法反对了。我们只得带着孩子和行李，在黑夜中踩着潮湿的雪地开始换车。到了下一站又是这个样子，乘务员甚至不再花力气解释换车的原因。这样走了一半路，他又向我们十分简单地宣称：只能给我们五个座位。

"怎么五个？这是我的票。"

"没有座位了。"

我开始争论；驿站的窗啪的一声开了，一个留胡子的白发脑袋伸出窗口，粗暴地问争吵什么。乘务员说，我要七个座位，可是他只有五个。我接着道，我有车票，还有付了七个座位的钱的收据。那个脑袋没有理睬我，只是用俄国和德国式军人粗鲁而嘶哑的口气对乘务员说道：

"得啦，这位先生既然不愿要五个座位，那就把他的行李丢下车，让他在这儿等有七个空位子的驿车吧。"

说完这话，那位被乘务员称作"少校先生"姓什韦林的尊敬的站长，便啪的一声关上了窗。我们作为俄国人考虑了这情况，决定立即动身；可是本韦努托·切利尼①作为意大利人，遇到类似情况

---

① 切利尼（1500—1571），意大利著名金匠和雕刻家，性情暴烈，曾数度因斗殴被流放和监禁，后逃亡在外。

非立刻掏出手枪把站长打死不可。

我旁边那位经狄芬巴赫动过整形手术的旅伴这时在酒店中，等他爬上车子，我们便动身了，我向他讲了这件事。他刚喝过酒，因此心情很舒畅，对我采取了十分同情的态度，要我到了柏林写信给他。

"您是管驿站的官员？"我问他。

"不是，"他答道，鼻音更重了，"但这没关系……我……您知道……正如这儿的人说的，我是在中央警务部任职。"

这个发现对我说来比他那个用自己的手制作的鼻子更加讨厌。

在欧洲第一个听到我发表自由派观点的人竟是个暗探，可惜他不是最后一个。

……柏林，科隆，比利时——一切都在我眼前一晃而过；我们对它们也心不在焉，我们急于赶路，最后终于到达了。

……我在莱茵旅馆打开了古老而笨重的大窗，迎面看到的便是一个大圆柱：

> ……一个铁铸的偶像，
>
> 戴着呢帽，两臂十字交叉，
>
> 脸色是那么阴沉。[1]

那么，我确实到了巴黎，这不是梦，是真的，瞧，这就是旺多姆圆柱与和平大道啊。

巴黎，它的意义对我说来也许不比莫斯科小。这个时刻正是我

---

[1] 引自普希金的《叶夫根尼·奥涅金》第七章第十九节，诗中写的是放在奥涅金案头的拿破仑小雕像，它是按照巴黎旺多姆圆柱上的拿破仑像制作的。

从小心驰神往的。我多么想看看巴黎市政厅，看看罗亚尔宫的富瓦咖啡馆①——当年，卡米尔·德穆兰便是在这儿摘了一片绿叶作帽徽，发出了号召："向巴士底狱进军！"

我不能待在屋里，便穿上衣服在街上到处转悠……我要找巴枯宁和萨佐诺夫……瞧，圣奥诺兰街，爱丽舍田园大街，这些名字都是我早已熟悉的……啊，瞧，巴枯宁本人来了……

我是在一条街道的拐角上遇见他的，他与三个朋友在一起，就像在莫斯科一样，正向他们宣传什么，不时站住一下，挥动着卷烟。但这次说教没有结论，因为我打断了他的话，要与他一起去找萨佐诺夫，让他也为我的到来大吃一惊。

我高兴得发狂似的！

但我暂时讲到这里为止。

我不想再一次描写巴黎。欧洲生活的初步印象，在刚觉醒的意大利国土上的庄严旅行，维苏威火山脚下的革命，圣彼得大教堂②前的革命，最后还有 2 月 24 日③ 那震惊世界的消息——这一切都在我的《法意书简》中讲过了。现在我已不能像当时那样生动地传达这些印象，它们被其他印象冲淡了，推后了。它们构成了我那些"笔记"中不可缺少的部分——难道我的信不是当时实况的记录吗？

---

① 罗亚尔宫是巴黎市中心的著名王宫之一，1789 年在这王宫底层设有一家咖啡馆，它成为群众集会之处，这年 7 月 14 日，卡米尔·德穆兰在这儿号召巴黎居民举行起义，攻打巴士底狱，燃起了法国革命的熊熊烈火。

② 在罗马。

③ 1848 年法国二月革命爆发的日子。

第三十五章 共和国的蜜月

穿皮上装的英国人——诺阿耶公爵——自由女神和她在马赛
的半身雕像——西布尔神父和阿维尼翁的全球共和国

……"明天我们要去巴黎了，我离开罗马时心情是兴奋的，充
满着活力。今后一切会怎样呢？能永久不变吗？天上不会没有乌
云，坟墓中会不时吹出阴冷的风，送来尸体的气息，那旧时代的气
息；历史的朔风是强大的，但是不论发生什么，我要为我在罗马度
过的五个月感谢它。我所感受的一切将永远留在我的心中——反动
的逆流不可能把它全部吹灭。"①

这是我在1848年4月底写的，当时我坐在面对科尔索大道②的
窗口，望着"人民广场"，我的许多印象和许多感觉都来自那里。

我是怀着恋恋不舍的心情告别意大利的，我不愿离开它（我不
仅在那儿碰上了伟大的事件，也遇见了第一批令我深深喜爱的人
们），然而我还是得走。我觉得，当共和国在巴黎诞生的时候，我

① 引自《法意书简》第八信的最后两节。按赫尔岑于1847年春到达巴黎，同年秋
  即去意大利，次年得到法国二月革命爆发的消息，才又返回巴黎。
② 罗马市中心的大街。

不在那儿，这无异是对我的全部信念的背叛。怀疑从上面引用的几行即可看出，然而信心依然占了上风，我在契维塔办了签证手续，我望着领事馆的印心里很满意，那不是威严醒目的几个字"法兰西共和国"吗？我当时根本没有想到，正因为需要签证，法兰西还不是真正的共和国！

我们坐的是邮轮。船上旅客很多，照例形形色色，有的来自亚历山大，有的来自士麦那和马耳他。船过里窝那以后，海上刮起了春天的狂风，轮船以令人难以置信的速度在无法忍受的摇晃中向前行驶；过了两三小时，甲板上已尽是晕船的妇女，不久男子也逐渐躺倒了，只剩下一个花白头发的法国老人，一个穿皮上装、戴皮帽的从加拿大来的英国人和我。船舱内也都是晕船的人，在那里单单沉闷的空气和炎热已足以使人病倒了。夜里，我们三人把大衣和旅行毛毯铺在甲板的行李堆上，坐在那里，风在呼啸，海浪在拍打，有时还冲上了甲板的前半部分。那个英国人是我认识的：去年我从热那亚前往契维塔韦基亚时与他乘同一条船。一天只有我们两人用膳，吃饭时他一言不发，但用了甜点以后，也许是马尔萨拉葡萄酒的作用，他变得心情舒畅了，看到我并不想主动与他搭讪，便递了一支雪茄给我，说这是他"自己从哈瓦那带来的"。这样我与他开始了谈话，他到过南美和加利福尼亚，还说他多次打算前往彼得堡和莫斯科，但在伦敦和彼得堡之间建立正常而直接的交通以前[1]，他不会去。

"您要上罗马？"我问他，这时离契维塔已不远。

"不知道。"他回答。

---

[1] 现在建立了。——作者注

我不再作声，心想他可能觉得我的问题有些唐突，但他马上又道：

"这得看契维塔的气候是否叫我满意。那么您打算留在这儿？"

"是的。轮船要明天才开。"

那时我对英国人还很不了解，因此觉得好笑；到第二天，我在旅馆前面散步时，又遇到了他，真的忍不住笑了。他仍穿着那件皮上装，拿着公文包、望远镜和一只小梳妆盒，后面跟着一个扛了皮箱和各种物品的仆人。

"我去那不勒斯。"他走近后对我说。

"怎么，不喜欢这儿的气候吗？"

"气候太坏了。"

我忘记讲了，在上次旅行中，他与我同一船舱，他的铺位正好在我上面；整个夜里他有三次差点把我吓死或踩死——船舱内热得透不出气，他喝了几次掺水白兰地，每次上床或下床总要踹在我身上，然后大声惊叫：

"啊……对不起……我太渴了。"

"没什么。"

因此我们这次会面时已成了老朋友；他竭力称赞我从不晕船，还请我抽哈瓦那雪茄。十分自然，过不一会儿，谈话便接触到了二月革命。英国人当然只是把欧洲的革命看作一场有趣的戏剧，一种提供引人入胜的新印象和新感觉的源泉，还谈起了新哥伦比亚共和国的革命①。

---

① 南美洲的哥伦比亚于 1810 年爆发了反对西班牙统治的革命，并于 1819 年宣布独立，建立了共和国。

法国人对这些事件却采取了不同的观点……五分钟后，我与他展开了争论；他回答得含糊而聪明，尽管他寸步不让，但是态度彬彬有礼。我为共和国与革命辩护。老头儿并不直接攻击它们，然而认为只有传统的国家形式才是巩固的，合乎人心的，可以满足进步的正义要求，并保持必要的稳定。

　　"您不能想象，"我与他开玩笑道，"您的言外之意给了我一种多么独特的乐趣。十五年来，我谈到君主政体，也像您此刻谈到共和政体一样。只是现在我们互换了角色：我保卫共和政体却成了现状的维护者，您保卫正统的君主政体却成了社会秩序的破坏者。"

　　老头儿和英国人都哈哈大笑。又来了一个高高瘦瘦的先生，这是阿尔古伯爵[①]，他的鼻子已因《喧哗》和菲利蓬[②]的捉弄而永垂不朽（《喧哗》声称，他的女儿不敢出嫁，是怕把自己的大名写成："姓某某，娘家姓阿尔古[③]"）。他参加了谈话，对老头子恭恭敬敬，却用有些惊异、甚至厌恶的目光看我；我发现了这一点，因此把革命口气又提高了四度。

　　"这是非常值得注意的一件事，"花白头发的老人对我说，"像您这种思想方式的俄国人，我以前也遇到过。你们俄国人不是沙皇彻头彻尾的奴仆，便是（请恕我用这词）虚无主义者。正因为这样，你们离自由的日子还远着呢。"[④]

　　我们便这么各抒己见，谈论着政治问题。

---

① 阿尔古（1782—1858），法国七月王朝时期的政治活动家，法兰西银行行长。

② 《喧哗》是法国著名的讽刺刊物，由漫画家菲利蓬（1806—1862）所创办。

③ 原文是法文。这里纯粹是文字游戏，因在法文中"娘家姓"与"鼻子"发音相近，菲利蓬便利用这一点与阿尔古开玩笑。

④ 这评论我以后还听到过十来次。——作者注

船快到马赛时，大家开始忙于整理行李，我走近老人，给了他一张名片，我说，我们在海上的风浪中进行的争论没有留下不愉快的后果，这使我很高兴。老人非常亲切地与我道别，还顺便把共和派调侃了几句，说我终于可以走近一些看他们了，然后也把他的名片给了我。这是诺阿耶公爵①，波旁王室的亲族，亨利五世②的重要顾问之一。

这件事微不足道，我之所以讲它，是为了让我们三个上层阶级的"公爵"们从中汲取有益的教训。要是我们的枢密官或高等文官处在诺阿耶的位置，他一定会把我的话看作大逆不道，马上命令船长逮捕我。

1850年，一位俄国大臣③挈带家眷上了轮船，为了避免与凡夫俗子接触，他不肯离开自己的轿式马车。坐在卸下了马的马车中，还有比这更滑稽的吗？何况这是在海上，大人的玉体又比普通人大了一倍。

我们的大官僚目中无人，这根本并非出于贵族气质——贵族阶级早已蜕化变质。这是大公馆中身穿号衣、头上扑粉的仆役的情绪，他们一方面异乎寻常的卑贱，另一方面又异乎寻常的倨傲。贵族是人，而我们的大官僚是皇上的忠实奴才——完全没有个性；他们像保罗颁发的勋章上的题词："我们无足轻重，一切都是在你的

---

① 这可能是作者虚构的名字，因为赫尔岑在《法意书简》的较早稿本中也写到过这次旅行，那里写的名字是"罗昂公爵"（一个真实的人物）。

② 即尚博尔伯爵（1820—1883），法国波旁王室的最后继承人，1830年波旁王室被推翻后，他自称亨利五世，不断伺机复辟，均未成功。

③ 著名的维克多·帕宁。——作者注
维·帕宁（1801—1874），1841至1861年的俄国司法大臣。

名义下取得的"①。我们的整个教育便归结为这一点：士兵认为只因为他挂着安娜十字勋章，才不应该用棍子打他；驿站长认为只因为他是官员，旅客的巴掌才不应贴近他的面颊；官员受到侮辱，便指指斯坦尼斯拉夫勋章或弗拉基米尔勋章，表示："我个人无所谓，我是为了我的职衔！"

在马赛下船后，我遇到一大队国民自卫军正把自由女神像运往市政厅，这是一个满头鬈发、戴弗里基亚帽②的女人。这千百个武装的市民一边走，一边高喊："共和国万岁！"其中也有穿罩衫的工人，他们是 2 月 24 日后参加国民自卫军的。当然我尾随在他们后面。队伍到了市政厅，将军、市长和临时政府特派员狄摩西尼·奥利维耶③出现在门口。奥利维耶不愧名为狄摩西尼，准备当众发表演说。人群包围了他，大家自然拼命向前挤。国民自卫军要群众后退，群众不听，这惹恼了这些武装的市民，他们从肩上取下枪，转过身子，开始用枪托打前排人的脚尖，于是"统一而不可分割的共和国"的公民被迫后退了……

这件事使我大惑不解，因为意大利人，尤其是罗马人的风度，在我头脑里记忆犹新，在那里，个人的尊严和人身不可侵犯，是每个人都具备的崇高感情，不仅搬运工人和马车夫这样，连伸手讨钱的乞丐也不例外。在罗马尼阿④，那种粗暴作风会招来二十把刀的攻

---

① 这不是保罗一世颁发的勋章，而是亚历山大一世颁发的纪念 1812 年卫国战争胜利的勋章，题词中的"你"即指"祖国"。

② 一种锥形红色高帽，本为古罗马奴隶获得解放时戴的帽子，象征自由，法国大革命时被用作革命者的标志。

③ 奥利维耶（1825—1913），法国政治家和革命家，二月革命后任罗讷河口省特派员。这里赫尔岑称他为狄摩西尼（古希腊的雄辩家），可能这是他的别号。

④ 罗马教皇辖区内的一个地方。

击。但法国人后退了，大概他们已有过前车之鉴吧？

这意外事故使我很不痛快，而且回到旅馆，我又在报上读到了鲁昂事件[①]。这意味着什么，难道诺阿耶公爵是正确的？

但是一个人希望相信的时候，他的信念是不容易根除的，还没到阿维尼翁，我已忘记了马赛的枪托和鲁昂的刺刀。

在长途马车中，一个身材粗壮、道貌岸然的天主教神父与我们坐在一起，他正当中年，外表和蔼可亲。起先他为了装装样子，拿起了祈祷书，但过不多久便想打瞌睡了，只得把它放回口袋，开始与我娓娓而谈；他的话表现了波尔罗亚耳隐修院和索邦神学院[②]准确典雅的语言风格，引证丰富，妙趣横生，但又无伤大雅。

确实，只有法国人才能这么聊天。德国人只会谈情说爱、传播流言蜚语、说教和咒骂。英国人喜欢热闹的盛会，因为在那里可以不必谈话……人们没有活动的余地，大家挤来挤去，谁也不认识谁；如果是小型的集会，马上会响起嘈杂的音乐和走调的歌声，还有枯燥的牌局，弄得主人和客人哪怕想谈话也比登天还难，有时偶然走到一起，已气喘吁吁，活像拉着满载货物的驳船在纤道上逆水行走的、筋疲力尽的倒霉驮马。

我想用共和制逗弄一下神父，但未能如愿。他对现状是满意的，他主张不超出限度的自由，尤其不能发生流血和战斗，认为拉
· · · · ·

---

① 1848 年 4 月法国举行宪议会选举时，资产阶级勾结地主保王派玩弄各种手段，大获全胜，引起了工人阶级的普遍不满，在各地示威抗议。4 月 27 日和 28 日在鲁昂发生的冲突是最激烈的一次，工人起义遭到了残酷镇压。

② 波尔罗亚耳隐修院是法国著名的修道院，在 17 世纪曾是文学和教育的中心。索邦神学院是巴黎大学最早的一部分，设有历史语文系。

马丁①是伟大的政治家，有些像伯里克利②。

"还像萨福③，"我接口道，没有与他争论，我得感谢他一句也没提到宗教。这样，我们谈谈说说，于晚上十一时到达阿维尼翁。

吃晚饭时，我给神父斟了一杯酒，说道："请允许我向您作一次少有的祝酒：为共和国和拥护共和制度的教会人士干杯！"

神父站起身子，用西塞罗式雄辩语调接着道："也为俄国未来的共和制度干杯！"

长途马车的乘务员和坐在同一餐桌边的人也喊道："为全球共和国干杯！"我们碰了杯。

天主教神父，两三个旅客，乘务员，加上俄国人——这不是全球共和国吗？

大家确实兴致勃勃！

重又坐上马车时，我请神父允许我抽一支雪茄，然后问他："您上哪儿？"

"上巴黎，"他答道，"我被选进了国民议会；但愿我还能见到您，这是我的地址。"

这是西布尔神父，什么地方的长老，巴黎大主教的兄弟。

……过了两个礼拜，5月15日④到了，这是不祥的前奏，六月那些可怕的日子便接踵而至。但这一切已不属于我的传记的范围——那已是全人类的传记……

---

① 拉马丁(1790—1869)，法国浪漫主义诗人，资产阶级共和主义者。二月革命后成为临时政府的首脑。
② 古希腊政治家。
③ 萨福(约公元前610—前580)，古希腊著名女诗人，诗歌以抒情为主。
④ 1848年5月15日巴黎工人举行了有十五万人参加的示威游行，要求工人代表参加政府，援助波兰革命等。示威遭到了镇压，成为六月起义的前奏。

关于这些日子，我已写得很多了①。

我可以到此结束，正如古老的民歌中老船长说的：

你记得吗？……但我不再往下讲了，
美好的回忆已在这里全部结束。②

但是从这些可诅咒的日子开始，我跨进了一生的最后部分。

---

① 指《法意书简》和《来自彼岸》中的有关部分。
② 原文为法文，出处不详。

西方小品

第一集

1. 梦

朋友们，还记得那冬季的一天，那阳光灿烂的美好日子吗？那时六七辆三驾马车直送我们到黑土站，我们在那儿最后一次碰了杯，然后含着眼泪告别了。

天已黄昏，马车开始在雪地上吱吱滑行，你们依依惜别，目送着远去的我们，但决不会想到这是送葬，是永诀。大家全到了，只缺少一个人——那个好友中的好友，唯独他病了，不能送行，仿佛为了免得看到我的离开。

这是 1847 年 1 月 21 日。[①]

从那时起已过了七年[②]，这是怎样的七年啊！其中包括了 1848 年和 1852 年[③]。

----

① 本书第四卷第三十三章末引用了这几段，因《梦》完稿于 1853 年末，较第三十三章为早。

② 本文写于 1853 年末。——作者注

③ 赫尔岑的妻子去世的一年。

这段时期发生了多么大的变化，一切都完了——公的和私的，欧洲的革命和我的家庭，世界的自由和个人的幸福。

从前的生活没有留下一块砖瓦。当年我还处于精力充沛的发展时期，我以往的生活给我提供了未来的保证。我怀着轻率的自信，怀着对生活的雄心壮志，勇敢地离开了你们。我匆匆告别了小小的集体——这些紧密团结在一起的人是互相亲近的，深刻的爱和共同的苦难把他们联合在一起，但是我向往远大和广阔的生活，公开的斗争和自由的言论，我寻找着独立的论坛，我希望在自由的天地中尝试自己的力量……

现在我已不再等待什么，在我看到和经历过的一切之后，什么也不能引起我特别的惊异和衷心的欢乐了：惊异和欢乐已被对往事的回忆和对未来的恐惧所压倒。在我眼中，几乎一切都没有差别，我既不希望明天死去，同样也不希望长久不死；让结束像开端一样来得那么突然，那么毫无意义吧。

然而我得到了我所寻找的一切，甚至得到了自以为是的旧世界的承认，但与此同时，我也失去了一切信念，一切幸福，我看到的是背叛，是从阴暗的角落发出的冷箭，总之，是你们所想象不到的精神堕落。

在开始这部分的时候，我觉得很困难，非常困难；我暂时丢开它，完成了前面的三卷，但现在终于不得不面对它了。把软弱抛在一边吧，能够经历这一切的人也应该有勇气回顾这一切。

从 1848 年下半年起，我已没有什么可以讲了，有的只是痛苦的磨难，无法洗雪的冤屈，不应得到的打击。留在记忆中的只是伤心的形象，自己的和别人的过错——个人的过错，整个民族的过错。在可能挽回的地方，死亡却把道路切断了……

……随着我罗马生活中最后一些日子的到来，我回忆中的光辉部分也结束了，它是从童年时期的思想觉醒，从少年时期在麻雀山上的誓言开始的。

1847 年的巴黎惊醒了我，我很早就睁开了眼睛，但是又被周围汹涌澎湃的事件陶醉了。整个意大利在我眼前"觉醒了"！我看到那不勒斯国王怎样顺从民意，教皇怎样谦卑地向人民乞求慈爱^①；旋风卷起了一切，也带走了我；整个欧洲打起背包跟着前进——这一阵梦游症的狂热被我们当作了觉醒。等我清醒的时候，一切都消失了——梦游病人给警察一吓，滚下了屋顶，朋友们星散了，或者不顾一切地互相厮打……剩下我孤零零一个人，站在棺材和摇篮中间——我要做它们的守卫者、保护人和复仇者，然而什么也做不成，因为我要做的不是一般人所能完成的。

现在我坐在伦敦，偶然的机会把我抛到了这里——我留了下来，因为我不知道我还能做什么。陌生的人群在我周围蠕动，奔走，海洋的沉闷气息包围了一切，世界变得一片混沌，笼罩在迷雾中，失去了鲜明的轮廓，连火光也成了一些昏暗的光斑。

……然而那个国家，周围是深蓝的海洋，上面是深蓝的天空……只有它依然是一片光明的地带，是在墓园的另一边。

啊，罗马，我多么想回到你的怀抱中，我怀着眷恋的心情，回顾着那一天天的经历，那些令我陶醉的日子！

……黑夜。科尔索大道上人山人海^②，到处是火炬。在巴黎，共

---

① 指那不勒斯国王斐迪南二世和教皇庇护九世，他们在 1848 年意大利民族解放运动高潮中，都曾表现一定程度的开明姿态。

② 1848 年 3 月 21 日罗马人民为声援维也纳的革命和米兰的起义，举行了示威游行。

和已宣布一个月了。消息从米兰传到①——那儿在搏斗，人们要求宣战，根据传说，查理·阿尔贝特②已率军出征。群众愤怒的呼声像浪涛时断时续的呼啸，一会儿以排山倒海之势升起，一会儿又暂时归于沉寂。

人群排成队伍，拥向皮埃蒙特公使馆，想知道宣战的确实消息。

"到队伍中来，参加我们的队伍！"几十个声音同时喊道。

"我们是外国人。"

"那更好，上帝保佑，你们是我们的客人！"

于是我们参加了。

"让客人走在前面，让夫人们走在前面，让外国的夫人们走在前面！"

人群发出了热烈的欢呼声，让开了路。契切洛瓦基奥③和一个罗马青年在一起，这青年是写民间歌曲的诗人，他们举着旗子向前开路。领导人与妇女们握了手，让她们排在一万或一万二千人的前面——整个队伍浩浩荡荡，有条不紊，这是只有罗马的人民才能做到的。

前面的人走进了公使馆，几分钟后，大厅朝阳台一面的门开了。公使出来安慰民众，证实了宣战的消息，他的话引起了热烈的欢呼。契切洛瓦基奥站在阳台上，给火炬和枝形大烛台照得亮亮的，他的旁边，在意大利国旗下，站着四个年轻妇女，她们全是俄

---

① 1848 年 3 月 18 日米兰人民举行起义，反对奥地利统治，奥军被迫逃离米兰。

② 阿尔贝特 (1798—1849)，1831 至 1849 年的皮埃蒙特 – 撒丁王国国王。为争取撒丁王国在意大利的领导地位，阿尔贝特表示支持民族解放运动，于 1848 年 3 月向奥地利宣战，失败后退位。

③ 意大利革命者。

国人①——这不奇怪吗？我现在还仿佛看到她们站在大理石阳台上，下面是万头攒动的人群，在战斗的呐喊声和对耶稣会的诅咒中，不时可以听到"外国妇女万岁！"的呼声。

在英国，她们和我们会被嘘下台，遭到咒骂，甚至被扔石子。在法国，我们会被当作煽风点火的阴谋分子。可是在这里，尊贵的无产阶级，马略②和古罗马护民官的后代，热情而真诚地欢迎我们。我们被接纳进了欧洲的斗争行列……只有意大利与我的爱、至少内心的怀念，保持着不能割断的联系。

也许这一切只是……陶醉、呓语？这可能——但是我不羡慕那些对当时的优美梦境无动于衷的人。然而不可能老是做梦，现实生活的无情的麦克白已伸出了手，要把"梦"切断③，而

*我的梦消失了——再也不会有了！*④

2. 在大风暴中

……6月24日晚上⑤，我从莫伯特广场回来，走进了凯道赛滨河街的咖啡馆。几分钟后，传来了嘈杂的喊叫声，声音越来越近，我走到窗口，只见一支不三不四、滑稽可笑的队伍正从郊外进入市区维持秩序，这些人笨手笨脚，面目可憎，一半像农民，一半像店主，喝得醉醺醺的，穿着破旧腌臜的军装，戴着老式高

---

① 指赫尔岑夫人和她的三个女友，她们是与赫尔岑一家一起前往意大利的。

② 马略（约公元前157—前86），古罗马将领，曾任护民官和执政官。

③ 见莎士比亚的剧本《麦克白》第二幕第二场。

④ 引自拜伦的诗篇《梦》。

⑤ 1848年巴黎无产阶级六月起义的次日。

筒军帽，迈着匆忙而杂乱的步子，一边走一边呼喊："路易－拿破仑万岁！"

我便是在这里第一次听到这不祥的喊声的。我忍耐不住，等他们走近后，用尽全力喊道："共和国万岁！"靠近窗口的人向我扬拳头，一个军官嘟哝了几句，不知在骂什么，一边举起指挥刀吓唬我；过了好久，我还听到他们在欢呼，在为这个企图消灭半个革命，企图扼杀半个共和国的人欢呼——他的出现是对法国的惩罚，因为它在得意忘形中背弃了其他民族和自己的无产阶级。

6月25日或26日早上八时，我和安年科夫①前往爱丽舍田园大街；夜里听到的大炮声沉寂了，只剩下一些零星的步枪射击声和鼓声。街上空空荡荡，两旁是站岗的国民自卫军。协和广场上驻扎着一支别动队②，它附近有几个扫地的穷苦女人，几个捡破烂的，以及周围一些房屋的管院子人，他们全都愁容满面，吓得什么似的。一个十七八岁的小伙子靠在步枪上，正讲着什么，我们走上前去。他的伙伴也与他一样都是孩子，有些醉了，脸上沾满火药末子；几夜不睡和酗酒使他们的眼睛红肿了，不少人把下巴搁在枪口上正打瞌睡。

"嘿，当时那情形已没法形容了，"他停了一会儿以后又接着道，"不过他们打得不坏，当然，我们还是为我们的伙伴报了仇！他们死了多少人哟！我就插上刺刀亲手捅死了五六个家伙——让他们永远记住！"他又说，竭力把自己装扮成冷酷无情的歹徒。

妇女们脸色发白，没有作声，一个管院子的说道："活该，这些

---

① 俄国文学评论家。
② 1848年法国二月革命后，资产阶级临时政府为了加强武装力量，在国民自卫军外，又成立了"别动队"，专事镇压工人的武装起义。

混蛋自己找死！"但这野蛮的意见没有引起丝毫共鸣。这些人处在社会的最下层，不可能对屠杀和那个被培养成凶手的不幸孩子产生同情。

我们一言不发，闷闷不乐地向马德莱教堂走去。在那里，国民自卫军的一队哨兵拦住了我们，先是搜口袋，问我们上哪儿，然后放行了；但过了马德莱教堂，第二道哨兵线却不准通过，要我们往回走；我们回到第一道哨兵线，又给拦住了。

"可是你们看到，我们是刚过去的。"

"不准通过！"一个军官说。

"怎么，您是在跟我们开玩笑吧？"我问他。

"少跟我废话，"穿军装的小店主粗暴地答道，"逮捕他们，送往警察局，这个人（他指指我）我认识，在一次群众集会上看见过他，另一个一定也是这路货色；他们两个都不是法国人，一切由我负责，开步走！"

两个兵端着枪走在前面，两个在后面，左右一边一个，押着我们。我们遇到的第一个人纽扣洞上挂着一块愚蠢的牌子，这是人民代表托克维尔①，写过关于美国的书。我找他谈了被捕的经过，因为这不是闹着玩的，当时许多人未经审讯便被关进了监狱，或者扣押在杜伊勒里宫的地下室，甚至被枪杀。但托克维尔连我们是谁也没问，只是彬彬有礼地行了个礼，发表了下面这句无耻的话："立法机关无权干涉行政当局的活动！"由此可见，他后来当波拿巴的内阁官员是毫不奇怪的！

---

① 托克维尔于1848年当选制宪议会议员，当时这些议员胸前佩有特殊标记，即这里所说的"愚蠢的牌子"。在路易·波拿巴任总统时，托克维尔曾任外交部长。

"行政当局"带着我们走过林荫道，拐进昂坦马路，前往警察局。这里似乎应该顺便讲一下，不论在逮捕时、搜查时，或者在路上，我都没见到一个警察：一切都由武装的小市民在做。林荫道上空无一人，所有的店铺都关了门，居民听到脚步声便拥到窗口观看，打听我们是什么人。押送的兵答道："外国暴乱分子。"于是好心的市民便咬牙切齿地望着我们。

我们从警察局被送到了嘉布森大厦，那儿现在是外交部，但当时是一个什么临时警政委员会。我们被押进一间宽敞的办公室，一个秃顶老头子坐在一张大桌子后面，他戴一副眼镜，穿一身黑衣服，把警察局长问的话又重复了一遍：

"你们的护照在哪里？"

"我们出外散步时从来不带护照……"

他拿起一个什么本子，看了好久，显然什么也没发现，又问押送的人：

"你们为什么逮捕他们？"

"长官命令逮捕，我们就逮捕；他说这些人是嫌疑分子。"

"好，"老头子说，"我会把事情弄清楚的，你们可以走了。"

等押送的人走后，老头子要我们说明被捕的原因。我把经过讲了一遍，又说，那个军官也许在 5 月 15 日的大会上看见过我，接着还谈了我昨天遇到的一件事：我坐在柯马丁咖啡馆里，突然发生了一场误会。一队龙骑兵飞也似的从街上经过，国民自卫军在两旁布置了岗哨；我和咖啡馆里的五六个人走到窗前，国民自卫军的一个兵站在下面粗暴地喊道：

"没有听到叫你们关上窗吗？"

他的声调使我有权认为他不是在同我讲话，因此我对他的话毫不在意，何况我不是一个人，只是无意之间站在前面罢了。那位秩序的保卫者①端起了步枪（因为这事发生在底层）想用刺刀扎我，我发现了他的意图，便退后一步，对其他人说道：

"先生们，你们是见证人，我对他什么也没做；难道国民自卫军便是这么用刺刀对待外国人的吗？"

"这太不对了，这不符合他们的称号！"我旁边的人这么说。

咖啡馆老板吓坏了，赶紧关上窗。一个军士冲进屋子，露出一脸凶相，命令把所有的人赶出咖啡馆。我觉得，这位军士便是命令逮捕我们的那个先生；柯马丁咖啡馆离马德莱教堂只有两步路。

"这就对了，先生们，你们瞧，不谨慎会造成什么后果。这种时候为什么还要往外面跑，人们的头脑在发热，血在流……"

这时国民自卫军士兵抓来了一个女用人，说她在把一封寄往柏林的信投进信箱时被长官看到，就被捕了。老头儿收下了信，命令士兵回去。

然后他对我们说："你们可以回家了，不过请注意，不要走原来几条街，特别要绕过逮捕你们的那些哨兵。是的，等一下，我派个人送你们，他会把你们带到爱丽舍田园大街，那里是可以通行的。"

"还有你，"他对女用人说，把信交还了她，没有检查，"把你的信投进另一只信箱，得远一些的。"

就这样，警察从武装的小市民手下保护了人们！

据皮埃尔·勒鲁②说，6月26日至6月27日夜间，他曾找塞纳

---

① 路易·波拿巴为夺取政权，于1848年联合保王派和大资产阶级组成了"秩序党"，以恢复社会秩序为名，行颠覆共和制、复辟帝制之实。这里指拿破仑的爪牙。
② 法国空想社会主义者，二月革命后制宪议会议员。

尔[1]，要他对挤在杜伊勒里宫地下室中的人做出处理。大家知道，塞纳尔是个极端的保守派分子，他这么回答勒鲁：

"国民自卫军会在半路上杀死他们，谁保证他们的生命安全？如果您早来一个钟头，您还会在这儿遇到两个团长，我好不容易才说服他们，告诉他们，要是这种恐怖活动再继续的话，那么我只得丢下议长的位子，站到街垒上去了。"

我回到家中过了两小时，看门的带了一个穿便衣的陌生人和四个工人打扮的人来了，不过他们还是露出了治安警察的尾巴和宪兵的面目。陌生人解开外衣和坎肩的纽扣，威风凛凛地让我看他的三色围巾[2]，说他是警察局长巴莱（后来在12月2日[3]的国民大会上，征服过罗马的乌迪诺将军[4]的衣领，就是这个人揪的），现在奉命要对我进行搜查。我给了他钥匙，他便动手了，与1834年莫斯科警察所长米勒干的完全一样。

我的妻子进来了，局长也像当年杜贝尔特派出的宪兵军官一样表示了歉意。我的妻子安详地直视着他的眼睛，等他终于把请求原谅的话讲完以后，说道：

"如果我不能为您设身处地考虑，那未免太残忍了，您由于不得不进行搜查已经够痛苦的了。"

局长有些脸红，但没说什么。他忙于看信，看过后把一叠信放在一边，突然走到壁炉前面嗅了嗅，拨了拨灰烬，郑重其事地回头问道：

---

① 塞纳尔（1800—1885），二月革命后法国制宪议会议长，六月起义的镇压者之一。
② 蓝白红三色，代表法国的国旗，三色围巾成为共和派的标志。
③ 1851年12月2日，路易·波拿巴发动政变，解散立法议会，逮捕了反对他的议员。
④ 乌迪诺（1791—1863），法国将军，奥尔良派，第二共和时期制宪议会和立法议会议员。1849年率领法国干涉军攻打罗马共和国，导致意大利革命的失败。1851年12月2日企图组织力量，反对路易·波拿巴的政变，被巴莱当场逮捕。

"您销毁信件是什么意图？"

"我没有烧过信。"

"对不起，灰还热着呢。"

"不对，它不是热的。"

"先生，您是在对一位政府官员讲话！"

"这并不能使灰变热。"我说，有些冒火，提高了声音。

"难道我在胡说吗？"

"您凭什么权利怀疑我的话？……您带着正直的工作人员，不妨让他们检查一下。再说，如果我烧毁了信件，那么，第一，我有权烧毁，第二，您打算怎么办？"

"您另外没有信了吗？"

"没有了。"

"我还有几封信，都是非常有趣的，请到我屋里看看吧。"我的妻子说。

"算了，您的信……"

"没关系，请别客气……您这是执行公务呢，请吧……"

局长去了，简单看了一下信件，它们大多来自意大利；他想走了……

"那下面还有一封，您没看到，那是从孔斯耶尔热里① 寄出的，是一个犯人的信，您瞧，您不想把它带走吗？"

"不必了，太太，"共和国的警官答道，"您的成见太深了，我根本不需要这种信。"

"您打算把这些俄文信怎么办呢？"我问道。

---

① 从前巴黎的一所著名监狱。

"请人译成法文。"

"问题正在这里，你们从哪里找翻译者？如果从俄国使馆找，这无异是告密，会使五六个人因而遭殃。我希望你们从波兰侨民中物色译员；我把这作为正式要求提出，请你们考虑。"

"我想这是可以办到的。"

"谢谢。我还有一个要求，您懂一点意大利文吗？"

"懂得不多。"

"我给您看两封信，它们没有一个字提到法国；写信的人现已落在撒丁王国的警察手里，您从内容可以看到，如果这些信给撒丁的警察拿到，他们的情况会多么糟。"

"您这是什么意思？"局长答道，开始萌发了人的尊严。"您似乎认为，我们与专制王国的警察保持着联系。我们不管别国的事。但我们不得不管我们自己的事，当街上在流血，外国人想插手我们的事务时，我们得采取必要的措施。"

"那么很好，您可以把信拿走。"

局长没有撒谎，他对意大利文确实懂得不多，因此把信翻来覆去看了一会儿，便揣进了口袋，答应以后还给我。

他的访问到此结束。第二天他便把意大利人的信退还了我，但其他信却如石沉大海，杳无音讯。过了一个月，我写了一封信给卡芬雅克①，问他警察为什么不把我的信归还我，又不说明他们在信上发现了什么问题——这件事对他们也许无关紧要，但对我的荣誉却至关重要。

---

① 卡芬雅克（1802—1857），法国将军和政治活动家，温和的共和主义者。二月革命后成为政府首脑，对六月起义进行了血腥镇压。后因反对路易·波拿巴的政变，退出政界。

最后一点的根据是这样：几个熟人为我的事进行斡旋，认为警察局对我的搜查和扣留信件是不合法的。

拉摩里西尔[1]说："我们是想证实他是不是俄国政府的间谍。"

我还是第一次听到这卑鄙的猜疑；它简直太新奇了，我一生完全公开，从无不可告人的事，就像生活在玻璃罩子里，现在突然出现了这种莫须有的罪名，而且来自共和国的官员！

过了一星期，我被叫到警察总署，巴莱在等我，我们一起走进迪库[2]的办公厅，一个青年官员接待了我们，他的态度与彼得堡那种不拘形迹的科长并无不同。

他说："卡芬雅克将军命令警察总署退还您的信件，它们未经丝毫检查。我们收集到的关于您的情况，已使这种检查毫无必要，您已解除了任何嫌疑。这是您的公文包，是不是请您在这张写好的纸上签个字？"

这是一张收据，说明"全部信件完整无缺，业已退回本人"。

我迟疑了一下，问道，是否让我先检查一下更好？

"它们根本没人动过。瞧，封条还封着。"

"封条是完好的。"巴莱说，要我放心。

"这不是我的封条。我也没有贴过封条。"

"这是我封的，而且钥匙在您那儿。"

我不想争吵，只是笑了笑。这惹恼了两个人，科长顿时变成了处长，拿起一把小刀，割开了封条，用相当粗暴的声音说道：

"既然不相信，请检查吧，不过我没有这么多时间奉陪。"说完

---

① 拉摩里西尔 (1806—1865)，法国将军，在卡芬雅克内阁中任国防部长。后因反对路易·波拿巴遭到放逐。

② 迪库 (1808—1872)，巴黎镇压六月起义后的警察总监。

便神气活现地哈了哈腰，走出了办公室。

他们的生气使我相信，我的信件确实没有检查过，因此我只是稍稍翻了一下，便在收据上签了字回家了。

第三十六章

《民族论坛》——密茨凯维奇和拉蒙·德·拉·萨格拉——
1849年6月13日的革命合唱队——巴黎的霍乱——离境

　　1847年秋我离开巴黎后，没有与任何人保持联系；文学界和政治界对我还是完全陌生的。原因很多。没有出现直接的机会，我又不想寻找这种机会。仅仅为了结识名流，便登门拜访他们，我认为这未免有失体面。何况我很不喜欢法国人对俄国人那种居高临下的姿态：他们称赞我们，鼓励我们，夸奖我们的发音和我们的富裕；我们容忍这一切，像是有求于他们，甚至为自己表示歉疚，如果他们出于礼貌，把我们当法国人对待，我们便大喜过望。法国人向我们滔滔不绝，随口讲话，我们却不敢造次，总在考虑怎么回答，实际上他们根本不在乎；我们看到了他们的错误，他们的无知，却不好意思当面提出——他们正好利用这一点，自欺欺人，大言不惭。

　　如果要在另一种方式上与他们来往，就得让他们尊重你，为此必须具备各种条件，而我当时还不具备，等我有了这些条件我便马上加以利用了。

　　此外，还不应该忘记，要与法国人成为点头朋友，那是最容易的，然而要使他们与我们真正坦诚相见，却是最困难的。法国人喜欢抛头露面，表现自己，向别人夸夸其谈，在这一点上也像在其他方面，他们与英国人截然相反。英国人与别人交往是因为他觉得寂寞，他像坐在戏院里看戏，利用人们为自己解闷，既可散心，又可听到各种消息；英国人总是在发问，法国人却总是在回答。英国人觉得一切都不明白，一切都得仔细想想，法国人却一切都知道，一切都了解，他本身已完整无缺，不需要再探听什么；他只喜欢高谈阔论，说教和训话。至于讲什么，向谁讲，这都一样。他不需要个人的接触，一杯咖啡对他已足够了；他像列彼基洛夫，尽管恰茨基已换了斯卡洛祖布，扎戈列茨基已代替了斯卡洛祖布，他还是在谈他的议会和陪审员，谈他的拜伦（尽管他照法国人的发音说成了"贝伦"）和各种重要的话题。①

从意大利回来后，我还没有从二月革命中冷静下来，便遇到了5月15日，后来又经历了痛苦的六月和全市戒严。这时我对伏尔泰说的老虎和猴子才有了更深入的了解②，我甚至不想结识共和国中这些头面人物了。

统一行动的可能性出现过一次，它也许会使我认识不少人——但这事最后未能成功。克萨韦里·布拉尼茨基伯爵③拿出了七万法郎办一份报纸，它主要讨论国外的政治形势，其他民族、尤其是波兰的问题。显然，这样的报纸是有益的，及时的。法国报刊很少注

---

① 列彼基洛夫、恰茨基、斯卡洛祖布和扎戈列茨基都是《聪明误》中的人物，见该剧第四幕第五场。
② 见伏尔泰的《老实人》。老实人在游览巴黎后说道："这简直是猴子耍弄老虎的地方，让我快快逃出去吧……"
③ 布拉尼茨基（1812—1879），波兰贵族流亡者的领导人之一。

意法国以外的一切，也不大理解；在共和国时期，它们认为，它们的职责只是用各民族团结的口号鼓励各国，向它们许愿，说等国内大局安定之后，法国就会根据博爱的原则建立一个世界共和国。新报纸定名为《民族论坛》①，它的条件使它可以在国际运动和进步的事业中成为"指导力量"。它的成功是可以预期的，因为当时还没有各国共同的报纸——《泰晤士报》和《辩论日报》②登载过一些很好的文章，论述各国的专门问题，但缺乏系统，断断续续，不够经常。《奥格斯堡总汇报》③确实可以成为一份国际性的报纸，可惜它的黑色和黄色倾向太刺目了，使人觉得有些眼花缭乱。

　　但是 1848 年的一切良好开端，注定了早产的命运，在长出一颗牙齿以前便宣告夭折。报纸办得很不顺利，没有朝气，最后，在 1849 年 6 月 14 日，便与其他无辜的报纸一起被扼杀了。

　　报社租定了房子，购置了铺绿呢台布的大桌子和各种小斜面写字台，指定了一个瘦瘦的法国作家负责各国文字的正字工作，成立了由从前波兰的志士仁人组成的编辑委员会，任命了密茨凯维奇担任总负责人，并由霍耶茨基④做他的助手，总之，一切准备就绪，只等正式成立了，那么，最合适的日期不是 2 月 24 日的周年纪念日，最合适的方式不是举办晚宴吗？

　　晚宴由霍耶茨基主办。我去时，发现已到了不少客人，其中几

---

① 《民族论坛》的宗旨是推动欧洲各国的民族解放运动，编辑部由各国代表组成，密茨凯维奇任主编。它以法文在巴黎出版，1849 年 3 月 15 日出了第一期，几个月后便夭折了。

② 法国资产阶级日报，世界最有影响的报纸之一，创刊于 1789 年。

③ 即德国的《总汇报》，创刊于 1798 年，1810 至 1882 年在奥格斯堡出版，因而有时被称为《奥格斯堡总汇报》，报纸基本上采取了保守的或反动的立场。

④ 霍耶茨基 (1822—1899)，波兰作家，与蒲鲁东和赫尔岑都有密切交往。

乎没有一个法国人，然而其他民族，从西西里人到克罗地亚人都有，因此具有广泛的代表性。我个人感兴趣的只有一个人——亚当·密茨凯维奇，我以前从未见过他。他站在壁炉前面，把一只胳膊弯支在大理石炉顶上。凡是在他的作品的法文本上见过他的肖像的（那大概是根据大卫·当热[1]作的胸像浮雕复制的）马上可以认出他，尽管这些年他的面貌已发生了很大变化。从脸型看，他不像波兰人，倒像立陶宛人，脸上流露出无穷的忧虑和悲戚。他头上是浓密的灰白头发，目光倦怠，整个外表给人的印象是经历了过多的不幸，内心感受着苦闷和强烈的忧郁——这是波兰命运的形象化体现。后来沃尔采尔[2]的脸也给过我类似的印象，不过尽管他满面病容，他的脸还是显得比密茨凯维奇的生动而亲切。密茨凯维奇似乎被什么吸引着，控制着，有些精神恍惚；这"什么"便是他那奇特的神秘主义，他在那中间已越陷越深了。

我走到他前面，他向我打听俄国的情形；他只能得到一些零星的消息，对普希金以后的文学运动知道得很少，还停留在他离开俄国的时期[3]。尽管他的基本思想是一切斯拉夫人兄弟般的团结，他又是这种思想最早的倡导者之一，然而他仍对俄国怀有一定的敌意。不过在经历了沙皇和沙皇的总督们的一切暴行之后，这是不足为怪的，何况我们所谈的正是尼古拉恐怖统治飞扬跋扈的时期。

第一件使我惊异和不快的事，是追随他的那些波兰人对他的态

---

① 当热 (1789—1856)，法国雕塑家，政治上为激进派。1829 年他在魏玛歌德家中认识了密茨凯维奇，应歌德的要求为密茨凯维奇作了胸像浮雕，后来成为广泛流传的密茨凯维奇的肖像。

② 波兰民族解放运动的领导人之一。

③ 密茨凯维奇于 1829 年被迫离开俄国，在俄国时结识过普希金、雷列耶夫、茹科夫斯基、格里鲍耶陀夫等。

度：他们在他面前就像修士见了修道院长那么低声下气，诚惶诚恐，有的还吻他的肩膀。也许他对这种顶礼膜拜的方式已习以为常，因此显得满不在乎。得到志同道合的人的承认，看到自己对他们的影响和他们对自己的爱，这是每个把全部身心献给自己的信念，并以这种信念为生命的人都指望的；但是同情和尊敬的外在表现叫我无法接受：它们破坏了平等、因而也是自由的原则；何况在这方面，与那些大主教、部长大臣、将军长官们相比，我们还望尘莫及呢。

霍耶茨基告诉我，晚宴时他要提议为"纪念 1848 年 2 月 24 日"干杯，然后由密茨凯维奇发表演说，阐明未来的报纸的观点和精神；他希望我作为俄国人，向密茨凯维奇致答词。我不习惯公开演讲，何况毫无准备，因此谢绝了他的建议，但答应"为密茨凯维奇"祝酒，并向他讲几句话，正如在 1843 年为格拉诺夫斯基举行的庆贺宴会上①，我第一次为这位波兰诗人干杯一样。当时，霍米亚科夫举起酒杯说道："为伟大的没能出席的斯拉夫诗人干杯！"尽管没提名字（因为不敢讲），大家还是立即起立，举起酒杯，默默地为放逐者的健康喝干了酒。霍耶茨基表示同意，照这么安排了我们的"即兴表演"，我们便入席了。晚宴快结束时，霍耶茨基提议干杯，密茨凯维奇站起来，开始讲话。他的演说是经过斟酌的，显得娓娓动听，十分巧妙，那就是说巴尔贝斯②和路易 - 拿破仑同样可以为它真诚地鼓掌；这使我厌恶。随着他逐步阐明他的想法，我开始感到心情沉重；我只是在等待一个字，一个人的名字③，有了它就毫无

---

① 应是 1844 年举行的庆贺格拉诺夫斯基讲学成功的宴会。

② 巴尔贝斯（1809—1870），法国小资产阶级民主革命家，曾积极参加 1848 年的革命，因 5 月 15 日事件被捕入狱，1854 年获释后即流亡国外，未再参加政治活动。

③ 指路易·波拿巴的名字。

疑问了；它不久果然出现了！

密茨凯维奇的演说归结为这些话：民主力量现在已形成新的公开的阵营，这个阵营以法国为首，它重又举起鹰徽的旗子，那面曾使一切帝王和执政者惊恐失色的旗子，带领一切被压迫民族奔向解放了，领导它们的仍是那个由人民所加冕的皇朝的一个成员，仿佛上天的意愿就是要这个皇朝把革命带上权威和胜利的康庄大道。[①]

他讲完后，除了他的两三个追随者鼓掌欢迎外，大多数人保持着沉默。霍耶茨基清醒地意识到密茨凯维奇犯了一个错误，想尽快消除演说的影响，拿了酒瓶走到我跟前，斟了一杯酒，小声说道：

"您来发言好吗？"

"在这演说之后，我什么也不想讲了。"

"随便讲几句都可以。"

"不论怎样也不讲。"

沉默继续着，有的人垂下视线看菜盘，有的人注视着酒杯，还有的在与旁边的人小声交谈。密茨凯维奇的脸色变了，他想再讲几句，但一声响亮的"让我谈谈"结束了这个尴尬的局面。大家回头看那个起立的人。这是一个身材不高的老人，七十来岁，满头白发，外表正直端庄，朝气蓬勃；他用哆嗦的手举起了酒杯，那对黑黑的大眼睛，那激动的脸色，都流露出愤怒和不满。这是拉

---

① 当时波兰民族解放运动的一些领导人大多把拿破仑看作革命的象征（鹰徽旗便是拿破仑的旗子），密茨凯维奇在一篇文章中便说过："拿破仑是掌握合法政权的革命。"1848 年 12 月 10 日路易·波拿巴当选为总统后，这种幻想更为强烈，他们指望依靠他完成波兰的解放，认为他是拿破仑一世的事业的继承者。

蒙·德·拉·萨格拉①。

"我要为 2 月 24 日干杯，"他说，"我赞成主人的提议。是的，为了 2 月 24 日，我们要打倒一切专制制度，不论它采取什么名称，是君主制，还是帝国制，是波旁王朝，还是拿破仑皇朝。我不能同意我们的朋友密茨凯维奇的观点，也许作为诗人，他有理由这么看，但我不能让他的话在这样的集会上通行无阻，不提出我的抗议……"他就这么以西班牙人的全部热情，以一位七十岁老人的全部权利，滔滔不绝地讲着。

他讲完后，二十多只手，包括我的，都举起酒杯伸向了他，要与他碰杯。

密茨凯维奇想挽回这局面，讲了几句解释的话，但没收到什么效果。德·拉·萨格拉毫不让步。大家纷纷离开餐桌，密茨凯维奇也走了。

对一份新的报纸说来，没有比这更坏的预兆了，它勉强维持到了 6 月 13 日，它的存在和消失都无人注意。编辑部人心不齐；密茨凯维奇把自己那面拿破仑的旗子收起了一半，它已经威信扫地，但是别人又不敢亮出自己的旗子；在他和编委会的压力下，许多人一个月后便退出了编辑部；我没有给它送去过一个字。拿破仑的警察要是聪明一些，《民族论坛》就不致为了 6 月 13 日的几行字被查封②。密茨凯维奇的名字，对拿破仑的崇拜，神秘主义的革命精神，

① 萨格拉 (1798—1871)，西班牙自然科学家和社会学家，无政府主义者，1848 年起住在巴黎，参加了二月革命，宣传蒲鲁东的观点。（这里赫尔岑说他"七十来岁"，显然只是凭印象写的。）

② 1849 年 6 月 13 日，《民族论坛》发表文章，反对路易·波拿巴派出军队帮助教皇镇压罗马共和国，因而被当局查封。

以及企图在波拿巴家族的率领下靠枪杆子实现民主政治的幻想，可以使这家报纸成为总统手中的一张王牌，不清白的事业中的一件清白的工具。

天主教与斯拉夫精神格格不入，对它起了破坏作用：当波希米亚人没有力量抵制天主教的时候，他们便没落了；在波兰人那儿，天主教促进了狂热的神秘主义思想，使他们始终生活在虚无缥缈的世界中。如果他们不是处在耶稣会的直接影响下，他们就会为自己创造神祇，或者拜倒在某种幻象面前，而不是争取解放。弥赛亚救世主义，这是弗隆斯基①的呓语，也是托维扬斯基②的震颤性谵妄症，可是它却把千百个波兰人，其中也包括密茨凯维奇，弄得晕头转向。对拿破仑的崇拜，首先就来自这种疯狂状态。拿破仑什么也没有为他们做过；他不爱波兰，只爱在战场上视死如归、替他卖命的波兰人，这些人曾为他组成著名的骑兵部队，在索莫塞拉山口冲锋陷阵。1812年，拿破仑对纳博内③说："我希望在波兰看到的是兵营，不是会场。不论在华沙还是在莫斯科，我同样不允许给鼓动家提供俱乐部。"可是波兰人却当他是上帝的军事使者，把他与毗湿奴④和基督并列。

1848年冬季的一个深夜，我与密茨凯维奇的一位追随者走过旺多姆广场。到了纪念柱⑤旁边，波兰人便摘下了帽子。我心想："难道这是真的……"我简直不敢相信这种愚昧的行为，客气地问他，

---

① 弗隆斯基 (1778—1853)，波兰神秘主义哲学家。
② 波兰神秘主义者。
③ 拿破仑的将军和副官。
④ 婆罗门教的主神。
⑤ 指拿破仑纪念柱。

他为什么要脱下帽子？波兰人指指皇帝的铜像。既然它能得到这么多人的爱戴，怎么能指望人们不遭到压制和迫害呢！

在家庭生活中，密茨凯维奇并不愉快，一种不幸的、阴郁的气氛，那种"上帝的惩罚"，笼罩在他的周围。他的妻子长时期处在精神错乱状态。托维扬斯基给她念咒语，似乎对她有所帮助，这使密茨凯维奇特别惊讶，然而症状并未减轻……他们的情形很糟。伟大的诗人最后几年的生活是悲惨的，只是在苟延残喘。他死在土耳其，那是因为他怀着一个荒谬的想法，要在那里建立一个哥萨克军团——土耳其不准它用波兰的名义。死前他写了一首拉丁文颂诗，歌颂路易 – 拿破仑的光荣和伟大。[1]

这次参加报社工作失败以后，跟我来往的人更少了，只限于几个熟人，尽管由于新流亡者的到来，熟人多了一些。以前我有时上俱乐部走走，还参加过三四次宴会，那就是吃一点冷羊肉，喝几杯酸葡萄酒，一边听皮埃尔·勒鲁和老爷子卡贝[2]谈天，一边随着大家唱《马赛曲》。现在连这种活动我也腻烦了。我怀着深沉的悲痛注视着一切，我发现崩溃在加快，共和制度、法国和欧洲在没落。从遥远的俄国看不到丝毫曙光，听不到振奋人心的消息，也得不到朋友的问候。没有人再给我写信，亲戚朋友的联系都中断了。俄国无声无臭，死一般的沉寂，像一个不幸的老婆子被主人鞭打得遍体鳞伤，躺在地上不动了。它那时跨进了这骇人的五年，直到现在[3]

---

[1] 在克里米亚战争时期，密茨凯维奇幻想依靠英法对抗沙皇俄国，因而前往土耳其，组织波兰军团。行前，他听到英法联合舰队在波罗的海胜利的消息，便写了《颂拿破仑三世》，把波兰解放的希望寄托在路易·波拿巴身上。密茨凯维奇在君士坦丁堡感染霍乱，于 1855 年 11 月 26 日在那里去世。

[2] 法国空想社会主义者。

[3] 写于 1856 年。——作者注

才随着尼古拉的入土摆脱了那苦难的岁月。

这五年对我说来也是一生中创巨痛深的阶段；我已没有太多宝贵的东西可以丧失，也没有太多的信念可以抛弃了……

……霍乱在巴黎肆虐，沉闷的空气，没有阳光的酷暑，给一切罩上了一层阴影，不幸的居民人人自危，愁眉不展，柩车绵延不断，争先恐后地驶向墓园——整个景象与政治形势那么吻合。

时疫的牺牲者到处都是。我的母亲与一位熟悉的夫人到圣克卢① 去了一次，夫人二十五岁，回来后晚上就感到不舒服，我母亲劝她留下过夜。早上七时左右，仆人告诉我，那位夫人得了霍乱；我去看她，不觉吃了一惊，她与昨天相比已判若两人——她本来很漂亮，但现在脸上的肌肉全部萎缩了，干瘪了，眼眶下出现了黑影。我好不容易在医学院里找到雷耶②，把他请来。雷耶看了看病人，对我小声道：

"您自己明白，这时还能做什么。"他开了药方便走了。

病人把我叫去，问道：

"医生怎么说？他对您说过什么吧？"

"他叫我派人去取药。"

她拉住我的手——她的手比她的脸更叫我吃惊：她变得那么瘦，只剩了一层皮，好像从躺下起她已大病了一个来月——用充满痛苦和恐惧的眼睛注视着我，嗫嚅道：

"看在上帝分上，告诉我他怎么说吧……我快死了吗？……您不怕我吧？"她又说。

---

① 巴黎西郊的住宅区。
② 当时巴黎的著名医生和教授，写过一些医学著作。

这时我非常可怜她；她一定十分害怕，这不仅是对死亡的畏惧，也是对传染病会这么快消耗尽她的生命感到的惊恐。到早上她死了。

屠格涅夫正想离开巴黎，他租的房子已经到期，便到我家过夜。饭后，他说他感到闷得喘不出气，我说我早上洗过澡了，晚上他也去洗了个澡。回来后，他觉得不舒服，喝了一杯掺酒和糖的苏打水，便上床睡了。夜里他叫醒了我。

"我没有指望了，"他对我说，"这是霍乱。"

他确实想呕吐，浑身抽搐；但幸好过了十天，他的病痊愈了。

我的母亲安葬了那位熟悉的夫人，便去了埃夫里市。屠格涅夫得病后，我把纳塔利娅和孩子们也送往那里，只留下我与他待在一起，等他病快好时，我也去了那儿。

6月12日[①]早上，萨佐诺夫到那儿找我。他非常兴奋，说群众运动即将爆发，成功是必然的，荣誉在等待着每一个参加的人，因此坚持要我去摘取桂冠。我对他说，他知道我对当前局势的观点，我觉得不是为了信仰，参加那些与我几乎毫无共同之点的人们的行动是愚蠢的。

兴高采烈的鼓动家听到这话，便说，当然，躲在家里写些怀疑主义的论文，既很舒服，又无危险，不如让别人在广场上保卫自由和各民族的团结，从事其他许多有益的活动。

有一种情绪毫无价值，然而它曾在过去和现在驱使许多人干下重大的错事，甚至犯罪，这时它也对我发生了作用。

"可是你怎么认为我不肯去呢？"

---

① 1849 年 6 月 13 日示威游行的前夕。这次示威系由法国小资产阶级共和派所发动，它的失败导致了共和派的崩溃。赫尔岑在下面写的便是这次示威的情形。

"我是从你的话中得出这结论的。"

"不对，我说这是愚蠢的，可我并没有说，我永远不会干愚蠢的事。"

"那好，这正是我所希望的。我就是喜欢你这种作风！好吧，不必浪费时间，我们这就去巴黎。今天晚上，德国人和其他流亡者要在九时集会，我们先找他们。"

"他们在哪里开会？"我在车上问他。

"在罗亚耳宫的兰勃林咖啡馆。"

这是第一件叫我吃惊的事。

"怎么在兰勃林咖啡馆？"

"革命者平常都在那儿集会。"

"正因为这样，我认为今天应该另找地方。"

"可是大家对那儿习惯了。"

"大概那儿的啤酒很香吧！"

在咖啡馆里，形形色色的革命老主顾一本正经地坐在十来张小桌子旁边，从宽边羔羊皮帽下，从鸭舌帽的小帽檐下，意味深长地、悲天悯人地望着周围。他们是革命的珀涅罗珀^①的永恒的求婚者，一切政治示威中必然到场的人物，他们构成了革命的"场面"和"背景"，远看很可怕，像中国人拿来吓唬英国人的纸糊的龙。

在社会变革和风云激荡的混乱时代，国家长期动荡不定，脱离了平常的轨道，该时便诞生了一代新的人物，他们可以称为革命的合唱队；这是从颤动的火山地带产生的、在动乱和一切工作中断的

---

① 希腊神话故事中奥德修斯的漂亮妻子。奥德修斯去特洛伊远征后，不少人盘踞在她的宫中向她求婚达二十年之久，从未使她动摇。

环境中成长起来的一代，他们从童年起就习惯了政治骚乱，爱上了它的戏剧性一面，它那种庄严而辉煌的景象。正如尼古拉认为步法操练是军事训练的主要方面，他们也认为，宴会、游行、示威、开会、祝酒、旗子是革命的主要内容。

他们中间有正直的、勇敢的、真正忠诚的、准备在枪弹下壮烈牺牲的人，但是大部分却是鼠目寸光、毫无见识的空头革命家。实际上他们只是抱残守缺的保守分子，与一切革命精神格格不入，他们的革命只能停留在口头的纲领上，不会前进一步。

他们一生谈的无非是不多几个政治概念，应该说，他们知道的只是它们的辞藻方面，它们的神圣外衣，那些空洞的词汇，他们让它们像走马灯中轮番出现的小鸭子似的，一会儿跑进报纸的文章中，一会儿跑进酒会的演说或议会的发言中。

除了天真的革命空谈家以外，那些无人赏识的艺术家，生不逢时的文学家，读完了大学、没有拿到学位的大学生，揽接不到案子的律师，不会演戏的演员，自命不凡但能力有限、抱负远大但缺乏刻苦耐劳精神的志士仁人，自然都汇集到了这伙人中间。在平时给群众充当领导的那种外在力量，到了动荡不定的时代便失去了它的权威性，群众在没人做主的状况下变得无所适从。这时年轻的一代突然发现，在革命时期，不费吹灰之力便可一举成名，至少表面上是这样，于是他们纷纷投身在空洞的政治呐喊中，学会了豪言壮语，却丧失了工作能力。咖啡馆和俱乐部的生活引人入胜，生动活泼，既可满足自尊心，又不受任何限制。不怕迟到，也不必花力气，今天不做，不妨明天再做，而且也可以根本不做。

革命的合唱队有些像希腊悲剧的合唱队，可以分成两部分，如果用植物分类法予以命名，一部分不妨称为隐花植物，另一部分称为显花植物。他们中间的一些人永远从事隐蔽活动，不时更改住处和胡子的式样。他们秘密召集各种非常重要的会议，如果可能，总在夜间或某个不方便的地点举行。在公开场合遇到朋友，他们不爱点头，只是使个意味深长的眼色。许多人不泄露自己的住址，不把出门的时间通知别人，也不说明要上哪儿；哪怕报上公开登载的消息，他们也要用暗号或者化学墨水传递。

一个法国人告诉我，在路易－菲力普时期，Э 卷进了一场政治事件，隐藏在巴黎；这种生活尽管有趣，日子长了，也使人感到厌倦、寂寞。当时担任巴黎警察厅长的是德勒赛，此人有钱，喜欢吃喝玩乐，他当官不是出于需要，而是为了好玩，因此有时仍不免寻欢作乐。他与 Э 有不少共同的朋友；一天，他正像法国人说的那样陶醉在"梨酒和干酪之间"[①]，一个朋友对他说道：

"您老是不放过可怜的 Э，这何苦呢！我们失去了一个谈笑风生的朋友，他也只能像犯人一样躲在屋里。"

"对不起，"德勒赛说，"他的案子早已过去了。他干吗还躲着？"他带着讽刺的意味向朋友们笑了笑。"我马上派人通知他，他这是多此一举，你们不必担心。"

回到家中，他把他的一个暗探头目叫来，问他道：

"Э 在巴黎吗？"

"在巴黎。"暗探回答。

"躲了起来？"德勒赛问。

"躲了起来。"暗探回答。

"在哪里？"德勒赛问。暗探掏出小本子，找到以后讲了地址。

---

① 法文"在梨酒和干酪之间"的意思是"在饭后闲谈时"。

"好，明天一早你便找他，对他说，他不必担心，我们不想抓他，他可以太平无事地住在他的寓所中。"

暗探忠实执行了命令，可是在他拜访后过了两小时，9 秘密通知自己的亲戚朋友，他得离开巴黎，躲到外地一个城市里，因为巴黎警察厅发现了他藏匿的地点！

正如密谋活动者要竭力给自己披上一层神秘的透明纱幕，用沉默宣传自己的秘密，那些显花植物则尽量表现自己，喋喋不休地把心中的一切讲个没完。

他们是咖啡馆和俱乐部的常任宣讲员；他们在那儿不断向一切表示不满，为一切仗义执言，甚至没有的事也能讲得天花乱坠，至于真有的事，更会像地图模型上的山脉一样，把它扩大两倍，甚至三倍。大家见惯了这些人，因此每逢街上发生骚乱，或者示威游行，或者举行盛大的宴会时，都不禁会到处寻找他们。

……对我说来，兰勃林咖啡馆的情景还是新鲜的，那时我对革命的后院还所知不多。确实，我在罗马到过艺术咖啡馆①，在广场上参加过集会，也到过罗马俱乐部和人民俱乐部②，但那时罗马的运动还没出现政治上蜕化变质的迹象，它是在 1848 年的失败之后才加速发展的。契切洛瓦基奥和他的朋友们光明磊落，他们那种南国人的表情在我看来像言语一样鲜明，而他们的言语又像朗诵一样响亮，但他们正处在热情洋溢的青年时期，他们还没有从三个世纪的沉睡中完全苏醒；"人民之子"契切洛瓦基奥根本不是职业政治鼓动家，他并不想捞取什么，只想重新回到列彼特街的小房子里

---

① 当时罗马进步的作家和艺术家聚集的地方。

② 罗马俱乐部是当时解放运动的活动中心之一，人民俱乐部则系契切洛瓦基奥所组织，参加者大多为工人和手艺人。

安静度日，作为一家之主和自由的罗马公民，与家人一起出售木料和柴薪。

在他周围那些人身上，不可能出现庸俗无聊、废话连篇的假革命症状，那种在法国不幸流传极广的溃疡病。

不言而喻，在谈到咖啡馆的造反派和革命的流浪汉时，我想到的根本不是那些人类解放的坚强活动家，那些民族独立的热情宣传者，那些不论监狱、流放、驱逐、贫穷都不能使他们闭上嘴巴的、为人类的爱而殉难献身的人，那些政治运动的组织者和推动者——正是这些人以鲜血、眼泪和言论开创了历史的新秩序。我们这里谈的是那个骚扰不安的边缘地带，那里生长的是不能结果的空花，对这些人说来，鼓动本身便是目的和成果，他们喜欢的是人民起义这个过程本身，正如乞乞科夫的彼得鲁什卡喜欢的是读书这个过程[①]，尼古拉喜欢的是步法操练本身一样。

在这个问题上，反动派没什么好高兴的——它那里生长的杂草和毒菌更坏，而且不仅在边缘地带，到处都是。这包括他们所有的人：在长官面前瑟瑟发抖的官员，到处刺探消息的奸细，准备为这边也为那边杀人的职业凶手，以及形形色色丑态毕露的军官——从普鲁士容克地主到杀人不眨眼的法属阿尔及利亚人，从近卫军官兵到宫廷少年侍从为止。我在这里还只接触到世俗的反动力量，没有提到靠化缘度日的苦行僧，专搞阴谋的耶稣会教士，充当警察帮凶的教士，以及各种等级的天使和天使长。

如果说在反动阵营中也有与我们的革命空谈家相似的人物，那么这就是在典礼上摆样子的朝臣，在洗礼、婚礼、加冕礼和葬礼中

---

① 见果戈理的《死魂灵》第一卷第二章，彼得鲁什卡是乞乞科夫的仆人。

跑龙套、壮声势的角色，那些为官服，为金边，为显示权力的光辉和尊贵而存在的人们。

在兰勃林咖啡馆里，冒险家们济济一堂，面前放着大大小小的酒杯。这时我才发现，他们没有任何计划，运动也没有任何真正的中心和纲领。一切得靠灵感，就像从前使徒等待圣灵的降临一样。只有一点大家是一致的，那就是：不带武器参加大会。经过连续两小时的空谈之后，大家约定明天早上八时在水塔街对面的滂努佛尔林荫道上集中。这以后，我们便前往《真正共和报》的编辑部了。

主编不在家，他去找"山岳派"①要指示了。编辑部的接待室和会议厅设在一间发黑的大房间里，那儿光线暗淡，家具更显得简陋，屋里大约有二十来人，大多是波兰人和德国人。萨佐诺夫拿了一张纸，动手便写，写完后念给我们听：这是以各国流亡者的名义对攻占罗马提出的抗议书②，它声称大家准备参加示威运动。他说，凡是希望自己的名字永垂不朽，与光荣的明天联系在一起的，都可以签名。几乎所有希望自己的名字永垂不朽的都签了名。主编进来了，露出疲倦而烦闷的脸色，竭力装得仿佛掌握了不少秘密，又不便告诉大家，可我相信，他什么也不知道。

"公民们，"托雷③说，"山岳派还在继续开会。是的，成功是

---

① 1793 年前后法国国民议会中的左派，即雅各宾派，称为"山岳派"（因他们在议会中的席位最高），1848 至 1849 年革命中，以赖德律－洛兰为首的资产阶级共和派因坚持实行共和等较为激进的立场，被称为"新山岳派"。

② 罗马人民在起义后于 1849 年 2 月宣布建立共和国，这引起了各国保守势力的反对，教皇庇护九世要求法国出兵干涉。路易·波拿巴于 5 月向意大利发兵，7 月初攻陷罗马。"抗议书"即针对这次的出兵而言，这次抗议活动系由资产阶级共和派所发动。

③ 托雷（1807—1869），法国左翼共和党人，1848 年革命的参加者，《真正共和报》的发行人和主编。

毫无疑问的，要坚持到底！"萨佐诺夫把欧洲民主派的抗议书交给了他，他看了一遍，说道：

"这很好，很好！法国感谢你们，公民们；但为什么要签名？人数这么少，万一失败了，我们的敌人会把仇恨统统发泄在你们身上。"

萨佐诺夫坚持保留签名，许多人赞成他的意见。

"我不能对这事负责，"主编反对道，"请原谅，我比你们更清楚，我们是在跟什么人打交道。"

说完，他把签名部分撕下，于是十多个不朽的候补者的英名被付之一炬——在蜡烛上销毁了。抗议书则随即发排。

我们离开编辑部时已快天亮；各家报社门口的人行道上聚集着一群群衣衫褴褛的孩子和贫苦可怜的妇女，他们有的站着，有的坐着，有的躺着，正在等待报纸出版，报纸一到，一些人马上把它们折叠整齐，另一些人便带了它们跑向巴黎的大街小巷。我们走到了林荫道上——那里静悄悄的，只是偶尔出现一些国民自卫军的巡逻队，还有些警官在踱来踱去，狡猾地看着我们。

"这个城市睡得无忧无虑，"我的朋友说，"完全没料到明天会给风暴惊醒呢！"

"瞧，也有不睡的人在等候我们，"我对他说，向上指指，那是德奥尔餐厅灯火通明的窗户。"这太好了，让我们进去喝一杯苦艾酒，我的胃有些受不了啦。"

"我的肚子也空了，再说，现在吃点东西也很有必要；我不知道他们在议会大厦里吃什么，不过在孔斯耶尔热里监狱里伙食是很糟的。"

我们大吃了一顿冷火鸡，从留下的骨头看，谁也不会猜到霍乱正在巴黎猖獗一时，也不会想到再过两个小时我们便要去改变欧洲的命运。总之，我们在德奥尔餐厅狼吞虎咽，吃得饱饱的，正如拿破仑在奥斯特里茨战役前夕蒙头盖脑，睡得香香的一样[1]。

八点多钟，我们来到了滂努佛尔林荫道，那儿已聚集了不少人群，大家显然等得有些不耐烦，不知做什么好，脸上露出了困惑的神色，但是从他们的特殊表情看，大多义愤填膺。这些人只要有真正的领导人，这一天是不致以闹剧结束的。

有一瞬间似乎已到了千钧一发的时候。一位先生骑了马，从容不迫地经过林荫道。人们认出这是内阁的一位官员（拉克鲁瓦[2]），可想而知，他这么早骑马出门，不仅仅是为了呼吸新鲜空气。人们在呐喊声中把他拖下马背，撕破了他的燕尾服，然后放了他，也就是说，另一群人搭救了他，把他护送到了别处。人群越来越多，到十点钟，可能已达到两万五千人。不论我们问谁，向谁打听，谁都什么也不知道。凯尔索西[3]是老一辈烧炭党人，他通知我们，郊区群众已在"共和国万岁！"的口号声中开进凯旋门。

民主派的老前辈们再一次告诫人们："最重要的是别携带武器，否则就会改变这次行动的性质。无所不能的人民应该以和平的方式向国民议会庄严地表达自己的意志，不给敌人丝毫诬蔑的口实。"

最后队伍排好了。我们这些外国人被编成荣誉支队，紧跟在领导者们后面。领导人中有身穿上校军装的艾·阿拉戈[4]，从前的部长

---

① 据说，拿破仑在 1805 年的奥斯特里茨战役前夕，把一切部署完毕之后，便美美地睡了几个钟头，然后精力充沛地开始指挥战斗。

② 路易·波拿巴当选总统后任命的内阁官员。

③ 凯尔索西（1798—1874），法国革命家。

④ 阿拉戈（1803—1892），法国共和派革命家，《改革报》的创办人之一。

巴斯蒂特^①，以及1848年的其他著名人士。我们在林荫道上一边走，一边喊各种口号，唱《马赛曲》。谁没有听到过千万个声音在激昂慷慨的情绪中，在走向战斗前必然出现的沉思中，怎样齐声高唱《马赛曲》，他就不能理解这首革命的赞美歌惊天动地的力量。

这时游行队伍声势浩大，十分壮观。在我们沿着林荫道缓缓前进时，所有的窗户都打开了，妇女和儿童挤在窗口，或者走上了阳台，他们的父亲和丈夫，那些有产者，却躲在他们背后，露出了阴沉不安的脸向外张望，但看不到从四楼和顶楼上探出头来的另一些人——穷苦的女裁缝和女工人，她们正向我们挥手帕、点头和挥手。我们不时走过一些知名人士的住宅，这时各种口号声便会腾空而起。

这样我们到达了林荫道与和平大街连接的地方，文森步兵团的一个排封锁了街口，我们的纵队靠近时，他们突然像戏院的布景一样向左右散开，尚加尔涅^②骑着一匹小马，带着一队龙骑兵来了。他没有提出任何警告，没有擂鼓，也没有发出其他正式信号，便冲进前面几排群众，把他们与队伍切断，并命令龙骑兵摆开阵势，迅速驱散人群。骑兵扬扬得意，在街上横冲直撞，举起军刀用刀背砍杀，稍遇反抗，便把刀口转了过来。我还没明白这是怎么回事，一匹马已到了我眼前，马的鼻息直扑到我脸上，那个骑兵朝我大骂，举起刀背吓唬，要不是我躲得快，说不定会挨他的刀背。我避向右边，一下子卷进人群中，给挤到了城根街的栅栏上。我们的队伍中只剩了米勒－斯特鲁宾^③一人在我身边，这时龙骑兵用马队迫使前

① 巴斯蒂特（1800—1879），法国政治活动家，曾在卡芬雅克内阁中任外交部长。
② 尚加尔涅（1793—1877），法国奥尔良派将军，1848年6月起任国民自卫军巴黎卫成部队司令。
③ 米勒－斯特鲁宾（1810—1893），德国革命家，参加过1848年的柏林起义，起义失败后流亡巴黎。

面的人后退，他们无路可走，便向我们挤来。艾·阿拉戈跳进城根街，滑了一跤，脚脱了臼，我和斯特鲁宾跟着也跳到了那儿，我们怒气冲冲，彼此瞧了一眼，斯特鲁宾猛地旋转身子，大声喊道："拿起武器！拿起武器！"一个穿工装的人抓住他的领子，把他拖到另一边，说道：

"怎么，你疯了不成？……瞧那儿。"

街上（那大概是昂坦大街）密密麻麻的刺刀正向这儿移动。

"快走，趁他们还没听到你的话，还没把路堵住。一切都完了！完了！"他又说，握紧了拳头，哼着歌，仿佛什么事也没发生，飞也似的溜走了。

我们走到了协和广场。爱丽舍田园大街上根本没有郊区来的队伍；其实凯尔索西也知道没有，这是他虚张声势的手段，然而谁要是真的相信了他，说不定连命都会送掉。

对手无寸铁的群众发动的无耻进攻，引起了极大的愤怒。当时要是确实作了准备，有人领导，那么爆发真正的战斗可以说易如反掌。然而"山岳派"听到无所不能的人民被骑兵可笑地驱散之后，不是挺身而出，却是躲进了云端。赖德律－洛兰找吉纳德①商量。吉纳德是国民自卫军的炮兵司令，他本人愿意参加示威，也愿意给人，还同意给大炮，但是说什么也不肯提供炮弹，仿佛他认为单凭大炮的精神作用就可以打败敌人；福雷斯蒂埃②对自己的军队也是这样。这对他们的帮助多大，我们从凡尔赛的审判③中就看到了。

---

① 吉纳德 (1799—1874)，法国二月革命中的资产阶级共和主义者。
② 福雷斯蒂埃 (1787—1882)，法国资产阶级共和派，当时任国民自卫军第八军团司令。
③ 1849 年 6 月 13 日的示威被镇压后，路易·波拿巴的政府取消了立法议会中"山岳派"三十三名代表的议员资格，把他们送交法庭审判。赖德律－洛兰逃到了英国。

大家都想有所作为，但谁也不愿冒风险；最有远见的还是一些年轻人，他们在新秩序刚露出希望时便未雨绸缪定制了官服，但示威一失败，便不再去取衣服，裁缝只得把它们挂在店堂里出售。

当资产阶级共和派临时拼凑的政府驻在国立工艺博物馆时，工人们却带着疑问的目光在街头徘徊，既得不到指示，也没听到号召。他们回到了家中，只得再一次相信，祖国的这些"山岳派"老人是成不了大事的；他们也许还咽下了眼泪，像那个穿工装的人一样在说："一切都完了！完了！"或者在为"山岳派"搬演的这场闹剧暗暗觉得好笑。

但是赖德律-洛兰的优柔寡断，吉纳德的迂腐颟顸，这一切还只是失败的外部原因，而且也是必然的，正如刚强的性格和顺利的境况在需要它们的时候也必然会出现一样。内在的原因在于那个作为示威的动力的共和思想的贫乏。衰老的思想可以拄着拐杖苟延残喘，甚至还可以像基督一样，在死后向信徒显灵一两次，然而不能再控制生活，引导生活了。它们已无法左右一个人，或者只能左右那些庸碌无能的人了。要是"山岳派"在6月13日成功了，它怎么办呢？他们心里什么新东西也没有。至多把1793年那个伦勃朗或萨尔瓦多·罗萨①风格的灿烂而阴郁的时代，复制成苍白无力的画面，既没有雅各宾人，也没有战争，甚至也没有幼稚的断头台。

在6月13日和里昂起义②失败之后，大逮捕开始了，市长带着

---

① 伦勃朗（1606—1669），荷兰著名画家。罗萨（1615—1673），意大利巴罗克画家。
② 1849年6月15日里昂人民为了响应巴黎6月13日的示威，举行了起义，起义也以失败告终。

警察走进了我们在埃夫里市的家，要找卡·布林德①和阿·卢格；我们的一部分朋友被捕了。孔斯耶尔热里监狱已人满为患，一间不大的屋子要关六十来人，中央放着一只便桶，一昼夜抬出去清理一次——这一切都发生在文明的巴黎，而且在霍乱猖獗的时期。我不想再在这种安乐窝里待上两个月，吃霉豆子和臭牛肉，便向一个摩尔多瓦－瓦拉几亚人借了一张护照，上日内瓦去了。②

那时法国的交通还得靠拉菲特和卡拉特③；铁路上行驶的是长途马车，我记得，到了沙隆，马车便离开铁路，到了另一个地方又驶上铁路。与我一起坐在车厢里的有一个瘦瘦的男子，脸晒得黑黑的，留着剪短的胡子，外表很叫人讨厌，他老是怀疑似的瞧着我。他带的提包不大，还有一把用漆布包着的剑。显然，这是乔装改扮的警官。他从头到脚仔细打量了我一遍，然后缩在角落里，不讲一句话。到了第一个车站，他把乘务员叫来，说他忘了一张出色的地图，请他给他一张纸和一个信封。乘务员告诉他，离打铃只有三分钟了；警官匆匆跳下车，回来后更加怀疑地打量着我。四小时在沉默中过去，甚至他要吸烟时向我打招呼也不开口，我用同样的办法对待他，向他点点头，使个眼色，然后也掏出了雪茄。到了黄昏时刻他问我：

"您是上日内瓦？"

"不，去里昂。"我回答。

---

① 布林德 (1826—1907)，德国政论家，1848 年参加巴登革命，后以巴登革命政府代表的身份驻在巴黎。

② 我的担心是正确的，因为我离开后过了三天，我母亲在埃夫里的寓所便遭到了警察的搜查。他们拿走了她所有的信件，包括她的使女和我的厨子的来往信件。关于 6 月 13 日的经过，我当时认为还不宜发表。——作者注

③ 在巴黎经营长途马车的两个车行老板。

"啊！"谈话便这么结束了。

过了一会儿，乘务员打开车门，让一个人上车，这人秃顶，穿着宽大的豌豆色大衣和颜色鲜艳的坎肩，拿着一根粗手杖、一只袋子和一把伞，肚子大大的，好不容易挤进车门。等这位典型的和气大叔在我和警官之间坐下以后，我没等他喘过气来，便问道：

"先生，您不反对吧？"

他一边咳嗽，一边擦汗，把一块绸手帕包在头上，回答道：

"没关系，请便，我的儿子经常抽烟，他现在到阿尔及尔去了，他整天吸烟呢。"这以后他便开始轻松地闲谈和聊天了。过了半小时，他已问完了问题，知道我从哪里来，到哪里去，听到我从瓦拉几亚来，便带着法国人特有的礼貌说道："啊，这是一个美丽的国家①。"其实他并不知道，这地方究竟是在土耳其还是在匈牙利。

我那位旅伴对他的问话回答得非常简单。

"先生是军人吗？"

"是的，先生。"

"先生到过阿尔及利亚？"

"是的，先生。"

"我的大儿子也去过，他现在还在那里。您也许到过奥兰？"

"没有，先生。"

"贵国也有长途马车吗？"

"在雅西和布加勒斯特之间有公共马车。"我回答得满有把握，毫不含糊。"只是我们的长途马车是用犍牛拉的。"

这使我的伙伴非常惊讶，他一定会起誓说我是瓦拉几亚人。在

---

① 瓦拉几亚当时是多瑙河下游的一个公国，现属罗马尼亚。

这个幸运的细节之后，连警官也放松精神开始聊天了。

　　到了里昂，我拿起手提箱，马上走进了另一个驿车办事处，爬上车顶座位，五分钟后，马车已奔驰在通往日内瓦的大路上。到了边境前的最后一个大城市，警察局前面的广场上坐着局长和文书，旁边还有几个宪兵，他们要在这里先行检查护照。我完全不符合护照上记载的特征，因此赶紧爬下车顶，对一个宪兵说：

　　"朋友，我跟您可以在哪儿马上弄到一杯酒喝？请告诉我，天气热得叫我受不了啦。"

　　"瞧，就在那儿，只有两步路，那是我的亲姐姐开的咖啡馆呢。"

　　"那么护照怎么办？"

　　"您给我，我把它交给我的伙伴；待会儿他会拿给我们的。"

　　一分钟后，我已与宪兵坐在他亲姐姐的咖啡馆里，开了一瓶博讷葡萄酒大喝起来。五分钟后，他的伙伴把护照送还我，我也请他喝了一杯，他向我敬了礼，于是我们像朋友一样走回马车。我第一次这么顺利。到了边境，那是一条河，河上有桥，桥那边便是皮埃蒙特的海关。法国宪兵在沿岸各处巡查，寻找早已出境的赖德律－洛兰，至少也要找到费利克斯·皮亚[①]；不过后来皮亚也像我一样拿了瓦拉几亚护照逃出了国境。

　　乘务员对我们说，这是要最后查验证件，需要很长时间，大约半小时，因此他劝我们到驿站的饮食店吃些东西。我们进屋后刚坐下，另一辆里昂的长途马车便到了，旅客开始下车，第一个下车的便是我的警官。哎哟，糟糕透了，我对他说过我是到里昂的。我冷

---

① 费利克斯·皮亚（1810—1889），法国剧作家及新闻记者，小资产阶级民主主义者，1848 至 1849 年革命的参加者，系"山岳派"成员，后逃亡伦敦。1870 年回法国，成为巴黎公社的领导人之一。

冷地朝他鞠躬，他也还了礼，似乎有些惊讶，但没有说一句话。

宪兵来了，发还了护照，这时马车已经到了河对面。

"先生们，请各位步行过桥。"

我想，好，现在要出事了。我们出了饭店……上了桥——没有出事，过了桥——也没有出事。

"哈哈哈！"警官笑得前仰后合地说道，"终于出境了，真有意思，好像丢下了一块大石头。"

"什么，"我说，"您也……"

"看来您也一样吧？"

"得啦，"我打心里觉得好笑，答道，"我是直接从布加勒斯特来的，坐的是牛车呢。"

"算您幸运，"乘务员对我说，伸起一根手指警告我，"以后得小心一些。为什么那个小孩领您到了驿车办事处，您要给他两法郎酒钱？还好，他也是我们的人，他马上告诉我：'那人一定是革命党，在里昂一分钟也不停留，弄到了座位这么欢天喜地的，给了我两法郎酒钱。'我对他说：'别嚷嚷，这不关你的事，要是给哪个混蛋警察听到，他就上不了车啦。'"

第二天我们到了日内瓦，这自古以来就是被迫害者的避风港……米什莱在自己的历史著作中谈到 16 世纪时写道："国王死后，一百五十户人家逃到了日内瓦；过了一些时候，又走了一千四百家。法国的流亡者和意大利的流亡者构成了日内瓦真正的基础，这是三个民族之间的出色避难所；这些人得不到任何援助，又怕瑞士本地人，只能依靠本身的精神力量维持生存。"

那时瑞士是一个集合点，欧洲政治运动中幸免于难的人从四面八方汇集到这儿。革命失败后，它们的一切代表人物便在日内瓦和巴塞尔之间流浪，一群群起义者越过了莱茵河，另一些人则通过圣哥达山口或者侏罗山脉到达这儿。胆小的联邦政府还不敢公开驱逐他们，各州仍保持着作为避难所的古老而神圣的权利。

所有这些人都像接受检阅似的成群结队地路过日内瓦，在这里逗留一下，休息一会儿，然后继续前进，他们的名字成了街谈巷议的中心，他们也是我早已仰慕的人，现在我便是急于想会见他们……

第三十七章

巴别塔 [①]——德国的造反派——法国的红色山岳派——意大利流亡者在日内瓦——马志尼，加里波第，奥尔西尼等——罗马和日耳曼的传统——在"拉杰茨基公爵号"上的旅行

有一个时期，我在满腔怒火、哭笑不得中，曾打算按照格兰维尔 [②] 的绘画风格，写一本小册子《流亡者的自我表现》。幸好我没有这么做。现在我的心情平静一些了，不再苦笑，也不再愤怒。再说，流亡生活也拖得太久，几乎压得人透不出气了……

然而即使现在我仍得说，流亡若不是抱有一定的目的，只是由于敌对阵营的胜利不得不然，那么它只能使发展中断，使人们脱离现实的斗争活动，陷入幻想的世界。他们怀着内心的仇恨离开祖国后，总在指望明天返回家园，这样便不能前进，只能沉湎在对过去的回顾中；这种希望叫人无法安心从事长期的工作。愤

---

① 《圣经》中的通天塔。据《创世记》第十一章，当时世人语言相同，他们要造一座城和一座通天塔，耶和华为防止这事，使他们语言彼此不通，城和塔终于未建成。因此巴别塔引申为语言混杂的地方。

② 让·热拉尔（1803—1847）的笔名，法国漫画家和插图画家。

怒和空洞而激烈的争论，使人们不能超越他们所熟悉的那些问题、思想和回忆，这一切对他们构成了传统的强制性压力。任何人，尤其是离群索居的人，对事物的形式方面，对行会作风，对职业外表，总是具有特殊的爱好，以致立即接受了这方面的一套行为方式和思想方式。

一切流亡者与原来习惯的生活环境隔绝之后，便闭上眼睛，不愿看到痛苦的真实状况，日益陷入了幻想的、封闭的小天地，陶醉于没有前途的回忆和不切实际的憧憬中。除了与一切非流亡者疏远的状态，如果再考虑到那种愤世嫉俗、猜疑成性、落落寡合、牢骚满腹的心情，那么这些固执不变的新以色列人①就完全可以理解了。

1849 年的流亡者还不相信敌人的胜利能维持长远，他们仍沉醉在不久前的胜利中没有清醒，群众欢乐的歌声和掌声仍在他们耳边缭绕。他们坚信，他们的失败只是暂时的挫折，因此不肯从箱子里取出衣服，挂进衣柜。然而巴黎落到了警察的监视下，罗马在法国人的打击下陷落了②，巴登成了普鲁士国王的兄弟宰割的地盘③，而帕斯克维奇按照俄国的办法，靠贿赂和许愿打败了格尔盖伊，占领了匈牙利④。日内瓦到处都是逃亡者，成了 1848 年革命的科布伦

---

① 古代以色列王国于公元前 8 世纪被亚述帝国灭亡后，以色列人即流亡各地。
② 罗马于 1849 年 2 月宣布成立共和政府。路易·波拿巴政府派法军进行武装干涉，于 7 月 3 日攻陷罗马。
③ 1849 年 5 月巴登爆发起义，普鲁士国王腓特烈·威廉四世任命他的兄弟威廉亲王镇压了巴登和普法尔茨的起义。
④ 帕斯克维奇是俄国元帅，1849 年带兵镇压了匈牙利的革命。格尔盖伊（1818—1916）是匈牙利著名军事家，在匈牙利革命时期任领导人，1849 年 8 月接替科苏特任匈牙利元首，但两天后即向俄军投降，被科苏特等指责为叛国投敌。

茨①。意大利各国的人，逃避博沙尔②的迫害和凡尔赛的审判的法国人，在古斯塔夫·施特鲁沃③率领下，排成整齐的队伍退入日内瓦的巴登民军，维也纳起义的参加者④，波希米亚人，波兹南和加利西亚的波兰人⑤——所有这些人都聚集在贝尔格饭店和邮局咖啡馆中。其中最明智的部分已有所觉察，知道流亡不可能是短期的，于是想起了美国，到那儿去了。然而大多数人却相反，尤其是本性难移的法国人，每天都在等待拿破仑的去世和新共和国的诞生——对于一些人，这应该是民主主义和社会主义的共和国，对于另一些人却只是民主主义共和国，与社会主义绝对无关。

我到达后过了几天，在派基镇散步，遇到了一位先生，这人年纪已经不轻，样子像俄国的乡村教士，戴一顶宽边低顶礼帽，穿一件发黑的白外套，神色像要去行临终涂油礼；与他在一起的那个人身材又高又大，像是由几块巨大的身体和四肢胡乱拼凑而成。我与青年作家弗·卡普⑥在一起。

"您认识他们吗？"他问我。

"不认识，但是如果我没有讲错，这大概是挪亚或罗得正在跟亚当一起散步⑦，只是亚当披在身上的不是无花果叶，而是七拼八凑

---

① 科布伦茨是靠近法国的德国城市，18世纪末年法国爆发革命后，贵族保王分子纷纷逃至此地，路易十六的大臣卡龙并在这里成立了流亡政府。

② 博沙尔是法国君主派人物，制宪议会议员，负责对巴黎六月起义等的侦查起诉工作。

③ 施特鲁沃（1805—1870），德国革命家，1848年巴登起义的领导人之一。

④ 1848年10月维也纳发生起义，抗议奥地利皇帝派兵镇压匈牙利革命的军事行动，起义随即被镇压。

⑤ 波兹南和加利西亚当时都处在普鲁士的统治下，1848年先后爆发了声势浩大的民族解放运动，后来都陆续失败了。

⑥ 卡普（1824—1884），德国政治活动家和文学家。

⑦ 挪亚、罗得和亚当都是《圣经》中人类的祖先。

的衣服。"

"这是施特鲁沃和海因岑①。"他笑着答道。"想认识他们吗？"

"非常想。"

他介绍了我。

谈话无关紧要；施特鲁沃正要回家，邀我们上他家坐坐，我们去了。小小的寓所中挤满了巴登的流亡者，一个高大的女人，从远处看很漂亮，坐在他们中间，她那浓密的头发蓬蓬松松，以独特的方式披散在周围。这是著名的阿玛利亚·施特鲁沃，他的妻子。

施特鲁沃的脸一开始就给了我奇怪的印象，它表现了一种严峻的精神，那种狂热的信仰赋予虔信者和分裂派教徒的表情。看到这刚毅坚实的前额，安详的目光，蓬乱的大胡子，有些花白的头发，以及那整个高大的身材，我不禁觉得，这好像是古斯塔夫·阿道夫斯②军队中硕果仅存的某个狂热派教士，或者宣传悔罪和实行两种方式同领圣餐的塔波尔派教士③。海因岑的外表阴沉粗犷，像德国革命阵营中的索巴凯维奇④，他精力旺盛，手脚笨拙，总是气呼呼地皱紧眉头瞧人，不爱说话。后来他写道，只要在地球上杀死两百万人，革命事业就会成功。凡是见过他一面的人，对他这么写都不会奇怪。

有一件非常可笑的小事，我不能不谈一下，这是与这种杀人狂有关的。日内瓦有一个全世界最和善的医生 P，他至今还活着。这人在精神上与革命结下了不解之缘，总是热烈同情它，因此成了一

---

① 海因岑 (1809—1880)，德国政论家，小资产阶级民主主义者。

② 即古斯塔夫二世 (1594—1632)，1611 至 1632 年的瑞典国王。

③ 捷克宗教改革时期胡斯教派中的激进派，主张在圣餐中，教徒与主礼的教士一样，可以用饼和酒两种方式领受圣餐（在一般教仪中，主礼的教士可领饼与酒，教徒只能领饼，不得领酒），因此具有较明显的民主精神和平民色彩。

④ 果戈理的《死魂灵》中一个粗野笨拙的地主。

切流亡者的朋友，给他们医病从不收费，还招待饮食。不论我怎么早走进邮局咖啡馆，大夫总在那里，而且已读过三四份报纸了。一天，他伸起一根手指，神秘地叫我过去，凑在我耳边说道：

"我想，今天巴黎一定热烈得很。"

"为什么？"

"我不能告诉你，我是听谁说的，不过这人是赖德律－洛兰的亲信，他刚路过这儿……"

"算了，亲爱的医生，昨天和前天你不都在等待发生什么事变吗？"

"这有什么，罗马不是在一天中建立成功的。"

我便在这咖啡馆里，跟这位医生，也就是海因岑的朋友，谈到了海因岑刚发表的那份大慈大悲的革命纲领。

我对他说："为什么您的朋友要胡说八道，发表这种有害的废话？这就难怪反对派要大喊，瞧，这是个化身成德国人的马拉！再说，为什么要两百万人呢？"

P有些不好意思，但不愿背弃朋友。

"听着，"他最后说，"您也许忽略了一点：海因岑谈的是整个人类，在这数日中至少包括二十万中国人呢。"

"哦，照这么说就不一样了，他们是死不足惜的。"我答道。这以后我每逢想起这个自我安慰的理由，总觉得非常荒谬可笑。

我们在派基镇认识后过了两天，我住的贝尔格饭店的茶房走进我的房间，郑重其事地通报道：

"施特鲁沃将军带着副官们驾到。"

我心想，大概什么人故意支使这小家伙来跟我开玩笑，或者他自己搞错了，但是不然，这时门开了，

古斯塔夫·施特鲁沃

迈着从容不迫的步子进屋了……①

　　他带着四位先生，两人全副武装，那是他们那支义勇军的装束，还戴着大大的红袖章和其他标志。施特鲁沃向我介绍了他的随从，按照民主精神称他们为"流亡中的兄弟们"。我很满意，发现其中一个二十来岁的年轻人，样子像刚读过一年多大学的学生，已经荣任了代理内政部长的要职。

　　施特鲁沃马上向我宣讲他关于七大灾祸的理论，这"七大灾祸"便是：教皇，神父，国王，士兵，银行家等等，还谈到了建立民主和革命的新宗教的问题。我向他指出，如果建立或不建立新宗教取决于我们的意愿，最好我们什么也别管，把这件事交给上帝处理，按事物的本质而论，这件事也与上帝关系最大。我们发生了争论。施特鲁沃提出了关于世界精神的一些说法，我回答他，尽管谢林对世界精神作了形象化的说明，称它为"飘在空中的东西"，我还是无法理解。他从椅上跳了起来，走到我面前，几乎碰到我的脸，说了声："对不起，请原谅"，便伸出手指，在我头上乱摸，挤压，好像我的头颅是由风琴的琴键组成的。

　　"确实，"他朝流亡中的兄弟们接着道，"赫尔岑公民没有崇敬的骨节，一点也没有。"

　　大家对我缺乏"崇敬的骨节"表示满意，我也不例外。

　　于是他向我说明，他对颅相学作过深刻研究，不仅写过书论述

———————————

① 作者根据席勒的叙事诗《手套》中的句子改写的。

高尔①的体系，而且选择阿玛利亚做试验，根据这学说检查过她的颅骨。他告诉我，她几乎没有情欲的骨节，它们存在的颅骨后部完全是扁平的。正是这个可作离婚原因的理由，使他决定娶她为妻。

施特鲁沃是个大怪物，只吃素菜，加些牛奶，也不喝酒，他的阿玛利亚也得与他保持同样的饮食。他觉得这还不够，她每天还得与他一起在阿尔沃河游泳，那里的河水是从山上奔流而下的，从来不热，夏季也只能达到八度。

后来我与他偶然谈到了素食问题。我提出了一般的反对意见：牙齿的结构，蔬菜的纤维朊在消化过程中热能大量消失等等，指出食草动物的头脑便不太发达。他心平气和地听着，没有生气，但仍坚持自己的观点。临到末了，他似乎为了出奇制胜，对我说道：

"您可知道，经常吃素的人可以使身体内部非常干净，死后也不致发臭？"

"这太好了，"我反驳道，"但这对我有什么好处？我并不想在自己死后闻自己的尸体。"

施特鲁沃甚至没有笑，只是心安理得地说道：

"总有一天您会不这么讲的！"

"大概等我长出崇敬的骨节以后吧。"我答道。

1849 年底，施特鲁沃寄给我一本他为自由德国新编的历书。日子和月份全都改用了一种难懂的古日耳曼语；它取消了圣徒的名字，每天纪念两个名人，例如华盛顿和拉斐德②，然而第十日却留给了人类的公敌，如尼古拉和梅特涅。纪念最大的伟人的日子便是节

---

① 高尔（1758—1828），奥地利解剖学家和生理学家，曾系统研究脑各部与人的心理的关系，企图建立所谓颅相学体系。
② 18 世纪末年的法国革命家，主张开明君主制度。

日，这样的伟人有路德，哥伦布等等。在这本历书上，12 月 25 日不再是圣诞节，施特鲁沃把它献给了阿玛利亚，成了她的节日！

　　一天他在街上遇到我，除了别的事，他说道，应该在日内瓦发行一份杂志，它属于所有的流亡者，用三种语言印行，它可以跟"七大灾祸"斗争，支持目前已被反动派所扑灭的各民族的"神圣火焰"。我回答他，这当然很好。

　　出版杂志是那时的流行病，每隔两三星期总会出现一份计划，印行几本"试刊"，分发一些缘起，但出过两三期以后便寿终正寝，无声无息。有些人什么也干不成，却认为自己能办刊物，拼凑了一两百法郎，用它们出了第一期，但也成了最后一期。因此施特鲁沃的打算，我丝毫不觉得奇怪，但是第二天早上七点他的登门拜访，却使我大吃一惊。我以为一定发生了什么不幸，谁知施特鲁沃安详地坐下，从口袋里掏出一张纸，一边预备念，一边说：

　　"赫尔岑公民，由于我们昨天一致认为应该出一份杂志，今天我特地来向您宣读它的发起书。"

　　念完以后，他宣称他还要找马志尼和其他许多人，请他们上海因岑家开会商量。我也到了海因岑家：他恶狠狠地坐在桌后的椅子上，用一只大巴掌拿着笔记本，把另一只伸向我，用粗哑的嗓音嘟哝道："公民，请坐！"

　　在座的有八个德国人和法国人。法国立宪议会的一个前人民代表在编制支出预算，写的字歪歪斜斜的。马志尼进屋后，施特鲁沃提议宣读海因岑写的发起书。海因岑清了清嗓子，开始用德文念了起来，尽管只有法语才是大家都懂的。

　　由于他们没有任何新的思想，发起书只是民主主义高调千百次变奏中的一次，这种用不同文字编译的革命词句，跟教会按照《圣经》传道一样。海因岑为了防止被指责为具有社会主义倾向，旁敲侧击地说道，民主共和制度本身能在各方面普遍满意的基础上解决经济问题。一个在两百万人头面前不知道发抖的人，竟然害怕他的机关报被认为带有共产主义性质。

他宣读后，我对这一点提出了异议，但从他支吾其词的回答中，从施特鲁沃的插话和那位法国代表的手势中，我开始明白我们被请来开会，是要我们接受海因岑和施特鲁沃的发起书，根本不是要对它进行认真的讨论。不过，这跟诺夫哥罗德省长埃尔皮季福·安季奥霍维奇·祖罗夫的理论，可说不谋而合。[①]

马志尼听了虽然有些不快，还是同意了，几乎第一个签字认购了两三股。我像席勒的《强盗》中的舒夫特勒一样，心想："如果大家都同意，我也不反对"[②]，于是也签了名。

然而认股的人太少，不论那位代表怎么计算，怎么加减，钱还是不够。

"先生们，"马志尼说，"我有个主意可以解决困难：杂志开头只出法文版和德文版，至于意大利文版，凡是优秀的文章可以登在我的《人民意大利》上，这样，你们就可以减少三分之一的开支了。"

"说真的，这太好了！"

马志尼的建议立刻被一致通过。他很高兴。我简直忍不住要笑，因此想让他知道，我看得出他在耍什么花招。我走到他跟前，找个没人在旁边的机会，对他说道：

"您干得很妙，摆脱了这杂志。"

① 见《往事与随想》第二册。——作者注

　　按：这是指赫尔岑 1861 年在伦敦出版的版本，在本书中为第四卷第二十七章。

② 见《强盗》第一幕第二场，但讲这话的不是舒夫特勒，而是格利姆。

"但是您要知道，"他说道，"意大利文版实在是多余的。"

"其他两种版本也一样！"我补充道。笑影在他脸上一闪，随即消失了，仿佛根本没有出现过。

那是我第二次见到马志尼。他知道我在罗马的经历，希望跟我谈谈。一天早上，我和列·斯皮尼一起到派基镇拜望他。①

我们进去时，马志尼正闷闷不乐地坐在桌边，听一个年轻人谈话。年轻人生得相当高，容貌端正漂亮，淡黄头发，这是加里波第的战友，瓦斯切洛区的英勇保卫者，罗马义勇军的领导人贾科莫·梅迪契②。还有一个年轻人坐在那里想心事，对周围的一切毫不在意，脸色有些忧郁，显得心不在焉，这是马志尼的三人首脑之一，他的同志马克·奥列利·萨斐③。

马志尼站起身来，用锐利的目光注视着我的脸，友好地伸出了双手。即使在意大利，这么严肃而又优美的、完全符合古典风格的脸型也是很少见的。在这张脸上，有时会露出粗暴、严厉的表情，但只是一会儿，它马上又会变得柔和、明朗。那双忧郁的眼睛中闪动着活跃的、深思的光芒；它们和额上的皱纹都显示出无穷的意志和坚强的决心。那多年的操劳，不眠的夜晚，暴风骤雨的岁月，各种强烈的情绪，或者不如说，一种强烈的情绪，以及那种狂热的、也许是禁欲主义的精神，无不在他的容貌上留下了显著的痕迹。

马志尼的态度非常单纯，非常亲切，但是统治一切的习惯是明显的，特别是在辩论中；听到针锋相对的意见，他几乎掩盖不住内

---

① 派基镇在日内瓦郊区，1849 年 7 月至 10 月马志尼住在那儿。斯皮尼是意大利民族解放运动的参加者。

② 梅迪契（1819—1882），意大利民族解放运动的积极活动家，加里波第的志愿军中的重要人物。

③ 萨斐（1819—1890），意大利革命家。

心的不满，有时甚至不想掩盖。他知道自己的力量，因此对一切显示独裁权威的外在标志公开表示蔑视。那时他的声望极高。他在日内瓦自己的小房间里成天衔着雪茄，然而却跟从前教皇在阿维尼翁一样①，手里握着千万条无形的心理电报线，它们通向整个意大利半岛，控制着一切。他了解自己政党的心脏的每一次跳跃，感觉得到最微小的震动，对一切都能作出迅速的反应，以惊人的、不知疲倦的精神，对每个人和每件事发出普遍的指示。

作为狂热而有条不紊的领导者，他在意大利各地普遍建立了秘密组织，它们构成了一张彼此息息相关的网，奔向一个目标。这些组织像不可察觉的动脉，伸向各地，越来越细，越来越小，最后消失在亚平宁山脉和阿尔卑斯山脉中，消失在王公贵族的豪华宫殿中，消失在意大利城市的大街小巷中，那是任何警察都无法渗透的。乡村教士，长途马车的管理员，伦巴第的王公，走私贩子，酒店老板，妇女，强盗——一切都为了一个事业，一切都是一根链条上的环节，而这根链条便通向他，接受他的领导。

从门诺蒂②和班迪耶拉弟兄③的时代起，热情洋溢的青年，精力饱满的平民，慷慨激昂的贵族，有时甚至还有老人……便前赴后继，一批接一批地跟着马志尼前进——马志尼是博纳罗蒂老人④的弟子，博纳罗蒂又是格拉古·巴贝夫⑤的同志和朋友——这些人进

---

① 阿维尼翁在法国东南部，但在历史上有一个时期它不属于法国，在名义上是教廷的藩属。由于权力斗争和政治形势，1309 至 1377 年，教皇把教廷从罗马迁至阿维尼翁，在七代教皇长达七十年的统治时期，阿维尼翁成了天主教的王国的中心。
② 门诺蒂 (1798—1831)，意大利革命家，老烧炭党人。
③ 兄阿蒂利奥 (1810—1844)，弟埃米利奥 (1819—1844)，都是马志尼的信徒。
④ 博纳罗蒂 (1761—1837)，法国革命家，出生在意大利。
⑤ 巴贝夫 (1760—1797)，法国革命家，空想平均共产主义的杰出代表。

行着力量悬殊的斗争，不怕铁链和断头台，有时在临刑前除了高呼"意大利万岁！"还高呼"马志尼万岁！"

这样的革命组织从来没有过，除了意大利，也许还有西班牙，恐怕哪儿也不可能有。现在它失去了从前的力量、从前的统一，十年的苦难使它耗尽了精力，流尽了鲜血，在期待中变得奄奄一息，它的思想衰老了，然而在这里还是出现了响亮的呼声，光辉的榜样：

皮亚诺利，奥尔西尼，皮扎卡尼！ [1]

我并不认为，杀死一个人便可以从法国目前的堕落状态中唤醒这个国家。[2]

我也不赞成皮扎卡尼策划的那种登陆行动，[3] 我觉得这是冒险，正如那以前米兰的两次行动 [4] 一样。但是问题不在这里，我想谈的只是他们那种舍生取义的精神。这些人以自己视死如归的壮烈行为，以自己骇人听闻的毅力，使任何人都无权批评他们，指责他们。不论在希腊人那儿，在罗马人那儿，在基督教或宗教改革的殉难者那儿，我都没有看到更伟大的牺牲精神！

一群意气风发的人乘船驶向不幸的那不勒斯海岸，以自己的行动发出了号召，作出了榜样，向人们生动地证明，整个民族还没有

---

① 皮亚诺利（1827—1855），意大利革命家，1855 年因行刺路易·波拿巴被处死。奥尔西尼（1819—1858），意大利革命家，亦因行刺路易·波拿巴被处死。皮扎卡尼（1818—1857），意大利革命家和军事家。

② 指奥尔西尼和皮亚诺利行刺拿破仑三世的事。

③ 皮扎卡尼于 1857 年与马志尼一起制订了一个在那不勒斯突然登陆，展开革命活动的计划。

④ 指 1853 年 2 月和 1854 年 9 月米兰的两次起义，这两次起义都由于准备不足，没有得到群众的广泛支持而失败了。

完全死亡。年轻漂亮的领袖高举着旗子，首先倒下，其他的人也跟着倒下，或者更坏，落进了波旁王朝的魔掌。①

皮扎卡尼的死和奥尔西尼的死，是在沉闷的黑夜发出的两声震惊人心的响雷。拉丁系统的整个欧洲震动了②——野猪惊慌失措，躲进了卡塞塔城，藏在自己的洞里③。把法国载向坟墓的丧车的驾车人吓得脸色发白，在驾车座上哆嗦不已。④

皮扎卡尼的登陆行动在人民的诗歌中获得了反映，这是不奇怪的⑤。

---

① 那不勒斯当时为两西西里王国的一部分，处在西班牙波旁王朝的统治下。
② 指拉丁语系（罗马语系）的欧洲各国：法国，意大利，西班牙，葡萄牙等。
③ "野猪"指两西西里王国的国王菲迪南二世，卡塞塔在那不勒斯附近，是他的城堡所在地。
④ "驾车人"指法国皇帝拿破仑三世。
⑤ 这首诗用意大利文印在俄文原著上，已被中译本编者从译稿中删去，诗的内容请见赫尔岑在此加的如下脚注：
我把这些已成为民间传说的美妙诗行，用贫乏的散文翻译如下：
"他们拿着武器上了岸，但没有与我们打仗：他们扑在地上，亲吻土地；我抬头望着他们每一个人，每一个人，他们的眼睛中都闪动着泪水，脸上都露出了笑容。据说他们都是强盗，是从匪窟中来的，然而他们什么也不要，甚至没拿一块面包，我们只听得他们说：我们是来为我们的国土而死的！'
"他们一共三百人，人人年轻而强壮……可是全都死了！
"走在他们前面的是金黄头发的年轻领袖，蓝蓝的眼睛……我鼓起勇气，握住他的手问道：你要去哪儿，美丽的领袖？'他望着我答道：我的姐妹，我要去为祖国而死。'我的心悲痛已极，我说不出话，但是我想说：愿上帝保佑你！'
"他们一共三百人，人人年轻而强壮……可是全都死了！"
我也认识这个漂亮的领袖，不止一次与他谈论过他悲惨的祖国的命运……——作者注
这首诗系摘自卢·梅尔坎蒂尼（1821—1872）的《萨普里的刈麦女郎》，梅尔坎蒂尼是意大利民族解放运动的诗人，1848 至 1849 年革命的参加者。《萨普里的刈麦女郎》是他较为著名的一首诗，诗中的年轻领袖便是皮扎卡尼。萨普里是他们登陆的地点，在那不勒斯附近。这次登陆行动的详细情形便是通过这首诗流传下来的。

在 1849 年马志尼是权威，难怪那些政府怕他；那时他光芒四射，正处在全盛时期——但已接近尾声。他的光芒本来还可维持相当一段时间，慢慢变得暗淡，但是在一再失败和多次重蹈覆辙之后，他的声望终于迅速衰落了。

马志尼的朋友们，有的靠近了皮埃蒙特王国，有的靠近了拿破仑[1]。马宁[2]走上了一条狭隘的革命道路，成了分裂派，在意大利人中，联邦思想抬头了。

加里波第不得不对马志尼作出了严厉的批评，在后者的敌人的影响下发表了一封信，从侧面指责了他。[3]

就这样，马志尼衰老了，头发白了；也由于这样，他的脸上增加了牢骚不平、甚至愤世嫉俗的神色。但这样的人是不会屈服、不会退让的，他们的事业越是困难，他们的旗子也举得越高。马志尼今天失去了朋友和金钱，勉强逃脱了锁链和绞刑架，明天他会变得更坚定，更倔强，筹集起一笔新的钱，寻找到新的朋友，放弃自己的一切，甚至放弃睡眠和饮食，通宵达旦地考虑新的办法，事实上他也每次都能找到出路，重新投入战斗，又重新被打败，然后怀着不屈不挠的意志再开始行动。

这种永不屈服的毅力，这种不论事实如何始终坚定不移的信念，这种永不衰竭的、在失败面前再接再厉知难而上的活动能力，

---

① 在 19 世纪 50 年代，意大利民主主义革命派中发生了分化现象，一部分人主张在皮埃蒙特王国的领导下统一意大利，另一部分人在波拿巴主义的影响下，对拿破仑三世抱着幻想，希望在他的支持下实现统一。

② 马宁（1804—1857），意大利威尼斯复兴运动领袖，1848 年 3 月起义后成为威尼斯共和国总统，领导人民抗击奥地利占领军，失败后流亡巴黎。1855 年他公开要求在皮埃蒙特王国领导下统一意大利，放弃共和主义思想。

③ 由于马志尼组织的一些革命行动不断遭到失败，加里波第于 1854 年 8 月公开发表了对他的谴责信，就这类行动提出了不同看法。

是一种伟大的、不妨称之为疯狂的精神。往往正是这种狂热的因素构成了胜利的必要条件，发挥了鼓舞人心的作用，吸引了人们。一个直接参加行动的伟大人物，必然是伟大的狂热分子，在意大利人这种热情的民族中间，尤其如此，他们是把民族思想当作宗教观念在保卫的。谁也不能预料，马志尼那些过多的失败经历，会不会使他丧失吸引意大利群众的磁铁般的力量。领导人民的不是理智和逻辑，而是信念、爱和恨。

意大利的流亡者不论才能和教养都不比别国人高，他们大多除了自己的诗人，自己的历史以外，什么也不知道；但是他们与法国墨守成规的民主主义者不同，没有那种千篇一律、一成不变的思想模式（这些人的议论、观点、情绪和感觉都是相同的，表现感情的方式也是相同的），也与迂腐粗野、带有小市民庸俗习气的德国流亡者不同。法国平庸的民主主义者是未来的资产阶级，德国的革命者正如德国的大学生，也是市侩，只是处在不同的发展阶段而已。意大利却与众不同，具有更多的个人特色。

法国人是用同一个模子成批制造的。但是扼杀个性的办法并非现在的政府所创造，它只是掌握了这个秘密，因此完全按照法国的精神安排社会教育——这是指整个教育事业，因为法国没有家庭教育。在帝国的每一个城市，在同一天，同一时间，教的是同一本书。所有的考试出的是同一些题目，举的是同一些例子；凡是脱离书本内容，或者改变教学大纲的教师，马上会被解除职务。这种没有生气的刻板的教育，只能把头脑中原有的一切不合规范的东西，统一到强制的、传统的方式上去。这是形式上平等的民主观念在智力发展上的应用。在意大利情形完全不同。意大利人天生是兼容并蓄论者和艺术家，一切军营规则，单一风格，几何学的精确性，他们都深恶痛绝。法国人是天生的士兵，他们喜爱队列，口令，军装，喜爱恐怖手段。意大利人如果也走这条路，他们多半会成为强盗，而不是士兵——我这么讲丝毫没有恶意，并不想贬低他们。他们不愿奉命杀人，宁可冒杀头的危险，按照自己的意愿杀死敌人，而且决不把责任推给第三者。他们情愿在深山中过简陋的生活，掩护走私贩子，也不愿出卖他们，在宪兵队过体面的生活。

意大利人受的教育和我们一样，他们是在生活中，在自己的感情和偶然接触到的书本的影响下，自发成长，获得这样或那样的观念的。正因为如此，我们和他们都有一些缺陷和弱点，在许多方面都不像法国人那么受过完整的训练，也不像德国人那么具备深奥的理论，然而我们和意大利人却保持着较鲜明的色彩。

我们和他们甚至有共同的缺陷。意大利人也像我们那样好逸恶劳，他们从不认为工作是幸福，也不愿为工作而操心、劳累和忙碌。意大利的工业几乎像我们的一样落后；他们也像我们一样，地下藏着大量宝物，却不想开采。新的市民阶级思潮在意大利不能像在法国和英国那样，深刻改变他们的生活方式。

意大利市民阶层的历史，与资产阶级在法国和英国的发展完全不同。富裕的市民，那个发迹的阶级的子孙，不止一次在与封建贵族的角逐中取得胜利，成为城市的执政者，然而他们不是像其他国家的暴发户那样脱离平民和农民，而是更接近他们。法国人所说的资产阶级，在意大利相当于一个独特的阶层，它是从第一次革命后形成的，按照地质学的观念，不妨称之为皮埃蒙特地层。^①这个阶

---

① 赫尔岑在这里所说的"第一次革命"系指 1789 至 1794 年的法国资产阶级革命。赫尔岑把意大利资产阶级称作"皮埃蒙特地层"，是因为皮埃蒙特地区的资产阶级比意大利其他地区的资产阶级更为强大，赫尔岑下面指出的那些特点——温和的自由派态度和对人民革命运动的畏惧，在这里表现得更为明显。

层在意大利的特点，与在整个欧洲大陆一样，那就是在许多问题上始终保持自由派立场，可是在一切事情上害怕人民，害怕有关劳动和工资的过激言论，此外，它只会向上面的敌人让步，从不向下面的自己人屈服。

意大利的流亡者形形色色，包括社会的所有各个阶层。在马志尼的身边，既有来自古老世家的人，他们的姓在圭恰尔迪尼[①]和穆拉托里[②]的编年史中出现过，是人民耳熟能详的，如利塔，博罗梅奥，德尔－韦尔梅，贝尔贾约索，纳尼，韦斯孔蒂等[③]，也有来自阿布鲁齐深山老林的半野蛮的海盗罗米奥[④]，那种橄榄色皮肤的英勇不屈的小伙子！此外还有教士，如西尔托里[⑤]，这是个英雄，威尼斯刚打响第一枪，他便脱下了教士的长袍，拿起了武器，在马盖拉被围的保卫战中，他始终冒着枪林弹雨，战斗在最前线；还有光辉的那不勒斯军官们，如皮扎卡尼、科森兹[⑥]和梅佐卡帕弟兄[⑦]等；还有特拉斯脱韦尔区的平民[⑧]，他们是在贫困的生活中接受过考验的忠

---

① 圭恰尔迪尼（1483—1540），意大利历史学家，写有不朽名著《意大利史》。

② 穆拉托里（1672—1750），意大利著名历史学家，写有《意大利编年史》等巨著。

③ 这些人都是意大利民族解放运动的参加者，利塔是历史学家，贝尔贾约索是女作家，博罗梅奥、德尔－韦尔梅等是政治活动家。

④ 罗米奥（1786—1862），意大利中部阿布鲁齐山区的山民，后参加民族解放运动，在意大利南海岸的卡拉勃利亚起义中成为领导人。

⑤ 西尔托里（死于1874年），意大利教士，后参加民族解放运动，1848年在威尼斯抵抗奥地利军队。马盖拉是威尼斯附近最后陷落的一个城堡，西尔托里是最后退出的人。

⑥ 科森兹（1820—1898），意大利革命家，起先追随马志尼，后来主张在皮埃蒙特王国领导下实现意大利的统一。

⑦ 兄卢依吉（1814—1886），弟卡洛（1817—1905），两人都在1849年参加过威尼斯起义，又在罗马参加过抗击法国侵略军的战斗。

⑧ 特拉斯脱韦尔是罗马西南部的工人居住区，在罗马革命期间，这里的工人和手工业者积极参加了保卫罗马共和国的战斗。

诚战士，脸色严峻，从不叫苦，谦逊而不可制服，如皮亚诺利；与这些人在一起的，还有声音柔和、然而视死如归的托斯卡尼人。最后，还有加里波第，那完全是来自高尔奈利·内波斯① 著作中的人物，像孩子一样单纯，又像狮子一样勇猛，还有菲利契·奥尔西尼，他那个美好的头颅不久以前刚从断头台上滚下。

但是提到这些人，我不能不停一下。

我与加里波第是在1854年认识的，那时他刚从南美洲航行回来，他是船长，船停靠在西印度码头。② 他在罗马战争中的一个同志和奥尔西尼带我去看他。加里波第穿着厚厚的浅色外套，脖子上围着鲜艳的围巾，头上戴着鸭舌帽，在我眼中像一个名副其实的海员，不像罗马志愿军的著名领导人，尽管世界各地都在出售他那装束奇特的小雕像。他对人和善单纯，一点没有架子，这种平易近人的态度使我对他发生了好感。他的船员几乎全是意大利人，他是船长也是领袖，我相信他是严厉的，但所有的人都爱他，与他相处得很愉快，把这位船长看作自己的光荣。加里波第在船长舱中招待我们吃便饭，特地煮了从南美带来的牡蛎，还有干果，葡萄酒；这时他突然一跃而起，说道："等一下！跟你们应该喝另一种酒！"于是跑上甲板，过一会儿，一个水手拿了一瓶酒来，加里波第看看瓶子，笑了笑，给我们各斟了一杯……一个从海外回来的人，什么怪事不会做呀？这是真正的别列牌酒，他的家乡尼斯③ 的出品，他从美洲带到伦敦来的。

---

① 内波斯（约公元前100—约前25），古罗马历史学家，主要著作有《世界史》、《名人传》等。

② 加里波第于1848至1849年革命失败后，第二次前往美国，先是在工厂做工，后来在商船上当船长，多次航行各地。1854年2月他的商船"共和号"来到英国伦敦，赫尔岑便是在这时与加里波第认识，但他们的初次会面不是在船上。

③ 尼斯在历史上长期属于意大利，直到1860年才永久割让给法国，成为法国的领土。加里波第对此曾提出了强烈抗议。

这时在单纯而不拘形迹的谈天中，他逐渐变得意气风发，慷慨激昂；他不讲空话，没有陈词滥调，但显示了曾经以自己的勇敢使久经沙场的老兵折服的人民领袖的本色，从这个船长身上人们不难看出这是一头受伤的狮子，哪怕在罗马陷落之后的撤退中，他仍步步反扑，在伙伴们大多阵亡之后，他还在圣马力诺、拉文纳、伦巴第、蒂罗尔和特契诺，重新召集士兵、农夫、强盗和一切可以召集的人，一再向敌人展开攻击，他的妻子在艰苦和饥饿的行军生活中死了，但他仍在她的尸体旁边战斗。

在1854年，他和马志尼在观点上已有很大分歧，尽管他们还保持着友好关系。他曾当着我的面对马志尼说，不应该触怒皮埃蒙特，当前的主要目标是推翻奥地利的统治；他对马志尼建立统一的意大利共和国的主张，表示十分怀疑，认为条件还不成熟。[①]他完全反对起义的一切企图和尝试。

他把船驶往泰恩河畔纽卡斯尔装煤以后，将从那里直驶地中海；他动身前，我对他说，我非常喜欢他的航海生涯，在所有的流亡者中，他选择了一条最美好的道路。

"谁叫他们不这么做呢？"他热烈地回答道。"这一向是我心爱的理想生活；您要笑就笑吧，但我至今仍喜爱它。在美洲大家知道我，我还可以搞到三四条这样的船，归我率领。我这些船可以容纳所有的流亡者，他们可以当水手，大副，工人，厨师——全部由流亡者担任。如今在欧洲还能做什么？死心塌地过奴隶生活，背弃自己的信念，或者在英国讨饭。移居美国更糟——这是末路，它是'忘记祖国'的国家，是新的祖国，它的利益与我们的不同，

---

① 加里波第主张在皮埃蒙特－撒丁王国领导下完成意大利的统一。后来意大利基本上走了这条路，建立了意大利王国，这使意大利保留了君主制度和大量封建残余。

一切都不同，定居在美国的人就离开了我们的队伍。还有比我的主意更好的吗？"这时他的脸发亮了。"我们团结在一起，掌握着几条船，在海上航行，在水手的艰险生活中锻炼自己，与大自然搏斗，与危险搏斗。这是海上的革命阵营，随时可以停靠任何口岸，独立自主，不受侵犯！"

这时我觉得他像古代的英雄，《埃涅阿斯纪》[1]中的人物……要是他生活在另一个时代，他也会有自己的史诗，自己的"我歌唱武器和勇士！"

奥尔西尼完全是另一种人。他那粗野的力量和骇人的勇气，已于1858年1月14日在勒佩勒蒂埃路得到了表现[2]，它们使他在历史上永远留下了伟大的名字，也把他三十六岁的头颅送上了断头台。我与奥尔西尼是1851年在尼斯认识的，有一些时候我们还非常接近，后来分开了，重又接近，最后，在1856年，我们之间产生了嫌隙，后来虽然和解了，但已不能再像以前那么看待对方。

奥尔西尼这样的人只有在意大利才能出现，然而在意大利，他们却在任何年代、任何时候都能成长，这些人既是阴谋家又是艺术家，既是殉难者又是冒险家，既是爱国者又是雇佣兵，既是特维里诺[3]又是里恩佐[4]，反正他们什么都是，唯独不是庸俗的、平凡的小

---

[1] 古罗马诗人维吉尔的史诗，写特洛亚英雄埃涅阿斯的冒险经历。下面的"我歌唱武器和勇士"是这部史诗的第一行诗句。

[2] 奥尔西尼于1858年1月14日在巴黎的勒佩勒蒂埃路行刺拿破仑三世，投了三颗炸弹，但没有成功。

[3] 乔治·桑的同名小说的主人公，一个天赋极高的意大利人，他向往自由，生活在大自然中，放荡不羁，蔑视资产阶级社会的一切物质福利。

[4] 里恩佐是意大利人民领袖，1347年任罗马保民官时，与贵族展开过激烈的斗争，失败后出走。一般认为，在1849年意大利革命中牺牲的契切洛瓦基奥便是里恩佐式人物。

市民。这种人在意大利各个城市的编年史上都有鲜明的表现。他们的善良使人惊讶，他们的凶恶也使人惊讶，他们以感情的强烈、意志的坚决令人叹服。不安的酵母从早年起就在他们身上蠢动，他们需要危险，需要荣誉、桂冠、赞美，这是纯粹南国的性格，他们的血管里流着沸腾的血，他们具有我们所几乎不能理解的激情，为了得到一种独特的快感，他们准备忍受一切困难，一切牺牲。自我牺牲和忠诚，在他们身上是与报复和偏执结合在一起的；在许多事上他们天真单纯，在许多事上又狡猾诡诈。他们不择手段，也不怕危险；他们是罗马"贵族世家"的后裔，耶稣会神父忠于基督的孩子，得到过古典精神和中世纪黑暗时代传统的教育，古代世界的道德观念和天主教的罪恶习性，在他们的心灵中纠结在一起。他们不把自己的生命当一回事，也不把别人的生命当一回事；他们那种坚如磐石的精神可以与盎格鲁－撒克逊人的固执己见并驾齐驱。一方面，他们对外表的一切充满天真的喜爱，自尊心达到了虚荣的程度，成了对权力的渴望，对掌声和荣誉的陶醉；另一方面，他们又具有不怕苦、不怕死的罗马式英雄气概。

只有断头台才能遏止这些人的旺盛精力，否则，刚从撒丁王国宪兵手中脱身，他们又会冒着奥地利秃鹫的魔爪组织新的密谋；从曼图亚监狱神奇地越狱之后，第二天他们又会用跳楼时割破的手，开始起草炸弹计划，然后毫无惧色地面对着危险，把炸弹丢到马车底下。① 就在失败之中，他们长成了巨人，他们的死带来的震动超

① 这里谈的都是奥尔西尼一生的几件重大经历：1854 年春，奥尔西尼与马志尼计划在意大利中部举行起义，密谋失败后，奥尔西尼遭到了撒丁王国警察的追捕；1854 年下半年奥尔西尼又与马志尼密谋在米兰举行起义，因而被奥地利警察逮捕，关进曼图亚监狱，1856 年 3 月越狱后即前往伦敦，计划行刺拿破仑三世的行动，并开始制造炸弹。

过了炸弹的威力……

奥尔西尼落进格列高利十六世 [①] 的秘密警察手中时还是个年轻人,他因为参加罗马的示威运动被判处苦役,在狱中一直待到庇护九世的大赦。他与走私贩子,与职业打手,与残余的烧炭党人关在一起,这段生活使他对民族精神获得了广泛的了解,锻炼了铁的意志。那些人与压迫他们的社会作着永恒的、每时每刻的搏斗,他从他们学会了克制自己的艺术,不仅在法官面前,而且在朋友面前保持沉默的艺术。

奥尔西尼这样的人对别人有很大的影响,他们的孤僻性格令人向往,又令人感到不自在:人们在他们面前既紧张又高兴,还有些惴惴不安,仿佛在欣赏雪豹的优美动作与柔和的跳跃姿势。他们是孩子,不过是凶恶的孩子。他们在"铺设"但丁的地狱之路,但不仅他们,所有由他的恐怖诗篇和马基雅弗利 [②] 的邪恶智慧所灌溉的年代,都充满了这些人。马志尼正如科西莫·梅迪契 [③] 一样,奥尔西尼也像乔凡尼·普罗奇达 [④] 一样,他们都属于这个家族。甚至伟大的"海上探险家"哥伦布,以至新世纪最伟大的"强盗"拿破仑·波拿巴 [⑤],应该说也是这一类人。

奥尔西尼漂亮得惊人,整个外表匀称而优雅,使人不禁会对他

---

① 1831 至 1846 年的罗马教皇。

② 马基雅弗利 (1469—1527),意大利最著名的资产阶级政治思想家。

③ 梅迪契 (1389—1464),佛罗伦萨历史上最大的统治者,曾以恐怖手段攫取佛罗伦萨的统治权,死后被授予佛罗伦萨"国父"的称号。

④ 普罗奇达 (约 1225—1299),西西里解放斗争的领导人,曾与法国占领当局展开英勇斗争。

⑤ 拿破仑是科西嘉人,科西嘉一直由意大利各城邦所统治,直至 1769 年 (拿破仑出生的一年) 才并入法国版图。

另眼相看。他文静，沉默寡言，也不像他的同胞那样时常挥动胳臂，从不大声说话。那一把长长的黑胡子（他在意大利总是留着胡子）使他的容貌有些像伊特鲁里亚地方①的祭司。他的整个头部显得俊美动人，只是鼻子的线条有些缺陷，似乎不太规则。②尽管这样，在奥尔西尼的脸上，在他的眼睛中，在那不时出现的微笑中，那亲切的声音中，却有一种叫人不敢接近的东西。显然，他一直处于戒备状态，从来不会完全放松，总是惊人地控制着自己；显然，从这微笑的嘴唇中吐出的每一句话都不是随口讲的，那对目光向内的眼睛后面几乎深不可测；在我们一般人犹豫和退缩的地方，他却露出微笑，面不改色，也不提高嗓门，毫不迟疑、毫不反悔地继续坦然走去。

1852年春，奥尔西尼在等一封重要的家信；他日夜盼望着，但总没收到，还向我提到过好多次，因此我知道他这些天心神不定。一天用膳时，两三个外人在场，邮差走进了前室，奥尔西尼托人问一下有没有他的信，结果确实有一封是给他的，他看了看信，便把它揣进了口袋，继续谈天。过了一个半小时，只剩了我们三个人，奥尔西尼说道："啊，谢天谢地，总算收到回信了，一切很好。"我们知道他在等信，可没想到他会那么平静地拆开信封，看过后便把它揣进口袋；这种人是天生的秘密工作者，他一生都保持着这样的

---

① 在意大利中部，这个地区重视复杂的祭祖和占卜活动。

② 奥尔西尼的脑袋给砍下后，据报载，拿破仑命令把它浸在硝酸中，使人无法用它拓成面模。先知约翰的头是盛在金盘里献给希罗底的，从那时到现在，文明和化学已造成了多么大的进步！——作者注
关于先知约翰的事出自《圣经》：他得罪了犹太王希律的妻子希罗底，希罗底便唆使女儿莎乐美要求希律杀死约翰，把他的头盛在盘子里呈上，见《马太福音》第十四章。

作风。

　　然而他凭自己的精力干成了什么呢？加里波第凭他的大无畏精神又能干什么呢？皮亚诺利靠他的手枪又干出了什么①？还有皮扎卡尼和一切血还没冷却的殉难者们呢？也许至多让皮埃蒙特从奥地利人手中解放意大利，让大胖子缪拉赶走那不勒斯的波旁王朝，可是两者都处在波拿巴的保护下。②啊，神圣的喜剧！——也许只是喜剧！它们的意义与教皇基亚拉蒙蒂在枫丹白露向拿破仑讲的话一样！③

　　我刚才讲到我第一次拜访马志尼时，有两个人在座，这两人后来与我也很接近，尤其是萨斐。

　　贾科莫·梅迪契是伦巴第人。在早年，他为意大利没有希望的地位苦闷，去了西班牙，后来又到了蒙得维的亚和墨西哥；他参加过克里斯蒂娜④的军队，似乎当过队长，最后在马斯塔伊·费雷提⑤当选教皇后，才回到祖国。意大利觉醒了，梅迪契投入了政治运

① 指 1855 年 9 月皮亚诺利用手枪行刺拿破仑三世的事。

② 意大利于 19 世纪 60 年代基本上实现了统一，但这是在皮埃蒙特－撒丁王国的萨伏依王朝领导下建立的意大利王国。在驱逐奥地利统治者时，撒丁王国得到了法国的支持，依靠两国的联军才取得胜利。卢西恩·缪拉 (1803—1878) 是约希姆·卢西恩·缪拉之子，约希姆为拿破仑一世麾下名将，被封为那不勒斯王，1815 年维也纳会议后被处死。卢西恩为夺回王位，与拿破仑三世订立密约，企图利用意大利民族解放运动的力量，推翻波旁王朝在两西西里的统治，取而代之，同时也使南意大利变成法国的势力范围。

③ 教皇基亚拉蒙蒂即庇护七世，1800 至 1823 年的罗马教皇。拿破仑一世为扩大权力，1809 年宣布教皇领地并入法国，1812 年，把庇护七世押送枫丹白露软禁。1813 年双方订立协议，教皇承认天主教会由法国皇帝领导。据梯也尔在《执政府和帝国时代历史》中说，庇护七世在屈服于拿破仑的要求时，曾慨叹命运的反复无常和尘世权力的转瞬即逝。

④ 玛丽亚·克里斯蒂娜二世 (1806—1878)，西班牙王后，1833 年国王死后担任摄政。

⑤ 即教皇庇护九世，他于 1846 年被选为教皇。

动。在罗马被围时，他领导民军，创造了英勇的奇迹，但是法国侵略军还是踹在无数高尚的牺牲者的尸体上进入了罗马——其中也有拉维隆①的尸体，他仿佛是为了替自己的民族将功赎罪，抵抗它的入侵，在罗马城门口被法国子弹打死的。

梅迪契是民众领袖和战士，在人们的想象中他似乎应该像雇佣兵，成天生活在硝烟和烈日中，因而变得皮肤黝黑，面貌粗犷，讲话简短生硬，嗓音洪亮，表情强劲有力。实际上这人脸色苍白，头发淡黄，容貌温和，眼神和蔼可亲，举止文雅，倒像一辈子生活在妇女中间的人，不像西班牙的游击队员和鼓动家；他是诗人，幻想家，当时正在热恋，他的一切都显得优美，惹人喜爱。

我与他在热那亚一起度过的几个星期，使我得益不少，那正是1852年我最悲痛的日子，我的妻子埋葬后的一个半月。我失魂落魄，看不到航行的方向和路标，我不知道，我那时是不是和奥尔西尼在《回忆录》中说的一样，像一个疯子②，但我确实心灰意冷。梅迪契可怜我；他没有这么讲，但有时会在深夜十二时上我住处敲门，坐在我的床边跟我闲谈（有一次我与他这么聊天时，还在被子上抓到了一只蝎子）。有时他在早上六七点钟便来敲门，说道："外边天气好极了，让我们到阿尔巴洛街去"——那儿住着一位美丽的西班牙姑娘，她便是他的情人。他并不指望局势会很快改变，展望前途只是流亡的岁月，一切会变得更坏，更暗淡，但他身上呈现出一种年轻的、乐观的精神，有时还显得很天真；我发现，这类人几

---

① 法国革命者，1848 年参加法国革命，后来为帮助罗马抗击法国侵略军，在战斗中阵亡。

② 奥尔西尼于 1857 年在英国出过一本《回忆录》，其中谈到赫尔岑"那几天中几乎像发疯一样"。

乎都具有这特点。

我离开的一天，几个接近的朋友与我一起用饭，其中有皮扎卡尼，莫尔蒂尼^①，科森兹……

"我们的朋友梅迪契生着淡黄头发，"我开玩笑道，"相貌像北方的贵族，可是他使我想起的却是凡·戴克画中的骑士，不是意大利人。"

"这很自然，"皮扎卡尼接着开玩笑道，"贾科莫是伦巴第人，他是德国骑士的后裔。"^②

"弟兄们，"梅迪契说道，"我的血管中可没有一滴德国人的血，一滴也没有。"

"您讲得倒好，不行，您得拿出证据来，说明您为什么生得像北方人。"那人继续道。

"别胡扯，"梅迪契说。"如果我像北方人，那么一定是我哪个老奶奶有过一个相好的波兰人！"

在非俄罗斯人中，我没有遇到过比萨斐更纯洁、更老实的人。西欧人大多只因头脑迟钝，才显得老实巴交的不够灵敏，但有才能的人很少是老实的。在德国人中，除了对实际生活幼稚无知的人以外，没有人是老实的，这种老实叫人讨厌；在英国人中，老实往往来自缺乏敏捷的思想，这些人仿佛还没睡醒，不能清楚地理解一切。然而法国人却总是别有用心，一直在跟人演戏。他们不仅不老实，还有别的缺点：他们全都是蹩脚演员，不能扮得天衣无缝。装模作样、吹牛皮、讲漂亮话的习惯，已经深入他们的血液和灵魂，以致他们不惜为了演戏赴汤蹈火，牺牲生命，然而他们的牺牲还是

---

① 莫尔蒂尼（1819—1902），意大利1848至1849年民族解放运动的参加者。

② 伦巴第人本来是北方日耳曼民族中的一支，直至公元6、7世纪才南移，在意大利北部定居；伦巴第这时仍处在奥地利帝国的统治下。

虚伪的。这种事显得骇人听闻。许多人不愿把它们直言不讳地公之于众，但是自欺欺人更加可怕。

正因为这样，在这群自命不凡的庸人，这群矫揉造作、自吹自擂的才子中间，遇到了一个坚强的人，一个没有丝毫伪装、不会自以为是、不会狂妄自大、不会像刀刮盘子一样刺刺不休的人，心里会觉得多么痛快，多么轻松。仿佛看了一场日戏，从闷热的、灯光照耀的戏院里走进了阳光中，眼前已不再是硬纸板糊的木兰花，帆布制作的棕榈树，而是看到了真正的椴树，呼吸到了健康的新鲜空气。萨斐便属于这一类人。马志尼、阿尔梅利尼老人[①] 和他，是罗马共和国时期的三执政。萨斐主管内政部的工作，直到与法国人的战斗结束，他一直站在最前列——这在当时便意味着经常处在枪林弹雨下。

他逃亡后曾再一次越过亚平宁山：这不是出于信念，而是出于责任感，出于伟大的献身精神，是为了免得一些人伤心，免得自己的出走成为临阵脱逃的例子。他在波伦亚待了几个星期，在那里他一旦被捕，便会在二十四小时内被枪决；然而他的任务不仅是潜伏，他还得展开活动，为起义作准备，等待米兰的消息。[②] 我从未听他谈起过这段生活的细节。但另一个人告诉过我不少情况，这个人是有资格对英勇的行为做出评判的，而且我听到这一切时，正是他们的私人关系已濒于破裂的时候。萨斐是在奥尔西尼的陪同下越

---

① 阿尔梅利尼 (1777—1863)，意大利政治活动家，于 1849 年的革命中当选为罗马共和国的执政。

② 即前面提到过的两次"米兰起义"中的一次：1853 年 2 月的起义。根据马志尼的计划，在米兰起义的同时要在意大利中部也举行起义，造成犄角之势。由于米兰起义没有成功，波伦亚的起义被取消了。

过阿尔卑斯山的，据后者说，萨斐当时那么安详平静，泰然自若，心情几乎是愉快的；他们步下高山时，尽管随时可能遇到形形色色的敌人，萨斐却无忧无虑地唱着民歌，吟哦但丁的诗句……我想，他一定也会这样唱着歌、吟着诗走上断头台，不把自己的英勇行为当一回事。

在伦敦，不论在马志尼那里，或者在其他朋友那里，萨斐大多保持沉默，很少参加辩论，有时他情不自禁讲了几句，马上又沉默了。大家不理解他，这我看得很清楚，他不是一个会自我标榜的人……但是在那些后来离开了马志尼的人中，我从未听到一个人说过一句半句反对萨斐的话。

一天晚上，我与马志尼在谈到莱奥帕尔迪[①]时发生了争论。

莱奥帕尔迪的一些诗篇赢得了我的热烈赞扬。他像拜伦一样，内省的情绪严重损害了他的诗歌，但也像拜伦一样，他的诗句有时跟刀一样犀利，可以刺痛心灵，唤起我们心灵的悲痛。这样的字句和诗行在莱蒙托夫那里有，在巴比埃[②]的某些抑扬格诗篇中也有。

莱奥帕尔迪的诗集是纳塔利娅读的最后一本书，她临死前还在翻阅它……

从事实际工作的人，宣传和鼓动群众的人，不会理解这些痛苦的沉思，这种消磨意志的怀疑。他们在那里看到的只是无益的呻吟，软弱的悲戚。马志尼不可能同情莱奥帕尔迪，这我早已料到；但没想到他会如此不遗余力地攻击他。我感到惋惜；不言而喻，他之所以对他生气，是因为他不能为他的宣传服务。同样，腓特烈

---

① 意大利著名诗人。

② 巴比埃（1805—1882），法国诗人，他的诗集《抑扬格诗》抨击了资产阶级在法国七月革命中的叛卖行为，但情调低沉。

大帝也可能对……我不知道说谁好，哦，例如，对莫扎特生气，因为他不适合做他的勤务兵。这是令人气愤的扼杀个性的行为，要把人们纳入特定的范畴和模式，仿佛历史的发展与乡村警察摊派徭役一样，不必征求意见，不用考虑身体强弱，愿意与否，一律得听候支配。

马志尼生气了。我半开玩笑半认真地对他说道：

"我觉得，您对可怜的莱奥帕尔迪如此不满，是因为他没有参加罗马的革命，可是他有一个为自己辩护的重要理由，您却把它给忘了！"

"什么理由？"

"那就是他早在 1836 年就死了 ①。"

萨斐忍不住为诗人辩解，因为他比我更爱他的诗，当然也比我理解得更深；他是从审美的、艺术的感受出发，对诗人进行分析，这涉及的只是一个人的某些气质方面，而不是他的思想方面。

这次和其他几次类似的谈话使我明白，他们实际上不是一条路上的人。一个人只是在为自己的思想寻找实现的方法，他的一切考虑都集中在这上面——这不妨说是为了逃避怀疑；他渴望的只是对他的活动有实用价值的东西——这其实是一种消极的表现。另一个人重视的却是客观真理，他的思想还没停滞；此外，对于具有艺术情趣的人，艺术本身便是宝贵的，不论它与现实的关系如何。

离开马志尼后，我们还谈了很久莱奥帕尔迪，当时我的口袋里便揣着他的诗集；我们走进咖啡馆，又一起诵读了我心爱的几首诗。

这已经够了。人们志同道合走到一起，把细微的差别丢在一边，对许多事可以保持沉默，但显然，他们的大方向和总目标是一

---

① 莱奥帕尔迪死于 1837 年 6 月。

致的。

　　谈到梅迪契时，我提起过一个充满悲剧性的人物——拉维隆；我跟他认识不久，他只是像影子似的从我身边经过，然后便消失在血的云雾中了。拉维隆读完了工艺学校的课程，是工程师和建筑师。我与他是在革命高潮中认识的，也就是 2 月 24 日和 5 月 15 日之间，那时他是国民自卫军的上尉；他的血管中没有任何杂质，那是朝气蓬勃的、必要时铁面无情的、温和敦厚的、愉快而乐观的 90 年代高卢法兰克人的血。我猜想，建筑师克莱贝尔①开头一定也是这样的，那时他曾和青年演员塔尔马②一起用手推车运泥土，为庆祝联邦节清理场地。③

　　拉维隆是没有为 2 月 24 日的胜利，为宣布共和制而陶醉的少数人中的一个。他在战斗时站在街垒上，战斗结束后，当没有战斗的人在推选独裁者时，他却待在市政大厦中。当新政府像"自天而降的神"出现在市自治局时，他大声对选举提出了抗议，与其他几个激昂慷慨的人一起责问道：它是哪里来的？为什么它是政府？拉维隆始终如一，在 5 月 15 日带领巴黎人民冲击了资产阶级议会，拔出军刀，迫使议长允许人民的发言人登台演说。斗争失败后，拉维隆躲了起来。他在缺席审判中被定了罪。反动派得意扬扬，认为自己足以应付一切，不久便可大获全胜——这时六月的日子④到了，

───────────

① 克莱贝尔 (1753—1800)，泥水匠出身的法国将军，1789 年加入国民自卫军，后成为拿破仑手下的一名大将，远征军司令。
② 塔尔马 (1763—1826)，法国著名演员，共和主义者。
③ 法国为庆祝革命胜利，决定在攻占巴士底狱一周年时在巴黎马尔斯广场庆祝"联邦节"，为此需要群众义务参加广场的清理等工作，巴黎的居民，包括一些知名人士，都参加了这次劳动。
④ 指 1848 年巴黎无产阶级的六月起义。

接着便是宣布不受法律保护，流放，警察恐怖。就在这时候，一天晚上，我正坐在托尔托尼咖啡馆前面的林荫道上，街上熙来攘往，各种人都有，也与巴黎平时一样（不论这是开明或不开明的君主时期，还是共和国或帝政时期），人群中混有不少暗探。蓦地一个人走到了我面前，我简直不敢相信自己的眼睛，这是拉维隆。

"您好！"他说。

"您疯了不成？"我小声回答，抓住他一只手，把他从托尔托尼门口拉走。"怎么可以这么出门，特别是现在？"

"如果您知道，关在家里多么寂寞，简直会使人发疯……我再三考虑，我得出外散散心。"

"那为什么上林荫道？"

"这算不得什么，这儿认识我的人比塞纳河那边少一些，何况谁会想到我会跑到托尔托尼一带来溜达？不过我要离开巴黎了。"

"上哪儿？"

"去日内瓦；现在一切这么糟，这么讨厌，我们面临着骇人的灾难。堕落，到处是堕落，卑鄙，无耻。好吧，再见，再见，但愿我们再见时会愉快一些。"

在日内瓦，拉维隆干起了建筑营生，在盖房子；突然宣布了"为教皇"进军罗马的战争。法国人背信弃义，在契维塔韦基亚登陆，向罗马推进。拉维隆丢下圆规，赶到了罗马。他向三执政宣称："你们需要工程师，需要炮兵专家，需要士兵，我是法国人，我为法国害羞，现在来和我的同胞作战。"于是他作为赎罪的祭献品，参加了罗马人的队伍。他视死如归，站在战斗前列；当一切都已绝望时，他仍未停止战斗，最后被法国炮弹击中，倒在罗马城门口。

法国报纸对他的死发出了连篇累牍的谩骂，认为这是上帝对无耻背叛祖国者的惩罚！

……一个人看惯了黑头发、黑眼睛的女人，突然面对淡头发、淡眉毛的神经质的苍白面容，他的目光总会露出惊奇的神色，不能马上接受这一切。他没有想到的、已经忘记的差别，不可抗拒地、具体地出现在他面前了。

我从意大利流亡者一下子转向德国流亡者的时候，情形也是这样。

毫无疑问，德国人在理论方面比其他民族发达，但直至目前，这对他们并无多大好处。他们从狂热的天主教转向了先验哲学的新教虔诚主义和语文学的诗歌主义，目前又有些在向实证科学转变，由此可见，他们"在每个年级都勤奋学习"，这构成了他们的全部历史；到了最后审判，上帝会给他们评定总分的。德国的平民百姓学习不多，吃的苦却不少：他们为了信仰新教的权利，付出了三十年战争的代价，为了独立生存的权利，即在俄国监督下苟延残喘的权利，付出了与拿破仑作战的代价。①1814 至 1815 年，德国得到的解放是彻头彻尾的复辟，在热罗姆·波拿巴②的王位上出现了全国臣民之父③，他戴着扑粉的假发，穿着闲置已久、形式照旧的礼服，宣布按顺序将在下一天举行——假定说第四十五次阅兵典礼（因为革命前举行到四十四次为止），这时所有获得解放的人民才发觉，他们一下子失去了现在，回到了另一个时代，每个人不免摸摸后脑勺，不知那里是否长出了缚缎带的辫子。人民老老实实、愚

---

① 指 19 世纪初在拿破仑的侵略面前普鲁士不得不投靠俄国，参加反法联盟。

② 拿破仑的幼弟，威斯特伐利亚的国王。

③ 原文为德文。即国王，意为德国人自己的国王。

昧无知地接受了这一切，唱起了克尔纳①的歌。科学又向前发展了。希腊悲剧在柏林上演，歌德的剧本也在魏玛的舞台上红极一时。

在德国，哪怕思想最激进的人，在私生活领域依然是市侩。他们敢于违背逻辑，不把思想贯彻到实践中，以致造成了彰明较著的矛盾。在德国人眼中，革命和一切事物一样，重要的是普遍概念，理所当然，它不受条件限制，因而也与实际无关，他们满足于掌握它的理论体系，认为一件事如果理解了，也就是完成了，思想变为事实，正如理解事实的意义一样容易。

英国人与法国人充满成见，德国人却没有；但不论英国人还是法国人，都在生活中贯彻自己的信念——他们服从他们所接受的一切，哪怕那是荒谬的，只要得到他们的承认即可。德国人却除了理性和逻辑，什么也不承认，但他们服从许多东西，只要他们认为必要——这是为了利益出卖灵魂。

法国人在精神上不是自由的：他们在行动上富于创造性，但思想上是贫乏的。他们按照流行的观念、公认的形式思想，给鄙俗的观念披上了时髦的外衣，便心安理得。新事物很难得到他们承认，尽管他们对它趋之若鹜。法国人压制自己的家人，相信这是他们的义务，正如他们相信"荣誉勋位团"②，相信法庭的判决一样。德国人什么也不相信，只是利用符合自己需要的社会偏见。他们习惯于小康生活，习惯于舒适和平静，从办公室回到自己漂亮的卧室，他们便为睡衣、休息和饮食放弃自己的自由思想。德国人是享乐主义

---

① 克尔纳 (1791—1813)，德国爱国诗人，他的诗被谱成歌曲，在反抗拿破仑侵略的战争中极为流行。

② 拿破仑于 1802 年建立的一种荣誉组织，授予勋章。后来在波旁王朝和第二帝国时期，均保持着这种勋位。

者，人们没有发现这一点，只是因为那种简单的娱乐和庸俗的生活并不引人入胜；但是爱斯基摩人可以为一点鱼油牺牲一切，他们与卢库卢斯①同样是伊壁鸠鲁主义者。何况德国人天生不爱活动，极易发胖，在原来的生活方式中已扎下千百条根子，凡是可以破坏他们的习惯的一切，都会在他们的市侩性格中引起恐怖的反应。

德国的一切革命家都是世界主义者，他们"克服了民族观点"，可是又充满着最激烈、最固执的爱国精神。他们准备接受世界共和国，消灭国家的界线，但的里雅斯特和但泽必须属于德国。维也纳的大学生甘心投奔拉杰茨基②麾下，前往伦巴第作战，甚至在一位教授的倡议下，带走了一门赠给因斯布鲁克③的大炮。

在这种傲慢的、好战的爱国主义精神下，德国从第一次革命直到今天，始终惶惶不安地注视着右边，也注视着左边。这边是法国张开了战旗想渡过莱茵河，那边是俄国想渡过涅曼河，于是这个二千五百万人的民族觉得自己无依无靠，危如累卵，便在恐怖中咒骂，在恐怖中憎恨；为了安慰自己，他们根据历史文献，企图从理论上证明，法国的存在已经不复存在，而俄国的存在还没有真正存在。

在法兰克福圣保罗大教堂召开的"战斗的"国民议会④，集中了"各界精英"：教授、医生、神学家、药剂师和语文学家，它一面

———————————

① 卢库卢斯（约公元前117—前56），罗马大将，以生活奢侈，讲究享乐著名。
② 拉杰茨基（1766—1858），公爵，奥地利将军，曾多次在意大利作战，1850年后并在伦巴第地区任总督。
③ 奥地利的城市。
④ 指法兰克福国民议会，它于1848年5月18日在法兰克福的圣保罗大教堂召开。资产阶级自由派企图通过国民议会制定一部宪法，以此为基础建立统一的德意志帝国。但由于议会内部纷争不已，最后形成了相持不下的奥地利派和普鲁士派，议会终于一事无成，于1849年6月被解散。

向远在伦巴第的奥地利士兵发出欢呼，一面加紧压迫波兹南的波兰人。它对石勒苏益格－荷尔斯泰因问题（本民族问题！）的关心[1]，只是出于"日耳曼主义"的立场。在沉默几个世纪之后，解放的德意志的代表们发出的第一句自由言论，却是针对被压迫的弱小民族的；这种对自由的不相适应，这些企图保留不合理权利的愚昧行动，徒然招致人们的嘲笑：狂妄的野心只有在强大的实力配合下才能通行无阻，可是现在德国没有这种力量。

1848 年的革命在各地都带有冒进和妄动性质，但在法国和意大利几乎没有发生过可笑的事；在德国，除了维也纳，它却充满闹剧色彩，甚至比歌德那出糟糕的喜剧《市民将军》还可笑得多。

在德国，没有一个城市和一个地方在起义时不想成立"公安委员会"[2]，于是它那一切煊赫一时的活动家，如冷酷的圣茹斯特，阴沉的恐怖主义者，卡诺[3]式的军事天才，都应运而生。我亲眼见过两三个罗伯斯庇尔，他们总是穿着干净的衬衫，不时洗手，剔指甲。然而也有披头散发的科洛·德布瓦[4]，如果在俱乐部中有人比别人更爱喝啤酒，毫无顾忌地追逐女招待，那么这就是丹东，一个性格放浪不羁的人物。

法国人的弱点和缺陷，由于他们轻松活泼的天性而减轻了一部

---

① 石勒苏益格和荷尔斯泰因是德意志北部的两个公国，人民主要为日耳曼民族，但从中世纪起一直臣服于丹麦国王。拿破仑战争唤醒了民族感情，日耳曼人纷纷要求收回两公国。至 1848 年后，两公国爆发了革命，普鲁士并出兵支持，使石勒苏益格－荷尔斯泰因问题成了德国一个重要的民族问题。

② 法国大革命时期的专政机构，任务为保卫国家免受内外敌人的侵犯，并对政府机关实行监督。

③ 卡诺（1753—1823），法国革命家，公安委员会委员，军事技术专家。

④ 德布瓦（1749—1796），法国激进民主派，出身演员，曾担任公安委员会委员。

分。在德国人那里，同样的缺点却获得了某种持久的、稳定的发展，因而一目了然。必须亲眼看到德国人在政治上力图扮演"真正的巴黎孩子"，才能作出准确判断。他们总是使我想起一头本来循规蹈矩、安分守己的母牛，具有与生俱来的温驯天性，现在却要在草地上跳跳蹦蹦，表演各种淘气的动作，以致脸色一本正经，只是举起两条后腿乱踢，或者斜着身子打转，追逐自己的尾巴。

德累斯顿事件[①]后，我在日内瓦遇见了那里的一个起义者，立即向他问起巴枯宁。他把巴枯宁捧上了天，说他自己就在他的领导下指挥过一个街垒的战斗。他越讲越起劲，最后道：

"革命是狂风暴雨，在这里不能心慈手软，不能迁就一般的正义观念……只有亲自参加过这种活动的人，才能完全理解1794年的'山岳派'。您不妨想想，我们突然发现保王派在暗中活动，企图散布谣言，还出现了一些形迹可疑的人。我考虑了又考虑，决定在我这条街上实行恐怖统治。'伙计们！'我对我的队伍说，'我以军事法庭的名义（你们知道，在非常时期，它随时可以判处违抗命令者死刑）命令你们：任何人，不分性别、年龄、职业，凡是想通过街垒的，都得予以拘留、在严格的监督下押送到我这儿。'这样搞了一昼夜多。如果送到我这儿的市民是真正的爱国者，我便放他过去，但如果是可疑分子，我就向警卫人员使个眼色……"

"那么他们呢？"我问，有些骇然。

"他们便送他回老家。"恐怖分子得意而自豪地答道。

谈到德国解放者的特点，我还可以补充一个小故事。

[①] 指1849年5月的德累斯顿起义，这次起义由巴枯宁领导；起义失败后，巴枯宁被判处绞刑，后改为终身监禁。

我说过，我在拜访古斯塔夫·施特鲁沃时，看到过一个署理内政部长职务的年轻人。几天以后，他写信给我，要我给他找一个工作。我建议他为我誊写《来自彼岸》，那是我根据俄文原稿用德语口诵后，由卡普手写的。年轻人接受了我的建议。过了几天他对我说，他跟各种民军人员挤在一起，房子狭小，又不安静，无法工作，要我让他在卡普的房间里抄写。但到了那里事情并未好转。部长每天早上十一点钟才到，躺在沙发上抽雪茄，喝啤酒……天一黑便上施特鲁沃家开会和聚谈。卡普是世界上最宽容的人，也为他感到害羞。这样过了大约一个礼拜，卡普和我还是保持沉默，但那位前部长忍不住了，写了一张条子给我，要我预付一百法郎工资。我回信答复他，他工作得这么慢，我不能预付这么一笔数目的钱，但是既然他迫切需要钱用，我可以寄给他二十法郎，尽管他已抄写的部分还不值十个法郎。

晚上部长在施特鲁沃处开会，报告了我这不友好的行为，说我滥用财产。可敬的部长认为，社会主义不在于组织社会生活，而在于毫无意义地瓜分毫无意义地取得的财产。

尽管惊人的混乱主宰着施特鲁沃的头脑，他作为一个正直的人，还是能判断是非的，他说，我完全没有错，也许那位"公民和同志"最好抄得快一些，预支的钱少一些。他劝他不必大叫大嚷，闹得满城风雨。

"那我把钱退还他，我才不在乎呢。"部长说。

"这又何苦！"一个民军人员说。"如果同志和公民不想拿钱，那么我提议，马上用它买酒喝，让我们干杯，预祝有产者的灭亡。同意吗？"

"对，对，一致同意，好极了！"

"我们要喝酒，"那位演说家喊道，"但是我们宣誓，我们决不再理睬那个侮辱我们的同志的俄国贵族。"

"对，对，根本不必理睬。"

确实，酒喝了，从此也不再理睬我。

德国人这一切可笑的缺点，加上违反常情的粗鲁作风，使意大利人那种南国的性格不能容忍，激起了他们出自本能的民族仇恨。最坏的是，德国人的优良方面，也就是哲学修养方面，意大利人毫不在乎，也不理解，可是他们的庸俗鄙陋方面却经常叫意大利人看不顺眼。意大利人往往过着无所用心、游手好闲的生活，但是具有艺术家的优美风度，正因为这样，他们比谁都受不了德国人在兴高采烈时开的笨拙玩笑和不拘形迹的亲热表现。

盎格鲁－日耳曼种族比法兰克－罗马种族粗鲁得多。对此无可非议，这是它的生理特征，为此生气是可笑的。现在已应彻底理解，不同种族的人正如不同类别的动物一样，具有不同的特点，他们对此并无过错。牛不如马漂亮，不如鹿敏捷，但谁也不能因此生牛的气，马的里脊肉不如牛的可口，但谁也不能因此责怪马；为了动物界的和平共处，我们只能要求它们友好地生活在同一块草地上，不要彼此用角抵触，或者用蹄踹踢。在自然界，大家只能得到它们力所能及的一切，取得它们可以取得的形态，然后接受各自的种属特征；教育可以在一定程度上改变这一点，增加另外一点，然而要求马提供牛排的味道，或者要求牛也会遛蹄——这却是荒谬的。

为了具体理解欧洲各族人民中两种相反传统的差别，不妨看一下巴黎街头和伦敦街头的孩子；我选择他们，因为他们是不会弄虚作假，掩饰自己的粗鲁行为的。

你们瞧，巴黎的流浪儿童如何嘲笑古怪的英国佬，伦敦街头的儿童又如何戏弄法国人，这小小的例子可以突出说明欧洲两大种族彼此对立的特征。巴黎的流浪儿童无所顾忌，纠缠不清，也许会使人不能忍受，但是第一，他们的调皮捣蛋只限于讲些俏皮话，他们既滑稽，又叫人气恼；其次，有些话也会使他们自己感到脸红，因此马上住口，也有些话他们永远不会讲。你用暴力很难制止他们，如果受了欺侮，马上针锋相对举起手杖，那么我不能保证后果如何。还应该指出，法国孩子一定得有什么逗起他的好奇心，例如蓝条纹的红背心，砖红色的短燕尾服，与众不同的颈巾，拿着鹦鹉或抱着狗的听差，以及英国人一切独特的表现——当然只是在英国国外才显得独特。仅仅外国人还不足以引起追逐或者嘲笑。

伦敦儿童的捣乱比较简单，他们看到一个外国人，只要他留着小胡子或大胡子，或者戴着阔边帽，马上会粗鲁地起哄，[1] 大喊大叫，反复一二十次："法国猪！法国狗！"如果外国人与他们对着干，那么嘲笑和叫喊就会变本加厉；如果他避开他们，他们就会在后面追赶，于是他只得采取最后手段：举起了手杖，也许还真的打到了前面靠近他的人身上。这样，孩子们马上抱头鼠窜，一边骂一边逃走，有时还从远处朝他扔泥巴或石子。

在法国，成年的工人、店员或者女小贩，从来不会与孩子们一起捉弄外国人；在伦敦却不然，一切邂逅女人，一切成年店员，都会给孩子们助威，一起戏弄你。

在法国有件护身法宝，它可以使最大胆的顽童马上停止恶作剧，那便是贫穷。然而在一个把乞丐视作最可耻的称呼的国家[2]，外

---

① 这一切在克里米亚战争之后已大大改变了（1866 年）。——作者注
② 指英国。

国人越是穷，越是无依无靠，他受到的欺侮也越大。

有一个意大利流亡者，从前在奥地利骑兵中当过军官，战后衣食无着，离开了祖国，到了冬天，只得穿着军用大衣上街。他每天都得路过一个市场，这套装束便在市场上引起了哄笑，人们喊道："这是哪个裁缝做的？"说完便哈哈大笑，弄到最后竟然揪他的领子，意大利人只得丢下大衣逃走，身上只剩一件上装，冷得瑟瑟发抖。

这类粗暴的街头恶作剧，这种毫无怜悯之心、不知适可而止的行为，从一个侧面说明，为什么殴打妇女的事在英国比任何地方多，比任何地方严重，①为什么在英国父亲不惜凌辱女儿，丈夫不惜凌辱妻子，在法庭上控告她们。

街上的这种不文明行为，起先曾使法国人和意大利人极为气愤。德国人却相反，只是哈哈大笑，用同样的咒骂回答它们，以致彼此骂个没完，这使他心满意足。双方都觉得这很痛快，不失为有趣的游戏。傲慢的英国人气呼呼地骂他："大混蛋！"德国人便答道："约翰牛大混蛋！"针锋相对，各不相让。

这样的对骂不仅街上有，只要看一下马克思、海因岑、卢格一伙人的论争就知道了，这从 1849 年起就没停止过，直到现在还在大洋彼岸继续着。②我们的眼睛看不惯报刊上的这些词句，这种指责方式，那简直什么也不放过：人格，荣誉，家庭私事，不足为外

---

① 根据《泰晤士报》两年前的估计，伦敦每个行政区（它们一共十个）每年平均发生两百起殴打妇女和儿童的案件。可是没有诉诸法律的殴打事件还有多少呢？——作者注

② 马克思与德国小资产阶级民主派海因岑、卢格等的论争开始于 1847 年。这年海因岑在报上撰文攻击"共产主义的代表"，马克思便在这年年底发表了长文《道德化的批判和批判化的道德——论德意志文化的历史，驳卡尔·海因岑》，论战正式开始，直至 1854 年仍在美国等地进行。这些叙述包括了赫尔岑对马克思的成见。

人道的秘密，统统遭到了攻击。

在英国人那里，随着知识水准和教育程度的提高，粗鲁作风会逐渐减少；但在德国人那里，这永远不可能。在德国，最伟大的诗人（除了席勒）也不能完全避免粗野庸俗的习气。

德国人的作风之所以粗俗，原因之一在于德国没有我们所说的那种教育。德国人也读书，而且读得不少，但根本谈不到教育，哪怕在贵族中也是兵营和军官习气占上风。他们在日常生活中缺乏审美能力。法国人则是失去了这种能力，正如他们失去了优美的文风一样；今天的法国人写信用的大多是生意人和恶讼师的口吻——柜台和营房败坏了他们的性格。

在结束这种比较之时，我还得谈一件事，通过这件事，我清楚地目睹了横亘在意大利人和德意志人之间的鸿沟，不论你怎么号召忘记一切罪愆，怎么为各民族的友爱大声疾呼，要建成一座沟通双方的桥梁还为时尚早呢。

1852 年，我和泰西埃·迪莫丹 [1] 一起从热那亚前往卢加诺；我们在夜间到达了阿罗纳，打听轮船的消息，得知第二天早上八时开船后便去睡了。到了早上七点半，旅馆仆役送走了行李，我们抵达码头时行李已在船上。尽管这样，我们没有立即上船，却露出迟疑的目光彼此看了一眼。

在嘈杂和摇晃的轮船上空，飘着一面双头鹰的大白旗 [2]，船尾漆着几个字："拉杰茨基公爵号"。昨晚我们忘了问这是哪一国的船，是奥地利的还是撒丁的？泰西埃是经凡尔赛法庭缺席审判判处流放

---

[1] 法国人，参加过 1848 年的革命，1852 年在赫尔岑家担任家庭教师。

[2] 当时奥地利帝国的国旗。

的。尽管这跟奥地利无关，但它不会以此事为借口，哪怕为了侦查，把我们扣留六个月吗？巴枯宁的例子说明，他们也可以同样对待我们。根据与皮埃蒙特的协定，对不在伦巴第境内上岸前往马格第诺（它已属于瑞士）的旅客，奥地利无权查看护照。但是我想，只要可能，他们不会放弃这种可以抓到马志尼或科苏特的简单办法。

"怎么办？"泰西埃说，"向后转是可笑的。"

"那就向前进吧！"于是我们上了甲板。

解缆启航时，一队荷枪实弹的士兵包围了旅客。这为什么，我不知道。还有两尊小型大炮用特殊的方法固定在船上。轮船离岸后，士兵散开了。船舱壁上挂着航行规则，它证实不在伦巴第上岸的旅客不必出示护照，但又补充说，如果这些人中有行为不轨，触犯"皇帝和君主"的治安规则的，可按奥地利法规给予惩处。这样，凡是戴卡拉布里亚宽边帽或三色帽徽的，在奥地利人眼中都成了罪行。直到这时我才清楚，我们落进了什么人的手掌。然而我对这次旅行毫不感到后悔，因为一路上什么意外事故也没发生，相反，我还增进了不少阅历。

甲板上坐着几个意大利人：他们板起了脸，默默抽雪茄，不时怀着隐藏的仇恨瞟一眼那些穿白上装的、淡黄头发的军官。这些人毫无必要地跑东跑西，瞎管闲事；应该指出，他们大多是年轻人，有的还是才二十来岁的孩子，我现在还仿佛能听到他们那种尖细而刺耳的粗野嗓音，那种像咳嗽一般的淫荡笑声，尤其是那种奥地利口音的难听的德国话。我再说一遍，没有发生什么可怕的事，但我觉得，他们站在我们的鼻子跟前却背对着我们，这姿势本身便是在向我们装模作样地示威："听着，我们是胜利者，你们得听我们的！"单单为了这一点就应该把他们扔进海里；我甚至感到，要是当真发生这种事，我一定会幸灾乐祸，唯恐不把他们淹死。

要是谁愿意花些工夫对这两种人看上五分钟，他一定会明白，在这些人之间是根本谈不到调和的，他们的血液中就包含着彼此的仇恨，要使它溶化，缓解，消失在无害的种族差别中，恐怕需要几个世纪的时间。

到了午后，一部分旅客进舱去了，另一部分人叫了菜在甲板上用膳。这时，种族的区别更加鲜明了。我惊奇地发现，他们的举止没有一点是相同的。意大利人吃得少，带有他们天生的优雅而自然的风度。那些军官却狼吞虎咽，嚼食物有声音，还乱丢骨头，把盘子推来推去，有的人扑在桌上，又快又熟练地用调羹舀了汤，呼啦呼啦往嘴里送，还有的人用刀子直接吃白脱油，不用面包也不蘸盐。我瞧着这些吃喝大师，不免朝一个意大利人看了一眼，笑了笑，他马上领会了我的意思，也向我笑了笑，表示同感，还露出了一脸厌恶的神色。还有一点：我发现，意大利人不论要菜要酒，每次都会用头或目光向侍者表示一下谢意，奥地利军官却傲慢不逊，像俄国的退伍少尉或准尉当着外人的面对待农奴一样。

一个淡黄头发、瘦长条子的年轻军官作了最后的表演：他把一个五十来岁的士兵（从脸型看，大概是波兰人或克罗地亚人）叫来，为他的一个疏忽把他大骂了一顿。老头儿按规矩站得笔直，等军官骂完后，似乎想说什么，但刚讲了一声"长官"，淡黄头发的军官便厉声喊道："住口！向后转，开步走！"然后向同伴们回过头来，仿佛什么事也没发生，重又开始喝啤酒了。为什么要当着我们的面这么做？说不定是故意给我们看的。

船到马格第诺，我们一上岸，再也憋不住那一肚子闷气，随即对着还停在那儿的轮船大喊："共和国万岁！"一个意大利人摇摇头，与我们呼应道："啐，这些畜生，畜生！"

我们这么轻率地大谈各民族的团结友爱，不是太早了吗？掩盖仇恨的一切努力，难道不仅仅是暂时的虚假的和解吗？我相信，只有随着民族特点在现代文明社会中的逐渐消失，它对其他民族的侵凌性质也才会跟着消失；然而要使这种教养深入民族的整个心灵，需要很长的时间。当我望着福克斯通和布洛涅，多佛和加来时①，我不禁感到惶恐，心里想说：还需要许多世纪。

---

① 福克斯通和多佛在英国，布洛涅和加来在法国，它们都是隔海相望。

第三十八章

瑞士——詹姆斯·法齐和流亡者——罗莎峰

　　1849 年的欧洲依然风云变幻，动荡不定，住在日内瓦，要把目光局限于瑞士一地是很难的。何况那些政党像俄国政府一样诡计多端，往往弄得游客眼花缭乱。一旦落到它们的影响下，他便看不到事物的本来面目，受到了一定的观点的制约，逃不出它们的魔法圈子了。他的第一个印象总是偷天换日地硬加给他的，不是他本人的。在他毫无准备的时候，政党的偏见已出其不意，乘虚而入，使他还没明白是怎么回事，便成了它的俘虏。

　　在 1849 年，我只知道一个激进的瑞士，它实行了民主改革，又在 1847 年粉碎了分离主义者联盟。[①]后来我周围的逃亡者逐渐增

[①] 分离主义者联盟是瑞士七个天主教邦于 1845 年 11 月组成的一个政治集团。由于瑞士中世纪的宗教改革运动较为彻底，代表新兴资产阶级利益的基督教新教在各邦占有优势，但天主教也在一些邦中仍保持统治地位。19 世纪初瑞士组成了松散的统一国家，联邦政府废除了一些封建特权，不少州制定了带有资产阶级民主性质的宪法。这一切引起了天主教各邦的不满，它们成立了分离主义者联盟，与联邦政府对抗。联邦政府乃于 1847 年颁布法令解散分离主义者联盟，并粉碎了它们的军事进攻。

多，我接受了他们对畏首畏尾的联邦政府的不满，对它在反动的邻国面前扮演的可怜角色感到愤慨。①

通过后来的几次旅行，我才对瑞士有了较多较深入的认识，尤其是在伦敦时期。在 1853 和 1854 年苦闷而无所事事的日子里，我增长了不少见识，也改变了对以前亲身经历和耳闻目睹的许多事的看法。

瑞士走过了一段艰苦的历程。在全世界自由体制分崩离析后剩下的一片废墟中间，在文明社会互相倾轧以致同归于尽的断垣残壁中间，在人的一切生活条件，国家的一切形式，无不遭受粗野的专制暴政的摧残而毁灭的时候，只有两个国家依然像过去一样。一个以海洋作掩护，一个靠高山作屏障，两者都是中世纪的共和国，古老的生活习惯已深深植根在它们的土地中。

然而从力量和地位而言，英国和瑞士又多么不同啊！如果瑞士处在群山包围之中，显得像一个孤岛，那么它的被包围地位和它的民族精神，使它一方面不得不艰难曲折地前进，另一方面也必须采取复杂的行动。在英国本土，人民是安定的，他们落后了三个世纪。英国的活跃部分只限于某些阶层，大多数人民处于政治运动之外，连宪章运动②也几乎没有触动他们，它涉及的仅仅是城镇工人。英国站在一边，易燃物一旦积累多了，它便把它们抛出海外，因此它可以顺利地发展。思想不会从大陆蜂拥而入，只是慢慢渗进它的国土，并按照它的方式改造自己，用它的语言表现自己。

① 1848 年革命失败后，各国革命者纷纷流亡到瑞士，于是法国、奥地利、普鲁士等国政府便向瑞士政府施加压力，迫使它驱逐了不少流亡到瑞士的各国革命者。
② 英国工人和手工业者为争取普选权，在 1837 年拟定了"人民宪章"，要求政府予以实施，从而爆发了声势浩大的宪章运动，直至 1848 年后才逐渐平息。

瑞士的情形却完全不同：它没有特权阶级，甚至城市和乡村的居民之间也没有明显的区别。各州的宗法制贵族无力抵挡民主思想的任何冲击。一切学说和一切思想都在瑞士通行无阻，留下了痕迹；它使用的语言有三种。加尔文在那里传过道，裁缝魏特林^①在那儿作过宣传，伏尔泰在那儿放声大笑，卢梭在那儿诞生。在这个国家，从农夫和工人起都要求实行自治，尽管强邻压境，却没有常备部队，没有官僚阶级，没有独裁制度；在革命的暴风雨和反动派的狂欢节之后，它仍像从前一样是一个自由的共和制联邦国家。

全欧洲仅有的平静土地是人身自由和言论自由受到限制最小的国家，我不知道保守主义者如何解释这个事实。反之，例如，奥地利帝国是在社会动乱和政权更迭的基础上，靠一系列政变维持的，法国的王位则是靠恐怖统治和消灭一切法制才得以存在；可是在瑞士和英国，甚至荒谬而古老的制度也能长期保留，它们与自由结成一体，在它强有力的庇护下坚如磐石。

瑞士联邦议会在奥地利和法国提出要求后，立刻把流亡的政治家驱逐出境，这行为是可耻的。但这责任完全应由联邦政府承担；人民对外交问题并不像对内政问题那么关心。事实上，各国人民只关心自己的事，其他一切他们或者不想过问，或者认为只是玩弄辞藻，这些辞藻哪怕是真诚的，也很少实际意义。那个以同情一切人和一切事蜚声世界的民族，尽管极少理会地理界线，却比任何民族具有更强烈、更狭隘的爱国主义精神。何况自然环境本身就使瑞士人不想向外发展：崇山峻岭把他们围困在祖国的山谷中，正如沿海居民只得局限于海岸上一样，在没有人侵犯他们的山谷时，他们可

---

① 魏特林（1808—1871），德国工人运动活动家，乌托邦平均共产主义理论家之一。

以保持沉默。

联邦政府自作主张行使的驱逐流亡者的权利，其实根本不符合瑞士的规定，瑞士的侨民问题是各州管辖的。瑞士的激进派受到法国理论的影响，竭力加强伯尔尼的中央政府，犯了大错误。幸好中央集权的各项措施，除了具有明显的实际利益的，如邮政和交通设施，币制的统一等，其余在瑞士都不得人心。中央集权在维护社会秩序和保障公共设施方面是大有可为的，但它与自由不能相容，它很容易使人民变成一群饲养在畜栏中的牲口，或者由管理员精心训练的一群猎犬。

正因为这样，瑞士人讨厌它，美国人和英国人也讨厌它。

人口不多的非集权国家瑞士，像许德拉①和布里亚柔斯②，你不能一下子把它打死。它的头在哪儿，心脏又在哪儿呢？此外，没有京城，就不可能想象有国王。瑞士决不会出现国王，正如纽约不可能制定俄国的官阶制度。高山、共和精神和联邦制度，在瑞士扶植和培育了一种刚毅坚强的人，他们具有鲜明的个性，正如他们的山陵具有鲜明的地形，他们在群山环抱中建立的国家具有强大的凝聚力一样。

不妨看看代表各州的射手怎样举着本州的旗子，穿着本州的服装，背着卡宾枪，汇集在联邦的某个射击比赛场上。他们为各自的特点和各自的团结自豪，从故乡的山上来到这里，彼此发出兄弟般的欢呼，也向联邦的旗子（它保存在上次举行比赛的城市中）欢呼，然而从来不会互相混杂。

---

① 希腊神话中的九头蛇，它的头砍掉一个后，又会生出一个来。
② 希腊神话中的百手巨人，有五十个头，一百只手。

在自由民族的这些节日中，在他们的军事游戏中，没有君主国令人不快的自我炫耀，没有金碧辉煌的贵族排场，没有五色缤纷的近卫军，有的只是庄严和威武的仪表。到处听到的都是自由的谈话，喝的都是家酿的美酒，到处都在欢呼，歌唱，奏乐，大家感到肩上没有沉重的负担，那压迫他们的权力……

我到达日内瓦后不久，市里在学校放假前为所有的学生举办了一次宴会。州长詹姆斯·法齐①邀请我参加这次宴会。在卡鲁日郊区的一块空地上搭了一个大帐篷。议员和全州的名流都来到这里，与孩子们一起用膳。一部分市民穿着制服，拿着枪，担任荣誉警卫人员，这是每年轮流的。法齐的演说充满激进派色彩，他祝贺了得奖的学生，在奏乐和礼炮声中提议"为未来的公民"干杯！这以后，孩子们两个一排随着他走进空地，那里有各种娱乐活动，气球和杂技表演等。武装的市民（也就是孩子的父兄叔伯们）夹道列队，在学生行列开始经过时，他们便举枪敬礼……是的，向小辈和孩子们，向州政府出钱培养的孤儿们敬礼……孩子是城市的尊贵客人——它的"未来公民"。这一切对我们这些参加过学校和其他庆祝活动的人说来显得多么新鲜。

还有一点也很奇怪：每个工人，每个成年的农民，饭店的堂倌和主人，山地的居民和沼泽的居民，都十分了解本州的事务，参与各种活动，加入各个党派。他们的语言和教育程度往往千差万别，如果日内瓦的工人有时使人想起里昂工人俱乐部的成员，那么单纯的山民至今仍像席勒的威廉·退尔周围的人，但是这毫无关系，不

---

① 法齐（1794—1878），瑞士政治家，激进共和主义者，1846 年后曾两度担任日内瓦政府首脑。

论前者或后者都同样热烈地参加社会活动。在法国，政治和社会组织的分支机构遍布各个城镇，它们的成员关心革命问题，顺便也会了解到政府的一些真实情况。然而这些组织以外的人，尤其是农民，却什么也不知道，也根本不关心法国全国或全省的事。

最后，我们和法国人不能不看到，瑞士的官员没有任何特定的服饰和标志，瑞士的政府没有任何豪华的排场。州长和联邦议会议长，国务部长（即内阁官员）和联邦军官，在咖啡馆里和普通老百姓同桌吃饭，讨论国家大事，和工人辩论，也当着大家的面与其他官员辩论；他们喝的是同样的葡萄酒和樱桃酒。

从我与法齐认识起，他单纯的民主作风便令我敬佩；但直到我熟悉了一切以后我才发现，在任何符合法律规定的场合，州政府绝不是软弱无力的，尽管它没有庄严的制服，镶饰条的裤子，带翎毛的帽子，拿锤形杖的司阍，留胡子的卫队长，以及其他一切华丽外表和毫无意义的君主国装饰品。

1849 年秋天起，在瑞士避难的流亡者遭到了迫害。联邦政府掌握在一些懦弱的空头理论家手中，部长们失去了主意。一度拒绝过路易–菲力普驱逐路易–拿破仑的要求的联邦政府[①]，现在惊慌失措，按照后者的命令，开始驱逐在那里寻找庇护的人，还以同样的办法讨好奥地利和普鲁士。当然，现在跟联邦政府打交道的已不是不愿采取极端手段的肥胖的老国王，而是手上的鲜血还没有干的、骄横暴戾、不可一世的独夫民贼。可是联邦议会怕什么呢？如果它

---

① 路易·波拿巴为了恢复拿破仑皇朝曾在国外度过长时期的流亡生活。1837 年他来到瑞士，宣传波拿巴主义，法国七月王朝国王路易–菲力普向瑞士提出抗议，要求驱逐路易·波拿巴，遭到瑞士的拒绝。但后来路易–菲力普以战争相威胁，瑞士政府终于在 1838 年 10 月建议路易·波拿巴"自动"离开瑞士，于是他去了英国。

肯望一下山外边，它就会明白，那些邻国的政府只是用残暴和恫吓在尽力掩盖自己内心的惶恐。在 1849 年，它们没有一个政府是充分稳定、相信自己有足够的力量发动战争的。联邦政府只要挺起腰杆子，它们就不敢吭声。但是那些空头理论家宁可采取胆怯的退让政策，对无处藏身的人进行卑鄙的不公正的迫害。

有几个州，包括日内瓦在内，对联邦议会作过长时间的反抗，但最后连法齐也在有意无意之间卷入了迫害流亡者的行动。

他的地位对他十分不利。从一个秘密活动者变成一名政府官员，不论事情如何自然，仍包含着可笑的、棘手的方面。事实上应该说，不是法齐投靠政府，而是政府投靠法齐，尽管这样，从前的密谋者与现在的州长不可能毫无矛盾。他有时不得不得罪自己人，或者公开违背联邦的法令，或者采取十多年来他一贯反对的那些措施。他只能随机应变，有时这么办，有时那么办，结果使双方都对自己不满。

法齐是一个精力充沛、才能卓越的国务活动家，但是过于像法国人，喜欢采取强硬手段，喜欢集中，喜欢权力。他一生都在政治斗争中度过。在他的青年时代，我们看到他站在 1830 年巴黎的街垒上，后来又与反对拉斐德①和银行家们的那些年轻人一起站在巴黎市政厅中，要求宣布共和制。佩里埃②和拉菲特③认为，"最好的共和主义者"便是奥尔良公爵，于是他当了国王，而法齐走上了极端共和主义反对派的立场。这时他与戈德弗洛瓦·卡芬雅克④和马

①　拉斐德是开明贵族领袖，站在大资产阶级立场上拥护七月王朝，主张实行君主立宪制。
②　佩里埃 (1777—1832)，法国政治活动家和银行家，七月王朝时期的内阁总理。
③　拉菲特 (1767—1844)，法国奥尔良党人，大银行家，金融资产阶级的代表。
④　卡芬雅克 (1801—1845)，法国政治活动家，共和主义者。

拉斯特①，与人权协会和烧炭党人站在一起，参加了马志尼对萨瓦的进军，出版了杂志，可是当局按法国方式用罚款迫使它停刊了……

最后，他相信他在法国已无事可做，于是想起了祖国，把全部精力，全部作为政治活动家、政论家和地下工作者的经验，转移到了日内瓦州，要在那里贯彻自己的思想。

他制定了激进的改革方案，并在那儿付之实施。日内瓦展开了反对旧政权的活动；辩论、进攻和回击，从室内和报纸上走进了广场，法齐成了全市叛乱群众的首脑。正当他发号施令，指挥武装的弟兄们的时候，一个白发老人从窗口探出了脑袋，他作为职业军人，不能不对人员和大炮的配置提出劝告。法齐听从了他的话。劝告是切实有效的——但这军人是谁呢？他是奥斯特曼－托尔斯泰伯爵②，库尔木战役的联军总司令，尼古拉登基后便离开了俄国，此后几乎一直住在日内瓦。

在这个变革时期，法齐表明他不仅足智多谋，判断正确，而且具备圣茹斯特认为革命家所不可缺少的果敢精神。他几乎没有流血便挫败了保守派，他来到州议会，宣称它已被解散。议员们想逮捕他，愤怒地问道："你凭什么敢这么讲？"

"我凭日内瓦人民的名义，他们讨厌你们的腐败统治，跟我站在一起。"于是法齐拉开门口的布幔，荷枪实弹的人群挤进了大厅，只要法齐一声令下，他们就会举起枪来射击。"贵族元老"和天性和平的加尔文派信徒们大惊失色。

"趁现在还来得及，赶快走开！"法齐说，于是他们乖乖地溜

---

① 马拉斯特 (1801—1852)，法国温和的资产阶级共和党人的领袖之一。

② 奥斯特曼－托尔斯泰 (1770—1857)，俄国将军，曾在波罗金诺战役和库尔木战役中英勇作战。库尔木在维斯图拉河边，俄普联军在此与拿破仑进行过激烈战斗。

回家了。法齐坐到桌后，动手书写法令和"决议"，宣布日内瓦人民消灭了旧政权，准备进行新的选举，通过新的法典，在这一切实现以前，人民授予了詹姆斯·法齐以行政权力。这便是雾月18日[①]，只是它是为民主和人民实行的。虽然他自己选举自己当了独裁者，但选举是无可指责，十分成功的。

从那时起，也就是从1846年起，他便统治着日内瓦。由于按照宪法，州长任期为两年，不得连任，因此每隔两年，日内瓦人得从法齐那些平庸的追随者中选出一人接替他，这样，事实上他仍是州长，保守派和虔诚派教徒只好望洋兴叹，永远当他们的少数派。

法齐在执政期间表现了新的才能。政府工作和财政状况都获得了很大进展；他坚决执行激进派原则，赢得了人民的拥护，这表明他不仅是有力的破坏者，也是有力的组织者。日内瓦由于他而日益繁荣。对我这么说的不仅有他的朋友，还有与他完全无关的人，例如，库尔木战役的那位著名的胜利者奥斯特曼–托尔斯泰便是其中的一个。

法齐为人严峻激烈，办事雷厉风行，始终保持着带有专制色彩的共和派特点。他习惯于独断独行，有时专制作风会压倒一切。此外，他对1848年后的事件和思潮毫无准备，因此一方面，他不能理解，另一方面，他落到了形势后面。瞧，这个共和国不就是他与戈德弗洛瓦·卡芬雅克和阿尔曼·卡雷尔[②]所想望的吗？……看来它还存在问题。他从前的同志马拉斯特现在当了国民议会议长，却向他指出，他"在早餐时，当着秘书的面"谈论天主教是不谨慎的，应该

---

① 1799年11月9日（雾月18日）拿破仑发动政变，解散督政府，成立执政府，自任第一执政，开始了他的军事独裁统治，这里是借用这名称。
② 法国政论家。

对宗教采取慎重态度，不要惹怒神父们；当《国民报》①这位前主编从一间屋子走进另一间时，两个岗兵得向他敬礼。法齐的另一个朋友和追随者走得更远②，自己成了共和国的总统，但他已经不想再同从前的同志打交道，打算自己当拿破仑了。"共和国在危险中！"然而工人和先进分子对它不再感兴趣，他们都在谈社会主义。对，这正是问题所在，于是法齐怒气冲冲、固执己见地攻击社会主义。这说明他已到达自己的极限，德国人所说的"顶点"，开始走下坡路了。

他和马志尼在社会主义深入人心以前都是社会主义者，现在当它从一般的向往变成一股新的革命力量时，他们却成了它的敌人。我常与两人争论，我惊奇地发现，当一个人不愿被说服时，逻辑简直无能为力。如果这对他们两人只是策略，临时的必要让步，那么当初怎么会那么激昂慷慨，甚至在私人谈话中也表演得那么淋漓尽致呢？不，这里包含着对新学说的一种仇恨，因为这是在他们的圈子以外形成的；甚至它的名称也叫他们不满。有一次我向法齐提议，在我们的谈话中用"克莉奥帕特拉"代替社会主义这名称，免得这个词惹他生气，它的声音妨碍他对它的理解。马志尼反对社会主义的小册子，后来带给这位著名革命家的危害，比拉杰茨基带给他的更多——不过现在且不谈这个。

一天我回家时，看到施特鲁沃的一张条子，他告诉我，法齐要驱逐他，而且来势汹汹。联邦政府早已发出了驱逐施特鲁沃和海因岑的命令，法齐一直只限于把这事通知他们。那么发生了什么新情况呢？

---

① 法国资产阶级共和派报纸，1848 年二月革命后逐渐转向保守。
② 即指路易·波拿巴。

法齐不希望施特鲁沃在日内瓦发行自己的"国际性"杂志；他的担心也许是对的，他认为他和海因岑发行这种危险的呓语，只能重新引起法国的威胁、普鲁士的咆哮和奥地利的切齿仇恨。作为一个实际的人，他怎么会认为这杂志真能办成，我不知道；我只知道，他向施特鲁沃提出，要么放弃杂志，要么离开日内瓦。施特鲁沃那时对杂志抱着疯狂的幻想，认为它可以最终扑灭"人间的七大灾祸"，因此放弃这个计划是这位巴登的革命家所万难同意的。于是法齐派了一名警察带了命令去找他，要他立即离开本州。施特鲁沃板着脸接见了警官，宣称他目前不准备走。法齐为警官生气了，命令警察局驱逐施特鲁沃。不经法院许可是不能进入市民家的；伯尔尼采用的是警察手段，没有通过法院（也就是法国人所说的"公共安全措施"）。警察了解这一点，但希望讨好法齐，可能也是为了对不友好的接待进行报复，预备了一辆马车，带了一个同伴，坐车来到离施特鲁沃家不远的地方，停在一棵椴树下。

　　施特鲁沃对迫害和苦难的时代的重又开始，心中还暗暗得意，他抱着先入之见，相信对他无可奈何，把发生的事通知了自己所有的朋友。希望引起他们的热烈同情和强烈愤怒，后来等得不耐烦了，便去找海因岑，海因岑也收到了来自法齐的有趣的通知。由于海因岑住得不太远，施特鲁沃穿了便服，趿着拖鞋，逍遥自在地信步走去。他刚走到椴树旁边，早已恭候在那儿的加尔文的狡猾信徒便拦住了他的去路，出示了联邦政府的命令，要他跟他走。在场的还有两个宪兵，这证明他的邀请不怀好意。惊讶的施特鲁沃大骂法齐，把他归入了"七大灾祸"的范畴，坐进马车，与警察一起向沃州① 疾驰。

---

① 瑞士西南边境的一个州，与日内瓦毗邻。

从法齐执政以来，在日内瓦还没发生过类似的事。这一切显得粗暴，不必要，甚至可笑。我知道后很生气，晚上十一二点回家时，在贝尔格桥遇到法齐，他与几个意大利人说说笑笑，正经过那儿。

"啊，您好，有什么新闻吗？"他见到我便说。

"新闻很多。"我回答，故意装得冷冰冰的。

"都讲些什么？"

"嗯，比如，日内瓦变得跟巴黎一样，在街上就可以逮捕人，强行劫走，以致你在光天化日下也不再觉得安全；我怕今后连走路也……"

"您这是讲施特鲁沃的事……"法齐回答，还是不免生了气，声音也不连贯了。"对这些狂妄的家伙，您叫我怎么办？我实在厌烦了，只得让这些先生明白，藐视法律意味着什么，公然违抗联邦议会的命令……"

"您大权在握，自然可以为所欲为。"我笑道。

"难道疯人院的人闯到街上，给全州和我个人造成了威胁，我也不管？何况目前是什么形势？而且，他们从不说一声'谢谢'，只知道撒野。先生们，你们想想，我派了警官找他，可是他就差没把他轰出来罢了——这简直叫人难以容忍！他们不明白，官员（地方治安官）是依法办事，应该受到尊敬。是不是？"

法齐的朋友们点点头，表示同意。

"我不同意，"我对他说，"我根本不明白，为什么一个人只因为是警官，是来向我宣布由傅雷尔或者德鲁埃①在伯尔尼签发的废话，我便应该向他表示敬意。客气一些是可以的，但既然他是作为敌人

---

① 傅雷尔是当时瑞士联邦的总统，德鲁埃是副总统兼司法警务部长。

来的，而且有暴力做后盾，我何必跟他讲什么礼貌？"

"我有生以来还没听到过这种话。"法齐说，耸了耸肩膀，迅速地瞥了我一眼。

"您觉得新鲜，因为您从未考虑过这一点。认为官员神圣不可侵犯，这完全是君主制思想……"

"您不愿理解尊重法律和奴颜婢膝之间的区别，这是因为在您国内，沙皇和法律是一回事，但这完全是俄国人的观念！"

"那么在您这儿，尊重法律便等于尊重警察或宪兵，这算什么观念呢？"

"亲爱的先生，您可知道，我派出的警官不仅十分正直，而且也是一个忠诚的爱国者；我看见他办事……"

"对，在家里还是最好的父亲，"我继续道，"但这跟我和施特鲁沃毫无关系；我们不认识他，他也不是作为一位模范市民，而是作为一位专制暴政的执法者去找施特鲁沃的……"

"好啦，好啦，"法齐越讲越生气，说道，"这个施特鲁沃跟您什么相干？您不是昨天讲到他还哈哈大笑吗？"

"可是今天如果您要绞死他，我不会笑。"

"您知道我怎么想吗？"他停顿了一会儿。"我认为他只是一个俄国间谍。"

"我的天，真是胡言乱语！"我说，哈哈大笑。

"什么胡言乱语！"法齐嚷得更响了。"我这是很严肃的话！"

我知道我这位日内瓦的独裁者脾气暴躁，容易发火，我也知道，尽管他气势汹汹，实际上他比自己的话好上一百倍，心眼是不坏的，因此尽管他大声嚷嚷，我本来不会计较；但这时我们旁边有人，而且他是一州之长，我却是个没有护照的流亡者，与施特鲁沃一样，这使我放开嗓门，用洪亮的声音回答他道：

"您以为您是州长，您讲什么，别人就得相信什么吗？"

我的叫嚷发生了作用，法齐的声音马上变轻了，但是他举起拳头拼命捶打桥栏杆。

"要知道，他的叔父古斯塔夫·施特鲁沃是俄国在汉堡的外交代办。"

"这无非是《狼和绵羊》①的故事。我还是回家的好。再见！"

"确实，与其争吵，不如睡觉，要不，我们会吵个没完。"法齐说，勉强笑了笑。

我回贝尔格饭店，法齐和他的意大利朋友们过桥去了。我们在那儿大声争吵，旅馆的几扇窗都打开了，不少茶房和旅客听到了我们的争论。

可这时警察局中那位押送施特鲁沃的十分正直的公民却回来了，而且不是一个人，仍带着施特鲁沃。原来到了沃州的第一个城镇，便发生了一件很有趣的事。那里离斯塔尔夫人和雷卡米耶夫人②居住过的科佩不远，警察所长是热烈的共和主义者，听了施特鲁沃被捕的原因，声称日内瓦警察的行为是不合法的，因此不仅拒绝继续押送犯人，而且要他们立即返回日内瓦。

法齐刚在我们的谈话中受到奚落，现在又听到施特鲁沃已平安无事地回到日内瓦，可以想象他有多么恼火。在书面和口头把这位"暴君"痛骂一顿之后，施特鲁沃便跟海因岑转移到了英国；海因

---

① 指拉封丹的寓言《狼和绵羊》：绵羊到河边饮水，狼以莫须有的罪名把它吞食了，意思是弱者在强者面前总是有罪的。

② 斯塔尔夫人在雅各宾派专政时期曾避居瑞士的科佩。雷卡米耶夫人因反对拿破仑而被拿破仑放逐，在瑞士避难。

岑在那里提出了他的"两百万人"高见之后，便跟他的皮拉得斯①一起悄悄去了美国，起先他们的目的是要在那儿办一所女子学校，后来又想在圣路易斯城出版《拓荒者》杂志，可那是连上了年纪的男子有时也不敢看的。

桥边的谈话后过了五天，我在邮局咖啡馆又遇到了法齐。

"怎么好久没见到您？"他问。"还在生气不成？说真的，我承认，这些流亡者成了我的一个大包袱，简直伤透了脑筋！联邦政府的照会一份接一份压下来，热克斯区的该死区长也故意待在这里监督对法国人的拘捕工作。我尽量满足每一个人的要求，可是为了这一切我自己的人民却生我的气。现在又出了一件麻烦事，十分棘手；我知道大家要骂我，可我有什么办法？"

他在我的桌边坐下，压低嗓音，继续道：

"这已经不是耍嘴皮子，不是社会主义，简直是盗窃了。"

他递给我一封信。有个德国的邦主诉说，在民军占领他的城镇时，洗劫了各种值钱的东西，其中有一件稀世珍宝——一只古色古香的圣餐杯，它落在民军从前的队长布伦克尔②手中，现在公爵得到消息，布伦克尔住在日内瓦，因此他要求法齐合作，为他找回失物。

"您说怎么办？"法齐用郑重其事的口气问道。

"这算得什么。在战争时期什么事都可能发生。"

"那么您认为该怎么办呢？"

"把信扔掉，或者给这个小丑写封回信，告诉他，您不是他派在日内瓦的侦探，他的杯子跟您什么相干？布伦克尔当初没有绞死

---

① 希腊神话中的人物，俄瑞斯忒斯的亲密朋友，曾帮助后者报杀父之仇。

② 布伦克尔（1812—1863），德国革命家，1849 年巴登起义的参加者，曾担任民军领导人，起义失败后，流亡至瑞士，后去美国，在美国南北战争中作出过卓越贡献。

他，已经便宜了他，他居然还想找他的身外之物。"

"您是个危险的诡辩家，"法齐说，"可您就不想想，这种勾当是给我们这派人脸上抹黑……这不能置之不理。"

"我不明白，您为什么如此关心这种事。在这世界上比这可怕的事多着呢。谈到党派和它的荣誉，您也许又该说我是诡辩家了，但您不妨想想，难道把这件事查个水落石出就能增加它的荣誉吗？您根本不必理睬公爵的申诉，只当它是诽谤便行了。如果您派人搜查，谣言会更多，万一不巧被您找到了什么，那么布伦克尔和他的伙伴就更难为自己辩白了。"

法齐听了我的话，对俄国人的无法无天公开表示了惊异。

布伦克尔事件结果非常圆满。他不在日内瓦；他的妻子在警察局和法院的检察人员出现时，安详地让他们看了各种东西和钱，说明了它们的来源；听到杯子的事，她自动把它找了出来，这是非常普通的一只杯子，是民军的一些年轻人拿到的，他们把它送给了自己的队长，留作胜利的纪念品。

法齐后来向布伦克尔表示了歉意，承认这件事办得太鲁莽。喜欢不遗余力地追根究底，抓住刑事案件中的枝节问题不放，用残酷手段审问被告，要把他们统统绳之以法——这一切纯粹是法国人的毛病；对于他们，法律诉讼无异是一场残忍的游戏，正如斗牛之于西班牙人一样。检察官有些像矫捷的斗牛士，如果被追逐的野兽幸而脱险，他们便觉得受了委屈，闷闷不乐。在英国却没有这类事，法官对被告非常冷静，不是非把他们判罪不可，如果陪审团不能作出有罪的裁决，他们也心安理得。

另一方面，流亡者也确实在跟法齐捣乱，把他弄得不能安生。这都是可以理解的，对此不宜过分苛求。在革命运动中，大家热情洋溢，这样的热情不可能由于失败便归于平静，在找不到其他出路时，会表现为一种乖张任性的作风。他们正是在应该沉默的时候拼命想大声讲话，在应该退入幕后销声匿迹、进行反省的时候，却恰恰相反，竭力赖在舞台上，用尽一切办法表明自己的存在。他们编写小册子，在杂志上发表文章，在集会上演讲，在咖啡馆里高谈阔论，传播谣言，宣称即将发生叛乱，吓唬愚蠢的政府。他们大多只是毫无危险的革命合唱队员，可是那些胆怯的政府却以无知对待无知，相信他们的力量，由于听不惯自由勇敢的言论，便大叫危险已不可避免，宗教、王位和家庭已千钧一发，要求联邦当局驱逐这些可怕的叛乱者和破坏者。

联邦政府最早采取的措施之一，便是把拿破仑特别讨厌的那些流亡者转移到离法国边境较远的地方。实行这个措施，法齐觉得十分棘手；他几乎认识所有的人。向他们宣布离开日内瓦的命令以后，他便装聋作哑，不想知道谁走谁没有走。不走的人还必须不再踏进主要的咖啡馆，不经过贝尔格桥——可是连这些他们也不愿做到。这就发生了一些公寓中常常见到的场面：从前的人民代表，头发花白的老人，四十多岁的知名作家等等，与瑞士自由州的州长和不自由的邻国警察局的代表，出现在同一地点，却彼此视而不见，装不知道。

有一次我亲眼见到，热克斯的警官用嘲笑的口气问法齐：

"州长先生，某某人还在日内瓦吗？"

"早已走了。"法齐吞吞吐吐地回答。

"那太好了。"警官说，然后继续走路。法齐紧张地拉住我的手，指指旁边一个安详地抽雪茄的人，用哆嗦的声音向我说道：

"瞧，这就是他！我们到另一边去，免得跟这个强盗碰面。这真叫人受不了，受不了！"

我忍不住笑了。不言而喻，这就是那个被限令出境的流亡者，可他就在贝尔格桥旁边转悠，而这地点在日内瓦便是我们莫斯科的特维尔林荫大道。

我在日内瓦逗留到 12 月中旬。俄国政府策划的对我的迫害，使我不得不离开那儿，前往苏黎世抢救我母亲的财产，因为那位"永远难忘"的皇帝[①] 正把御爪伸向那里。

这是我一生中可怕的时期，是两次惊雷中的暂时平静状态，灾难随时可以降临，尽管表面上平安无事……咄咄逼人的预兆已经出现，只是我尽量不理会它们。生活很不稳定，很不平静，但也有一些愉快的日子，这主要得感谢瑞士伟大庄严的大自然。

远离闹市的地方和优美的大自然，可以发生惊人的医疗作用。我的体验使我在《被损害的》[②] 中写道："当心灵承担着巨大的忧伤，当人不能克制自己，以致对过去耿耿于怀、无法心平气和地理解一切时，他需要空旷和高山，海洋和温暖清新的空气。有了这一切，忧郁才不致变成痛苦，变成绝望，他也不致变得麻木冷酷……"

早在那时我已对许多事感到厌倦，我想休息。在政治骚乱和纷争的中心，在接连不断的烦恼中间，在一幕幕流血惨剧，一场场骇人的堕落和卑鄙的背叛中，我度过了一年半，它们在我的心底留下了许多痛苦、忧郁和困乏的记忆。讽刺带上了另一种色彩。格拉诺夫斯基读了我那时写的《来自彼岸》，写信给我道："你的书我们看到了，我读了它真是悲喜交集……但是不可讳言，那里包含着一种

---

① 指尼古拉一世。
② 赫尔岑在 1851 年下半年写的一篇小说。

厌倦的情绪，你过于孤独了，也许你会成为伟大的作家，但是在俄国大家曾从你的才能中看到的那种生动的、令人神往的东西，似乎在异国的土地上消失了……"萨佐诺夫在 1849 年我离开巴黎前读了我两年前写的《责任先于一切》①的开头部分以后，对我说道："这篇小说你写不完，而且不会再写这样的作品了。你已失去了明朗的笑声和善意的戏谑。"

但是经历了 1848 年和 1849 年的苦难之后，一个人怎么还能保持原样呢？我自己也感到了这种变化。只有在家中，在没有外人的时候，有时还能出现从前那样的时刻，但这已不是"明朗的笑声"，而是"明朗的忧郁"了；想起过去，想起我们的朋友，想起不久前罗马生活的场景，坐在安睡的孩子们的床边，或者望着他们玩乐，我才能像从前某个时期那样感到心情舒畅，仿佛一股清新的气流，一种洋溢着亲切和谐感觉的青春诗意涌上了心头，我觉得安详，平静，而在这种夜晚的影响下，生活才可以轻松一两天！

这种时刻是不多的；沉闷而并不愉快的消遣只能妨碍它们——我们身边的外人增加了，每到晚上，爱丽舍田园大街上我们小小的会客室便挤满了陌生人。这大部分是新近到达的流亡者，那些善良而不幸的人们，但亲密的只有一个……而且那是怎么变得亲密的啊！②……

我离开巴黎是高兴的，但在日内瓦我们仍生活在同样的环境中，只是换了一些人，范围也狭小了一些。那时在瑞士，政治席卷了一切，不论饭店和咖啡馆，钟表师和妇女，都分成了派别。一切

---

① 赫尔岑在 1847 年离开俄国后不久写的一篇小说。

② 指黑尔韦格，详见本卷《家庭悲剧》部分。

以政治为转移，这在那种总是随着革命的失败而到来的死一般的沉寂中，尤其令人厌烦，它只能使人意识到一切毫无结果，徒然为过去发出一些单调的怨言。这像大城市中的夏季，到处都是灰尘，炎热，缺少空气，太阳从苍白的树木中间射到街上，墙壁发出强烈的反光，路上的石板也变得热辣辣的。充满活力的人渴望空气，那种没有经过千百万人呼吸过的空气，只有在那里生活才不像啃光的骨头那么索然无味，也没有嘈杂的噪音，浑浊霉烂的气息，继续不断的敲击声。

有时我们真的跑出日内瓦，来到莱芒湖①边漫步，来到勃朗峰②的山麓下游览，那里峰峦环抱，云雾弥漫，大自然以它美丽的景色洗涤了尘世的一切烦恼，给心灵灌注了清新的气息，给身体带来了从永恒的冰雪中飘出的凉爽气流。

我不知道，我是不是愿意永远留在瑞士；我们这些生长在盆地和草原上的人，过了一段时间便会与山地格格不入，它们太高，太近，给人以拥挤、限制的感觉，但是有时生活在它们的阴影下是很舒适的。何况山上住着纯洁善良的居民——他们贫穷，但不是不幸的，他们没有太多的需要，过惯了自给自足、与世隔绝的生活。文明的沉积物，它的锈斑不会侵蚀这些人；历史的变革像白云一样从他们脚下飘过，很少触及他们。罗马世界还在格劳宾登③继续存在，农民战争的时代在阿彭策尔④也几乎还没有过去。也许，在比利牛斯山和其他山脉中，在蒂罗尔州⑤，还能找到这类健康茁壮的居民，

---

① 即日内瓦湖。

② 阿尔卑斯山的最高峰，离日内瓦不太远。

③ 瑞士最东部的一个州，与意大利接壤。

④ 瑞士东北部一个区域，讲德语。农民战争指 1524 至 1525 年的德国农民战争。

⑤ 奥地利西部的一个州，靠近阿尔卑斯山，大多系山区。

但是一般说来，在欧洲早已绝迹。

不过在我国东北部，我也看到过类似的情形。在彼尔姆和维亚特卡，我遇到过与阿尔卑斯山居民同样气质的人。

我和一个同伴一起登上采尔马特山地①，为了让马歇一会儿，我们常常步行，走了不少山路，非常累，便到一家小客店休息，我记得，那里已比圣尼古拉峰更高了。老板娘上了年纪，瘦瘦的，但强壮结实，身材高大，屋里只她一个人。看到客人，她马上忙开了，一边抱怨储藏的食物太少，一边到处寻找，终于端来了一瓶樱桃酒，一块硬得像石头的面包（面包在山上不是普通的东西，它们是用驴子从山下运来的），同样硬的熏羊肉，还有乳酪、羊奶等，然后又去煎蛋，还加了糖什么的，弄得我怎么也咽不下。但是羊肉、干酪和樱桃酒不错。老婆子把我们当贵宾一般招待，露出殷勤的脸色端来了一切，还是一迭连声表示歉意。我们的向导也跟我们一起吃喝。临走时，我问老婆子该给她多少钱。她寻思了好久，甚至还上另一间屋子算了一会儿，然后讲了几句开场白，说物价怎么昂贵，运输怎么困难，最后才冒险报了价：五法郎。

"怎么，"我说，"连马料也在内？"她不理解我的意思，赶紧又说：

"那么，四法郎也够了。"

当我从彼尔姆给送往维亚特卡，在一个小村庄换马时，我向坐在屋旁树墩上的一个农妇要些克瓦斯喝。

"那太酸啦，"她答道，"我还是给你拿些土酒吧，那是过节的时候剩下的。"

---

① 瑞士南部的山区，海拔五千多米。这里的"同伴"即黑尔韦格。

过一会儿，她拿了一只用破布包着的陶罐和勺子来了。我和宪兵喝了个痛快。把勺子还给老婆子时我给了她十戈比或十五戈比铜币，但她不肯拿，说道：

"上帝保佑你，我怎么能要过路人的钱，何况你还是那个样子。"她看了看宪兵。

"这有什么，大娘，我们不能白喝你的酒，收下吧，给孩子们买点糕饼吃。"

"不，好先生，别在意，要是有多余的钱，那就给穷人也好，或者给上帝买支蜡烛吧。"

在维亚特卡的大河那儿，我也碰到过一件类似的事。我上那儿观看那个特殊的仪式——把尼古拉·赫雷诺夫的圣像送往那儿做客。在回家的路上，我与车夫走进农家去取燕麦，主人们和三个朝圣者正在吃饭；菜汤香得很，我提出也想喝一些。年轻的主妇用木碗盛了一碗汤给我，还给了我一块面包，又把高背大盐瓶递给了我。吃完后，我给了主人二十五戈比。他看看我，搔搔后脑勺，说道：

"你知道，这不成……你吃了两戈比，要给二十五戈比……我怎么好意思收下：这在上帝面前是有罪的，在人们面前也对不起良心。"

记得我提到过，彼尔姆人有个风俗：夜里要在窗口放块面包，放些克瓦斯或牛奶，万一有不幸的人，也就是流放犯，从西伯利亚逃走路过这儿，又不敢敲门要吃的，便可悄悄地取食。类似的情形，我在瑞士山上也见到过，只是那儿附近没有西伯利亚，因此这完全是为过路人准备的。到了一定的高度，人烟便稀少了，连石头也像人的脑瓜一样开始秃了，强劲的冷风把植物吹刮得跟干枯的草药差不多，但就在这里我看到了一些空茅屋，它们的门开着，让迷了路或遇到暴风雪的旅人随时可以进入这些没有主人的屋子栖身。那儿备有各种农家用具，桌上放着干酪、面包或羊奶。有的人吃过以后，便在桌上留下一些钱，也有的什么也没留下，但是很清楚，谁也不会偷什么。当然，经过的路人非常少，尽管这样，这些敞开大门的小屋子对城里人还是相当新奇的。

谈到山岭和高地，我还得讲一下我的罗莎峰①旅行。从七千英尺高的山顶上来结束关于瑞士的一章，不是最合适的吗？

那个老婆子让我们四个人饱餐了一顿，还喂了两匹马，又给了整整一瓶樱桃酒，却不好意思接受五个法郎；我们离开她以后，沿着一条不到一米宽的弯弯曲曲的小径上山，要在当天傍晚前赶到采尔马特。习惯于登山的马一步步小心走去，在崎岖不平的山路上选择可以踩马蹄的地方。赶马的人不时提醒我们，别拉缰绳，要让马自己走。路的一边是三千多英尺深的悬崖，咆哮的维斯普河在崖底以雷霆万钧之势奔腾而过，仿佛急于寻找宽阔的河床，以便冲出石壁之间的峡谷。不时可以望见它那浪花飞溅、滚滚翻腾的水面；在山峦起伏的岸上生长着一丛丛松林，从我们经过的山顶往下望，仿佛那是一片片青苔。另一边是光秃秃的巉岩峭壁，有的地方岩石突出，还直伸到你的头顶上。走了整整几个小时……马蹄不断击打着山石，马不时滑跤，维斯普河不断啸叫，但一边还是同样的岩石，除了岩石什么也看不到，而另一边的深渊已笼罩在苍茫的暮色中；这使人不由得心烦意乱，又急又累……我但愿不致时常遇到这样的道路。

---

① 瑞士和意大利之间的山脉，经年积雪，其中杜富尔峰是瑞士最高峰。

采尔马特是这条路的终点，那儿聚居着几户人家；它仿佛位在锅底，周围给高山包围着。有一家人家能接待稀少的旅客，我们在那儿遇到了一个苏格兰地质学家。在给我们准备晚餐时，天完全暗了；由于山太近，更显得黑洞洞的。到了十点多钟，女主人在窗口听了一会儿，对我们说道：

"听，这是蹄声，还能听到马夫的吆喝声……夜间仍在这种路上赶路，真不要命了。"

蹄声逐渐近了，女主人提了一盏灯走到外屋，我跟着她；黑暗中出现了人影，几个人走进了提灯的光线中，最后，两个骑马的人到了门口。一匹马上坐着一个高大的中年妇女，另一匹马上是个十四五岁的孩子。夫人仿佛刚从海德公园散步回家，安详地跨下马背，走进了公用房屋。她与苏格兰人已在别处相遇过，因此马上和他交谈起来。吩咐给自己做些吃的以后，她便打发儿子去问向导，马得休息多少时候。他们答道，两个小时就够了。

"难道您还要赶路，不等天亮？"苏格兰人问。"外面漆黑一片，何况您不熟悉下山的路。"

"我已预定了时间，必须赶到。"

两小时后，英国夫人带着儿子朝意大利那边下山了。我们躺下睡两三个小时。

天亮后，我们雇了第三个向导，一个草药采集人，他认识所有的道路，一边走，一边哼着悦耳的阿尔卑斯山民歌，我们跟着他攀登最近一个山峰，那以后便是冰雪的海洋和蒙塞维纳峰了。

起先灰白色的雾掩盖着一切，给我们送来了蒙蒙细雨，我们上山，雾却向下扩展，不久我们面前便出现了一片耀眼的光辉，显得比平常更为洁净，明亮。

雨果在一首诗中描写过"山中的声音"①，那山一定不高；我的印象却正好相反，只觉得万籁俱寂，什么声音也听不到，除了雪块的崩落带来一些间断的、不太响的隆隆声，而且那也很稀少……一切笼罩在死一般的、透明的（我特地使用这个词）沉寂中，而异常稀薄的空气使这个无声的世界，这永恒的、从史前时代开始的大自然的酣睡，变得似乎可以看到，可以听到了。②

生活是喧哗热闹的，然而一切有生之物都在山下被白云覆盖着；这儿已经连植物也不能生存，唯有苍白的苔藓在一些石块上凝结成坚硬的表皮。再往上走，空气更新鲜，进入了永不融化的冰雪世界；这已到了极限，那儿什么也没有，只有一切兽类中最好奇的几种，偶尔越过界线，窥探一下这片空无一物的荒原，张望一下地球上这些制高点，然后赶紧下山，回到自己的生活环境中，那儿充满了争吵纷扰，然而那是它们的家。

我们在冰雪的海洋面前站住了，它铺展在我们和蒙塞维纳之间，阳光照耀的山岭环抱在它的周围，它本身又白得刺目，一眼望去，像一个冰雪的科洛西姆大斗兽场。它的表面起伏不定，有些地方还被风吹出了一些窟窿，仿佛它正在翻腾的时候突然被冻结了，波浪从此被固定在那里，不能再行平伏。

我下了马，躺在一块似乎被冰雪的波浪卷到岸边的大岩石上……前面白茫茫的一片，一望无际，没有声音，也没有活动……微风吹起了一些细小的白色粉末，挟带着它们，不断旋卷……然后落下，于是一切重归平静，还有两次雪崩发出黯哑的隆隆声，向远

---

① 指雨果的诗《在山中听到的》，见《秋叶集》（1831）。

② 正因为这样，我认为莫斯科警察局长的一句名言是正确的，他说："我能在沉默中听到声音！"——作者注

处滚去，绊住在悬崖上，打得粉碎，化成了一阵雪的云雾……

在这样的环境中，人的感觉是奇怪的，他仿佛是客人，是多余的外人，但从另一方面看，他觉得呼吸更为自由，似乎在周围白色的衬托下，他的内心也更洁白，更纯净……更严肃，充满了某种虔诚感！

如果在结束罗莎峰的这幅画面时，我说，在这一片洁白、清新、静谧的天地中，两个徘徊在这高山上，彼此认为是亲密朋友的人，却有一个在策划见不得人的背信弃义的勾当，那么，我的话一定会被当作是夸大其词的无稽之谈！①

然而生活有时正是这么变幻莫测，乖离常情，带有戏剧性的突然变化，不符合正常的法则。

---

① 指赫尔岑与黑尔韦格之间的纠纷，见本书《家庭悲剧》部分。

西方小品

第二集

1. 哀歌 [①]

六月的日子 [②] 以后，我看到革命被征服了，但我对被征服者，对倒下的人，依然怀着信心，我相信蒙难者创造奇迹的力量，相信他们精神上的强大。到了日内瓦，我看得逐渐清楚了，我知道革命不仅被征服了，而且它是必然要被征服的。

我的发现使我头晕目眩，眼前出现了一个深渊，我觉得，土地仿佛从我的脚下消失了。

不是反动势力战胜了革命。反动势力到处都是愚钝、胆怯、昏庸的，在人民革命浪潮的冲击面前，它到处都在可耻地退却，躲进角落中偷偷等待时机，在巴黎和那不勒斯，在维也纳和柏林无不如此。革命是像阿格利皮娜 [③] 一样被自己的孩子害死的，最坏的是他

---

① 原文是意大利文。

② 指 1848 年 6 月巴黎工人的起义遭到镇压的日子。赫尔岑一般都用"六月的日子"指这次六月起义。

③ 阿格利皮娜 (16—59)，古罗马暴君尼禄的母亲，尼禄接位时年仅十六岁，由阿格利皮娜摄政，尼禄亲政后将她处死。

们没有意识到这一点。在他们身上，英雄主义和年轻人的自我牺牲精神多于理智，他们作为纯洁而高尚的牺牲者倒下时，并不知道为什么。幸存者的命运也许更加悲惨。他们争吵不已，互相攻讦，沉浸在令人痛惜的自大狂中，不顾一切，自以为是，那些胜利的意外日子使他们陶醉，他们再也不想前进，不想摘下枯萎的桂冠，脱下新婚的礼服，尽管新娘已经欺骗了他们。

不幸、闲暇和贫穷带来了烦躁、固执、愤怒……流亡者分成了小集团，分歧的中心是名义和嫌隙，不是原则。他们的眼睛总是向后看，他们看到的只是自己那个狭小的圈子，这一切已在他们的言论和思想中，态度和衣着中得到表现；新的行会——流亡者的行会逐渐形成，与其他事物一样变得牢不可破。从前大巴西勒曾写信给纳西昂的格列高利①，说"守斋使他快活，贫困给他带来乐趣"。那么现在也出现了自愿的受难者，他们以吃苦为使命，以不幸为职业，而且其中有的人完全是真心诚意的；不是吗，大巴西勒也在信上向自己的朋友坦率地谈到，扼杀肉体欲望如何使他狂喜，遭受迫害如何使他感到满足。然而尽管这样，认识没有前进一步，思想仍在酣睡……哪怕新的号音和新的警钟唤醒了他们，他们也像九个睡美人一样只能仍从入睡的那一天重新开始。

这些沉痛的事实使我悲伤，它们构成了我不得不经历的教育中难以忍受的一页。

……一天在死气沉沉的苏黎世，我闷闷不乐地坐在我母亲的餐室里；这是1849年12月底。明天我要去巴黎了；天很冷，下着雪，

---

① 大巴西勒（约329—379），古代基督教希腊教父，曾任卡帕多细亚都主教等。格列高利（约330—389），希腊教父，纳西昂的主教。这两人都是希腊正教所崇奉的圣徒。

壁炉里两三块木柴冒着烟，吱吱出声，有气无力地燃烧着。大家正忙于收拾行李，我孤零零地坐着：日内瓦的生活从我眼前飘过，前途显得一片暗淡，我有些害怕，心里闷得受不了，要是可能，我真想跪下去痛哭和祈祷，但是我不能，我没有祈祷，我写下了我的诅咒——我的《1849年的尾声》①。

"绝望，厌倦，冷漠！"民主评论家们谈到这些痛苦的词句时这么说。是的，绝望！是的，厌倦！……绝望，这是一个陈旧而平庸的词，一层烟雾，它掩盖着消沉的内心，以爱的面貌出现的利己心理，自以为无所不能的虚荣心的牢骚怨言，以及徒劳无益的努力。这种自命不凡而得不到承认的天性早已叫我们厌倦了，它们由于嫉妒而痛苦，由于高傲而悲伤，这在生活和小说中也屡见不鲜。这一切确实是这样，但是在这些蜕化为可笑的拙劣表演和庸俗的假面舞蹈的骇人的内心苦闷的底层，未必没有真实的因素，那种完全属于我们的时代的东西吧。

诗人掌握着表达这种痛苦的言语和声音，但他太高傲，不能弄虚作假，不能为了赢得掌声而痛哭流涕；相反，他常常把自己的痛苦思想融化在幽默的谈吐中，引得善良的人们捧腹大笑。拜伦的绝望不仅来自性情乖僻，也不仅是个人的情绪。拜伦之所以不幸，是由于生活欺骗了他。但生活欺骗他不是由于他的要求是错误的，只是因为英国和拜伦属于两个不同的发展阶段，两种不同的教育成果，它们正好在迷雾开始消散的时代相遇了。

这种不协调现象以前也是存在的，但在我们的时代，人们才意识到这一点，在我们的时代，人们才越来越看到，任何信仰都无济

---

① 《来自彼岸》中的一篇。

于事。在罗马产生这种裂痕之后，出现了基督教，在基督教之后，出现了对文明、对人类的信仰。自由主义构成了最后一种宗教，只是它的教会宣讲的不是来世，而是今世，它的神学是政治学；它立足在地面，没有神秘的和解办法，它需要事实上的和解。风行一时之后又归于没落的自由主义，已把这种脱节现象暴露无遗；它所引起的痛苦意识表现在现代人的讽刺中，他的怀疑主义中，它们彻底扫除了打倒的偶像。

讽刺是苦闷的发泄，它看到逻辑的真理与历史的真理并不一致，除了辩证的发展，还有人的情绪和偶然因素在发生作用，除了理性，还有非理性因素。

绝望①，就我们赋予这个词的意义而言，在革命前是不存在的；18 世纪是人类历史上最伟大的信仰的时代之一。我不必提伟大的殉难者圣茹斯特和使徒让－雅克·卢梭；但难道以上帝和自由的名义为富兰克林的孙儿祝福的伏尔泰爷爷②不是人类宗教的虔诚信徒吗？

怀疑主义是同 1792 年 9 月 22 日的共和国③一起宣告诞生的。

雅各宾派和一切革命者都属于少数派，发展水平的不同使他们与人民生活相隔离，他们构成了一种世俗的教士集团，准备担当人民群众的世俗牧师。他们代表了那个时代的最高思想，它的最高

---

① 一般说来，我们的怀疑主义在上世纪是无人知晓的，只有狄德罗和英国可算例外。在英国，怀疑主义早已存在，拜伦只是合乎自然地追随着莎士比亚、霍布斯和休谟。——作者注

② 美国独立运动领导人之一富兰克林为寻求军事援助前往法国；他带着自己的小孙儿请伏尔泰为他祝福，伏尔泰说："上帝和自由——这是唯一配得上富兰克林的孙儿的座右铭。"

③ 1792 年 9 月 22 日法国正式由国民议会宣布为共和国。

的、然而不是普通的认识，不是每个人的思想。

这新的教士集团没有掌握强制手段，不论有形的或无形的都没有。他们手中一旦失去权力，便只剩了一种工具——信念，然而信念光靠正确是不够的，一切错误便来自这里，因为它还需要另一个条件——脑力的平等！

在进行你死我活的斗争时，在高唱胡格诺派①的圣歌和神圣的《马赛曲》时，在火炬燃烧、鲜血遍地时，这种不平等是不会被意识到的；但是最后，封建君主的阴森大厦崩溃了，墙壁终于被推倒，铁锁被砸破……再用一把力，缺口便形成了，勇敢地走在前面，大门打开了，群众一拥而入，然而这不是他们所期待的群众。这都是谁呢？他们属于哪个世纪？这不是斯巴达人，不是伟大的罗马公民。"我是奴隶，不是俄狄浦斯！"②无法抗拒的污泥浊水淹没了一切。1793、1794年的恐怖时代反映了雅各宾派内心的惶惑：他们发现了骇人的错误，想用断头台纠正它，但是不论砍下多少脑袋，还是只能在崛起的社会阶层面前垂下自己的脑袋。一切都向它屈服，它战胜了革命势力和反动势力，它冲垮了旧体制，用自己代替了一切，因为它是唯一的实力派，当代的多数派；西哀士③的话比他自己想象的更正确，他说，市民便是"一切"。

市民阶级不是革命产生的，他们有自己的传统和作风，那是与革命思想格格不入的另一种方式。贵族把他们踩在脚下，列入第三

---

① 16世纪欧洲宗教改革运动中的新教教派，曾经历过长期的流血斗争，直至1789年法国革命后才真正确立自己的地位。

② 原文为拉丁文。这是古罗马喜剧作家泰伦提乌斯的剧本《安德罗斯女子》中的句子。俄狄浦斯是希腊神话中的底比斯王，他因猜到了斯芬克斯的隐谜而登上王位，这里作"解谜人"解。

③ 西哀士（1748—1836），法国法学家，认为只有"第三等级"才能代表国家。

等级；自由以后，他们便踏着解放战士的尸体，建立自己的秩序。少数派不是被镇压，便是被市民阶级所吞没。

每个世代都有一些人不顾客观形势，依然充当思想的坚定保卫者；正是这些利未人①，或者不妨称作阿兹特克人②，由于独占了高度的文化，由于掌握了不必完全从事体力劳动的富裕的有闲阶级的智力优势，受到了不公正的惩罚。

这件事的荒谬和不合理使我们生气，无法忍受。仿佛有人（除了我们自己以外）保证过，世界上的一切都会变得美好，公正，沿着康庄大道前进。我们对大自然和历史进程的奥妙一直大惑不解，但现在应该可以看到：在大自然和历史中，都有许多偶然的、愚昧的、不顺利的、混乱的因素。理性和思想的胜利只是最终的结论；一切都是从新生儿的愚昧无知开始的；可能和意向蕴藏在这中间，但在通向发展和觉醒的过程中会遇到一系列外在的和内在的影响、曲折和停滞。一个人的头脑积了水，另一个人跌到地上压扁了脑袋，两人都成了白痴；第三个人没有摔跤，也没有死在猩红热中，他成了诗人、将军、土匪、法官。在自然界，在历史上，在生活中，一般说来我们大多只知道胜利和成功；现在我们才开始感到，不会每一张牌都符合我们的意愿，因为我们自己就是一张错误的牌，打输的牌。

意识到思想无能为力，真理对现实世界缺乏强制力量，这使我们悲痛。一种新的摩尼教控制了我们，我们出于怨恨，正如相信合

---

① 古代以色列人的一支，《圣经·出埃及记》中说，他们曾击杀崇拜金牛犊的以色列人，因此在基督教中享有特殊地位，凡祭司等职均得由他们担任。
② 古代墨西哥的印第安人中的一支，在西班牙人入侵前具有较发达的文化，曾建立过强大的帝国。

理的善一样，准备相信合理的（也就是有意识的）恶①——这是我们对理想主义献上的最后贡品。

这痛苦会随着时间而流逝，它那悲惨而炽烈的性质也会平伏；在合众国的新世界中它便几乎并不存在。那里的人民年轻有为，富于事业心，实干胜于聪明，一心一意在安排自己的生活，根本不知道我们那种悲痛的体验。除此以外，那儿也没有两种教育水准。在那个社会里，构成各别阶层的人在不断变化，随着每人的收支账目而上浮或下沉。英国移民的强壮血统在惊人地繁衍；如果它占了上风，人们不会因而幸福一些，但会富足一些。这富足比起浪漫主义的欧洲所向往的富足会差一些，贫乏一些，枯燥一些，然而在那里不会有皇帝，不会有集权，也许还不会有饥饿。谁能够摆脱旧欧洲的亚当，脱胎换骨，变成新的乔纳森②，那就请他搭上第一艘轮船，前往威斯康星或堪萨斯吧，到了那儿，他也许会比待在分崩离析的欧洲愉快一些。

不能这么做的人就留在原地，作为人类美好梦想的体现者继续过活吧。这些人离不开自己的梦幻和憧憬，不能达到美国的理性高度。

这不致造成太大的危害，我们人数不多，不用多久就会绝迹的！

那么人的发展怎么会跟自己的环境脱节呢？……

不妨想象一下在温室中成长的青年，比如，那个在《梦》③中描写过自己的人；想象一下他怎样面对最枯燥乏味、最沉闷窒息的英

---

① 摩尼教主张善恶二元论，认为宇宙间有善神，也有恶神。
② 北美独立战争时期英国人给北美人取的绰号。
③ 拜伦的一首诗，在这首诗中他通过梦境描写了自己一生中的一些变化。

国社会，面对英国生活这怪诞的弥诺陶①——它是由两个动物不协调地粘合而成的：一个已经衰老，另一个则站在深及膝盖的沼泽中，像女像柱②一样始终保持着紧张的肌肉，以致没有一滴血能流进头脑。如果他能够适应那样的生活，他就不致在三十多岁死于希腊，今天可以成为帕默斯顿勋爵③或约翰·罗素爵士④了。但是由于他不能，那就毫不奇怪，他和自己的哈洛尔德只能对着船儿说："随你把我送到哪里，只要远离我的故乡。"⑤

然而在那远方，等待着他的是什么呢？给拿破仑宰割的西班牙，荒芜的希腊，1814年⑥普遍复活的各种发臭的拉撒路；不论在拉韦纳或狄奥达蒂⑦，要躲避是不可能的。拜伦既不能像德国人那样从永恒的观点满足于理论上的探讨，也不能像法国人那样陶醉于政治上的空谈，于是他倒下了，但他是像严峻的提坦⑧一样倒下的，他投给人们的是蔑视，而不是包着糖衣的药丸。

拜伦作为诗人和天才在四十年前所感到的不协调，到了今天，在一系列新的苦难之后，在1830年到1848年的污秽的转折时期⑨，以及从1848年到今天的丑剧之后，已经被许多人意识到了。我们

① 希腊神话中半人半牛的怪物，雅典每九年得向它祭献七名童男童女，后为英雄忒修斯所杀死。
② 古希腊建筑中作柱子的女性雕像，据说是表现服苦役的妇女的。
③ 指亨利·约翰·坦普尔（1784—1865），第三代帕默斯顿勋爵，英国著名政治家，历任陆军大臣、外交大臣、首相等职。
④ 罗素（1792—1878），英国重要政治活动家，曾两度出任首相。
⑤ 引自拜伦的《恰尔德·哈洛尔德游记》第一章第十三节。
⑥ 1814年是维也纳会议开始，欧洲全面跨入复辟时代的一年。
⑦ 拉韦纳在意大利，1819年拜伦住在这里。狄奥达蒂别墅在日内瓦湖旁边，1816年拜伦住在这里，并开始与住在附近的雪莱建立亲密友谊。
⑧ 希腊神话中的巨神。
⑨ 指法国的七月王朝时期。

也像拜伦一样变得无所适从，找不到安身之处。

现实主义者歌德跟浪漫主义者席勒一样，没有意识到这种分裂。一个是太像虔诚的教徒，另一个是太多哲学意味。两人都可以在抽象世界中获得和平。当"否定的精神"表现为靡非斯特菲勒斯这样的戏谑者时，分裂还不是太可怕的；他那冷嘲热讽、永远对立的性格，到了一定的时候还能与最高的和谐取得一致，向大家唱出："她得救了！"①《该隐》中的卢息弗②却不同，这是阴郁的黑暗天使，痛苦的思想充满了无法调和的内在矛盾，在他额上发出幽暗的闪光。他不是用否定来嘲笑，不是用大胆的怀疑来戏谑，也不是用感官之乐做诱饵，给你提供天真的姑娘、美酒和珠宝，而是平静地把你引向杀戮，引向自己，引向罪恶——它依靠的是一种不可理解的力量，它有时像月光照耀下的一泓死水那么诱人，可是你从它阴森的、冰冷的、闪光的怀抱中，除了死亡，什么也不能得到。

不论是该隐，是曼弗雷德，是唐璜还是拜伦，都不能提供任何出路，任何解决办法，任何"教导"。也许从戏剧艺术的观点看，这是一个缺陷，但正是在这里表现了艺术的真诚和裂痕的深刻。拜伦的尾声，他的最后的话，不妨说那就是《黑暗》③；这是从《梦》开始的生活的结局。你们自己来画完这幅画吧。两个被饥饿折磨得面目全非的敌人死了，甲壳动物啃光了他们……船在腐烂——涂树脂的缆绳在黑夜的污浊波浪中漂动，骇人的寒冷，野兽在死去，历史

---

① 引自《浮士德》第一部的最后一场，"她"是玛甘泪。

② 卢息弗即《圣经》中的魔鬼撒旦，但拜伦在诗剧《该隐》中把他塑造为反抗精神的化身。

③ 拜伦于1816年在瑞士写的一首诗，《梦》也写于这年，只是稍早一些，所谓"从《梦》开始的生活"是指《梦》中所写的拜伦生活中的一些转折。下面谈到的"画面"均出自《黑暗》一诗。

已经终止，为新的生活扫清了地面：我们的时代将被列为第四阶段，也就是说，如果到新世界的出现可以算作四个阶段的话。

我们的历史使命，我们的功绩便在于：我们通过我们的失望，我们的痛苦，终于向真理低头和屈服，使后代不致再遭受同样的不幸。这样，人类通过我们而得以清醒，我们是他们的醒酒剂，是分娩前的阵痛。如果分娩顺利，一切都会好转；但是我们不应忘记，在这过程中孩子或母亲都可能死去，也许还可能两者都死——如果这样，那么历史只能带着自己的摩门教①开始新的妊娠……好啦，就这样，先生们！

我们知道，大自然怎样凌驾于个人之上：不论以前还是以后，不论尸积如山或者没有牺牲，对它都一样，它依然走自己的路，或者盲目地行走。珊瑚礁的形成得经历数万年，前面生长的部分每到春季便得死去。水螅体死时从不会想到，它们为珊瑚礁的发展作出了贡献。

我们也能作出贡献。但作为一个因素走进未来，还不能说我们的理想将在未来得到实现。罗马没有实现柏拉图的共和国，一般说来也没有实现希腊的理想。中世纪不是罗马的发展。当代西欧思想将进入和体现在历史上，产生自己的影响，获得自己的地位，这正如我们的遗骸将进入青草、绵羊、牛排、人体的组织中一样。我们不喜欢这种不灭现象——但是有什么法子呢？

现在我习惯了这些思想，它们已不能叫我害怕。但在1849年末，我想起它们便不寒而栗；尽管每个事件，每次聚会，每个冲

---

① 基督教在美国形成的一个宗派，创立于1830年，自称根据新发现的《摩门经》，上帝将建立新耶路撒冷于美国。

突，每个人都在争先恐后地要把最后的绿叶摘光，我还是固执地、焦急地想寻找出路。

正因为这样，我今天才对拜伦的勇敢思想给予极高的评价。他看到没有出路，而且高傲地说出了这一点。

这些思想开始侵袭我的心灵时，我感到不幸和困惑；我千方百计逃避它们……我像一个迷路的旅人或乞丐敲着所有的门，停留在每个遇到的人面前，打听道路，但是每次会晤和每个事件都引向一个结论——应该服从真理，毫无怨言地接受它。

……三年前，我坐在一个病人的枕旁，看着死亡毫不容情地把她一步步拉向坟墓①。这段生活是我不能忘记的。黑暗弥漫在我周围，我在没有出路的绝望中感到孤独，但我不想用希望安慰自己，不想为了忘记忧伤，用死后重逢的思想麻醉自己。

因此在不属于个人的问题上，我更不会用违心之论来欺骗自己了！

2. 附言

我知道，我对欧洲的观点在俄国不会受到欢迎。为了安慰自己，我们总希望出现另一个欧洲，并且像基督教徒相信天堂一样相信它。破坏梦想会造成不愉快的后果，但是有一种内在的力量，一种我所无法战胜的力量，迫使我讲真话——哪怕它对我有害，我还是这样。

我们对欧洲的认识，一般来自学校和书本，那就是说不是认识它，而是按照书本和图画从表面上作出判断，就像孩子们根据《图

---

① 指赫尔岑的夫人在 1852 年去世。

画世界》①判断现实世界，认为在桑威奇岛②上所有的女人都在头顶上举着板鼓，凡是有光身子黑人的地方，离他五步远一定有一只披着鬣毛的狮子，或者睁大了凶恶眼睛的老虎。

我们对西欧的无知已成为我们的传统，它可以造成许多危害，还会因而引起种族仇恨和流血冲突。

首先，我们只了解欧洲受过教育的上层阶级，它以自己的存在掩盖了民族生活的沉重基础，那是在许多世纪中自发形成的，它所遵循的规律即使在欧洲也不太有人知道。西方教育没有渗入这些庞大复杂的基础，可是历史却靠它们深深扎根在土地中，它们具有地质学的意义。欧洲的国家是由两部分人民结合而成的，完全不同的教育使它们保持着各自的特色。东方国家却是统一体，土耳其大臣与给他装烟袋的土耳其人彼此相似，这与欧洲截然不同。在欧洲，从宗教战争和农民起义之后，乡村居民不再积极参与任何重大历史事件，他们像庄稼一样被吹向右边或左边，但没有一刻会离开自己的土壤。

其次，即使那个我们所理解的、与我们有所接触的阶层，我们也只了解它的历史，不是它的现状。我们在欧洲生活一两年之后，便惊讶地发觉，一般说来西欧人并不符合我们的观念，他们比我们所了解的低得多。

在我们设想的观念中，有真实的因素，但它们或者不再存在，或者完全改变了。骑士的英勇性格，贵族的优雅风度，新教徒的循规蹈矩，英国人高傲的独立精神，意大利艺术家的阔绰生活，百科

---

① 捷克思想家和人道主义教育家柯门斯基（1592—1670）编的一本书，曾在俄国风行一时。

② 即夏威夷群岛。"桑威奇"是18世纪英国航海家库克发现该群岛后给它取的名称。

全书派闪闪发光的机智，恐怖主义者铁面无情的强硬作风——这一切都互相混合，蜕化成了另一种东西，以致那里占统治地位的气质便是市侩的气质。它们构成了一个统一体，也就是一种封闭的、完整的对生活的观念，具有自己的信仰和自己的法则，自己的善和恶，自己的行为方式和自己的卑劣的道德观点。

正如骑士是封建世界的主要形象，商人成了新世界的主要形象：老板代替了老爷。然而商人本身只是一种并不重要的中间环节，生产的一方和需要的一方之间的中介人，带有类似道路、车辆和工具的性质。

骑士主要是作为他个人，作为一个人存在的，他可以按照他的理解维护自己的尊严，因此他实质上既不从属于财产，也不从属于地位；他的人格才是主要的。就市民而言，人格是隐蔽的，或者并不显著，因为这不是主要的：主要的是商品，生意，货物，这里主要的东西是所有权。

骑士不学无术，只会争吵、决斗，既是土匪又是修士，既是酒鬼又是虔诚的教徒，但是他对一切开诚布公，光明磊落，而且随时准备为他认为正义的事献身。他有自己的道德规范，自己的荣誉准则，尽管这一切十分武断，他还是坚守不渝，否则便会失去自己的尊敬或同伴们的尊敬。

商人是和平的人，不是战争的人，他不屈不挠地、寸步不让地保卫自己的权利，但不善于进攻；他节俭，吝啬，把一切都看作买卖，像骑士一样与一切遭遇的人进行较量，但他的武器只是狡猾。他的爷爷便是中世纪的市民，他们要从暴力和掠夺中保护自己，不得不使用手腕：他们的安全和财产是靠随机应变、阴谋诡计、弄虚作假、克制忍耐换取的。他们的爷爷一边摘下帽子，深深鞠躬，一边从骑士那儿多算几个钱；他们在邻居面前摇头叹气，诉说自己的贫困，到了晚上却偷偷把钱埋进地里。所有这一切自然都传给了子孙，渗入了他们的血液和头脑，形成了这类独特人物的性格特征，这类人物便称作中产阶级。

当它处在不幸的地位，与贵族阶级体面的外围势力联合一致保卫自己的信念，争取自己的权利的时候，它是充满光辉和诗意的，但是这并不太久，桑丘·潘沙[1] 有了地位，马上躺下去享清福，随心所欲，失去了人民的气质，健全的理智；他性格中庸俗的一面抬头了。

在商人的影响下，欧洲的一切都变了。账房先生的正直取代了骑士的荣誉，循规蹈矩取代了优美的风度，僵化的程式取代了礼节，狭隘取代了高傲，菜圃取代了花园，向一切人（即一切有钱人）开放的旅馆取代了公馆。

从前人际关系中一切古老而统一的观念动摇了，但是对人与人的真正关系的新认识还没有发现。这种混乱的真空状态，给中产阶级一切浅陋和卑劣的方面提供了特殊的发展机会，这个阶级的目的便是不择手段地发财致富。

分析一下半个世纪以来流行的道德准则，那儿什么没有？罗马的国家观念和哥特式三权分立理论，新教和政治经济学，公共福利观[2]和人各为己说，布鲁图[3]和托马斯·肯佩斯[4]，福音和边沁[5]，收支账目和让－雅克·卢梭。头脑这么杂乱无章，心中却装着一块永远

---

① 《堂吉诃德》中的人物，堂吉诃德的侍从。

② 罗马法学观念，认为公共福利是最高准则，个人利益必须服从社会的利益。

③ 布鲁图（公元前85—前42），古罗马政治家，共和主义者，曾刺死独裁者恺撒。

④ 肯佩斯（1379—1471），中世纪德国神学家，写有不少神秘主义著作。

⑤ 边沁（1748—1832），英国哲学家及经济学家，创立功利主义学说，主张所谓"最大多数人的最大幸福"，对资产阶级道德伦理观念发生了深刻影响。

指向黄金的磁铁，在这种情况下，欧洲一些先进国家发展到目前这样的荒谬局面是不足为奇的。

一切道德都归结为一点：不足者必须用一切手段取得，有余者则用一切手段保护和扩大自己的财产。在市场上为开展交易而举起的旗帜，成了新社会的神幡。人实际上只是财产的附属物，生活变成不断为钱而奋斗。

1830 年以后的政治问题仅仅是市民阶级的问题，多年以来的斗争无非表现了统治阶级的欲望和要求。生活堕落为证券投机，一切变成了交易所和市场——报纸，选举，议会，莫不如此。英国人已习惯于按照商品命名法称呼自己的国教教会："老字号"。

一切政党和政见在市民世界中逐渐形成了两大壁垒：一方面是坚决拒绝放弃垄断权的私有主市民，另一方面是企图从他们手中夺取财富、又无力夺取的非私有主市民，那就是说，一方面是贪婪，另一方面是觊觎。由于在这一切中谈不到真正的道德原则，因此一个人站在这一边或那一边，完全由财产状况和社会地位等外在条件来决定。一个反对的浪潮代替另一个取得了胜利，便是取得了财产或地位，自然也就从觊觎的一边走进了贪婪的一边。要完成这种转变，最好的办法便是通过那种毫无意义的、忽左忽右的议会辩论——它轰轰烈烈又不致越出范围，表面上郑重其事，像是维护公共利益，实际上只是为了达到个人目的。

议会政治并非来自盎格鲁－撒克逊习惯法的民族基础，它是在国家立法中形成的，这是全世界最大的一只松鼠轮子①。站在原地没

---

① 松鼠笼子里有一个圆筒形轮子，松鼠奔跑，它便随着转动，因此表面上它忙得不可开交，实际上毫无意义。

有前进，又保持着进行重要活动的外表，从这点看还有比两个英国议会表演得更冠冕堂皇的吗？

但在这里，保持外表是最重要的。

在现代欧洲的一切方面，都深深存在着两个显然来自柜台的特点：一方面是伪善和欺诈，另一方面是炫耀和吹嘘。买卖就是玩弄花招，半价买进，卖出以次充好，用表面代替实质，隐瞒某些缺点，花言巧语骗人，不是真的正直而是装出正直的样子，不是表里一致的诚实，而是装出诚实的外表。

在这个世界上，一切都靠装潢门面，以致粗俗愚昧也取得了文明的外表。我们谁没有为西方社会的无知（我这不是指那些学者，而是指构成那个所谓社会的人们）感到惊愕和脸红？那里不可能有严肃的理论教育，它需要的时间太多，与事业关系又太小。凡是与商品流通和"充分利用"自己的社会地位无关的一切，在市民社会看来都不是必要的，他们的教育必然有限。因此我们发现，那些市民一旦离开他们走惯的平坦道路，便显得愚昧无知，头脑迟钝。一般而论，狡猾和伪善并不像人们想象的那样聪明和具有远见；它们的视野狭隘，航程短浅。

英国人理解这一点，因此不离开习惯的轨道，宁可忍受中世纪的一切，尽管它们不仅不方便，而且荒谬可笑，他们还是不愿作任何改变。

法国的市民阶级却不像这么谨慎，他们尽管狡猾和心口不一，还是走上了帝国的轨道。

他们对胜利充满信心，宣称普选权是国家新秩序的基础。这面数学旗帜适合他们的口味，真理取决于加法和减法，这是可以在算盘上计算，用数字标明结论的。

在当前的社会状况中，他们要提交全民表决的是什么？是共和国的存在问题。他们希望由人民来推翻它，让它变成一句空话，因为他们不喜欢它。谁尊重真理，他会随便遇到一个什么人便向他征求意见吗？如果哥伦布或哥白尼把美洲或地动说付诸表决，那会怎样？

设计不可谓不巧妙，但是好心的人们最后还是打算错了。

池座和演员之间出现的空隙，起先靠拉马丁①的能说会道像一块褪色的帷幔似的遮盖着，后来距离越来越大；血腥的六月加深了裂痕；正在这时，向愤怒的群众提出了总统问题。②路易－拿破仑作为对它的回答，揉着刚睡醒的眼睛，从空隙中走了出来；他把一切抓到手里，其中自然也包括市民阶级——他们根据过去的经验，以为可以由他当帝王，而由他们来掌握实权。

在国家事务的大舞台上搬演的一切，也以微型方式重复出现在每个家庭中。资产者的道德败坏渗透在家庭和私人生活的一切秘密中。不论天主教还是骑士阶级，都从未像资产阶级那样在人们身上留下如此深刻全面的痕迹。

贵族承担着义务。当然，由于他们的权利一部分是虚构的，他们的义务也是虚构的，但它在他们内部起了一定的连环保作用。天主教从宗教方面而言，承担了更大的义务。骑士和信徒往往不履行自己的义务，但他们明白，他们这么做是破坏了他们自己所承认的社会规范，这种意识使他们对自己的懒怠感到不安，也无法把自己的行为看作符合标准。他们有自己的节日礼服，自己的正式排场，

---

① 法国 1848 年二月革命后的临时政府首脑。

② 指 1848 年 12 月法兰西第二共和国的总统选举，这是路易－拿破仑实行帝制的前奏。

这不是骗人的，宁可说是他们的理想。

这理想包含什么内容，我们现在不想多谈。他们早已完成历史使命，退出舞台了。我们只想指出，有产者正相反，他们对什么都不承担义务，甚至不必服兵役，除非当志愿兵，这就是说，他们的义务只是千方百计、不择手段地取得资产。他们的福音很简单："发财再发财，使钱像海边的沙一样多；只要不致破产，可以正当或不正当地利用自己的物质财富和精神财富；要过富贵荣华的生活，使自己长命百岁，使子女成家立业，使自己身后留下美名。"

骑士和天主教世界被否定是不可避免的，这不能归功于市民阶级，只应归功于自由人，也就是不能列入任何类别的人，其中有骑士，如乌尔里希·冯·胡滕①，有贵族，如阿鲁埃·伏尔泰②，有钟表匠的学徒，如卢梭，有军医，如席勒③，有商人子弟，如歌德。市民阶级利用了他们的成就，不仅不再从属于国王，不再是奴隶，而且摆脱了一切社会负担，只消酿资养活那个保护他们的政府即可。

他们从新教中建立了自己的宗教，一种可以使基督徒的良心与高利贷者的职业和平相处的宗教，它有浓厚的资产者色彩，以致为他们流过血的人民也抛弃了它。在英国，劳苦大众是最少上教堂的。

他们希望从革命中创造自己的共和国，但是它从他们的手中溜走了，正如古代文化从野蛮人手中溜走一样，那就是说它在当前找不到自己的位置，只能把希望寄托在"大反复"上。

宗教改革和革命发现它们进入了一个空无一物的世界，因此大

---

① 胡滕 (1488—1523)，德国人文主义学者，出身于骑士阶级，拥护中世纪的骑士制度。

② 阿鲁埃是伏尔泰的原名，伏尔泰是他的笔名。

③ 席勒从军事学校毕业后担任过军医。

吃一惊，只得从两种隐修生活中寻找出路，一种是阴冷沉闷的清教主义假道学，一种是没有血肉、牵强附会的市民式共和制形式主义。公谊会①和雅各宾派的偏激是建立在恐怖上的，它们的基础并不巩固；它们看到需要强有力的手段，使前面一部分人相信这便是教会，使后面一部分人相信这便是自由。

这就是欧洲生活的一般气氛。在当代西欧最发达的国家，在比较忠于自己的原则，比较富裕，比较文明，也就是工业比较发达的地方，那种气氛也更显得沉闷，更难以忍受。正因为这样，生活在意大利或西班牙，就不如在英国和法国那么沉闷得叫人受不了……也正因为这样，多山的、贫苦的、乡村式的瑞士是全欧洲唯一可以得到和平的地方。

这些片断登载在《北极星》第四集②上，文末以下列献词结束，那还是在奥加辽夫到达伦敦和格拉诺夫斯基去世以前：

请收下这颅骨吧——
它照理是属于你的。③

亚·普希金

现在我也在这里暂停。以后我会把省略的几篇付印，另外再补写一些；因为没有它们，我的叙述便残缺不全，难于理解，也许还

---

① 基督教新教主要宗派之一，主要流传于英美等国。
② 出版于1858年。但《西方小品集》并非发表于第四集，而是发表于1856年出版的第二集上。
③ 引自普希金的诗《寄语杰利维格》（1827）。

显得是多余的，至少不能像我希望的那样，但这都得留待将来，很远的将来了……

眼前分手时，我只想对你们讲几句临别的话，青年时期的朋友们。

当一切均已埋葬，甚至那些叫嚣（它们一部分是我引起的，一部分是不招自来的）也已在我耳边沉寂，人们都已各自回家的时候，我抬头向四周眺望，除了孩子，没有一个亲人还活着。我在陌生人中间徘徊，我仔细端详他们，但我不再想在他们中间寻找自己的朋友，我习惯了——不是习惯了孤独，而是习惯了没有友谊的生活。

确实，有时我觉得心里还有一些感触，一些话，我不能不讲，它们对许多人是有益的，至少能给听到的人带来欢乐，我感到惋惜，我只能把它们埋在心中，让它们消失得无影无踪，就像消失在望不到底的空旷的远方……但这一切不过是即将暗淡的晚霞，正在消逝的过去的反光。

那便是我现在所回顾的。我要抛开我感到陌生的世界，回到你们身边；让我们再像以往那样生活在一起，每天见面，什么也没有改变，谁也没有离开，没有衰老，也没有一个人死去；我跟你们在一起像回到了家中，我清楚地看到，除了你们那里，我找不到其他的容身之地，除了我们从小献出了自己的事业，没有其他使命。

我对过去的叙述也许是枯燥的，肤浅的，但是朋友们，请亲切地接受它吧；这工作帮助我度过了可怕的时代，摆脱了使我窒息的无所事事的失望，回到了你们的身边。我带着它走进了我的冬季，我并不愉快，但是平静（借用一位我无限喜爱的诗人的话）：

"并不愉快……但是平静！"莱奥帕尔迪在《雷伊什和他的木乃伊》中谈到死时这么说。①

　　这样，你们在不知不觉中，在无意识中拯救了我。请收下这颅骨吧，它照理是属于你们的。

1855 年 10 月 1 日于怀特岛文特诺镇

---

① 雷伊什是荷兰的解剖学家，据说他发明了一种尸体防腐剂，用它处理过许多尸体。

第三十九章

金钱和警察——皇帝詹姆斯·罗特希尔德和银行家尼古拉·罗曼诺夫——警察和金钱

　　1849 年 12 月我得知，从巴黎寄出并经大使馆证明的我的财产的抵押委托书作废了，接着，我母亲的存款也被冻结了。不能浪费时间，我便像上一章中说的，马上离开日内瓦去找我的母亲了。

　　在我们入不敷出的时期，轻视财产是愚蠢的，虚伪的。金钱便是独立，力量，武器。在打仗的时候，谁也不会丢掉武器，尽管它令人厌恶，甚至已经生锈。做贫穷的奴隶是可怕的，我从各个角度研究了这个问题，因为多年来我接触过一些人，他们在政治风暴中触礁以后，幸而脱险，已身无分文。因此我认为，采取一切措施从俄国政府的魔爪中抢救可能抢救的财物是正当的，必要的。

　　我本来已几乎失去一切了。在我离开俄国的时候，我没有任何明确的计划，只是想尽可能待在国外。1848 年的革命来了，把我卷进了漩涡，我还没来得及为抢救我的财产作任何安排。善心的人们责备我，说我忘乎所以，一头钻进了政治运动，却把家庭的未来丢在脑后，听天由命。确实，这可能是不够谨慎的，但是如果在 1848

年的罗马，我能坐在家里，只顾考虑挽救财产的办法，把窗外觉醒的意大利的沸腾生活置之不顾，那么我也许就不会待在国外了，我会回到彼得堡，重又走进衙门，说不定还能当上"副省长"，坐上"检察长"的位子，对下级颐指气使，对上司口称"卑职"了！

我没有这么大的耐心和度量，直到现在我还为此感到庆幸。如果我让那些信仰和热血的光辉时刻白白过去，我的内心和回忆会为此遗憾终生！这样的损失，我能用什么弥补呢？何况不仅是我，还有她，又能用什么弥补呢？她那被摧残的生命后来只是在重重的苦难中走向坟墓，如果我出于深谋远虑，剥夺了她几乎是最后几分钟的欢乐和幸福，那么我将受到良心多么严厉的谴责！再说，我毕竟完成了主要的事——除了科斯特罗马的庄园，我几乎已救出了全部财产。

六月的日子以后，我的处境变得更危险了。我结识了罗特希尔德①，请他给我兑换两张莫斯科的银行票据。当时自然百业萧条，行情极不景气；他的条件很苛刻，但我马上答应了，我还发现，一抹同情的微笑涌上了罗特希尔德的嘴唇——他把我当作了挥霍成性的俄国王公，在巴黎背了一身债，因此称我"伯爵先生"。

起先这些票据马上兑到了现款；后来那些金额大得多，银行虽然也照付了，但罗特希尔德的代理人通知他，我的存款已被冻结——幸亏那时这些款子已全部提空。

这样，我在巴黎的那个大动荡时期手中拥有一笔巨款，但我没有经验，也不知道该把它怎么办。不过结果还是相当好。一般说来，在财务问题上越不焦急，越是安心和冷静，一切便越容易

①　欧洲最大的银行家之一。

解决。贪得无厌的守财奴和视钱如命的吝啬鬼，往往像浪荡子一样容易破产。

根据罗特希尔德的劝告，我买进了美国股票，也有一些是法国的，还在阿姆斯特丹街买了一幢不大的房子，它是勒阿弗尔饭店租用的。

我为了与俄国脱离关系所采取的最早的革命行动之一，却把我推进了保守派寄生虫的行列，跟银行家和公证人打交道，跑证券市场——总之，把我变成了西方的食利者。现代人与他生活的环境的不协调，给个人行动带来了可怕的混乱。我们正处在互相干扰的两条激流的中央，有时被抛向这边，有时被抛向那边，而且还会一直被这么抛来抛去，除非有一条终于控制了局面，尽管这时水流依然翻腾起伏，动荡不定，但已是奔往一个方向，它才能使我们摆脱困境，也就是把我们卷进它的流向中。

在这时刻到来以前，谁能够随机应变，尽管在惊涛骇浪中颠簸不定，依然不离开自己的航向，这样的人是幸福的！

由于购买房子，我有机会接近了法国商人和资产阶级的世界。在办理房地产买卖契约的过程中，法国官僚的形式主义并不输于我们。老公证人向我宣读了几叠文件，先是撤销不准宣读的规定，然后才是法令本身——这一切构成了整整一大本书。在最后关于价格和手续费的磋商中，房主说，如果我立即把全部房价付给他本人，他可以让步，负担办理房契所需的大量费用。我不明白他的意思，因为一开始我已宣布，我预备用现款购买。公证人向我解释道，钱必须留在他那儿至少三个月，以便发布公告，让对房屋持有任何权利的人在这期间提出申诉。房屋已抵押七万法郎，但它可能还抵押给了第三者。经过三个月，完成查询之后，才能给买房者以该动产抵押款已全部清理的证明，原来的房主也才能拿到钱。

房主声明，他没有其他债权人。公证人证实了这一点。

"您能用名誉保证这幢房屋不涉及其他债务吗？"我对他说。

"我乐于保证这一点。"

"既然这样，我同意，明天我就可以把罗特希尔德的支票送到这儿。"

第二天我找罗特希尔德时，他的秘书举手一拍，吃惊地说：

"他们骗了您！这怎么可以！如果您同意，我们可以制止这种出售方式。这是闻所未闻的事——在这样的条件下向不认识的人购买房屋。"

"您愿意的话，我可以派人跟您一起去看看，怎么样？"詹姆斯男爵①本人问道。

我说，我不想扮演这种孩子的角色，既然答应了，便得这么办。我拿了全部房款的支票。我到了公证人处，那里除了证人，还有一个来取七万法郎的债权人。买契宣读以后，我们签了字，公证人祝贺我成了巴黎的房主——只剩下交割支票一事了。

"真糟糕，"房主从我手中拿了支票，说道，"我忘了嘱咐您得开两张支票，现在我怎么分出七万法郎呢？"

"这再也容易不过，您上罗特希尔德那里，他会给您两张支票，或者更简单的办法，您直接上银行即可。"

"既然这样，我去好了。"债权人说。

房主皱了皱眉头，答道这是他的事，应该他去。

债权人有些不高兴。公证人出于好心，提议两人一同去。

---

① 即罗特希尔德。

我几乎忍不住要笑，对他们说道：

"这是您的收据，把支票给我，我去兑换好了。"

"那太感谢您啦。"他们说，高兴地松了口气；于是我走了。

过了四个月，我拿到了抵押款已全部清理的证明，这样，我的轻信给我赢得了一千零一十个法郎。

1849年6月13日以后，警察局长雷比勒奥不知怎么告发了我；也许正由于他的告密，彼得堡政府对我的财产采取了奇怪的措施。我已说过，这迫使我和我母亲赶往巴黎。

我们取道纳沙泰尔和贝桑松前去。旅行一开始，我就把大氅忘记在伯尔尼的驿站上了；由于我穿着厚呢衣服和胶皮暖鞋，我没有回去取它。在上山以前，一切都很好，但到了山上我们便遇到了深及膝盖的雪地，温度低达零下八度，瑞士凛冽的北风刺入骨髓。驿车走不动，旅客只得三个两个的改乘小雪橇。我不记得我曾在什么时候像这天夜里那样为寒冷吃过这么多苦。我的脚简直冻僵了，只得把它们埋在干草中，后来赶车的又给了我一个皮领圈，但这也帮不了大忙。到了第三个驿站，我花十五个法郎向一个农妇买了一条大围巾裹在身上，但这已到了下山的时候，每走一英里都逐渐变得暖和了。

这条路到了法国一边便好得多；山的轮廓完全不同，构成了一个个宽广的半圆形剧场，它们接连不断地一直延伸到贝桑松；有的岩壁上还残留着一些坚固的中世纪城堡的遗迹。这一带的大自然包含着一种强大而严峻的、刚毅而阴郁的东西，有一个农家孩子便是在它的怀抱中长大和成熟的，他便是古老村民的后人——皮埃尔-约瑟夫·蒲鲁东。确实，可以把一个诗人就佛罗伦萨人讲的话从不同的意义上应用在他的身上：

那是一些还带着山林和岩石气息的人！ ①

罗特希尔德同意接受我母亲的票据，但不愿预付款子，借口要有加塞尔②的信。监护委员会真的拒绝付款。于是罗特希尔德命令加塞尔要求涅谢利罗德③接见，问他是怎么回事。涅谢利罗德答道，虽然票据毫无问题，罗特希尔德的申诉是正确的，但出于秘密的政治原因，皇上已命令冻结存款。

我记得，罗特希尔德的办事处收到这答复如何惊讶。大家的眼睛不禁想从这份文件上寻找阿拉里克④的大印或成吉思汗的御玺。连罗特希尔德也没料到，像尼古拉这么一个著名的专制大师竟会开这种玩笑。

"就我而言，"我对他说，"尼古拉为了惩罚我，想剥夺我母亲的钱，或者用它们做钓饵捉住我，这是不足为奇的。但是我不能想象，您的名字在俄国这么没有分量。这些票据是您的，不是我母亲的，因为她签字以后已把它们交给了持票人，而从您在上面签字那时候起，这位'持票人'便是足下了⑤，现在他们却无礼地答复您：'钱是您的，但老爷不准付款。'"

我的话起了作用。罗特希尔德生气了，在屋里踱来踱去，说道：

---

① 引自但丁的《神曲·地狱篇》第十五歌。
② 彼得堡的银行家。
③ 涅谢利罗德（1780—1862），当时俄国的外交大臣。
④ 阿拉里克（约370—410），西哥特人的军事首领，曾数次攻打罗马，勒索钱财，成为罗马的劲敌。
⑤ 这签字，即背书，是在票据提交对方时加上的，以免它成为不记名票据，任何人都可以凭票取钱。——作者注

"不，我不准任何人戏弄我，我得对这家抵押银行起诉，我非叫财政大臣做出明确答复不可！"

我想："好，弗龙琴科①还不了解这个人。'私下说明'还好办，'明确答复'就难了。"

"您可以由此看到，什么叫专制制度，反动势力对它寄予希望，可是它却能这么随心所欲、无所顾忌地支配一个人的私有财产。哥萨克式的共产主义，这也许是比路易·勃朗②的共产主义更危险的。"

"我考虑一下怎么办。"罗特希尔德说。"这件事不能就这么算了。"

这次谈话后过了三天，我在林荫道上遇见罗特希尔德。

"顺便提一下，"他叫住了我，说道，"我昨天跟基谢廖夫③谈了您的事。请您原谅，我得跟您直说，他对您的看法很不好，恐怕他不会为您做什么。"

"您与他常见面吗？"

"有时见面，在晚会上。"

"那么请您费心对他说一声，您今天遇见了我，我对他的印象也极坏，但是尽管这样，我并不认为因此掠夺他的母亲是正当的。"

罗特希尔德哈哈大笑；大概从这时起他才猜到我不是俄国王公，开始称我"男爵"；但我想，他这么抬举我，只是为了让我取得与他谈话的必要身份。

第二天他派人找我，我马上去了。他给我看一封给加塞尔的还

---

① 俄国财政大臣。

② 路易·勃朗（1811—1882），法国空想社会主义者，极左派共和党人，1848 年二月革命的主要领导人之一，1848 年 6 月起义失败后，逃亡英国。

③ 这不是巴·德·基谢廖夫，那个后来到了巴黎的非常正直的人和著名的国家产业大臣，而是另一个后来派驻罗马的人。——作者注

　按：这里的基谢廖夫是尼·德·基谢廖夫，1844 至 1854 年俄国驻法国公使。

没署名的信，说道：

"这是我们的信的草稿，请您坐下，仔细看一下，告诉我您是不是满意。如果您希望加上什么或改变什么，我们可以马上照办。现在我得继续办事了，请原谅。"

我先向周围瞧了瞧。那扇不大的门每隔一分钟都会开一下，证券经纪人一个接一个进来，大声报告一下数字，罗特希尔德照旧干他的事，没有抬头，咕哝一声："对，不对，好，可以，对不起"报告数字的先生便走了。屋子里坐着各种不同的人：一般的资本家，国民议会议员，两三个精疲力竭的旅游者——他们那苍老的面颊上留着时髦的胡子，这是那种经常在矿泉疗养地上喝酒，在宫廷引见的人——贵族世家的末代子孙，那些身体虚弱、萎靡不振的浪荡子弟，他们玩牌玩腻了，又想挤进证券市场来赌博。所有这些人都小声交谈着什么。那位犹太皇帝安详地坐在自己的办公桌后披阅文件，在上面写几个字，大概这都涉及几百万，至少几十万的进出。

"嗯，怎么样？"他转过脸来问我，"满意吗？"

"完全满意。"我回答。

信写得很好，斩钉截铁，语气强硬，完全像一个政权对另一个政权的谈判。他对加塞尔说，必须立即约见涅谢利罗德和财政大臣，向他们指出，罗特希尔德不想知道票据属于谁，他买下了它们，要求付款，或提出明确的合法的理由，说明为什么拒绝付款；如果停付，他就得将此事提交法律顾问研究处理，因此希望他们郑重考虑拒绝的后果，尤其是在俄国政府正设法通过他签订新的贷款协定时这意味着什么。罗特希尔德最后说，如果继续拖延，他不得不在报上公布这事，让其他资本家有所警惕。他建议加塞尔向涅谢利罗德出示此信……

"我很高兴……但是，"他说，把笔举在手中，露出坦率的神色望着我的眼睛，"亲爱的男爵，归根结底，这封信可能使我和俄国闹翻，难道您以为我会为五厘的佣金便在信上签字吗？"

我没有作声。

"首先，"他继续道，"加塞尔要花钱，在贵国是什么都得花钱的——这一切当然都得由您负担，除此以外……您愿意给多少？"

"我认为，"我说，"这应该由您提出，我只是同意而已。"

"那么百分之五怎么样？这不算多。"

"让我考虑一下……"

我只是想算一算账。

"您考虑吧……不过，"他露出靡非斯特菲勒斯的嘲笑，又道，"您可以不花钱办成这事，因为您母亲的权利是不容否定的，她是符腾堡公国①的臣民，您不妨向斯图加特提出申诉，它的外交大臣势必出面维护她的权利，迫使俄国付款。老实说，我但愿能摆脱这件麻烦事呢。"

这时有人来了。我离开那儿，走进了大办公厅，心里对他的目光和问题中流露的原始的纯朴色彩不免觉得惊讶。如果他要求百分之十或十五，当时我也只得答应。他的帮助对我是必不可少的，他明白这一点，因此才拿那个早已俄国化的符腾堡公国来捉弄我。然而我们不能不受与生俱来的政治经济学观念的支配，哪怕马车夫为某段路程只要二十戈比，我们仍得还个价，只给他十五戈比；我自然也得照此行事，因此没有任何根据便对舒姆贝格②说，我认为应

---

① 德意志联邦内的一个公国，斯图加特是它的首府。

② 罗特希尔德的银行中的职员。

该减少百分之一。舒姆贝格答应转告，请我过半小时再去。

半小时后，我又来到拉斐特街上金融大王的冬宫，走上楼梯时，尼古拉皇上的那位对手正好下楼。

"舒姆贝格对我讲过了，"金融大王露出仁慈的笑容对我说，一边庄重地伸出了尊贵的手，"信已由我签字发出。您会看到，他们怎么改变态度，我只让他们明白，跟我是不能开玩笑的。"

我想："但不是为了五厘佣金。"除了感恩戴德，我真应该跪下去向他宣誓效忠才好，不过我只是回答道：

"如果您有充分把握，最好吩咐他们给我开个户头，哪怕先开总数的一半也好。"

"可以。"这位大皇帝答道，随即走到了拉斐特街上。

我向皇上鞠躬告别以后，便上德奥尔餐厅了，好在它已不远。

过了一个月或一个半月，那位不肯付款的彼得堡一级商人尼古拉·罗曼诺夫[1]慑于债权人会议和"在报上公告周知"的威力，遵照罗特希尔德皇上的旨意，发还了非法扣留的本金、利息和利息的利息，他的辩解是他不了解法律，从他的社会地位看，他确实并不了解。

从那时起，我与罗特希尔德建立了最友好的关系；他喜欢我，因为我是他打败尼古拉的战场：我有些像他的马伦戈或奥斯特利茨[2]，他好几次当着我的面谈到这件事的详细经过时，脸上还露出得意的微笑，对战败的对手表现了宽容的态度。

这时期我住在和平大街的米拉波饭店，为这事我花了将近半年

---

① 即沙皇尼古拉一世。

② 马伦戈是意大利北部的村庄，1800 年 6 月 14 日拿破仑的法军在这里打败了奥地利军队，成为著名的马伦戈战役。1805 年 12 月，拿破仑的法军与俄奥联军在摩拉维亚的奥斯特利茨展开激战，这也是一次著名的战役。

工夫。到了四月，一天早晨，茶房对我说，有位先生在大厅等我，要求立刻与我见面。我走进大厅，只见那儿站着一个官员似的老人，一见我便满脸堆笑地说：

"我是杜伊勒里区警察局长某某。"

"很高兴见到您。"

"请允许我向您宣读内政部的一份命令，它涉及阁下，是由巴黎警察局长转发给我的。"

"劳驾念吧，这是椅子。"

"命令如下①：根据 1849 年 11 月 13 日及 21 日，以及 12 月 3 日之法令第七款，内政部长有权从法国境内驱逐可能在法国破坏社会秩序，危害公共安全之任何外国人，巴黎警察局长现根据内政部 1850 年 1 月 3 日通知，特决定如下：

"该名叫 (le N-é，即 nommé，但这不是指'上面提到的人'，因为上面根本没有提到过我，这种不合文法的措辞是为了尽可能贬低一个人) 亚历山大·赫尔岑之人，现年四十岁 (多算了两年)，俄国臣民，居住某处，在接到本通知后，必须立即离开巴黎，并在最短时间内离开法国国境。

"该人今后不得再次入境，否则将根据上述法令第八款给予惩处 (即一个月至六个月之监禁及罚款)。

"本命令应采取一切措施予以贯彻。

"本命令由巴黎警察局长皮·卡利埃于 1850 年 4 月 16 日签发，并由警察局秘书长克莱门·雷耶尔副署。

"文件旁注：已阅，同意照办，内政部长朱·巴罗什签字，

---

① 以下命令系我逐字翻译的。——作者注

1850 年 4 月 19 日。

"发文日期：1850 年 4 月 24 日。

"巴黎城区，尤其是杜伊勒里区警察局长埃米尔·布莱为执行巴黎警察局长 4 月 23 日之命令，特决定向亚历山大·赫尔岑先生宣布上述命令原文……"这下面是照录命令全文。这就像孩子们讲小白牛的故事，每次都要重复一句："要不要给你们讲小白牛的故事？"[1]

接着是："兹特请该赫尔岑于二十四小时内前往警察局领取通行证，并由本局指定其离开法国之出境地点。

"为避免上述之赫尔岑先生声称并不知情（这算什么语言！），兹特将本文件开始时所宣读之命令副本留交该人……"

我在维亚特卡省秋法耶夫办公厅里的那些同事，那位一口气可以写满十张纸的阿尔达绍夫，那些韦普列夫、施京和我那位长醉不醒的科长在哪里？要是他们知道，在巴黎，在出了伏尔泰、博马舍、乔治·桑和雨果之后的法国，有人还会写出这样的妙文，那一定会高兴得心花怒放！我父亲的庄头瓦西里·叶皮凡诺夫见了这份命令，也一定大为赞赏，他为了表达他的深刻敬意，总是这么给他的主人写报告："今接奉老爷刚从本班邮车送达之命令，兹特立即向大人报告……"

这种叠床架屋式的愚昧无聊的文章做法，只适合那个盲目的、神志不清的老婆子忒弥斯[2]的口味，难道还不应该彻底消灭吗？

宣读命令没有产生预期的效果；巴黎人以为驱逐出境等于亚当被赶出伊甸园，而且不准携带夏娃；其实对于我却相反，我一切都

---

[1] 俄国民间故事形容那种令人生厌的叙述方式，它每隔几句便要讲一句"要不要给你们讲小白牛的故事？"因此"小白牛的故事"成了"一再重复的老一套"的同义语。

[2] 希腊神话中的司法女神，她双眼蒙着布，一手执天平，一手执剑。

无所谓，巴黎的生活已开始叫我厌恶。

"我应该什么时候上警察局？"我问，尽管心里怒不可遏，仍装得和颜悦色的。

"我认为最好在明天早上十点钟。"

"完全可以。"

"今年春天来得早，多么早。"巴黎城区尤其是杜伊勒里区警察局长说。

"非常早。"

"这是一家古老的旅馆，米拉波①常在这儿吃饭，因此才用他的名字命名，您大概对它很满意吧？"

"非常满意。可是您想，与它的分手却来得这么突然！"

"这确实是不愉快的……它的老板娘库赞小姐既聪明又美丽，还是著名的勒诺尔芒②的好朋友呢。"

"您倒想想！多么遗憾，我竟不知道这事，她大概也从她那儿学会了占卜术，可以预先把卡利埃的这份请帖告诉我呢。"

"哈哈……您知道这是我的任务，祝您愉快，再见。"

"算了，一切都可能发生，祝您愉快，再见。"

第二天我到了耶路撒冷街，这地方比勒诺尔芒小姐更为著名。起先接待我的是一个暗探似的年轻人，留着鬓髯和唇髭，全部举动都像一个先天不足的小品文作家，或者没有成名的民主派人士。他的脸色和眼神说明，那种对享乐、权力、财富的如饥似渴的想望已深深腐蚀了他的灵魂，那是我在西欧人脸上经常看到，而在英国人那儿从未看到的。他大概担任这差使还不久，因此得意扬扬，讲话

---

① 米拉波 (1749—1791)，法国大革命时著名政治活动家。
② 勒诺尔芒 (1772—1843)，巴黎著名的用纸牌占卜的女人。

时盛气凌人。他向我宣称，我必须在三天内动身，没有特别重要的原因不得推迟。他那傲慢的神色，那讲话的口气，那面部的表情，都使我不想跟他商量什么，便向他鞠了个躬，戴上帽子，然后问他，我什么时候可以见到局长。

"局长只接见那些曾书面提出申请的人。"

"那我可以马上写。"

他按了铃，进来一个老门房，胸口挂一根链子，年轻人神气活现地对他说："给这位先生拿些纸和笔。"一边向我歪了歪头。

门房把我带到另一间屋子。我在那儿给卡利埃写了信，要求他接见，以便向他说明，为什么我必须推迟我的行期。

当天晚上我收到了警察局的简单答复："局长同意在明天二时接见某某人。"

第二天接待我的仍是那个讨厌的年轻人，他独自有一间办公室，因此我推测他是科长一类人物。他起步这么早，又升得这么快，如果上帝让他长寿的话，他一定前途无量。

这次他把我带进了一间大办公室，那儿在一张大桌子后面的大安乐椅上坐着一位又胖又高、满面红光的先生，这是那种经常叫热、吃得又白又胖、皮肤松弛的家伙，那双手胖乎乎的，保养得很好，脖子上紧紧围着一条颈巾，眼睛淡淡的，神色悠闲自得，这通常是那种安享荣华富贵的人才有的，这种人可以心平气和、无动于衷地面对各种暴行。

"您希望见局长，"他对我说，"但他不得不向您表示歉意，因为有一件非常重要的事使他出去了。如果我能为您做点什么，我乐意为您效劳。这是椅子，请您坐下好吗？"

这一切他讲得从容不迫，彬彬有礼，眼睛略微眯着，脸上笑容可掬，使两颊的肥肉也鼓了起来。我想："这是个老官僚了。"

"您应该知道我是为什么来的。"

他稍微点了点头，像一个人在开始游泳时要做的动作，但他什么也没回答。

"我得到通知要在三天内动身。由于我知道，贵国内政部长有权驱逐外国人，不必说明理由，也不用进行调查，因此我不想问为什么驱逐我，也不想为自己辩护；但除了我的房子，我……"

"您的房子在哪里？"

"在阿姆斯特丹街14号……我在巴黎还有一件非常重要的事，很难马上丢下。"

"请问这是什么事，是关于房子还是……"

"这涉及罗特希尔德的银行，我必须通过它拿到四十万法郎。"

"什么？"

"大约十万多一些银卢布。"

"那是一个很大的数目！"

"一笔可观的数目。"

"您需要多少时候才能办完这件事？"他问，更亲切地看着我，就像人们看橱窗里陈列的地菇烧野鸡。

"一个月到六个星期。"

"这时间太长了。"

"我的事得在俄国解决。也许还是多亏它的关照，我才不得不离开法国呢。"

"为什么这么说？"

"一星期前罗特希尔德告诉我，基谢廖夫对我的印象很坏。彼得堡政府大概想掩盖这件事，免得引起人们的议论；据我看是大使提出了要求，才把我驱逐出境的。"

"首先，"警察局这位受了委屈的爱国者装出郑重其事、深信不疑的表情说道，"法国不允许任何国家干预它的内部事务。我觉得奇怪，您的头脑里怎么会出现这种想法。其次，政府为了竭尽一切力量让饱受折磨的人民安居乐业，运用它所掌握的权力，从这个灾难深重的国家中，把那些辜负了它的好客精神的外国人遣送出境，这难道不是十分自然的吗？"

我决定用金钱反击他。这是最可靠的，正如对待天主教徒得用《圣经》的经文一样，因此我笑了笑，反驳道：

"为了巴黎的好客精神，我付出了十万法郎，因此我认为我们几乎已经清账了。"

这比我的"大笔款子"效果更好。他有些尴尬，停顿了一会儿以后说道："我们有什么办法，我们也是不得已。"一边从桌上拿起了我的案卷。这是那部作品的第二卷，它的第一卷我是在杜贝尔特手中看到的。他用胖胖的手抚摩着书页，像抚摩一匹温驯的马似的，一边说道：

"您瞧，跟您来往的那些人，您参与的那些不怀好意的报刊的活动（这几乎与萨赫迪斯基 1840 年对我讲的话一字不差），最后，您对一些最有害的机构给予的大量资助，迫使我们不得不采取极不愉快的、但也是必须采取的措施。这对您是毫不奇怪的。甚至在您本国，您的行为也引起了对您的政治迫害。同样的原因产生同样的结果嘛。"

"我相信，"我说，"你们的立场如此一致，恐怕连沙皇尼古拉也没有料到；但你们不可能真的赞成他的政策。"

"一个好的公民应该尊重国家的法律，不论它们怎么样……"[1]

"这大概是根据那个著名的原则：阴天不是晴天，但总比刮风下雨好。"

"但是为了向您证明，这件事与俄国政府根本无关，我愿意为您向局长说说情，把期限延长一个月。如果我们向罗特希尔德查询您的事，您不致见怪吧，这倒不是由于怀疑……"

"那就费心吧，为什么不能查询呢，我们是在作战，如果我为了留下，认为必须使用战争策略，难道您以为我不会使用它吗？……"

但是警察局长这位文雅亲切的"替身"能说会道，立刻答道：

"凡是这么讲的人是不会讲假话的。"

过了一个月，事情还没了结。那时有一个老医生帕尔米尔常给我们看病，他每周得在警察局替巴黎那些卖笑女郎做一次检查。我想，他既然肯为那么多女人的健康提供证明，一定不会拒绝给我开一张疾病证明。当然，帕尔米尔认识警察局所有的人，他答应把我的病历证明亲自交给 X。十分奇怪，帕尔米尔回来时没带给我满意的答复。这一点很有意思，它说明法国官僚和俄国官僚是兄弟般相似的。X 不作回答，态度暧昧，因为他对我不满，认为我应该亲自登门，向他说明我病在床上，不能起身。没有办法，第二天我只得带着毫无病态的尊容前往警察局。

X 极为同情，询问了我的疾病。由于我没有兴趣看医生写的东西，我不得不自行编造病情。幸好我想起了萨佐诺夫，他尽管身强力壮，食欲旺盛，却一再说他患了动脉瘤；于是我对 X 说，我得了心脏病，旅行对我十分危险。

X 表示同情，劝我保重，然后前往隔壁屋里，过了一分钟出来

---

[1] 后来奇切林教授在莫斯科大学也宣扬过类似的观点。——作者注

说道：

"您可以再留一个月。局长要我同时告诉您，他希望也祝愿您的健康能在这段时间里得到好转；如果不能这样，他非常遗憾，因为他无法第三次给您延期了……"

我理解这一点，便准备在 6 月 20 日左右离开巴黎。

一年以后，X 的名字我又见到过一次。这个爱国者和好公民悄悄离开了法国，忘了为警察局庇护下发行的一种加利福尼亚彩票，向购买彩票的数千名穷人和小业主作出交代！当这位好公民发现，尽管他无限尊重祖国的法律，仍可能为了诈骗罪锒铛入狱时，他还是抛弃法律，选择了轮船，一走了事，逃到了热那亚。这人具有坚定如一的性格，不会在失败面前手忙脚乱。他因加利福尼亚彩票事件而出了名，立即投靠了当时在都灵成立的一家建造铁路的股份公司，公司看到这么精明能干的人，马上雇用了他。

在巴黎度过的最后两个月是难以忍受的。我已名副其实地处在公开的监视下，信件被无耻地拆阅，要迟一天送到。我不论走到哪里，总有个讨厌的人在远处跟踪我，到了街角又使个眼色，把我交给另一个人。

不应忘记，这是警察横行不法的时期。愚昧的保守派，拉马丁派的阿尔及利亚革命者，都在帮助路易－拿破仑周围那些老奸巨猾的恶棍，要为拿破仑建立起一张暗探和奸细的大网，把它张在整个法国的土地上，以便内政部和爱丽舍宫通过电报，随时搜捕和扑灭全国的一切积极力量。拿破仑巧妙地利用了他所掌握的各种手段对付他们。12 月 2 日 ①，警察成了国家权力的象征。

---

① 1851 年 12 月 2 日拿破仑发动政变，解散国民议会，实行独裁统治，次年恢复帝制，自称皇帝。

任何地方，甚至奥地利和俄国，也从未有过法国从国民议会时期以来所有的这种政治警察。造成这局面的不仅在于国民对警察的特殊向往，还有许多原因。英国的警察与大陆的暗探毫无共同之处，在那里，警察被许多敌对因素包围着，因此只能依靠自身的力量。在法国却相反，警察组织是最富于人民性的机构，不论什么政府取得了权力，警察便是它手中的现成工具，一部分民众会以全部的疯狂和热情，那种理应加以抑制而不是纵容的力量帮助它，他们以私人身份可以使用警察所不能使用的一切可怕手段。人们怎么能躲避小店主，管院子的，裁缝，洗衣妇，卖肉的，姐丈和妹夫，嫂子和弟媳妇呢？特别是在巴黎，那里的人不像在伦敦那样是单独居住的，他们可以说住在珊瑚礁或蜂箱中，有共同的楼梯，共同的院子和管院子人。

孔多塞①躲过了雅各宾警察的耳目，侥幸逃到了边境附近的一个村庄，他精疲力尽，走进一家饭店，坐在火前烤手，叫了一客烧鸡。老板娘是个好心的老太婆，伟大的爱国者，她这么考虑："他满身灰尘，一定是赶了远路，他要吃鸡，一定是有钱的，他的手很白，一定是贵族。"她把鸡燉在炉子上，走进了另一家酒馆，那儿坐着几个爱国者：一个公民是穆西乌斯·斯凯沃拉②，烧酒贩子，还有一个公民是布鲁图③，另一个是提莫莱昂④，裁缝师傅。这件事对他们真是求之不得，于是十分钟后，法国革命中最聪明的活动家之

---

① 孔多塞（1743—1794），法国数学家和哲学家，法国大革命爆发后，积极参加革命活动，属吉伦特派，因此在雅各宾派执政后被捕，死于狱中。
② 古罗马传说中的英雄人物。
③ 古罗马政治家。
④ 提莫莱昂（公元前411—前377以后），希腊政治家和将军，曾与专制暴君展开激烈斗争。

一便被送进了监狱，交给了自由、平等和博爱的警察！

拿破仑具有最高级的警官才能，从自己的将军中培养了一批间谍和暗探；里昂的刽子手富歇①建立了秘密警察的整个理论、组织和科学——它既通过警察局长，也不通过警察局长，那就是说通过放荡的女人和并不放荡的老板娘，通过仆人和车夫，通过医生和理发师等等执行警察的任务。拿破仑垮台了，但这套机构依然如故，不仅机构，连机构中的人也原封未动。富歇归顺了波旁王朝，暗探的力量毫无削弱，相反，还由神父和修士作了补充。在路易－菲力普时期，贿赂和贪污成为政府的精神支柱之一——半数的小市民当了它的密探，警察的同伙，他们的服役对此起了重大作用，因为国民自卫军本身就是一种警察组织。

在二月共和国时期，形成了三四种真正的秘密警察和一些半公开的秘密警察。其中有赖德律－洛兰的警察和科西迪耶尔②的警察，也有马拉斯特的警察和临时政府的警察，有秩序党的警察和反秩序党的警察，也有波拿巴的警察和奥尔良派的警察。它们全都在窥测方向，互相监视和告密；哪怕告密是出于信念，怀有最好的动机，不是为了钱，但告密总是告密……这是一种危害极大的习气，它给一方面带来悲惨的失败，给另一方面造成对金钱和享乐的不可理喻的、无法克制的欲望，它腐蚀了整整一代人。

还不应忘记，革命和复辟的轮番出现，留下了一些沉淀物，那就是道德上的黑白不分和观点上的摇摆不定。今天被认为是英勇和

---

① 富歇（1759—1820），法国政治活动家，曾于1793年在里昂镇压反国民议会的叛乱，大肆屠杀。1797年任警务部长，支持拿破仑的雾月18日政变，后成为法国秘密警察的头子。

② 科西迪耶尔（1808—1861），法国小资产阶级民主主义者，曾任巴黎警察局长。

高尚的事，明天被当作罪行而判处苦役，这在人们已不以为异；荣誉的桂冠和刽子手的恶名可以几次加在同一个人头上。大家习惯了这一切以后，一个暗探的王国便形成了。

最近秘密组织和秘密活动遭到的一切破坏，流亡者遭到的一切告发，都是由伪装分子、被收买的朋友以及以叛卖为目的混入内部的人干的。

到处都有例子证明，懦夫们害怕监狱和流放，出卖了朋友，告发了秘密——柯纳尔斯基①便是被这么一个胆小鬼害死的。但是不论在我们那里还是在奥地利，都还不存在这样一群年轻人，这些人受过教育，能讲我们的语言，在俱乐部里谈话激昂慷慨，又能写革命的文章，却担当着暗探的任务。

何况波拿巴政府的地位非常有利，它可以利用各党各派的告密者。它代表革命和反动，战争与和平，1789 年和天主教会，波旁王朝的残渣余孽和百分之四点五的人②。耶稣会徒法卢③，社会主义者比约④，君主主义者拉罗什雅克兰⑤，以及大批得到过路易－菲力普恩典的人，都在为它效劳。很自然，一切政党和一切政治色彩的人，全都汇集和走进了杜伊勒里宫。

---

① 波兰民族解放运动的领导人之一，他是被人出卖后由沙皇政府处死的。

② 指法国的资产者，但这个数字并不准确。

③ 法卢 (1811—1886)，法国正统主义者，制宪议会中教士集团的领袖。

④ 比约 (1805—1863)，法国政治活动家，奥尔良党人，后投靠路易·波拿巴，任内务部长。

⑤ 拉罗什雅克兰 (1805—1867)，法国正统主义者，1848 年革命后任制宪议会议员，第二帝国时期任参议员。

第四十章

欧洲委员会——俄国驻尼斯总领事——致阿·费·奥尔洛夫的信——对孩子的侦查——福格特一家——从七等文官变为赋税农民——沙特尔乡的接待

（1850—1851）

　　我们从巴黎到达尼斯后一年，我写道："我的悄然远遁只是空欢喜了一场，我在住处门口画五芒星符箓①也是白搭：我没有找到希望中的和平，也没有找到安静的避风港。五芒星符箓只能防恶鬼，防恶人任何符号也不管用——也许除非躲进与世隔绝的地洞才成。

　　"在1848年这一站和1852年这一站之间，我经历了一个枯燥而沉闷的、完全空白的时期，一段使我心力交瘁的路程——什么新事物也没有，有的只是令人心灰意冷的各种个人不幸；生活的车轮又脱落了一个。"

《法意书简》（1851年6月1日）②

---

① 中世纪一种避邪的符号。
② 引自《法意书简》第十三信。

确实，回顾那段时期，我便不禁悲从中来，仿佛想起了一次葬礼，一场大病，或者一次手术。即使不触及那覆盖在层层乌云下的内心生活，政治形势和报上的消息已足以使人逃进荒原了。法国像一颗坠落的行星，飞速走向了12月2日①。多灾多难的、被出卖的匈牙利，把德国送到了尼古拉的脚下。②各国雇佣的警察在一起开会，密谋策划，要为国际暗探事业采取共同的措施。③革命者依然只是做空洞的宣传。由于希望落空，站在政治运动前列的人迷失了方向。科苏特从美国回来后，失去了一部分人民的拥戴。马志尼在伦敦联合赖德律－洛兰和卢格，组织了欧洲中央委员会④……然而反动势力已越来越猖狂。

我和马志尼自从在日内瓦，后来在洛桑会面后，1850年又在巴黎碰头了。他是秘密进入法国的，住在一个贵族家里。他派了一个心腹把我找去，向我谈了在伦敦建立国际组织的事，问我是不是愿意作为俄国人参加；我没有作出肯定的答复。过了一年⑤，奥尔西尼到尼斯找我，把欧洲中央委员会的纲领和几份宣言交给我，还带来了马志尼再度邀请我参加的信。我不想参加委员会，当时我与整个

---

① 指1851年12月2日路易·波拿巴的政变。

② 1848年匈牙利爆发革命后，沙皇为扩大俄国在德国的势力，并防止普鲁士统一德国的意图，积极帮助奥地利镇压匈牙利的革命，在俄军的强大压力下，革命的左翼领袖科苏特被迫出走，匈军统帅格尔盖伊宣布投降，出卖了匈牙利革命。

③ 1848至1849年欧洲各国爆发革命后，普鲁士、法国、比利时、奥地利等国的警察便召开了联合会议，策划采取统一行动，扑灭欧洲的民主和民族解放运动。

④ 1850年7月，根据马志尼的倡议，欧洲民主派中央委员会在伦敦成立，以便把各国流亡者组织起来，促进民族和民主运动。但马志尼起草的纲领没有明确的政治目标，以致后来委员会内部矛盾重重。

⑤ 根据后面赫尔岑给马志尼的复信的日期（1850年9月13日），这应该不是一年，只是几个月。

俄国已完全隔绝，我还能代表俄国生活中的什么力量呢？但这不是唯一原因，我对欧洲委员会的不满另有缘故。我觉得，它没有深刻的思想做基础，内部不统一，甚至也没有这种必要，它的形式又是完全错误的。

委员会所代表的运动的那个方面，即恢复各被压迫民族的斗争，在1851年还不够强大，不应公开成立组织。这种委员会的存在只是证明英国立法当局的容忍，在一定程度上也表明英国内阁不相信它有什么力量，否则它势必对外国人通过一项法令，或宣布对他们不适用人身保护法①，予以取缔。

欧洲委员会除了吓唬各国政府以外就毫无用处，可是他们并未意识到这一点。最认真的人也极容易陶醉在形式主义中，让自己相信他们在做着什么，例如定期开会，编写文件、会议记录，讨论问题，投票表决，作出决议，印制宣言，发表政治主张等等。革命的官僚主义正如我们的文牍主义，把行动变成了文字和形式。在英国，形形色色的团体不计其数，它们都要召开隆重的会议，出席的有公爵和勋爵，教士和大臣。司库募集捐款，作家编写文章，所有这一切实际上什么也没有做。这些聚会大多是慈善性的，或宗教性的，它们一方面提供了消闲的机会，另一方面可以使从事世俗活动的基督徒的良心得到安慰。但是革命的元老院在伦敦不可能始终保持这种温顺、和平的性质。这是大声宣告的秘密活动，敞开大门进行的地下工作，也就是说这是不可能的。

秘密活动必须是秘密的。只有在英国和美国，秘密组织的时代

---

① 法律中保障人身自由的原则及各种规定，这里是指英国议会于1679年通过的《人身保护法》，它成为保障英国公民权利的一项基本法令。

已经过去。任何地方，只要有少数派，有群众中的先知先觉，企图把他们所理解的思想付诸实施，又没有言论自由，没有集会的权利，那里就必然形成秘密团体。我这么讲是毫无偏见的；自从少年时期的企图在1835年以我的流放告终以后，我再也没有在任何时候参加任何秘密组织，但这完全不是因为我认为把力量用在个人奋斗上更好。我不参加是因为我还没遇到一个组织符合我的要求，我可以在那里发挥我的力量。如果我遇到佩斯捷利和雷列耶夫的团体，我会毫不犹豫地参加进去。

委员会的另一个错误或另一个不幸，在于它缺乏统一性。把形形色色的要求汇集到一个中心，只有在可以发挥集体力量的真正的统一下才能办到。如果参加委员会的每个人只代表自己这个唯一的民族，这还妨碍不大，因为他们对一个主要敌人——神圣同盟的仇恨是统一的。但是如果他们的观点只在两个否定的原则（否定君主政体和社会主义）上取得一致，在其他方面并不一致，那么为了统一，让步是必要的，但这种让步势必损害每人所代表的民族的单方面利益，为了大合奏只触动某几根弦，结果这几根弦发出的声音特别响，这支混合乐队奏出的和声也变得不和谐、不协调、不平稳了。

看过奥尔西尼带来的文件后，我给马志尼写了下面这封信：

"亲爱的马志尼！我真诚地尊重您，因此不怕向您坦率地陈述我的意见。不论如何，请您耐心地、宽容地看完我的信。

"您可以算得是当代主要的政治活动家之一，您的名字是一直得到同情和尊敬的。可以不同意您的观点，您的行动方式，但是不能不尊重您。您的过去，1848年和1849年的罗马，使您不得不高傲地度着伟大的鳏居生活，等待着革命形势把预言革命必将到来的战士召回它的行列。正因为这样，我感到痛心，看到您的名字与一些毫无作为、只能败坏整个事业的人的名字，与那些给我们造成过灾难、也只能造成灾难的人的名字，并列在一起。

"这可能成为怎样一个组织？这只是一群乌合之众。

"无论是您还是历史，都不需要这些人，对他们所能做的一切只是宽恕他们的罪行。您指望用您的名字掩护他们，您指望他们分享您的影响，您的过去，可是他们能给予您的只是他们的不得人心，他们的过去。

"在那些宣言中，在《流亡者》①中，有什么新的东西？在那里能看到2月24日②以后的严峻教训吗？这只是从前的自由主义的继续，不是新的自由的开始——这是尾声，不是前言。为什么在伦敦不可能有您所希望的组织？因为它不能建立在不明确的目标上，只能以深刻的共同的思想为基础，可是这基础在哪里呢？

"你们的宣言是你们的第一次公开亮相，在这种情况下，它必须是完全真诚的，然而谁能在一份以上帝的旨意为名义发表的宣言后面，读到阿尔诺德·卢格的名字而不哑然失笑呢？③卢格从1838年起一直在宣传哲学的无神论，就他而言（如果他的思维还合乎逻辑的话），上帝的旨意应该便是一切反动势力的源头。这个让步是外交手腕，政治策略，我们的敌人的办法。何况这一切并非必要。宣言的神学部分纯粹是多余的，它无助于阐明观点和获

---

① 欧洲委员会的机关报。

② 1848年法国二月革命中"临时政府"成立的日子。

③ 欧洲委员会的宣言中提出了"上帝和人民"的口号，意即人民的意愿等于上帝的意旨，它便是在这名义下否定阶级斗争，保护私有财产，反对社会主义的。

得群众的支持。人民有自己信仰的宗教和教会。自然神论是理性主义者的宗教，这是代议制在信仰上的应用，包含在无神论形体中的有神论。

"就我而言，我宣传与不彻底的革命者的彻底决裂，离他们两百步还能嗅到反动的气息。他们的肩上背着千百个错误的包袱，可是直到现在他们还在为自己辩护，最好的证明便是他们仍在重复这些错误。

"《新世界》①上的文章同样空洞得可怕，那全是索然无味的炒冷饭，既幼稚又枯燥，简直叫人难以下咽。

"请不要以为，我这么讲是为了逃避工作。不，我不会无所事事，我的血管里有着太多的血，性格中有着太多的活力，我不可能扮演袖手旁观的角色。从十三岁起我就在为一个思想奋斗，站在一面旗帜下——反对一切专制政权，反对一切奴役，维护人的无条件的独立。我希望继续从事我小小的游击战——做一个真正的哥萨克……像德国人说的，自己做事自己负责；在革命的大军没有真正形成以前，暂时不做它的正规战士。

"在等待它的时候，我便写作。也许这等待会延续很久——人们的发展变化莫测，不以我的意志为转移，但是讲话、呼吁、劝导却是我能办到的，我要全心全意这么做，决不动摇。

"亲爱的马志尼，请原谅我写得这么坦率，这么长，继续保持对我的一点喜爱，不要把我当作一个背弃了您的事业，因而也是背弃了自己的信念的人。

1850 年 9 月 13 日于尼斯"

———————————

① 路易·勃朗在流亡期间发行的一种法文报纸。

马志尼为这信回答了几行友好的话，他没有接触到实质问题，只是说必须团结一切力量，以便统一行动，对大家的不同观点表示忧虑等。

就在马志尼和欧洲委员会想起我的那个秋天，尼古拉·帕夫洛维奇的反欧洲委员会^①也想起了我。

一天早晨，我家的女仆露出有些担心的脸色向我通报道，俄国领事在楼下，问我能不能接见他。我本来认为我同俄国政府的关系已经结束，因此对领事的来访不免有些吃惊，猜不出他对我还有什么贵干。

进来的是一个像德国人的官员，属于第二流的角色。

"我有事通知阁下。"

"尽管我毫不知情，"我回答道，"也不知它是什么性质，我几乎相信这是一个不愉快的消息。请坐下吧。"

领事红了脸，有些不安，然后在沙发上坐下，从口袋里掏出一张纸，把它摊开，念道："宫廷侍从将军奥尔洛夫伯爵通知涅谢利罗德伯爵^②，皇……"念到这里又站了起来。

幸好这时我想起了一件事：在巴黎我们的大使馆中，秘书向萨佐诺夫宣读沙皇命令他回国的圣旨时，曾肃然起立，当时萨佐诺夫不知这是为什么，也机械地站了起来，其实秘书这么做是出于职务上的需要，因为臣子在讲到皇上时必须肃立，把头微微俯下。这样，随着领事的起立，我故意靠在沙发上，坐得更舒服一些，而且但愿他能看到，一边向他点点头，说道：

---

① 指尼古拉一世的沙皇办公厅第三厅。

② 奥尔洛夫是当时沙皇第三厅长官，涅谢利罗德是内政部大臣。

"往下念吧，我在听呢。"

"皇上命令，"他继续念，重又坐下，"某某人应立即回国，并向该人宣布，不论其提出何种不能立即动身之理由，一概不准延期。"念完后他便不再作声。

我也一言不发。

"我该怎么回复上面？"他问，一边折好了纸。

"我不打算回国。"

"为什么？"

"不为什么，就是不想回国。"

"您考虑过没有，这一步……"

"考虑过了。"

"那怎么这样……请问我怎么复函？根据什么理由？……"

"不是不准提出任何理由吗？"

"我是说我该怎么复函，要知道，这是违抗圣旨！"

"那您就这么回复吧。"

"这是不可能的，我永远不敢这么写，"于是他的脸更红了，"说实话，您还是改变主意的好，趁现在这事还没闹到外边去。"（领事先生大概以为第三厅是与外界隔绝的。）

不论我的博爱精神怎么强烈，我还不能为了减轻驻尼斯领事回复上司的困难，甘愿坐进列昂季老爹①的彼得保罗隐修室，或者奔赴涅尔琴斯克，何况那时叶夫帕托里亚的败绩和尼古拉·帕夫洛维奇的肺炎②还没有一点影子呢。

---

① 即杜贝尔特，他作为第三厅的办公厅主任，宪兵团的所有监狱都由他负责。

② 在克里米亚战争中，1855年2月俄军在叶夫帕托里亚附近的战役中大败。据说这使尼古拉一世忧愤成疾，得了肺炎，随即于这年3月去世。赫尔岑对尼古拉一

"难道你到这儿来的时候，"我对他说，"一秒钟也没怀疑过我会回国吗？您不妨忘掉领事的身份，替我想想。我的领地已收归国家管制，我母亲的存款已被扣留，在做这一切时从没问过我一声，我想不想回国。在这以后我还回国，这不是发疯了吗？"

他不知说什么好，脸仍红红的，最后，他找到了一个巧妙的、聪明的、主要是新的主意。

"我无法想象……"他说，"我理解您的困难处境，但另一方面，皇上是慈悲为怀的！"我望了他一眼，他的脸又涨得通红了。"再说，您为什么不给自己留一些余地呢？您不妨给我写一封信，说您病得很重，我可以把它转呈伯爵。"

"这已经是老花招了，况且我没有必要说谎。"

"好吧，那么劳您大驾，给我写个书面答复吧。"

"可以。您把念过的公文留一份给我好吗？"

"这不符合规定。"

"很可惜。让我自己回忆吧。"

尽管我的书面答复十分简单，领事还是怕得要命，好像他会因此被调到一个偏僻地方，例如贝鲁特或的黎波里，以致直截了当对我说，这样的答复他不敢接受，也不敢转呈。我再三告诉他，这件事他什么责任也不用负，他还是不同意，要求我重写一份。

"这不成，"我反对道，"我采取这一步不是开玩笑，我也不想提出任何荒谬的理由，我的答复就是这信，您愿意怎么办就怎么办。"

"对不起，"那位自从尤尼乌斯·布鲁图和卡尔帕尼乌斯·贝斯

世的死一直抱有幻想，认为这可在一定程度上缓和俄国的专制政治。

蒂亚以来最仁慈的领事说道 ①，"您这信不是写给我的，是写给奥尔洛夫伯爵的，我不过代为转呈而已。"

"这并不困难，只要把'亲爱的领事'改成'亲爱的伯爵'即可，这我同意。"

我抄信时忽然想到，为什么给奥尔洛夫的信要用法文。如果用俄文写，那么他的办公室或第三厅里的那些老官僚便可能读到此信，它还可能送往枢密院，那么年轻的秘书课长也可能把它拿给文书们看，我为什么不让这些人都读到这信呢？于是我重抄时把它译成了俄文。这就是信的内容：

"亲爱的阿列克谢·费奥多罗维奇伯爵阁下：

"帝国驻尼斯领事通知我，皇上命令我回国。尽管我愿意回国，但在我的处境尚不明确以前，我碍难照办。

"一年多以前，我还没有收到要我回国的任何通知，我的产业已遭到查封，我放在私人手中的文件已被没收，从莫斯科汇给我的一万法郎也被扣留了。对我采取的这些严厉的非常措施说明，我不仅受到了指控，而且在未经任何查询、任何审问之前，已认定我有罪，并剥夺了我的一部分财产作为对我的惩罚。

"我不可能指望，单单回国便能使我免除政治案件的悲惨后果。我觉得我的一切行为很容易解释，但是在这样的案件中要审问的是我的观点和理论，判决也得根据它们做出。那么我能够，或者我应该让自己和家庭接受这样的审问吗？……

---

① 布鲁图是罗马最早的执政官。贝斯蒂亚也是古罗马较早的执政官。"领事"一词来源于拉丁文，与"执政官"是同一词，因此这里才这么说。

"阁下想必能谅解我的答复的单纯和坦率，并向皇上转呈我不得不继续留在国外的原因，尽管我对回归祖国具有真诚而深刻的愿望。

1850 年 9 月 23 日于尼斯"

我确实不知道，怎样才能答复得更客气一些，更简单一些，但是我们一向习惯了奴性的沉默，因此连这封信，尼斯的领事也认为大逆不道，奥尔洛夫本人大概也是这样。

沉默，既不笑，也不哭，而是按照规定程式回答，既不歌颂，也不谴责，既不高兴，也不悲伤，这便是专制制度的理想，每个臣民都得照此行事，而且士兵已经照办；但这是通过什么途径做到的呢？我给大家讲一件事。

尼古拉有一次阅兵时，看到排头的一个年轻人戴着一个十字勋章，便问他："这是在哪里得到的？"不幸这个兵是淘气的中学生出身，想趁机卖弄一下自己的口才，于是回答道："在陛下战无不胜的鹰旗下取得的。"尼古拉严厉地看了他和将军一眼，气呼呼地走了。将军跟着他，经过士兵面前时，举起拳头在他脸前扬了扬，说道："当心我把你这个狄摩西尼①钉进棺材！"

在这样的奖励下，可想而知，口才不可能扬眉吐气！

摆脱了皇帝和领事之后，我得设法改变没有护照的地位了。

前途一片黑暗，不容乐观……我可能死，那个脸红的领事可能到我家中搜查，取走我的证件，想到这一点，我不得不考虑在什么国家取得国籍的问题。不言而喻，我选择了瑞士，尽管正是在这个

---

① 古希腊的雄辩家。

时期瑞士的警察对我耍了一套花招。

我的第二个儿子出生后大约一年，我们吃惊地发现他完全没有听觉。医生的多次诊断和试验很快证明，恢复听觉已不可能。这时出现了一个问题：是不是像一般人做的那样听其自然，让他也成为哑巴。我在莫斯科看到的一些学校，根本不能叫我满意。用手势和符号交谈，这不是谈话，谈话就得用口腔和嘴唇。从书上我知道，在德国和瑞士，有人进行了实验，让聋哑人像我们一样讲话，并从嘴唇的形状得知别人讲的话。在柏林我第一次见到了对聋哑人所作的讲话教育，还听到了他们怎样朗诵诗歌。这比勒佩神父[①]的方法已前进了一大步。在苏黎世，这种教学又获得了很大改进。我的母亲非常宠爱科利亚[②]，决定带他到苏黎世住几年，让他上那儿的学校。

这孩子天然具备一些特殊的才能：永恒的宁静笼罩着他，使他活跃而热烈的天性集中向内，获得了显著的发展，同时这也养成了他异常敏锐的造型上的观察能力，他的眼睛总是闪动着智慧和专注的光芒；到了五岁，凡是到过我们家的人，他都能模仿得惟妙惟肖，还故意夸大某些特点，变得像漫画似的那么有趣，使人不能不发笑。

他进了学校半年已获得很大进展。他的声音低哑，重音也不太清楚，但他已能非常流畅地讲德语，别人对他讲的话，只要音节分明，他也都能理解。一切进行得再好没有，我途经苏黎世时向校长和教务委员会表示了谢意，说了不少感激的话，他们也对我很好。

但是我离开后，苏黎世市的长老们发现，我根本不是俄国伯

---

① 勒佩（1712—1789），法国教士，曾改进手势字母教学，并于1770年在巴黎建立了聋哑学校。

② 即赫尔岑的次子尼古拉，科利亚是他的爱称。

爵，只是俄国的流亡者，而且还是他们所不能容忍的激进派的朋友，与他们所仇视的社会主义者有来往；比这一切更坏的是我没有宗教信仰，并且公然承认这一点。最后这个事实是他们从那本可怕的书《来自彼岸》上读到的，这本书仿佛故意捉弄他们，是在他们鼻子底下由苏黎世一家最好的印刷所印行的。得知此事后，他们认为接受一个既不信仰路德，也不信仰罗耀拉 ① 的人的儿子在那儿上学，这是他们的耻辱，因此便寻找办法，要摆脱这个孩子。由于这个问题与上帝的旨意有关，上帝马上向他们指出了一条道路。市警察局突然提出，要查验孩子的护照，我从巴黎复信时，认为这只是官样文章，因为科利亚确实是我的儿子，在我的护照上已注明这一点，只是由于我与俄国大使馆的紧张关系，我没有为他单独申请护照。但警察局不满意，威胁要从学校和该市驱逐孩子。我在巴黎讲了这事，一个熟人把它登上了《国民报》。警察局怕张扬出去有失体面，便声明它不是要驱逐孩子，只是要我缴付一笔不大的"保证金"，担保孩子不是别人，而是他本人。几百法郎怎么就能保证呢？从另一方面说，如果我的母亲和我付不出这几百法郎，难道孩子就应该被驱逐吗？（我通过《国民报》提出了这问题。）在 19 世纪，在自由的瑞士，却发生了这种事！这以后，我已不想再让孩子待在这个驴子的洞穴中了。

但是怎么办呢？幸好学校中有一个最好的教师，是热心于聋哑人教学的年轻人，具有十分广博的知识，他不同意犹太教公会式警察局的意见，而且又是引起苏黎世州长老们义愤的那本书的忠实读

---

① 罗耀拉 (1491—1556)，西班牙教士，天主教耶稣会的创建人，死后被罗马教廷追谥为圣徒。

者。我们建议他辞去学校的职务，到我母亲家中教书，然后跟她一起前往意大利。他当然满口答应。学校当局气坏了，但没有法子。我的母亲带了科利亚和施皮尔曼到了尼斯。动身前，她派人去索回保证金，他们借口科利亚还在瑞士，没有给她。我从尼斯写了信。苏黎世警察局要我提供材料，证明科利亚已在皮埃蒙特[1]获得了合法居留权……

这太过分了，我给苏黎世州州长写了下面这封信：

"州长先生：

"1849年我的孩子五岁时，我把他送进了苏黎世聋哑学校学习。过了几个月，苏黎世警察局向我母亲要他的护照。由于在我们本国从不查看婴孩和在学校读书的孩子的身份证，因此我的儿子没有单独的护照，只是附在我的护照上。苏黎世警察局不满意这解释。它要保证金。我的母亲为了免得孩子遭受苏黎世警察局这种莫须有的怀疑，被勒令出境，因此缴付了该款。

"1850年8月，我的母亲打算离开瑞士，要求发还保证金，但遭到苏黎世警察局的拒绝；它得确切知道孩子业已离境之后才予发还。我的母亲到达尼斯之后，便委托阿维陀尔先生[2]和舒尔特格斯先生[3]领取该款，同时提交了证件，说明我的被怀疑的六岁的儿子已在尼斯，不在苏黎世。苏黎世警察局仍不同意发还保证金，这时它要求的是另一种证明，即由此地警察局证明，我的儿子已'正式获准在皮埃蒙特居住'。舒尔特格斯先生把这意见通知了阿维陀尔先生。

---

① 当时尼斯属于撒丁－皮埃蒙特王国。

② 尼斯的银行家。

③ 苏黎世的银行家。

"看到这种在苏黎世警察局中发生的有趣的怪现象，我拒绝了阿维陀尔先生劝我提交新证件的建议，尽管他极其关切，愿意亲自为我领取。我不想满足苏黎世警察局的这个要求，因为它虽然权力极大，还是无力行使国际警察的职权，也因为它的要求不仅是对我的侮辱，也是对皮埃蒙特的侮辱。

"州长先生，撒丁政府是文明的、自由的政府。它怎能不允许一个六岁的、有病的孩子在皮埃蒙特居住呢？我确实不明白，对苏黎世警察局的这种要求该作何解释——是对我们的奇怪的捉弄，还是对保证金具有特殊的爱好？

"州长先生，我把这事提请您明断，并要求阁下，如再度拒绝，务请费心向我说明原由，因这事过于离奇，又涉及我的切身利益，我认为我没有义务不向全社会公布此事。

"我已再次写信请舒尔特格斯先生汇交此款，并可大胆向您保证，不论是我的母亲，是我，还是我被怀疑的孩子，在遭到警察局的一切刁难之后，都决不会再存丝毫重回苏黎世的奢望。在这方面已毫无危险可言。

1850 年 9 月 9 日于尼斯"

不言而喻，这以后，苏黎世警察局尽管具有统治全世界的野心，还是发还了保证金……

……除了加入瑞士国籍，我不想在欧洲任何国家，包括英国在内，取得国籍。主动归顺任何国王，作他的臣民，都是我所不乐意的。我离开一个坏老爷，不是为了投靠一个好老爷，而是要摆脱奴役地位，成为自由的耕耘者。因此只有两个国家供我选择：美国和瑞士。

我非常尊重美国，我相信它有远大的前途，知道它今天已比过去加倍接近欧洲，但是美国的生活令我厌恶。很可能，那些倔强的、粗犷的、严峻的气质在那儿形成另一种性格。美国还没有定型，还没有建成，工人和技术人员穿着日常的工作服，正在那儿扛木材，抬石块，有的锯，有的砍，有的钉，忙忙碌碌……为什么外国人要住进这幢还没建成的屋子呢？

除此以外，正如加里波第说的，美国是一个使人"忘记祖国的国家"，那么让那些对祖国失去了信心的人投奔那儿吧，他们应该离开自己的墓园。但是对我说来却正好相反，随着我对拉丁－日耳曼的欧洲失去一切希望，我对俄国的信心重又恢复了——当然，在尼古拉死前回国，那是荒谬的。

这样，我只剩了一条路：与海尔维第联盟①的自由人士联结在一起。

法齐在 1849 年已答应让我在日内瓦取得国籍，但一直拖延没办，也许他不愿由于我的入籍使他州内又多出一个社会主义者。这叫我厌恶。我不得不度过这一段困难时期，最后几堵墙壁已摇摇欲坠，随时可能倒在我的头上，危机一触即发……卡尔·福格特②建议我为加入国籍的事写信给尤·沙勒③，他当时是弗里堡州州长和当地激进派的领袖。

---

① 即瑞士联邦。1798 年法国征服瑞士后，在今瑞士联邦的大部分地区建立了海尔维第共和国，由于内部派别林立，矛盾迭起，于 1802 年由拿破仑予以改组，建成了瑞士联邦，又经 1815 年的维也纳会议被确认为永久中立国。

② 福格特（1817—1895），德国自然科学家，庸俗唯物主义者，1848 年革命的参加者，后成为法兰克福国民议会议员，议会被解散后，流亡至瑞士。他与赫尔岑关系密切。但马克思曾指责他后来成了拿破仑三世的密探。

③ 沙勒（1817—1871），瑞士弗里堡州州长，后担任瑞士联邦议会副议长。

但提到福格特，首先得谈谈他是何许人。

在德国单调、狭隘、宁静的生活之流中，有时像对它的补偿似的，会出现一些茁壮刚强的家庭，它们充满生机、毅力和才华。那些天资聪颖的人一代接一代诞生，他们人数极多，连绵不断地保持着发达的智慧和体魄。当你在一条偏僻阴暗的小巷中，看到一幢并不显眼的、建筑古老的房子时，你很难想象，一百多年来，有多少年轻人从它磨光的台阶上下来，肩上挂着背包，包里装着用头发和攀折的花朵制作的各种纪念品，那些由母亲和姐妹含着泪水赠予他们、祝他们一路平安的礼物……走进了世界，要完全依靠自己的力量，在科学上出人头地，成为著名的医生、自然科学家或文学家。他们离开后，那幢瓦顶的小房子里又会出现新一代的大学生，准备挺起胸膛，在茫茫的未来中为自己开辟一条道路。

尽管这里什么也没有，但是有值得继承的范例和血统。每个人一开始就知道，到了一定的时候，老奶奶就会送他走下石台阶——这位老奶奶曾亲手把三代人接到世上，在小木盆中给他们洗澡，然后满怀希望地送走他们；他知道，高傲的老奶奶也对他充满信心，相信他会有所成就……一定会有所成就！

有时，过了许多年，这一切分散在各地的人会团聚在老房子里，他们老了，但他们是挂在小客厅中的那些画像的本人，尽管在画像中他们还戴着大学生的制帽，裹在大氅里，被画师以伦勃朗的笔法渲染得栩栩如生。这时屋子里变得热热闹闹，两代人彼此见了面，相聚一堂……然后又各自回转工作岗位。当然，这种会面总会使哪一个对另一个产生持久不衰的好感，当然，在这种场合，感伤、眼泪、意外的馈赠、甜甜的果浆馅饼都是不可避免的，但是这小小的涟漪在现实生活的诗歌面前会逐渐平息，那是充满活力和行动的诗歌，在贵族阶级退化的病态的孩子中间已很难见到，在必须严格按照自己的收支账目生育相应数量孩子的资产阶级中，更是难以见到了。

这种具有古日耳曼风味的家庭是令人神往的，福格特便出身于这样一个家庭。

福格特的父亲是伯尔尼一位非常卓越的医学教授；母亲出身于福伦家族，这是个独特的家族，在瑞士日耳曼家庭中曾名噪一时。福伦家的人在土根邦德^①和大学生协会^②时期，在卡尔·桑德^③和1817至1818年的政治狂热时期，是青年德意志的领袖人物。福伦家一个人曾因瓦特堡纪念路德的活动被捕入狱，^④他确实作了煽动性演说，接着又把耶稣会图书和反动书报，以及专制和天主教权力的一切象征付之一炬。大学生们幻想把他推上统一而不可分割的德意志帝国的皇位。在1849年，他的外孙卡尔·福格特真的当了这个帝国的"代理摄政"^⑤之一。

在福伦家的外孙和伯尔尼教授的儿子的血管里，一定流动着健全的血。要知道，归根结底一切都在于化学成分，在于元素的性质。关于这一点，卡尔·福格特是不会与我争论的。

---

① 意为"道德同盟"，1807年6月在德国建立的一个政治组织，目的为反对拿破仑在德国的统治，曾获得群众的广泛支持。1809年被拿破仑下令解散。

② 德国学生组织，1815年在耶拿大学成立，1817至1818年展开过大规模的活动，1819年被政府取缔后，转入地下，后曾积极参加1848年的德国革命运动。

③ 德国大学生协会的重要成员，他对科策布的行刺成为德国政府镇压大学生协会的导火线。

④ 瓦特堡是德国历史上著名城堡，属萨克森公国。这里所说福伦家的人指奥古斯特·福伦，他是德国诗人及政论家，曾在瓦特堡领导示威运动。

⑤ 德国在中世纪设立的一种职位，在皇帝年幼、临时外出或患病时代理国政。法兰克福国民议会曾推选五人代理摄政团，福格特是其中之一。

1851 年我路经伯尔尼。一下驿车，我就带着福格特的信去找他父亲了。他在学校里。我见到了他的妻子，一个殷勤、愉快、非常聪明的老太太；她把我作为她儿子的朋友接待，马上带我观看他的画像。她的丈夫最早要六点钟才能回家；我非常想见到他，后来又去了，但他已出门为一个病人会诊。老太太第二次见到我已像个老朋友，带我走进饭厅，要请我喝一杯酒。一张大圆桌占据了屋子的一部分，它是固定在地板上不能移动的；我早已听福格特谈起过这张桌子，因此见到它觉得特别亲切。它的中心部分可以绕着一根轴转动，那上面放着各种食品：咖啡和酒，还有进餐需要的一切，如碟子、芥末、盐等等，因此不必麻烦别人，也不用仆人侍候，每人都可以把需要的东西，如火腿或果酱，转到自己面前。只是不能心不在焉，或者讲得太起劲，否则难免要芥末时却把匙子伸进了糖缸，因为别人可能也在转动桌面。在这个兄弟姐妹不少，又常有熟人和亲戚会集的大家庭中，各人都有自己的工作，自己的时间安排，晚上要一起用餐是不容易的。谁回到家中，想吃什么，就可以坐到桌边，把桌面转向左边，转向右边，自己掌握一切，十分方便。母亲和姐妹们只要在旁照顾一下，吩咐送上这道菜或那道菜就可以了。

我不能在那儿等候，法齐和沙勒当时在伯尔尼，晚上要来找我。我答应如果我还能耽搁半天，我会再去看他们；临走前，我邀请福格特的小兄弟，一个法学家，上我那儿吃晚饭。我没有请老人，因为时间已这么晚，他又忙了一天，不便再麻烦他。但是将近十二点时，茶房领着一个人小心翼翼推开了门，通报道："福格特教授先生"，我马上从桌后站了起来，迎上前去。

老人进屋了，他身材相当高，容貌聪慧，富于表情，显得精神矍铄，生气勃勃。

"您的来访对我真是加倍可贵，"我对他说，"在您劳累一天之后，我没敢请您这么晚出门。"

"可我不愿在伯尔尼错过见到您的机会。我听说，您已到我家去过两次，又邀请了古斯塔夫，我只得做不速之客了。我见到您非常非常高兴，不仅卡尔在信上谈到了您，而且不是说恭维话，我很想认识《来自彼岸》的作者。"

"我衷心感谢您，这儿是椅子，请坐吧，我们正在吃晚饭，您要点什么？"

"我不想吃什么，但很愿意喝一杯酒。"

他的外表、谈吐和举止，显得那么从容不迫，它们流露的不是那种拘泥古板、多愁善感的衰弱老人的慈祥，而是坚强自信的人所表现的温厚心理。他的出现丝毫没有使我们感到拘束，相反，还使气氛更活跃了。

我们天南地北无所不谈，但不论谈什么，他似乎都很熟悉，而且对答如流，妙趣横生，有自己的见解。有人提到了联邦音乐会，它是这天上午在伯尔尼大教堂举行的，除了福格特，大家都参加了。音乐会规模巨大，瑞士各地的音乐家和男女歌唱家全都汇集到了这儿。音乐当然是圣乐，演奏的海顿的名作《创世记》技巧纯熟，表现深刻。听众全神贯注，但很冷淡，走出大教堂时，像做了礼拜出来。我不知道他们的虔诚精神怎样，但情绪是不高的。我自己也是这种感觉。由于一时不慎，我向一起走出大教堂的几个熟人谈到了这一点；不幸这些人都是虔诚的学者，热情的音乐家，他们听后便攻击我，宣称我是门外汉，不适宜听深刻、严肃的音乐。"您只喜欢肖邦的圆舞曲。"他们说。我想，这还问题不大，但我承认我不是一个合格的法官，因此没有申辩。

必须有极大的勇气才能承认自己的印象与普遍接受的观点或偏见相反。长期以来，我不敢在旁人面前公开说，《被解放的耶路撒冷》①索然无味，《新爱洛伊丝》②使我无法读完，《赫尔曼与窦绿苔》③虽然是一部杰作，但枯燥得叫人讨厌。我向福格特谈了这样的意思，告诉了他我对音乐会的看法。

"那么，"他问，"您喜欢莫扎特吧？"

"非常喜欢，无条件喜欢。"

"这我理解，因为我完全同意您的看法。生活在现代的人怎么能矫揉造作到这种地步，以致在那样的宗教情绪面前会感到其乐无穷，十分自然呢？对于我们，正如不可能有宗教文学一样，也不可能有虔诚派音乐——它们在我们眼里只有历史意义。相反，莫扎特表现的是我们所熟悉的生活，他的曲子发自内心丰富的感觉和热情，不吐不快，不是为了祈祷。我记得，当《唐璜》，当《费加罗的婚礼》④刚出现时，它们使人多么兴奋，带给了我们多少新的欢乐的源泉！莫扎特的音乐开创了一个新世纪，正如歌德的《浮士德》，正如1789年一样，是人类智慧的革命。我们在他的作品中看到，18世纪的启蒙思想和尘世生活闯入了音乐；随着莫扎特的出现，革命和新世纪走进了艺术中。是的，在《浮士德》之后，谁还会读克洛卜施托克⑤的诗歌，没有信念的人谁还会去听音乐中的这种礼拜仪式？"

---

① 意大利文艺复兴时期的伟大诗人塔索（1544—1595）的叙事长诗。

② 卢梭的书信体小说。

③ 歌德的长篇叙事诗。

④ 这里的《唐璜》和《费加罗的婚礼》都是指莫扎特的歌剧。

⑤ 克洛卜施托克（1728—1803），德国著名诗人，诗歌以宗教题材为主。

老人娓娓而谈，讲得滔滔不绝，引人入胜，我在他的酒杯里又斟了两次酒，他没有拒绝，也不忙着喝。最后他看了看表。

"哎哟！已经两点了，再见，九点钟我还得去看一个病人。"

我怀着真诚的友谊送他回家。

过了两年，事实证明他那盖满白发的头脑还多么清醒有力，他的理论还多么接近真理，那就是说多么接近实际。库德利赫医生[①]是维也纳的流亡者，向福格特的一个女儿求婚，父亲同意了，但是新教宗教事务所忽然要未婚夫提交出生证件。他是流亡者，当然不可能从奥地利弄到证件，因此他提交了对他进行缺席审判的判决书。本来这事只要有福格特一人证明和同意就可以了，但伯尔尼的虔诚派教徒出于对福格特和一切流亡者的仇视，坚持要出生证。于是福格特邀集了所有的朋友和教授，以及伯尔尼的各界知名人士，向他们宣布了这件事，然后把女儿和库德利赫叫来，拿起他们的手，给他们主持了婚礼，向在场的人说道：

"朋友们，我请你们作证，我作为父亲祝福这婚姻，并根据我女儿本人的意愿，把她嫁给这个人。"

这个行动吓坏了瑞士的虔诚派教会，它又恨又怕，因为开创这先例的不是头脑发热的年轻人，不是无家可归的流亡者，而是一个无可指责的、人人尊敬的老人。

现在我得丢下父亲，谈他的大儿子了。

我与他是 1847 年在巴枯宁家认识的，但直到我们住在尼斯的两年才特别接近。他不仅思想豁达，而且在我见过的人中，性格也是最开朗的。如果我知道他不致活得太久，我还会认为他是一个非

---

① 库德利赫（1823—1917），1848 年维也纳革命的参加者。

常幸福的人；可惜命运是不可预测的，它让他一直活到了现在，然而它给予他的却只是偏头痛。他的天性是实际的，活跃的，对一切都开诚布公；他具有获得幸福生活的许多条件，永远不致烦恼的全部条件，几乎没有什么会引起他内心的痛苦，他也不会让不满的思想折磨自己，在理论上既没有怀疑和困惑，在现实生活中也没有忧虑和不能实现的理想。他是自然美的热烈崇拜者，孜孜不倦的科学工作者，一切在他看来都轻而易举，毫不费力；他根本不是迂腐的学究，他像艺术家一样对待自己的工作，它便是他的乐趣；从性格上说他是激进的，从气质上说他是现实的，但是从他对待事物的明朗而仁慈的讽刺态度看，他是具有人道精神的人。他的生活环境再也确切不过地可以应用但丁的那句话："这儿的人是幸福的。"①

他过着朝气蓬勃、无忧无虑的日子，什么地方都不退缩，什么地方都站在第一线；他不怕痛苦的真理，像观察水螅和海蜇一样观察着人们，除了人们所能给予的，他从不向这些人，也不向那些人提出任何要求。他的观察并不肤浅，但他觉得没有必要超过一定的深度，因为在那个深度以下，一切便不再明确，可以说事实上已脱离了实际。人们以痛苦为乐的那种神经质的漩涡对他没有吸引力。他对生活抱着单纯而明朗的态度，这从他健康的观点中排除了那种既悲伤又兴奋的诗意，那种病态的幽默感，尽管这是我们所喜爱的，正如我们喜爱一切惊险和刺激的东西一样。我已说过，他的讽刺是善意的，他的嘲笑是愉快的；他第一个会对自己的戏弄发出由衷的微笑，然而这些笑谈却弄得那些教授学究和圣保罗大教堂②议

---

① 引自但丁的《神曲·炼狱篇》第三十歌。
② 指德国美因河畔法兰克福的圣保罗大教堂，1848 至 1849 年的法兰克福国民议会便在这里开会。

会中的同人们大为扫兴，损害了他们舞文弄墨和喝啤酒的乐趣。

这种对生活的实际态度是我们共同的，一致的，正是它把我们联系在一起，尽管我们的生活和发展千差万别，在许多问题上我们都有不同的看法。

我没有，也不可能有福格特那种和谐与统一。他受的教育如此正规，正如我的毫无系统一样；无论从家庭的渊源看还是从理论的成长看，他都是一脉相传，继承了家庭的传统。父亲始终作为榜样和鼓舞者站在他的旁边，遵照他的样子，他研究了自然科学。在我们那儿，两代人之间通常是有隔阂的，没有共同的精神上的联系。从早年起，我就与周围一切人的观点相对立，在育儿室中已成了反对派，因为我们的长辈，我们的祖先不是福伦们，而是地主和参政官。走出育儿室以后，我又以同样的愤慨投入了另一场斗争，后来刚结束大学生活，又走进了监狱，接着便是流放。科学研究到此中断了，放在我面前的是另一种研究工作——研究这个一方面灾难深重、另一方面卑鄙无耻的世界。

由于对这种病理现象的厌烦，我如饥似渴地投入了哲学研究，而福格特却对哲学怀有无法遏止的反感。读完医科大学之后，他取得了医生的证书，只是他不想开业，说他对这种医学魔法缺乏足够的信念，又全心全意投入了生理学的研究。他的著作不仅立刻引起了德国学术界，也引起了巴黎科学院的注意。他成了吉森大学的比较解剖学教授，李比希①的同事（后来与他在化学神学问题上发生过激烈的论争），然而就在这时，1848年的革命风暴把他从显微镜旁边吹走，送进了法兰克福国民议会。

----

① 李比希（1803—1873），德国著名化学家，对化学作出过重大贡献。

不言而喻，他站在最激进的一边①，发言十分尖锐和大胆，使温和的进步分子，有时也使并不温和的普鲁士国王②不能忍受。他根本不是一个政治家，可是客观形势使他成了反对派的"领袖"之一。当担任帝国摄政的约翰大公③终于撕下仁慈和平民派（这是由于他娶了一个驿站长的女儿，有时穿穿燕尾服才获得的声望）的假面具时，福格特和四个同事被推选组成五人摄政团代替了他。这时，德意志的革命迅速走到了下坡路：各个政府已达到目的，赢得了必要的时间（这是梅特涅的主意），再容忍议会便不符合它们的利益了。被驱逐出法兰克福的议会像鬼魂一样在斯图加特游荡了一个时期，获得了"影子国会"的可悲名称之后，便被反动势力扼杀了。④等待摄政们的只是监狱和苦役，他们只能一走了事……福格特翻山越岭到了瑞士，掸掉法兰克福大教堂的尘土，在旅客登记簿上写的是："卡·福格特，日耳曼帝国摄政团成员，在流亡中"；他又恢复了泰然自若、无牵无挂的愉快心情，对自然科学不知疲倦的工作热情。为了研究海生植形动物，他于1850年到了尼斯。

尽管我们来自不同的地方，走过不同的道路，我们是在科学上清醒的成年时期相遇的。

我是不是像福格特那么始终如一，是不是那么清醒地对待生

---

① 福格特在法兰克福国民议会中属于以小资产阶级民主主义者罗伯特·勃鲁姆为首的左翼，主张在德国成立联邦共和国，但并不十分彻底。

② 指腓特烈·威廉四世，曾被法兰克福国民议会选为德意志皇帝，但未接受，思想倾向保守。

③ 约翰大公（1782—1859），奥地利皇族，在法兰克福国民议会上被选为德意志帝国摄政，曾表现一定的自由主义思想，后转向反动。

④ 法兰克福国民议会于1949年5月被勒令迁移到斯图加特，一个月后即被当地军警解散。

活？现在我觉得不是这样。不过我不知道，从清醒开始是不是好；它固然可以防止许多灾祸，但也可以使人丧失对生活中一些美好时刻的感觉。这是一个困难的问题，幸好对每个人说来，它不是由推理和意志，而是由素质和形势决定的。从理论上说我已获得解放，我并不想保留各种不一致的信念，但是它们会自行留在我的心中——我克服了革命的浪漫思想，然而对进步和人类的神秘信念，比其他神学信条更加顽强；即使我也克服了它们，在我身上仍会残留着对个人的崇拜，对两三个人的信仰，对自己和对人的意志的信心。这中间当然存在着矛盾；内在的矛盾会导致不幸，这是特别令人痛心和惋惜的，因为它们先期剥夺了人的最后安慰——在自己面前证明自己无辜的理由……

在尼斯，福格特以非凡的勤奋从事工作……地中海边温暖平静的海湾为各种海上生物提供了丰富的孳生地，以致随处可以找到它们。到了夜里，它们的磷光闪闪烁烁，像垄沟似的分布在海面；在船身和船桨的后边，纽鳃鳟①几乎可以用手，用任何器皿随意捞到。因此这里有取之不尽的材料。从一清早起，福格特便对着显微镜坐下，观察，绘图，记录，阅读，到了五时，便去游泳（他在水里像鱼一样灵活），有时跟我一起，然后上我家吃饭；他永远是愉快的，随时准备进行学术论争，或做各种小事，跟着钢琴唱些滑稽歌曲，或者给孩子们讲故事，他的话总是那么生动，孩子们会一动不动接连听几个小时。

福格特具有杰出的教育才能。他在我家里半真半假地给女士们讲过几次生理学。他讲的一切都这么有趣，这么单纯，表达得这么

---

① 一种小型胶质无脊椎动物，常见于南半球海洋中。

鲜明生动，而他为了达到这种明确性所经历的漫长路程，却没有人知道。教育的全部任务正在这里——为了使科学变得容易理解，容易接受，就得迫使它用简单的、普通的语言说明自己。

没有不能懂的科学，只有不能懂的叙述，那就是还没有消化的语言。学者的语言是程式化语言，与符号无异，这是一种速写，一种代用品，只适合于学者；内容隐藏在代数公式中，是为了在揭示规律时不必千百次重复同一些话。在通过一系列烦琐的方法时，科学的内容身上长满了这类学院的杂草，而教条主义者习惯了这套乖僻的语言，不会使用别的语言，它对于他们是可以理解的——年老之后，他们甚至觉得这种语言非常宝贵，这是他们用血汗挣到的收获，与庸俗的语言是不同的。随着我们从学生走向实际知识，桁架和脚手架就变得讨厌了，我们要求单纯的叙述。谁没有看到，初学者使用的艰难术语总是比精通的人多得多？

科学上晦涩的第二个原因来自教学者的不良用心，他们企图掩盖一部分真理，回避危险的问题。科学怀有某种目的，而不是传播真正的知识，它就不是科学。它应该具备直言不讳的勇气。谁也不能指责福格特不够坦率，畏缩退让。倒是"感情脆弱的人"会责备他过于直截了当，过于直截了当地说明他所认识的、与公认的谎言针锋相对的真理。基督教观念使我们习惯了二元论和理想的思维方式，以致一切自然而健康的东西反而引起我们的不快。我们的智慧经过许多世纪的歪曲，看不惯毫不掩饰的美和日光，需要阴暗的粉饰。

不少人读了福格特写的东西十分气愤，认为他满不在乎地接受了最尖锐的结论，轻易抛弃了公认的事物，毫不痛心，也不想花大力气，便企图调和神学与生物学，仿佛神学根本不在他的话下。

确实，福格特的个性就是这样，他从来不改变自己的想法，也不可能改变，他那直率的现实主义便来源于此。神学的诘难对他只具有历史意义；从他朴素的观点来看，二元论的荒谬是显而易见的，他不屑与它展开认真的论争，正如他的对手们（化学神学家和生理学圣父们）也不可能郑重其事地去驳斥魔法或占星术。福格特只是以嬉笑怒骂的方式答复他们的攻击，但是不幸，这是不够的。

他面对的那些无稽之谈是普遍的看法，因而是十分严重的。人脑的童年时期正是这样，它不能接受简单的真理；对于不明事理、迷惘、混乱的头脑而言，只有不能理解的事物，不可能的或荒谬的事物，才是可以理解的。

不用讲普通的老百姓，就连文学和教育界，法律和知识界，政府和革命家们，也争先恐后地支持人类世代相传的荒唐见解。正如七十年前严峻的自然神论者罗伯斯庇尔之处死阿纳卡西斯·克洛斯[①]一样，今天的某些瓦格纳[②]们也会把福格特送上断头台。

战斗是不可能的，优势在他们一边。面对这一小群学者、自然科学家、医生、两三个思想家和诗人的是整个世界：从庇护九世和他的《圣母无原罪成胎谕》[③]，到马志尼的"共和制上帝"[④]；从莫斯科的正教斯拉夫主义政客，到拉多维茨中将[⑤]——他临死时还念念不忘交代生理学教授瓦格纳：灵魂是不灭的，必须保卫它，这是一件

---

① 克洛斯男爵（1755—1794），法国大革命时期的激进民主派，后来罗伯斯比尔指责他为"非基督教化分子"，企图彻底摧毁宗教，因而被送上断头台。阿纳卡西斯是他的化名。

② 瓦格纳（1805—1864），德国生理学家，活力论和唯灵论者。

③ 教皇庇护九世于1854年颁布《圣母无原罪成胎谕》。

④ 指马志尼在欧洲委员会宣言中提出的"上帝与人民"的口号，根据这口号，他认为共和制是上帝的意旨。这与君权神授具有针锋相对的意义。

⑤ 拉多维茨（1797—1853），普鲁士保守派政治家和将军，1850年曾担任普鲁士首相。

从来没有人想到要写进遗嘱的事；从美国召唤亡灵的巫师，到英国骑在马上向列队的印第安人宣讲上帝教诲的上校传教士。自由人所能做的只是保持对真理的信念，把希望寄托在未来几代人身上……

……有人企图证明，这种精神错乱，这种宗教狂热是公民社会必不可少的条件，为了让人能平静地生活在别人旁边，必须使双方失去理智，吓唬他们，而这种疯狂是唯一的手段，依靠它才能创造历史，但是这又能说明什么呢？

我记得有一幅法国漫画，那是针对傅立叶主义者和他们的热烈追求的，画上是一头驴子，驴背上缚着一根直立的木杆，杆子上挂着一束干草，驴子看到干草，为了吃它就得朝前走，这样，干草当然也朝前移动了，驴子永远落在它的后面。这善良的牲口也许会永远这么走下去，但是难道它会永远受愚弄吗？

现在我得谈另一件事了：正当一个地方毫无理由地把我撵走时，另一个地方却热情地接待了我。

沙勒答应福格特为我的国籍问题帮忙，那就是物色一个愿意接纳我的公社①，然后向联邦议会提出。取得瑞士国籍必须先找到一个乡村或城市同意接受新的公民，这个规定是完全符合每个州和每个城镇乡村实行自治的原则的。莫拉（墨顿）湖边的沙特尔乡答应了，只要向乡里缴纳一笔不多的钱，它就可以接纳我的家庭作它的农村居民。这个乡离墨顿湖不远，勇敢者查理②便是在这里

---

① 公社本是中世纪西欧实行自治的城镇，社员之间必须互相保护和帮助。后来随着中央集权的加强，公社的自治权便逐步缩小。
② 勇敢者查理（1433—1477），勃艮第公爵，为建立勃艮第王国，脱离法国独立，屡次与法王路易十一作战，最后于征服瑞士各州后，在莫拉附近的战役中被路易打败身死。

被击败身死，后来奥地利（接着又有彼得堡）书报审查机关就利用他的不幸身亡，在罗西尼的歌剧中用他的名字代替了威廉·退尔的名字。①

　　事件提交给联邦议会，两个耶稣会议员表示反对我，但没有办法阻挠。其中一人说，应该先查明我为何被流放，是什么激起了尼古拉的愤怒。有人回答道："这件事本身已说明了一切！"结果哄堂大笑。另一个为了谨慎起见，装出客气的样子，要求增加保证金，免得万一我去世，我的孩子们的教育和生活费用落在穷苦的乡民们身上。沙勒的回答满足了这位耶稣的门徒的要求。我的公民权获得了极大多数的通过，于是我从俄国的七等文官一变而成了墨顿湖畔沙特尔乡的赋税农民，弗里堡州文书在我的身份证上写的是："该人原籍为莫拉附近之沙特尔乡。"

　　其实改变国籍并不影响在本国的升迁，眼前我就有两个光辉的例子：路易·波拿巴作过图尔高维亚的公民②，亚历山大·尼古拉耶维奇是达姆施塔特的市民③，可是在他们取得这些公民权之后，依然当上了本国的皇帝。当然，我的前程不会这么远大。

　　我得到消息，知道居留权获得批准以后，少不得要去一次与新同乡见见面，表示感谢。何况正是在这时我迫切希望独自清静一下，以便对自己进行反省，一方面回顾过去，一方面展望笼罩在迷

---

① 意大利作曲家罗西尼根据席勒的剧本创作的歌剧《威廉·退尔》在奥地利和俄国上演时，被改名为《勇敢者查理》，情节也作了适当变动，用诸侯争霸代替了争取民族独立的思想。

② 图尔高维亚在瑞士图尔高州，路易·波拿巴青年时代曾流亡瑞士，1832 年在图尔高州取得了瑞士国籍。

③ 达姆施塔特在德国黑森州，沙皇亚历山大二世登基前于 1841 年娶了黑森－达姆施塔特大公的女儿马利亚为妻，因而取得了该公国的公民权。

雾中的未来，因此我很欢迎这个外在的推动力。

在我离开尼斯的前夕，当地公安局长约我前去，向我宣布了内务大臣的命令：立即离开撒丁王国的领土。这个奇怪的措施出自一向态度随和、办事圆滑的撒丁政府，使我大惑不解，超过了1850年巴黎对我的逐客令。而且这事来得无缘无故，莫名其妙。

据说，这是多亏了两三个住在尼斯的俄国大忠臣的关心才发生的，我愿意指出，其中一个是司法大臣帕宁。他不能容忍一个弄得皇上非常生气的人不仅安然无恙地活着，还与他住在同一个城市里，而且明明知道皇上不喜欢他的文章，他仍照写不误。据说，司法大臣到了都灵，向阿泽利奥大臣^①提出，要求为了他们的友谊驱逐我。阿泽利奥大概还记得，我关在克鲁季茨兵营时，为了学习意大利语，拜读过他的《巴莱塔的骑士比武》（一部"既非古典的、也非旧式的"^②小说，尽管同样枯燥无味），因此没有采取行动。不过他之不肯马上驱逐我，也可能是因为他觉得，在达成这种友好的谅解以前，俄国先得派出大使，可是当时尼古拉还在为查理·阿尔贝特的叛逆思想生气呢。^③

然而一旦需要，尼斯的行政长官和都灵的大臣们便会利用对我的诬蔑。在我被驱逐前几天，尼斯爆发了"人民骚乱"——船夫和小店主在银行家阿维陀尔花言巧语的煽动下，提出了抗议，反对压

---

① 阿泽利奥（1798—1866），意大利政治家、作家和画家，曾任撒丁王国首相兼外交大臣。都灵当时为撒丁王国都城。

② 借用普希金的长诗《努林伯爵》中的句子。

③ 撒丁国王查理·阿尔贝特年轻时曾对意大利的烧炭党运动发生过兴趣。1821年又支持过皮埃蒙特的革命活动，登基后又于1848年首先颁布了宪法，并向奥地利宣战，表示了维护民族独立的意愿，因此取得了"开明君主"的声誉。这一切引起了沙皇尼古拉一世的不满，于1849年与撒丁断绝了外交关系。

制这个自由港，态度相当强硬，他们宣称尼斯公国是独立的，具有不可剥夺的权利；整个王国普遍实行的低关税政策削弱了尼斯的特殊利益，没有尊重"尼斯公国的独立地位"和"记载在历史文件上"的权利。①

阿维陀尔，这位帕隆河（一条流经尼斯的干涸的小河）边的奥康内尔②被捕入狱，尼斯街头夜里还出现了巡逻队，人民也出动了，双方唱着歌，但唱的是同样的歌——这就是一切。对于这件关税和税率的兄弟阅墙之争，无论我或其他外国人都不会介入，这还用说吗？然而行政长官却声称流亡者中某些人煽动了这次事件，其中一人便是我。政府为了表示根除祸乱的决心，命令我和其他一些人立即离境。

我去见行政长官（一个耶稣会教徒），向他指出，对一个本来即将离境的人勒令出境完全是多此一举，何况我口袋中还揣着经过签证的护照，因此问他这究竟是为什么？他向我声明，他也像我一样感到奇怪，这是内务大臣采取的措施，事前甚至没有与他联系过。他的态度这么客气，使我不能丝毫怀疑，这一切都是他搞的鬼。我把我与他的谈话写信告知了反对派的著名代表洛伦佐·瓦列利奥③，便到巴黎去了。

瓦列利奥在向政府提出的质问中猛烈攻击了那位大臣，要求对我被逐一事作出答复。大臣怕事，避免涉及俄国外交上的任何影响，

① 尼斯是个古城，中世纪时属于热那亚，后来由于不断的战争，它的归属问题一直未得到妥善解决，1814 年才划归撒丁王国，1860 年又划归法国。
② 奥康内尔（1775—1847），爱尔兰民族解放运动的领导人，著名的演说家。这里是对阿维陀尔的讽刺，阿维陀尔不仅是银行家，也是皮埃蒙特议会的议员。
③ 瓦列利奥（1810—1865），撒丁王国议会议员。

把一切都推在尼斯行政长官的告发上，最后温和地表示，如果内务部在这件事上操之过急，不够谨慎，那么它可以改变自己的决定。

反对派鼓了掌。因此事实上驱逐令已被取消，然而尽管我写了信给内务大臣，他却不予答复。我在报上读到了瓦列利奥的发言和对它的回答，因此从弗里堡回来时，我干脆顺路前往都灵。为了免得签证发生问题，我没有办签证；在皮埃蒙特和瑞士的边境上，检查护照不像法国宪兵那么穷凶极恶。到了都灵，我便找内务大臣，他派他的助手接见了我，那是主管高级警政的蓬斯·德·拉·马蒂诺伯爵，当地一个著名的人物，聪明而又狡猾，天主教党的忠实信徒。

他的接待使我惊讶。他对我讲了我想对他讲的一切：有些像我和杜贝尔特的一次会见，只是蓬斯伯爵比他高明一些。

他的年纪已经相当大了，带些病态，身材瘦瘦的，外表叫人讨厌，一脸凶相，显得诡计多端，有些像教士，生着粗硬的灰白头发。我刚想说明我要面见大臣的原因，才讲了十来个字，他便打断了我的话：

“好啦，这有什么疑问呢……您前往尼斯，前往热那亚，留在这儿，都悉听尊便，只要您不致怀恨在心，我们就满意了……这一切都是尼斯行政长官搞的……您瞧，我们还是小学生，不习惯法制和宪法程序。如果您做的事触犯了法律，那么这儿有法庭，这样，您就不会抱怨我们不公正了，是吗？”

“我完全同意您的看法。”

“可是他们采取的措施却令人不快……闹得满城风雨，其实毫无必要！”

说过这一席自己反驳自己的话以后，他立即拿起一张印有内务部字样的公文纸，写道：“兹特允准亚·赫先生返回尼斯，在该地需要停留多久，即停留多久。内务大臣，由 S. 马蒂诺代为签发，1851年 7 月 12 日。"

"这是以防万一，您可以相信，有了这张纸就什么也不致发生了。我很高兴，我们总算跟您了结了这桩公案。"

由于这句话译成普通的语言便是："您可以走了"，因此我马上离开了这位伯爵；我想象着尼斯那位行政长官见到我以后的尴尬脸色，心中不免好笑，然而上帝帮忙，这张脸我见不到了——他被调走了。

现在回头再谈弗里堡州的事。我在该州一位负责官员的陪同下坐上马车，像到过那里的每一个人一样，在听过著名的土炮声，驶过著名的大桥以后，便朝着沙特尔乡进发了。到了墨顿镇，警察所长，一个精力充沛、思想激进的人，要求我们在他那儿稍等一会儿，他说乡长希望他在我们路过时先行通知他，如果我出其不意地到达乡里，而大家还在田间干活，那么他和其他家长会很不高兴。这样，我们在莫拉或墨顿闲荡了一两个小时，才跟警察所长一起前往。

几个年长的农民在乡长家门口迎接我们，站在大伙前面的便是身材高大、相貌端庄的乡长，他满头白发，虽然背有些驼，仍显得身板结实。他走前一步，摘下帽子，向我伸出了强壮的大手，称我"亲爱的老乡"，然后用瑞士德语发表了一篇欢迎辞。这种方言我一句也不懂，但大致可以猜到他对我说的是什么，同时我考虑，如果我隐瞒我听不懂他的话，他也会隐瞒他听不懂我的话，因此我大胆作了答词：

"亲爱的乡长公民和亲爱的沙特尔老乡们！我感谢你们，因为你们的公社给我和我的孩子们提供了庇护，使我可以结束我无家可归的流亡生活。亲爱的公民们，我不是为了寻找另一个祖国才离开自己的祖国的，我全心全意爱俄罗斯民族，我离开俄国是因为我在它的压迫面前不能保持沉默，不能无动于衷；我是在流放之后离开它的，我经历了尼古拉疯狂的专制统治的迫害。它的手在一切有国王和地主的地方跟踪着我，然而它不够长，在你们的公社里，它伸不到我的身边！在你们这里，在你们的庇护下，我得到了安全，找到了避风港，可以永远平静地生活下去。沙特尔的公民们，是你们接纳了我，让我走进了你们中间，尽管你们人数不多，你们却制止了那位有着千百万军队作后盾的俄国皇帝伸向我的手。你们比他更强大！你们之所以强大，是因为你们保持着自由的、世代相传的共和制度！我为参加你们的联邦感到自豪！海尔维第共和国万岁！"

"欢迎新的公民！……祝新公民长命百岁！……"老人们应和道，紧紧地握住了我的手；我自己也有些激动！

乡长邀请我们进他屋里。

我们进屋后，在一张长方桌子旁边的长凳上坐下，桌上放着面包和乳酪。两个农民把一只非常大的瓶子抬进屋里，它比我们老式家庭中盛了甜酒和浸剂，放在火炕角上整整几个冬季，让它们在那里发酵的传统瓶子更大，瓶子装在籐筐里，瓶内是白色的酒。乡长对我们说，这是当地酿制的，但年代很久了，这一瓶他记得已有三十年，这种酒只在非常重大的场合才喝。所有的农民与我们一起在桌边团团坐下，只有两个人在大酒瓶旁边忙碌。他们先把酒倒进大杯子，然后乡长从大杯子中把酒斟进酒杯，每个农民一杯，他给我的是一只漂亮的高脚水晶玻璃杯，同时对州里那位官员和警察所长说：

"这一次得请你们原谅了，这只尊贵的酒杯今天得给我们的新居民了，你们与我们是自己人呢。"

乡长朝酒杯斟酒时，我发现在场有一个人穿得不完全像农民，似乎很不平静，他不时拭汗，脸红红的——他身体不大舒服。当乡长举杯为我祝酒时，那人突然鼓足勇气一跃而起，对着我开始讲话了。

"这是本乡学校的教师公民。"乡长带着郑重的脸色，在我耳边小声说。

我站了起来。

教师讲的不是瑞士方言，是德语，也不是普通的德语，而是故意在模仿一些著名演说家和文学家的语言，他提到了威廉·退尔，提到了勇敢者查理（奥地利和亚历山大的戏剧审查官对此将怎么办，难道改成勇敢者威廉和查理·退尔不成？），同时没有忘记应用那个并不新鲜、但富于表现力的譬喻：把奴役比作镀金的鸟笼，总有一天鸟会冲出囚笼；尼古拉·帕夫洛维奇被他挖苦得够呛：他把他与罗马历史上最邪恶的皇帝们相提并论。我听了也几乎想打断他，对他说："不要侮辱那些已死的人！"但是仿佛我已预见到尼古拉即将进入这些人的行列，因此没有作声。

农民们伸长了晒黑的、布满皱纹的脖子，把手像帽檐似的搭在耳朵上，用心听着。那位官员几乎在打瞌睡，为了掩饰这一点，他第一个对演说者鼓了掌。

这时乡长坐在那儿没有闲着，热心地给大家斟酒，像习惯了典礼官角色的人那样不停地举杯祝酒：

"为瑞士联邦干杯！为弗里堡和它的激进派政府干杯！为沙勒州长干杯！"

"为我亲爱的沙特尔乡乡民们干杯！"我提议道，终于发觉，这酒尽管甜滋滋的，酒力还是不小。大家起立了……乡长说道：

"不，不，亲爱的老乡，满杯，像我们为您祝酒一样，把杯子斟满！"老人们变得话多了，酒发挥了作用……

"把您的孩子送来。"一个人说。

"对，对，"另一些人附和道，"让他们来看看我们是怎么生活的，我们都是纯朴的人，不会教坏孩子，再说，我们也想看看他们。"

"一定来，一定来。"我回答。

这时乡长已开始道歉，说他招待不周，这都得怪那位官员，他应该早一两天通知他们，那么一切都会不同了，他们可以举办音乐会，主要是可以迎接我，向我鸣枪致敬。我差点想按照路易-菲力普的观念对他说："算啦……这算得什么？不过是沙特尔乡多了一个农民而已！"

我们像老朋友一样分手了。我有些奇怪，没有看到一个女人、一个老太婆或者小姑娘，而且没有一个年轻人。不过这是在劳动时间。还有一点值得注意的是，尽管这对他们说来是稀有的节日，他们没有邀请一个牧师。

我认为这是他们做了一件大好事。牧师势必把一切搞糟，他的愚蠢说教会大煞风景，他那道貌岸然的外表会像酒杯里的一只苍蝇，使你不把它弄走就不能安心喝酒。

最后，我们重又坐进了那位官员的那辆几乎没有车顶的小马车，把警察所长顺路送到了莫拉镇，便朝弗里堡市疾驰而去。天空布满了乌云，我困得直打瞌睡，头脑迷迷糊糊的。我尽量不让自己睡着，心想："难道这是由于他们的酒？"我对自己的酒量感到不满……那位官员狡猾地笑笑，但后来他自己也打瞌睡了。开始下起了蒙蒙细雨，我盖上外套便睡了……后来冰冷的雨点惊醒了我……大雨倾盆，乌云仿佛在山顶上打出了火花。官员已站在过道上，一边哈哈大笑，一边跟佐林格旅馆的老板谈天。

"怎么，"老板问我，"我们那些单纯的农民请您喝的酒跟法国酒不一样吧？"

　　"难道我们已经到了不成？"我问，像落汤鸡似的走下了马车。"这并不奇怪，"官员说，"奇怪的倒是您睡得连打雷也没听到，这么大的雷声已好久没有了。难道您真的什么也没听到？"

　　"没听到。"

　　后来我才知道，那些普通的瑞士酒，你喝的时候根本不觉得它厉害，可是它经过多年的储藏，积累了巨大的力量，不习惯的人一喝便醉。官员故意不把这一点告诉我。再说，即使他讲了，我也不会拒绝农民们的好心款待和祝酒，更不会只沾一下嘴唇，弄得大家索然无味。我做得很对，有一件事可以证明，那就是一年后我从伯尔尼去日内瓦时，在一个驿站上又遇到莫拉镇的警察所长。

　　"您可知道，"他对我说，"我们的沙特尔人非常喜欢您呢？"

　　"不知道。"

　　"他们直到现在还怀着自豪的心情在讲，一位新老乡喝了他们的酒，睡得连打雷都没听到，从莫拉到弗里堡被雨淋成了落汤鸡也不知道呢。"

　　就这样，我成了瑞士联邦的自由公民，给沙特尔乡的酒灌得烂醉如泥！ ①

---

① 我不得不附带说一下，我修改这一页时正好也是在弗里堡，也住在那个佐林格旅馆中。旅馆老板还是那个相貌堂堂的老板，餐厅也还是 1851 年我与萨佐诺夫一起吃饭的餐厅，房间也还是一年后我写遗嘱，并委托卡尔·福格特做我的遗嘱执行人的那个房间；这一页使我想起了这么多的往事……十五年过去了！我的心中不知不觉地、不由自主地感到了恐怖……1866 年 10 月 14 日。——作者注

第四十一章

皮·约·蒲鲁东——《人民之声报》的出版——通信——蒲鲁东的意义——补充

随着六月街垒的失败，印刷所也关闭了。政论家惊惶失措，噤若寒蝉。只有拉梅内老人[1]像法官的阴森黑影一样升起，对六月的阿尔瓦公爵[2]——卡芬雅克[3]及其一伙，发出了诅咒，悲愤地告诉人民："闭上你的嘴吧，你太贫穷，你没有发言权！"[4]

戒严状态的第一阵恐怖逐渐过去，舆论界又恢复了生机，但是法庭的陷阱和法官的诬害早已严阵以待，代替暴力迎接着它。对编辑们施加压力的老花招，那些曾由路易-菲力普的大臣们发挥得淋

[1] 基督教社会主义思想家。

[2] 阿尔瓦公爵（1507—1582），西班牙将领和政治活动家，1567 年在尼德兰镇压人民起义，进行血腥屠杀。

[3] 法国六月起义的镇压者。

[4] 法国六月起义被镇压后，制宪议会通过了一系列法律，规定凡发行报刊，必须缴纳保证金，而保证金数目高达二万五千法郎，许多民主主义报刊由于无力缴纳保证金，只得停刊。拉梅内的《人民制宪报》也是这样，在宣布停刊的最后一期上，拉梅内这么说。

漓尽致的手段，重新登场了。它们的方法就是通过法律起诉，对被告处以监禁和罚款，从而消耗报刊的保证金；因为罚款是从保证金中提取的，而在保证金没有补足以前，报刊不准发行，补足以后，新的诉讼马上又会开始。这手段可谓万无一失，因为在一切政治迫害中掌握司法大权的人总是与政府一鼻孔出气的。

赖德律-洛兰，还有马志尼派的代表弗拉波利上校①，曾先后付过大笔的钱，想挽救《改革报》②，结果仍未能如愿。社会主义者与共和派的每一份尖锐的机关报，都在这压力下被扼杀了。其中最初便有蒲鲁东的《人民代表报》，后来又有他的《人民报》。一桩讼案尚未结束，另一桩又已开始。

它的一个编辑（我记得是迪歇纳③）三次因新的指控从监狱被传到陪审法庭，每次重新判了刑期和罚款。在《人民报》被扼杀前，最后一次对他宣判时，他向检察官说道："请问，一共多少？"确实，他的服刑期累计已达十年，罚款达五万法郎。

6月13日④的事件后，蒲鲁东的报纸被查封了（那时他已被捕入狱）。这一天国民自卫军闯进了他的印刷所，捣毁了机器，搅乱了铅字，仿佛在以武装资产者的名义宣布，暴力统治和警察专政的时期已在法国到来。

但这位不可征服的斗士，不畏强暴的贝桑松农民，不愿放下武器，他马上考虑发行一份新的报纸《人民之声报》。为此必须缴付

---

① 弗拉波利（1815—1879），意大利政治活动家，马志尼的追随者。
② 《改革报》是法国小资产阶级共和派的机关报，起先由赖德律-洛兰主编，后来由马志尼派接办。
③ 迪歇纳（1824—1876），法国新闻记者，《人民报》的编辑。
④ 指1849年6月13日法国共和派发动示威游行，反对路易·波拿巴出兵镇压意大利革命。

二万四千法郎保证金。埃·吉拉尔丹[1]表示可以拿出这笔钱，然而蒲鲁东不想接受他的制约，于是萨佐诺夫向我建议给他提供保证金。

我的思想发展受过蒲鲁东很大影响，因此我考虑后同意了，尽管我知道，保证金维持不了多久。

蒲鲁东的著作正如黑格尔的一样，能使人得到一种特殊的启发，掌握锐利的武器，它们提供的不是结论，而是方法。蒲鲁东主要是一个辩证论者，社会问题的论争家。法国人企图从他身上寻找一个实验主义者，结果既没找到法伦斯泰尔[2]的模式，也没找到伊加利亚[3]尽善尽美的管理方式，只得耸耸肩膀，把书撂在一边了。

蒲鲁东当然也错了，他给自己的《经济矛盾的体系》[4]写了这么一条题词："我要拆毁这殿，另造一座"[5]；其实他的力量不在于建造，而在于批判现存的一切。但这错误是古往今来一切摧毁旧事物的人都不能避免的：人不喜欢单单破坏；在他开始破坏时，建设未来的某种理想已不由自主地出现在他的脑海中，虽然有时这只是拆毁墙壁的泥水匠唱的歌罢了。

在大部分社会理论著作中，重要的不是理想，因为理想几乎无一例外，不是目前无从达到，便是仅仅归结为一些片面的答案，可是如何使它们成为事实，依然是一个问题。社会主义要解决的不仅是建立在经验和信仰上的旧生活方式所造成的一切，还有片面的科学提示给意识的一切；不仅是建立在传统法制基础上的法理论断，

---

① 吉拉尔丹（1806—1881），法国著名新闻记者，支持路易·波拿巴。
② 傅立叶的理想社会的基层组织。
③ 指空想社会主义者卡贝的《伊加利亚旅行记》中描绘的理想社会。
④ 即《经济矛盾的体系或贫困的哲学》。
⑤ 引自《圣经·马可福音》第十四章第五十八节，原文为："我要拆毁这人手所造的殿，另造一座不是人手所造的。"

还有政治经济学所得出的一切结论。它所面对的是契约和市民经济体制时代的理性主义生活方式，而且直接面对着它，正如政治经济学之直接面对着封建神权国家一样。

这种对旧的社会生活方式的否定和破坏，正是蒲鲁东的巨大力量所在。他像黑格尔一样是辩证法的诗人，不同的仅在于一个坚守在科学运动平静的山峰上，另一个却闯进了人民运动的浑浊天地，短兵相接的党派斗争。

蒲鲁东标志着法国思想界一群新人的开始。他的著作不仅在社会主义历史上，而且在法国逻辑思想史上构成了一大转变。从辩证精神的强大而言，他比最有才能的法国人更加高明，更加自由。那些单纯而聪明的人，如皮埃尔·勒鲁①和孔西德朗②，不理解他的出发点和他的方法。他们习惯于玩弄业已定型的思想，穿现成的衣衫，走平坦的道路，奔向熟悉的地点。蒲鲁东往往毫不犹豫地向前猛冲，不怕在路上踹坏任何事物，既不惜摧毁遇到的一切，也不担心走得太远。他没有那种感伤精神，也没有那种字斟句酌的革命的贞洁癖，那种在法国人那儿顶替了新教虔诚派精神的东西……因此他在自己人中间也是孤立的，他的力量往往只是令人畏惧，而不是信服。

人们认为蒲鲁东具有德国人的头脑。这是不对的，他的头脑完全是法国式的，他有的是高卢法兰克人传统的才智，它曾出现在拉伯雷、蒙田、伏尔泰和狄德罗……甚至帕斯卡尔③身上。他只是吸收了黑格尔的辩证法，正如他也吸收天主教教义论争中的一切方法

---

① 法国空想社会主义者。
② 孔西德朗（1808—1893），法国社会主义者，傅立叶的学生。
③ 帕斯卡尔（1623—1662），法国科学家、思想家和散文作家。

一样；但是不论是黑格尔哲学还是天主教神学，都没有成为他的著作的内容和特点——对他而言，这一切只是工具，他只是用它们来检验自己的理论，并且按照自己的需要应用和改进这些工具，正如他为自己强大而充满活力的思想应用法兰西语言一样。这样的人过于坚强，总是用自己的脚站立，不会向任何事物屈服，让自己被人牵着鼻子走路。

一个英国旅游者对蒲鲁东说道："我非常喜欢您的体系。"

蒲鲁东不满地答道："但是我没有任何体系。"这是对的。

正是这一点使他的同胞们感到困惑，他们习惯了寓言后面的道德说教，习惯了有条不紊的公式和标题，习惯了包医百病的抽象处方。

蒲鲁东坐在病人床边说，他已病入膏肓是因为什么，因为什么。但是向垂死的人提出理想的理论，说他怎样便能身体健康，不致生病，或者向他推荐一种尽管十分灵验，但他不能服用，或者根本找不到的药，那是毫无用处的。

对于他，金融世界的外在征状和现象正如动物的牙齿之于居维叶[①]一样，他可以循着这梯子深入到社会生活秘密的底层；他根据它们研究驱使病体走向毁灭的力量。[②]如果他在每个发现之后宣称死亡又逼近了一步，这难道是他的过错吗？这里没有大惊失色的亲属——我们自己就在这死亡之列。人们愤怒地高呼："拿药来！拿药来！否则就请你对疾病保持沉默！"可是为什么要沉默？只有在专制统治下才不准谈论谷物的歉收，瘟疫和战争的伤亡人数。药显

---

① 法国动物学家。

② 指蒲鲁东的第一部重要著作《什么是财产？》。

然不易找到，从动荡不安、血流成河的 1793 年以来，法国进行的试验还少吗？人们想用胜利和剧烈运动医治它，强使它进军埃及，进军俄国，用议会制度和投机买卖，小共和国和小拿破仑①医治它——它的病减轻了没有？蒲鲁东本人也根据自己的病理诊断作过一次尝试，结果在"人民银行"②上出了洋相——尽管从这一思想本身来看他是正确的。不幸他不相信咒语，要不然他会向每一个人大声疾呼："各民族的团结！各民族的联合！全人类的共和国！全世界的团结！民主主义的伟大军队！"他没有运用这些词句，没有宽恕革命的守旧派，正因为这样，法国人才认为他是利己主义者，个人主义者，差点没把他归入变节者和叛徒的行列。

蒲鲁东的著作，从《论私有财产》③到《交易所指南》④，我都记得；他的思想变化很大——这是必然的，经历了我们这个时代，不可能还像《聪明误》中的普拉东·米哈伊洛维奇那样依然吹他的 A 小调二重奏⑤。但正是在这些变化中，内在的统一特别显著，从他在贝桑松学院写的学位论文起，直到不久前就交易所的伤风败俗所作的"骇人之歌"⑥，都贯穿着一脉相承的思想线索；它在发展过程中出现的各种形态变化，只是客观局势的反映，这在论政治经济的

---

① 小共和国指 1848—1851 年的法兰西第二共和国。小拿破仑指拿破仑三世，出自雨果的小册子《小拿破仑》。
② 蒲鲁东曾拟定了一个创办"人民银行"的计划，打算把它作为人民互助的机构。这计划起先曾获得一些人的响应，但由于它不切实际，蒲鲁东只得在各种借口下宣布撤销这计划。
③ 即《什么是财产？》。
④ 即《交易所投机指南》。
⑤ 见《聪明误》第三幕第六场。
⑥ 指《交易所投机指南》。

《矛盾》①，在他的《自白》②的报刊文章中，都可以看到。

思想的停滞僵化属于宗教界和学院派，他们宁可抱残守缺，孤陋寡闻，不与人往来，或者守在自己的小天地里，拒绝生活带来的一切新事物……或者最低限度，不关心那一切。符合实际的真理必然处在形势的影响下，既反映它们，又忠于自己，否则它就不是活的真理，成了脱离这个变化不定的世界的静止的、笼罩在神圣的死一般的沉寂中的永恒真理。③

有时我不免问，蒲鲁东在什么地方，什么场合，违背过自己观点中的某些基本原则？我每次得到的回答都说，他在政治上的过错，在革命策略上的失误，便是这样。当然，他作为报刊编辑，应该对那些政治错误负责，但即使在这些方面他也没有违背自己的观点；相反，他的一部分错误正来源于他相信自己的原则，超过了对他所从属的党派的信任，因为形势使他参加了那一派，但他与它毫无共同之处，把他与它联合在一起的只是对共同敌人的憎恨。

政治活动不是他有力的方面，他的思想，那用他的辩证法全副武装起来的思想，也并不建立在那个基础上。正好相反，到处都能清楚地看到，从老自由主义和立宪共和主义意义上说的政治，在他心目中，只占有次要地位，只是一种半死亡的、正在消逝的东西。他所关心的不是政治问题，他准备作出让步，因为他并不赋予形式以特别重要的意义，在他看来，它们不是本质。这正如抛弃了基督

---

① 指《经济矛盾的体系或贫困的哲学》。
② 指《一个革命者的自白》。
③ 斯图亚特·穆勒在他的新著作《论自由》中，对这种一劳永逸地解决的真理作了杰出的表达："一个果断的观点的酣睡状态"。——作者注
　穆勒（1806—1873），英国著名的哲学家、经济学家和逻辑学家，功利主义者。

教观点的人对宗教问题采取的态度一样。我可以承认新教具有合乎宪政的精神，它比天主教的专制符合民主自由的原则，但我不会重视传道和教会的问题；因此我可能造成的错误，作出的让步，往往是每个最普通的神学士或教区牧师也可以避免的。

毫无疑问，国民议会按照它的组成方式，对蒲鲁东不是一个合适的地方，他的个性在这个有产者的巢穴中得不到发挥。① 蒲鲁东在《一个革命者的自白》中说，他在议会中很不自在。确实，像他这样的人在那儿能做什么呢？关于马拉斯特宪法②，那只由七百人花了七个月时间培植出来的酸苹果，蒲鲁东说道："我投票反对你们的宪法，这不仅因为它是一部坏宪法，也因为它是一部宪法。"

议会中的那些无耻之徒对他的一次发言大肆叫嚷："把发言稿送往《总汇通报》③，把发言人送进疯人院！"我想，在人类的历史上，从亚历山大主教带领他的修士们手拿棍棒，以"上帝之母"的名义在普世教会会议上大打出手起④，到华盛顿的参议员们为了黑奴问题彼此棍棒相向为止⑤，议会中的这类风波还是不多的。

但即使在这种场合，蒲鲁东仍在一片谩骂声中理直气壮地挺身

----

① 蒲鲁东于 1848 年 6 月被选为制宪国民议会议员。这议会的绝大多数议员属于资产阶级共和派和改头换面的贵族保王派分子。

② 指 1848 年 11 月通过的法兰西第二共和国宪法，当时马拉斯特任制宪国民议会议长。这部宪法扩大了总统的权力，使路易·波拿巴在当选总统后可以顺利地登上皇帝的宝座。

③ 法国政府的机关报。

④ 亚历山大主教指基督教阿里乌派神学家西里尔，公元 428 年，君士坦丁堡主教聂斯脱利提出，不应把童贞女马利亚称为"上帝之母"，与西里尔展开了论争。西里尔手下的修士们便在教会会议上殴打对方，企图以武力取胜，因而引起了骚乱。最后西里尔一派取得了暂时的胜利。

⑤ 美国的废奴运动者萨姆纳于 1856 年任参议员期间，在参议院抨击维护奴隶制度的参议员们，以致对方率领众人闯入参议院，用棍棒将萨姆纳打成重伤。

而出，给人们留下了光辉的印象。

梯也尔在反驳蒲鲁东的财政计划时，曾旁敲侧击地提到散布这类理论①的人道德上的腐化堕落。蒲鲁东立即走上讲坛，挺起有点驼背的、在田野上长大的矮壮身子，声色俱厉地向面露微笑的老人说道：

"您可以谈财政问题，但不要涉及道德问题，否则我可能认为这是人身攻击，这点我已在委员会中向您声明过了。如果您还不罢休，那么我……我不会提出与您决斗（梯也尔笑了笑）。不，您的死对我算不得什么，它什么也不能证明。我要向您提出另一种战斗。就在这里，在这个讲坛上，我可以把我一生的经历全部讲给大家听，如果我忘记了什么，或者隐瞒了什么，任何人都可以指出。然后请我的对手也这么做，把他的一生讲给大家听听！"

每个人的眼睛都转向了梯也尔，只见他皱紧眉头坐在那儿，笑容已从他脸上完全消失，他没有再回答一个字。

心怀敌意的议员们不再作声，蒲鲁东露出鄙夷的目光望着那些宗教和家庭的保卫者，走下了讲坛。这便是他的力量之所在——在他的话中可以清晰地听到新世界的声音，它带着自己的法庭和自己的惩罚正在到来。

二月革命后，蒲鲁东曾预言法国在走向何处，他千百次地反复道："当心，这不是闹着玩的，站在你们门口的不是喀提利纳②，是

---

① 蒲鲁东于1848年7月在法国国民议会财政委员会上发表演说，提出了一些带有小资产阶级空想性质的理想，马克思在《论蒲鲁东》中谈到这事时说："他（蒲鲁东）在国民议会中的演说，虽然表明他对当前的情况很少了解，但仍然是值得极力称赞的。在六月起义以后，这是一个非常勇敢的行动。"

② 喀提利纳（约公元前108—前62），罗马共和国末期贵族，曾阴谋发动叛乱，反对共和制度，兵败身死。

死亡。"法国人耸耸肩膀。骷髅，大镰刀，沙漏①——死神的这套仪仗根本没有出现，这怎么是死亡，这只是"暂时的曲折，一个伟大民族的饭后瞌睡"！最后许多人终于看到，事情不妙。但蒲鲁东不像别人那么泄气，也不太惊慌，因为他预见到了一切；于是人们不仅责备他心肠太硬，而且怪他说了不吉利的话才招来了灾祸。据说，中国皇帝每年听到宫廷占星官报告白天开始缩短时，总要揪他的头发。

蒲鲁东的才能确实叫法国的空谈家们大为恼火，他的嘴巴得罪了他们。革命发展了自己的清教思想，那种缺乏任何容忍精神的狭隘观念，那些必不可少的行话，凡是不按照这格式写的一切都遭到爱国者的反对，就像俄国的法官一样。除非碰到具有神圣传统象征的书籍，如《社会契约》和《人权宣言》②，他们的批评才只得停止。作为信仰的人，他们憎恶分析和怀疑；作为从事密谋活动的人，他们一切都共同行动，一切都为了党派的利益。他们像仇视叛逆一样仇视独立的思想，甚至过去的独创性见解也遭到他们的非议。路易·勃朗几乎不能容忍蒙田的怪诞才华。③ 这种高卢感情竭力用群体代替个体，他们追求平均，追求军队式的统一，追求集权，即追求专制的思想，就是建立在这个基础上。

法国人的亵渎神明和尖刻评论，大多出自淘气，任性，戏弄的快感，并非由于分析的要求和折磨心灵的怀疑精神。他们有不计其

---

① 古代的计时器。

② 指卢梭的《社会契约论》(《民约论》)和法国资产阶级革命后于 1789 年 8 月发布的《人权宣言》。

③ 见《法国革命史》。——作者注

　按：《法国革命史》是路易·勃朗的名著。

数的小偏见，无关大局的信条，为了这些他们可以像堂吉诃德一样奋不顾身，像分裂派教徒一样固执。正因为这样，他们不能宽恕蒙田和蒲鲁东的自由思想和对公认的偶像的蔑视。他们像彼得堡的书报审查官，允许侮弄九等文官，但不准碰一下三等文官的毫毛。1850年，埃·吉拉尔丹在《新闻报》[1]上发表了一个勇敢的新见解，说权利的基础不是永恒的，而是随着历史的发展在不断变化的。这篇文章引起了一阵叫嚣——谩骂，喊叫，指责闹成一片，纷纷攻击它违反道德，这阵叫嚣由《法兰西公报》[2]发难以后持续了好几个月。

参与重建《人民报》那样的喉舌，这是值得作出牺牲的。我写信给萨佐诺夫和霍耶茨基[3]，表示同意提供保证金。

那时以前，我与蒲鲁东并无深交，只是在巴枯宁家遇见过两次，但他与巴枯宁非常接近。那时巴枯宁和阿·雷海尔[4]住在塞纳河对岸布尔戈尼街一幢非常简陋的房子里。蒲鲁东时常上那儿听雷海尔演奏贝多芬的乐曲和巴枯宁讲黑格尔，但哲学辩论比听交响乐时间更长。它们使人想起巴枯宁和霍米亚科夫当年在恰达耶夫家，在叶拉金娜家进行的那些著名的通宵长谈，那时谈的也是那位黑格尔。1847年，卡尔·福格特也住在布尔戈尼街，也常去拜访雷海尔和巴枯宁，一天晚上听他们滔滔不绝地谈论现象学，感到厌烦，便回家睡了；第二天一早，他又来找雷海尔，因为两人要一起上植物园；他吃了一惊，发现尽管时间很早，巴枯宁的书房里已有谈话

---

① 吉拉尔丹在巴黎发行的一份报纸。

② 法国当时的反动报纸。

③ 波兰作家。

④ 雷海尔（1817—1897），德国音乐家，赫尔岑最接近的朋友之一，他的妻子即第四卷第三十一章中提到的玛丽亚·埃恩，与赫尔岑家有密切来往。

声，他推开门，只见蒲鲁东和巴枯宁仍坐在原处，面对着快熄灭的壁炉，正在用简短的话结束昨天晚上开始的辩论。

起先我不想学俄国同胞的样子，在大人物面前扮演低声下气的角色，因此甚至不愿同蒲鲁东太接近，这态度看来不是完全错的。他给我的回信很客气，但也很冷淡，显得有些矜持。

一开始我就想让他明白，跟他打交道的不是发疯的俄国王公，我掏出钱来不是因为觉得革命好玩，尤其不是为了炫耀自己，我也不是一个对法国政论界名流佩服得五体投地的崇拜者，如果他肯接受两万四千法郎赠款，我便会感激不尽，最后，我更不是一个颟顸无知的匿名投资者，认为给《人民之声报》这样的报纸缴纳保证金是有利可图的商业投资。我要让他看到，我完全明白我在做什么，我有我自己的明确目的，因此我希望对报纸发生真正的作用；由于我无条件赞同他对金钱的一切论述，我要求，首先，有权发表自己的和别人的文章，其次，有权主持整个外国部分，为它推荐编辑、记者等等，并要求在刊载他们的文章后付给稿酬。最后这点看来有些奇怪，但我可以担保，如果某个外国人敢于为自己的文章索取稿酬，《国民报》和《改革报》一定会瞠目结舌，大为惊异。它们会认为这是冒犯或发疯，仿佛外国人在巴黎的报刊上发表文章，不应该

支取充足的报酬。[1]

蒲鲁东接受了我的要求，但它们还是使他有些不高兴。1849 年 8 月 29 日他往日内瓦给我写信道："就这样，事情决定了：报纸由

---

[1] 引自歌德的叙事叙曲《歌手》(1782)。

我全面负责，您参与它的工作，您的文章可以不经任何审查予以登载，除非编辑部不得不坚持自己的意见，担心引起法律责任的，才不在此例。我们在思想上是一致的，分歧只可能发生在论断上。至于对国外事件的评论，我们可以完全让您决定。您和我们是同一思想的使者。您会看到我们在一切讨论中采取的路线，您是必然会支持它的。我相信，我永远不必纠正您的意见；如果那样，我将认为这是最大的不幸，坦白地说，报纸的一切成功取决于我们的一致。必须把民主主义和社会主义的问题提到建立欧洲联盟的高度来看。假定我们不能彼此一致，那就等于假定我们没有发行报纸的必要条件，因而还是保持沉默的好。"

接到这份严格的咨文之后，我便汇出了二万四千法郎，并写了一封长信，信完全是友好的，但也是坚定的；我说，尽管我在理论上完全同意他的话，我还是得附带说一下，我是一个粗野的人，我乐于看到旧世界的崩溃，认为我们的使命便在于把它面临的覆灭通知它。"您的同胞们离接受这种想法距离还很遥远。我知道一个自由的法国人，那就是您。您的那些革命家只是保守分子。他们是不自觉的基督徒，他们在为共和制度战斗，但他们是君主主义者。您一个人从科学的高度上提出了否定和变革的问题，也是您首先向法国说明，从倾覆的大厦内部是找不到出路的，它也没什么值得拯救，它关于自由和革命的概念本身便渗透着保守思想和反动观念。确实，政治上的共和主义者在宪政问题上所唱的调子，不过是把基佐①和奥迪隆·巴罗②之流所唱的调子稍加变化而已。这便是在分

---

① 法国政治家和历史学家。
② 巴罗（1791—1873），法国政治家，路易·波拿巴当选总统后，巴罗成为他的第一届"秩序党"内阁的总理。

析欧洲的形势时，在抨击那些不属于我们的敌人（这些敌人是非常容易对付的）的阵营，而是属于我们自己的阵营的反动势力、天主教、君主主义时，必须遵循的观点。必须揭露民主派和政府之间互相依赖的关系。既然我们不怕触犯战胜者，我们也不必为了虚伪的温情主义不敢去触犯被战胜者。

"我深信，只要我们的报纸不被共和国的宗教裁判所处死，它就能成为欧洲最好的报纸。"直至现在我还坚信这一点。但是我和蒲鲁东怎么会设想，从来不讲客气的波拿巴政府能容忍这样一份报纸？这是难以解释的。

蒲鲁东接到我的信很满意，在 9 月 15 日从孔斯耶尔热里监狱[①]写信给我道："我非常高兴能与您合作，从事同一件工作，我也写了一点类似革命哲学的东西[②]，书名是《一个革命者的自白》。您在那里也许不会找到您那种粗野的活力，那是德国哲学赋予您的。但您不要忘记，我是为法国人写的，他们尽管怀有满腔的革命热情，应该承认，完全不足以担当自己的角色。我的观点不论有多大的局限，它还是比我国新闻界、学术界和文学界所能达到的高度高出不知多少倍。哪怕再过十年，我依然是他们中间的巨人。

"您对那些所谓共和主义者的看法，我完全同意；不言而喻，这只是空头理论家中的一个变种。关于这类问题，我们没有什么需要互相说服的。您将发现，我和我的同人都是可以与您携手并进的……

---

① 蒲鲁东因撰文批评路易·波拿巴，于 1849 年 3 月被法庭判处三年徒刑，他因而逃往比利时。1849 年 6 月 13 日的示威开始前几天，他又秘密回到巴黎，随即被捕入狱，直至 1852 年才刑满出狱。蒲鲁东是在狱中领导《人民之声报》的。

② 那时我的《来自彼岸》刚开始出版。——作者注

"我也认为，经济科学和历史哲学所要求的那种通过不知不觉的转变来完成的按部就班的和平步骤，对于革命说来已不再可能；我们需要激烈的冲击。但是作为预告未来灾祸的新闻工作者，我们不应把灾祸说成不可避免的，理所当然的，否则人们将会仇视我们，把我们赶走，可是我们必须生活……"

报纸十分成功。蒲鲁东从监狱中巧妙地指挥着自己的交响乐。他的文章充满独到的见解，监狱生活煽起的烈火和愤怒。

他在一篇文章中谈到拿破仑时写道："总统先生，请问您是什么人？是男人，女人，两性人，野兽还是鱼？"可是我们大家还以为，这份报纸可以存在下去呢！

订户并不多，但街上的零售量很大，一天售出三万五千至四万份。最好的几期甚至脱销，例如，登载蒲鲁东的文章的那几期便销路激增，编辑部把它们印了五万至六万份，往往第二天一份可以卖到一法郎，而不是一个苏。[①]

但是尽管这样，到了 3 月 1 日，也就是过了半年，不仅出纳处已没有一个现钱，连保证金的一部分也抵充了罚款。停刊已成定局。蒲鲁东又大大加速了它的到来。情况是这样的：一天我在圣佩拉吉监狱[②]他的住处，看到阿尔顿舍[③]和另外两个编辑也在那儿。阿尔顿舍是法国贵族，曾当面顶撞帕凯厄[④]，把所有的贵族弄得大惊

---

① 我对多诺索·科特斯的演说的答复，印了五万份，全部售罄。两三天以后，我想要几份，编辑部只得再去各个书报摊购买。——作者注
科特斯（1809—1853），西班牙作家和外交家。1850 年 1 月在马德里制宪议会上发表演说，攻击社会主义和蒲鲁东等，遭到赫尔岑的驳斥。
② 巴黎的监狱，蒲鲁东关在这儿时有单独的狱室，并可接待朋友，读报，写文章等。
③ 阿尔顿舍（1810—1874），法国贵族，1848 年参加了二月革命，成为蒲鲁东的朋友。
④ 帕凯厄（1767—1862），法国奥尔良派政治家，1848 年前任贵族院议长。

失色：当帕凯厄问他："您难道不是天主教徒吗？"他却从讲坛上大声答道：

"不是，我非但不是天主教徒，而且不是基督教徒，也许我还是个自然神论者呢。"

他对蒲鲁东说，《人民之声报》最近几期不够充实；蒲鲁东看了一下它们，脸色越来越不高兴，最后变得气呼呼的，对编辑们说道：

"这是怎么回事？我在监狱里，你们便趁此机会在编辑部睡大觉。不成，先生们，这样我就得与报纸脱离关系，我要在报上声明这一点。我不希望我的名字被你们踩进污泥里；你们非得有人站在背后，监督每一行字不可。读者却把这看作我的报纸，不行，这种情形必须结束。明天我给你们寄一篇文章，让它消灭你们的粗制滥造给报纸造成的危害；我要使大家看到，我的报纸应该具有什么精神。"

从他怒气冲冲的样子看，大家以为他的文章一定火气很大，但出乎意料，他的《皇帝万岁！》简直是一篇讽刺的颂词——极尽挖苦挪揄之能事的妙文。

除了新的诉讼，政府还按照自己的方式对蒲鲁东作了报复。他被调到了糟糕的狱室，那屋子比原来的坏多了，窗上一半钉了木板，除了天空，在屋里什么也看不到，还不准任何人探望他，门口设了特别岗哨。哪怕要使一个十六岁的淘气孩子变规矩，这些办法也不管用，可是七年以前，当局却用它们来对付本世纪最伟大的思想家之一！从苏格拉底的时代起，从伽利略的时代到现在，人们没有变得聪明一些，只是变得更加浅薄了。不过这种对天才的藐视是在最近十年中重又兴起的新现象。从文艺复兴时代开始，天才在一定程度上已成了一种保障：不论是斯宾诺莎还是莱辛，都没有被送进过黑房子，或者罚站墙角；这些人有时会受到迫害，遭到杀戮，但谁也不能在小事上侮辱他们，他们可以上断头台，但不能进劳教所。

资产阶级的帝制的法国喜欢平等。

蒲鲁东遭到迫害后，依然带着镣铐在挣扎，依然努力在1850年继续发行《人民之声报》，但这努力很快失败了。我的保证金已给攫夺得分文不剩。这个在法国唯一还有话想说的人只得沉默了。

我与蒲鲁东最后一次在圣佩拉吉见面，是在我被赶出法国的时候——他还有两年刑期未满。我们的告别是悲痛的，谁也看不到最近会面的任何希望。蒲鲁东心事重重，沉默不语，我满腹烦恼；两人都有不少话要说，但谁也不想开口。

我时常听人谈到他的严厉，他的粗鲁和急躁，但就我而言，我没有这种体会。温柔的人所说的他的强硬，那是战士结实的肌肉；他那紧皱的双眉只是显示了思想的紧张活动；他在发怒时令人想起声色俱厉的路德，或者面对残余国会① 发出嘲笑的克伦威尔。他知道我了解他，也知道了解他的人不多，因此重视这一切。他知道，人们认为他缺少感情，可是他听米什莱② 谈了我母亲和科利亚的不幸遭遇后③，从圣佩拉吉写信给我时，除了别的还写道："难道命运还要从这个方面来打击您吗？这件可怕的事使我一直不能平静。我爱您，把您深深藏在这儿，藏在这颗心中，尽管许多人认为它是石头做的。"

---

① 指英国历史上的长期国会在被克伦威尔解散前的最后阶段，这时议员的大多数已因拥护国王被驱逐，只剩了六十多人，因此称"残余国会"。1653年，"残余国会"被解散，克伦威尔实行了军事专政，任护国主。

② 法国历史学家。

③ 指赫尔岑的母亲和儿子科利亚1851年在海上遇难的事。

从那时起，我没见过他①。1851年，由于莱昂·福适②的照顾，我到巴黎待过几天，那时他已被送往某个中央监狱。过了一年，我秘密路过巴黎，但蒲鲁东这时在贝桑松养病。

蒲鲁东有他的致命弱点，在这一点上他是无法改正的，正如常有的那样，超过这一点他便成了保守派和传统的俘虏。我这是指他在家庭生活和妇女问题上的观点。

"我们的N多么幸福，"蒲鲁东常常开玩笑道，"他的妻子不那么愚蠢，以致不会烧味道鲜美的牛肉浓汤，也不那么聪明，以致老是对他的文章信口雌黄。这就是家庭幸福所需要的一切。"

蒲鲁东讲的是笑话，但它确实表达了他对妇女的基本看法。在家庭关系上，他的观念是粗俗的、反动的，不过它们表现的不是市民的资产者因素，宁可说是乡下"一家之主"的顽固感情，他们高傲地认为妇女是从属于他们的女工，而自己是家庭中大权独揽的主人。

这篇东西③写成后过了一年半，蒲鲁东出版了他的巨著《论革命与教会的正义》。

为了这部书，野蛮的法国又判了他三年监禁④。我认真地读完了它，合上第三卷时，阴郁的思想压得我透不出气。

可怕的……可怕的时代！……它那腐臭的空气毒害着最坚强的人……

_____

① 在本文写成后，我与他在布鲁塞尔见过面。——作者注
② 福适（1803—1854），法国资产阶级政论家及政治活动家，马尔萨斯派经济学家，本为奥尔良党人，后成为波拿巴主义者，任内务部长等职。
③ 指赫尔岑的这一章，这以后的部分系于1858年后补写的，全章最早发表于1859年的《北极星》上。
④ 《论革命与教会的正义》是蒲鲁东的重要著作之一，但出版后立即被当局没收，认为它"侮辱了教会，亵渎了宗教"。蒲鲁东因此又被判三年徒刑。

这个"勇猛的战士"也支持不住,被压垮了;在他最后的著作中,我看到了同样强大的论辩精神,同样的气魄,但它只是把他引向预先拟定的结果;这已不是在彻底意义上的自由论述了。直到书的最后,我仍注视着蒲鲁东,就像肯特注视着李尔王,[①]等待他恢复清醒的理智,但是他越讲越不知所云——像李尔一样偏激,一样狂热,尽管也一样"从头到脚"洋溢着才华,但那是……"神经质的"才华。他抱着尸体奔跑,只是不是女儿的尸体,而是他认为还活着的母亲的尸体![②]

拉丁民族的思想既否定一切又信仰宗教,既怀疑又迷信,它总是以某些权威的名义推翻另一些权威,很少走得更远,也很少深入到事物的核心,很少在论争中大胆而忠实地挣脱身上的全部绳索,像本书一样。在这里,它不仅摆脱了宗教上粗糙的二元论,也摆脱了哲学上精巧的二元论;不仅抛弃了天上的幻影,也抛弃了人间的幻影;它跨越了感伤主义的对人类的神化崇拜,对进步的天命观念,在那里已见不到对博爱、民主和进步的永恒不变的祈祷,那种在纷争和暴力中间显得既可厌又可怜的祈祷。蒲鲁东为了真正理解革命,牺牲了它的偶像,它的语言,给道德找到了唯一真实的地基——人的内心,它只承认理性,不承认理性以外的任何偶像。

然而在这一切之后,伟大的偶像破坏者却对解放了的个性感到害怕了,因而在抽象地解放了它以后,他重又陷入了形而上学,赋予了它实际上不存在的意志,但对它无法处理,只得把它献给非人的上帝,那冷若冰霜的正义的上帝,那均衡、沉静、安谧的上帝,那要

---

① 以下全部是借用莎士比亚的剧本《李尔王》中的情节。"从头到脚"见该剧第四幕第六场,系李尔的台词,全句为:"从头到脚都是君王。"

② 我已在一定程度上改变了对蒲鲁东这部著作的看法(1866年)。——作者注

求消除一切个性，溶化和长眠在无边的虚无世界中的婆罗门的上帝。

天平放到了空虚的祭坛上。这将成为人类新的考地安岔道^①。

他所向往的正义甚至没有柏拉图共和国那种人为的和谐，没有情欲和牺牲的优美平衡。这位高卢政论家没有从"虚无主义的、轻松活泼的希腊"吸取任何东西，却以斯多葛派的精神把一切个人感情踹在脚下，不想为它们寻找与家庭和社会的要求协调的途径。在他眼中，"自由的"个人便是永不停息的守卫者和工作者，他承担着劳务，必须坚守岗位，直到死亡来临才服役期满；他必须扼杀一切个人的情欲，一切责任以外的东西，因为他不是他自己，他的意义、他的本质在他自身以外，他只是正义的工具，他像圣母马利亚一样，注定要怀着他的思想走过苦难的历程，为了拯救国家，把它在世上付诸实行。

家庭是社会的基层组织，正义的主要摇篮，它注定要从事永恒的、无休无止的劳动；它必须成为清除个人要求的祭台，情欲在这里毫无容身之地。作为现代工场组成部分的严峻的罗马式家庭，便是蒲鲁东的理想。基督教使家庭生活变得温情脉脉，它看重马利亚，轻视马大，^②看重梦幻者，轻视主妇，一个女人由于沉湎在爱情中，犯了过错，它便宽恕她，向忏悔的她伸出手去；但在蒲鲁东的家庭中，爱情是没有地位的。不仅如此，基督教还把个人看得比家庭关系重要得多。它对儿子说道："抛弃你的父母，跟我走吧"，但在蒲鲁东看来，为了体现正义，应该把这个儿子重新放在毫无保留

---

① 意大利南部贝内文托境内的一个峡谷，公元前 321 年罗马向南扩张，与萨莫奈人作战，在考地安岔道陷入埋伏，被迫投降。

② 马利亚（不是圣母马利亚，是另一个马利亚）和马大是姐妹，一天耶稣来到她们家，马大忙于家务，接待耶稣，马利亚则坐在耶稣脚前一心听他讲道。耶稣因此批评了马大，表扬了马利亚，见《新约·路加福音》第十章第四十节。

的父权的管束下——儿子在父亲面前没有自由意志可言，在选择妻子的问题上尤其如此。他必须接受奴役的锤炼，以便将来成为自己的孩子们的主宰者，生养这些孩子是他的义务，是为了家族的延续，不是出于爱情。在这样的家庭中，结婚是不能离婚的，但是可以像冰一样冷淡；婚姻本身便是对爱情的胜利，在主妇－妻子和劳动者－丈夫之间，爱情越少越好。黑格尔右派这些古老而陈旧的怪论，在蒲鲁东的笔下再一次出现了！

感情被驱逐了，一切停滞不动，没有色彩，只剩了现代无产者枯燥乏味、固定不变、没有出路的劳动——古罗马的贵族家庭是建立在奴隶制度基础上的，它至少不必承担这种劳动；教堂的诗意，信仰的痴语，对天堂的向往，一切都不见了，按照蒲鲁东的信念，这时人们连诗歌也"不想写了"，然而劳动却"扩大了"。为了个性的自由，行动的自主，为了独立的人格，可以牺牲宗教的催眠曲，然而为了体现正义的思想，却可以牺牲这一切——这是何等荒谬！

人的命运就是劳动，他必须劳动到最后一息，然后儿子从父亲冰冷的手指中接过刨子或铁锤，继承这永恒的劳动。嗯，如果在儿子们中间出现了一个比较聪明的人，他放下凿子，问道：

"然而我们这么辛辛苦苦劳动，这是为了什么？"

"为了正义的胜利。"蒲鲁东这么对他说。

可是新的该隐[①]回答道：

"那么是什么人规定我要为正义的胜利如此劳动呢？"

"怎么什么人？难道你的全部使命，你的整个生活，不就是为了体现正义吗？"

---

① 《圣经》中的第一个叛逆者，亚当和夏娃的长子。

"那么这目的又是谁规定的呢？"该隐便说。"这太古老了，没有上帝，还要奉行他的戒条！正义不是我的使命，劳动也不是我的义务，只是由于必要；对于我，家庭根本不是终生的桎梏，只是我得以生存和发展的条件。你们要我安于奴役地位，可我要反抗你们，反抗你们这杆天平，正如你们一生都在反抗资本、刺刀和教会，也像法国所有的革命家反抗封建主义和天主教传统一样。难道你们以为，在攻占巴士底狱以后，在恐怖时代以后，在战争与饥饿之后，在有产者的国王和有产阶级的共和国之后[①]，我还会相信你们，只因蒙太古和凯普莱特两家的老傻瓜们世世代代争吵不已，罗密欧便无权爱朱丽叶，哪怕我到了三十岁或四十岁，仍不能不经父亲同意选择自己的终身伴侣，而一个不忠实的女人必须受到惩罚和侮辱？你们把我当作了什么人，认为我会接受你们这些教条？"

可是我们从我们的辩证观念出发，除了支持该隐，还得补充一句：蒲鲁东关于目的的整个观念全是无稽之谈。目的论，这也是神学；这是二月革命——就是说这仍是那个七月王朝，只是少了一个路易－菲力普而已。这种预定的目的论与天命观念有什么不同？[②]

蒲鲁东在解放个性超过最后限度时，感到害怕了，他望望自己的同时代人，为了使这些苦役犯人，这些假释出狱的人不致闯祸，又把他们关进了罗马家庭的牢笼中。

修整一新的中庭[③]敞开了大门，在那里看不到拉瑞斯和珀那忒斯[④]，但也不是无政府的世界，不是推翻了权力和国家的地方，它有

---

① 前者指路易－菲力普，后者指 1848 至 1951 年的资产阶级共和国。

② 蒲鲁东自己说过："只有事实的逻辑最符合预定的目的。"——作者注

③ 古罗马住宅中央开天窗的大厅，正式的会客地点，家庭生活的中心。

④ 拉瑞斯是古罗马的家神，珀那忒斯是家庭守护神，按照传统它们都供奉在中庭上。

着严格的等级区别和集权制度，家庭关系的准则，财产的继承和剥夺继承权的惩罚；随着它们，一切古罗马的罪恶便睁着雕像般死气沉沉的眼睛，从每一条隙缝中窥伺着。

古老的家庭自然会带来古老的祖国的一切观念，包括那狂热的爱国精神，那残忍的道德准则，它们使人们流的血比所有的罪行加在一起使人们流的血更多出十倍。

人成为家庭的奴隶，于是也成了土地的奴隶。他的行动有一定的范围，他的根基深入到自己的地面下，只有在这里他才是现在的他。蒲鲁东说："住在俄国的法国人是俄国人，不是法国人。"于是不再有移民区，不再有海外商站，每人都住在自己的家乡……

奥伦治亲王威廉[①]在恐怖年代说道："荷兰不会灭亡，它可以上船，航行到亚洲，而在这里，我们可以打开堤坝。"这样的人民才是自由的。

英国人也是这样，他们一旦受到压迫，便向海外发展，在那儿建立年轻的、更自由的英国。当然，我们决不能因此便说他们不爱自己的祖国，或者他们缺乏民族感情。英国人向各地移民，分布到了半个世界，与此同时，丧失活力的法国却丢掉了一些海外领地，对另一些也不知怎么办。它也不需要它们，法国心满意足，越来越依附于自己的中心，而这个中心只想躺在主人的怀抱中。在这样的国家能得到什么样的独立呢？

从另一方面说，怎么能抛弃法国，那美好的法国？"难道它现在不是全世界最自由的国家，难道它的语言不是最好的语言，它的

---

① 奥伦治亲王威廉一世（1533—1584），荷兰反对西班牙统治的英雄，终生为荷兰的宗教自由和政治自由而战。恐怖年代是指当时西班牙总督阿尔瓦公爵在荷兰实行残酷统治的年代。威廉在推翻西班牙统治后，被选为荷兰世袭执政。

文学不是最好的文学，难道它的音节诗不比古希腊的六音节诗更悦耳吗？"何况它的世界性天才掌握了一切时代和一切国家的思想和创造："莎士比亚和康德，歌德和黑格尔——难道没有都成为法国的财富吗？"非但如此，蒲鲁东忘记提到，它还对他们作了补充和修饰，正如地主把农民带上宫廷时总得给他们打扮一番一样。

蒲鲁东以天主教的祈祷结束了自己的书，只是这祈祷是为社会主义做的；他只要把教会的词句换上另一些话，摘下僧帽，戴上弗利基亚帽，于是拜占庭高僧的祈祷文便完全可以适合社会主义高僧的需要了。

好一盘大杂烩！蒲鲁东摆脱了理性以外的一切，可是他仍希望自己不仅成为蓝胡子①式的丈夫，而且成为法国的民族主义者，维护文学上的沙文主义和家长的无限权力，因而在自由人坚定强大的思想背后，依然可以听到一个疯狂的老人的叫嚣——他在口述自己的遗嘱，希望给自己的孩子们保留下他花了毕生精力修建起来的那座破旧的庙宇。

拉丁世界并不爱好自由，只喜欢为它而斗争；它有时为了争取解放出生入死，但永远不会为了保卫自由鞠躬尽瘁。这是可悲的，哪怕像奥古斯特·孔德和蒲鲁东这样的人物，他们最后向我们提出的，一个也只是某种官僚教阶制度②，另一个则是苦役式的家庭和反人道的赞歌：哪怕世界毁灭，正义必须实现！③

---

① 法国童话作家佩罗（1628—1703）写的《蓝胡子》中的人物，曾连续杀死六个妻子。

② 法国实证主义创始人孔德（1798—1857）在晚年建立了实证主义宗教——人道教，为此规定了各种宗教仪式和教阶制度，自任"教主"，并编写了《实证主义教义问答》。因此马克思在《法兰西内战》中说，孔德"甚至在科学范围内也是等级制度的代言人……他是一部新的教义问答的作者，这部教义问答用新的教皇和新的圣徒代替了旧教皇和旧圣徒"。

③ 原文是拉丁文。

一些已经触及的问题引起的思考①

一

……一方面是蒲鲁东那种焊得密不通风、铆得滴水不漏的家庭，牢不可破的婚姻，不受约束的父权——这样的家庭是为了社会目的存在的，除了一个人什么人都可以牺牲，这样的婚姻是严厉的，它不承认感情的变化，它是对誓言的卖身契；另一方面，一些学说正在兴起，它们认为婚姻和家庭都是可以分开的，它们承认感情具有不可违抗的威力，往事没有约束力，人是独立的。

一方面，几乎可以向失节的妇女扔石子，另一方面，嫉妒被看作不受法律保护，是利己主义，一种病态的、畸形的感情，一种私有观念，对健康的、自然的观念的浪漫主义歪曲。

哪一边是真理……哪里是对角线？二十三年前，我已在这片矛盾重重的森林中寻找出路。②

我们在否定时是勇敢的，随时准备把任何偶像丢诸河中，但是

---

① 这是赫尔岑关于婚姻、家庭、妇女等等问题的思考。写作时间大约在 1862 年后，但直至 1867 年才第一次发表。赫尔岑并未标明这一章是第几章，这里是按照写作时间编定的。

② 《往事与随想》第三卷《由一出戏想起的》。——作者注

　按：这是指赫尔岑于 1862 年在伦敦出版的《往事与随想》第三卷，这一卷收入了赫尔岑在 30 至 40 年代写的一些文章，后来它们没有编入本书。《由一出戏想起的》写于 1842 年。

家神和家庭生活具有防水作用，它们总是重行"浮起"。也许它们已没有意义，但还保留着生命；显然，用来对付它们的武器，只在它们的蛇皮上擦了一下，它们脱身了，受了伤……但没有死。

嫉妒……忠诚……失节……贞洁……这些黑暗的力量，可怕的语言……正是在它们的影响下，眼泪流个没完，血流个不尽；人们胆战心惊，仿佛走进了宗教裁判所，面对着拷问，瘟疫……它们像达摩克利斯剑一样悬挂在我们的头顶[①]——家庭过去是、现在仍然是生活在这下面。

不论是指责还是否定都不能把它们驱逐出门。它们仍躲在墙旮旯打瞌睡，一有机会便蠢蠢欲动，要摧毁一切，不论远的，近的，统统难逃劫运，包括我们自身……

看来，我们只能抛弃彻底扑灭一切火灾隐患的善良愿望，采取量力而行的态度，按人道原则把毁灭性烈焰限制在一定范围内。靠逻辑是不能控制情欲的，正如法庭对它们无能为力一样。情欲是事实，不是教条。

何况嫉妒享有特殊的权利。它本身便是一种强大的、完全自然的情欲——直至今天，它没有受到约束和限制，只是受到纵容。基督教教义出自对身体的仇恨，把有关肉欲的一切夸大到了不同寻常的高度，贵族对血统、对纯正的种族的崇拜，把有关不可洗刷的污点，不可救药的凌辱的观念，发展到了荒谬的程度。嫉妒获得了"剑的权利"[②]，审判和复仇的权利。它成了涉及荣誉的义务，几乎与

---

① 古代叙拉古暴君迪奥尼修斯请大臣达摩克利斯赴宴，在他头上用马鬃系了一把利剑，让他意识到危险随时可以降临。

② 指最高的裁判权，《圣经·以弗所书》第六章第十七节说："拿着圣灵的宝剑，就是上帝的道。"

德行相同。这一切都是不容丝毫批评的——然而蛰伏在内心深处的依然是非常现实的、无法消弭的痛苦感，那种称作嫉妒的不幸感，这是像爱情一样的基本感情，任何否定也无能为力的、不可抗拒的感情。

……这儿又遇到了那永恒的界限——历史驱使我们走到了这个考地安岔道。双方都有理，双方又都无理。大胆的"非此即彼"在这里毫无用处。一个说法在这里被全盘否定，在那里又会东山再起，正如月亮的最后四分之一出现时，它的背面却是最初的四分之一。

黑格尔铲除了人类理性的这些界桩，升入了绝对精神的世界；但在这里它们不是消失，只是像德国神学理论所说的，改变了面貌，得到了充实——这是神秘主义，哲学神正论[1]，寓言和事实的有意识的混合。从宗教上调和一切不可调和的事物，这是一种补救，也就是神圣化的改造，神圣化的骗局，这种解决不是解决，只是求救于信仰。还有什么比个人意志和必然性更不可调和的？但信仰轻而易举便可调和它们。人可以毫无怨言地当场为自己的行为接受惩罚，认为这是正义的，因为那是早已预定的。

在另一类问题上，蒲鲁东比德国哲学更为人道得多。他摆脱经济矛盾的办法，是承认双方都受最高原则的约束。作为权利的私有财产和作为盗窃的私有财产[2]互相并列，在永恒的波动、永恒的补充中，接受不断增长的主宰一切的正义的制约。很清楚，矛盾和争执被转移到了另一个范畴，要求作出回答的已主要是正义问题，而不是财产的权利问题了。

---

[1] 基督教神学的一部分，认为上帝所做的一切都是正义的，不论其表现如何。

[2] 蒲鲁东在其早期著作《什么是财产?》中，提出"财产即盗窃"的名言。

最高原则越简单，越少神秘性和片面性，越实际和可以应用，它也越能充分调和矛盾，使它降到最低限度。

黑格尔"无所不包"的绝对精神，在蒲鲁东那儿变成了威慑一切的正义观念。

但是它也不见得能解决情欲问题。情欲本身是不正义的。正义是离开个人考虑的，它处在个人之间，而情欲却只与个人有关。

这里出路不在于法庭，而在于人的个性的发展，在于让个性从个人感情的小天地走进广阔的世界，在于发展人的公共意识。

要根本消灭嫉妒就是要消灭对个人的爱，代之以对一般女人或一般男人的爱，也就是一般的性爱。然而人们所爱的正是作为个体的人，这个体才有色彩，音调，才能引起我们整个生命的激情。我们的情绪是属于个人的，我们的幸与不幸也是个人的幸与不幸。我们的理论尽管合乎逻辑，但正如古罗马的雄辩术一样，对个人的不幸是不能提供多少安慰的。不论失望的眼泪还是嫉妒的眼泪，都是无法消灭的，而且也不必这么做，但是可以也应该使它们合乎人道的原则……其中既不包含修士的毒药，同样也不包含野兽的残暴或被损害的私有者的叫嚣。①

---

① 在读校样的时候，我从法国报纸上看到了一则新闻，它很能说明问题。一个大学生在巴黎附近与一个姑娘发生了关系，事情暴露了。她的父亲便去找大学生，含着眼泪跪在地上，要求他为自己的女儿恢复名誉，与她结婚。大学生粗鲁地拒绝了。下跪的父亲给了他一记耳光，大学生要与他决斗，两人开了枪，但在决斗时，老人突然中风，因而瘫痪了。大学生问心有愧，"决定结婚"；新娘很伤心，但仍决定嫁给他。报纸接着写道，这样幸福的结局对老人的康复一定有不少帮助。这一切难道不是发生在疯人院中吗？我们对中国和印度各种不合理的野蛮现象曾那么揶揄挖苦，但这件事难道不比那一切更不像样，更愚昧吗？我且不说它不道德。巴黎的那则爱情故事比全部烧死寡妇、活埋少女的事，罪恶更大一百倍。后者至少包含着信仰的因素，它可以抵消一切责任，而那件事只是出于习惯势力，出于空洞的表面的荣誉观念，面子观念……从那件事看来，这个大学生是什么货

二

把男人和女人的关系归结为纯粹偶然的性接触，正如在不可分离的婚姻中要使夫妇始终如胶似漆，直至走进坟墓，两者同样是不可能的。不论是前者还是后者，在性关系和婚姻关系的边缘地带都可能出现，但那是个别情况，是特殊事例，不是普遍规律。性关系不是破裂，便是不断发展为更密切、更牢固的关系，正如不可分离的婚姻总在逐步摆脱外在的锁链一样。

人们对那两种极端状况一向持反对态度。他们接受不可解除的婚约是虚伪的，或者出于一时冲动。至于偶然的接触，它从来没有神圣的光辉，以致人们总是掩饰这种关系，就像他们夸耀婚姻一样。为妓院制定正式规则的一切企图，尽管出发点是对它们实行限制，还是会触犯社会的道德观念。人们在这种企图中看到的是承认妓院的存在。在执政时代①，巴黎一位先生为允许开业的妓院制定了一份计划，包括它们的等级等等，它在当时便引起了轩然大波，只得在一片哄笑和唾骂声中草草收场。

人的正常生活离隐修院和牲口棚同样遥远；教会取消了修士的结婚权，要他们过无性生活，这与世俗没有孩子的、单纯满足情欲的行为，同样为人们所反对……

基督教承认婚姻，这是一种让步和不彻底的表现，它的弱点。基督教眼中的婚姻与社会眼中的通奸是一样的。

修士和天主教神父必须终生独身，这是对他们战胜人性的愚昧行为的报答。

色，还不清楚吗？为什么那个姑娘要把一生永远与他连结在一起？为什么葬送了她就是挽救了她的名誉？啊，疯狂的世界！（1866年）。——作者注

① 指法国 1795 至 1799 年五人执政内阁时期。

一般说来，基督教的婚姻是阴郁的，不公正的，它违背福音教义，恢复了不平等现象，要女人受男人奴役。女人作了牺牲品，爱情（它是教会所憎恨的）作了牺牲品，当她走出教堂时，它已成了多余的东西，义务和责任代替了它。基督教把最光辉的欢乐的感情变成了痛苦、倦怠和罪恶。看来人类不得不宣告绝种，否则就得言行不一。遭到侮辱的生活提出了抗议。

它不仅用伴随着悔恨和良心谴责的事实，也用同情和恢复名誉表示了抗议。从天主教和骑士制度的全盛时期起，这抗议就开始了。

凶恶的丈夫蓝胡子拉乌尔①穿着甲胄，拿着剑，那么专制，嫉妒，残忍；光脚的修士②那么阴森，疯狂，残暴，随时准备为自己的贫困和不必要的斗争进行报复；还有狱卒，刽子手，暗探……而在某个塔楼或地窖里关着啼哭的女人，戴着镣铐的少年侍从，谁也不会保护他们。一切那么可怕，粗野，到处是血，是限制，是暴力和带鼻音的拉丁祈祷文。

还有神父，忏悔师，狱卒……他们与凶恶的丈夫、父亲、弟兄一起守卫着婚姻，但是在他们背后，民间传说在悄悄形成，歌曲在传播，它们随着行吟诗人和流浪歌手从一个地方跑到另一个地方，从一个堡垒走进另一个堡垒——那是为不幸的女人吟唱的诗歌。法院在判罪，歌曲在赦免。教会诅咒没有结婚的爱情，歌曲诅咒没有爱情的婚姻。它不是用说理，而是用同情、怜悯和啼泣，保护恋爱中的少年侍从，堕落的妻子，被压迫的女儿。对于人民，歌曲是尘世的祈祷，摆脱饥寒交迫的生活，摆脱精神苦闷和沉重劳动的另一

---

① 蓝胡子是拉乌尔骑士的绰号。

② 天主教修会提倡苦行，有的修会规定修士必须赤脚或只穿草履，如加尔默罗修会（圣衣会）。

条出路。

在休息的日子，悲伤的歌声代替了对圣母的祈祷，这些歌曲不是使不幸的女人蒙受耻辱，而是为她们啼哭，让她们站在"忧伤的少女"① 面前，祈求她的庇护和宽恕。

抗议从民歌和传说发展为小说和戏剧。在戏剧中它形成了一种力量。冤屈的爱情，不公正的家庭内幕，获得了自己的讲坛，公开的法庭。它们的申诉震动了千万颗心，激起了反抗奴役婚姻和暴力家庭的愤怒的眼泪和呐喊。池座和包厢中的陪审员们一再对这些人作出了无罪的裁决，有罪的只是制度。

同时，在政治变革和世俗思潮风起云涌的时代，婚姻的两大支柱之一开始动摇了。它一步步丧失了圣礼的性质，也就是失去了自己的最后基础，逐渐需要依靠警察。基督教的婚姻只是靠上天权力的神秘干预，才得以证明是合理的。这合乎它自己的逻辑，尽管这逻辑违背理性，它依然是逻辑。警官披着三色围巾，拿着民法，② 为人举行婚礼，这比穿法衣的神父在香烟缭绕中，在神像和奇迹的包围中为人举行婚礼，更其荒谬。甚至第一执政拿破仑，这位对爱情和家庭抱着最庸俗的资产阶级观点的人，也意识到在警察局举行婚礼太不妥当，说服康巴塞雷斯③ 增加一些必要的道德说教，尤其是对新娘具有教诲意义的句子，也就是告诉她，必须忠于丈夫（关于他没有谈什么），听他的话。

---

① 指圣母马利亚，基督教说马利亚有七大忧伤，因此又称为"忧伤的圣母"。
② 指《拿破仑法典》，1804 年法国颁布的民法典。法国革命后，把本由教会管辖的婚姻事务改由国家管理，在当时也就是由主管民政的警察局管理。
③ 康巴塞雷斯（1753—1824），法国政治家和法学家，1799 年起任司法部长，是拿破仑的主要助手之一，参与编制了《拿破仑法典》。

婚姻一旦脱离神秘主义的领域，立刻成了一种手段，一种外加的措施。心有余悸的"蓝胡子"们引进了它，只是这些蓝胡子已剃掉胡子，变成了"蓝下巴"，拉乌尔戴上了法官的假发，穿上了学者的衣衫，成了人民议员和自由主义者，法律的神父。民事婚姻作为政府的经济措施，使国家摆脱了扶养孩子的责任，进一步把人们与私有财产牢固地拴在一起。排除教会的干预之后，婚姻成了把自己的身体终生献给对方的奴役的契约。执法者对信仰和神秘主义呓语并不过问，只要契约得以执行便成，如果不执行，他有办法给予惩罚，强制执行。为什么不能惩罚呢？在英国这个法律传统最发达的国家，一个十六岁的孩子，被帽子上系红绶带的老征兵官用啤酒和杜松子酒灌醉，骗进团队之后，便可以用骇人的刑罚折磨他。那为什么不能用耻辱、剥夺财产和提交法庭审判等办法，惩罚一个不明白自己做了什么的少女，强迫她承担契约义务，保证终生相爱呢？她作出了过多的许诺，忘记了月季票是不能转让的。

　　但是"蓝下巴"也碰到了自己的行吟诗人和小说家。在婚姻问题上，针对契约观点，出现了精神病理学和生理学的理论，情欲绝对不容争议和人对它们无法抗拒的理论。

　　昨天的婚姻奴隶变成了爱情奴隶。对爱情是无可指责的，也没有力量可以与它对抗。

　　于是一切理性的制约，一切责任观念，一切自我克制思想，都一扫而光。人必须向不可抗拒的、超越于他的力量屈服，这是与理性和理性自由，与自由人性格的形成（一切社会理论正企图通过不同的途径达到这一点）完全背道而驰的。

　　虚构的力量如果被人们当作真实的力量，那么它们也会像真的一样强大，这是因为它们在人身上引起的反应是相同的——不论那是什么样的力量。怕鬼的人和怕疯狗的人，在怕这一点上是相同的，他们都可能因害怕而死去。区别只在于，在一种情况下，可以向人证明他怕的东西是假的，在另一种情况下则不能。

我否认爱情在生活中的主宰地位，否认它具有统治一切的权力，我也不承认热恋可以成为意志薄弱的理由。

难道我们摆脱世上的一切偏见，摆脱上帝和魔鬼、罗马法和刑法的一切束缚，宣布理性为唯一的指南和标准，只是为了可以像赫拉克勒斯那样温柔地匍匐在欧姆珐勒的脚下，或者睡在大利拉 ① 的膝上？难道妇女要从家庭的桎梏，终生的监督，丈夫、父亲和弟兄的统治下获得自由，取得独立劳动的权利，受教育和做公民的权利，只是为了重新像母鸽一样整天谈情说爱，不是为一个，而是为十个莱昂诺·莱昂尼 ② 而柔肠寸断？

是的，在这个问题上，我为女人特别感到悲伤，爱情的莫洛赫 ③ 吞食了一切，折磨和摧残着她，她找不到出路。她越是相信他，便越是痛苦，越是忠诚于性关系，便在爱情中陷得越深……她越来越失去理智，而她的理智本来不如我们。

我可怜她。

三

有谁曾严肃而公正地致力于打破妇女教育中的偏见呢？它们只是靠经验打破的，因此摧毁的不是偏见，而是生活。

---

① 大利拉是《圣经》中大力士参孙的情妇。

② 乔治·桑的同名小说的主人公，一个使女主人公着迷的坏蛋和流氓。

③ 古代腓尼基人信奉的火神，以儿童作献祭品。

人们回避我们所关心的问题，正如老太婆和儿童们遇到墓园或者发生过凶杀案的地点，总要绕道而行一样。有人怕不吉利的鬼，有人怕不吉利的事实，他们宁可待在扑朔迷离的幻想和蒙昧无知的黑暗中。在性关系的问题上，正如在一切实际场合一样，很少严密统一的观点。在这里，否定肉体、向往来世的基督教道德观念，似乎可以与面向人间的、尘世的、现实的道德观念，相安无事地结合在一起。为了逃避无法调和的烦恼，也为了免得为解决问题破费过多的心血，人们便按照各自的要求和口味，选择教义中合意的部分，抛弃不合意的部分。这是符合人之常情的，正如人们尽管不喜欢守斋，却喜欢吃油煎薄饼，尽管厌弃枯燥的宗教仪式，却欢迎快活的宗教节日。然而我认为，现在已到了在行动上更彻底、更勇敢的时候了。让遵守规则的人接受它的指导，不要违背它，而不接受的，则公开地、自觉地抛弃它的羁绊。

对人与人的关系保持清醒的观点，就妇女而言比我们困难得多，这是没有疑问的。她们受教育的蒙蔽较多，对生活的理解却较少，因此往往无所适从，在思想和感情上感到苦闷，不能获得解脱；她们经常反抗，但不能摆脱奴役地位，她们力求改变环境，但结果往往只是维持现状。

一个少女从童年起就给灌输了对性关系的畏惧心理，把它看作一种可怕而肮脏的秘密，人们总是要她警惕，提防，仿佛这是具有某种蛊惑力量的罪恶。此外，还有一个同样的怪物，那个"大未知数"，它成了永不消逝的污点，即使隐晦曲折地暗示一下，也会弄得她面红耳赤，无地自容，可是正是它却要成为她的生活目标。一个男孩子刚会走路，人们便给他一把铁皮军刀，要他学习刺杀，以便将来穿上骠骑兵军装，佩上肩章，可是一个小女孩从躺在摇篮里起，人们灌输给她的希望便是找到一位漂亮富裕的未婚夫，她也幻想肩章，但不是佩在自己肩上，而是佩在意中人的肩上。

睡吧，睡吧，我的小宝宝，
在十五岁前安心睡吧，
到了十五岁你再醒来，
到了十五岁你便可出嫁了。

人类美好的天性要是不败坏在这种教育下，那才奇怪呢。可想而知，在这样的摇篮曲熏陶下成长的所有小姑娘，一到十五岁，马上会成为从小手拿武器学习杀人的男孩真正的征服对象。

基督教的教导在人们还没有意识到性别的时候，已把对"肉体"的恐怖感注入了她们心中，它向孩子提出了必须警惕的问题，使幼小的心灵感到惊悸不安，但当回答的时刻到来时，我们所说的另一类教导又要在少女心头唤醒性意识，让她成为人们寻求的理想的体现者。于是女学生成了待嫁的新娘，原来的那个秘密，那个罪恶，现在摇身一变，得到净化，成了教育的最高成果，亲人们的一致希望，一切努力的目标，几乎与社会责任差不多。艺术和科学，教育，智慧，美，财富，风度，一切都为了这个目标，一切都只是铺在这条通向合法的堕落道路上的玫瑰花……而这条路正是那个罪恶的体现，本来连想到它都被认为是犯罪的，现在它却奇迹般改变了性质，就像教皇在路上饥肠辘辘时，可以靠祝祷使荤菜变成素斋一样。

总之，整个妇女教育只是正反两方面的性关系教育，她后来的全部生活都环绕着它进行……她逃避它，她奔向它，她为它而羞愧，又为它而自豪……今天她保持着它的否定方面，那神圣而贞洁的方面，向最亲密的女友小声谈到它还羞得满脸通红，明天她却在众目睽睽下，在喧闹的人群中，在辉煌的灯光下，在响亮的乐声中，投入了男人的怀抱。

新娘，妻子，母亲，直到年老色衰，当了奶奶，她才脱离性生活，成为独立的个人，尤其是在爷爷去世之后。女人注定了要为爱情献出一切，她不可能很快摆脱它……妊娠，哺乳，带孩子，都是那个秘密，那个爱情行为的发展，它对女人不是仅仅作为记忆继续着，而是贯穿在她的血液和身体中，它在她身上徘徊，成长，挣扎，但不会离开她。

对这生理上牢不可破的深刻关系，基督教企图用自己狂热的修士的禁欲主义、自己理想主义的呓语，把它扑灭，结果只是使它变成了荒谬的、有害的烈焰——嫉妒，报复，惩罚，侮辱。

就妇女而言，摆脱这样的混乱状态是一种英雄业绩，只有极少数不同寻常的人才能办到；其余的女人都在痛苦中苟延残喘，如果她们没有发疯，那只是由于浅薄无知，因为我们所有的人在遇到骇人的冲突和打击以前总是那样，大家懵懵懂懂，从意外走向意外，从矛盾走向矛盾，糊里糊涂，过一天算一天。

一个女人必须有多么广阔的胸怀，多么美好而发达的个性和修养，才能跨越一切樊篱，一切束缚她的障碍！

我看到过一场这样的斗争和一次这样的胜利……

第四十二章

政变——已故共和国的检察官——荒野中的牛叫——检察官的被迫离境——秩序和文明的胜利

　　死亡万岁，朋友们！恭贺新禧！愿我们今后坚定不移，决不背离自己的思想，也不怕预料的事成为事实，不放弃我们历经千辛万苦取得的认识。愿我们坚如磐石，忠于我们的信念。

　　我们早已看到死亡正在临近；我们可能悲伤，可能表示关心，但我们不会惊讶，不会失望，也不会垂头丧气。完全相反，我们必须昂起头来，因为我们是正确的。我们曾被称作不祥的乌鸦，给人们带来了灾祸，我们被指责为异端，不了解人民，骄傲自大，脱离群众，幼稚偏激，其实我们的过错只在于我们掌握了真理，而且公开地说出了它。我们的话依然没变，那些被巴黎的事件惊得目瞪口呆的人们，正在从这些话中得到安慰和鼓舞。

　　（《法意书简》第14信，1851年12月31日于尼斯）

我记得，12月4日①，我们的厨子帕斯卡勒·罗卡走进我屋里，露出得意的脸色说道，街上在发售传单，据说"波拿巴解散了议会，任命了红色政权"。谁对拿破仑这么忠心耿耿，甚至跑到法国境外（那时尼斯属于意大利），向人民散播这类论调，我不知道，但是各种间谍，政治煽动家，兴风作浪、造谣惑众的人一定不少，否则怎么在尼斯也出现了这种人？

过了一小时，福格特、奥尔西尼、霍耶茨基、马蒂厄②等人来了，大家都觉得奇怪……马蒂厄是法国革命家中的一个典型人物，这时变得坐立不定。

他秃顶，脑袋的形状像胡桃，那是纯种高卢人的脑袋，体积不大，但十分固执；他的连鬓胡子又大又黑，乱蓬蓬的，容貌相当慈祥，眼睛小小的；总之，这个人有点像先知，像疯癫的圣徒，又像古罗马的占卜官和他的鸟③。他是律师，在二月革命的美好日子里，当过什么地方的检察官或代理检察官。他从头到脚都是一个革命者，把一切献给了革命，就像人们信仰宗教一样从不怀疑，既不想追根究底，也不想提出问题，总是老老实实、一心一意地爱革命，相信革命，称赖德律－洛兰为"赖德律"，称路易·勃朗为"勃朗"，简简单单；只要可能，他便称别人为"公民"，每时每刻都喜欢搞秘密活动。

听到12月2日政变的消息以后，他便不见了，过了两天回来时已绝对相信，法国又要起义了，人民的不满已一触即发，尤其在

---

① 指 1851 年 12 月 4 日，两天前路易·波拿巴发动政变，解散了法国议会，为他的实行帝制扫除了最后的障碍。
② 参加过 1848 年巴黎二月革命的一个法国人。
③ 古罗马有一种占卜官，专门根据鸟的叫声和飞翔姿态解释神的旨意。

南方瓦尔省，德拉吉尼扬一带。主要问题只在于，要与起义代表取得联系……他与一些人碰了头，决定在夜间从指定的地点一起越过瓦尔边境，召集重要和可靠的人开会商量……但是为了免得引起宪兵怀疑，他们决定用"牛叫"作联络暗号。如果事情得手，奥尔西尼准备让自己的朋友全都参加，但他不相信马蒂厄的看法完全可靠，因此先与他越过国境去看了看。奥尔西尼回来后只顾摇头，但他忠于自己的革命家本性和有些像雇佣兵的冒险家气质，仍然着手召集自己的同志，准备枪支弹药。马蒂厄又不见了。

过了一昼夜，罗卡在深夜四点叫醒了我：

"两位先生刚赶到这儿，他们说，必须立即见您。其中一人带着这张条子：'公民，看在上帝分上，请即交持条人三百或四百卢布，十万火急！马蒂厄。'"

我取了钱，走到楼下，在暗淡的灯光下看到两个与众不同的人坐在窗边；尽管我见惯了形形色色的革命军装，我对两位客人还是有些惊讶。他们从膝盖到脚跟都沾满了灰土和泥浆，一人裹着厚厚的红羊毛围巾，大衣又破又脏，坎肩上缚着皮带，皮带上插着大手枪，其余照例是蓬乱的头发，大胡子，小小的烟斗。一个人叫了我一声"公民"，便开始发言了，他提到了我的公民道德和马蒂厄急需的钱。我把钱交给了他。

"他没有危险吧？"我问。

"是的，"他的使节答道，"我们现在就到瓦尔河对岸与他会合。他得买一条船。"

"买一条船？为什么？"

"马蒂厄公民有个登陆计划，可船老大是个卑鄙的胆小鬼，不肯把船租给我们……"

"怎么，在法国登陆……靠一条船？……"

"公民，现在这还是秘密。"

"理该如此。"

"您要收条吗？"

"算了，没有必要。"

第二天马蒂厄自己来了，同样是满身污泥……显得精疲力尽。他整夜都在装牛叫，叫了好多次，仿佛听到了回答，朝这信号走去，却发现那是一只真正的公牛或母牛。奥尔西尼在别处接连等了他十个小时，也回来了。他们的不同只是奥尔西尼已洗过脸，像平时一样穿戴得整整齐齐，干干净净，似乎刚从卧室出来，马蒂厄身上却留下了破坏国家治安和煽动叛乱的各种迹象。

于是他开始筹划小船的事。这非出乱子不可——他会害得六七个自己的同胞和六七个意大利人送掉性命。劝阻他和说服他是不可能的。夜里找过我的两个军事领导人也与他一起来了。可想而知，这不仅会使所有的法国人遭殃，还会连累我们在尼斯的每一个人。霍耶茨基表示要让他放弃这计划，而且巧妙地办成功了。

霍耶茨基家有个不大的阳台，窗口直接面对海滨。早上他望见马蒂厄露出神秘的样子，在海岸上徘徊……霍耶茨基便向他做手势，马蒂厄看到后，向他表示马上就去，但霍耶茨基装得非常害怕似的，举起双手向他拍电报，表示危险已迫在眉睫，要他赶紧到阳台上来。马蒂厄向周围瞧了瞧，踮起脚偷偷走了过来。

"您还不知道吗？"霍耶茨基问他。

"什么？"

"一队法国宪兵到了尼斯。"

"您说什么？！"

"嘘……他们在找您和您那些朋友，还打算在我们这里一家家搜查——您随时可能被捕，千万别上街。"

"这是侵犯别国领土……我要提出抗议。"

"当然得提出，但眼前您还是躲一躲好。"

"我上圣海伦娜①找赫尔岑。"

"您发疯了！这是把自己送上门去，他的别墅就在边境上，又有个大花园，要是把您抓走，谁也不会知道，何况昨天罗卡已在门口看见两个宪兵。"

马蒂厄有些犹豫了。

"您从海上去找福格特，暂时藏在他家里，他也许会给您出主意，告诉您怎么办的。"

马蒂厄沿着海岸，也就是多走了一倍路，才到达福格特家，把霍耶茨基讲的话一五一十告诉了他。福格特马上明白这是怎么回事，便对他说：

"亲爱的马蒂厄，主要是一分钟也不能浪费。您必须在两小时内动身前往都灵——山那边有驿车经过，我给您定个座位，抄小路送您走。"

"我得回家拿些东西……"检察官有些踌躇。

"这比上赫尔岑家更糟糕。您怎么啦，是不是疯了？宪兵、暗探、奸细都在搜寻您……您却要回家跟您那个普罗旺斯胖女人亲嘴告别，好一个塞拉东②！管园子的！……"福格特喊道（他家的管园子人是一个瘦小的德国人，样子滑稽可笑，像好久没有擦洗的咖

---

① 尼斯靠近法国边境的一个镇，当时赫尔岑住在那里。

② 法国作家于尔菲（1568—1625）写的田园小说《阿斯特蕾》的男主人公，一个多情的牧人。

啡壶，他非常忠于福格特）。"快写，您要什么，衬衫，手帕，外衣……他给您把条子送去，如果您希望，他可以把您的杜尔西内娅①带来，你们要亲嘴要哭都可以，随你们的便。"

马蒂厄感激得拥抱了福格特一下。

霍耶茨基来了。

"快些，快些。"他露出大祸临头的脸色催促道。

这时管园子的回来了，杜尔西内娅也到了，现在只等驿车从山那边经过了。座位已经定好。

"您一定又在杀死狗、死兔子吧？"霍耶茨基问福格特。"多么糟糕的工作！"

"没有的事。"

"算了，您屋里一股臭味，简直像走进了那不勒斯的地下墓穴。"

"我也闻到了臭气，可不明白这是怎么回事……大概地板下死了老鼠吧——哎哟，臭得要命……"于是他取下了搭在椅背上的马蒂厄的军用大衣。原来臭气是从大衣中出来的。

"怎么，您的大衣里藏着死耗子不成？"福格特问他。

"大衣里什么也没有。"

"哦，对了，我……"杜尔西内娅插口道，涨红了脸，"我给他准备了一块林堡奶酪②，放在大衣口袋里，让他在路上吃，奶酪不太新鲜了。"

"驿车上那些坐在您旁边的先生差点倒霉。"福格特喊道，哈哈大笑，这种笑法独一无二，全世界恐怕只此一家。"好吧，该动身

---

① 《堂吉诃德》中被堂吉诃德当作情妇的村妇。
② 比利时林堡地方出产的一种著名奶酪。

了，走啊！"

霍耶茨基和福格特送走了这位鼓动家，让他前往都灵。

到了都灵，马蒂厄马上找内务大臣提出抗议。后者听了，又是生气又觉得好笑。

"您怎么认为法国宪兵会到撒丁王国抓人呢？您大概病了。"

马蒂厄说，福格特和霍耶茨基可以作证。

"您的朋友们是在捉弄您。"大臣说。

马蒂厄写信给福格特，后者回信讲了一大堆废话，内容我不清楚。但马蒂厄很生气，特别对霍耶茨基；过了几个星期，他写信给我时谈到："在这些先生中，公民，只有您一人没有参加戏弄我的阴谋活动……"

这次事件有些不可思议，这是毫无疑问的，因为瓦尔地区确实爆发了起义①，群众闹得如火如荼，法国政府只是靠一贯的血腥屠杀才平息了叛乱。那么为什么马蒂厄和他的随身卫队尽管想尽办法，拼命学牛叫，还是找不到起义者，不能与他们汇合呢？他和他的同志们是一心一意要在那里赴汤蹈火，滚一身泥巴的，这点谁也不会怀疑，根本不会怀疑。这也完全符合法国人的精神，正如德尔芬·盖②说的，"他们什么都怕，唯独不怕枪弹"，更符合"战斗的民主主义"和"红色共和国"的精神……只是为什么起义农民在左边，马蒂厄却要朝右边走呢？

几天以后，起义已被镇压，不幸的起义者像秋风扫荡下的落叶纷纷逃到了尼斯。他们人数这么多，皮埃蒙特政府允许他们暂时在

---

① 1851 年 12 月路易·波拿巴发动政变后，在巴黎和全国各地都爆发了起义，但均被镇压了。本章所写的便是当时南方瓦尔省的情况和一些小插曲。
② 法国女作家，她是著名记者吉拉尔丹的妻子，巴黎著名沙龙的女主人。

市外搭营帐居住，跟流浪的吉卜赛人差不多。在这些营地上，我们看到了多少灾难和不幸啊，这是内战中骇人听闻的幕后部分，通常给12月2日那五光十色的大幅布景掩盖着。

那里有些是普通的庄稼人，他们愁眉苦脸，怀念着家，怀念着自己那一小块土地，天真地说道："我们根本没有作乱，也不主张平分土地；我们像善良的公民一样希望保卫秩序，这是那些坏蛋（那是指官员、市长和宪兵）挑起的，他们违背了誓言和责任。现在我们便得饿死他乡，或者给送上军事法庭吗？……世界上还有没有公理？"确实，12月2日的政变杀害的不仅是人——它也杀害了一切道德观念，全体居民中存在的一切善和恶的观念，这是罪恶的一课，是不能不留下痕迹的。那些人中也有士兵，那种打仗的人，他们自己也感到奇怪，他们怎么会违背纪律，违背连长的命令，站到了军旗和连队的另一边去。当然，这些人数目不多。

其中也有并不富裕的普通资产者，他们给我的印象不如富裕资产者那么恶劣，那是一些可怜的、狭隘的人，他们在短斤缺两、克扣欺诈之余，好不容易学会了两三句责任之类的空话，看到他们的神圣权利遭到侵犯，便想站起来保卫它们。他们说："这是利己主义的胜利，是的，是的，利己主义，哪里有利己主义，哪里就有罪恶，每个人应该抛弃利己主义，履行自己的义务。"

当然，这中间也有城市工人，这是真正的、坚定的革命力量，他们企图靠颁布法令实现社会主义，用资产者和贵族对待他们的办法回敬这些人。

最后，那里也有伤员，有的还受了重伤。我记得两个中年农民，他们从边境爬到市郊，一路上留下了血迹，当地居民从半死状态中救活了他们。原来一个宪兵追赶他们，眼看快到边境，便向一个人开了枪，打碎了他的肩骨……受伤者继续奔跑……宪兵又开了一枪，他倒下了；这时宪兵又去追另一个，先开了一枪，然后赶上了。第二个受伤者投降后，宪兵匆匆忙忙把他捆在马上，突然想起了第一个受伤者……那人已爬进一片树林，没命奔逃……宪兵无法骑了马进入树林，尤其还带着一个受伤者，丢下马又不成……宪兵便把枪口顶着伤员的头朝下开了枪，伤员倒在地上失去了知觉，子弹打穿了他右半边脸，骨头全碎了。等他恢复知觉时，周围已没有人……他循着他所熟悉的、走私者踩出的小路，爬到瓦尔河边蹚水过了河，这时血已快流尽了；在河这边他遇到了奄奄一息的伙伴，两人总算活着爬到了圣海伦娜镇口几家人家门口。我已说过，居民便是在那儿救活他们的。第一个伤员说，挨了枪以后，他躲在一丛灌木中，后来听到人声，心想追赶他的宪兵大概已在追别人，因此赶紧逃走。

法国警察多么卖力！

接着，市长和他的助手们，共和国的检察官和警察局长们也同样卖力，只是那是表现在投票和计算选票上①。这一切都是纯粹的法国历史，全世界都知道。我想说的只是：在那些边远地区，投票的压倒多数是靠乡村的简单办法取得的。在瓦尔河那边的第一个选举地点，市长和宪兵队长便坐在投票箱旁边，监督每一个人投票，告诉他们，凡是不听话的人以后甭想过好日子。政府的选票是用特殊的纸印的，这样，我想整个选区只有五个或十个胆大包天的人敢投反对票，其余的人都与官方站在一起，于是全法国一致为未来的帝国投了赞成票。

---

① 指路易·波拿巴在解散国民议会后，随即于 12 月 21 日至 22 日举行的全国大选。这次大选确定了他的独裁地位，为他的登基作了准备。

566

家庭悲剧

一　1848 年

1846 年底纳塔利娅写信给奥加辽夫道："了解得这么多，却没有力量处理，没有勇气对苦的和甜的一视同仁，在苦的面前束手无策，这多么可怜！这一切我了解得再也清楚不过，但还是不能为自己赢得欢乐，也不能听其自然。我不能不明白什么是好的，我也能公正地对待它，但内心的反应却郁郁不乐，折磨着我。向我伸出手来吧，与我一起说，你也对什么都不满意，许多事叫你不痛快，然后教我怎么过得高兴，过得愉快，怎么领略生活的乐趣——我具备欢乐的一切条件，只要我能发挥这方面的能力就成了。"

这几行和我已附在别处的当时日记的一些片段，都是在莫斯科的争执①的影响下写的。

阴暗的一面重又抬头了——格拉诺夫斯基一家的离开使纳塔利娅害怕，她觉得整个圈子在瓦解，只剩了奥加辽夫还和我们在一起。那个差不多还是小孩的女子②，纳塔利娅把她当自己的妹妹一般爱她，她却比别人更疏远我们。挣脱这种处境当时成了纳塔利娅梦

---

① 指赫尔岑和格拉诺夫斯基等人的分歧。
② 指格拉诺夫斯基的妻子伊丽莎白·波格丹诺维奇，她当时还很年轻。

寐以求的希望。

我们离开了俄国。

起先是新奇的事物，巴黎，后来是觉醒的意大利和革命的法国，占据了我们的整个心灵。历史事件战胜了个人的考虑。这样我们一直生活到了六月的日子……

……早在这些可怕的、流血的日子以前，5月15日①已举起镰刀割断了我们第二次萌发的希望……"2月24日过了还不满三个月，堆砌街垒时穿的鞋还没有破，可是筋疲力尽的法兰西已在要求屈服了。"②这一天没有流血，那是晴朗的天空中发出的闷雷，预示着可怕的风暴即将随之到来。这一天使我睁开了眼睛，看到了资产者的灵魂，看到了工人的内心——我不禁大吃一惊。我看到了双方那疯狂的流血的愿望——工人方面那日积月累的憎恨，资产者方面那野蛮残忍的自我保存的本能。这两个营垒不可能和平共处，站在一起，它们在犬牙交错的状态中——在家庭、街道、工场和市场中，每天都在互相碰撞、排挤。可怕的血腥战斗已迫在眉睫，它不会是什么吉兆。但是除了幸灾乐祸的保守派，谁也没有看到这一点。最接近的一些朋友对我这种忧心忡忡的悲观论调，只是一笑置之。他们可以拿起枪，在街垒上战死，却不敢正视现实；他们大多不愿理解事实，只想战胜敌人，认为自己的理想一定能够实现。

我离大家越来越远。空虚威胁着我，正在这时，战斗的鼓声突然敲响了——一天清早，嘈杂的人群在街上奔走汇合，宣告了一场灾难的开始。

---

① 1848年5月15日巴黎十五万人举行示威游行，抗议制宪议会的一系列反动措施。示威被国民自卫军驱散，领导人被逮捕。

② 引自《法意书简》第九信。——作者注

六月这几天和那以后的日子是可怕的，它们在我的生活中画下了一条界线。我这里重复一下我在一个月后写的几段话：

"妇女可以用哭泣减轻心头的痛苦，我们却不能哭。我要用写作代替眼泪——不是为了描写和说明流血事件，很简单，只是为了我要谈谈它们，我要讲话，让我的眼泪、思想和愤怒倾吐在纸上。现在谈得到什么描写，什么收集材料，什么评论！——耳边还在响着枪弹声，骑兵飞驰的马蹄声，炮车轮子滚过死一般沉寂的街道的隆隆声；头脑中还不时闪过一个个零星的印象：伤员在担架上按住了腰，血一滴滴从手上淌下；马车上堆满尸体，俘虏给捆住了胳臂，巴士底广场上架起了大炮，从圣丹尼门到爱丽舍田园大街到处是兵营，黑夜中传来阴森的喊声：'哨兵，多留点神！……'现在谈得到什么描写，头脑在膨胀，血在沸腾。

"抄起双手坐在屋里，不能出门，只听得你的身边，周围，近处，远处，都在打枪，开炮，呐喊，擂鼓，只知道你的身边就在流血，厮打，刺杀，人们就在附近死去——这已经可以使一个人憋死、发疯了。我没有死，但我变老了，六月的日子以后我像大病了一场，刚才痊愈。

"然而这些日子却是庄严地开始的。23 日四点钟，就餐之前，我沿着塞纳河向市政厅走去，店铺都关上了大门，一队队国民自卫军凶神恶煞似的正在奔向各处，天空布满了乌云，下着蒙蒙细雨。我站在纳夫桥上，一道强烈的电光从云层中闪出，雷声接连不断，在这一切中又传来了圣许尔比斯教堂钟楼迂缓而匀称的警钟声，这是受骗的无产阶级正在号召自己的弟兄们再一次拿起武器，投入战斗。大教堂和岸边的一切建筑，被刚从乌云中射出的几道阳光照得异常明亮；鼓声从四面八方发出，炮队从卡卢塞尔广场奔赴各处。

"我听着雷声和警报声，依依不舍地环顾着巴黎的全景，仿佛在跟它告别。这个时刻我对巴黎充满热爱，这是我对这个大城市献上的最后一炷香，六月那几天以后，它便叫我讨厌了。

"在河对岸，所有的大街小巷都筑起了街垒。直到现在我的眼前还浮动着那些阴沉的脸——人们在抬石头，儿童和妇女在帮助他们。综合工艺学校的一个年轻学生，登上显然刚才完成的街垒，插上了一面旗子，开始用悲怆的嗓音轻轻唱《马赛曲》；所有的工人都跟着唱了起来，这支雄伟歌曲的合唱声从街垒的石块后面发出，是激动人心的……警钟还在敲。然而与此同时，炮队正隆隆经过桥上，贝多将军①举起望远镜，从桥上眺望着敌人的阵地……

"这时还可以防止事态的恶化，这时还可以挽救共和国和全欧洲的自由，这时还可以和解。愚钝而笨拙的政府却不能做到这一点，议会又不愿做，反动分子却在伺机报复，希望流血，为2月24日索取补偿，而《国民报》的大掌柜们给他们提供了执行人。②

"6月26日晚上，《国民报》战胜巴黎以后，我们听到，每隔不多时间便会响起一排枪声……我们面面相觑，大家脸上没有一点血色……'这是在枪毙俘虏。'我们异口同声地说，互相避开了眼睛。我把额头贴在窗玻璃上。为了这些时刻，人们可以憎恨十年，一辈子忘不了报仇。谁宽恕这几分钟，谁便应该受到诅咒！

"屠杀继续了四昼夜，然后出现了沉寂平静的戒严状态；街道依然封锁着，难得见到一辆马车；傲慢的国民自卫军杀气腾腾守

---

① 贝多（1804—1863），法国将军，温和的资产阶级共和主义者，1848年指挥政府军镇压六月起义。

② 指《国民报》作为资产阶级共和派的机关报，在六月起义中充当了屠杀工人阶级的刽子手，指挥这次镇压的人不少来自《国民报》这一派。

卫着自己的店铺，用刺刀和枪托吓唬行人；别动队兴高采烈，一个个喝得醉醺醺的，在街上横冲直撞，大唱《为祖国而死》，这些十六七岁的孩子双手沾满兄长们的鲜血，俨然成了英雄，市民阶层的女子跑出店堂，纷纷向他们投掷鲜花，作为对战胜者的欢呼。卡芬雅克①带着一个屠杀过几十个法国人的恶棍，坐了马车到处转悠。资产阶级大获全胜。圣安东郊区②的房屋还在冒烟，给炮弹打中的墙壁倒坍了，露出了屋内的累累弹痕，残破的家具仍在燃烧，镜子上的碎玻璃闪闪发光……可是主人呢，居民呢？这时谁也不会想起他们……有的地方撒了沙，然而血迹依然可见……先贤祠③给炮弹打坏了，不准行人通过，林荫道上搭起了帐篷，马啃食着爱丽舍田园大街平日小心保护的树木；协和广场上到处是干草、胸甲骑兵的甲胄和马鞍，士兵在杜伊勒里花园围墙旁边煮汤。这样的巴黎在1814年④也没见过。

　　"又过了几天，巴黎开始恢复平时的面貌，游荡的人群重又出现在林荫道上，盛装的夫人们坐在四轮马车或双轮马车上，浏览着断垣残壁和浴血战斗的痕迹……只有往来频繁的巡逻队和一群群俘虏使人想起那些可怕的日子，这时大家才明白那段经历意味着什么。拜伦描写过黑夜的战斗⑤：夜幕掩盖了血腥的场面，当战斗早已结束，曙光来临时，人们才看到了它的痕迹：刀剑和血迹斑斑的衣衫。现在正是这样的黎明在我们心头升起了，它照亮了一片骇人的

---

① 1848 年镇压六月起义的指挥者。

② 巴黎的工人居住区，六月起义的主要根据地。

③ 巴黎的著名建筑，法国革命后作伟人的纪念堂。

④ 指拿破仑一世战败后俄普联军占领巴黎的时期。

⑤ 指拜伦的叙事长诗《阿比杜斯的新娘》(1813)，见该诗第二章第二十六节。

废墟。一半的希望，一半的信仰都给埋葬了，否定和绝望的思想在人们头脑中蠢动，生根。不可能想象，经过这么一场惨祸之后，受到现代怀疑精神深刻熏陶的我们的心灵，还剩下多少没受到这场浩劫的摧残。"[①]

纳塔利娅在这时期写信到莫斯科道："我望着孩子们哭了，我觉得害怕，不敢再指望他们活下去，也许等待他们的也是这种可怕的命运。"

这些话是她经历的一切的反映——她这时想起的是载满尸体的马车，捆住双手的俘虏被人沿街咒骂，一个可怜的聋哑儿童由于没听到"走开！"的吆喝声，竟在离我们家门口几步远的地方被枪杀。

一个不幸对一切悲痛都有深刻理解的女人，心中怎么会不引起这样的反应呢？……在这种情况下，明朗的性格也会变得阴沉，充满怨恨，终于悲愤交集，为生育感到耻辱，为生命感到委屈。

在纳塔利娅心头升起的，不是对理想的不切实际的憧憬，也不是少女时代的眼泪和基督教的理想主义幻境，这是一种真实的、沉重的痛苦，是妇女所难以承受的重担。她对公共事务的热烈关心并未冷却，相反，它变成了现实的烦恼。这是一个姐妹的悲哀，一个母亲的啼泣，她们站在凄凉的战场上，凭吊刚刚结束的战斗。拉歇尔[②]在演唱《马赛曲》时虚假地表演的感情，在纳塔利娅身上得到了真实的体现。

我对没有结果的争论厌倦之后，便拿起笔，独自用内心的愤恨清除以前的各种梦想和希望，让折磨着我、使我痛苦的力量迸发为

① 以上几段均引自作者的《来自彼岸》第二篇《暴风雨之后》，但引文与原文稍有出入。

② 拉歇尔（1820—1858），法国著名悲剧演员。

那些充满诅咒和屈辱的篇章，直到现在，我重读它们，还会感到血在沸腾，愤怒在不可克制地增长——这是我的出路。

但是她没有这样的出路。早上是孩子，晚上是我们那些愤激的、猛烈的论争——尸体检验人和江湖郎中之间的论争。她心里难过，可是我没有给她医治，我给她的是怀疑和嘲笑的苦杯。只要我对她患病的心灵的关心，有我后来对她患病的身体的关心一半那么多……我就不会听任那侵蚀她的病根发芽生长，深入到她的各个方面。我亲自姑息和培植了它们，从没想到她能否忍受和抵抗它们。

我们的生活本身也安排得很不合理。很少有安静的夜晚可以进行亲密的谈话，平静的休息。我们还不懂得闭门谢客。这年年底，从各国逃亡的人开始汇集到这里——那都是无家可归的流亡者，他们由于苦闷，由于孤独，需要寻找友好的庇护和温暖的接待。

她在信上写到过这一点："我讨厌中国的皮影戏，我不知道为什么要见到这些人，见到的是谁，我只觉得我见到的人太多了；这都是好人，有时我觉得跟他们在一起我应该高兴才是，只是次数太多了，生活像春天融雪的水滴，滴啊，滴啊，滴啊，滴个没完。整个早上我得照料萨沙和娜塔莎①，一天就这么忙忙碌碌，没有一分钟可以集中思想，心里这么乱，有时简直叫我觉得害怕和痛苦。到了晚上，孩子上床了，嗯，好像可以休息一下了，但是不，那些好人又来了，而且正因为他们都是好人，更叫人受不了；要不，我可以一个人待着，现在我却不是一个人，可我又不感到他们的存在，仿佛只是烟雾在周围旋转，它刺激眼睛，使呼吸变得困难，等他们一走，又什么也没有……明天来了，仍是照旧，再一个明天来了，也

_____

① 赫尔岑的长子和长女。

还是照旧。这一切我不想对任何别人讲——他们会以为这是牢骚，是对生活不满。你了解我，你知道，我不想和世界上的任何人交换我的生活；这只是一时的怨恨，厌倦……一阵清新的空气就可以使我恢复全部力量……"（1848年11月21日）

"如果把头脑里想过的一切都讲出来，我得说，有时我看到孩子们会变得这么害怕……我们多么大胆，多么鲁莽，强迫这些新的生命来到世上，可是使他们的生活变得幸福的东西，我们却什么也没有，什么也不能提供——这太可怕了，有时我简直觉得这是犯罪；如果我们的头脑清醒一些，也许对我们说来，剥夺生命会比给予生命更轻松。我还没遇到过一个人可以使我这么说：'如果我的孩子将来能这样……'那就是说如果他的生活能这样……我的看法变得越来越简单了。刚生下萨沙时，我曾经希望他成为一个伟大的人物，后来我又希望他成为另一种人……最后我却希望……"

信写到这里断了，因为塔塔①长大了，正在生伤寒症，但是到了12月15日她又写道："哦，我那时只是想说，现在我对孩子什么希望也没有，但求他们过得愉快，平安，其余都无关紧要……"

1849年1月24日："有时我也但愿能像耗子一样东奔西跑，对这种忙碌发生兴趣，免得太闲，免得在这纷扰的世界上，在这不可避免的一切中显得太闲；可是要做我希望做的，却又办不到，总觉得自己与环境不能协调，这是多么大的痛苦，我谈的不是自己那个最亲密的圈子——是的，要是能安心待在这圈子里，那倒好了，但是不能。人应该有广阔的生活，不是一个小天地——像我们从前在意大利的时候，那多好。可是现在，这在哪儿？三十岁了，还是

---

① 即娜塔莎，赫尔岑的长女。

那些憧憬，那样的渴望，那样的不满——是的，我要高声讲出这一切。我正写到这里，娜塔莎来了，她紧紧地吻我……不满？——我太幸福了，生活那么美好……但是

> 为什么目光
> 要投向世界。
> 心灵要渴望
> 在那儿飞翔？ ①

我只有跟你才能这么讲话，因为你像我一样软弱，我跟别人，那些比我强或比我弱的人，我都不想这么讲，不希望他们听到我现在讲的话。对他们我会讲些别的。后来我的淡漠使我害怕，我感到兴趣的事，感到兴趣的人变得这么少……我需要大自然，不希望待在厨房里，需要有意义的活动，不希望待在斗室中；还有家庭，两三个朋友——这便是我要的一切。然而大家那么善良，关心我的健康，关心科利亚的耳聋……"

　　1 月 27 日："我终于没有力量注视这临终前的痉挛了，它们继续得太久了，而生命却这么短促；利己主义主宰了我，因为我觉得自我牺牲毫无意义，它无非只能证实一句谚语：'与人在一起，死也不可怕。'但是我不想死，我要活，我要跑到美国去……我们所相信的，我们认为可能实现的，其实只是一种预言，一种过早的预言。多么痛苦，多么悲哀——我真想像孩子一样大哭一场。什么是个人的幸福？……社会像空气一样包围着你，这空气里充满的只是

———————
① 引自俄国著名诗人科利佐夫的诗《鹰之歌》。

临终前的瘟疫的气息。"

2月1日："N①……N……我的朋友，如果你知道，在我们私人生活的大门外，一切是多么黑暗，多么悲惨！啊，如果能关起大门，待在屋里，除了这个狭小的圈子，忘记一切……

"那无法忍受的纷乱，它的后果可能会影响几个世纪；我这人太懦弱了，无法超越这一片混乱，望见遥远的将来——我的生命在缩小，在消失。"

这封信的最后是："我但愿我这么渺小，甚至不感到自己的存在，因为当我感到它的时候，我便感到了一切存在的事物的不可调和……"

预　兆

反动胜利了；从苍白阴暗的共和国中升起了一些野心家的影子；国民自卫军到处搜捕劳动者，警察局长把爪牙派进了树林和地下避难所，缉拿逃亡者。军警以外的人员则负起了告密和侦探的责任。

秋天以前，我们还生活在自己人中间，我们用本国的语言生气和叹息：图奇科夫一家②住在同一幢房子里，玛丽亚·费奥多罗夫娜③也在我们这里，安年科夫④和屠格涅夫每天必到；但是大家都望着远方，我们的小圈子正在瓦解。血流遍地的巴黎已不值得留恋，虽然不是非走不可，但大家都打算离开⑤，也许这是为了摆脱精

---

① 这是指纳塔利娅·图奇科娃（1829—1913），她是赫尔岑夫人的好友，1850年与奥加辽夫结婚，成为他的第二个妻子。以上几段也都摘自赫尔岑夫人给她的信。
② 指前面提到的图奇科娃和她的父亲、姐姐等。她的姐姐是尼古拉·萨京的妻子。
③ 即玛丽亚·科尔什，叶·科尔什的姐姐，与赫尔岑一家一起出国。
④ 俄国文学评论家。
⑤ 指返回俄国。

神上的苦闷，摆脱六月的印象，然而这魅影笼罩在各人心头，再也不会消失了。

为什么我不一起走呢？那就可以避免不少灾难，我也不必把那么些生命，以及我自身的许多东西，呈献在残酷无情的神的祭台上了。

我们跟图奇科夫一家，跟玛丽亚·费奥多罗夫娜分离的日子，像乌鸦的叫声一样，成了我生活中一种不祥的预兆；可是它像其他千百个信号一样，没有引起我的警惕。

凡是经历过许多艰难挫折的人，都能想起一些日子和时刻，一些几乎难以觉察的细节，转折便是从那时开始，风向也是从那时改变的；这些先兆或警告完全不是偶然的，它们只是后果，是准备进入生活的事物的开始显现，正在暗中观望的、已经存在的事物的初次暴露。我们却不理会这些心理预兆，嘲笑它们，仿佛看到别人撒落了盐碟或者弄熄了蜡烛，因为我们总是违背事实，夸大个人的独立性，骄傲地指望自己驾驭自己的生活。

在我们的朋友们动身的前夕，他们和另外三四个亲密友人聚集在我们家里。他们要坐早上七点钟的火车走，睡觉太没意思了，大家希望在一起更好地度过这最后几个小时。起先大家很起劲，情绪显得激动，这是每当分离时必然会有的现象，但逐渐乌云笼罩了大家的心……谈话变得索然无味，大家有些不自在，杯中的酒也失去了香味，勉强说笑并不能带来欢乐。有人看到天色发亮，拉开窗帷，青白色的光线射在各人脸上，像库图尔①画中一群饮酒作乐的罗马人。

大家闷闷不乐，忧郁憋得我喘不出气。

我的妻坐在不大的沙发上，图奇科夫的小女儿跪在她前面，把

---

① 库图尔（1815—1879），法国著名画家，这里指他的代表作《帝国末期的罗马人》。

脸埋在她的胸口——她把这个女孩子称作"我的心灵的康素埃洛"①。她热爱我的妻，离开她到偏僻的乡村去是出于无奈。她的姐姐忧郁地站在旁边。康素埃洛一边哭，一边小声说着什么；玛·费忧郁地坐在离她们两步远的地方，一言不发，她早已习惯了向命运屈服，她了解生活，在她的目光中只是简单的"别了"，而从两位少女的眼泪中透露的却是"再见"。

后来我们去送他们。高大空旷的石造车站里寒冷彻骨，门砰砰作响，猛烈地开关着，穿堂风从四面吹入。我们坐在墙角的一张长凳上，图奇科夫正忙着照看行李。突然门开了，两个喝醉的老汉吵吵闹闹走进候车室。他们的衣服沾满了污泥，脸上的肌肉扭歪了，给人一种粗野放荡的印象。他们进屋时边走边骂，一个想揍另一个，另一个闪开了，却挥起拳头，用尽全力，正打在那人脸上，老头子喝醉了，一个踉跄倒在地下，头撞在石板上，发出了尖厉刺耳的响声；他大喊一声，抬起了头，血流在花白的头发和石板上。警察和旅客大吃一惊，赶紧把另一个老人拦住。

从昨晚起我们一直情绪激动，心潮起伏，在紧张的状态中勉强支持着，现在大厅中头颅骨碰到地上的骇人声音，在大家身上引起了歇斯底里的反应。我们的家和整个生活圈子一向平静安详，从来没有"哭叫吵闹的现象"，以致眼前的一切叫我们受不了，我感到浑身战栗，我的妻几乎昏厥，幸好这时铃声大作——"时间到了！赶快！"于是一眨眼，我们已孤零零地留在栅栏外面了。

对于告别的人，没有比法国警察在铁路沿线所实行的办法更

① 乔治·桑的同名小说的主人公，一个温柔善良、心灵纯洁的少女，她的爱人称她"康素埃洛"，这是意大利文，意思是"安慰"，即他的心灵的安慰。

不文明、更惹人生气的了；他们剥夺了送行者最后的两三分钟……他们人还在这儿，机车的汽笛还没有响，火车还没有开动，然而你们之间已被一道障碍，一个栅栏，一些警察的手隔开——尽管你希望看到他们怎么坐下，火车怎么开动，然后望着它怎么远去，变成一片尘土，一阵烟，一个黑点，你要注视着它，直到什么也看不见……

……我们默默地坐车回家。一路上我的妻轻轻哭着，为自己的康素埃洛的离开感到伤心，不时把围巾裹一裹紧，问我道："你记得这声音吗？它还在我的耳边。"

到了家中，我劝她躺下休息，自己坐在那儿读报；我读了巴黎报纸的社论栏，还有小品文，杂文栏，看看表，还没到十二点，这么长的日子！我去看安年科夫，他日内也要动身了；我与他一起出外散步，在街上比读报更无聊，只觉得这么忧郁……仿佛良心的谴责在折磨着我。"到我家里吃饭吧。"我对他说，我们到了家。妻真的病了。

晚上凄凉寂寞，兴味索然。

"那么已经决定了，"分别时我问安年科夫，"您在本周末动身？"

"决定了。"

"您在俄国不会愉快。"

"有什么办法，我不能不走；我不会待在彼得堡，我要到乡下去。说真的，这儿怎么样也只有天知道，说不定您留在这儿也会后悔的。"

那时我还可以回国，船还没有被我烧毁，雷比勒奥和卡利埃还没有写秘密报告[1]，但是我在心里已经决定了。尽管这样，安年科夫的话还是触痛了我敏感的神经，我想了想，答道：

---

① 雷比勒奥和卡利埃都当过巴黎警察局长。

"不，我已经没有选择的余地，只得留下，如果要后悔，也只能后悔那天在莫伯特广场的街垒上，一个工人把枪给我时，我没有接受。"

在绝望和软弱的时刻，当痛苦使我无法忍受，觉得我的一生只是继续不断的错误，当我怀疑自己，怀疑最后一线希望，怀疑所有的一切时，我的头脑里许多次闪过这样一些话："为什么在街垒上，我不从工人手中接过武器来？"要是那时给流弹打死了，我至少还可以带着两三个信念走进坟墓……

时间又慢慢拖下去……过了一天又一天……忧郁，苦闷……有时来几个人，相处一两天，然后又走了，消失了，再也见不到了。到了冬天，各国的流亡者相继出现，这是从其他遇难船只上逃生的水手；他们还充满着信心和希望，认为在全欧洲掀起的反动浪潮，只是偶然吹过的一阵狂风，暂时的挫折，他们等待着明天，等待着一星期后东山再起……

我意识到他们错了，但是他们的错误叫我高兴，我尽量使自己糊涂一些，我与自己斗争，在烦躁不安中打发日子。这段时间在我的记忆中，就像生活在煤烟弥漫的屋子里……我苦闷得走投无路，我想从书本中寻求解脱……在喧哗中，在不问世事的家庭生活中，在朋友的聚会中寻找精神寄托，但是总觉得缺少什么，笑不能使我愉快，酒只能增加烦恼，音乐刺痛心灵，欢乐的谈天最后总是以忧郁的沉默结束。

内心的一切遭到了凌辱，一切都给推翻了，剩下的只是明显的矛盾，一片混乱；一再的幻灭，一再的失望。早已形成的精神生活的基础又成了问题；严峻的事实从四面八方升起，驳斥着它们。怀疑把自己沉重的脚踹到了最后的财富上；它要摧毁的不是教会的圣器室，不是学究的长袍，而是革命的旗帜……它从一般的观念渗入了生活。理论上的否定与变成行动的怀疑是截然不同的，那是跨前了一大步，因为思想是勇敢的，语言是大胆的，它可以轻易说出内心害怕的话；信仰和希望的火焰还没有完全熄灭，智慧已跑在前面摇头。心落后了，因为它恋恋不舍，当智慧在判决和惩罚时，它还在告别。

也许，在青年时期，一切还在燃烧，奔腾，一些信仰的丧失只是为另一些扫清道路；也许，在老年时期，由于厌倦，一切已变得漠不相干——对于这些人转折是轻松的，但是"在人生的中途"①，那是不能不付出代价的。

最后，这难道是闹着玩的吗？那神圣的一切是我们所爱过的，向往过的，为之作出过牺牲的。生活欺骗了我们，历史欺骗了我们，为它自己的利益欺骗了我们；它需要疯狂的人作媒介，至于他们清醒以后怎么样，这与它无关，它只是利用他们，然后让他们在残废收容所里了结一生。这是耻辱，令人懊丧的耻辱！可是在你的身边，心地单纯的朋友们耸耸肩膀，对你的灰心，你的焦躁感到诧异，他们等待着明天，他们想望的、从事的永远是同一些事，他们什么也不理解，什么也不能使他们停止，他们一直在走——然而始终没有前进一步……他们批评你，安慰你，指责你——这多么无聊，多么叫人受不了！

他们自称是"信仰的人，爱的人"，把他们与我们这些"怀疑和否定的人"相对立；他们不明白，把一生抚育的希望连根拔除意味着什么，他们不知道什么叫为真理而痛苦，他们从未为任何珍宝

---

① 但丁的《神曲》第一行，指人生的中年。

"号啕大哭"，像一位诗人说的那样：

> 我从受伤的心里挖出了鲜血淋漓的它，
> 我号啕大哭，抛弃了它。①

这些永不清醒的疯人是幸福的——他们不懂得什么叫内心斗争，他们的痛苦只来自外在的原因，来自凶恶的人和意外的事故；他们的内心始终是完整的，良知始终是平静的，他们对一切心安理得。正因为这样，咬啮别人的内心的苦闷，在他们看来只是奇谈怪论，只是思想闲得无聊的消遣，只是无病呻吟。他们看到伤员嘲笑自己的木足，便得出结论，认为手术对他算不得什么；他们从未想到，他为什么未老先衰，锯断的腿遇到天气变化，遇到刮风下雨，如何隐隐作痛。

我这场病的合乎逻辑的自白，我的病历——那些被侮辱的思想的流露，已写在一系列文章中，它们便是《来自彼岸》。我在那里批判了我心中那些最后的偶像，我为我的痛苦和受骗，用讽刺向它们作了报复；我嘲笑的不是别人，是我自己，但我再次受到了迷惑，认为自己获得了自由，于是我又摔了跤。我对言语和旗号，对奉为神明的人类，对西方文明的唯一拯救者——教会，失去了信仰，但我仍相信着几个人，相信我自己。

我看到一切都在崩溃，我希望得救，开始新的生活，随着两三个人一起离开，回避和不再接触那些多余的人和事……在最后一篇上，我高傲地写上了我的题目："我之所有尽在我身"②！

---

① 引自席勒的诗《舍弃》。
② 原文是拉丁文。这是《来自彼岸》中第七篇的题目。

在事变的深渊中，在公共事务的漩涡中，生活瓦解了，烧伤了，一半腐烂了，它变得无所作为，只得重又退回青年的抒情时期，可是那已是没有青春、没有信仰的青年时期。我把赌注押在自己身上，我的船终于碰到水底的礁石上，撞得粉碎。确实，我没有遇难，但我失去了一切……

伤寒症

1848 年冬，我的小女儿[①]病了。她觉得不舒服已好久，接着开始发低烧，后来烧似乎退了。给她看病的是名医雷厄，他认为她应该坐车到外边兜兜风，尽管那是冬季。这天气候晴朗，但并不暖和。她回家时脸色异常苍白，要吃些东西，但没等汤煮好，已在我们旁边的沙发上睡熟了。过了几个小时，她还没醒。自然科学家福格特的弟弟是学医的，正好在我们家。他说："你们瞧这孩子，这不是正常的睡眠。"她脸上死一般的苍白，有些发青，我感到害怕，把手按在她额上——额头冰凉的。我亲自跑去找雷厄，幸好他在家，我把他拉来了。孩子还没醒，雷厄抱起她，使劲摇晃，还要我大声呼叫她的名字……她睁开眼睛，说了一两句话，又闭上眼睛，死一般地睡着了，几乎看不出她还在呼吸。她在这种状态中继续了几天，变化很小，不吃，也几乎不喝，嘴唇发黑，指甲发青，身上出现了皮疹——这是伤寒症。雷厄几乎什么也没做，只是等待，观察病情的变化，这不能给我们多大希望。

孩子的神情是骇人的，看来她随时可能死去。妻面色苍白，默不作声，日夜守在床边，眼睛上蒙着一层珍珠似的光泽，这是疲

[①] 即赫尔岑的长女娜塔莎，她当时四岁。

倦、痛苦、精力衰竭和神经极度紧张的表现。一次，夜里一点多钟，我仿佛觉得塔塔已停止呼吸，我看看她，竭力掩饰心头的恐怖；我的妻猜到了。

"我的头脑发晕，"她对我说，"给我一点水。"

我把杯子给她时，她没有一点知觉。这时屠格涅夫在我们家，与我们一起分担这些悲伤的时刻，他赶往药房买阿摩尼亚水，我一动不动，站在两个失去知觉的人中间，望着她们，束手无策。使女给我的妻擦手，用水搽她的太阳穴。过了几分钟，她醒过来了。

"怎么样？"她问。

"塔塔好像睁开眼睛了。"心地善良的使女路易莎说道。

我看了看，她真的好像醒了；我小声叫她的名字，她睁开眼睛，用干得裂开的发黑的嘴唇笑了笑。从这时起，她逐渐复原了。

有些毒害比孩子的病更危险，给人的折磨和痛苦更多，我知道它们，但最坏的还是那种慢性的毒害，它悄悄地侵蚀你的精力，使你疲惫不堪，让你感到委屈，感到无能为力，只得扮演旁观者的可怕角色。

凡是亲手搂抱过一个婴孩，感到过他怎样逐渐变冷，变重，变成石头的人，凡是听到过他最后的呻吟，意识到那虚弱的身子在祈求怜悯，祈求拯救，希望让他留在世上的人，凡是目睹过放在桌上、裹在粉红缎子里的漂亮的小棺木，看到过镶花边的洁白外衣把蜡黄的脸色衬托得更加分明的人，只要看到孩子一病，不禁就会想："恐怕又有一个小棺材要出现在桌上了吧？"

灾难是一所不祥的学校！当然，一个人经历的灾难多了，忍受能力也会增强，但这是由于他的心灵创伤多了，感觉迟钝了。一个历尽坎坷的人却不能不对他经历的一切心有余悸。他失去了对明天的信心，而没有这种信心便什么事也做不成；他变得无动于衷，因为习惯了各种骇人的思想；终于他害怕灾祸，也就是害怕再度经历那一连串痛苦的煎熬，一连串心灵的刺激，那是不会随着乌云一起从记忆中消失的。

孩子病中的呻吟引起了我这种内心的惶恐，它使我不寒而栗，我必须付出极大的努力才能克服这种纯粹神经质的印象。

就在那一夜过去后，第二天早上我第一次上街溜达；屋外很冷，人行道上结了薄薄一层霜，但是尽管天冷，尽管时间还早，林荫道上已到处是人，报童们在大声叫嚷——五百多万张选票已把绳索捆绑的法兰西放在路易–拿破仑的脚下。①

无依无靠的奴仆们终于找到了自己的主子！

……在这多灾多难的紧张时刻，一个人进入了我们的圈子，带来了另一类的不幸，它们对私人生活造成的危害，比不祥的六月的日子对公众生活造成的危害更大。这个人很快接近了我们，在我们还没明白是怎么回事以前，已挤进了我们中间……在平时，我与人认识得快，但接近得慢，然而那时，我再说一遍，与平时不同。

神经全部暴露了，变得敏锐了，无关紧要的会面，无足轻重的回忆，也会引起身心的强烈震动。例如，我记得，炮轰以后三天，我在圣安东郊区一带漫步，一切还让人看到激烈的战斗刚刚过去，到处是断垣残壁，街垒还没拆除，女人和孩子胆战心惊，脸色苍白，在瓦砾中翻检，不知要寻找什么……我坐在一家小咖啡馆门口的椅子上，怀着沉痛的心情观看这一幅骇人的画面。过了一刻钟，有人轻

---

① 1848 年 12 月，路易·波拿巴以五百四十三万票的压倒多数当选为法国总统，实现了他在法国恢复帝制的野心计划的第一步。

轻把手搭在我的肩上，这是杜维亚特^①，一个年轻的鼓动者，从前在德国像卢格一样热心宣传一种新的天主教，于1847年去了美国。

他面色苍白，脸上的肌肉在抽搐，头发又长又乱，身上穿着旅行的服装。

"我的天！"他说，"想不到我们又见面了。"

"您什么时候到的？"

"今天。我在纽约得到了二月革命的消息，也知道了欧洲发生的一切，马上变卖了所有的东西，凑了一笔钱，坐上了轮船，心里充满了希望和喜悦。昨天在勒阿弗尔，我知道了最近的变化，但我的想象力不足，还不能明白这是怎么回事……"

我们又彼此端详了一会儿，两人的眼中都充满了泪水。

"我不想在这个该死的城市里再待下去，一天也不成！"杜维亚特激动地说，样子真的像一个年轻的利未人^②的先知。"我要离开这儿！马上就走！再见，我到德国去！"

他走了，但被关进了普鲁士的监狱，在那里蹲了六年多。

我还记得《喀提利纳》这出戏^③，那是刚强果敢的大仲马在自己的历史剧院^④中上演的……要塞里挤满了戴镣铐的犯人，容纳不了的便被一群群送往伊弗堡^⑤关押，或者被流放，亲人们从一个警察局跑到另一个警察局，像幽灵似的哀求警察告诉他们谁死了，谁还

---

① 当时德国的革命家，曾宣传基督教社会主义，1848年后参加共产主义运动。

② 古代以色列人的一支，主要从事宗教职业，在基督教的仪式中具有重要地位。

③ 《喀提利纳》是大仲马的历史剧，写古罗马贵族喀提利纳发动叛乱的事。当时西塞罗任罗马共和国执政官，对叛乱实行了血腥的镇压。但西塞罗是在捍卫共和国的名义下进行的，赫尔岑在这里只是把历史上的两次屠杀作了对比。

④ 大仲马于1847年在巴黎建立的剧院。

⑤ 在马赛，这里都是写六月起义被镇压后的情形。

活着，谁给枪毙了，但大仲马已把六月的日子用罗马人的衣衫搬上了舞台……我去看了戏。起先没什么。赖德律－洛兰是喀提利纳，西塞罗是拉马丁，讲的全是堆砌辞藻的典雅句子。叛乱被镇压了，拉马丁带着"死亡"走过舞台，场面换了。广场上遍地尸体，远处露出了曙光，垂死者躺在死人中间，还在抽搐，已死者的衣服浸透了鲜血……我感到窒息。不久前在这戏院的墙外，在周围的街上，我们看到的不正是这种情景吗？只是那些尸体不是纸板糊的，鲜血也不是用紫檀色颜料涂的，而是来自年轻的活人的血管……我在突然爆发的怒火中跑出了剧场，诅咒着那些疯狂鼓掌的市民们……

在这些烦躁不安的日子里，人们不能坐在酒店和戏院里，不能待在家中和书斋内，他们在疯狂中带着发热的头脑，苦闷的内心，走到街上，准备为自己受到的深刻侮辱，羞辱遇到的任何人——在这种时候，每一句同情的话，每一滴为共同的痛苦流下的眼泪，每一声为共同的憎恨发出的咒骂，都会发生骇人的力量。

共同的创伤使痛楚变得容易忍受了。

……在我青年时代的初期，一本法国小说给了我深刻的印象，后来我不曾再见到它，这小说名叫《亚米尼乌》。也许它没有多大的价值，但当时它对我的影响是强大的，它一直在我头脑中徘徊。直到现在我还记得它的大概。

我们从公元最初几世纪的历史中知道，两个不同的世界怎样相遇和冲突：一个是古老的正统世界，文化发达，但已腐朽和没落；另一个是野蛮世界，它像森林的野兽，但是充满着还没觉醒的力量和混乱的、还不明确的意愿——我这是说，我们知道这种接触的政治的、社会的影响，但不知道它在琐事上，在家庭生活的深处所造成的后果。我们知道群体的大事，但不了解直接受这些大事制约的个体的命运，那些在冲突中无声无息地消灭和死亡的生命。在这里，眼泪代替了血，毁灭的家庭代替了变成废墟的城市，被遗忘的坟墓代替了战场。《亚米尼乌》的作者（我忘记了他的名字）企图重现的正是两个世界在家庭生活中相遇的情形——一个世界正从森林走进历史，另一个正从历史走进坟墓。

世界历史融化在故事中以后，对我们便变得较接近，较容易理解，也较生动了。《亚米尼乌》吸引了我，以致我在1833年前后也模仿它写了一些历史小说片断，它们却在1834年遭到了警察总监齐恩斯基的严厉批评。但是当然，我写它们时，从未想到有一天我也会陷入这种冲突，我的家也会在两个世界的历史车轮的会合中给碾得粉碎。

不论别人的意见怎样，我认为我们与欧洲人的关系也有类似的方面。我们的文明是表面的，腐败是无孔不入的，我们的胡子茬儿仍从香粉下突出，我们的黧黑皮肤仍在雪花膏下隐约可见，我们有的是野蛮人的狡猾，野兽的堕落，奴隶的机诈，我们这里到处可以看到拳头和金钱的威力，但是西方的腐朽作风，那种得自先天的、用文雅的外表掩盖丑恶行径的能耐，我们却是望尘莫及的。我们的智力发展 ① 起着净化与保证的作用。例外很少。直到最近我们的教育构成了一条界线，许多丑事和罪恶还不敢越出雷池一步。

西欧却不是这样。正因为如此，只要有人谈到我们的神圣事物，了解我们内心的宝贵思想，敢于说出我们习惯于缄口不言，或者只在朋友耳边小声讲到的想法，我们便很容易拜倒在他面前。

---

① 写于1857年。——作者注（按：这时沙皇尼古拉一世已死，赫尔岑对俄国重又燃起了希望。）

我们没有考虑到，那些使我们的心跳动，使我们的胸膛起伏不定的言语，对于欧洲人说来，大半已成了老生常谈和漂亮的空话；我们忘记，有多少别的腐朽的感情，那种虚伪的、衰老的情绪，已侵蚀了属于这垂死文化的现代人的心灵。他从小就想出人头地，利欲熏心，得了嫉妒病、自大病、永不满足的享乐病和卑鄙的利己病，在它们面前，一切关系、一切感情都不在话下，他需要的只是扮演一个角色，表现一种姿态，只是不惜一切保持自己的地位，满足自己的欲望。我们这些草原之子挨到了一个打击，两个打击，还常常不知道它们来自何方，给弄得目瞪口呆，过了好久才明白过来，于是像受伤的熊一样向前猛扑，捣毁周围的树木，大声怒吼，用脚爪刨起泥土乱扔——但是太迟了，这时连他的敌人都在指责他了……从这两种不同的发展阶段和教育中，还会产生许多的恨，流出许多的血呢。

……有一个时候，我严厉地、猛烈地申斥了那个破坏我的生活的人，也有一个时候，我曾真正希望杀死这个人……从那时起七年过去了；作为我们的世纪的真正儿子，我逐渐失去了复仇的欲望，我经过长期的不断的分析，头脑冷静了，不再感情用事。在这七年中，我明白了自己的和许多人的限度，我放下了刀，拿起了解剖刀，我不再诅咒和辱骂，我要从心理病理学的观点来叙述我的故事。

二

1848 年 6 月 23 日前几天的晚上，我回到家中，发现屋里有一个陌生人，他带着忧郁的脸色，有些不好意思，迎着我走来。

"原来是您！"我终于说，笑着向他伸出了手。"真没想到！简直认不出您了……"

这是黑尔韦格[1]，他修了面剪了头发，唇髭和鬓髯都剃光了。

他的运气突然发生了大转变。两个月前，他还在崇拜者的簇拥下，在妻子的陪伴下，坐着舒适的轿式马车，由巴黎出发，前往巴登参加战斗，宣称要去建立德意志共和国。[2]现在他从战场回来了，追随着他的却是一大堆漫画，敌人的嘲笑和自己人的责备……一下子什么都变了，什么都完了，不仅如此，从残缺不全的布景背后还露出了破产的征兆。

我离开俄国时，奥加辽夫给了我一封介绍黑尔韦格的信。他是在他声名最盛的时候认识他的。奥加辽夫在思想和艺术问题上很深刻，但从来不懂得识别人。任何人只要并不无聊和庸俗，都能得到他的好感，艺术家尤其如此。我见到黑尔韦格时，他与巴枯宁和萨佐诺夫都保持着深厚友谊，因此我与他很快熟悉了，但接触不多。1847年秋我前往意大利；回到巴黎后，我没有见到他——关于他的不幸经历，我是在报上看到的。几乎就在六月事件的前夕，他来到了巴黎；在巴登的错误之后，他是首先在我这里得到友好的接待的，以后他便时常到我家中来。

起先有许多原因妨碍了我与这个人的接近。他缺乏那种单纯、开朗的性格，那种凡是禀赋不凡、个性坚强的人无不具备的豁达爽

---

[1] 黑尔韦格（1817—1875），德国革命诗人，他的诗歌始终充满着对专制制度的仇恨，在人民中获得广泛流传。但赫尔岑的家庭悲剧主要是他所造成，因此赫尔岑对他抱着一定的偏见，在指责他破坏他的家庭幸福的同时，也否定了他对革命民主运动的向往和贡献。

[2] 1848年3月黑尔韦格在巴黎组织了一支由德国和法国工人组成的武装队伍，进入德国巴登地区，并于4月在那里发动了起义，但起义立即遭到了镇压，参加的人大部被占有绝对优势的政府军所俘虏。这次冒险行动曾遭到马克思的坚决反对。

直的气质，而在我们俄国，这几乎是与天才不可分割的。他不露声色，城府很深，与人落落寡合，喜欢偷偷享受一切；他带有一种男人所缺少的娇气，斤斤计较于日常的琐事，舒适的生活，自私心漫无边际，变得不顾一切，达到了幼稚的、厚颜无耻的地步。然而对这一切，我认为不应由他本人负责。

命运在他身边安排了一个女人，她用自己头脑里的全部爱情爱着他，对他照顾得无微不至，因而鼓舞了他的利己主义倾向，助长了他的弱点，使它们在他自己的眼中变得十分美好。结婚以前，他很穷苦——她给他带来了财富和舒适的环境，成了他的保姆、管家和护士，他一分钟也离不开的低级必需品。她在他面前只是一粒灰尘，对他崇拜得无以复加，始终效忠于这位"歌德和海涅的继承者"。然而同时她又用资产阶级奢侈逸乐的鸭绒被褥侵蚀和扼杀了他的才华。

他心安理得地做一个靠妻子供养的丈夫，使我很生气；我承认，看到他们正在不可避免地走向破产，我还是有些高兴的，因此当埃玛不得不把被我们称作"烫金精装本"的住所变卖，把那些"男女风流神"①（幸好这不是农奴，只是一些青铜制品）一个个半价出售时，老实说，我对她的啼哭简直无动于衷。

我得在这里停一下，先谈几句他们以前的生活和结婚，这件婚事带有非常明显的现代德国精神的印记。

德国人，尤其是德国女人，有不少头脑里的热情，也就是虚构的、幻想的、不自然的、文学故事中的热情，一种夸大的、来自书本的、人为的、没有热情的热情，她们总是没有充足的原因

---

① 引自喜剧《聪明误》第二幕第二场，原来是指从事演剧活动的男女农奴。

便准备大惊小怪或者痛哭流涕——这倒不是弄虚作假，只是以假当真，一种心理上的失控状态，审美上的歇斯底里症，它没有什么害处，只是给她们带来了许多眼泪、欢乐和悲伤，许多消遣、感受和趣味！像贝蒂娜·阿尔尼姆[①]那样聪明的女人，尚且终生没有摆脱这种德国病。形式可能改变，内容可能不同，但是不妨说，对事物的心理处理方法却是一样的。它们无非是同一曲调的变奏，爱情泛神论的不同表现，也就是对大自然和对人的宗教式性爱关系和理论性钟情态度；不论大自然的世俗女祭司，还是隐修院的"基督的新娘"[②]，那些从祷告中满足自己的感情需要的女人，都是不排斥这种理想主义的贞洁和理论上的情欲的。她们全都希望真正成为有罪的妇女的结义姐妹呢。她们这么做是出于好奇，也是出于对堕落的同情，尽管她们自己从来不敢这么做，但别人的罪过，她们总是加以宽恕，哪怕别人并不要求她们宽恕。她们中间最热烈的，尽管不敢亲自尝试，但体会到了情欲的整个过程，可以说她们是在间接状态中"自觉自愿地"从别人的书本和自己的原稿中，经历了一切罪恶的诱惑。

　　狂热的德国女人的共同特色之一，是对天才和伟人的偶像崇拜，这种虔诚精神来自魏玛，开始于维兰德[③]、席勒和歌德的时代。由于天才不多，海涅远在巴黎，洪堡[④]又太老了，太实际了，她们只得怀着如饥似渴的心情拜倒在一些较好的音乐家和不坏的美术家的脚下。李斯特像闪电一般射进每一个德国女人的心坎，在那儿烙

---

① 一个热恋歌德的浪漫女作家。

② 即修女。

③ 维兰德（1733—1813），德国启蒙运动的重要作家。

④ 德国科学界的权威人士。

上了一个高额角的、向后披着长头发的形象。

最后，由于没有全德国的伟人，她们只得降低要求，寻找小有名气的地方性天才；于是所有的女人都对他们趋之若鹜，爱上了他们，所有的姑娘都为他们发狂，给他们绣背带和拖鞋，偷偷赠送各种纪念品，却不留下自己的姓名。

40 年代的德国，思想界异常活跃。这是不难理解的，这个民族像浮士德一样在书斋中消磨了大半生，终于想走进市场，看一下花花世界了。现在我们知道，这只是枉费心机，新浮士德从欧白赫酒寮又返回了书斋。但当时还不是这样，尤其德国人，革命精神的每一次跳跃都得到了他们的热烈响应。正是在这个时代的高潮中，黑尔韦格的政治诗发表了。我在那些诗中从未发现多大的才华，只有他的妻子才会把黑尔韦格与海涅相提并论。但海涅尖刻的怀疑精神已不合当时思想界的口味。40 年代的德国人需要的不是歌德，也不是伏尔泰，而是贝朗瑞的诗歌和按照莱茵河那边的风格改编的《马赛曲》。黑尔韦格的诗有时结尾只是原封不动的法文口号："共和国万岁！"这在 1842 年可以产生热烈的效果，但在 1852 年，谁也不会理会它们。要人反复诵读这些句子是不可能的。

黑尔韦格是民主主义的桂冠诗人，在德国每到一地都有宴会欢迎他，最后他到了柏林。大家竞相邀请他，为他举办晚宴和舞会，大家希望见到他，甚至国王本人①也产生了与他谈话的愿望，以致御医申莱恩认为必须引见黑尔韦格，满足这种愿望。

在柏林离王宫几步远的地方，住着一位银行家②。这个银行家的

---

① 指普鲁士国王腓特烈－威廉四世。
② 黑尔韦格未来的丈人齐格蒙德是富裕的绸布商，不是银行家。

女儿早已倾心于黑尔韦格，尽管她还没见过他，也对他毫不理解，但是她读了他的诗，觉得她的天职便是使他得到幸福，给他的桂冠增添一朵美满家庭的玫瑰花。当她第一次在她父亲举行的晚会上见到他时，她终于相信这就是他，他也真的成了她的他。

　　一往情深、坚定不移的姑娘展开了大胆的进攻。起先，二十四岁的诗人听到结婚，尤其是跟容貌奇丑，作风像容克军官，讲话粗声粗气的女人结婚时，他吓得倒退了几步；未来已向他敞开了金碧辉煌的大门，舒适的家庭和妻子对他算得什么！……但是银行家的女儿向他敞开的却是现实的装满金币的钱袋，意大利和巴黎的旅行，斯特拉斯堡馅饼和沃若牌名酒……诗人是穷光蛋，像伊洛斯①一样。寄居在福伦②家不是长久之计，于是他动摇了，动摇的结果便是……接受了婚事，甚至忘了向福伦老人（福格特的外公）告辞和致谢。

　　埃玛亲自告诉我，诗人为嫁妆问题作了详细而明确的谈判。他甚至从苏黎世寄来了家具和窗帷之类的图样，要求在结婚之前运出这一切——这是他的条件。关于爱情，他什么也没考虑，因此必须用别的东西代替它。埃玛明白这一点，决心靠其他手段巩固自己的权力。在苏黎世过了一段时间，她便把丈夫带到了意大利，然后又一起住在巴黎。她在这里给自己的"宝贝"布置了一间书房，里面有柔软的沙发，厚厚的天鹅绒窗帘，贵重的地毯，小小的青铜雕像，整个生活显得安闲而空虚；这对他是新鲜的，他喜欢这种生活。就这样，他的诗才暗淡了，创作的欲望消失了；

---

① 荷马的史诗《奥德赛》中的乞丐，在奥德修斯回到家中后，被后者打败。

② 指奥格斯特·福伦（1794—1855），德国诗人，黑尔韦格曾长期住在他家中（在苏黎世），并得到他的资助。

她为此生气，设法鼓励他，但同时又日甚一日地把他拖进资产阶级享乐主义的泥坑。[①]

她本人其实并不愚蠢，而且精力充沛，比他能干得多。她受的教育是纯粹德国式的，读书很多，五花八门，但都不是必要的；她什么都学一点，又什么都不精通。她缺乏女性的优美风度，这常常给人不愉快的印象。从刺耳的声音到笨拙的举动和粗俗的容貌，从阴冷的眼光到爱谈轻薄话题的下流习惯——一切都带有男性的气质。她当着大家的面向丈夫讨好，就像上了年纪的男人向年轻姑娘献媚一样；她总是注意他的眼色，还示意别人看他，给他整理围巾和头发，不识时务地、不合分寸地夸奖他。在外人面前，他感到不好意思，但在自己朋友中间，他根本不把这当一回事，仿佛主人一心在办事，毫不在乎他的狗正热心地舐他的皮鞋，向他献媚。有时客人走后，这也在他们中间引起一些小争执；但是第二天，一往情深的埃玛又故技重演，开始用爱情来惹人讨厌了，他也重又为了舒适的生活，为了她无微不至的关怀，忍受这一切了。

她把自己的宝贝惯坏到了什么程度，下面这件小事便是最好的说明。

一天饭后，屠格涅夫上他们家，发现黑尔韦格躺在沙发上，埃玛正替他揉脚。看到他进屋，她便住手了。

"你为什么停下？你揉你的。"诗人懒洋洋地说。

[①] 有一件事足以说明她对他的关心达到了什么程度。一次在意大利，黑尔韦格抱怨他用的香水不好。他的妻子马上写信给让－玛丽·法利纳，托她买一盒最上等的香水寄往罗马。然而过了不久，他们离开了罗马，交代邮局把信件和包裹转寄那不勒斯；但就在这时，他们又离开了那不勒斯。这样过了几个月，他们才在巴黎收到了这个装着香水的邮包，然而由于长途转寄，他们不得不为它付出了相当大的一笔钱。——作者注

"您病了？"屠格涅夫问。

"没有，什么病也没有，我只是觉得这很舒服……嗯，有什么新闻？"

他们继续谈话，埃玛也继续揉脚。

她相信大家佩服她的丈夫，因此唠唠叨叨，老是谈他，既没发觉这些话叫人讨厌，也没注意到关于他如何神经过敏、喜怒无常的故事，对他实际上有害无益。在她看来，这一切都非常有趣，应该永远留在人们的记忆中，它们是决不会引起别人反感的。

"我的格奥尔格太自私，太淘气了（我宠坏了他），"她常说，"但是谁比他更有权利淘气呢？一切伟大的诗人从来都是随心所欲的孩子，他们全都给惯坏了……前几天他给我买了一束漂亮的山茶花，但到了家中他还舍不得给我，甚至不让我看到，把花藏在柜子里，一直放在那儿，结果全部枯死了——这么孩子气！"

这是她的话，一字不差。

埃玛的这种偶像崇拜把她的黑尔韦格带到了深渊边上，甚至他已掉进了深渊，即使还没死，至少已弄得丢尽脸皮，出尽洋相了。

二月革命像一声春雷，把德国惊醒了。从统一的、分割为三十九个部分的德意志祖国的四面八方传出了议论声，埋怨声，心跳声。在巴黎，德国工人组织了俱乐部，商量怎么办。临时政府鼓励他们——不是要他们起义，是要他们离开法国：他们在法国工人的影响下也变得不大安稳了。在弗洛孔 ① 的欢送和祝福之后，在科西迪耶尔 ② 致词猛烈抨击专制和暴政之后，当然想象得到，这些可

---

① 弗洛孔（1800—1866），法国政治活动家，属小资产阶级民主派，1848 年革命后成为法国临时政府成员，支持黑尔韦格的这次巴登行动。

② 法国小资产阶级民主主义者，他也支持了黑尔韦格的行动。

怜虫回到德国难免遭到枪杀，上绞刑架，或者被投入监狱判二十年徒刑，但是这与他们已经无关了。

巴登的远征决定了，但是谁可以做救世主，这支由几百名和平的工人和手艺人组成的新莱茵军团[①]，由谁来率领呢？埃玛心想，除了伟大的诗人，还有谁？身上背着竖琴，手中拿着剑，骑在他在诗中幻想过的"战马"上，这不正是时候吗？他在战斗之后可以吟诗，在唱歌之后又可以去攻打敌人；他会被推举为执政者，站在一群国君中间，为自己的德国向他们宣布命令；在柏林的菩提树下大街会竖立起他的铜像，从银行家的故居便可以望见它；人们世世代代会讴歌他——在这些歌曲中……或许也不致忘记善良的、自我牺牲的埃玛，她充当过他的佩剑侍从、卫士和传令兵，"在进军中"保护过他。她在柏地尚新街尤曼的店里定制了一套黑、红、金三色的民族女式骑马军装[②]，还买了一顶黑天鹅绒帽子，帽徽也是那三种颜色。

埃玛通过朋友向工人们提出了诗人；他们正愁没有合适的人选，想起了黑尔韦格那些号召起义的诗歌，立刻推举他当了司令。埃玛说服他接受了这称号。

这个女人出于什么原因，要把自己心爱的人推上危险的位置？他在什么时候，什么地方，什么事件上表现过那种临危不惧的精神，那种镇静自若、随机应变的能力，那种敏捷的思考，那种远大的目光，最后，还有那种外科大夫做手术，游击队长指挥作战所不可缺少的勇气呢？这个萎靡不振的人有什么力量使一部分神经发挥加倍的作用，另一部分又被压制到毫无知觉呢？但坚决和镇定正来

[①] 1789 至 1794 年法国革命政府派驻在斯特拉斯堡的一支军队。
[②] 黑红金三色是德国大学生协会和 1848 至 1849 年德国民族统一运动的标志。

自这里。尤其不能原谅的是她忘记了他听到一点响声便会心惊肉跳，遇到一点意外便会脸色发白，身体有一点痛楚便会灰心丧气，碰到一点危险便会手忙脚乱。为什么她要送他去接受可怕的考验呢？要知道，到了那里，是既不能弄虚作假，也不能靠散文或诗歌摆脱危险的；在那里，一方面是散发着死亡气息的桂冠，另一方面却是临阵脱逃和终生的耻辱。

她打的完全是另一种算盘——后来在谈话和通信中，她自己无意之间泄露过这一点。巴黎的共和国几乎未经战斗便宣告成立了，革命在意大利也占了优势，从柏林、甚至维也纳来的消息，都清楚地说明，这些王位已摇摇欲坠；很难想象，巴登大公和符腾堡国王抵挡得住革命思想的洪流。可以期待，自由的呼声一起，士兵就会丢下武器，人民就会伸开双臂迎接起义者，于是诗人宣布共和国成立，共和国又宣布诗人为独裁者——拉马丁不是做过独裁者吗？然后，作为独裁者的诗人带着头戴黑红金三色帽子的埃玛，在凯旋游行中走遍全德国，接受军队和公民的欢呼……

可惜事实不是这样。巴登和士瓦本①的愚昧士兵不知道诗人，也不知道共和国，却非常熟悉军纪和自己的伍长，他们天生就是奴隶，因此喜欢军纪，盲目服从自己的校官和尉官。农民们毫无准备，看到自己的解放者突然闯了进来，却拿不出切实的计划，不禁大吃一惊。革命者中虽然有黑克尔②和维利希③那样英勇的人，他

---

① 德国巴登和符腾堡一带的古代名称。

② 黑克尔 (1811—1881)，德国共和派革命家，参加了巴登起义，失败后逃亡瑞士及美国。

③ 维利希 (1810—1878)，普鲁士军官，共产主义者同盟盟员，1849 年巴登－普法尔茨起义的参加者。1853 年流亡美国。

们也无能为力，最后仍以失败告终，只是他们没有从战场上逃走，因为幸好……他们身边没有热恋的德国女人。

战斗开始后，埃玛看到自己的格奥尔格吓得脸色煞白，流下恐惧的眼泪，准备丢下军刀，找个地方躲藏，立刻大力相助，终于完成了他的毁灭。她冒着枪林弹雨，站在他面前，呼吁同志们快救救诗人。官兵胜利了……埃玛掩护丈夫逃跑，冒着受伤、被杀或者被俘，即先被鞭打，然后被送往施潘道或拉斯塔特①关押二十年的危险，总算把他救出了虎口。

战败之初，他躲在附近一个村子里②，然后逃进一个农民的家，苦苦哀求，要他把他藏起来。农民没有马上答应，他怕官兵，最后把他带进院子，向四周看看，然后把未来的独裁者藏在一只空木桶中，上面盖了干草，这是冒了房屋被烧毁，自己挨鞭打和坐牢的危险的。官兵来了，农民没有出卖他，等埃玛来找他时，才让她把丈夫转移到大车上，她也换了装束，坐上驾车座，把他送出国境。

"这个救您的人叫什么名字？"我们问他。

"我忘记问他。"黑尔韦格安详地回答。

同志们对他非常生气，现在纷纷攻击不幸的诗人，他们愤愤不平也是因为他太富裕，住在"烫金精装本"式的房子里，过着贵族的舒适生活等等。可是他的妻子还毫不理解自己干的好事，过了四个月居然发表了一本替丈夫辩护的小册子，还大摆自己的功劳，忘记了单单这些事便足以使他大失人心了。

不久他受到的指责已不仅仅是临阵脱逃，还有挥霍公款和中饱

---

① 德国的许多革命家都被囚禁在这两个地方的监狱中。

② 这里讲的一些事在黑尔韦格的各种传记中都没有找到根据。

私囊等等。我认为，他不至于侵吞公款，但我相信这些钱是乱七八糟挥霍掉的，其中一部分便满足了这对战地夫妇随心所欲的需要。安年科夫是见证人，他亲眼看见他们在谢韦店里大量购买香菇火鸡和鱼肉酥皮大馅饼，将军的旅行马车装满了各种名酒等等。钱是弗洛孔根据临时政府的命令付的；总数多少，说法千差万别：法国人说是三万法郎，黑尔韦格却要人相信，他拿到的连一半也没有，临时政府只是给了他乘火车的旅费。除了这些指责，回来的起义者还补充道，他们战败后没有一个钱，到达斯特拉斯堡时衣衫褴褛，饥寒交迫，只得找黑尔韦格要求帮助，可是遭到了拒绝，埃玛甚至不让他们进屋见他——但那时他却住在豪华的旅馆里……"穿着黄色摩洛哥皮拖鞋"。为什么他们认为这是奢侈的标志，我不知道。但关于黄拖鞋的话，我听到过十来次。

这一切像一场黄粱美梦。3月初，这些未来的祖国解放者还在巴黎设宴庆贺，到五月中旬，他们已一败涂地，逃过了法国边境。黑尔韦格回到巴黎清醒了些，他发现以前那条通向荣誉的花园小道原来遍地荆棘……严峻的现实使他想到了他的界限，他明白，作为自己的妻子的诗人和临阵脱逃的独裁者，他的地位实在不妙……他必须改弦易辙，否则只能彻底完蛋。我觉得（这正是我极大的错误），他性格中卑鄙的一面会得到改造。我还认为，在这方面我可以助他一臂之力——我比任何人更具备这条件。

这也难怪，我不能不这么想，因为这个人天天讲（后来还在信上写）："……我知道我性格中可怜的弱点——你的性格比我的开朗、坚强，请你支持我，做我的兄长、父亲……我没有亲人——我把我的好感全部给了你；爱和友谊可以使我彻底改变，但不要太严厉，应该和风细雨，循循善诱，请你不要缩回你的手……我也不会放开它，我要抓住你……只有一点我不仅不会比你差，也许甚至超过你，那就是无限热爱我的知心好友。"

他没有撒谎，但这对他是毫无约束力的。要知道，他参加巴登起义之初，也没有打算在战斗的时刻抛弃自己的同志，但是看到危险，他却逃之夭夭。

在没有任何冲突和斗争的时候，在不需要努力和牺牲的时候，一切可以安然无恙——整整几年、整个一生都平安无事，但一旦路上遇到一点风波，灾难、罪恶或耻辱便会接踵而至。

为什么我当时不明白这一点呢！

到了 1848 年底，黑尔韦格几乎每天晚上都在我们家里——他在自己家里感到无聊。确实，埃玛搞得他心烦意乱。她从远征巴登回来后依然故我，毫无改变，内心也从未反省过发生的事；她仍像过去那样沉浸在爱情中，志得意满，喋喋不休，仿佛他们是凯旋——至少身上毫无伤痕。她担心的只是钱不够，而且没有指望马上弄到钱。她帮了倒忙的革命，既未能使德国获得解放，也没给诗人带来桂冠，只是造成了她的父亲老银行家的终于破产。

她总是千方百计要让丈夫摆脱那些阴暗的思想，她从未想到只有这些忧郁的思想才能挽救他。

浅薄、轻浮的埃玛，从不感到需要这种深刻的内心活动，它给人带来的显然只是痛苦。她属于那种只有两种节拍的简单性格，遇到任何疑难问题都用"非此即彼"的办法解决，至于是此还是彼，这无所谓，只要能解开疙瘩，让生活重新前进，至于向哪里前进，他们自己也不知道。她喜欢在谈话中插嘴，有时讲个小故事，有时提出一些实际的意见，但那是一种最庸俗的实惠思想。她相信我们中间谁也不像她那么实际，这是她得天独厚的本领，因此非但不装模作样加以掩饰，还卖弄这套想法。不过应该说，她在任何方面都没表现过严肃的实际观念。她忙忙碌碌，唠唠叨叨，谈的无非是物价和厨娘，家具和衣料——这跟办事能力毫不相干。她家里一切都杂乱无章，因为一切都处在她的偏执狂的支配下；她总是小心翼翼，看丈夫的眼色行事，家庭中一切必要的活动，甚至子女的健康和教育，都得服从他反复无常的想法。

黑尔韦格自然不愿待在家里，要在我们这儿寻找平静与和谐。他认为我们的家庭是理想的家庭，他喜欢这儿的一切，他崇拜这儿的每个人，包括孩子在内。他幻想着怎样跟我们一起跑得远远的，然后在那里安静地观看欧洲这台黑暗的戏剧，一直看到最后一幕。

尽管这样，除了对一般的事我们持有同样的或者非常接近的理解以外，我们很少共同之点。

黑尔韦格似乎认为世上的一切都是为他存在的；他专为自己打算，要求别人理解他；他既胆怯又自私，不相信自己，同时又自命不凡。这一切合在一起便使他装模作样，喜怒无常，有时故意做得忧心忡忡，悲天悯人，有时又冷若冰霜。他经常需要有人照料，有人做伴，需要那种既是奴仆又是朋友的人（就像埃玛充当的角色），这种人在他不需要的时候可以忍受他的冷面孔和他的申斥，但当他一旦需要，他们又得马上为他奔走，装出笑脸，不折不扣地执行他的命令。

我也寻求爱和友谊，寻求同情，甚至鼓掌，希望引起这种效果，但我从来不会像女人和猫那样装出一副苦闷和委屈的媚态，也不会老是要别人理解自己，体贴自己。也许，我行为中的自然真诚、过度自信和健全纯朴，那种听其自然的态度，也是一种自尊心的表现，尽管我会因此招来灾祸，也置之不顾。在欢笑和悲痛中，在爱和互相关心中，我的感情都是真诚的，我感到快乐和忧愁不是因为我想到了自己。我有强壮的肌肉和神经，我可以独立自主，不必依赖别人，我准备向别人伸出热情的手，但我不会像乞求施舍似的乞求别人的帮助和支持。

这是两种截然不同的态度，不难想象，我和黑尔韦格之间有时会发生不愉快的冲突。但是首先，他对我比对别人谨慎得多；其次，他承认错误的伤心自白总能使我完全解除武装。他不是申辩，而是在友谊的名义下请求我宽恕他的软弱性格，这是他自己也知道并且加以谴责的。我扮演着一种保护人的角色，在别人面前卫护他，同时批评他，他也总是马上认错。他的屈服使埃玛大为扫兴——她为此嫉妒，总要取笑他几句。

1849 年到了。

三 心的迷乱

到了 1849 年，我在黑尔韦格身上逐渐发现了各种变化。他反复无常的性格显得更突出了。有时无法忍受的忧郁会突然袭击他，弄得他坐立不安，不知怎么办好。他的丈人终于破产了，勉强保留的一点钱还得养活家里的其他人，贫穷更加来势凶猛，叩击着诗人的门……他想到这一点便心惊胆战，失去了一切勇气。埃玛在使劲挣扎，东奔西跑借债，抵押和变卖物品……这一切都是为了不让他看到他们的真实处境。她不仅放弃了自己的一切必需品，而且不给孩子添置衣服，而这只是为了让他可以在"普罗旺斯兄弟"[①]饱餐一

---

① 巴黎的一家高级餐厅。

顿，买些无用的小玩意儿。他向她要钱，不知钱是哪里来的，也不想知道。我为此与她争吵，说她会毁了他，也向他指出这一点，可是他坚决不听，她却生我的气，结果一切照旧。

虽然他害怕贫穷到了可笑的程度，他的忧郁却另有原因。

他发牢骚的时候，反反复复讲的是同一套话，这终于使我厌烦了。我有些生气，听到他一再抱怨自己软弱，同时责备我不需要体贴和温存，可他却由于得不到亲人的安慰正在日益憔悴和死亡；说他这么孤独和不幸，恨不得一死了事，还说他非常尊重埃玛，但是他那颗柔弱的心与她的气质迥然不同，她的粗鲁庸俗，"甚至她的大声说话"都叫他受不了。然后他又唠叨说，他对我的友谊怀有热烈的信心……从这种神经质的狂热状态中，我慢慢发现了一种感情，它使我吃了一惊——为他也像为我一样。我觉得，他对纳塔利娅的友谊已超过了一般的程度……我无法可想，只得保持沉默，但我为此担忧，预见到这将使我们迅速走上一条灾难的道路，我们的生活出现了危机……一切都破灭了。

不断谈论失望，不断祈求别人理解，祈求温存体贴，说一切全赖于它，然后啼哭、抽泣——这些对一个女人的影响是很大的，何况这个女人刚失去了好不容易获得的宁静状态，正为我们周围那带有深刻悲剧意义的环境忍受着痛苦。

纳塔利娅对我说："有一个角落跟你是无缘的，这对你的性格非常合适：你不了解那种渴望得到母亲、朋友、姐妹的体贴关怀的心情，黑尔韦格目前的痛苦便是这样。我了解他，因为我也有这种感觉……他是个大孩子，而你是成年人，一点小事就可以使他伤心，也可以使他快活。他会为一句冷酷的话难过得要死，我们应该体谅他……然而一点小小的关心、温暖和同情，就能使他感激不尽……"

真的？……但是不，他在跟她谈以前应该先对我说……我会严格保守秘密，不泄露一句话，可惜的是他没有找我谈……

一个人可以保守秘密，不把它告诉任何人，不过这是任何人。如果他要谈自己的爱情，那么他不可能对一个在心灵上与他如此接近的人保持沉默，何况这秘密与这个人有着切身利害关系——这么说，他还没有谈。我这时忘记了以前读过的那本小说《亚米尼乌》！

……1849年底，我从苏黎世到了巴黎，为我母亲那笔被俄国政府扣留的钱奔走。在离开日内瓦时我与黑尔韦格分别了。现在我顺路到伯尔尼探望他。

我发现他正把《来自彼岸》的一部分校样念给特里尔的西蒙[①]听。他一见我便扑了上来，好像我们已好几个月不见。我当天晚上就走，他一分钟也不肯离开我，一再重复那些热情洋溢、表示友好的话。为什么那时他没有勇气直截了当把心里的话向我公开呢？……那时我的心情很温和，一切都会合乎人情地解决。

他送我到驿站，告别之后，驿车驶出了大门，他还把身子靠在大门上，站在那儿擦眼泪……这几乎是我还真正爱这个人的最后一分钟了……我想了一夜才想起了一个字，它老是不离开我的头脑："灾害，灾害！……这会带来什么后果呢？"

我的母亲不久离开了巴黎，我暂住在埃玛家，但实际上只有我一个人。这种冷清对于我是必要的，我需要独自一人考虑怎么办。纳塔利娅寄来的信谈到了她对黑尔韦格的同情，这给了我借口，我决定写信给她。我的信是悲伤的，但很冷静；我安详地要求她仔细

---

① 西蒙 (1810—1872)，德国革命家，1849 年后流亡瑞士。特里尔是德国南方城市，西蒙的家乡。

检查一下自己的心，坦率地对待自己和对待我；我提醒她，我们的过去和全部生活把我们紧紧联系在一起，没有什么事是不能谈的。

纳塔利娅回信道（这封信还保存着，其余的信在政变①时几乎全都销毁了）："你九日的信收到了，我现在也坐着，总是在想：'这是为什么？'我哭了又哭。也许一切全是我的错，也许我不配活在世上。但我觉得，我与以前晚上剩下一人后给你写信的时候并无不同。我在你面前，在全世界面前都问心无愧，我没有听到我的内心发出一声责备。我生活在对你的爱中，就像我生活在上帝的世界中一样，没有它，我就失去了生存的地方。把我抛出这个世界——我能到哪儿去呢？除非重新投胎。它像自然界一样与我不可分割，我从它而来，仍回到它那里。我一分钟也不能有其他感觉。这世界是广阔的，丰富的，我不知道还有什么比内心世界更丰富的，它也许太广阔了，使我的整个身心和要求也得到了无限的扩展；在这样丰富的状态中，有一些时刻（那是从我们一起生活以来便出现的）我觉得，在我的内心深处似乎有一种头发那么细的东西在搅乱我的心灵，但不久一切又归于平静了。"

在另一封信中，纳塔利娅又写道："这不满足依然没有得到解决，它给撇在一边，它在寻找另一种同情，而在黑尔韦格的友谊中找到了它。"

我觉得这还不够，于是又给她写道："不要回避对内心作深入坦率的考察，不要寻找托词，诡辩不能使你摆脱漩涡——它还是会把你卷走的。在你的信里有一种新的音调，它是我不熟悉的——不是忧郁的音调，是另一种……现在一切还在我们手里……我们要有

----

① 指路易·波拿巴的政变。

勇气彻底解决它。想想吧，在我们把困惑我们心灵的秘密形诸语言以后，黑尔韦格必然成为我们的和声中一个错误的音符，否则便是我。我准备带着萨沙前往美国，然后看看情况究竟怎样……我会难受，但我要尽量忍耐；在这儿我会更难受，而且无法忍耐。"

她用恐怖的号叫回答了这封信；与我分离的思想从未在她头脑中出现过。"你怎么啦！……怎么啦！……我，我与你分开，这怎么可能！不，不，我要来找你，马上来找你——让我收拾一下行李，过几天就带孩子们到巴黎来。"

从苏黎世动身那天，她又写信道："正如在暴风雨中触礁之后，我又要回到你的身边了，我像回到我的祖国，充满着信心，充满着爱。但愿你的心情也像我现在一样！我会比什么时候都幸福。我还是那么爱你，但是对你的爱我已有了更深的认识；生活的账全部结清了——我不再期待什么，不再指望什么。那些误会！——我感谢它们，它们向我说明了不少事，而它们本身却会过去，像乌云一般消失。"

我们在巴黎的会面并不愉快，但是贯穿着一种感觉，就是我们真诚而深刻地意识到，风暴不能真正拔起我们深入地底的树根，要我们分开是不容易的。

在当时漫长的谈话中，我发现了一件事，它使我惊讶，我研究了几次，每次都相信我是对的。尽管还保留着对黑尔韦格的热烈同情，纳塔利娅对自己走出那不祥的蛊惑的圈子似乎感到轻松，呼吸也自由一些了。她怕他，觉得他的灵魂中有一股黑暗的力量，他那无边的利己心理也使她感到惶恐，她要在我这里寻找支持和保护。

我和纳塔利娅的通信谈些什么，黑尔韦格一无所知，但他明白我的信一定对他不利。确实，除了其他，我对他非常不满。埃玛在挣扎，啼哭，尽量向他讨好，替他弄钱，但他不是不回她的信，便是在信上挖苦她，索取更多的钱。他给我的信还保存着，它们倒像情人的歇斯底里的独白，不像友人的通信。他流着眼泪责备我对他冷淡，恳求我不要抛弃他，没有我，没有以前那种充实而明朗的同情，他便不能生活，他诅咒误会和"不明事理的女人"（那是指埃玛）的干预；他渴望开始新的生活——在遥远的地方，与我们在一起；他又称我是他的父亲，他的兄长，他的孪生弟兄。

对这一切，我回答他的是不同的调子："想想吧，你可能开始新的生活吗？可能脱胎换骨……战胜腐朽的文化带给你的邪病吗？"有两次我还提到了阿乐哥，老茨冈人对他说："离开我们吧，骄傲的人，你要自由，只是为了你自己！"①

他用责备和眼泪回答我的信，但并未透露什么。他在1850年写的信和在尼斯的最初几次谈话，成了骇人的揭发材料……揭发什么？欺诈，狡猾，虚伪？……不，如果那样，那就不稀奇了——应该说，那是揭露了我多次谴责的西欧人那种精神退化的两面作风。我时常思考我们这出悲剧中的各个细节，总不免感到诧异，这个人怎么没有一次，没有一句话，没有一个直接的内心活动，暴露过自己。他既然感到不可能与我坦诚相见，怎么还想方设法，要与我越来越接近，在谈话中接触到心灵中那些神圣的方面，那些只有彼此襟怀坦白、毫无隔阂才能接触到，不致引起亵渎感的方面？

他猜到我的怀疑后，不仅依然保持缄默，还变本加厉，要我确信他的友谊；与此同时，他又用他的绝望加紧了对那个给他弄得心乱如麻的女人的进攻；他一方面用消极的沉默继续欺骗我，另一方

---

① 见普希金的叙事诗《茨冈》。

面又恳求她（这是我后来知道的）不要用不谨慎的言语使他失去我的友谊——这样，从这个时候起，他走上了罪恶的道路。

罪恶！……是的……后来的一切灾难不过是它不可避免的后果——这些灾难是不会由于死亡而了结，也不会由于悔恨而终止的，因为它们不是惩罚，只是后果；它们会传到下一代——已经做过的事是铁面无情，无法消灭的。惩罚可以赎罪，使一个人与自己、与别人和解，悔恨也能赎罪，但后果会沿着自己可怕的道路发展。为了避免它们，宗教发明了天堂和它的前室——修道院。

……我被驱逐出巴黎后，差不多同时埃玛也被驱逐了。我们打算在尼斯（当时它属于意大利）住一两年，埃玛也到了那里。过了一段时候，也就是将近冬天，我的母亲也不得不来到尼斯，黑尔韦格与她一起来了。

为什么我和纳塔利娅去的正好是那个城市？这问题在我和别人的头脑中都出现过，实际上它无足轻重。且不说无论我到哪里，黑尔韦格都会跟踪而至，即使不是这样，地理和其他外在措施有什么用，它们徒然使我感到屈辱而已。

黑尔韦格来了以后，两三个星期一直装出一副绝望到了极点的维特①的神气，而且那么明显，以致一个路过尼斯的俄国医生相信他马上要发疯了。他的妻子总是眼泪汪汪的——他对她的态度非常粗暴。她在纳塔利娅的房间里一哭就是几个钟头，两人都相信，他随时都会投海自尽，或者用手枪打死自己。纳塔利娅脸色苍白，神态惶惶不安，举止重又变得焦急烦躁，甚至在对孩子的态度上也表现了出来，这一切使我清楚地看到了她内心的紧张活动。

---

① 歌德的《少年维特的烦恼》的主人公。

还没有说出一个字，但是从表面的平静中，一个不祥的怪物已在逐渐逼近，它像树林边上出现的两点亮光，一会儿消失，一会儿显现，这证明一只野兽正在走来。一切在迅速奔向结局。然而奥莉加的诞生推迟了它的到来。①

四 又是一年（1851 年）

新年前夕，纳塔利娅给我看一幅水彩画，那是她向画家居约②定购的，画的是我家的平台，一部分房屋和院子，院子里孩子们在玩，塔塔的山羊躺在地上，纳塔利娅本人站在平台的远处。我以为这画是给我的，但纳塔利娅说，这是她想送给黑尔韦格的新年礼物。

我很不高兴。

"你喜欢它？"纳塔利娅问。

"我非常喜欢这幅水彩画，"我说，"如果黑尔韦格不介意，我要照样定购一幅。"

从我苍白的脸色和口气，纳塔利娅明白，这些话是挑战，也是内心强烈激动的证明。她瞧了我一眼，泪水涌上了眼睛。

"那么你就拿去吧！"她说。

"笑话，我不会这么做。"

我们没有再谈什么。

1851 年的新年我们是在我母亲那儿度过的。我心里气呼呼的，坐在福格特旁边，一杯接一杯的替他和我自己斟酒，同时讲些尖酸刻薄的笑话。福格特哈哈大笑，黑尔韦格却闷闷不乐地望着我，皱

---

① 赫尔岑的第二个女儿出生于 1850 年 11 月。

② 居约（1810—1876），意大利画家。

起了眉头。他终于明白了。为新年祝酒后，他举起酒杯说道，但愿"未来的一年不致比过去的一年坏"，他全心全意希望这样，但没有把握，相反，他觉得"一切的一切都在崩溃，毁灭"。

我没有作声。

第二天早上我拿起我以前写的小说《谁之罪》，读了柳边尼卡的日记和最后几章。难道这是我的命运的预言，正如奥涅金的决斗是普希金的命运的预兆？……但内心的声音对我说："你算得什么克鲁采费尔斯基，他又怎么比得上别利托夫①——他身上哪里有一点高尚真诚的影子，我又怎么会含着眼泪牺牲自己？"我相信纳塔利娅只是一时受了迷惑，因此我更加认为，我应该与他周旋到底，我不能让他把我从她心中赶走。

……事情正如我所预料的，纳塔利娅主动提出要和我谈谈。在水彩画事件，以及我母亲家的新年宴会以后，这再也不能拖延了。

谈话并不顺利。我们两人都不再像一年前那么站得高了。她有些为难，怕我出走，也怕他离开，想独自回俄国住一年，又迟疑不决。我看到了动摇，看到他的自私将会毁灭她——她没有力量反抗。我开始对他的沉默感到愤怒。

我复述了我的话："我再一次把我的命运交在你的手中，再一次请你权衡一切，考虑一切。我还准备接受你的任何决定，准备等待一天，一个星期，只希望你的决定是最后的决定。"我说："我觉得我的力量已到了最后限度；我还可以忍受一切，但我也感到，我已不能长期这么下去。"

---

① 克鲁采费尔斯基和别利托夫都是《谁之罪》中的人物，前者是柳边尼卡的丈夫，后者是她后来爱上的第三者，她为此痛苦，她的日记表现了她内心的斗争，后来别利托夫走了，克鲁采费尔斯基消沉了，柳边尼卡生活在绝望中。

"你不能走，你不能走！"她淌着眼泪说，"这叫我受不了。"这样的话她不是轻易说的。"应该走的是他。"

"纳塔利娅，不要急，不要急于作出最后的决定，因为这必须是最后的决定……多考虑考虑吧，随你考虑多久都可以，但必须给我一个确切的回答。我无法忍受这样反复不定……我给弄糊涂了，变得束手无策，快发疯了……你要怎么办都可以向我提出，但是得干脆一些……"

这时我母亲带着科利亚来了，邀我们去芒通①玩。我们出去坐车，发现少一个座位。我向黑尔韦格指指座位。他平时从不客气，这时却不肯坐下。我看了看他，便关上了车门，吩咐车夫："走！"

只剩了我们两人站在住宅前面的海岸上。我心上压着一块石板，他也没开口，脸色白得像纸，避免接触我的目光。为什么我不对他直说，也不从岩石上把他推进海里？我心神不定，无法做到这一点。他向我谈诗人的痛苦，说生活这么不合理，以致诗人到处给人带来不幸；自己痛苦，也使一切接近他的人痛苦……我问他读过乔治·桑的《荷拉斯》吗？②他说他不记得了，我劝他读一下。

他便上维斯康第的书店去买书了。我与他从此没再见面！

到六点多钟，大家准备用餐时，他没来。他的妻子走进屋子，眼睛哭得红红的。她说她的丈夫病了；大家面面相觑，没有作声。我觉得我恨不得把手中的小刀扎进她的胸口。

他关在楼上自己的房间里。这是装模作样，自绝于人，我对他没有责任。最后，外人走了，孩子们也睡了，我们又剩了两人。纳

---

① 尼斯附近的海边游览区。

② 《荷拉斯》的主人公荷拉斯是一个夸夸其谈、虚伪自私的资产阶级利己者。赫尔岑曾说："荷拉斯是给欧洲带来灾祸的主要罪人。"

塔利娅坐在窗口抽泣，我在屋里踱来踱去；我觉得头脑发涨，喘不出气。

"他要走了！"她终于说。

"照我看这完全没有必要——该走的是我……"

"我的天……"

"我走……"

"亚历山大，亚历山大，你不怕后悔吗？听我说，救救我们大家。只有你能做到这一点。他完了，精神彻底垮了——你自己明白，你对他意味着什么；他那失去理性的爱，失去理性的友谊，还有他意识到的他对你造成的痛苦……以至更坏的……因此他希望走，从我们面前消失……但完全没有必要使事情变得更复杂，否则他离自杀就不远了。"

"你相信吗？"

"我相信。"

"他自己这么说的？"

"是的，还有埃玛。他把枪都擦过了。"

我哈哈大笑，问道：

"是在巴登用的那支枪？他应该擦一下了，它大概已掉在污泥中弄脏了。不过你告诉埃玛，我可以担保他决不会死，我愿意接受他的人寿保险，多少数目都行。"

"当心，不要为你的取笑后悔。"纳塔利娅说，愁容满面地摇摇头。

"你愿意的话，我可以去劝他别走。"

"这一切还能有什么结果？"

"结果嘛，"我说，"很难预料，更难避免。"

"我的天！我的天！孩子们，可怜的孩子们，他们怎么办？"

"应该早些想到他们！"我说。

这当然是我说过的最残忍的话。我太气愤了，不能合乎情理地明白这句话的意义；我觉得胸口和头脑似乎在抽搐，也许我不仅能说出残忍的话，还能干出流血的行为呢。

她窘得无地自容。沉默降临了。

过了半小时①，我决心把苦杯喝干，向她提出了几个问题，她作了回答。我觉得再也忍耐不住；报复、嫉妒、被侮辱的自尊心，形成了一股疯狂的怒火，把我吞没了。审问和绞架变得不再可怕——我的生命在我眼里已分文不值，这是干出骇人听闻的疯狂行为的主要条件之一。我一言不发，站在客厅的大桌子前面，两手合抱在胸口……我的脸大概完全变形了。

沉默继续着——我蓦地抬头一看，吓了一跳：她的脸变得死一般苍白——白中带青，嘴唇没一点血色，嘴半张着，不断翕动；她没有说一句话，只是用暗淡的、迷惘的眼光望着我。这苦难重重的表情，这无声的悲痛，一下子使我那无法控制的感情镇静了，我变得可怜她，眼泪淌下了我的面颊，我准备跪在她的脚下，请求宽恕……我坐在沙发上，她的旁边，握起她的手，把头靠在她肩上，开始用轻轻的、亲昵的声音安慰她。

我受到了良心的谴责——我觉得我成了宗教裁判所的法官，成了刽子手……这有必要吗？这是对一个朋友的帮助吗？这是同情吗？我的文明和人道精神到哪儿去了，居然可以一怒之下，为了嫉

---

① 这里有些话是从我 1852 年 3 月给豪格的信中摘录的。——作者注

豪格，德国革命家，1848 年维也纳起义的参加者，流亡后与赫尔岑有密切交往。赫尔岑在给他的信中主要承认有过杀死妻子的冲动。

炉，这么折磨一个不幸的女人，变成了蓝胡子拉乌尔这样的角色！

过了几分钟，她才说了句什么，才能开口，然后她突然抽抽搭搭扑在我的脖子上；我让她在沙发上躺下，她已经精疲力竭；她能说的只是："不要怕，我的朋友，这是有益的眼泪，感动的眼泪……不，不，我永远不与你分开！"

由于激动，由于痉挛性的啼哭，她合上了眼睛——她晕过去了。我把花露水洒在她的头上，擦她的太阳穴，她安静了，睁开了眼睛，握住我的手，进入了半睡眠状态；这样过了一个多小时，我一直跪在她旁边。她睁开眼睛时，遇到了我那悲戚而平静的目光——眼泪仍在我的脸颊上滚动，她朝我笑了笑……

这是转机。从这时起，强大的魔力减弱了——毒药的作用开始变小了。

"亚历山大，"她好转一些以后说道，"让事情了结吧，你要向我起誓（我需要这样，否则我没法生活），向我起誓，一定要在不流血的情况下结束一切，想想孩子吧……想想没有你和我，他们会变得怎样……"

"我向你保证，我会尽力做到一切，防止各种冲突，作出巨大的牺牲，但是我有一个条件：他明天必须离开这儿，嗯，至少到热那亚去也好。"

"这可以办到。让我们开始新的生活，一切过去的事让它过去吧。"

我紧紧拥抱了她。

第二天早上，埃玛来找我。她披头散发，眼睛红肿，非常难看，身上穿一件罩衫，腰里束一根带子。她满脸伤心的样子，慢慢走到我跟前。换了别的时候，我对这种德国式闹剧表演会哈哈大笑。现在我没有心思笑。我让她站着，完全不想掩饰我不欢迎她的光临。

"您有什么贵干？"我问。

"是他要我来找您的。"

"如果有事，"我说，"您丈夫可以亲自来，难道他已经自杀了不成？"

她把双手合抱在胸前。

"您是他的朋友，居然讲这种话？想不到您会这样！难道您还不了解在您眼前演出的这场悲剧？……跟她的分手和跟您的决裂，都使他柔弱的身体支撑不住。是的，是的，跟您的决裂！……他为他带给您的烦恼整天啼哭，他要我向您转告，他的生命听候您的发落，他要求您杀死他。"

"好一出喜剧！"我说，打断了她的话，"嘿，谁会用这种方式请人杀死他，尤其是通过自己的妻子。这只是庸俗的闹剧中的玩意儿，我讨厌它们——我不是德国人……"

"赫尔岑先生……"

"黑尔韦格太太，为什么您要担任这么难办的差事？您可以料到，您不会从我这儿听到愉快的答复。"

"这是命中注定的灾难，"她停了一会儿说，"对您和我同样不幸……但是您瞧，您的愤怒和我的忠诚，这多么不同……"

"太太，"我说，"我们扮演的角色不同。请不要拿它们作比较，否则您难免会脸红的。"

"我永远不会脸红！"她发怒道。"您不知道您在说什么。"然后又道："我要带他走，在这种状况中他已不适宜留下，您的愿望会得到满足。但是在我眼里，您再也不是以前那个我非常尊敬的人，那个被我当作格奥尔格最好的朋友的人了。是的，如果您是那个人，那么您就应该跟纳塔利娅分开——放她走，也放他走，我可以留在这儿照料您和您的孩子。"

我大笑起来。

她的脸色和声音都气呼呼的，懊丧和愤怒使她不住哆嗦，她问我道：

"这是什么意思？"

"为什么您要在严肃的问题上开玩笑？"我对她说。"不过够了，这是我的最后通牒：您立刻亲自找纳塔利娅单独谈谈，如果她想走，就让她走，我不会妨碍任何人做任何事，除了一点（请您原谅），那就是您不必留在这儿；家里的事我自己会安排。但是听着：如果她不想走，那么我跟您的丈夫在同一幢房屋里居住，这已是最后一夜；我们不能同时活着待在这里，多一夜也不成！"

过了一小时，埃玛回来了，板起了脸通知我，那声音似乎想说："这是你的粗暴压力造成的结果！"

"纳塔利娅不走，她出于自尊心，扼杀了一个伟大的生命，但是我会拯救他！"

"是吗？"

"是的，我们一两天就走。"

"怎么一两天？这是什么意思……我说的是明天早上，您忘记我的条件了吗？"

（我重复这些话，不是要改变我对纳塔利娅的诺言，只是我完全相信，埃玛会把他带走。）

"我想不到您会这样，我看错了人，真糟糕。"这个乖僻的女人说完就走了。

现在她的外交使命容易办了——过了二十分钟，她又来通知我，他一切都同意：同意走，也同意决斗，然而同时他吩咐她转告我：他起誓决不朝我的胸口开枪，只准备死在我的手下。

"您瞧，他总是跟我们开玩笑……要知道，法国国王①也只是由刽子手，不是由好朋友来行刑的。好吧，那么你们明天动身？"

"真的，我不知道怎么办。我们还什么也没准备。"

"一夜工夫可以准备好一切。"

"护照还得办理签证。"

我按了铃，罗卡进屋了，我对他说，埃玛太太请他立刻替他们办一下去热那亚的签证。

"可我们还没预备好路费呢。"

"到热那亚要用多少钱？"

"六百法郎。"

"我会给你们的。"

"我们还欠了这儿店铺一点钱。"

"大约多少？"

"五百法郎。"

"您不用担心；好啦，一路平安！"

这样的口气叫她受不了。自尊心几乎是她最重要的感情。

"为什么您这么跟我讲话？"她说，"您没有权利恨我，也没有权利瞧不起我。"

"那么除了您，我是有这权利的？"

"不，"她说，又掉眼泪了，"不，我只是想说，我曾经像姐妹一

———————————

① 指1793年被处死的法国国王路易十六。

618

样真心爱过您；我不希望离开的时候不跟您握握手，我尊敬您，也许您是对的——但您是一个铁石心肠的人。如果您知道，我吃了多少苦……"

"谁叫您甘心一辈子当奴隶呢？"我对她说，伸出了手；这个时刻我是不可能有同情心的。"您活该得到这样的命运。"

她一扭身走了，用手掩住了脸。

第二天早上十点钟，一辆长途马车装满了各种箱笼物品，载着诗人和他的老婆孩子前往热那亚了。我站在打开的窗口，可是他一下子溜进了车厢，我连他的影子也没看见。她跟厨子和使女握手告别后也上了马车，坐在他旁边。资产阶级的出门，我看恐怕没有比这次更丢脸的了。

纳塔利娅情绪很不好，我们两人一起坐车到城外散心，但并不愉快；创口还没愈合，仍在流血。回到家中，我们遇到的第一个人是黑尔韦格的儿子戈拉斯，孩子九岁，很淘气，还会偷东西。

"你从哪里来的？"

"从芒通来。"

"出了什么事？"

"这是妈妈给您的条子。"

她写道（好像我们中间什么也没有发生）："亲爱的先生，我们得在芒通停两天，旅馆的房间太小，戈拉斯妨碍格奥尔格，请您允许他在您那儿待几天。"

这么不知趣实在叫我吃惊。同时埃玛还写信给卡·福格特，要他去商量事情——这样，她把局外人拉了进来。我请福格特把戈拉斯带走，告诉他们这儿没有地方住。

埃玛又通过福格特捎话给我道："我们的房间还有整整三个月

的租期，我可以支配它们。"

这完全不错，但房租是我付的。

确实，这出悲剧跟莎士比亚的作品一样，除了惊心动魄的声音，除了随着生命的消失、最后一点火星的熄灭和思想的终止而来的呻吟以外，还有市场上的争吵声、粗俗的笑声和小贩的诈骗活动。

埃玛有个使女叫让妮特，是法国普罗旺斯省人，生得漂亮，也很正派，她还得在这儿留两天，以便带了他们的物品搭轮船去热那亚。第二天早上，让妮特轻轻推开门问我，她是不是可以进来跟我单独谈谈。这是以前从未有过的；我想她大概是要些钱，我准备给她。

这个善良的普罗旺斯女人把脸涨得通红，噙着眼泪，把埃玛在一些店铺里欠下的各种账单递给了我，又说道：

"太太还吩咐我办一件事，可我觉得不先问您一声，无论如何不能这么做。事情是这样的，太太要我在店里采购各种物品，然后把它们统统加在这些账单上。我不跟您说一声，不敢这么做。"

"您这么办很对。她要您买什么呢？"

"这是单子。"

单子上开列着几匹麻布，几打手帕和大批小孩的内衣。

据说，恺撒可以同时读文件、写字和口授命令，这个女人一定也有同样充沛的精力：当家庭濒临毁灭，萨图恩①的镰刀的冰冷刀锋已快接触到人们的时候，她还能考虑怎样不费分文弄到麻布和孩子的袜子。德国人真是了不起的民族！

---

① 罗马神话中的播种和收割之神，以镰刀为象征，因而这里以他作为死神的代表。

五

我们又单独在一起了，但这已与以前不同—— 一切带上了暴风雨的痕迹。信任与怀疑，厌倦与焦躁，烦恼与愤怒折磨着心灵。特别令人痛苦的是生活的线断了，那种神圣的无牵无挂的心情消失了，生活不再显得轻松愉快，世上似乎已没有不可动摇的事物。既然发生了那一切，那么什么也不是不可能的了。回忆使我对未来不寒而栗。好几个晚上我们孤零零地走进餐室，可是什么也没吃，也没讲一句话，然后一边拭泪，一边离开餐桌，眼看着好心的罗卡板着脸，一边摇头，一边收拾菜盘。空闲的日子，失眠的夜……愁闷，烦恼。我变得什么酒都喝：威士忌，白兰地，老培勒；夜里我一个人喝，白天我与恩格尔松①一起喝，而这都是在尼斯那样的气候中。俄国人的借酒浇愁，确实不像一般人想象的那么坏。酒后的酣睡，总比烦恼的失眠好，翌日早上酒醒后的头痛也比空着肚子愁眉不展好。

黑尔韦格写了一封信给我，我没看便丢开了。于是他一封接一封的给纳塔利娅写信，后来又给我写了一封信——我把原信退回了。我为这事发愁。现在应该是深刻反省的时期，平静和避免一切外界干扰的时期。可是有了这些信，还谈得到什么平静，什么与外界隔绝？这个人装得疯疯癫癫的，不仅威胁要自杀，甚至说要不惜犯罪杀人。例如，他写道，有时他简直疯了，他想杀死自己的孩子，把他们的尸体丢出窗外，然后带着他们的血迹来见我们。在另一封信里又说，他要来当着我的面自杀，告诉我："这都是你造成的，你把一个这么爱你的人逼上了绝路！"与此同时，他又恳求纳塔利娅设法使我与他和解，并作为自己的意见，建议请他担任萨沙

---

① 恩格尔松（1821—1857），俄国流亡者，与赫尔岑曾有密切来往。

的家庭教师。

他十多次提到了上膛的手枪，可是纳塔利娅却相信这一切。他说他只要求她为他的死祝福；我劝她写信告诉他，她终于同意了他的话，相信除了死没有其他出路。他回信道，她这些话来得太迟了，目前他已改变了主意，他觉得他没有足够的力量实行这件事，但是既然大家抛弃他，他要远走埃及，离开大家。这封信使他在纳塔利娅眼里的地位一落千丈。

这以后，奥尔西尼从热那亚来了；他一边笑，一边讲这对夫妇打算自杀。奥尔西尼得悉黑尔韦格在热那亚以后便去拜访他们，正好遇到黑尔韦格在大理石堤岸上散步，后者告诉他，他的妻子在家，他便去看她。她一见面就对他说，他们决定用绝食的办法自杀，这是他为自己选择的方式，但她希望分担他的命运，她要求奥尔西尼照料戈拉斯和埃达。

奥尔西尼惊奇得愣住了。

"我们已有三十个小时没吃东西，"埃玛继续道，"请您劝他吃点什么吧，免得人类的伟大诗人夭折！"她抽抽搭搭地哭了。

奥尔西尼走到平台上瞧了一会儿，马上带回一个好消息：黑尔韦格正站在街角上吃萨拉米熏肠。埃玛高兴极了，立刻按铃，吩咐仆人给她端一钵子肉汤来。这时丈夫愁眉不展地回家了，一句没提萨拉米熏肠，但是桌上的肉汤却是无法掩饰的。

"格奥尔格，"埃玛说道，"我听奥尔西尼说，你在吃东西，我太高兴了，决定也叫仆人把肉汤端来。"

"我觉得恶心，便吃了一小块萨拉米熏肠；不过这实在没有意思，饿死太痛苦了，我还是服毒的好！"于是便开始喝汤了。

妻子抬头看看天空，又看看奥尔西尼，似乎在说："您瞧，没有法子救他。"

奥尔西尼现在死了，但他讲的这件事，还有几个证人活着，例如，卡·福格特，莫尔蒂尼·卡尔·埃德蒙。

这些花招把纳塔利娅弄得很尴尬。她为他蒙受了耻辱，我也为他蒙受了耻辱，这使她感到很痛苦。

春天黑尔韦格前往苏黎世，把妻子打发到尼斯来（这又是没有礼貌、不合情理的行为）。发生了那一切以后，我只想休息。我利用入瑞士国籍的机会与恩格尔松去了巴黎和瑞士。纳塔利娅写给我的信是平静的，心情仿佛轻松了一些。

回来的路上，我在日内瓦遇到了萨佐诺夫。他与我一起喝酒时忽然用心平气和的态度问我，我家里一切都好吗？

"一切都好。"

"要知道我了解全部事实，我问你只是出于朋友之间的关心。"

我吃了一惊，有些哆嗦，默默望着他，但他什么也没发觉。这是怎么回事？我还以为这是秘密呢，可现在突然有一个人在跟我喝酒时谈起了它，仿佛这是一件十分平常、无关紧要的事。

"你听到什么，从哪里听到的？"

"全部事情都是黑尔韦格本人告诉我的。老实对你说，我认为你做得根本不对。为什么你不放你的妻子走，或者为什么你自己不离开她？请原谅，这是软弱，你应该振作精神，开始新的生活。"

"可你为什么认为她想走呢？难道你相信我可以放他或不放她吗？"

"你对她施加压力——当然不是在肉体上，是在精神上。不过我很高兴，我发现你比我预料的平静得多，因此我愿意与你开诚布公谈谈。黑尔韦格离开了你们的家，这是因为，第一，他是胆小鬼，他怕你像怕火一样；第二，你的妻子向他保证，等你平静一些，她就到瑞士来。"

"这是最无耻的谎言！"我喊道。

"这是他的原话，我可以用名誉向你担保。"

回到旅馆以后，我仿佛病了，心烦意乱，没脱衣服便倒在床上，有些像精神错乱或者快死了。我相信还是不相信呢？我不知道，但我不能说我完全不相信萨佐诺夫的话。

我反复自言自语道："好得很，我的诗意生活就这么给断送了——断送在欺骗中，半路上断送在欧洲人的流言蜚语中了……哈哈哈！……这是他们可怜我，爱惜我，是他们的恻隐之心，好让我有个喘息的机会，就像鞭打士兵时，发现他脉搏微弱，便赶紧把他送进医院，认真医治，以便等他痊愈后继续执行另一半的鞭打。"我受了欺负，感到委屈和羞耻。

在这样的心情中，我连夜写了一封信，这信一定带有疯狂、绝望和猜疑的痕迹。现在我为我在背后对她所作的侮辱，为我写的这封恶劣的信，感到后悔，深深的后悔。

纳塔利娅的回信是非常悲伤的。

她说："我还是死了的好，你的信心动摇了，现在每句话只能使你想起过去的一切。这叫我怎么办，怎么向你证明呀？我除了哭还能怎样！"

黑尔韦格说了谎。

后来她的信都是温顺而悲痛的，她可怜我，想医治我的创伤，可是她自己忍受着多大的委屈啊……

为什么有人要向我复述这个诽谤呢？为什么我在罪恶的狂热中写了那封信，却没有人来阻止我发出这信呢？

六 海洋之夜 ① （1851 年）

1②

……7 月 7 日至 8 日的夜里一点多钟，我坐在都灵的卡里尼亚诺宫的台阶上，广场上空空荡荡，离我不远有一个乞丐在打瞌睡，一个哨兵慢慢地踱来踱去，一边哼着什么歌剧里的一支曲子，枪不时铿锵作响……夜是炎热的，空气暖和，充满着西洛可风③的气息。

我的心情非常好，这已经很久没有了——我又感到我还年轻，浑身是劲，我有朋友，也有信仰，我充满着爱，就像十三年前一样。我的心跳动着，这是最近这段时间我已丧失了的感觉。1838 年 3 月的那一天，我裹着大衣，站在波瓦尔大街的路灯柱子旁边等待凯切尔时，我的心跳个不住，今天它还是这么跳跃着。

现在我也在等待一次约会，要会面的也还是那个女人，我等待着，也许还怀着更热烈的爱情，虽然这爱中已掺杂了忧伤的、阴郁的调子，但在这个夜里，我听不到它的声音。我路过日内瓦时袭击过我的悲哀和绝望，经历了疯狂的危机以后，现在变得好一些了。

---

① 原文为拉丁文，系雨果的诗集《光与影》中一首诗的篇名，雨果则是借用古罗马诗人维吉尔的史诗《埃涅阿斯纪》中的原文。

② 这一段（它还从未发表过）属于《往事与随想》中我打算很久以后才发表的那个部分，尽管我写其他部分还是由它引起的。但是奥尔西尼在《回忆录》中提到了 1851 年 11 月 15 日发生的骇人事件，他对我这意外的不幸遭遇给予了最热烈的同情，这促使我把第二节在 1859 年的《北极星》上发表了。——作者注
按：所谓"打算很久以后才发表的"部分，即指《家庭悲剧》。《家庭悲剧》在赫尔岑生前并未全部发表，直至 1919 至 1925 年苏联出版《赫尔岑作品及书信全集》时，才根据赫尔岑的长女纳塔利娅提供的手抄本予以编入。奥尔西尼的《回忆录》出版于 1857 年，其中记述了赫尔岑的母亲及儿子在海上遇难的事。原注中所说第二节，即指本章的第二节。

③ 从北非沙漠吹往欧洲南部的一种带沙土或带雨的热风。

纳塔利娅那些亲切的信充满着哀怨、眼泪、痛苦和爱，使我恢复了健康。她写信说，她要从尼斯到都灵来接我，打算在都灵住几天。她是对的，我们必须再一次互相认识，互相洗净伤口的血迹，拭干眼泪，最后明确地知道，我们是不是还有共同的幸福——为了这一切必须单独在一起，甚至离开孩子们，而且得在另一个地点，不是在那个环境中，因为那里的家具、墙壁都可能不合时宜地勾起我们的回忆，在我们耳边提起已快忘记的话……

驿车应该在一两点钟从滕达山口方向驶来，我在阴森的卡里尼亚诺宫门口便是等它，车子到了离此不远的地方一拐弯便可看到了。

这天上午我才从巴黎经过塞尼山到达这里；我在费德尔旅馆借了一套宽敞高大、陈设相当漂亮的房间，包括起居室和卧室。我喜欢这种节日的华丽外表，它很合适。我预定了简单的晚餐，便出外闲逛，等待天黑了。

马车驶近驿站时，纳塔利娅认出了我。

"你在这里！"她说，从窗口向我点头。我拉开车门，她扑到了我的脖子上，情绪这么兴奋、愉快，流露了对我的爱和感激，我的头脑中突然闪过了她信中的一些话："我这次回来，像轮船经历了暴风雨、触礁和灾祸以后，回到自己亲切的海港中——船虽然百孔千疮，但得救了。"

一个眼神，两三句话便完全够了……一切都明白了，解释清楚了；我拿起她不大的旅行袋，用手杖把它挂在背上，一只手挽了她，我们便沿着冷清的街道愉快地走回旅馆。那儿除了门房，全都睡了。桌上铺好了台布，放着两支还没点火的蜡烛，还有面包、水果和一瓶酒。我不想叫醒谁，我们点亮蜡烛，坐在空桌旁边，彼此瞧着，蓦地想起了弗拉基米尔的生活。

她穿的是白薄纱连衫裙或短衫，这是在路上穿的，因为天气非常热——我流放回来与她第一次见面时，她也穿一身白衣衫，她的结婚礼服也是白色的。甚至她的脸也流露出提心吊胆、忧虑、沉思和痛苦的明显痕迹，使我想起她那时的面容。

　　我们还是原来的两个人，只是现在我们握手时不再是血气方刚的年轻人，自以为是，充满自信，也彼此信任，相信我们的命运会与众不同了，我们像两个在生活的洪流中考验过自己的力量，也意识到自己的弱点的历尽坎坷的老兵……好不容易才摆脱了沉重的打击和不可挽回的错误。我们要重新踏上旅途，不咎既往，共同挑起过去的悲惨重担。在这重担下，我们的步子不得不更谨慎，但是疮痍满目的心灵中仍蕴藏着成熟而稳定的幸福所需要的一切。由于那可怕的一页，那内心的痛苦，我们更清楚地意识到，岁月、环境、异乡客地的生活和我们的孩子，已把我们不可分割地连接在一起了。

　　一切通过这次会见结束了，裂开的伤口又愈合了，不是没有疤痕，但已变得比以前更牢固——有时断裂的骨头便是这么重又结合在一起的。悲痛的泪水在眼睛里还没有干，但它们成了联结我们的新的纽带——一种互相怜惜的深刻感情。我看到了她的挣扎，她的磨难，看到她多么衰弱困倦。她也看到我多么软弱，不幸，受了侮辱，也侮辱了别人，准备牺牲，也准备犯罪。

　　我们彼此付出了太大的代价，不能不明白，我们彼此多么重要，多么不可缺少。1852 年初我写道："在都灵的那些日子是我们的第二次婚礼，它的意义也许比第一次更深刻，更重要，我们终于充分意识到了它的全部责任，把它重又贯彻到了相互的关系中，而这是通过那些痛苦的经历完成的……"

爱情奇迹般经受住了这次本可以毁灭它的打击。

最后几朵乌云也逐渐消散了。我们谈得很多，很久……仿佛阔别多年之后的重新相逢。当我们从空桌子后起立时，一缕缕曙光早已透过关闭的百叶窗射进屋里了……

三天后我们一起经过里维埃拉返回尼斯——热那亚一闪而过，芒通一闪而过，那是我们时常怀着不同的心情游览的地点，最后，摩纳哥也过去了，它那天鹅绒似的草坪，天鹅绒似的沙滩突入了海中。一切在我们眼中都那么亲切，像口角后重又见面的老朋友，这里到处是葡萄园，玫瑰树丛，酸橙林，大海就铺展在屋前，孩子们在海滨玩耍……瞧，他们认出了我们，奔了过来。我们到家了。

我感谢命运给了我这些日子，给了我以后的四个月光阴——它们以庄严的光辉照耀了我家庭生活的最后阶段。我感谢命运，这个永恒的巫婆把秋季绚丽多彩的花环献给了注定要作牺牲的人……尽管时间不长，但她把自己的罂粟花和香气散布到了他们的周围！

隔开我们的深渊不见了，大地已连成一片。难道这不就是那只终生握在我手中的手吗，难道这不就是一度被泪水弄得浑浊的目光吗？"安心吧，妹妹、朋友和同志，一切都过去了，我们依然是那些年轻、神圣、光辉的岁月中的我们！"

她给俄国的一位女友写道："……你也许知道那场灾难的深度，现在它终于过去了，充满幸福的另一些时刻来临了；童年和青年时期的全部信念不仅依然完好，而且战胜了可怕的考验，没有丧失新鲜和香味，而且以新的光辉、新的力量开出了花朵。我从来没有像现在这么幸福。"

当然，过去也留下了残渣，触动它不能不受到惩罚，这是内心的某种创伤，一种敏感的睡着了的惶恐和苦楚。

过去不是一张可以修改的校样，它是断头台上的斫刀，它一落下，许多东西便再也不能接合，不是一切都可以恢复原状的。刀痕像金属铸成的，形状分明，不可改变，像青铜那么黑黝黝的。通常人们忘记的只是不值得记住，或者不理解的东西。一个人只要忘记两三件事，某些细节，某个日子，某些话，他便可以保持青春、勇气和力量，而有了它们，他便会像一把钥匙一样沉入底。不必像麦克白那样非遇到班柯的鬼魂不可①，鬼魂不是刑庭法官，不是良心的谴责，唯有记忆中无法抹去的事件才能起那样的作用。

而且也不需要忘记；这是软弱，从某种意义上说也是欺骗。过去有自己的权利，它是事实，应该面对它，而不是忘记它——我们便以一致的步伐朝这目标走去。

……有时，局外人一句无关紧要的话，眼中偶然瞥见的一件事物，会像刀子一样划过心头，于是流出了血，感到无法忍受的疼痛；但同时我也遇到了惊慌的眼光，它带着无限的悲痛在向我说："是的，你是对的，不可能不是这样，但是……"于是我尽力驱散汇集的乌云。

和解的时刻是神圣的，我透过眼泪回忆着它……

……不，这不是和解，这个词不贴切。文字像现成的衣服，"在一定程度上"适合所有同样身材的人，然而并不能对每一个人完全合身。

我们不需要和解，我们从来没有争吵过，我们使彼此痛苦，但并没有分开。在最阴暗的时刻，两人都毫不怀疑的某种不可分割的联系，彼此的深刻尊重，都依然保持着。我们与其说像和解的人，

---

① 见莎士比亚的悲剧《麦克白》第三幕第四场，麦克白派人杀死班柯后，班柯向他显灵，从此弄得麦克白神魂不定。

不如说像两个大病之后刚才清醒的人：昏迷状态过去了，我们睁开有些虚弱而模糊的眼睛互相望着。经历的痛苦记忆犹新，困倦还能感到，但是我们知道，噩梦已经过去，我们又平安无事了。

……以前偶尔在纳塔利娅心头出现的思想，现在逐渐占有了她。她希望写下她的自白书。她对它的开头不满，烧毁了那几页，只保存了一封长长的信和一小页纸。[1] 从它们可以看出，销毁的部分多么重要……读了它们，我觉得不寒而栗，仿佛我的手接触到了一颗痛苦而温暖的心，听到了那些无声的秘密的声音，它们一直隐藏在深处，只是在意识中刚刚苏醒。从这些字句中可以琢磨到，那艰苦的挣扎怎样转化成新的意志，悲痛怎样转化成思想。如果这作品没有突然中断，它可以成为一件珍贵的记录，一切便不致湮没在女人含糊其词的缄默和男人自以为是的保护人态度中。但是最不可理喻的打击已朝我们的头顶打来，终于什么都完了。

2

　　在无底的海中，在无月的夜里，永埋在丧失理性的海水之下……[2]

雨果

1851 年的夏季就这么结束了。我们又几乎单独在一起了。我的母亲带着科利亚和斯彼尔曼[3]前往巴黎，在马·卡[4]家做客。我们跟

---

[1] 一封信是写给马·卡·雷海尔的，一小页纸是赫尔岑夫人打算写的自传的提纲。
[2] 引自雨果的诗《海洋之夜》。
[3] 科利亚的家庭教师。
[4] 即马·卡·雷海尔。

孩子们安静地过着日子。仿佛暴风雨完全过去了。

到了 11 月，我们收到了母亲的信，她即将离开那里，后来又接到她寄自马赛的信，信上说，第二天，即 11 月 15 日，他们搭轮船回来。在她外出期间，我们搬了家，新住所也在海边，属于圣海伦娜郊区。这幢房子有一个大花园，我们已给母亲安排了住处，现在用鲜花布置了一下，我们的厨子和萨沙买了些中国灯笼。把它们挂在墙上和树上。一切准备好了，孩子们从三时起就没有离开阳台，到了五点多钟，一缕黑烟终于从遥远的海面上升起，过了几分钟已可看到轮船，像一动不动的黑点，但在逐渐扩大。一家人开始忙碌了，弗朗索瓦 ① 飞也似的跑往码头，我坐上马车，也向那儿驶去。

我抵达码头时，轮船已经到达，几只小船靠在它周围，等待检疫官员允许旅客下船。一只小船驶回了浮码头，弗朗索瓦站在船上。

"怎么，"我问，"你已经回来了？"

他没有回答；我瞧了他一眼，愣住了，他脸色发青，整个身子都在哆嗦。

"怎么回事？"我问，"你病了不成？"

"不，"他答道，避开了我的目光，"只是我们家的人没有到。"

"怎么没有到？"

"轮船在那儿出了点事，因此旅客没有全部到达。"

我跳上小船，命令马上开船。

轮船上鸦雀无声，迎接我的是一种不祥的哀痛气氛。船长亲自在等我，这完全不合常情，我等待着可怕的消息。船长对我说，轮船经过耶尔岛和大陆之间的海面时，跟另一艘船相撞，沉进海底

---

① 赫尔岑家的厨子。

了，我的母亲便在那船上，他这艘船和另一艘路过的轮船救出了大部分旅客，"我这船上只有两个年轻姑娘是你们家的。"他说，带我走向前面甲板，大家在阴森的沉默中让开了路。我跟着他，毫无知觉，甚至没问一句话。在我母亲那里做客的她的侄女，一个身材苗条的女子，躺在甲板上，披散的头发湿湿漉漉的；她的旁边是照料科利亚的使女。年轻姑娘看见我，想坐起身子说什么，但办不到，便别转了头，嘤嘤啜泣。

"到底出了什么事？他们在哪儿？"我问，发疯似的握住了使女的手。

"我们什么也不知道，"她答道，"轮船沉了，我们给捞出水面时已昏迷不醒。一位英国太太拿衣服给我们换了。"

船长伤心地望着我，握着我的手说道：

"不要绝望，您不妨到耶尔问问，也许还能在那儿找到您家的人。"

我托恩格尔松和弗朗索瓦照料病人，自己丧魂落魄似的坐车赶回家中；我的头脑乱极了，心在发抖，我但愿我的家在千里之外。但是树木中间出现了亮光，它越来越多，这是孩子们把灯笼点亮了。门口站着仆人们，纳塔利娅带着塔塔，抱着奥莉加也在那儿。

"怎么你一个人？"纳塔利娅平静地问我。"你至少应该把科利亚先带来。"

"他们不在，"我说，"他们的轮船出了点事，只得换乘另一条船，那船载不下所有的旅客。路易莎到了。"

"他们不在！"纳塔利娅喊道。"现在我才看清了你的脸色，你的眼睛暗淡，整个脸都变形了。我的天哪，这是怎么回事？"

"我这就上耶尔找他们。"

她摇摇头，接着又道："他们不在！他们不在！"然后默默把额头扑在我的肩上。我们沿花园小径走去，没有讲一句话；我送她到饭厅，遇见罗卡时小声对他道："行行好，那些灯笼。"他明白我的意思，赶快跑去把它们吹灭了。

饭厅内一切都准备好了，一瓶葡萄酒放在冰里，我母亲的座位前面放着一束花，科利亚的座位前面是一些新玩具。

可怕的消息迅速传遍了全城，不少朋友纷纷赶到我们家里，福格特，泰西埃①，霍耶茨基，奥尔西尼，甚至完全陌生的人都来了，有的想打听出事的情形，另一些是表示同情，还有一些提出了各式各样的劝告，不过大多只是废话。但我不是毫无心肝的，那时我在尼斯得到的同情确实深深感动了我。在命运这种不可理喻的打击面前，人们清醒了，感到了彼此之间的联系。

我决定当夜赶往耶尔。纳塔利娅要求跟我同行，我劝她留下了，何况气候突然变坏，吹起了密史脱拉风②，它冷得像冰，还带来了暴雨。我得领取法国的入境许可证才能通过瓦尔桥，因此先得找法国领事雷昂·皮勒；他正在看歌剧，我与霍耶茨基上包厢见他，这以前皮勒已听到一些消息，他对我说：

"我无权同意您的要求，但在这种情况下，拒绝意味着犯罪，因此我愿意自行负责，给您签发一张需要通过边境的证明，请您过半小时到领事馆来领取。"

到过我们家里的十来个人在戏院门口等我，我告诉他们，雷昂·皮勒已答应发给证件。

---

① 法国革命者，后来做过赫尔岑家的家庭教师。
② 从罗讷河谷吹往法国南部的一种干冷强风，风速极大。

"您可以回家了，不必再为什么事奔忙。"他们异口同声说，"其余的事我们会办，等拿到证明后，我们给您办理护照的签证，同时预定几匹驿马。"

我的房东也在这儿，他跑去找马车；旅馆老板愿意免费把马车借给我用。

到了午夜十一点钟，我在大雨滂沱中出发了。这是可怕的一夜，有时风力这么大，马也只得停下；不久以前刚把人们埋葬的海洋，在一片漆黑中几乎看不见了，但它仍在奔腾和咆哮。我们上了爱斯特勒山，雨变成了雪，马磕磕绊绊地行走，几乎在冰上滑倒。赶车的筋疲力尽，几次冷得支撑不住，我把我带的一瓶白兰地给了他，答应给他双倍驿马费，只要求他快走。

这是为什么？我真相信我能找到他们中间哪一个，或者哪一个还活着吗？从听到的一切推测，那是不可想象的——但是到出事地点找一下，看一下，搜寻一下残留的物品，会见一下目击者，这才能死心……是的，我需要证实的确已经没有指望，需要做点什么，而不是待在家里，我要让自己平静下来。

在爱斯特勒山上换马的时候，我走下马车，我的心收缩了，我望着周围的一切，几乎失声痛哭，这旁边不就是 1847 年我们住过一夜的那家小客店吗？我想起了它周围那些绿叶成荫的大树，现在铺展在它前面的景色依然如故，只是那时一切笼罩在升起的阳光中，而现在天空中有的只是非意大利的铅灰色云层，下面则是白雪皑皑的大地。

那时的情景，那一切细节，仿佛还在眼前，我想起老板娘用兔肉款待我们，里边加了大量葱蒜，冲淡它的臭味，蝙蝠在卧室中飞来飞去，我在路易莎的帮助下用一块毛巾驱赶它们，我第一次感受到南方的暖湿气流……

那时我写道:"从阿维尼翁起,南方的感觉便明显了。对于一个长期住在北方的人,第一次与南方大自然的接触洋溢着庄严的欢乐感——你觉得年轻了,想唱歌、跳舞、痛哭;一切这么明朗,光亮,愉快,富饶。过了阿维尼翁,便得翻越滨海阿尔卑斯山了。我们在月夜登上爱斯特勒峰,下山时太阳已开始升起,绵延不断的山峦从清晨的雾气中逐渐显露,阳光染红了白得耀眼的积雪的山顶,周围是一片明朗的绿色,还有鲜花,轮廓鲜明的阴影,参天古木和悬崖峭壁,峭壁上覆盖着一层稀疏而粗硬的植物;空气清澈异常,令人陶醉,显得光彩夺目,铮铮有声,以致我们的话音,鸟的歌唱也比平时响亮。蓦地路一拐,从不大的转角处露出了山麓下一条发亮的缘饰,那便是银光闪闪的地中海。"①

现在已过了四年,我又登上了那地方!……

天黑以后,我们才赶到耶尔,我立即去找警察局长,然后与他和宪兵队长一起找港务专员。他那儿放着各种捞起的物品,我没有找到他们的东西。于是我们又上医院,一个落水的人快死了,另一些人告诉我,他们看到一个老妇人,一个五岁左右的孩子,还有一个年轻人,淡黄头发,络腮胡子……但看到他们时已到了最后一刻,大概他们像别人一样也沉入海底了。但这时又出现了问题:这些讲话的人虽然也像路易莎和那个使女一样,记不清自己是怎么得救的,但他们终究还是活着。

捞起的尸体停放在修道院的地下墓穴中,我们从医院去到那里,护士们用教堂的蜡烛给我们照路。地窖里放着一排新钉成的

---

① 引自《法意书简》第五信,文字略有改动和删节。

木箱，每只箱子里有一具尸体。专员命人把木箱打开，但它们好像都钉紧了。宪兵队长派宪兵找来了凿子，然后命令他撬开一只只盖子。

这么检查尸体简直使人无法忍受。专员拿着本子，每只箱盖打开时，他便操起庄严的官腔问一声："您能当着我们的面证明您不认识这尸体吗？"我点点头，他便用铅笔勾一下，吩咐宪兵重新盖上。我们又检查下一只箱子。宪兵撬开盖子，我怀着一种恐惧感瞧了死者一眼，发现这是不认识的面貌时才松一口气，但实际上更可怕的是我想到那三个人就这么无影无踪地消失了，就这么长埋在海底，听凭波浪的冲击。尸体没有棺木，没有坟墓，已经比任何埋葬方式更可怕，何况现在连死者的尸体也没有。

我什么也没找到。一具尸体给了我难忘的印象，这是个二十来岁的女子，很漂亮，穿着华丽的普罗旺斯服装，胸部裸露着（她怀里本来有个孩子，可想而知是被海浪卷走了），乳汁还滴在胸口。她的脸一点没有变，那晒黑的皮肤使她显得像活着一样。

宪兵队长不禁说道："啊，多么漂亮！"专员没有搭腔，宪兵关上盖子后，对队长说道："我认识她，这是本地郊区的一个农妇，要上格拉斯找她丈夫的。让他等着吧！"

我的母亲，我的科利亚和我那善良的斯彼尔曼就这么无影无踪地消失了，他们什么也没留下。捞起的物品中没有一块布是属于他们的；然而不相信他们已死又是不可能的。所有救起的人不是在耶尔，便是在路易莎搭乘的那艘轮船上。船长是为了安慰我才那么说的。

在耶尔我听到有一个老人一家人都死了，他不愿留在医院里，便步行走了，身边没有一个钱，神气像发疯似的；还有两个英国少女去找英国领事,她们失去了父母和兄弟!

这时天快亮了,我吩咐套车。临走前,侍者带我到海边一块突出的礁石上,指给我看轮船出事的地点。海水仍在奔腾,咆哮,显得白茫茫的,还没从昨夜的风暴中平静下来;远处有一个地方似乎特别污浊,像一泓亮晶晶的、较浓的液体。

"轮船载了一批油,您瞧,它还浮在水面上,这便是出事的地点。"这片漂浮在水面的污迹便是一切。

"这儿的水深吗?"

"大约一百八十米。"

我站了一会儿,早晨非常冷,特别在海边。密史脱拉风还像昨天一样刮着,天空布满了俄国那种秋天的云。再见!⋯⋯一百八十米,水面上的一片油迹!

> 谁也不知道你们的命运,可怜的死难者们!
> 你们在无边无际的黑暗中漂荡,
> 暗礁碰伤了你们的额角⋯⋯①

我带着可怕的确切消息回到了家中。刚有点起色的纳塔利娅受不了这个打击。从我母亲和科利亚遇难的那一天起,她再也没有复原。惊恐和痛苦淹留在心中,深入了血液。有时在晚上或深夜,她好像要求我帮助,会对我说:

"科利亚,我忘不了科利亚,可怜的科利亚,他一定多么害怕,他一定多么冷,那么多的鱼,还有大鳌虾!"

---

① 引自雨果的《海洋之夜》。

她拿出他的一只小手套，那是留在使女的口袋中的——于是沉默降临了，生命便在这中间流逝，像水从打开的闸门流走一样。看到她的烦恼在向神经衰弱症发展，看到她那发亮的眼睛和一天天消瘦的面庞，我第一次对能否挽救她产生了怀疑……日子在这种失去信心的痛苦中过去，有些像判了死刑的人在等待行刑，尽管有时还抱着希望，但确实知道死亡已万难避免！

七　1852 年

新年又到了。我们是在纳塔利娅的床边迎接它的，她的身体终于支持不住，只得躺下了。

恩格尔松夫妇、福格特和两三个亲密朋友在我们家里。大家愁眉不展。巴黎的"12 月 2 日"像铅一样压在心上。公事，私事——一切都在奔向深渊，都已滚下山坡，再也阻挡不住，改变不了，只能在痛苦中等待，听其自然，任凭一切脱离轨道，掉进茫茫的黑暗中。

十二点钟照例喝了庆贺的酒，脸上露出勉强的笑容，心里却只有死亡和恐怖，谁也不好意思为新年说一句祝愿的话。展望未来比回顾过去更可怕。

症状已很明显——左边肋膜发炎。

她在生与死之间度过了十五个可怕的日子，但这一次生命战胜了。在最危急的时刻我问邦费斯大夫，病人能度过这一夜吗？

"毫无疑问。"邦费斯说。

"您谈的是真话？请您千万别骗我！"

"我向您保证，这是真话……"他停了一下，"我保证三天内没有问题，如果不信，您问福格特好了。"

这违反赫德逊·洛[1]的意愿的复原太好了。

病逐渐痊愈，随着她的好转，我们惊慌不安的生活中隐隐出现了一线希望。她的精神力量首先恢复……有一些时刻是令人惊奇的，那是乐曲完全沉寂前的最后几个和音……

在病情出现转机的几天以后，一天清早我回到书房，在沙发上睡了一会儿。大概我睡得很熟，因此没听到有人进屋。醒来时，我发现桌上放着一封信。那是黑尔韦格的笔迹。他为什么写信，在发生了那一切以后他怎么还敢写信给我？我说不出一个所以然，于是拿起信，预备原件退回，但看到背面写着："内为挑战书"，我拆开了信。

信是卑鄙无耻的。他说，我对他的诽谤扰乱了纳塔利娅的思想，我利用她的软弱和我对她的影响，使她背叛了他。最后，他把责任推在她身上，又说命运已在我和他之间作了判决，"它在大海里淹死了您的后代和您的家人。在我认为这件事可以合乎人情地了结的时候，您曾希望用流血来解决。现在我准备好了，我要求决斗。"[2]

这封信是我出生以来受到的最大侮辱。我像受伤的野兽跳了起来，气得发疯似的。为什么这个混蛋不在尼斯？为什么一个垂死的女人偏在这时躺在走廊对面！

我用凉水冲了两三次头……我下楼找恩格尔松（我母亲去世后，他住在她的房间里），等他的妻子出去后，对他说我收到了黑

---

[1] 赫德逊·洛（1769—1844），英国将军，在拿破仑流放圣赫勒拿岛时任该岛总督，对拿破仑实行严格管制，在其病重期间，仍不允许改善其生活条件，以致后来拿破仑的医生奥马拉指责这种管理妨碍了对拿破仑的治疗。这里只是说这次病情的好转是出乎意料的。

[2] 这信我只看了一遍，以后也只打开过一次。1853年旧历10月23日纳塔利娅诞辰纪念那天，我没有读它便把它烧毁了。——作者注

尔韦格的信。

"那么他真的给您写信了？"恩格尔松问。

"难道您知道他要写信？"

"是的，"他说，"这是昨天听到的。"

"什么人说的？"

"卡·福格特。"

我捧住了头，觉得快发疯了。我们对这件事始终保持绝对的沉默，连我的母亲和玛丽亚·卡斯帕罗夫娜也从不向我提起一个字。恩格尔松与我比别人更接近，但我也只对他讲过一次，那是在巴黎郊外散步时，他问起我跟黑尔韦格决裂的原因，我才简单说了一下。在日内瓦，我听到萨佐诺夫谈起这混蛋讲的胡话时还十分吃惊。我万万没有想到，就在我们身边，在周围，我们的房门外面，大家都知道这事，还在窃窃议论，我却以为这是秘密，只有几个人了解……但是人们不仅知道，还知道我即将收到的信！我们去找福格特。福格特告诉我，两天以前埃玛给他看了她丈夫的信，他在信上说，他要给我一封可怕的信，要把我从纳塔利娅给予我的崇高位置上推下去，要叫我"丢尽脸皮，哪怕为此必须从孩子们的尸体上跨过去，使我们大家和他自己走上刑事法庭的被告席也在所不惜"。

最后，他给自己的妻子写道（她把这一切全给福格特、卡尔·埃德蒙和奥尔西尼看了！）："只有你一个人是清白的，无罪的，你应该做惩罚的天使"，那就是说，应该杀死我们大家。

有些人说，他由于热恋，由于与我的决裂，由于自尊心受到了损害，已经发疯了，这全是胡诌。这家伙从未采取过一个危险的或者不谨慎的行动，他的疯狂只限于言语，他的失去理智只表现在文字上。他的虚荣心受了损伤，对于他，沉默比任何丢脸的事更不好受，我们的生活恢复了平静，这是他万难容忍的。小市民正如乔治·桑笔下的荷拉斯，要喋喋不休地向他所爱的女人，向他称作兄长和父亲的人报仇；于是他作为德国的小市民，便用假冒席勒风格的闹剧台词对你进行恐吓。

但在他给我写那封信，给他的妻子写那些发疯的信时，他却在靠路易－拿破仑抛弃的从前的情妇，一个在苏黎世无人不知的荡妇[①]养活，他跟她日日夜夜混在一起，用她的钱摆阔气，坐她的马车兜风，一起出入大饭店寻欢作乐……不，这不是疯狂。

"您打算怎么办？"最后恩格尔松问我。

"用枪把他像狗一样打死。他是个胆小鬼，这大家知道，您也知道……我有成功的把握。"

"可是您怎么能去？……"

"问题也正在这里。请您先写封信给他，对他说，现在不是他向我要求决斗，而是我要制裁他，我会选择制裁的方式和时间，但我不会为此丢下生病的女人，他的无礼不值得我理会。"

我照这意思写信给萨佐诺夫，问他在这件事上肯不肯帮忙。恩格尔松、萨佐诺夫和福格特都热心地接受了我的要求。我的信铸成了大错，它给了他借口，使他后来可以说我接受了挑战，后来又拒绝决斗。

拒绝决斗是不容易的，这需要极大的勇气，或者非常的懦弱。封建时代的决斗观念在新时代中仍牢不可破，这暴露了我们的时代根本不新，新只是表面的。为了维护贵族的荣誉观和好战的虚荣心

[①] 路易·波拿巴流亡瑞士时的情妇，据赫尔岑在一封信中说，这是一个名叫"科赫太太"的女人。

而树立起来的这个神圣法则，很少人敢于触犯，也很少人具有充分的独立精神，能够不受惩罚地蔑视这个血淋淋的偶像，不怕承受胆怯的指责。

决斗的荒谬是不用证明的；在理论上，除了某些暴徒和剑术教师，谁也不认为这是对的，但在实践上，大家都向它屈服，以便证明（天知道向谁证明）自己的勇敢。决斗最坏的方面在于它可以为一切坏蛋恢复名誉——它使他得到光荣的死，或者成为一个光荣的杀人犯。一个人被人怀疑在赌博中舞弊，于是他要求决斗，仿佛他不怕手枪就不会舞弊。把指责者和赌棍等量齐观，这是对人的极大侮辱！

决斗有时可以成为逃避绞刑架或断头台的手段，但在这方面道理也是说不清的，我始终不明白，为什么一个人可以怕断头台的砍刀，但必须不怕敌人的剑锋，否则便应该受到大家的蔑视。

死刑有个优点，在判刑前必须经过审问，法庭可以判处一个人死刑，但不能剥夺他揭露死的或活的敌人的权利……决斗却是严格保密的——它属于那个好斗成性的时代的法则，那时手上的血是不大会干的，以致佩戴杀人武器被认为是高贵的标志，练习杀人技术也被当作应尽的职责。

只要还是军人统治着世界，决斗就不会绝迹；但是我们应该勇敢地提出，让我们自己来决定，我们是不是继续向我们所不相信的偶像低头，还是作为完全自由的人站在世界上，不仅敢于与上帝和当权者斗争，还敢于向中世纪靠流血决定是非的办法挑战。

……多少人带着自豪而庄严的面容，忍受了生活中的种种灾难，监狱和贫穷，牺牲和劳苦，宗教裁判所和我不知道的一切，最后却由于一个不务正业或卑鄙无耻的小人的狂妄挑衅，死于非命。

这些人牺牲得太不值得了。一个人应该根据一定的原则行事，但这原则必须符合他的理性，如果不符合，那么不论他怎么勇敢，他只是这个原则的奴隶。我既不接受，也不拒绝决斗。对我说来，对黑尔韦格的制裁是精神上必要的，也是肉体上必要的——我在头脑中搜索报复的可靠方式，但必须是不致提高他的荣誉的。至于是用决斗，还是干脆用刀子达到这目的，对我来说无关紧要。

他自己提醒了我。他给他的妻子写信道（她照例把它给朋友们看了），尽管发生了那一切，他认为，我还是比我周围那些笨蛋高出一头，我只是给福格特、恩格尔松、戈洛温①那班人带坏了，只要他能够与我单独见面，一下子可以解释清楚一切；他说："只有他（也就是我）一个人了解我。"可这封信却是在他给了我那封信以后写的！诗人最后道："因此我最希望的是赫尔岑接受没有证人的决斗。我相信我们一开始谈话就会互相拥抱，把一切抛到九霄云外。"想不到决斗竟是烟幕，它隐藏着一个戏剧性的和解方法。

如果我当时可以走开五天或一个星期，我一定会前往苏黎世，按照他的要求独自去找他——那么他就活不到现在了。

在那封信以后，过了几天，早上九点奥尔西尼来找我。他不知出于什么生理上的荒唐原因，正热恋着埃玛；我始终不能理解，在这个热情、纯洁、年轻的南欧美男子与那位丑陋而毫无生气的德国女人之间有什么共同点。他的清早到来使我大感惊奇。他没有拐弯抹角，开门见山地对我说，黑尔韦格的信传出后，在他的朋友中引起了普遍不满，双方认识的许多熟人提议对他成立荣誉法庭。同时他替埃玛辩护，说她完全没有过错，除了埃玛一味宠爱丈夫，对他

---

① 戈洛温（1816—1890），俄国流亡者，政论家。

百依百顺，惯坏了他。他说他是证人，可以证明这一切使她多么痛苦。他说："您应该向她伸出手去；您可以惩罚有罪的人，但也必须给无辜的女人洗刷冤屈。"

我斩钉截铁地拒绝了。奥尔西尼很精明，自然明白我不会改变主意，因此不再坚持。

奥尔西尼谈到荣誉法庭①时还对我说，他已写信把整个事件告诉马志尼，征求他的意见。这不又是咄咄怪事？互相串联，草拟判决书，写信给马志尼—— 一切都背着我，可是促使他们这么做的原因，一星期前还没一个人敢当着我的面吭一声呢！

送走奥尔西尼后，我便拿起信纸，给马志尼写信。我现在遇到了一种独特的韦默法庭②，它自己硬要干预我的事。我给马志尼写道，奥尔西尼告诉了我他的信，我怕他没有完全如实反映情况，因为他从未直接听我谈过这事，我想亲自向马志尼谈谈，请他提出他的看法。

马志尼立即回了信。他写道："最好保持沉默，不再声张，但现在您恐怕办不到了，那么还是勇敢地站在原告席上，由我们来裁决吧。"

当时我还相信成立这样的法庭是可能的——这也许是我最后一个幻想。但我错了，我为这错误付出了重大的代价。

---

① 荣誉法庭没有组成，但我后来收到了一封信，它具有裁决黑尔韦格有罪的意义。在信上署名的有我所尊敬的一些人，其中包括英勇的殉难者皮扎卡尼，莫尔蒂尼，奥尔西尼，贝尔塔尼，梅佐卡帕，梅迪契，科森兹。——作者注

贝尔塔尼 (1812—1886)，意大利医师，一直参加马志尼和加里波第领导的民族解放运动。

按：所谓荣誉法庭是在同志之间对某人的道德品行作出公意裁决。

② 德国中世纪的一种秘密刑事法庭，往往采取暗杀等手段执行它的判决。

在收到马志尼的信时，我也收到了豪格的信，因为马志尼（他知道我与豪格很熟）把我和奥尔西尼的信通知了他。自从在巴黎与我初次见面后，豪格一直在加里波第手下当差，在罗马城外英勇地战斗过[1]。这个人有许多优点，但也有不少幼稚和荒谬的地方。他一直在兵营中做着奥国中尉的好梦，匈牙利人的起义和维也纳的街垒从梦中惊醒了他。他拿起了武器，但不是攻打人民，而是站在人民一边。这转变太突然了，显得有些不自然和不成熟。他富于幻想，又有些孟浪，然而光明磊落，忠诚不渝，自尊心强烈到了无所顾忌的程度；他既是大学生，又是军官学校学生，还是陆军中尉。他真心实意地爱着我。

豪格在信上说，他马上到尼斯来，要求在他来以前我什么也别干。"您抛弃祖国，像弟兄一样来到我们中间；不要以为我们会允许我们的任何人在用诽谤干了一系列背叛行为以后会不受惩罚，允许他用狂妄的挑衅掩盖那一切。不，我们之间的关系不是相互包庇。够了，俄国已经有一个诗人倒在西欧冒险家的枪弹下[2]，我们不会让俄国的革命家也这么倒下！"

我给豪格写了一封很长的回信。这是我的第一篇自白，我向他讲了发生的一切，准备等他到来。

……与此同时，在卧室中，一个伟大的生命经历了与病魔，与可怕的预感的生死搏斗，已剩了奄奄一息，生命之火即将熄灭。我白天黑夜都是在病床旁边度过的——她喜欢我给她服药，替她调制橙汁饮料。夜里我生起了壁炉，当她平静地入睡后，我又萌发了救

---

① 指 1849 年罗马共和国的保卫战。

② 指普希金的死。

活她的希望。

但是有的时候苦恼是无法忍受的……我感到她的手又烫又瘦，我看到她的目光忧郁而消沉，带着祈求和希望瞧着我……我听到的是可怕的话："我只得丢下孩子了，他们会成为孤儿，一切都完了，你别指望了……为了孩子，你把一切丢开吧，不要再为受到的侮辱操心，让我来，我来保护你——给你洗刷得清清白白，只要我的身体能好一点……但是不成，不成了，我不会复原了。不要丢下孩子们！"于是我一再向她重复我的保证。

在一次这样的谈话中，纳塔利娅突然对我说：

"他写信给你了？"①

"是的。"

"把信给我看。"

"为什么？"

"我想知道他还会对你怎么说。"

她提到了信，我几乎有些高兴——我极想知道，他讲她的话有几分是真的。我永远无法提出这问题，但现在她自己谈到了信，我再也不能克制自己，因为每逢我想到，一旦她的嘴闭上了，我的怀疑还是存在，也许还会增加，便不寒而栗……

"我不想给你看信，不过你告诉我，你有没有说过类似这样的话？……"

"你怎么会这么想？"

---

① 关于发生的一切，已传进了她的耳中，我认为这不是偶然的。玛丽亚·卡斯帕罗夫娜在给她的信中提到了他的信，而她是在巴黎从尼·亚·梅利古诺夫那儿听到的。——作者注

梅利古诺夫（1804—1867），俄国作家及评论家，在国外时与赫尔岑等常有接触。

"这是他写的。"

"我简直不能想象，他会亲笔写出这种话。"

我把信折起一只角，露出那一段给她看……她看了一眼，停了一会儿才伤心地说道："卑鄙！"

从这时起，她的蔑视变成了憎恨，以后她再没说过一句宽恕他的话，也没有表示过一点原谅他的意思。

这次谈话后过了几天，她给他写了下面这封信：

"您的迫害和您的卑鄙行径，使我不得不再一次当着证人的面，把已向您写过多次的话重复一遍。是的，我受到的迷惑很深，以致看不清一切，但是您离开以后，您那种背信弃义的性格，那种犹太人的卑鄙性格，那种肆无忌惮的自私心理，已露出了全部丑恶的面目，然而正是在这段时间里，亚历山大的正直和忠诚却在与日俱增。我那不幸的迷恋只是成了一个新的台座，使我对他的爱在那上面变得更高了。您想朝这台座扔污泥，但是您什么也做不到，我们的结合是牢不可破的，现在比过去任何时候更加不可动摇。您的诬蔑，您对一个女人的诽谤，只能引起亚历山大更大的鄙视。您这些卑鄙的做法只是玷污了您自己。您那种信誓旦旦的所谓对我的意愿的无条件尊重，对孩子们的热爱，都到哪儿去了？曾几何时，您不是还在说，您宁可从地面上消失，也不愿给亚历山大带来一分钟的痛苦吗？我不是经常对您说，我一天也不会与他分开，如果他丢下我，甚至死了，我也会一人度过这一生吗？……至于我允诺过什么时候再与您见面（确实，我这么讲过），那只是出于当时对您的怜悯，我希望合乎人情地与您分手，现在您的作为使我无法履行这诺言了。

"从您离开的一天起，您就开始折磨我，一会儿要我允诺这个，一会儿要我允诺那个。您说只要能给您最微弱的希望，您愿意走开几年，到埃及去。当您看到不能如愿时，又提出了一连串荒谬的、不可能实现的、可笑的要求，最后甚至用公开一切威胁我，指望我与亚历山大终于闹翻，指望迫使他动手杀您，与您决斗，最后还威胁要不惜一切，甚至犯法也不怕！这些威胁对我已不起作用，因为您讲得太多了。

"我向您再说一遍我最后一封信上的话：'我仍要留在我的家里，我的家就是亚历山大和我的孩子们'，如果我不能留在这里作母亲和妻子，我也要作为保姆，作为仆人留在这里。'我与您之间没有任何桥梁'。您使我甚至对过去也厌恶了。

纳·赫

1852 年 2 月 18 日于尼斯"

过了几天信从苏黎世退回了，黑尔韦格没有拆阅便原件退回，它是挂号的，盖了三个戳子，现在只是信封上多了几个退信的字。

纳塔利娅说："既然这样，应该念给他听。"

她把豪格、泰西埃、恩格尔松、奥尔西尼和福格特请来，对他们说：

"你们知道，我多么希望为亚历山大辩白，但我不能起床，怎么办得到呢？也许我这病不会好了，请你们让我安心死去，相信你们会完成我的遗愿。这个人把信退回了，我希望你们中间谁能在有证人的场合把信念给他听。"

豪格握住她的手，说道：

"只要我还活着，您的信一定会念给他听。"

这个简单而强烈的行为感动了所有的人，连怀疑分子福格特离开时也像狂热分子奥尔西尼一样激动。奥尔西尼直到生命的最后一天，始终保持着对她的尊敬。我最后一次见到他，是在1857年末他动身去巴黎前，他怀念地想起了纳塔利娅，也许还隐藏着一点责备的意思。其实我们两人谁也没有批评过奥尔西尼道德败坏，言行不一致……

……一天很晚了，或者不如说深夜，我和恩格尔松闷闷不乐地讨论了很久。最后他回他的房间，我上了楼。纳塔利娅睡得很安静，我在卧室里坐了几分钟，走进了花园。恩格尔松屋里的窗子还开着，他心里烦闷，坐在窗口吸雪茄。

"看来，命运就是这样！"他说，向我走来。

"为什么您不睡，要到这儿来？"他问，声音有些激动、发抖。然后他拿起我的手，继续道："您相信我无限爱您，相信我在世上没有比您更亲近的人吗？把黑尔韦格交给我，用不着什么法庭，也用不着豪格——豪格是德国人。把为您报仇的权利交给我——我是俄国人……我考虑了一个完整的计划，但我需要您的信任，您的委托。"

他站在我面前，合抱着手，脸色苍白，刚出现的朝霞把他照得亮亮的。我非常感动，差一点含着眼泪扑在他的脖子上。

"您也许不信，但我宁可死，宁可从地面上消失，也不能让这件与我的神圣事业有关的事遭到玷污，只是我不能没有您的信托。请您坦率告诉我，成还是不成。如果不成，那么再见吧，让一切见鬼去，我和您也一刀两断！我明天就走，从此不再来往。"

"我相信您的友谊，您的真诚，但我担心您幻想太多，容易冲动；您能不能实事求是，我不放心。在这儿您跟我比谁都接近，但是我向您承认，我觉得您会惹出事端，害了您自己。"

"那么照您看，豪格将军就有实际的才干啦？"

"我没有这么说，但我想，豪格比您实际一些，就像我认为奥尔西尼比豪格实际一些一样。"

恩格尔松不想再听什么，一边用一只脚跳舞，一边唱歌，最后他冷静了一些，对我说：

"这回您可没有猜到点子上！"

他把一只手搭在我肩上，压低了嗓音说道：

"告诉您，这全部计划还是您那位全世界最实际的人奥尔西尼跟我一起商量的。好啦，天上的父，祝福我们吧！"

"您能向我保证，没同我讲以前，不采取任何行动吗？"

"我保证。"

"现在把您的计划告诉我。"

"这办不到，至少现在不成……"

沉默降临了。他想怎么办，这是不难明白的……

"再见，让我想想，"我说，但不由自主又说道："为什么您要跟我谈这事？"

恩格尔松明白我的意思。

"该死的软弱啊！不过永远不会有人知道，我向您讲过这事。"

"可是我知道。"我答道，我们便分开了。

我为恩格尔松担心，生怕出什么乱子，这一定会使病人的身体遭到致命的打击，因此我不得不制止他把他的计划付诸实行。奥尔西尼看到这情形便直摇头，表示惋惜……这样，我非但没有制裁黑尔韦格，还救了他，但当然，这不是为了他，也不是为了我！这里谈不到温情，也谈不到宽容……

确实，对这个反派英雄谈得到什么宽容或同情呢？埃玛却吓坏了，跟福格特吵了一架，因为他谈起她的格奥尔格时很不客气；

她又要求卡尔·埃德蒙写信给黑尔韦格，劝他安静地待在苏黎世，不要惹是生非，否则会自讨苦吃。我不知道卡尔·埃德蒙写了什么——这事不好办，但是黑尔韦格的答复非常妙。首先他说，他"不想责怪福格特，也不想责怪卡尔·埃德蒙"，然后又道，他和我之间的纽带是被我掐断的，因此一切都应该由我负责。他谈到了所有的事，甚至还为他的两面派作风辩护，最后他这么说："我甚至不知道，这一切是不是可以称作背叛？这些无赖还谈什么钱——为了永远结束这种无聊的指责，我不妨公开声明，赫尔岑为了我们在这个苦闷的时期里一起度过的那些愉快而欢乐的时刻花费几千法郎，这是不能算贵的！"卡尔·埃德蒙说道："讲得天花乱坠，漂亮极了，不过这是卑鄙无耻！"

卡尔·埃德蒙给他回了信，他说，对这样的信应该用棍子回答，只要他遇到他，就得这么办。

黑尔韦格不再作声了。

八

春天一到，病人好了一些。她大部分时间已经坐在安乐椅上，可以自己梳头了——自从生病以来，这还是第一次；最后，她还可以听我念书，不觉得吃力。我们打算，等她再好一些，便到塞维利亚或加的斯旅行一次。她但愿自己快些痊愈，她要活，要到西班牙去。

自从信被退回，一切都沉寂了，仿佛那对夫妻的良心也已发觉，他们已走到人们很少到达的极端，超过了界限，因此不敢再往前走了。

纳塔利娅还没有，也不急于下楼，她打算等 3 月 25 日我生日那天第一次下楼。她做了一件白美利奴羊毛衫准备这一天穿，我又在巴黎给她定购了一件银鼠皮斗篷。两三天前，纳塔利娅亲自写或由我代写了她要邀请的客人名单，除了恩格尔松夫妇，这便是奥尔西尼、福格特、莫尔蒂尼和帕切利夫妇 ①。

我生日前两天，奥莉加开始伤风和咳嗽了。城内发现了流行性感冒。夜间纳塔利娅两次起床，穿过卧室到育儿室去。这是温暖的夜，但起了风暴。早晨醒来，她自己也患了重感冒，咳嗽很厉害，到了傍晚便发烧了。

第二天她本想起身，但办不到：夜里发烧以后，她变得非常虚弱，病情恶化了。一切刚才露头的、微弱而可靠的希望都破灭了。不自然的咳嗽声向我们发出了不祥的预告。

纳塔利娅怎么也不肯通知客人取消宴会。到了两点钟，我们只得心事重重、愁眉不展地在餐桌边坐下，她没有参加。

帕切利夫人带来了她丈夫为我作的咏叹调独唱曲。这是一个忧郁、沉默、心地非常善良的女人。仿佛有一种悲伤压在她的心头，也许那是对贫穷的诅咒，或者她觉得生活许诺给她的应该不仅仅是没完没了地教些音乐课，得到一个平凡、软弱、承认自己不如她的丈夫的爱。

在我们家中，她觉得比在其他朋友家中更自在，更温暖。她以南欧人的热情爱着纳塔利娅。

便宴结束后，她在病人身边坐了一会儿，出来时脸色白得像纸一样。客人们请她唱她带来的咏叹调。她在钢琴前坐下，弹了几个

---

① 当地的一对意大利夫妇。

和音，刚开始唱，突然惊恐地瞧了我一眼，流下了眼泪。她把头扑在琴上，抽抽搭搭地哭了起来。生日便这么结束了。客人们告别时几乎没有说一句话。我回到楼上，心里像压着一块石头。那可怕的咳嗽仍在继续。

这是葬礼的前奏曲。

而且是两次葬礼！

我的生日过后两个月，帕切利夫人也安葬了。她骑驴前往芒通或洛卡布隆。驴子在意大利习惯于夜间爬山，不会失足；这次在大白天，驴子却摔倒了，不幸的女人掉下驴背，撞到一些尖利的岩石上，当场便在骇人的痛苦中死了……

我是在卢加诺得到这消息的。那么她也消失了……跟着来吧——下一个倒霉的是谁呢？

……后来一切都笼罩在烟雾中——阴森、迷茫的黑夜降临了，记忆变得模糊不清，什么也不记得，也无从叙述；这是悲痛、焦躁、失眠的时期，感觉迟钝了，不再意识到恐怖、精神的崩溃和体力的可怕挣扎。

家里一切都变了样子，显得特别混乱，没有秩序，仆人东奔西走，忙乱不堪，而且随着死亡的即将到来，也出现了新的谣言，新的丑事。命运不再给我的苦丸涂上糖衣，人们也不再怜惜我——据说，好在我的肩膀硬实，让我挑起这副担子吧！

在纳塔利娅去世前三天，奥尔西尼捎来了埃玛给她的一张条子。埃玛要求她"宽恕一切对不起她的事，宽恕所有的人"。我对奥尔西尼说，这条子不能交给病人，但我完全尊重促使她写这些字的感情，我接受她的好意。

不仅如此，我还在最后一些平静时刻小声告诉纳塔利娅：

"埃玛请求你的宽恕。"

她露出了讥讽的笑，没有回答一句话。她比我更了解这个女人。

晚上，我听到弹子房里有人高声谈话——熟悉的朋友通常在那里聊天。我走进屋里，发现大家争得很热烈。福格特在叫嚷，奥尔西尼作着解释，脸色比平时更苍白。我一去，争论便停止了。

"你们在做什么？"我问，相信出了什么新的问题。

"这样，"恩格尔松接口道，"谈不到什么秘密，这件事太妙了，简直像一朵德国的鲜花，我敢打赌，要是哪里还有这样的事，我可以用脑袋走路……女骑士埃玛委托奥尔西尼转告您，既然您宽恕了她，为了证明这一点，希望您把她写给您的一万法郎借据退还她，就是您替他们还债的那笔款子……这价钱太贵了，太贵了！"

奥尔西尼有些不好意思，补充道：

"我认为她发疯了。"

我取出她的借条，交给奥尔西尼，对他说道：

"请您告诉这个女人，她要的代价太高了；尽管我尊重她悔改的感情，但它不值一万法郎！"

奥尔西尼没有收下借条。

在通往丧事的途中，我还不得不踩过这一片肮脏的污泥。那是什么，是疯狂还是罪恶，是堕落还是愚昧？

这是很难回答的，正如你很难回答，这家人是从疯人院中逃走的，还是挣脱了拘束衣出来的。

4月29日晚上，玛丽亚·卡斯帕罗夫娜到了。纳塔利娅每天都在等她，写了几次信请她来，她怕抚养孩子的责任落到恩格尔松太太手里。她每小时都在等她，我们收到信后，她便打发豪格和萨沙到瓦尔桥接她。尽管这样，与玛丽亚·卡斯帕罗夫娜的会面使她非常激动。我记得她的声音多么虚弱，她哼哼哧哧地喊了声："玛莎！"就再也讲不出什么了。

纳塔利娅发病时已经怀孕几个月。邦费斯和福格特都认为，这种特殊情况对治愈肋膜炎是有利的。玛丽亚·卡斯帕罗夫娜的到来加速了分娩期。分娩比预料的好，孩子活着生了下来，但体力消耗完了，出现了可怕的虚脱。

孩子是早上生的。到晚上，她吩咐把婴孩抱给她，还想召集别的孩子。医生叮嘱过，要保持绝对的安静。我劝她别这么做。

"亚历山大，你也听他们的话？"她说。"当心，你剥夺了我这个时刻，以后不要后悔；我现在好一些了，我希望亲自把婴儿介绍给孩子们。"

我把孩子都叫来了。

她没有力气抱婴儿，把他放在身边，露出明朗而愉快的脸色，对萨沙和塔塔说道：

"你们又有了一个小弟弟，你们要爱他。"

孩子们高兴地扑上去吻她和婴孩。我不禁想起不久前纳塔利娅望着孩子们背诵的诗句：

> 但愿有年轻的生命
> 欢笑在我的墓门之前……[1]

我望着临终的母亲这庄严的一幕，心头充满了忧郁。孩子们走后，我请她别再讲话，休息一会儿。她想休息，但是不能，眼泪夺

---

[1] 引自普希金的诗《每当我在喧闹的大街上漫步》。

眶而出，淌下了面颊。

"记住你的保证……啊，想起他们即将孤零零地留在世上，没有母亲，又在异乡客地，多么可怕……难道我没有救了？……"

她用祈求和绝望的目光注视着我。

这种从可怕的绝望到希望的反复变化，在最后这段时间里难以形容地撕裂着我的心……正是在那些我逐渐失去信心的时刻，她握住我的手对我说道：

"不，亚历山大，不可能这样，这太没意思了——我们还要活下去，但愿虚弱只是暂时的。"

但希望之光一掠而过，又自行暗淡了，代之而起的是无比忧郁而平静的绝望。①

"到了我不在的时候，一切自会走上轨道的。"她说。"现在我不能想象，你们没有我怎么过活，孩子们好像少不了我，可是你想，其实他们没有我也会长大，一切都会照常进行，仿佛向来就是这样。"

她又说了几句，谈到了孩子们和萨沙的身体；她很高兴，他在尼斯强壮一些了，福格特也同意这一点。

"要爱护塔塔，对她必须特别谨慎，她的性格深沉含蓄，又比较孤僻。"接着又道："唉，但愿我能活到我的纳塔利娅②到达的一天……孩子们睡了吗？"过了一会儿她问道。

"睡了。"我说。

从远处传来了孩子的声音。

"这是奥莉加，"她说，笑了笑（这是最后一次），"你去看看她

---

① 这部分原稿是三年前写的。——作者注

② 指纳塔利娅·图奇科娃，据说赫尔岑夫人拟把孩子们托付给她，因此一直在等她到来。

怎么样。"

到夜里，她变得非常烦躁，向我默默示意，她的枕头摆得不好，但不论我怎么放，她还是觉得不舒服，露出烦恼、甚至不满的神色，改变头部的姿势。后来她便昏昏沉沉地睡着了。

到了半夜，她做了个手势，似乎想喝水；我用茶匙喂她喝橙子汁，里边掺了糖和水，但是她的牙齿咬得紧紧的——这时她已不省人事。我害怕得呆住了；天亮后，我拉开了窗帷，头脑乱极了，我带着绝望的心情端详她的脸，发现在几小时内她不仅嘴唇，连牙齿也发黑了。

这又是怎么回事？那可怕的昏迷意味着什么，那黑色又是为什么？

邦费斯医师和卡·福格特整夜坐在客厅中。我下了楼，向福格特谈了我看到的情形，他避开我的目光，没讲一句话便上楼了。回答是不必要的，病人的脉搏差不多已停止跳动。

将近中午，她恢复了知觉，又要孩子们来，但没说一句话。她觉得屋里太暗，这已是第二次了；明明是白天，她问我为什么不点蜡烛（两支蜡烛已点在桌上），我又点了一支，但她还是看不到，说房里太暗。

"唉，我的朋友，头多么痛。"她说，还说了两三句什么。

她握住我的手（她的手已像死的一般），把它覆在她脸上。我向她说话，她的回答含糊不清；她又失去了知觉，从此再没恢复……

啊，再说一句话吧……一句话……难道一切就这么完了！这种弥留状态一直持续到第二天早上。从 5 月 1 日正午或一点钟到 5 月 2 日早上七点。多么残酷、多么可怕的十九个钟头啊！

有时她处在半昏迷状态，明确地表示，她要脱下那件法兰绒衣服，那件短上衣，要换连衫裙，但以后便不作声了。

我几次开口对她说话，她似乎听到了，但讲不出一个字，痛苦的表情仿佛掠过了她的脸。她两次攥紧我的手，这不是痉挛性的，是有意识的——我深深相信这一点。到了早上六点，我问医生还剩多少时候？"不到一小时。"

我走到花园中叫萨沙。我希望他母亲的最后几分钟能在他脑海里留下永恒的印象。他随我走上楼梯时，我告诉他什么不幸在等待着我们——他从未想到情况有这么严重。他脸色苍白，几乎晕倒，跟我一起走进了房间。

"让我们并排跪下吧。"我说，指指床头的地毯。

她满脸都是临死前的汗珠，手拉住上衣在抽搐，仿佛想把它脱下。几声痛苦的呻吟，几个不连贯的嗓音，使我想起了瓦季姆①的临终状态；接着一切沉寂了。医生拿起她的手又放下，它像物品似的掉下了。

孩子在抽泣，我记不清开头发生了什么。我冲出屋子，进了大厅，遇见卡尔·埃德蒙，我想对他说话，但从我的胸口发出的是一种我所不熟悉的声音……我站在窗前，注视着那一望无际的闪光的海水，我感到迷惘，什么也听不到，什么也不明白。

后来我想起了那句话："要爱护塔塔！"我觉得害怕，孩子一定吓坏了。起先我不让告诉她什么，但是这怎么成呢？我吩咐把她找来，与她关在书房里，把她抱在膝上，我一步步让她思想上有所准备，最后才告诉她，"妈妈"死了。她浑身哆嗦，脸上涌起了红晕，眼泪滚滚而下……

---

① 指帕谢克，他是赫尔岑的好友，又是"柯尔切瓦的表姐"的丈夫，因此也是赫尔岑的亲戚。

我带她上楼。那儿的一切都已变了。死者像活着一样，躺在堆满鲜花的床上，她的旁边便是同一天夜里死去的婴孩。房间蒙了白布，到处是鲜花，一切带有意大利人的优雅风味，它给撕裂人心的死亡的悲痛蒙上了一层柔和的色彩。

　　这优美的环境感染了受惊的孩子。

　　"妈妈在这儿呢！"她说，但是当我抱起她，她的嘴唇接触到那冰冷的脸时，她发疯似的哭了。我再也忍受不住，走出了屋子。

　　过了一个半小时，我又独自坐在那个窗口，又漫无目的地望着海洋和天空。门开了，塔塔一个人走进屋子来到我面前，偎在我身上，害怕地小声对我说道：

　　"爸爸，我懂事了，我没有多哭。"

　　我无限心酸地望着这个孤儿。"是的，你应该懂事了。你不能再得到母亲的抚慰，母亲的宠爱了。它们是什么也不能代替的；你的心上会留下一块空白。你不会再感受到人间最美好最纯洁的、唯一无私的感情了。你将来也许会意识到这一点，但是谁也不会给你这种感情了，父亲的爱怎么能与母亲痛苦的爱相比呢？……"

　　她完全给鲜花覆盖着，百叶窗放下了，我坐在椅上，那张坐惯的床边的椅子上。周围静悄悄的，只有窗外的海水在潺潺低语。脸上的黑纱似乎随着微弱的、非常微弱的呼吸在轻轻起伏……悲哀和烦恼温顺地平息了——痛苦仿佛已消失得无影无踪，留下的只是无忧无虑的、自己也不知道代表谁的纪念像。我依然望着，整夜望着，是的，要是她果真醒来呢？她没醒。这不是梦，这是死。

　　那么这是真的！……

　　……地板上，楼梯上，到处撒满了橘红色的天竺葵。这香气到现在还会使我像触电似的发抖……我想起了一切细节，那每一分钟，我又看到了挂着白布幔的房间，罩上黑纱的镜子，她身旁那同样埋在花丛中的婴儿的蜡黄身体，他也睡着了，不会醒了，她的额头冷了，可怕地冷了……我无意地、无目的地快步走进花园，只见我们的弗朗索瓦躺在草地上，像孩子一般哭着，我想跟他说点什么，可是讲不出话，我又跑回那儿。一个不认识的太太全身穿着黑衣服，带着两个孩子，轻轻推开了门。她要求允许她念一段天主教的祈祷文，但我甚至准备与她一起祷告呢。她跪在地上，背诵拉丁文的祷词，孩子们轻轻跟着她念。然后她对我说：

"他们也没有母亲，而父亲在遥远的地方。您参加过他们的祖母的葬礼……"①

这是加里波第的孩子。

……过了一昼夜，一群群流亡者聚集在我们的院子里，花园中，他们是来送葬的。福格特和我把她放进棺材。棺材抬走了。我紧紧跟在后面，牵着萨沙的手，心里在想："人们给送上绞刑架时也会看到这么些群众吧。"

两个法国人（一个我还记得，那是沃盖伯爵②）带着憎恨和嘲笑在街上向我们指指点点，因为我们没有神父。泰西埃便吆喝他们，我怕闹事，赶紧做手势制止他：肃静是必要的。

棺材上放着一个大花圈，那是用小小的红玫瑰花编成的。我们每人摘了一朵花，它像一滴血，滴在各人身上。我们走上山岗时，月亮升起了，海面上水波粼粼——它也参与过对她的杀害。她的墓在突入海中的小山坡上，一边可以望见爱斯特勒，另一边可以望见

---

① 赫尔岑参加过加里波第的母亲的葬礼，她于 1851 年死在尼斯。加里波第的妻子是在行军途中去世的。

② 法国正统派政治活动家。

科尔尼舍。墓周围是个花园，它代替了那一床鲜花。

过了大约两周，豪格想起了她的最后意愿和他的保证，打算和泰西埃一起前往苏黎世。玛丽亚·卡斯帕罗夫娜要回巴黎。大家主张我把塔塔和奥莉加交她带走，我自己带了萨沙去热那亚。我不忍与孩子们分开，但不知怎么办，心想也许这真的好一些，既然好一些，那就这么办吧。我只要求不要在 5 月 9 日（公历 21 日）前带走孩子们，我希望与他们一起庆贺我们结婚的十四周年纪念日。

纪念日过后的翌日，我送她们到了瓦尔桥。豪格陪她们上巴黎。我们望着海关官员、宪兵和各种警察盘问旅客。豪格丢了我送给他的手杖，气呼呼地到处寻找。塔塔哭了。售票员穿着制服，坐到了赶车的旁边。驿车朝着德拉吉尼扬方向驶走了，我与泰西埃和萨沙走回桥这边，坐上马车，返回我居住的地方。

我不再有家了。随着孩子们的离开，家庭生活的最后痕迹也消失了——一切都显得冷冷清清。恩格尔松夫妇过两天也走了。一半房间空关着。泰西埃和卡尔·埃德蒙住到了我这里。全家没有一个女人。只有萨沙以他的年龄和容貌使我想起，这儿还住过一个人……想起有个人现在已经不在了！

附记

……葬礼后过了五天，黑尔韦格写信给他的妻子道："这消息使我深为悲伤，心中充满了阴郁的思想；请你马上把乌戈·福斯科洛① 的《塚》寄给我。"

---

① 福斯科洛（1778—1827），意大利诗人，小说家。《塚》是他为抗议拿破仑禁止刻写墓碑而作的一首诗，全诗充满爱国主义精神，成为他的代表作。

在下一封信中他又写道[①]："现在到了与赫尔岑和解的时候了——我们不和的原因已经消失……只要我见到他，我们面对面站着——他是唯一能够了解我的人！"

我确实了解他！

增补

豪格

一天早上在苏黎世，豪格和泰西埃来到了黑尔韦格住的旅馆。他们问他在不在，茶房回说在，他们便命令他立刻带他们上他的房间，不必通报。

黑尔韦格一见他们，脸色顿时白得像纸，浑身哆嗦，他站起身子，默默地靠在椅背上。

"他的样子真难看——恐惧的表情把他的脸扭歪了。"后来泰西埃这么对我说。

"我们是为了实现亡友的意愿来找您的，"豪格对他说，"她生前在病床上写了一封信给您，您借口它是被迫写的，不代表她的本意，没有拆阅便把它退回了。这位故世的朋友委托我和泰西埃·迪莫丹向您证明，这信是她自愿写的，并向您宣读这信。"

"我不想听……不想听……"

"请坐下，听我念！"豪格说，提高了嗓音。

豪格拆开信，取出了……黑尔韦格亲手写的一张字条。

原来我寄信时特地挂了号，信退回后，我把它交给恩格尔松保管。恩格尔松向我指出，两个邮戳是重叠的。

---

① 这两封信都在尼斯流传过。——作者注

"您可以相信，这坏蛋已读过信，正因为这样才把它退回。"他说。

他把信举在蜡烛光前照给我看，信封内有两张纸，不是一张。

"谁封的信？"

"我。"

"除了信，什么也没有？"

"什么也没有。"

于是恩格尔松取了同样的纸，同样的信封，盖了三个火漆印，跑到药房，把两封信称了一下，发出的信比另一封重一半。回到家里，他手舞足蹈地对我嚷道："我猜对了，猜对了！"

豪格取出字条，大声念了信，然后看看字条，那是用谩骂和指责开头的。他把它拿给泰西埃，问黑尔韦格道：

"这是您的笔迹吧？"

"是的，这是我写的。"

"那么，是您把信重新封上的？"

"我没有义务向您作出说明。"

豪格撕碎字条，扔在他的脸上，又道：

"您多么卑鄙无耻！"

黑尔韦格吓坏了，抓住打铃的绳子，使劲打铃。

"怎么，您疯了不成？"豪格说，拉住了他的手。

黑尔韦格挣脱了手，奔到门口，开门大喊：

"救命！救命！"

听到猛烈的铃声和喊叫声，许多人奔上楼梯，跑进他的房间，其中有茶房和住在这条走廊两边房间中的旅客。

"快叫宪兵！宪兵！他们要杀人了！"黑尔韦格在走廊上大喊。

豪格走到他面前，狠狠打了他一记耳光，对他说道：

"听着，混蛋，这是你叫宪兵的报应！"

泰西埃回到房里，写了姓名和住址，一句话不说，交给了他。楼梯上挤了不少看热闹的人。豪格向老板表示了歉意，便与泰西埃一起走了。

黑尔韦格赶到警察局，要求法律保护，因为仇人派了两个凶手企图杀害他。他问，他是否可以为这一记耳光提出控诉。

局长当着旅馆老板的面查问了各个细节，说两个人这样在大白天来到旅馆，又没有隐瞒姓名和住址，他们是不是派来的凶手，他表示怀疑。至于提出控诉，他认为这很容易，他确实相信，豪格会被判罪，罚几个钱，在牢里关几天。"但您的案件有点麻烦，"他又道，"因为要给这位先生判罪，您必须当众证明，他确实打了您一记耳光……我觉得，为您考虑，这种事还是不必计较的好，天知道这会牵涉什么别的内情……"

局长这一席合情合理的话起了作用。

我当时在卢加诺。我考虑了一下件事，有些担心：我相信黑尔韦格不会要豪格或泰西埃与他决斗，但豪格是否会就此罢休，安静地离开苏黎世，我却没有把握。如果豪格提出决斗①，这在性质上显然违反我希望采取的办法。泰西埃的聪明正直，我是完全信任的，但这人又太多法国人的气质。

豪格固执到了任性的程度，又像小孩那样意气用事。他老是跟别人吵吵闹闹，霍耶茨基，恩格尔松，奥尔西尼和其他意大利人，都和他闹过别扭，最后还真的反目了。奥尔西尼谈到他总要摇摇

---

① 豪格确实这么做了，当然，黑尔韦格没有应战。——作者注

头，露出无可奈何的苦笑，滑稽地说道：

"啊，他是将军，豪格将军呢！"

能左右豪格的只有卡尔·福格特，他的观点一向鲜明而实际；他对他寸步不让，挖苦他，骂他，但豪格听他的话。

"您掌握了什么秘诀，居然能征服我们这位孟加拉将军？"有一次我问福格特。

"您也知道这秘诀，"福格特答道，"您已提到了这一点。我能制服他，是因为他是将军，而且相信自己是将军。将军必须懂得纪律，不能违抗长官的命令：您不该忘记，我是帝国的摄政呢。"

福格特说得完全对。过了几天，恩格尔松毫不在意，也没想到有谁在场，便脱口而出道：

"这么混账的事只有德国人才干得出。"

豪格生气了。恩格尔松要他相信他这是随口讲的，这种蠢话根本不值得当一回事。豪格却指出，重要的不在于他当他的面讲这话，而在于他对德国人抱着这样的偏见，说完就走了。

第二天一大早，他便找福格特，后者还没起床，他叫醒了他，把德国遭到的侮辱告诉他，要求他作决斗的证人，向恩格尔松下战书。

"您怎么啦，以为我也像您一样发了疯不成？"福格特答道。

"我受不惯这种侮辱。"

"他没有侮辱您。他不过是讲错了话，而且已向您道歉了。"

"他侮辱了德国……应该让他看到，当着我的面侮辱一个伟大的民族，不能不受到惩罚。"

"难道只有您才是德国的代表吗？"福格特朝着他大叫道。"难道我不是德国人？难道我不是像您一样，甚至比您更有权利干预这件事？"

"毫无疑问，如果您肯负责，我就把它交给您。"

"好，但是既然您信任我，我希望您不要再插手。请您安心坐在这儿，我去了解一下，恩格尔松的意见是否真的这样，还是仅仅无意之间讲错了话。就这样，我把您的挑战书撕了。"

过了半小时，福格特来找我，我还一点不知道昨天的事。他走进屋子，照例大笑不止，对我说道：

"您那位恩格尔松还在到处闯祸吗？我把我那位将军锁在家里了。您想想看，他居然因为恩格尔松讲了那些肮脏的德国人的坏话，要与他决斗呢。我说服了他，让我来处置他。事情解决了一半。现在该您来说服恩格尔松了，免得他再发高烧。"

恩格尔松根本没想到，豪格会气成那个样子；起先他打算亲自向豪格作些解释，还准备接受他的挑战，但后来让步了，我们便派人把豪格找来。这天早上，帝国摄政丢下了水母和纽鳃鳞，一直坐在那里等候豪格和恩格尔松握手言欢，一起喝酒，吃米兰式肉丸。

我从卢加诺到达卢塞恩以后，又面临了一个新的难题。我到达的当天，泰西埃便告诉我，豪格写了一篇回忆录，把打耳光的事前前后后讲了一遍，预备在报上发表，泰西埃好不容易劝住了他，对他说这种文章不能不得到我的同意。豪格相信我没有不同意的理由，这才决定等我。

"您必须尽一切努力，不让这个不幸的插曲登在报上。"泰西埃对我说。"它会把事情弄糟，使您和您所悼念的亲人，以及我们大家，永远成为人们的笑柄。"

晚上豪格把原稿交给我。泰西埃说得对。这样的打击会弄得无法收场。一切都是出于对我、对亡故者的热烈而真诚的友情，可一切又那么可笑——哪怕在这个流泪和绝望的时期，仍使我觉得那么可笑。整篇文章是用唐·卡洛斯①的语调写的——只是用了散文。一个能够写出这种文章的人，一定把自己的作品看得很了不起，不经过斗争，他是不会让步的。我的任务并不轻。文章全是为我写的，是出于对我的友谊，充满了善意、真诚和正义，可是我非但不感激他，反而要彻底铲除他头脑里那个他自鸣得意的牢固想法。

我不能退让。我考虑了好久，决定给他写一封长信，感谢他的友谊，但请他不要发表这篇回忆录。"如果非把这件骇人的事公诸报端不可，那么只有我一个人才有这伤心的权利。"

我把信封好后，在早上七时送给豪格。豪格复信道："我不同意您的看法，我给您和她树立了一个纪念碑，我把您放在不可企及的高处，要是谁敢说个不字，我就得封住他的嘴巴。但既然这是您的事，您有权决定一切，如果您要写，理所当然，我就让您写。"

他整天闷闷不乐，心烦意乱。到了晚上，一个可怕的思想出现在我的脑海中：万一我死了，他仍会把那个纪念碑树立起来，因此告别时我拥抱他以后说道：

"豪格，不要生我的气，在这件事上确实没有比我更好的法官。"

"我没有生气，我只是觉得痛心。"

"好吧，既然您不生气，那么把您的原稿留在这儿送给我吧。"

"完全可以。"

想不到从那时起豪格便在文风问题上对我产生了不满，后来到了伦敦，有一次我提到他给洪堡和麦奇生②写的信文字过于雕琢，过于华丽。豪格听后笑笑道：

---

① 席勒的同名剧本的主人公，一个反抗专制暴政的人物。

② 麦奇生 (1792—1871)，苏格兰的著名地质学家，英国地质学会主席。

"我知道您是辩证学家，您的文体充满犀利的智慧，但是感情和诗需要另一种语言。"

我得再一次感谢命运：我不仅拿走了他的稿件，在动身去英国时还把它销毁了。

打耳光的消息传开了，《苏黎世报》上突然登出了黑尔韦格自己署名的文章。他写道，那记"著名的耳光"纯属向壁虚构，相反，他"把豪格一推，豪格撞在墙上，背部还沾了一身白粉"；关于这一点，别的姑且不论，凡是知道豪格身强力壮、手脚灵活，巴登那位军事首长却笨手笨脚、身体虚弱的人，无不心中有数。接着他又说，这一切都是赫尔岑男爵用俄国金钱策划的大阴谋，找他闹事的两个人便是我雇用的。

豪格和泰西埃当即在同一报纸上发表了一篇严正声明，讲了事实的经过，文字简短扼要、心平气和。

我在文章后面附了一个说明，我说我从来没有雇用任何人，除了我的仆人和黑尔韦格，因为后者这两年都在靠我养活，我在欧洲认识的人中，也只有他欠了我一大笔债。这种手段本来与我无缘，但为了保护两个被诬蔑的朋友，我只得使用了它。

黑尔韦格又在同一报纸上对此作了反驳，说按照他的境况，他从来不必向我借钱，也从来不欠我一个戈比。确实，钱都是他妻子替他借的。

与此同时，苏黎世的一个医生写信通知我，黑尔韦格委托他向我提出决斗。

我通过豪格答复道，不论是以前还是现在，我都认为黑尔韦格不配提出这要求，对他的制裁已经开始，我要继续走自己的路。在此我不得不指出，站在黑尔韦格一边的只有两个人（除埃玛外）：

这个医生和理查·瓦格纳①，一个未来的音乐家。这两人对黑尔韦格的为人其实并无好感；医生在发出挑战书时附带写道："至于事情的是非曲直，我不知道，也完全不想知道。"他在苏黎世对自己的朋友们说："我想，他恐怕不会真的决斗，只想借此机会造造声势。不过我不会让他捉弄我，跟我开玩笑。我对他说，我的口袋里也有一支装好子弹的手枪，这是为他准备的！"……

至于瓦格纳，那么他向我写信埋怨道，这都怪豪格太没有礼貌；他说，他不能对一个"他所爱和所怜悯"的人提出严厉的批评。"这个人需要的是关心；也许他还能重整旗鼓，摆脱萎靡不振的生活，从放浪不羁的落拓境况中恢复力量，成为一个新人。"②

尽管经历了一系列灾难，我多么不愿再对钱的问题旧事重提，我还是明白，只有它才能打中要害，因为这是资产阶级世界，也就是瑞士和德国的整个舆论界，唯一能理解和重视的。

一万法郎的借据还在我手里，这是黑尔韦格太太写给我，后来又想用几句说得太迟的后悔的话收回的。我把它拿给了公证人。

公证人一手拿着报纸，另一手拿着借据，找到黑尔韦格，要他作出解释。

黑尔韦格说："您瞧，这不是我的签名。"

于是公证人取出他妻子的信，她在信上说，钱是为他借的，并得到了他的同意。

---

① 即德国著名作曲家瓦格纳 (1813—1883)，他当时还只是一个普通的乐队指挥，因参加 1848 至 1849 年的德国革命运动，逃亡在外，住在苏黎世，他的许多著名歌剧都是在这以后写的。

② 见附录中瓦格纳的信。——作者注

　　按：瓦格纳的信写于 1852 年 6 月 30 日，赫尔岑本想把它附在《家庭悲剧》后面，作为证件之一。但大概由于这部分稿件在赫尔岑生前未正式发表，因此迄未附入。

"我根本不知道这回事，也从未要她借钱，您不妨写信向我的妻子查问，她在尼斯，这事与我无关。"

"那么您绝对不记得，您曾委托您的妻子办这件事？"

"不记得。"

"非常抱歉，这么一来，这件普通的债务诉讼就完全改变了性质，您的对方可以控告您的妻子犯了诈骗罪。"

诗人听后毫不气馁，仍勇敢地答道，这与他无关。公证人把他的答复通知了埃玛。后来这事不了了之；他们当然也没有付钱。

"怎么，"豪格说，"现在到伦敦去！……不能让这个混蛋就此逍遥自在……"

过了几天，我们已站在莫利旅馆四楼窗口眺望伦敦的大雾了。①

1852 年秋季的迁居伦敦，结束了我一生中最悲惨的时期，我的故事也暂时告一段落。

（1858 年写毕）

……今天是 1863 年 5 月 2 日……她的 11 周年忌辰。当年站在墓边的人在哪里呢？一个也不在这儿……有的完全消失了，有的已距我非常遥远——不仅是地理上的遥远。

奥尔西尼的头鲜血淋漓地滚下了断头台……②

恩格尔松作为我的仇人死了，遗体安葬在拉芒什海峡③的一个岛上。

化学家和自然科学家泰西埃·迪莫丹依然那么亲切和善良，但

---

① 赫尔岑于 1852 年 8 月中旬离开瑞士，8 月 24 日到达伦敦。

② 奥尔西尼于 1858 年因行刺拿破仑三世被处死。

③ 法国人称英吉利海峡为拉芒什海峡。

在干招魂和扶乩之类的迷信活动。

卡尔·埃德蒙成了拿破仑亲王的朋友，卢森堡宫的图书馆馆长。[①]

依然故我、忠于自己的只有卡·福格特。

我在一年前见过豪格。1854年，他为一些小事跟我闹翻了，后来不辞而别，离开伦敦，与我断绝了一切来往。我偶然得悉，他到了伦敦便托人转告："她安葬已过了十年，为一些鸡毛蒜皮的事生气是可耻的；神圣的记忆把我们连在一起，如果他忘记了，那么我还记得，他曾经随时准备向我伸出友谊之手。"

我了解他的性格，因此跨出了第一步，向他靠拢。他很高兴，感动了，然而这次会见比任何分离更令人伤心。

起先我们谈到了一些人和事，回忆了一些细节，后来便沉默了。显然，我们彼此已没有什么好谈的，我们变得完全陌生了。我尽量搜寻话题，豪格也竭力这么做，他在小亚细亚旅行的各种见闻打破了僵局。讲完它们以后又开始冷场了。

"啊，我的天，"我掏出怀表突然说，"五点了，我还有个约会，只得走了。"

我撒谎——其实什么约会也没有。豪格好像也丢下了思想包袱。

"真的五点了吗？我今天还得上克拉彭参加一个宴会呢。"

"上那儿得一个小时，那么我不再留您了。再见。"

走到街上，我真想……哈哈大笑？不，我真想哭。

过了两天，他来我家吃早饭。情形还是一样。他说，明天他得走了；其实他还待了好几天。但我们都很满意，从此不想再见面。

---

① 拿破仑亲王（1822—1891），拿破仑一世之弟热罗姆·波拿巴之子，1851年被拿破仑三世承认为他的继承人，但由于拿破仑亲王的自由主义思想，引起了拿破仑三世的不满。卢森堡宫在巴黎，藏有各种艺术珍品及文献。

出发之前

在诺夫哥罗德时期，奥加辽夫常常唱："**亲爱的地方，我又见到你们了。**"① 现在我也又要见到它们了，我想起要见到它们便觉得害怕。

我循着原路，经过爱斯特勒前往尼斯。那是我们 1847 年走过的地方，从那儿下山后，我们第一次见到了意大利。1851 年我又经过那里前往耶尔，寻找我母亲和儿子的踪迹，但什么也没找到。

不易衰老的大自然还是那个样子，但是人变了，这是有原因的。我第一次跨越滨海阿尔卑斯山的时候还在寻找生活和乐趣……留在我后面的是几片不大的乌云，凄惨的青色笼罩着祖国，但是前面碧空无云——我还年轻，三十五岁，无忧无虑，只觉得精力旺盛。

第二次经过那里时，我的心上蒙了一层雾，精神恍惚，我要寻找尸体，沉没的轮船——不仅可怕的阴影在后面追逐着我，前面也是一片黑暗。

第三次……我为了探望孩子，为了扫墓又得经过那里——现在我的要求已经不高，我只想让头脑得到一点休息，只希望周围多一点和谐的气氛，我要寻找安宁，我感到疲倦和衰老，只想说："不要碰我。"②

1863 年 8 月于特丁顿③

------

① 意大利歌曲的歌词，原文为意大利文。

② 原为耶稣复活后对人讲的话，见《约翰福音》第二十章第十七节。这里是借用，只是"别打搅我"的意思。

③ 离伦敦不远的一个地方，当时赫尔岑移居这里。

到达之后

9 月 22 日我来到墓前。周围静悄悄的，大海也一样，只有风在整条路上吹起一阵阵灰土。那沉寂的墓石，那柏树轻微的簌簌声，都使我感到可怕，陌生。她不在这儿，这里没有她——她活在我的心里。

我离开墓地，走进两所住宅——苏家的房子和杜伊斯家的房子①。它们都空关着。为什么我又要找这些无声的证人发出我的控诉呢？……那是屋前的平台，我曾怀着悲痛在那儿的葡萄园和玫瑰丛中徘徊，望着那荒凉的远方，疯狂地、胆怯地期待着安慰和帮助，我在人们中找不到它们，只得在酒中寻找……

沙发上现在盖满了灰尘，堆着一些镜框——在那个坦率交谈的可怕的夜晚，她便是疲惫不堪地坐在这沙发上失去了知觉。

我拉开杜伊斯的房子中那间卧室的百叶窗——瞧，还是原来的样子……我转过身来，这是床，床垫取下了，放在地板上，仿佛出殡才几天……这屋子已变得多么暗淡，凄凉！可怜的受难者——尽管我多么爱她，她的死我也是有责任的！

---

① 这是赫尔岑在尼斯住过的两幢房子，苏和杜伊斯是它们的房主，赫尔岑先住在苏的房子里，后来住在杜伊斯的房子里，他的妻子即死于这屋里。

俄罗斯的影子

一 尼·伊·萨佐诺夫

萨佐诺夫，巴枯宁，巴黎——这些名字，这些人，这个城市，总是使我回到过去……过去——回到遥远的岁月，遥远的空间，回到那秘密活动的青年时代，那迷信哲学和崇拜革命的时代。①

那两个人的青年时期对我说来太宝贵了，我不能不再讲几句……30年代初，我与萨佐诺夫还很年轻，一起幻想过里恩佐式的阴谋；过了十年，我又与巴枯宁一起为掌握黑格尔哲学绞尽了脑汁。

关于巴枯宁我已谈过，还有不少话好讲。他那鲜明的个性，那古怪而强硬的表现——不论在哪里，在莫斯科的青年人中间，在柏林大学的课堂里，在魏特林②的共产主义者和科西迪耶尔③的山岳派中间，莫不如此——他在布拉格的演说，他在德累斯顿的领导起义，被捕入狱，判处死刑，在奥地利受到的苦难，引渡到俄国，以及从阿列克谢耶夫三角堡的阴森围墙内越狱潜逃④——这一切都

---

① 这类记载属于第三十四章第12页。——作者注

按：这里的页码是指赫尔岑生前所编《往事与随想》第四册（1867年在日内瓦出版）的页码，这一册包括《革命前后》及《俄罗斯的影子》两部分。

② 德国工人活动家。

③ 法国革命家。

④ 巴枯宁于1848年6月在布拉格的斯拉夫人大会上发表演说，鼓动成立泛斯拉夫联盟，支援波兰解放事业，1849年领导德累斯顿的起义，因而被捕，后来又从德国移送奥地利，并被判处死刑，最后被引渡回俄国，关在彼得堡彼得保罗要塞内的阿列克谢耶夫三角堡。

使他成了一个传奇人物，不论当代社会或历史都不会忘记他。

　　这个人身上潜伏着一股巨大的活力，却找不到出路。巴枯宁有可能成为一个鼓动家，一个政论家，一个传教士，一个政党或宗派的首脑，一个异教的创始人，或者一个战士。不论把他放在哪里，他总会成为一个极端派人物——再浸礼派教徒、雅各宾党人、阿纳卡西斯·克洛斯①的同伙像格拉古·巴贝夫②的朋友，把群众吸引到自己的周围，给民族的命运造成惊天动地的变化。

　　　　但在这里，在沙皇政府的压迫下……③

　　他成了没有美洲和轮船的哥伦布，只得违背自己的志愿在炮兵部队服役两年，又在莫斯科的黑格尔主义者中度过了两年④，便赶紧离开那里，因为在那里思想像罪恶的企图一样受到侦查，自由的言论像对社会道德的侮辱一样遭到非议。

　　1840年他离开俄国后就没有回去过，直到1849年奥国一队龙骑兵把他移交给俄国宪兵。

　　目的论的崇拜者和可爱的理性主义宿命论者，看到天才和活动家正好在需要的时候出现，便对大智大慧的造物主的及时性惊异不止，他们忘记了，多少幼苗没有见到阳光便遭到扼杀而夭折，多少才能和潜力由于没有用武之地而枯萎了。

　　萨佐诺夫便是一个突出的例子。他无声无息地消失了，他的死

---

① 法国大革命时期的激进民主派人士。
② 法国空想社会主义者。
③ 根据普希金的诗《题恰达耶夫画像》中的一行改写的。
④ 巴枯宁毕业于彼得堡炮兵学校，后来又成为斯坦克维奇小组的成员。

正如他的生一样，没有引起任何人的注意。朋友们对他寄予了不少希望，可是他一事无成地死了。说他的命运是他自己的过错，这很容易；但是该怎样评价和衡量一个人自己应负的和环境应负的责任呢？

尼古拉皇朝是消灭精神的时期，它不仅用矿坑和皮鞭消灭它，而且用使它感到窒息和屈辱的气氛，用所谓否定的铁拳消灭它。

埋葬那个时代苦难重重的生活，为了把我们深深陷入沙滩的航船拖回水中而赴汤蹈火，这便是我的使命。我要作我们水深火热的生活的多马日罗夫——现在大家不记得这个人物了，可是有一个时期，这个老头子在莫斯科是无人不知的，他是普罗佐罗夫斯基[1]手下退伍的传令兵，每逢出殡，只要是大主教主持丧礼，他总会头上扑了发粉，身上穿了保罗一世时代的浅绿色军装，走在送葬行列的最前面，自以为是在行使向导的重要职责。

……在大学的第二年，即 1831 年秋季，我们数理学系的课堂里迎来了一批新同学，其中两人后来与我们特别接近。

我们的喜爱、同情和反感都来自同一源泉。我们是狂热的孩子，一切——科学，艺术，友谊，家庭，社会地位都从属于一个思想和一个信仰。不论在哪里，只要可能谈论和宣传它们，我们便把全部感情和思想投入那里，毫不退让，坚持不懈，不吝惜时间和精力，甚至不惜讨好别人。

我们走进教室的时候便怀着一个坚定的目标，要学习十二月党

---

[1] 俄军元帅。多马日罗夫是凡有大出殡必然到场的人物，因此这里只是说"要作旧生活的送葬者"。

人，按照他们的方式，在这里奠定一个组织的基础，因此我们要寻找新的信徒和追随者。第一个清楚地了解我们的同学便是萨佐诺夫；我们发现他完全具备条件，很快与他建立了友谊。他自觉地伸出了手，第二天又给我们介绍了另一个同学①。

萨佐诺夫具有显著的才能和突出的自尊心。他十八岁，也许还不到，尽管这样，他学习勤奋，什么书都读。他力求超过所有的同学，认为任何人都比不上他。因此大家与其说爱他，不如说尊敬他。他那个朋友生得很漂亮，性格温柔，有点像小姑娘，与他正好相反，要寻找一个可以依靠的人；他充满着爱和忠诚，简直像刚离开母亲的翅膀，怀着高尚的意愿和幼稚的幻想，希望得到温暖和爱护，紧紧偎依着我们，为了我们和我们的思想他可以献出一切——这是弗拉基米尔·连斯基②的性格，韦涅维季诺夫③的性格。

……在那些日子里，我们坐在梯形教室的同一排座位上，彼此亲密无间，意识到我们有着共同的命运，共同的联系，共同的秘密，共同的准备牺牲的决心；我们相信我们的事业是神圣的，我们怀着自豪和爱望着周围那许多年轻而美好的脸，仿佛那是我们亲如手足的教民——这样的日子是我们一生中最美好的日子。我们互相手携着手，一丝不苟地在我们这年轻的"世界"④里到处宣讲自由和斗争，像四个教士⑤手里拿了四本福音书在参加复活节祈祷。

我们时时处处进行宣传……然而我们究竟在宣传什么，这很难

---

① 即萨京。

② 普希金的长诗《叶夫根尼·奥涅金》中的人物。

③ 俄国一个早年夭折的诗人。

④ 我们的全部同学。——作者注

⑤ 指赫尔岑、奥加辽夫、萨佐诺夫和萨京，这是赫尔岑小组最早的成员。

说。思想是模糊的，我们宣传十二月党人和法国革命，后来又宣传圣西门主义和同一个革命，宣传宪政和共和制，提倡阅读政治书籍，企图把一切力量团结在一个组织中。但是宣传得最多的是对一切暴力、一切专制统治的憎恨。

我们的团体实际上从未组成，但是我们的宣传却在所有各系深深扎下了根，还远远超出了大学的围墙。

从那时起，在我们整个一生中，从大学的课堂到伦敦的印刷所，我们的宣传从未中断。我们的一生便是在力所能及的范围内实现少年时代的纲领。根据我们所触及的问题，我们所关心的事物，不难看到它的线索，在报刊中，在讲台上，在文学界，它都有所表现……我们的宣传尽管形态有所改变，有所发展，但始终忠诚不渝，把自己特有的观念灌注在周围的一切中。政府的压制提高了我们的声望，监狱和流放成了我们当之无愧的台座。我们回到莫斯科时已是二十五岁的"权威"。别林斯基、格拉诺夫斯基和巴枯宁与我们汇合了，我们在《祖国纪事》上的文章又使我们与彼得堡皇村学校学生和文学青年的运动汇合到了一起。正如十二月党人是我们的兄长，彼得拉舍夫斯基小组是我们的弟弟。

关于我们的圈子，由于我是它的成员便对它避而不谈，这是虚伪的，愚蠢的。恰恰相反，在我的叙述中，谈到那个时代，那些30和40年代的老朋友们，我还故意要多谈几句，我得说，我不怕重复，只希望年轻的一代对他们多一些了解。它不了解他们，忘记、轻视和摈弃他们，似乎他们只是一些不切实际、没有实践能力、不知道前进方向的人；它对他们生气，不分青红皂白地否定他们，把他们看作落伍的人，多余的人，游手好闲的人，空谈家和幻想家，忘记了在评价过去的人物，他们的意义和"成色"时，主要不是看他们知识总量的多少，过去和现在提出问题的方式如何不同，而是看他们为解决这些问题付出了多少心血和力量。我真心希望我们的年轻一代避免这种忘恩负义的、甚至错误的历史态度。现在萨图恩 ① 老人不应再吃自己的孩子，但是孩子们也不应该学堪察加人，杀死自己的老人。

谈到我们当时的同志，我要勇敢地、自豪地再说一次："这是令人惊讶的一代青年，这么才华横溢、纯洁高尚、聪明忠诚的人，我从未遇到过"，尽管我漂泊各地，见过各种人物，包括反动的和革命的。我这不仅是指我们自己那个亲密的圈子，我这些话同样适用于斯坦克维奇小组和斯拉夫派。这些年轻人被骇人的现实吓坏了，在黑暗和令人窒息的苦闷中不顾一切地寻找出路。他们出于自己的信念，放弃了其他人奋力追求的目标——社会地位，财富，总之，传统生活为他们提供的一切，无视环境的诱惑，家庭强迫他们接受的榜样，始终忠于这些信念。这样的人是不应该简单地放进档案库，从记忆中一笔勾销的。

他们遭到迫害，被送上法庭，关进监狱，受到流放，押解，凌辱，欺压，但他们依然坚定不移；经过十年，他们还是那样，经过二十年，三十年，他们也还是那样。

我要争取使他们受到承认并获得公正的待遇。

与这个简单的要求背道而驰，我听到了一些离奇说法，而且不止一次：

"你们，尤其是十二月党人，只是革命思想的业余爱好者；对于你们，你们从事的活动只是奢侈品和诗歌；你们自己说，你们牺

---

① 据希腊罗马神话，巨人萨图恩因怕孩子们推翻他竟吞食他们。

牲了社会地位，你们是有财产的，因此对于你们，革命不是面包和人的生活的问题，不是生和死的问题……"

"我认为，对于被处决者，是这个问题……"有一次我回答道。

"最低限度不是不可避免的生死存亡问题。你们愿意当革命家，这自然比你们愿意当枢密官或省长好一些；可是对于我们，与现存秩序的斗争，这不是选择，而是我们的社会地位决定的。我们与你们之间的区别，正如落水的人和游泳的人之间的区别一样：两者都需要泅水，但一个是出于必要，另一个是出于爱好。"

只因人们出于内心的向往做了别人出于必要所做的事，便否定他们的活动，不予以承认，这无异是说，只有出于无奈，不得不实行禁欲的人才是真正的禁欲主义者。

这种极端观点在我们中间流传很广，尽管它们的根并不深，但像洋姜一样极难铲除。

我们是了不起的推理家和教条主义者。这种德国人的能耐在我们这里还取得了民族特色，即所谓阿拉克切耶夫气质，那种冷酷残忍、以杀戮为能事的刽子手作风。阿拉克切耶夫给近卫军官兵作出了榜样，把农民活活鞭打致死；我们则扼杀思想、艺术、人道、过去的活动家和需要扼杀的一切。我们以无所畏惧的队列，整齐统一的步伐，不顾任何界限向前挺进，我们可以违背真理，但不能违背我们自己的逻辑；我们的推理永无止境，忘记了生活的真实意义和对它的真实理解只存在于一定的范围内……这是极限，真理和美的极限，也是机器能永远保持平衡的摇摆幅度。

匮乏者以唯一的受害人自居，企图独占社会的痛苦，垄断社会的不幸，这是不合理的，正如一切独占和垄断都不合理一样。单凭福音的仁慈精神或民主主义的不平心理，人们所能做到的不外是施舍和强制剥夺，不外是平分财产和普遍贫困。在教会中，这仍是一个玩弄辞藻的题目，同情精神的感伤表演；在极端民主派中，正如蒲鲁东指出的，这依然是不平和仇恨两种感情，而它们的任何一种都不能成为建设性的思想，都对实际毫无帮助。

那么，那些虽未亲身经历，但了解人们处在水深火热中的痛苦的人，不仅向他们指出这一点，而且想向他们指明出路，又有什么过错呢？圣西门是查理曼大帝的后裔①，工厂主罗伯特·欧文也不是由于没有饭吃才成为社会主义的使徒的②。

那个观点是站不住脚的，它缺乏热情、善意和远见。我本来不想提起这问题，但是在它的黑名单上，除了我们，还出现了早期的拓荒者和播种者——我们所深深敬爱的十二月党人。

这段插话在这里也许并不恰当。

萨佐诺夫确实是一个无所事事的人，他葬送了自己的无穷精力，在国外的各种小事中消磨了一生，像一个初次出战便被俘虏的士兵那样消失了，再也没有回到我们中间。

我们在 1834 年被关进监狱时，萨佐诺夫和凯切尔不知出现了什么奇迹，竟然没有遭殃。他们两人住在莫斯科几乎足不离户，讲话很多，但写信很少，我们任何人家中都没有他们的信。我们被送去流放了，萨佐诺夫的母亲却给他弄了一张出国的护照，到了意大利。他的命运从此与我们分开，③也许这就为他奠定了今后生活的基

---

① 圣西门出生于贵族世家，自称为查理曼大帝的后裔。

② 英国空想社会主义者欧文出身贫苦，但后来成了纱厂老板。

③ 萨佐诺夫在游历了德国、瑞士和意大利之后，于 1836 年秋回到俄国，那时赫尔岑与奥加辽夫还在流放中。

础——他像一颗没有固定轨迹的行星，无声无息地陨落了。

过了一年，他回到了莫斯科，这是上一皇朝最沉闷、最难以忍受的时期之一。他在莫斯科遇到的是死一般的沉寂，到处都找不到一点同情的影子，一句热情的话语。我们还在流放，把过去的生活埋藏在心底，靠回忆和希望打发日子，一边工作，一边熟悉外省粗野的现实生活。

在莫斯科，一切都使萨佐诺夫怀念我们。老朋友中，只有凯切尔一人还在，可是萨佐诺夫拘泥古板，保持着贵族作风，越来越觉得与凯切尔格格不入。我们已经说过，凯切尔是自觉的野人——从文明人中涌现的野人，库珀的拓荒者①，他主张恢复人类的原始状态，粗野是他的原则，不修边幅是他的理论，这个三十五岁的大学生却要扮演席勒式青年的角色。

萨佐诺夫在莫斯科百无聊赖——枯燥的生活弄得他无计可施，他用不着为生活奔波，又没有事情可做。他试图迁居彼得堡，但那更糟；他不能长期这么下去，便远走巴黎，可是并无一定的打算。那个时期，巴黎和法国还对我们保持着自己的全部魅力。我们的旅游者为法国生活金碧辉煌的外表所陶醉，对它粗糙丑陋的方面却一无所知；自由派的言论，贝朗瑞的诗歌，菲利蓬的漫画，一切都使他们兴奋不已。萨佐诺夫也是这样。但是在这里，他也无所事事；就他而言，只是热闹快乐的闲散生活代替了沉闷压抑的生活。在俄国他被缚住了手脚，在这里他却与一切事和一切人都毫不相干。另一种没有目标的、不安而烦躁的漫长岁月，又在巴黎开始了。集中思想，沉浸在内心的活动中，不期待外在的推动力，他做不到这

---

① 库珀的《拓荒者》的主人公纳蒂·班波热爱印第安人的原始生活方式。

些，因为这不符合他的性格。对科学的纯客观的兴趣，在他身上并不浓厚。他寻找着另一种活动，也准备从事任何工作，但必须是引人注目的，能够立即应用的，具有实际价值，又能在大庭广众中，在朋友的鼓掌和敌人的叫嚷声中付之实现的；找不到这样的工作，他只得沉湎在巴黎的花天酒地中了。

……然而回忆起我们在大学的理想，他的眼睛便会发亮，泪水便会夺眶而出……在他受到损害的自尊心后面还保存着俄国最近会发生革命的信念，他要在这革命中扮演重要的角色。他觉得，他的饮酒作乐只是逢场作戏，是在那个伟大事业到来前的暂时消遣；他相信，总有一天晚上他会从英吉利咖啡馆被叫走，然后前往俄国管理国家……他密切注视着事态的发展，焦急地等待着那个时刻，到那时他便得认真参与一切，作出各种决定……

……在巴黎最初的热闹日子之后，更严肃的谈话开始了，这时大家立即发现，我们唱的不是一个调子。萨佐诺夫和巴枯宁表示不满（正如后来维索茨基①和波兰中央委员会②的成员一样），因为我带来的消息大多只与文学界和大学生活有关，与政治关系不大。他们希望我谈的是党派、社会和政府危机（在尼古拉治下！），反政府活动（在 1847 年！），可我讲的是大学讲台，格拉诺夫斯基的公开学术报告，别林斯基的文章，大学生、甚至中学生的情绪。他们与俄国生活过于疏远了，过于沉醉在"世界革命"和法国问题中了，忘记了在我国《死魂灵》的发表是比任命两个帕斯克维奇③作俄军元

---

① 维索茨基 (1809—1873)，波兰民族解放运动者，当时流亡在国外。
② 波兰流亡者的组织。
③ 俄军元帅，曾指挥俄军镇压匈牙利革命。

帅和两个菲拉列特①作莫斯科都主教更重要的事。他们听不到准确的消息，看不到俄国的书报杂志，对俄国只能从理论上，从回忆中去理解，而回忆，这是经过时间的折射之后难免失真的。

观点上的不同几乎使我们的关系破裂，情况是这样的：在别林斯基离开巴黎前一天晚上②，我们送他回家后，在爱丽舍田园大街上散步。我感到可怕，清楚地看到别林斯基一切都完了，这已是我最后一次与他握手了。这个坚强、热烈的战士已耗尽了自己的精力，在他痛苦忧伤的脸上，死亡烙下了明显的痕迹，表明它即将来临。他的肺病已到了不可救药的地步，可他仍然充满神圣的毅力和神圣的愤怒，依然充满对俄国的痛苦而"凶猛"的爱。眼泪哽在我的咽喉，我长时间默默走着，这时不幸的争论又爆发了，那是已提出过十来次的问题。

"很可惜，"萨佐诺夫开口道，"除了杂志工作，而且是在审查制度束缚下的杂志工作，别林斯基没有从事其他活动。"

"我认为不应该责备他，他已经做得够多了。"我回答。

"以他这样的精力，要是在别的场合从事一些别的活动，他的成就一定会更大……"

我觉得厌恶和痛心。

"那么请问，你们生活在没有检察官的场合，你们也充满对自己的信心，充满精力和才能，你们做了些什么呢？或者正在做什么呢？难道你们以为，整天从巴黎一个地方走到另一个地方，与斯卢扎

---

① 俄国的宗教领袖。

② 别林斯基于 1847 年出国养病时，在巴黎住了两个月后，在 9 月回俄国，第二年就死了。

利斯基或者霍特克维奇谈谈波兰和俄国的边界①，便是工作？或者在家里和咖啡馆里高谈阔论，听你们谈话的只是五个什么也不懂的傻瓜，跟你们谈话的也只是五个什么也不懂的傻瓜，这便是工作？"

"等一下，等一下。"萨佐诺夫说，已经很不平静，"你忘记了我们的处境。"

"什么处境？你们在这里住了多年，自由自在，没有压力，不愁衣食，还要怎样？环境是靠人创造的；力量要得到承认，发挥作用，也靠自己。够了，先生们，别林斯基的一篇批评文章对年轻一代的益处，比你们的秘密工作和政治活动大得多。你们是生活在呓语和梦幻中，陷入了永恒的视觉错误，因为你们不愿睁开眼睛看一看……"

我特别生气的是当时评价人物的两种标准，这不仅萨佐诺夫，一般俄国人也这样。他们对本国人的严厉态度，到了法国名流面前便成了崇拜和吹捧。他们听见那些夸夸其谈的勇士说了几句漂亮话，几句空话大话，几句以加速度发表的老生常谈，便佩服得五体投地，这叫我不能不感到恼火。俄国人越是卑躬屈膝，越是脸红，越是企图掩饰那些人的无知（正如宠爱孩子的父母和自尊心极强的丈夫一样），那些人便越是装模作样，越是要在北方的阿纳卡西斯②们面前大摆架子。

早在俄国当大学生时，萨佐诺夫就喜欢身边有一群形形色色

---

① 斯卢扎利利斯基和霍特克维奇伯爵都是波兰的流亡者。当时在波兰民族解放运动中，有人主张恢复1772年前（即俄国、普鲁士、奥地利瓜分波兰前）的波兰国界，这就得把乌克兰和白俄罗斯的一部分领土归还波兰，因而涉及了边界问题。

② 阿纳卡西斯是传说中的古代西徐亚国王子，曾游历希腊，成为所谓古代七贤之一，被希腊人称为"可敬的蛮族人"。这里指在先进国家游历的蛮族人。

的庸人追随他，他们听他谈话，对他唯唯诺诺，到了国外，他的周围仍有一群头脑和身体都不发达的文学园地的流浪汉，在报馆里打短工的落拓文人，捡破烂的小品文作者，例如瘦小的朱尔·维科，半疯的塔迪夫·德·梅洛，无人知晓的伟大诗人布耶；^①在这个合唱队里既有托维扬斯基^②集团中鼠目寸光的波兰人，也有德国冥顽不灵的无神论者。他怎么不对这些人感到厌烦，这是他的秘密。他来找我时，几乎总要带合唱队中一两个亲信一起来，尽管我对他们毫无兴趣，而且从不掩饰这一点。因此并不奇怪，在马拉斯特和里贝罗尔^③，甚至比他们更小的名人面前，萨佐诺夫自己便变成了朱尔·维科。

这一切对于今天访问巴黎的人说来都是不可理解的。然而不应忘记，今天的巴黎已不是真正的巴黎，而是新的巴黎了。

自从巴黎成为一种汇集了全世界精华的城市之后，它主要不再是法国的城市了。从前它包含着整个法国，"除了法国它便什么也没有"；现在这里不仅有整个欧洲，还有两个美洲，它本身占的比重却不多了。它已湮没在"世界大饭店"的称号中，成了东西方客商的中途站，失去了自己的独特面貌，那一度使它赢得了热情的喜爱和强烈的憎恨，无边的尊敬和无穷的反感的面貌。

不言而喻，外国人对新巴黎的态度改变了。驻扎在革命广场军营中的各国军队知道，它们占领的是别国的城市。^④现在，各国的

---

① 这里列举的都是法国当时的一些二三流作家和记者。

② 波兰神秘主义教派的领导人。

③ 马拉斯特是法国革命家，《国民报》主编。里贝罗尔（1812—1861），法国小资产阶级共和派革命家，《改革报》主编。

④ 指1814至1815年间拿破仑战败后，俄、英、奥、普等国联军进入巴黎，驻扎在革命广场上。

旅游者却把巴黎看作自己的城市，他们买下了它，在这儿寻欢作乐，他们完全知道，巴黎需要他们，古代的巴比伦在这儿复活了；它不是为了自己，而是为了他们打扮得花枝招展，美轮美奂。

在 1847 年我还能见到从前的巴黎，然而已经是脉搏加快了的巴黎，贝朗瑞的诗歌成了强弩之末，合唱词"改革万岁！"在不知不觉中换成了"共和万岁"[1]那时俄国人住在巴黎依然保持着一种永恒的幸运心情，感谢上苍（当然也得感谢按时收到的地租）他们能住在这儿，游览罗亚耳宫，上法国喜剧院。他们公开崇拜社交界五花八门的男女名流——著名的医师和舞蹈明星，牙科医生德西拉博和疯子"妈爸"，以及一切文学骗子和政治魔术家。

我憎恨一切不问情由妄自尊大的作风，它在俄国人中十分流行。我发现，这与从前军官和地主横行霸道的行径是一脉相承的，只是穿上了瓦西里岛[2]的衣衫，按照它的法则行事而已。但不应忘记，在西欧的权威面前低声下气的态度，也来自同样的军营、衙门和仆役房，只是它们是面向老爷、长官和上司的。由于我们除了暴力和它的象征——勋章和官衔，没有任何可以崇拜的事物，我们需要精神的"官级表"[3]，这是完全可以理解的，然而我们同胞中的那些优等国民在向什么人顶礼膜拜呀？向维尔德[4]和卢格这类黑格尔

---

① 贝朗瑞诗歌创作的全盛时期主要在波旁王朝复辟时期。到了七月王朝末期，要求改革议会选举制度成了民主派的口号，这使贝朗瑞的诗歌中出现了"改革万岁！"的呼声，但 1848 年的二月革命提出了"共和万岁！"的口号，结束了改革议会的斗争。

② 指彼得堡，彼得堡位在涅瓦河三角洲，由那里的一百多个岛屿组成，瓦西里岛是其中最大的一个。这里是说俄国古代的野蛮风俗在彼得一世的改革后穿上了新的衣衫。

③ 指俄国当时实行的官阶等级表。

④ 德国黑格尔派哲学家。

派中最无能的庸人顶礼膜拜。对德国人尚且如此，那么可想而知，在法国人面前，在一些真正优秀的人物面前会怎样了，例如，在皮埃尔·勒鲁面前，或者在乔治·桑本人面前……

我很后悔，起先我也卷进了这中间，认为在咖啡馆里跟《十年》[①]的历史学家谈几句话，或者在巴枯宁家跟蒲鲁东讲几句话，便提高了身价，获得了一种级别。但是在我身上，偶像崇拜和权威崇拜没有维持多久，很快便遭到了全面的否定。

到达巴黎后过了三个月，我便开始猛烈攻击这种尊卑观念，而关于别林斯基的争论正发生在我的否定达到最高峰时。巴枯宁一向心地宽厚，一半赞同我的话，不免哈哈大笑，但萨佐诺夫却大为生气，认为我对实际政治问题一窍不通。但不久我就使他有些相信了这一点。

二月革命在他看来是全面的胜利，他所认识的一些报馆文人担任了政府要职，王位摇摇欲坠，得靠诗人和医生支持了。德国王公们向昨天受到他们迫害的新闻记者和教授请求指教和帮助。自由主义者教导他们怎样把窄小的王冠牢牢戴在头上，免得给起义的狂风吹走。萨佐诺夫接连不断写信到罗马，要我回家，即回巴黎，回统一而不可分割的共和国。

从意大利回来后，我发现萨佐诺夫心事重重。巴枯宁不在，他已去发动西欧的斯拉夫人了。

"难道你没有看到，我们的时间已经到了？"萨佐诺夫一见面便这么说。

"这是什么意思？"

---

① 指法国空想社会主义者路易·勃朗的《十年史》。

"俄国政府已走投无路。"

"何以见得，难道在彼得保罗要塞宣布成立共和国了吗？"

"让我们统一一下认识，我并不认为，我们明天便会出现2月24日。但是舆论，但是自由思潮的风起云涌，四分五裂的奥地利，普鲁士的准备制订宪法，迫使冬宫周围的人不得不想一想了。颁布一部宪法，一部类似大宪章的东西，这是最低限度要做的事，嗯，既然这样，"他露出得意扬扬的神气又道，"那就必须成立一个开明的、有文化的、能够用现代语言讲话的内阁。你没有想到这一点吗？"

"没有。"

"傻瓜！他们到哪儿去找学识渊博的内阁官员呢？"

"只要肯找，还怕找不到吗？但我觉得，他们还不想找。"

"怀疑主义现在不合适了，历史即将作出决定，一切非常快。想想吧，政府不得不求助于我们了。"

我望着他，想知道他这是讲笑话不是。他的表情是认真的，脸色有些发红，显得十分激动。

"果真是向我们求助吗？"

"对，不是向我们本人，便是向我们圈子里的人，这都一样。你不妨再想一想，他们还能向什么人争取援助？"

"你打算管哪一个部呢？"

"别开玩笑。我们的不幸就在于我们不善于利用时机，又不能使人重视我们的价值。你总是想那些文章，文章是好事，但现在时势不同了，当权一天比写一本书更重要。"

萨佐诺夫对我的不切实际，未免觉得可怜，但终于找到了一些不像我那么怀疑，相信他入阁办事的日子已为期不远的人们。

1848 年末，两三个德国流亡者经常参加萨佐诺夫在家中举办的不大的晚会。其中一个是奥地利中尉①，曾在梅森豪泽②手下当过参谋长。一天半夜两点钟，天下着倾盆大雨，这位军官还冒雨来找我，他想起从布朗什街到拉丁区实在不近，不禁有些抱怨自己的命运。

"您为什么在这种天气还非得跑这么远的路到这儿来不可？"

"当然，不是不得不跑，但您知道，要是我不来，萨佐诺夫先生便会生气，可我觉得，我们必须与他保持良好的关系。您比我知道得更清楚，他的才能和智慧……加上他在他这一派中占据的地位，俄国一旦爆发革命，他的前途是未可限量的……"

第二天我对萨佐诺夫说道："萨佐诺夫，你算是找到了阿基米德的杠杆，有个人相信你将来能当部长呢，这个人就是中尉某某人。"

时间过去了，俄国没有发生革命，也没人派使者来找我们。骇人听闻的六月事件也过去了；萨佐诺夫在着手写一篇"社论"——不是为报纸写的，是为时代写的。他写了很久，大声朗读一些片断，修修改改，直到冬天才大致完成。他觉得他必须"向俄国阐明最近的这次革命"。他开头这么说："不要期待我给你们描绘事实，别人在这方面会比我做得更好。我要向你们讲的是引起这次革命的思想和观念。"他嫌平凡的工作不够劲，每逢提起笔来，他总想讲些不同寻常的惊人之论——恰达耶夫的《书简》始终在他头脑里回旋。文章寄到了彼得堡，在朋友中间流传，但是没使任何人留下丝毫印象。

---

① 即豪格，他参加过 1848 年的维也纳起义。

② 梅森豪泽（1813—1848），1848 年维也纳革命期间国民自卫军司令，起义失败后被奥地利政府枪决。

1848 年夏季，萨佐诺夫组织了一个国际俱乐部。他把自己的塔迪夫们、德国人和斯拉夫救世主义者，都拉进了这个组织。他穿了藏青燕尾服，容光焕发，在空荡荡的大厅里踱来踱去，然后对着五六个人为国际俱乐部致了开幕词，其中一个便是我，但我只是作为来宾参加的；讲台上还有几个人，那是它的干事会。萨佐诺夫之后，一个蓬头散发、好像还没睡醒的人朗诵了一篇献给俱乐部的诗，这人便是塔迪夫·德·梅洛。

萨佐诺夫皱起了眉头，但制止诗人已为时太晚。

　　沃尔采尔，萨佐诺夫，戈雷斯基，德尔·巴尔佐，列奥纳德[①]和你们所有的人……

塔迪夫·德·梅洛声嘶力竭地叫喊着，没有发现人们的笑声。

第二天或第三天，萨佐诺夫给我送来了一千份成立俱乐部的宗旨，这件事从此再没有下文。后来我听说，一位全人类的代表（就是在这次会议上代表西班牙发言，把执行权说成绞刑架[②]，还以为这是法文的人）在英国犯了伪造文件罪被判了苦役，差点真的上了绞刑架。

部长没有当成，俱乐部又不了了之以后，萨佐诺夫便想当一名新闻记者，这虽然不算体面，但实际得多。当以密茨凯维奇为首的《民族论坛》创办时，萨佐诺夫在编辑部担任了一个重要职务，写了两三篇很好的文章……然后沉默了；没到《论坛》垮台的一天，

---

① 都是当时各国的流亡者，其中只有沃尔采尔较重要。

② 原文是法文。

即 1849 年 6 月 13 日，他已经跟所有的人吵过架。他对一切都不满意，认为不够，觉得自己在那里工作是大材小用，他感到委屈，从来不肯善始善终做完一件工作，总是半途而废。

1849 年，我向蒲鲁东建议，把《人民之声报》的国际版交给萨佐诺夫。他懂得四种语言和欧洲各国的文学、政治和历史，加上他对各派力量的广泛了解，他可以把报纸的这一版办得十分出色，让法国人耳目一新。蒲鲁东并不过问国外新闻的内部事务，它由我负责，但我在日内瓦，对它无能为力。过了一个月，萨佐诺夫把编辑工作移交给了霍耶茨基，与报纸断绝了关系。他写信到日内瓦对我说："我深深敬重蒲鲁东，但他和我这样两个人无法在一家报社内共事。"

过了一年，萨佐诺夫参加了复刊的《改革报》，那时它已由马志尼派接办。编辑工作主要由拉梅内 ① 负责。这里也容不得两个伟大人物共事。萨佐诺夫干了三个来月便脱离了《改革报》。他与蒲鲁东幸好是客客气气分手的，与拉梅内却争得面红耳赤。萨佐诺夫责备老头子小气，舍不得在编辑部花钱。拉梅内想起自己青年时期作为教权派报人的习惯，只得诉诸西欧人士采用的最后论据，对萨佐诺夫提出了一个疑问："他会不会是俄国政府的间谍？"

我最后一次见到萨佐诺夫是 1851 年在瑞士。他被法国驱逐之后住在日内瓦。这是最阴暗、最沉闷的时期，粗暴的反动势力到处嚣张一时。萨佐诺夫对法国的信心动摇了，也不再相信彼得堡的政府最近可能改组。无所事事的生活使他心乱如麻，十分厌烦，工作又不顺手；他什么都干，又没有耐心，整天生气和喝酒。何况生活

---

① 法国神父和基督教社会主义思想家。

中还有许多不如意的琐事，与债主的不断争执，张罗金钱，生就的善于挥霍、不善于安排的天性，这一切弄得他终日牢骚满腹，郁郁不乐，连喝酒也不再像平时那么无忧无虑，成了只是过去灯红酒绿生活留下的一种习惯。

不妨顺便谈一下他的家庭生活，因为它也日复一日地走上了纵酒作乐的错误道路，而且带有他自己的鲜明特色。

萨佐诺夫到了巴黎不久，便遇到了一位富孀，他们的结合使他越发沉湎在奢华的生活中。后来她去了俄国，把教育女儿的责任和大量的钱都托付给了他。但是寡妇还没抵达彼得堡，另一个肥胖的意大利女人已代替了她的位置，这女人嗓音之响，可以使耶利哥的城墙再一次倒塌①。

过了两三年，寡妇突然想起了丈夫和女儿，出其不意地回来了。意大利女人使她吃了一惊。

"这是什么人？"她问，从头到脚打量着那个女人。

"莉莉的保姆，人很好。"

"可是她这样的嗓子，怎么教孩子讲法语？……这太糟了，我宁可雇个法国女人，你把这个人打发走……"

"但是，亲爱的……"

"但是，亲爱的……"于是寡妇带走了女儿。

这不仅是感情的危机，也造成了经济危机。萨佐诺夫根本不穷，他的姐妹们每年从庄园的收入中寄给他二万法郎，但是他挥霍无度，直到现在还不打算撙节开支，只是拼命借债。他东也借，西

① 《圣经》故事，见《约书亚记》第六章：以色列人奉上帝之命攻打耶利哥城，在城外大吹号角，城墙便倾塌了。

也借，尽量向俄国的姐妹们索讨；无论是朋友还是敌人的钱他都要，还向放高利贷的，向俄国和非俄国的傻瓜们借债……他用这种办法挪东补西，维持了好久，但最后还是像我指出过的那样弄得山穷水尽，进了克利希监狱。

在这段时间里，他的姐夫死了。但听到他进了监狱，两个姐妹赶紧来搭救他。事情总是这样，她们对尼古连卡的生活方式一无所知。两姐妹一向把他看得很了不起，认为他是天才，焦急地等待着他脱颖而出，成为名人呢。

但等待她们的是各种失望，正因为出乎意外，它们更显得奇怪。第二天早上，她们带着萨佐诺夫的朋友霍特克维奇伯爵前往狱中赎他出狱，要让他大吃一惊。霍特克维奇把她们留在马车上便走了，答应过一会儿带她们的兄弟出来。过了一小时又一小时，尼古连卡没有出现……两个女人坐在出租马车里等得很不耐烦，心想手续一定很烦琐……最后霍特克维奇独自跑来了，他满脸通红，嘴里一股浓重的酒气。他告诉她们，萨佐诺夫马上就到，他得先跟难友们告别，请他们喝点酒，吃点东西，这是规矩。这有些刺痛了两位女旅客的温柔的心……但是……但是就在这时，又胖又结实的尼古连卡满头大汗扑进了她们的怀抱，于是她们顿时高兴了，满意了，与他一起回去了。

她们听到过一些风声……有些知道那个意大利女人……热情的意大利姑娘抵挡不住北国的天才，来自冰天雪地的天才也抵挡不住南国的美好嗓音和火一般的眼眸……她们红着脸，羞答答地表达了要认识她的胆怯愿望。他满口答应以后便回家了。过了两天，姐妹俩突然造访，想再一次让兄弟大吃一惊，但这一次比第一次更糟。

上午十一点钟，气候炎热，姐妹俩坐了车去探望弗兰采斯卡·达·里米尼，看看她和尼古连卡的生活情况。妹妹推开门便愣住了……小小的会客室铺满了地毯，萨佐诺夫穿一身睡衣，随随便便坐在地上，他的旁边便是那位胖太太，几乎只穿了一件薄纱衫。太太使出了意大利人的全部肺活量哈哈大笑……正在听尼古连卡讲故事。他们旁边放着一桶冰，冰里是一瓶稍稍倾斜的香槟酒。

　　我不知道以后怎么样，但这幕戏的效果却是强烈而持久的。妹妹来找我，与我商量这件事，一边讲一边抽搐，流眼泪。我安慰她说，出狱后最初几天的生活是不会正常的。

　　这以后便是枯燥的搬家——换一所小一些的住宅……他本来有一个听差，这人的专长就是能打硬得刺不破的缎子领结，用钻石别针把它别住；现在这个听差被辞退了，接着那枚别针也出现在一家店铺的橱窗中了。

　　这样又过了大约五年。萨佐诺夫从瑞士回到巴黎，然后又从巴黎去了瑞士。为了摆脱那个意大利胖女人，他发明了一个别出心裁的办法——与她结婚之后又离婚。

　　我们中间产生了嫌隙。在我非常重视的一件事上他没有坦率地对待我。我不能对此毫不理会。

　　就在这时，俄国开始了新的时期[1]，萨佐诺夫又变得活跃了，写了一些不太成功的文章，打算回国，但终于没有回去[2]，最后离开了巴黎。后来我很久没有听到他的消息。

---

[1] 指 1855 年新皇亚历山大二世的登基，1861 年宣布废除农奴制度。

[2] 他的文章《论俄国在世界博览会上的地位》发表在《北极星》第二集上。——作者注

　　按：1855 年在巴黎举办了盛大的世界博览会。

……不久前一个刚从瑞士来到伦敦的俄国人突然对我说：

"我离开日内瓦的前夕，您的一位老朋友安葬了。"

"这是谁？"

"萨佐诺夫，您想，参加葬礼的没一个是俄国人。"

我的心怦地一跳——似乎为我很久没去看他感到有些后悔……

（写于 1863 年）

二　恩格尔松夫妇

他们俩都死了。他至多三十五岁，她比他更年轻。

他是大约十年前在泽西岛去世的，送葬的有他的遗孀和一个孩子，还有一个身体结实、头发蓬乱的老人，他面貌粗犷，浓眉大眼，脸上流露出一种天才与疯癫、狂热与讥讽互相混杂的神气，像旧约时代愤世嫉俗的先知和 1793 年的雅各宾党人。这老人便是皮埃尔·勒鲁。

她是 1865 年初在西班牙去世的。我在几个月后才听到她的死讯。

现在孩子在哪里，我不知道。

我所谈到的这个人一度对我是亲密的，重要的，他是我蒙受深深的创伤时第一个给我包扎伤口的人，是我的弟兄和护士。她也许不明白自己在做什么，使他疏远了我。他成了我的敌人……

她的死讯又把他们带回了我的脑海中……

我拿起 1859 年写的那份关于他们的原稿，把它重读了一遍，作为对逝去者的悼念。

我考虑了好久，要不要发表它，不久前才决定要。我的意图是纯洁的，叙述是真实的。我不想把谴责掷向他们的坟墓，只是想与读者一起，根据这些新的例证，再次考察一下尼古拉皇朝最后一代被摧残的人的复杂而痛苦的命运。

1865 年 12 月 31 日于布瓦西埃堡 ①

1

1850 年末，一个俄国人带着妻子来到了尼斯。在散步时，人们把他们指给我看。两人属于等待局势好转的人；他瘦瘦的，脸色苍白，带有肺痨病患者的神气，头发淡黄而有些发红；她，美好的容貌早已憔悴，显得筋疲力尽，心灰意懒，过早衰老了。

有个医生住在一位俄国夫人家中，他告诉我，那个淡黄头发的先生是皇村学校的学生，正在读《来自彼岸》，他在彼得拉舍夫斯基事件② 中受到了牵连，因此很希望认识我。我回答说，凡是正直的俄国人，我都欢迎，尤其是皇村学校的学生，何况他与彼得拉舍夫斯基事件有关，这件事我虽然不清楚，但对我说来，它是鸽子衔回挪亚方舟的一片橄榄叶子。③

几天过去了，我没有看到医生，也没有看到新来的俄国人。一天晚上九点多钟，仆人突然拿了一张名片进来，这是他。我正与卡尔·福格特坐在餐厅里，我吩咐请客人到楼上的会客室等我，接着便在别人之先到了那儿。我看到他脸色苍白，身子有些哆嗦，像正

---

① 在日内瓦附近，1865 年春起赫尔岑住在那里。

② 恩格尔松参加了彼得拉舍夫斯基小组的活动，于 1849 年 8 月被捕，由于证据不足被释放。

③ 见《旧约全书·创世记》第八章：挪亚"把鸽子从方舟放出去，到了晚上，鸽子回到他那里，嘴里叼着一个新拧下的橄榄叶子，挪亚就知道地上的水退了"。

在发烧似的。他几乎说不出自己的姓，等平静一些以后，立即从椅上一跃而起，扑到我的身上，与我亲吻，在我还没来得及这么做以前，便对我说道："那么我终于见到您了！"接着马上吻我的手。我赶紧说："您这是怎么啦？快别这样！"但这时他已失声痛哭。

我望着他有些困惑，这是怎么回事，是不拘形迹，或者干脆是精神失常？

他一边道歉，拼命向我讲颂扬的话，一边用急促的语调和强烈的表情对我说，我挽救过他的性命，事情原来是这样。他为了一点小事被皇村学校开除之后，在彼得堡度日如年，非常伤心，又非常讨厌他不得不担任的职务；不论是自己还是时局，他都看不到一点出路，因此决定服毒自杀。在实行这个计划前几个小时，他漫无目的地在街上溜达，走进伊士勒①的店里，拿起了这一期的《祖国纪事》，上面登载着我的文章《由一出戏想起的》。他读着读着便被它吸引住了，心情轻松了一些，开始对自己向忧郁和绝望屈服感到羞愧，因为社会上有这么多的问题正从四面八方召唤着年轻的、坚强有力的人们。这样，恩格尔松没有服下毒药，却叫了半瓶马德拉酒，把文章又读了一遍。从这时起，他便成了我的一位热烈的崇拜者。

他坐到了深夜才走，要求允许他不久再来看我。他的言语杂乱无章，中间还穿插了一些离题的话和小故事，但是从这一切中可以看到，他头脑十分清楚，思路敏捷，尤其明显的是他的思想活动千头万绪，因而往往使他从一个极端走向另一个极端，从伤心欲绝和悲观失望的愤懑变为冷嘲热讽，从流泪变为假笑。

他留给了我一个奇怪的印象。起先我不相信他，后来对他感到

---

① 一个在彼得堡开餐厅的瑞士人。

厌倦——他使一个人的神经有些受不了。但是我逐渐习惯了他那种古怪的举止，也有些喜欢他与众不同的脸色了，因为它与西欧大部分人单调乏味、千篇一律的表情不同。

恩格尔松读书很多，也学了不少东西，他是语言学家，也是语文学家，但对一切都注入了我们所熟悉的怀疑精神，它所留下的痛苦也使他付出了不少代价。如果在从前，大家会认为他是一个书呆子。过度兴奋的内心活动使他虚弱的体质承受不了。他用酒克服疲劳，提高精神，这又使他的幻想和思维变成了熊熊燃烧的烈焰，欲罢不能，迅速损坏了他多病的身体。

没有规律的生活和酒，头脑经常处在烦躁不安的活跃状态，思考的问题那么多又那么毫无结果，找不到可以做的事，有时热情洋溢，有时又冷若冰霜——这一切尽管与我们从前莫斯科的方式存在着巨大差别，还是令我生动地想起那些日子。我不仅仅听到了亲切的语言，也感受到了亲切的思想。他是1848年后彼得堡恐怖统治的见证人，也了解文学界的状况。当时我完全切断了与俄国的联系，我贪婪地听着他讲的一切。

我们渐渐经常见面，后来甚至每晚见面。

他的妻子也是个奇怪的东西。她的容貌本来很漂亮，可是神经痛和内心的紧张不安使她变得丑陋了。她是俄国化的挪威人，讲俄语带一点特殊的口音，但并不难听。一般说来她比他更沉默，更内向。他们的家庭生活并不愉快；不知为什么，他们总有一种无名的恐惧感，神经紧张，似乎生活中缺少了什么，又似乎多了点什么，这是他们经常感觉到的，尽管看不见，但像空气中的电一样总在威胁着他们。

他们在旅馆里借一间大房间，这既是卧室也是起居室，我到那里找他们，常常发现他们神色十分沮丧。她坐在一个墙角，眼睛哭肿了，没一点精神；他坐在另一个墙角，脸色死一般苍白，嘴唇毫无血色，露出迷惘的眼神，一言不发……他们有时会接连几个小时，甚至整天这么坐着，可是离这里几步路便是蓝色的地中海，便是一片酸橙树林，那里有着一切引人入胜的东西——那蓝宝石似的天空，那明朗、热闹、欢乐的南国生活。应该说他们没有争吵，因为他们之间不存在嫉妒和隔膜，也没有可以争吵的理由……他会突然站起身来走到她面前，跪在地上，有时还抽抽搭搭地反复叨咕："我害了你，我的孩子，害了你！"她也哭个不住，相信他害了她。她常对我说："什么时候我才能终于死去，让他一个人自由自在呢？"

这一切对我都是新鲜的，我那么同情他们，几乎想与他们一起啼泣，但大多只是对他们说："好啦，好啦，你们根本不是这么不幸，也不这么愚蠢，你们两个都是优秀的人；我们去划船，让忧郁消失在蓝色的海洋中吧。"我有时能这么做，把他们带出他们的小天地。但到了夜间，忧郁症重又发作……他们好像在彼此怄气似的闷闷不乐，一言不发，一句无关紧要的话便会引起争执，从心底重又唤起某种敌意。

有时我觉得，他们要不断刺激自己的伤口，似乎是因为他们能从这疼痛中得到一种乐趣，一种快感，他们需要互相折磨，正如人们需要伏特加或酸辣菜一样。不幸的是两人的身体开始显著衰弱了，他们会迅速地走进疯人院或者坟墓。

她不是天生缺乏才能，只是没有得到充分培养，又遭受了过多的损害；她的个性比他的复杂得多，从某种意义上说，也坚韧得多，刚强得多。此外，她缺乏统一和彻底的意志，那种不幸的始终如一的精神，可是他，哪怕在极端对立的状况下，在无法调和的矛盾中，依然保持着这种精神。在她身上，一方面是绝望，是但求快死，是动不动伤心啼哭的习惯，另一方面又渴望得到世俗的欢乐，内心隐藏着女性的娇气，爱好衣饰和奢侈品，她只是违背自己的愿望在勉强克制而已。她平时还是注重衣着，讲究仪表的。

她希望按照当时的观念成为一个自由的女性，一个精神上担负着重重苦难的独特女性，像乔治·桑的女主人公那样的人物……但是习惯的传统的生活像一股巨大的力量，总是把她拉向相反的方面。

那构成恩格尔松的诗意气质，抵消他各种缺点的东西，那成为他本人的出路的东西，在她看来是不可理解的。她无法追随他奔驰的思想，不能像他那样从绝望一变而为嘲弄和大笑，从坦率的微笑一变而为公开的痛哭。她跟不上他，找不到联系，感到困惑……她无从理解他忧郁的思维活动中那些漫画般的表现。

恩格尔松在嬉笑怒骂中说尽了大量俏皮话和双关语以后，会越来越兴奋，马上进行即兴表演，弄得哄堂大笑；她却大为恼火，认为"他在外人面前的不体面行为"使她丢了脸。他通常会看出这一点，但兴致一来便很难适可而止，反而变本加厉逗人发笑，事后脸色涨得红通通的，流满了汗，迈着华尔兹舞步走到她跟前问道："但是我的天，亚历山德拉·赫里斯季安诺夫娜，这一切难道不合适吗？"她哭得更伤心了，于是他蓦地变得既忧郁又痛苦，一杯接一杯地喝白兰地，然后回家，或者干脆倒在沙发上睡着了。

第二天我只得给他们打圆场，进行调停……于是他便殷勤体贴地吻她的手，一边逗乐一边请求她宽恕他的过错，有时连她也忍俊不禁，跟我们一起笑了起来。

应该解释一下，把可怜的亚历山德拉·赫里斯季安诺夫娜弄得这么伤心的那些表演，究竟是些什么。恩格尔松的喜剧天才是无可怀疑的，巨大的，那辛辣的程度连莱瓦索①也从未达到过，只有格拉索②最优异的表演，或者戈尔布诺夫③的某些故事朗诵才能相比。而且他的表演一半都是即兴式的，他总是按照一定的格式，随时补充和改变它的内容。假如他指望发展这方面的才能，让它获得正规的训练，他一定可以在当代的讽刺喜剧演员中占据一席显著的位置，但是恩格尔松从不想发展这方面的天赋，也不想培养它。他的天才的幼苗像野草一样富有生机，然而在他无法安定的心灵中夭折了——家庭琐事剥夺了他一半时间，而他的兴趣如此广泛，从语文学和化学，到政治经济学和哲学，他什么都想染指。从这个意义上说，恩格尔松是纯粹的俄国人，尽管他的父亲出生在芬兰人家庭中。

他扮演世上的一切——官僚和地主，神父和警官，但表演得最好的还是关于尼古拉一世的一切，他深深地、真心实意地、毫不妥协地憎恨他。他模仿拿破仑，拿了一把椅子骑在上面，神气活现地向列队恭候的军队走去……周围的肩章、头盔、军帽都在发抖……这是尼古拉检阅军队；他突然生气了，掉转马头，对着司令官嚷了一声："真糟糕"，司令官诚惶诚恐地听着，目送尼古拉走远后，便压低嗓音，气得喘吁吁地向师长说道："阁下，您大概以为您是在干别的事，不是在给皇上当差，这个师真不像话，您那些团长，嘿，等着吧，我得给他们一点厉害看看！"

师长的脸越涨越红，朝着遇到的第一个团长大发脾气，这样一级级骂下去，皇帝一声"真糟糕"便以几乎难以觉察的准确无误的

---

① 莱瓦索（1808—1870），法国著名喜剧演员。
② 格拉索（1800—1860），法国喜剧演员和喜剧作者。
③ 戈尔布诺夫（1831—1895），俄国作家和演员，具有讲故事的天才。

变调传达到了骑兵司务长，骑兵队长对他已不是训斥，而是泼妇的骂街了，至于司务长，他便不是用言语，而是用军刀刀柄朝着什么也没干的士兵的腰眼猛打了。

恩格尔松表演得惟妙惟肖，不仅把每一级官员的特征，还把骑兵的姿势，他们气呼呼地拉住马缰绳对不肯站稳的马生气的样子，都表现了出来。

另一种表演带有比较和平的性质。尼古拉皇帝在跳法国的瓜德利尔舞①，他的对面是一个外国的外交官，一边是一位将军，另一边是一位大臣。这可以算得一幅完美无缺的杰作。这场表演，我们中间得有一个人给恩格尔松当女舞伴。但表演的中心是尼古拉——一个统治着瓜德利尔舞的专制君主，他的每一个舞步都是为了表现他的坚定意志，每一个动作都是为了表现他的高贵气质；尽管他用仁慈的、温情脉脉的眼睛瞧着女舞伴，这目光却既是对将军的命令，又是对大臣的指示。用言语传达这一切是不可能的。将军挺直身子，胳臂微微弯曲，全神贯注地追随着皇帝的舞步，每个舞式都循规蹈矩，每个节拍都一丝不苟；大臣则心慌意乱，吓得两腿瑟瑟发抖，虽然满脸含笑，眼睛里却几乎噙着泪水。这场表演使从未见过尼古拉的人也不能不完全相信，皇帝的瓜德利尔舞实在是对人的刑罚，与最高统治者面对面跳舞更是危险万分。我忘记说，只有外交官依然装出训练有素的轻松姿态和镇静自若的优美步子，掩盖着内心的惶恐，其实哪怕最勇敢的人也难免感到，仿佛他是衔着点燃的雪茄在火药桶旁边跳舞。

---

① 起源于法国的一种四对舞，由四对男女排成方形表演，舞式不固定，但要求各对严密配合。

恩格尔松的滑稽表演和装疯卖傻，弄得他的妻子很不高兴，尽管这样，不能说她自己就成熟一些，老练一些，完全相反，她头脑里也混乱不堪，破坏了一切和谐与统一，使她变得难以捉摸。在她那里，我第一次发现，与一个女人争论是很难靠说理取胜的，尤其当争论涉及实际事务时。恩格尔松的不协调举动，使人想起火灾之后、殡葬之后，也许还有犯罪之后的精神错乱；而她使人想起的是一间杂乱无章的房间，在那里一切都丢得乱七八糟——孩子的洋娃娃，结婚礼服，祈祷书，乔治·桑的小说，拖鞋，花，盘子，什么都有。她那些不明不白的思想，残缺不全的信念，那种既想得到不可能得到的自由，又无法摆脱习惯势力的外在束缚的作风，使人想起八岁的孩子、十八岁的小姑娘和八十岁的老太太。好几次我与她当面谈过这一点。奇怪的是，甚至她的脸也有些未老先衰，好像由于掉了一部分牙齿，脸颊塌陷了，但脸上仍保持着一些孩子的表情。

她内心的混乱完全应该归罪于恩格尔松。

他的妻子是一个给母亲当作心肝宝贝宠坏了的孩子，到了十八岁，一个出身瑞典人的萎靡不振的老官僚便来向她求婚。正好这时她在生母亲的气，耍孩子脾气，于是马上答应了。她想有一个自己的家，自己做主妇。

当自由自在、穿着漂亮衣服接待宾客的蜜月过去之后，新娘开始感到了无法忍受的厌烦，尽管丈夫小心翼翼，对她敬重有加，带她上戏院，为她举行晚会，她还是讨厌他，这样勉强过了三四年，终于一赌气跑回了娘家。他们离婚了。母亲死了，她剩了一个人；愚昧的婚姻，内心的空虚和饥渴，闲散的头脑，使她闷闷不乐，过早地损害了她的健康，她变得痛苦，失望。

这时恩格尔松刚被皇村学校开除。他神经过敏，喜怒无常，迫切希望得到爱情，对自己怀着近乎病态的不信任，虚荣心又折磨着他……他认识了她，那时母亲还在世，她死后，他们逐渐接近了。如果他不爱上她，那才奇怪呢。不论能不能永久爱她，他反正总会热烈地爱上她。这是必然的……因为不论她是不是寡妇，有没有出嫁过，反正她是一个没有丈夫的女人，何况她当时很苦闷，因为她爱上了另一个人，这爱情却使她很伤心。这另一个人是个精力饱满的年轻人，军官和文学家，但又是不顾死活的赌徒。他们为这疯狂的嗜好发生了争吵，后来他开枪自杀了。

恩格尔松没有离开她，他安慰她，逗她发笑，关心她。这是他的初恋，也是最后一次。她想学习，如果不进学校能够增加知识，自然更好，于是他自告奋勇当了她的导师——她希望读书。

恩格尔松给她的第一本书是费尔巴哈的《基督教的本质》，他让自己当了讲解员。基督教教育原来给他的爱洛伊丝①穿上了一双中国鞋，她无法用它走路，必须靠一只小板凳保持身体的平衡，现在他便开始每天从她的脚下抽掉这张小板凳了……

歌德说过，没有坚定的思想，摆脱传统的道德从来不会导致好结果。确实，唯独理性才有权取代责任的宗教。

一个女人在传统观念的催眠曲下呼呼大睡，精神上从未产生过危机，她所向往的无非是受过一点基督教影响、带有一点浪漫主义情调、具备一点道德观念的宗法制心灵所向往的一切，现在恩格尔松却想一下子把她改造过来，他用的方法是英国保姆的办法：孩子喊肚子痛，她们便往他嘴里灌一杯烧酒。在她不成熟的、幼稚的观念中，他注入了腐蚀性的酵素，可这种酵素是连男人也大多消化不

---

① 卢梭的小说《新爱洛伊丝》的女主人公，曾与她的家庭教师热恋。

了的，他自己也消化不了，只是对它有所理解而已。

一切道德观念，一切宗教信仰均被推翻之后，她变得惊慌失措，可是从恩格尔松身上她能找到的只是怀疑，只是对旧事物的否定，只是讽刺，于是她失去了最后的罗盘，最后的船舵，像一叶扁舟在大海中航行，找不到方向，只得随着水波任意漂流。正如摆锤要靠对称的叶片保持平衡一样，生活本身是靠互相排斥、又互相制约的荒谬观念维持平衡的，现在对她说来，这种平衡被破坏了。

她疯狂地读书，不管了解不了解，于是保姆的哲学与黑格尔的哲学，家政的陈旧经济观念与感伤的社会主义思想混合到了一起。

经过长时间的斗争，恩格尔松鼓足勇气对她说道：

"您想出外旅行，您一个人怎么成呢？……您会遇到许多困难，没有朋友，没有合法的保护人，您会毫无办法。您知道，我愿意把我的一生献给您……答应嫁给我吧，我会关心您，安慰您，保护您……我可以做您的母亲，您的父亲，您的保姆和丈夫，但必须合法才成。我可以与您在一起，在您的身边……"

不满三十岁的热恋的情人大多是这么说的。她感动了，无条件接受了他做丈夫。过了一段时间，他们便到了国外。

我的两个新朋友的过去便是这样。恩格尔松告诉我这一切时痛苦地抱怨道，这婚姻葬送了他们两人；我也看到，他们是作茧自缚，陷入了自己烧旺的精神火坑中，正在忍受煎熬；我相信，他们的不幸来自他们以前过于缺乏相互的了解，现在又过于接近，过于强调个人的抒情因素，认为它便是整个生活，过于相信他们是丈夫和妻子。如果他们能够分手……各人便可以在自由的空气中呼吸，可以得到平静，说不定还可以重新焕发青春。时间将会证明，他们彼此是不是真的这么不可缺少，不论怎样，不能让热病继续发展，免得引起灾祸。我没有向恩格尔松隐瞒我的意见；他表示同意，但这一切只是幻影，事实上他没有勇气离开她，她也没有勇气独自出海……他们的内心是希望永远不必作出这些决定，不必把它们付诸实行。

我的看法过于单纯和强烈，对这些复杂的病理现象，这种不正常的神经，很难发生效果。

2

恩格尔松这种类型的人，当时对我还是相当新鲜的。在 40 年代初，我看到的只是这个类型的萌芽状态。它是在别林斯基一生的事业即将结束的时期，在彼得堡发展起来的，也即在我之后，在车尔尼雪夫斯基出现之前形成的。这类人包括彼得拉舍夫斯基的小组和它的朋友们。他们年轻，才华横溢，非常聪明，也非常有教养，然而神经质，带些病态，是畸形的产物。他们中间没有自吹自擂的庸才，没有文句不通的作家（那完全是另一个时代的现象），但他们是受损害、受摧残的一代。

彼得拉舍夫斯基派热烈而勇敢地展开活动，以《外来语辞典》[①]一书震惊了整个俄国。他们作为 40 年代紧张的精神活动的继承人，直接从德国哲学走向了傅立叶的法伦斯泰尔，或者成为康德的追随者。

他们的周围尽是浑浑噩噩的芸芸众生，因此从跨出校门的一天起，他们便意识到了自己的优越性，以受到警察的注意为荣，然

---

① 《俄语中的外来语袖珍辞典》，由彼得拉舍夫斯基编著，出版于 1845 年。它在各个词语下阐述了社会主义学说的基本原理，因而引起了广泛的注意，得到了别林斯基和赫尔岑等的高度评价。

而他们过高评价了自己否定的成绩，或者不如说他们可能取得的成绩。从这里便产生了过度膨胀的自尊心。这不是那种健康的、朝气蓬勃的自尊心，那种适合于憧憬着远大前途的年轻人或者年富力强、精神饱满的成年人的自尊心，也不是在过去的时代里曾促使人们完成英勇的奇迹，为了获得荣誉而不怕铁链，视死如归的那种自尊心，相反，这是一种病态的自尊心，它的好大喜功只能对任何事业造成危害，它既愤世嫉俗，牢骚满腹，狂妄自大，同时又缺乏自信力。

在他们的抱负和别人对他们的评价之间存在着巨大的差距。社会不能接受他们对未来的许诺，必须他们作出了成绩才能承认他们。工作和毅力都是他们所缺乏的，他们的力量在于理解和掌握别人取得的成果。他们想靠播种的意愿得到收获，想靠他们储备充足的粮仓得到桂冠。他们不能忍受"社会不予承认的耻辱"，这使他们对别人也不公正，他们为此感到失望，以致玩世不恭。

通过恩格尔松我看到了这一代和我们一代的差别。后来我遇到过许多人，他们不这么有才能，也不这么有教养，但他们的整个身心同样表现出明显的病态的畸形特征。

尼古拉皇朝的骇人罪恶之一，便是从精神上扼杀了这新生的一代，从心灵上摧残了这些孩子。值得惊讶的是那些强壮的力量，尽管受尽折磨，还是活了下来。谁不知道士官武备学堂的教师收到的著名指示？① 皇村学校的情况略好一些，但到了后期，尼古拉的憎恨也降临到了它的身上。全部官方教育只是在于灌输盲目服从的宗教，它的报酬便是进政府当官。年轻人的感情本来光芒四射，现在

---

① 俄国于 1845 年制定了《关于教育军事学校学生的指示》，其中规定学生必须绝对服从政府及军事领导当局等等，这些规定实际上也适用于其他学校。

却被粗暴地压抑在内心，代替它的只是对功名利禄的向往，互相嫉妒和争权夺利的欲望。没有被扼杀的，变成了病态和反常的发展……在这些人身上，除了炽烈的自尊心，还出现了意志消沉，缺乏信心，对工作的厌倦情绪。年轻人不到二十岁就成了忧郁症患者，疑虑重重，心力交瘁。他们全都热衷于自我反省，自我分析，自我谴责，一丝不苟地检查自己的心理现象，喜欢作没完没了的自白，谈论一生中神经失常的事件。后来向我作忏悔式自白的往往不仅有男人，还有属于同一类型的女人。我怀着同情对待他们的悔过和自我鞭挞心理，这种心理使他们甚至不惜诬陷自己，以致我终于相信，这一切只是自尊心的另一表现形式。只要不采取反对或同情的态度，而是同意悔改者的话，便会发现这些女性和男性的抹大拉① 多么容易恼羞成怒，报复心理多么强烈。在他们面前，你就像基督教的神父在尘世的当权者面前一样，对他们的忏悔你只有庄严地赦免罪孽和保持沉默的权利。

这些神经质的人牢骚满腹；哪怕轻轻碰一下他们，他们也会像含羞草一样产生反应，马上发出不可理喻的尖刻语言。一般说来，当题问涉及报复时，说话是没有节制的——不够文雅的骇人谈吐表现了对别人的深刻鄙薄，也表现了对自己出言不逊的宽容态度。这种不受约束的作风来自地主家庭、衙门和兵营，但它怎么会越过我们这一代，在新的一代中得到保存和发展的呢？这是一个心理课题。

在从前的小组里，大学生们常常大声争吵，辩论得面红耳赤，声嘶力竭，然而即使在最激烈的咒骂中，有些东西还是不受侵犯的……但对于我们这些神经质的朋友（恩格尔松的一代）这个禁区

---

① 即抹大拉的马利亚，《圣经》中的悔罪者，见《路加福音》第七、八章。

是不存在的，他们认为不必约束自己；为了一时的意气用事和报复需要，为了在争吵中占据上风，可以不顾一切；我常常怀着惶恐和惊异看到，从恩格尔松起，这些人毫不吝惜地把最珍贵的珠宝扔进苛性溶液中，事后又伤心啼哭。随着神经质情绪的逆转，他们便开始后悔，向被咒骂的偶像祈求宽恕。他们满不在乎，往平常喝酒的杯子里倒污水。

他们的悔恨是真诚的，但不能防止反复。减少轮子震动、起调节作用的弹簧在他们身上断了，轮子以十倍的速度旋转，可是什么效果也没有，只是损坏机器；和谐的行动破坏了，文雅的举止消灭了——与他们无法一起生活，他们自己也无法生活。

幸福不是为他们存在的，他们也不善于保护它。在生活中，他们的讽刺造成的破坏和危害，不输于德国人那种甜得腻人的感伤情调。奇怪的是这些人却如饥似渴地要求别人爱他们，想得到生活的乐趣；他们刚把酒杯举到嘴边，一个恶毒的精灵便把他们的手一推，酒泼到了地上，酒杯也随着这股怒气掉进了污泥中。

3

恩格尔松夫妇不久去了罗马和那不勒斯，他们打算在那里待六个月，可是过了六周便回来了。他们什么也没有看到，只是百无聊赖地在意大利转悠，在罗马他们觉得痛苦，在那不勒斯他们觉得烦恼，终于决定还是回尼斯的好。他从热那亚写信给我道："我得来找您医病。"

在外出期间，他们的阴暗心情增长了。除了神经活动失常，还出现了口角，而且有愈演愈烈之势，性质也在恶化。恩格尔松的错误在于言语不知检点，态度过于生硬，但引起争执的往往是她，而且是怀着隐藏的不满故意挑起的，在他心平气和的时刻，这总能取得意外的成功，然而现在他每时每刻都处在戒备状态。

恩格尔松从来不懂得沉默，与我谈天可以使他轻松一些，因为他总是把一切和盘托出，甚至超过了必要的程度，反弄得我不大自在。我觉得我对他们不能像他们对我那么坦率。谈话对他说来是轻松的，发泄牢骚能够使他暂时得到安慰——我却不是这样。

一天在小酒店里喝酒时，恩格尔松对我说道，每天争争吵吵弄得他筋疲力尽，他找不到出路，自杀的念头重又出现，他觉得这是最后的解脱……在这种神经不正常的状态下，可想而知，他只要身边有一支手枪，或者一瓶毒药，总有一天会采取两种手段中的一种……

我可怜他。他们两人都值得同情。她本来可以成为一个幸福的女人，只要她嫁的是一个性情开朗的丈夫，他可以慢慢开导她，让她快快活活过日子，必要的时候，不仅用信仰，也用自己的威信（不是讽刺，是正常的威信）影响她。那些没有成熟的个性还不能独立行动，正如软骨病患者必须穿上矫形胸衣，脊梁骨才不致弯折。

我这么考虑的时候，恩格尔松继续谈着，自行得出了同样的结论。他说："这个女人并不爱我，也不可能爱；她理解和寻找的我，正是我最不堪的方面，而我优良的方面对她说来，正如中国字一样不可理解；她受到了资产阶级观念、资产阶级的体面外表和小家庭思想的腐蚀，我们只是互相折磨，这我很清楚。"

我觉得，一个男人可以这么谈论自己亲密的女人，那么他们之间的基本纽带已经断了。因此我向他承认，我早已怀着深深的同情在注视他们的生活，常常向自己提出一个问题：为什么他们还住在一起？

"您的妻子惦记着彼得堡，惦记着弟兄们，惦记着老保姆，既然这样，您何不安排一下，让她回国，您独自留在这里？"

"这一点我也考虑过千百回了，我也但愿如此，但是首先，她不肯跟任何人一起走，其次，到了彼得堡，她会寂寞死的。"

"可是在这里她也会寂寞死的。至于必须跟别人一起走，这只是反映了我们这些老爷的旧观念，您可以把您的妻子一直送到什切青上船，上了船，轮船自会送她回家。如果您没有钱，我可以借给您。"

"您讲得对，我非这么办不可。我感到痛心，我可怜她，我已经把我所有的爱全部给了她，我要求她的不仅是做一个妻子，也是做一个人，我希望按照我的想象提高她，教育她，我以为她可以成为我的孩子——但我的任务超出了我的力量；而且谁能料到，我会遇到这么强烈的反抗，这么固执的对立？"他沉默了一会儿，然后又道："我把我的全部想法告诉您：她需要另一个丈夫……只要有合适的人，她又爱他，我可以亲手把她移交给他，这样我们两人都可得到健康的发展——这比彼得堡更重要。"

我按照字面的意义相信了这一切。他是真诚的，这一点我并不怀疑，但困难也就在这里，这些人反复无常，自己也不能控制自己，他们像优秀的演员，可以扮演不同的角色，而且仿佛真的变成了剧中人，以致硬纸板的剑在他们眼里像是真的，他们为《赫卡柏》①流的眼泪是真诚的。

我们当时一起住在圣海伦娜区。我与恩格尔松谈话后过了两天的一个晚上，时间很迟了，恩格尔松太太突然擎着蜡烛走进了会客

---

① 欧里庇得斯的悲剧。

室，眼睛哭得红红的，她把蜡烛放在桌上，说她想跟我谈谈。我们坐下了……她先是抱怨命运如何使她苦恼，恩格尔松和她本人的性格多么不幸，在这简短而暧昧的开场白之后，她便宣称她决定回彼得堡，但不知怎么办。"只有您的话他还能听，请您劝劝他，真的放我走吧。我知道，他在心烦的时候，嘴上说准备马上让我坐上驿车，实际上这只是说说罢了。请您说服他，救救我们两人，答应他开头您会照料他，关心他……他可能难过，他有病，神经衰弱。"她又哭了，用手帕捂住了脸。

我不相信她的忧郁真那么严重，但我完全明白，我推心置腹跟恩格尔松谈话是犯了一个大错误，现在很清楚，他把我们的谈话告诉了她。

我别无选择，只得把我的话重复了一遍，但在表达方式上温和一些。她站起来，向我道谢，又说，如果她不走，她一定会跳海自尽；还说，她晚上已把许多信件销毁，留下的那些她打算封好后交给我保管。于是我恍然大悟，她根本不是非走不可，只是出于某种任性的怪癖，要让自己感到不如意，在伤心中打发日子。此外我还看到，如果说她还在犹豫，什么也没有决定，那么他是毫不犹豫，根本不希望她走的。她对他有很大的控制力量，她明白这一点，因此有恃无恐，随他怎么发脾气，讲得唾沫四溅，气势汹汹，她知道，不论他想怎么反抗，事情还是不会按照他的意愿，只会按照她的意愿发展。

她始终没有宽恕我向她丈夫提出的劝告，我的影响使她感到忧虑，尽管她有明显的证据，证明我无能为力。

大约十来天没人再谈到走的事。接着又开始了周期性的争吵。一星期总得发生一两次，她带着哭得红肿的眼睛来找我，宣称一切已无可挽回，明天她就动身回彼得堡，否则便葬身海底。恩格尔松从自己屋里出来，往往脸色发青，肌肉在抽搐，手在哆嗦；有时他出去了十来个钟头，然后带着满身灰土回到家中，显得精疲力竭，喝了不少酒；有时拿着护照去签证，或者去领取前往热那亚的通行证；然后一切又无声无息，回到了原来的轨道上。

表面上，恩格尔松太太与我十分和睦，其实从这时起，一种类似对我仇恨的情绪已在她心头开始形成。以前她和我争吵，弄得气呼呼的，但从不掩饰……现在她变得非常亲切。她埋怨我看到了一些问题，可是毫不同情她的悲惨命运，不把她看作不幸的牺牲者，只认为她是一个任性的病人，我不仅不给她精神上的同情，陪她一起啼哭，还怀疑她的流泪对她非但不是苦事，还是一种乐趣，认为她喜欢那些叫她心酸的争吵，那些长达几个小时的解释等等，等等。

随着时间的过去，情况也不知不觉发生了不少变化。她的病态一下子消失了，只有神经衰弱的人才会这样，她变得愉快了，更爱梳妆打扮了，尽管一些无关紧要的小事仍一再在她和恩格尔松之间引起从前那样的争执，以致她表示要像苏格拉底一样在毒芹面前与大家告别[①]，或者循着萨福的足迹跳进大海的深渊，[②]但总的说来，情况已有所好转。这个弱不禁风、老是懒洋洋地躺在沙发上的女人，现在像西克斯图斯五世[③]一样变得腰背硬朗，身体也胖了，以致一天可怜的科利亚在吃饭时望着她丰满的胸脯，摇摇头道："那儿的乳汁太多了！"

[①] 苏格拉底被法庭指控不敬神，腐蚀青年等，判处死刑，因而当众服用毒芹致死。

[②] 据说古希腊女诗人萨福是在失恋后从海边跳崖自杀的。

[③] 西克斯图斯五世（1520—1590），意大利教士，1585 至 1590 年的教皇。当选为教皇前他一直装成衰弱的老人，实际上他雄才大略，身体强壮。

显然，她在生活中发现了新的兴趣，她那病态的嗜眠症被什么惊醒了。从我与她谈心以后，她开始了坚持不懈的赌博，像摄政王咖啡馆的赌徒那样，对自己的每一步行动都作了周密考虑，耐心地纠正错误。有时她也会露出破绽，造成失误，偏到一边或另一边，但她总是坚定不移地回到原来的计划上。这计划不止是要把恩格尔松固定在她的权力下，也不止是要对我进行报复，它的目标是主宰我们每一个人，我的整个家庭，而且利用纳塔利娅的病日趋严重的机会，把抚育孩子的职权和我们的全部生活掌握在她的手里。如果不成，即如果出现了相反的情况，她就不惜一切破坏我同恩格尔松的关系。

　　但在这场赌博取得最后成功之前，她得经历许多步骤，作出非常困难和无法忍受的让步，运用狡猾的策略，耐心地等待——她的成绩不小，但没有全部成功。恩格尔松的喋喋不休和我的高度警惕，都给她造成了不少障碍。

　　她本可以把她的精神，她的力量，她的坚定性格，用在更好的方面，不必去编制那种诡计多端的计划……但个人利益和自尊心使她陶醉，而一旦走上那条野心勃勃的黑暗道路，便欲罢不能，很难明辨是非了。一般说来，灯光是在出现响声，罪行发生之后才会进入房间的，也就是这时，一方面灾祸已无法挽回，另一方面良心的谴责也不可避免了。

　　　4

　　……关于 1851 年和 1852 年降临在我头上的灾难，我已在别处谈过了。在我这段悲惨的经历中，恩格尔松给了我不少安慰。我和他本可以在离坟墓不远的地方相处一段时间，但是他妻子不守本分的自尊心连丧事也不肯放过。

葬仪后过了几周，恩格尔松显得心事重重，无可奈何地问我（显然这不是他的主意）愿不愿把教育我的孩子的责任交给他的妻子。

我回答说，除了儿子，我的两个女儿都要跟玛丽亚·卡斯帕罗夫娜到巴黎去，我坦率向他承认，我不能接受他的建议。

我的答复伤了他的自尊心，但我不想使他难过。

"请您凭良心对我说，您是不是认为您的妻子是教育孩子的合适人选？"

"不，"恩格尔松当即答道，"但是……但是这也许是她得救的最后希望；她仍像过去那么烦恼，您对她的信任可以成为她新的责任。"

"不过，如果尝试失败呢？"

"您是对的，我不想再谈这事，它使我感到痛苦。"

恩格尔松确实与我看法一致，没有再提这事。但这个简单的答复却完全出乎她的意料；在这问题上我不能让步，她也不愿退让，因此气得忘乎所以，决定立刻与恩格尔松一起离开尼斯。三天后，他向我宣布，他们要上热那亚。

"您怎么啦？"我说，"为什么这么匆忙？"

"为什么？您自己看到，我的妻子跟您，跟您的朋友们相处不好，我已经决定了……这样也许更好一些。"

过了一天他们便走了。

后来我也离开了尼斯。路过热那亚时，我见到他们彼此很客气。在我们的朋友（其中有梅迪契、皮扎卡尼、科森兹、莫尔蒂尼等）面前她表现得比较平静，比较正常。尽管这样，她绝不放过任何机会，用最恶毒的方式挖苦我。我走了，没说什么，这没有用。甚至在我到了卢加诺以后她仍要借一些小事奚落我，有时还把这作为附言写进她丈夫的信中，仿佛这是得到他"认可"的。

那时我正被痛苦和忧郁压得喘不出气，她那些刺人的话终于惹得我忍不住了。我不应该受到这样的对待，我没有什么对不起他们的。在一段恶毒的附言中她说，恩格尔松全心全意对待朋友，却不知道他们什么也不会为他做，这是他自作自受。于是我写信给恩格尔松，希望彼此不要再这么纠缠不清。

我写道："我不明白，您的妻子对我有什么好生气的？如果是因为我不肯把孩子交给她，那么她是毫无道理的。"我提到了我们最后一次谈话，对他说："我们知道萨图恩吞食自己的孩子，但从未听说，为了感谢朋友们的同情，应该以牺牲孩子的教育作为报答。"

为了这句不客气的话，她不肯宽恕我，但我完全没有料到，他也不肯宽恕我，尽管起先他什么也没表示……直到几年之后才用这些话来指责我……

我去了伦敦，恩格尔松在日内瓦度过冬季，然后迁居到了巴黎。①

5

有句谚语说："谁没在海上航行过，他就不会向上帝祷告"，这不妨改动一下：一个女人没有孩子，就不会知道什么叫无私的奉献，这尤其适用于已出嫁的妇女。没有孩子几乎总会使她们产生一种粗俗的自私观念，当然，这是说如果没有什么公益问题无意

---

① 这个时期他写了一些非常感人的信，其中相当一部分我打算什么时候予以发表。——作者注

之间挽救了她的话。老处女哪怕头发白了仍有所向往，这使她感到宽慰，她依然在寻找，在希望。但没有孩子、又有丈夫的女人已顺利地进入港口，起先出自本能，她会为没有孩子感到忧伤，习惯以后才能愉快地过日子，但如果做不到，便只得在自己的痛苦中，或者别人的不满中，别人（例如使女）的同情中打发日子。生孩子才能挽救她。孩子能使母亲学会牺牲，放弃自由，不再把时间完全消耗在自己身上，不再企求任何外来的报答、承认和感谢。母亲和孩子不是利害关系，她对他没有任何要求——除了他身体健康，吃得好，睡得好，只希望看到他的笑容。孩子不能使母亲走出家庭，却可以使她成为一个公民。

但是没有孩子的女人不论出于什么原因，尤其是出于必须要养育别人的孩子时，那么情况就完全不同了。她也许会给他穿衣，逗他玩乐，但只是在她愿意的时候；她会宠爱他，但只能按照她的方式，越出这个范围，他便不能从那颗僵硬的或者发胖的心中引起任何反应。总之，孩子可以期望得到一切宠爱和抚慰，但它们仅仅与给予狮子狗或金丝雀的一样，别无其他。

我们的一个熟朋友有个女儿①，是一位年轻的寡妇生的。为了便于母亲出嫁，人们趁父亲不在带走孩子，藏了起来。经过长时间的寻找，女儿找到了，但父亲这时已被驱逐出法国，不能为她前来巴黎，而且他也没有这笔钱。他不知道把她怎么办，便要求恩格尔松先暂时收养她。恩格尔松答应了，但不久又反悔。女孩子很淘气——从她在不正常的环境中长大这一点看，还可能相当淘气；尽管这样，这终究只是一个五岁的孩子，恩格尔松的人道观念也使他

---

① 这是霍耶茨基与那个寡妇的私生女。

不可能为了淘气责骂一个女孩子。何况问题不在于淘气，也不在于她妨碍了他，主要是她妨碍了她，那位从来什么也不干的夫人。恩格尔松写信给我，大骂那个孩子！

除了其他，恩格尔松提到她的父亲还这么说："霍耶茨基本来与您一样，认为我的妻子不配抚养您的孩子，现在却要把自己的亲生女儿托付给她，这不奇怪吗？"

恩格尔松知道得很清楚，孩子的父亲不是挑选他的妻子做养育者，而是出于实际的需要，不得不求她帮助。我认为他的话太粗鲁，太不近情理，因此很生气。我看不惯这种缺乏与人为善的精神、口出狂言、无所顾忌的作风！那样恶毒的话，任何人发怒的时候都可能出现在他的头脑里，但不会出现在他的嘴上，现在却由恩格尔松这样的人满不在乎、得意扬扬地讲了出来，借以发泄自己小小的不满。

恩格尔松在信上怒气冲冲，毫不留情，竟然殃及了泰西埃和其他朋友，甚至他非常敬重的蒲鲁东也遭到了他的非议。在恩格尔松的信寄到时，我还收到了泰西埃寄自巴黎的信，他对恩格尔松的"愤怒和淘气"作了友好的调笑，没有料到那位先生怎么讲他。我一向深恶痛绝背信弃义的行为，我写了一封信给恩格尔松，向他指出，这么咒骂那些与他共过患难的朋友是可耻的，他们尽管有各种缺点，但还是善良的人，这一点他自己也明白。最后我说，为一个五岁的孩子的淘气行为唉声叹气，夸大其词，以至怒不可遏，实在大可不必。

这就够了。我的热烈崇拜者，曾经热情洋溢地吻过我的手的朋友，一直要与我分担各种忧患，不仅在口头上，而且在实际行动上把生命和鲜血献给我的人……这个曾经靠他的自白和我的不幸与我牢牢拴在一起，曾经作为这些不幸的见证人与我并排走在灵柩后面的人，现在却忘记了一切。他的自尊心遭到了冒犯……他需要报复，于是他便报复了。过了四天，我收到了他下面这封回信：

"听说您决定到这儿来。玛丽亚·卡斯帕罗夫娜的健康似乎正在好转（至少上个星期她精神好些了，能够起床五六分钟，胃口也好一些了）。您要我交代泰西埃的事，我只能说，将军①要他准备的那些东西不在泰那里，他把它们放在日内瓦福格特处了；泰夫人还说，您毫无音信，这是'不礼貌'的，又说，跟您通信对他们不会造成什么不方便。

"总之，在您来以前，我本可以不必写信给您，但是我想到，沉默常常会被当作同意的表示。我不希望您对我产生或保持误解——我不同意您在上一次（1月28日）信中所讲的话。

"您是这么说的：'好吧，您说，值得这么大惊小怪吗？为了一个小姑娘，一个孩子，这么唉声叹气，呼天抢地，您不妨想想，这何苦呢，值得吗？这没有什么新奇！您认识、也见过不少人。现在我对人一天天变得迁就了，疏远了。'

"对此我的答复如下：我不想就一般的体面问题作专门的论述，甚至也不想为您的自鸣得意表示祝贺，但我得说，一个人被蚊子或臭虫咬了以后感到愤怒，发些脾气，这诚然是可笑的，但是如果遭到这些小虫子骚扰以后，依然装出斯多葛派以苦为乐、满不在乎的样子，那么我觉得这更加可笑。

"您也许不同意这看法，因为您把演戏看得重于一切。不要生气！请听我说！让我把话讲完。在您的俄文版和德文版《来自彼岸》的第一章中，有下面这些话：'人喜欢效果，喜欢扮演角色，尤

---

① 指豪格。

其是悲剧角色；受苦是好事，是高尚的，说明他遭到了不幸；痛苦是一种消遣，一种安慰……是的，是的，一种安慰。'在尼斯时我已对您说过，我一开始就认为您这些话是失言，而且也并不对。当时您回答道，您不记得这些话了。

"尽管我丝毫不想把这些话看作您的经验之谈，也就是说，我并不认为您这是根据本人的体验对一般人作出的判断，但直到现在我一直以为，您这类话与拉罗什富科①的大部分箴言如出一辙，也与别林斯基有一次对我们当代天才所作的巧妙评述大致相仿，那就是说这是一种夸张，一句戏言。因此当我得悉霍②在瑞士为了您的事对将军的做法表示愤怒时，我并不认为他的发怒是演戏，我相信这是真的，这才写信给您说：'对，我看到霍是我的弟兄。'当泰向我宣称（这是有人作证的），他曾被判处'无期徒刑＋两年'时，我也信以为真，还把这话转告了其他几个人。但昨天泰太太对我说，她的丈夫从未判过刑。这样，在听到我转述他的谎言的人眼里，我也成了说谎者。这使我感到不快。谁的过错呢？当然是我，因为我'幼稚、轻信'；但是他们也有过错，因为他们说了谎。是的，这种说大话的人我只在尼斯见过，在俄国和其他地方还没遇到过。我在1月19日给您的信上说，我不希望争吵，只想离开这些人，他们使我反感。我向您这么写是因为我对您一向开诚布公。但是您自以为是，不能理解这个非常简单的思想。否则您也许就不会托我向泰转告那种无聊的小事了。您还说，您跟人们逐渐疏远了，但同时您却要人们给您写信。我干不来这种疏远方式。

---

① 拉罗什富科是法国伦理学家，曾把他在伦理问题上的一些警句编成五卷《箴言录》，主要表现了作者愤世嫉俗的思想，后来哈代、尼采均受过他的影响。
② 指霍耶茨基。他对豪格在赫尔岑与黑尔韦格的争执中表现的粗鲁态度感到不满。

"假定在严肃的事务中，开诚布公是正直的必要条件，那么我还必须立即把下面这点向您说明：您在信上对我说，您把将军送往澳大利亚，无限期打发走了所有的人以后，您的身边除了我只剩下敌人了；还说，只要我能够坚定一些，使自己的或别人的反复无常和神经过敏对我的影响少一些，那么您和我今后还可以走一条路。对此我必须向您回答道，我觉得我对演戏，尤其是演悲剧角色，既不爱好，也不擅长，如果您不见怪，我准备继续向您提供意见，但不是与您合作……

1853 年 2 月 2 日"

当然，我没有料到，这个曾经靠眼泪和啼哭赢得了我难以表达的信任的人，这个曾经与我这么接近，在我软弱无力的时候，在我的痛苦超过人的承受能力的时候，被我当作手足一般依靠的人，这个目击过、看到过我的一切遭遇的人，会把我的不幸当作演戏的厚底靴和服装，我只是利用它们在扮演悲剧角色。他一面称赞我的书，一面却在里边搜寻石子，把它们藏在怀里，以便一有机会便把它们扔到我的身上。他不仅要撕毁现在，还玷污和败坏了过去；他与我决裂时，不是尊重过去，对它保持忧伤的沉默，而是肆意谩骂和冷嘲热讽。

这信使我感到痛心，非常痛心。

我忍住眼泪，伤心地回答他道，我向他告别了，希望他今后不要再写信给我。

这样，我们之间完全失去了联系……

随着恩格尔松的离开，我心里好像又少了一点什么，我变得更孤独，来往的人也不多了，周围冷冷清清，没一个亲人……有时仿佛向我伸来了一只比较温暖的手，一个缺乏了解而热烈的人，开头并不明白我们没有共同的信仰，迅速地走近了我，又同样迅速地离开了我。不过我自己也不期望与任何人发生太密切的关系；我习惯了萍水相逢又随即分手的人，不知道他们的姓名，既无求于他们，也不能给予他们什么，只是一起抽一支雪茄，喝一杯酒，有时给几个钱罢了。我的出路在于工作，我着手写《往事与随想》，在伦敦筹建俄文印刷所。

6

一年过去了。印刷所发展迅速，它在伦敦引起了注意，在俄国引起了恐慌。1854 年春，我收到了玛丽亚·卡斯帕罗夫娜寄来的一篇不长的稿子。不难猜想，这是恩格尔松写的。我当即把它发表了。

后来他写信给我，要求结束不幸的争执，在共同的事业中联合起来。当然，我向他伸出了双手。他不是回信，而是几天后亲自到了伦敦，住在我家中。他又是哭又是笑，希望忘记过去的一切……向我讲了不少友好的话，重又拿起我的手，把它按在嘴唇上。我拥抱了他，深深感动，也完全相信争执不致再度发生。

但是过了几天，不祥的乌云便出现了。宿命论和波拿巴主义的阴影，在他从日内瓦发出的信中已初露端倪，现在更明显了。由于憎恨尼古拉，憎恨 1848 年法国革命的合唱队员，他带着他的全部装备和武器，投向了敌对的阵营。我们发生了争吵，他固执己见。我知道他容易走极端，也同样容易反复，我在等待退潮，但没有等到。

不幸的是恩格尔松当时正忙于一个惊人的计划，把整个心都扑到了那上面。

他想制造一种空中炮台，也就是一只空气球，中间装满爆炸物，同时放入许多印刷品。这是在克里米亚战争开始之时。恩格尔松提议用轮船把这些气球载到波罗的海岸边放射。我根本不赞成这计划；靠放射物进行宣传，烧毁芬兰的村庄，这除了帮助拿破仑和英国，对我们俄国人有什么意义？何况恩格尔松没有发明任何发送气球的新方法。我没多干预这事，以为他会自行放弃这种想入非非的计划。

然而情形不是这样。他带了自己的计划去找马志尼和沃尔采尔。马志尼说，他对这种事不感兴趣，但可以通过朋友把他的计划送交英国陆军大臣。大臣的答复模棱两可，计划没有遭到拒绝，但搁浅了。他要我从流亡者中找两三个军人，向他们提出气球问题。大家都表示反对，于是我一再告诉他，我也反对，我说，我们的事业、我们的力量在于宣传，除此以外别无其他，如果我们与拿破仑站在一边，我们就在道义上错了，对俄国人说来，我们成了与俄国的敌人一个鼻孔出气。恩格尔松听了大发脾气。他来到伦敦时相信一定可以旗开得胜，现在甚至遭到了我的反对，不觉又恢复了对我的仇视态度。

不久他回去接他的妻子，在五月带她到了伦敦。他们的关系发生了根本变化，她怀孕了，他兴高采烈地等待着未来的孩子。争吵、口角和互相埋怨都过去了。她热衷于神秘主义，疯疯癫癫地沉醉在占卜、扶乩和招魂等等迷信活动中。神灵向她预言了许多事，其中包括我的即将去世。他在读叔本华的书，笑着对我说，他要用全力鼓励她的神秘主义倾向，因为这种信念和情绪昂扬状态可以使她的心灵得到平静和安宁。

她对我很客气，也许因为我已不久于人世；有时她带着活计来找我，让我给她念《往事与随想》中的一些章节或新写的文章。过了一个月，我与恩格尔松又为波拿巴主义和气球发生争执时，她充当了调解者的角色，特地找我，请我宽恕病人，要我相信，每到春季，恩格尔松的忧郁症便会发作，以致他自己也不知道他在做什么。

她心平气和，表现了胜利者的宽厚，如愿以偿之后的仁慈。恩格尔松以为他靠迷信活动制服了她，却没有看到她的迷信活动也是为了对付他，使他事事听从她的指挥。

一天晚上，恩格尔松又为了气球的事与一位法国人[①]发生了争执，对他说了各种讽刺的话，那人以牙还牙，也用讽刺回敬，这样恩格尔松当然更加生气。他抓起帽子走了。第二天早上我去找他，想为这事向他解释一下。

我发现他扑在写字台上写什么，脸色恶狠狠的，昨天的怒气还没消失，眼睛露出疯狂的神色。他对我说，法国人（这是个流亡者，我早已认识，现在也还有来往）是间谍，他要揭露他，杀死他，随即把刚才写好的信给我看，那是寄给巴黎的一个医生的，信上涉及住在巴黎的一些人，还对伦敦的侨民造谣中伤。我愣住了。

“您打算把这信寄出吗？”

“马上寄。”

“从邮局寄？”

“从邮局寄。”

“这是告密。”我说，把那封乱七八糟的信丢在桌上。“如果您

---

① 这人是法国的流亡者，名叫约瑟夫·多芒热，当时在赫尔岑家担任他儿子的家庭教师。

发出这信……"

"怎么样？"他喊道，用嘶哑粗野的嗓音打断了我的话，"您凭什么威胁我？我不怕您，不怕您那些卑鄙的朋友！"他一边说，一边跳起来抽出一把大刀挥舞着，气喘吁吁地嚷道："好吧，来，看您敢不敢……我得让您看看我的厉害，敢不敢试一下……来吧，别客气！"

我转身对他的妻子说：

"他这是怎么啦，发疯了不成？您最好把他带到别处去……"我走出了屋子。

这次恩格尔松太太仍扮演了调解者的角色。第二天早上她来找我，请我不要计较昨天的事。信已被他撕毁——他病了，心里苦闷。她把这一切都看作不幸，看作身体不适的表现，还担心他的病很严重，说着便哭了。我只得向她让步。

后来我们迁居里士满，恩格尔松也去了。他生了一个儿子，开头几个月为孩子忙忙碌碌，显得很活跃。孩子出生的时候他快活得忘乎所以，先是拥抱和亲吻使女，后来又拥抱和亲吻房东老太太……为孩子的健康担忧，当父亲的新鲜感，婴孩的新生命——这一切占有了恩格尔松几个月，于是大家重又相安无事。

他突然寄了一个大邮包给我，还附了一张条子，要我读完包内的文件后把我的意见坦率地告诉他。那是写给法国陆军大臣的信。在信中，他又提出了气球、炸弹和文章的事。我认为这一切都是胡闹，从他选择的途径到他卑躬屈膝的语气都很糟糕，我便把这些意见对他说了。

恩格尔松回了一封强词夺理的信，显得很生气。

接着他又给了我一份稿子，要我发表。我毫不掩饰地告诉他，这会给俄国人留下很坏的印象，因此劝他不要发表。恩格尔松便骂我想实行书报审查制度，说我建立印刷所只是为了印行我的"不朽著作"。我发表了那篇稿子，我的感觉得到了证实，它在俄国引起了普遍的愤怒。

这一切说明我们的彻底决裂已为期不远。我承认，这一次我不太惋惜。一再发作的冷热病，友谊和仇恨，吻手和精神侮辱的交替更迭，叫我感到厌烦。恩格尔松的行为越出了范围，那是不论回忆还是道歉都无法补偿的。我对他已越来越冷淡，只是听其自然地等待着事态的发展。

这时发生了一件事，它的重要性暂时压倒了一切争执和分歧，把欢乐和希望注入了人们心中。

3月4日早上，我像平时一样在八点钟走进书房，打开《泰晤士报》，我读了十遍还是不明白，不敢相信那句话的文法意义，这则电讯的标题是："俄国皇帝逝世"。

我忘记了一切，拿着《泰晤士报》冲进餐室，我要找孩子们，找所有的家人，告诉他们这个伟大的消息，我噙着真诚而欢乐的眼泪把报纸给他们看……几年来压在我肩头的担子消失了，我意识到了这一点。坐在家里是不可能的。这时恩格尔松住在里士满，我赶紧穿上衣服，想马上找他，但他抢在前面来了，已站在前厅里，我们彼此拥抱，什么也说不出，只有一句话："啊，他终于死了！"恩格尔松按平时的习惯跳跳蹦蹦，跟屋里每一个人亲吻，唱歌，跳舞；我们还没安静下来，一辆马车突然停在大门口，有人拼命拉门铃，原来三个波兰人等不及火车，从伦敦坐马车赶到了特威克南，要向我表示祝贺。

我吩咐拿香槟酒——谁也没想到，这时才上午十一点钟或者更早。随后我们又毫无必要地一起前往伦敦。在街上，在证券交易所，在饭店里，大家只是谈尼古拉的死，我没遇见一个人听了这消息不松一口气的，这是从人类的眼睛中摘除的白内障，人们得知这个穿骑兵皮靴的大独裁者终于即将化为泥土，无不拍手称快。

星期日我的家里从早上起就挤满了人；法国和波兰的流亡者，德国人，意大利人，甚至认识的英国人，都带着喜气洋洋的脸色来了又走了。这天气候晴朗，温暖，饭后我们走进了花园。

一群孩子在泰晤士河边玩耍，我把他们叫到栅栏边，对他们说，我们在庆祝我们的、也是他们的敌人的死亡；我把一大把小银币丢给他们买啤酒和糖果。孩子们欢呼道："乌拉，乌拉！尼古尔皇帝死了，尼古尔皇帝死了！"客人们也丢给他们六便士和三便士的铜币；孩子们买来了啤酒、糕饼和糖果，拿来了手风琴，开始跳舞。这以后，在我住在特威克南时期，孩子们每次在街上遇到我，总要摘下帽子欢呼："尼古尔皇帝死了，乌拉！"

尼古拉的死使我们的希望和精神一下子提高了十倍。我立即写了一封给亚历山大皇帝的信[1]，随即发表了。我决定发行《北极星》文集[2]。

"理性万岁！"[3]在发刊缘起的开端我情不自禁地喊道，"《北极星》[4]本来被尼古拉皇朝的乌云所遮盖，现在尼古拉死了，乌云过去

---

① 《致亚历山大二世皇帝的信》发表于《北极星》第一集上。

② 《北极星》文集于 1855 年 8 月创刊，基本上每年出一集，后因各种原因略有脱期，至 1868 年停刊，共出了八集。

③ 引自普希金的诗《酒神之歌》(1825)。

④ 指雷列耶夫创办的《北极星》，也是文集性刊物，发表过普希金等的作品。赫尔岑把自己的刊物取名为《北极星》，并以五个被绞死的十二月党人作封面，是表示要继承十二月党人的革命事业。

了，《北极星》也将在我们伟大的受难日①重行出现，这一天的五个被绞死者成了我们的五个十字架。"②

……震动是强烈的，令人精神焕发，工作也变得加倍着力了。我宣称要出版《北极星》。恩格尔松终于动手写了篇谈社会主义的文章③，这是他在意大利就说要写的。可以设想，我们还能合作一两年，甚至更多……但是不论与他做什么，他那过分强烈的自尊心总是令人无法忍受。他的妻子也助长了他自我陶醉的心情。她说："应该承认，我丈夫的文章是俄国思想史上划时代的著作。哪怕他从此搁笔，他的历史地位也是不容否定的。"《什么是国家》一文写得不错，但是它的成功并不能证明家属的吹捧是对的。何况它出现得不是时候，觉醒的俄国这时需要的是实际的指导，而不是蒲鲁东或叔本华式的哲学论文。

文章还没登完，与以前的一切争执性质不同的另一种争执发生了，它几乎使我们之间的一切关系彻底破裂。

一天我在他家里，孩子着了凉，有点感冒，大夫已来诊断过两次，现在又要去请第三次，我不禁取笑了他们几句。

"难道因为我们穷，我们的孩子生了病便只能死去，不应该请医生吗？"恩格尔松太太说，从前的仇恨以十倍的力量爆发了，她的脸色恶狠狠的，涨得通红。"而且这话是您讲的，您自称是社会主义者，我丈夫的朋友，可是您却拒绝给他五十英镑，还用教课剥

---

① 原文是"基督受难日"，即耶稣在十字架上死难的日子，因此后面谈到了十字架，这里指雷列耶夫等五人被绞死的日子（1826年7月25日）。

② 这段话是赫尔岑宣布决定出版《北极星》文集时写的，这年（1855年）8月《北极星》第一集正式出版，便以这篇宣言作发刊词，"理性万岁！"这句话也登载在每期的扉页上。

③ 即下面所说的《什么是国家》一文，它登载在《北极星》第一集上。

削他的劳力。"

我听了觉得奇怪，问恩格尔松，他是不是同意这意见？他有些尴尬，脸上红一块白一块的，请她别再说了……可她继续嘀咕。我站起身，打断了她的话，说道：

"您病了，又在自己喂孩子，我不想与您争吵，但是我也不想再听这种话……请您别见怪，我的脚不会再踏进你们的家。"

恩格尔松觉得难过，无法可想，抓起帽子，与我一起走到了街上。

"一个歇斯底里的女人什么话都讲得出，您不必从字面上去理解这些话……"他含糊地解释着。"明天我仍来教课。"他说。我与他握了手，默默回家了。

……这一切需要澄清一下，何况这是非常严重的，涉及的不是意见和公共活动，而是私事和收支账目。然而我愿意消除这方面的隔阂。在病理学研究上不能怕脏，脱离实际的清洁癖是无济于事的。

恩格尔松不见得有权把自己列入穷人的范畴。他们一年从俄国收到一万法郎，他还可以轻而易举地挣到五千——靠翻译，写评论和编教科书。恩格尔松是研究语言学的。出版商特鲁布南① 曾约他编一本俄语词源辞典和一本俄语语法书；他还可以教书，像皮埃尔·勒鲁、金克尔② 和埃斯基罗斯③ 那样。但他作为俄国人，尽管什么都干（词源学辞典，翻译，教书），但从未把一件事干到底，他对什么都满不在乎，因此也没挣到一个戈比。

---

① 特鲁布南（1817—1884），英国出版商，曾印行赫尔岑的作品。
② 金克尔（1815—1882），德国诗人和艺术史家，因参加 1848 年的德国革命而流亡在伦敦。
③ 埃斯基罗斯（1814—1876），法国作家，1848 年法国革命失败后流亡在英国。

不论是丈夫还是妻子都不知道节俭，也不会安排生活。他们经常头脑发热，不可能考虑经济问题。他离开俄国时没有明确的打算，待在欧洲也没有任何目的。他从未采取什么措施挽救自己的财产，一旦发生问题，便临时应付一下，因此他的收入终只限于一万法郎，这笔钱尽管不能按时收到，还是一定能寄到的。

很清楚，恩格尔松靠这一万法郎是过不下去的，另一方面也很明显，他不可能节衣缩食，因此他非得工作或找事干不可。到伦敦以后，起先他向我借了大约四十镑……过了一段时间，他又开口了……为了这事我与他作过一次严肃友好的谈话，对他说，我愿意借钱给他，但一个月绝对不能超过十镑。恩格尔松皱紧了眉头，不过他还是拿了两次十镑的纸币，然后他写信给我，说他需要五十镑，如果我不肯借或者不相信他，他可以用一些钻石饰品作抵押。这一切都像开玩笑似的，如果他真想用钻石作抵押，他可以找当铺，不必找我……但我了解他，也可怜他，我给他回信道，如果他要用钻石抵押，我也只能以五十镑为限，钱即可寄出。第二天我寄了一张支票给他，至于钻石我替他保管着，免得他拿去出售或抵押。他对五十镑不收利息这一点毫不在乎，却相信这是用钻石抵押的。

第二点关于教课问题，这更简单。在伦敦，萨维奇[①]教我的孩子学俄语，每小时收四先令。到了里士满，恩格尔松提出由他接替萨维奇的工作，我问他待遇，他答说他与我何必讲什么钱，但由于他缺钱用，那就照萨维奇的标准收费吧。

回到家中，我写信给恩格尔松，提醒他教课的报酬是他自己定的，但现在他可以为他教过的课领取双倍的薪金。然后我又向他说

---

① 萨维奇（1808—1892），流亡在英国的俄国革命者。

明我为什么留下他的钻石，并把它们退还了他。

他复信时有些不好意思，向我道歉，并表示了歉意，晚上又亲自找我。他仍像以前一样与我来往，但是她，我再也没有见过面。

7

一个月后，泽农·斯文托斯拉夫斯基①在我家里吃饭，与他一起来的还有英国的共和主义者林顿②。饭快吃完时，恩格尔松来了。斯文托斯拉夫斯基是个胸无城府、心地善良的人，思想激烈，已经五十多岁还保持着波兰人狂热的天性，说话激昂慷慨，像十五岁的孩子一样；他一再敦促我们回俄国，在那儿办印刷所，开展轰轰烈烈的宣传活动。他可以负责输送铅字等等工作。

我听他讲完，半开玩笑地对恩格尔松说：

"瞧，要是让他一个人干，我们在大家眼里岂不都成了懦夫？"

恩格尔松皱紧眉头，闷闷不乐地走了。

第二天我去伦敦，晚上才回家。我的儿子躺在床上发烧，情绪十分激动，对我说，我不在时，恩格尔松来了，把我大骂了一顿，说他要报仇，他再也受不了我的权威作风，现在他的文章已经发表，他不必再求我什么了。我不明白这是怎么回事——是萨沙病中的呓语，还是恩格尔松喝醉以后在说胡话。

我从玛尔维达·迈森布格③那里了解了更多的情况。她有些惊

---

① 斯文托斯拉夫斯基（生于 1811 年），波兰民族解放运动者，当时流亡在英国。
② 林顿（1812—1897），英国木刻家和作家，宪章运动中的激进分子，后来移居美国。
③ 迈森布格（1816—1903），德国的回忆录作者，出身贵族，在 1848 年革命时期与家庭断绝了关系，后流亡在英国，在赫尔岑家做他两个女儿的家庭教师，后来曾多年负责照料赫尔岑的第二个女儿奥莉加。

慌，给我讲了他的狂妄叫嚣。据说，他用神经质的气喘吁吁的声音嚷道："赫尔岑昨天当着两个外人的面说我是懦夫。"玛尔维达打断了他的话，说我根本不是讲他，是讲"我们在大家眼里都成了懦夫"，那是指我们所有的人。恩格尔松说道："如果赫尔岑觉得自己没有人格，那就请他谈他自己，我不允许他这么说我，何况还当着两个坏蛋的面……"

我的大女儿听到他的叫喊跑来了，她那时才十岁。恩格尔松继续道："不成，这该结束了，够了，我不习惯这种话，我不允许别人拿我寻开心，我得让他看看，我是什么人！"于是从口袋里掏出一支手枪，继续嚷道："这是上了子弹的，上了子弹的，我等着他……"

玛尔维达站起来对他说，她要求他离开这儿，让她安静一些，她没有义务听他这些粗野的呓语，她只能认为他的行为是一种病。他说："好，我走，您不用担心，但是首先我得请您把这信交给赫尔岑。"他抽出信纸，念了一遍，信上全是咒骂。

玛尔维达拒绝了这个任务，问他为什么他认为她应该做中间人，传递这么一封信？

"您不干，会有人干。"恩格尔松说完便走了。信没有寄出，过了一天他写了一张便条给我，对那件事只字未提，只是说他的痔疮发作了，因此不能来我家，要我打发孩子去他家上课。

我说我不想回信，于是我们的外交关系又中断了……只剩了战争关系。恩格尔松自然不会错过机会，不让这种关系充分发挥作用。

1855 年秋，我从里士满迁居圣约翰树林，把恩格尔松忘记了几个月。

1856 年春我见到奥尔西尼后才两天，忽然收到了他一张便条，仿佛准备与我决斗似的……

他冷静而客气地要我说明，我和萨斐是否真的传播过谣言，讲他是奥地利的奸细？他要我或者全部否定，或者告诉他，我是从谁那里听到这种卑鄙的诽谤的。

奥尔西尼是无可非议的，我自己也会这么做。也许他应该对萨斐和我多一些信任，但不论怎么说，这侮辱是巨大的。

凡是了解奥尔西尼的性格的，都可以明白，这样的人在最神圣不可侵犯的荣誉问题上受到了侵犯，是不会善罢甘休的。事情只能以我们的绝对清白或者某一个人的死亡来结束。

从第一分钟起我就明白，这打击来自恩格尔松。他准确地利用了奥尔西尼性格中的一个方面，但幸而忽略了另一方面——在奥尔西尼身上，无法遏制的火热情绪是与惊人的自我克制能力结合在一起的，他在危险中仍保持清醒的头脑，总是慎重考虑每一步行动，不会鲁莽行事，因而一旦作出决定，便不再把时间浪费在批评、疑虑和犹豫上，而是坚决执行。我们后来在勒佩勒蒂埃路上便看到了这一点[①]。现在他也是这样，他不慌不忙，先要查清事实，知道责任在谁那里，然后，如果可能，就杀死他。

恩格尔松的第二个错误，在于他毫无必要地牵涉到了萨斐。

事情原来是这样：在同恩格尔松决裂前六个月，一天早上，我去找米尔纳－吉布森夫人（米尔纳－吉布森大臣[②]的妻子），在那里遇到了萨斐和皮安乔尼[③]，他们正与她谈到奥尔西尼。离开时我问萨斐，他们谈的是什么。他答道："您想象不到，米尔纳－吉布森夫人在日内瓦时有人竟对她说，奥尔西尼被奥地利收买了……"

---

① 指奥尔西尼在巴黎勒佩勒蒂埃路行刺拿破仑三世。
② 米尔纳－吉布森（1806—1884），英国政治家，曾任众议员和商业大臣。
③ 皮安乔尼（1810—1890），意大利政治活动家，民族解放运动的参加者。

回到里士满，我把这事告诉了恩格尔松。那时我们两人都对奥尔西尼不满。恩格尔松说："见他的鬼！"以后谁也没再提过这事。

当奥尔西尼奇迹般从曼图亚越狱之后，我们在自己几个朋友中想起了米尔纳－吉布森夫人听到的指责，现在奥尔西尼本人的到来，他的叙述，他受伤的腿，已使这种谣言不攻自破了。

我要求奥尔西尼约个时间会面。他指定了第二天晚上。早上我找了萨斐，把奥尔西尼的条子给他看。不出我所料，他立即提出，要与我一起去见他。奥加辽夫这时刚到伦敦，他是这次会面的见证人。

萨斐把米尔纳－吉布森家的谈话讲了一遍，讲得简单扼要，直截了当，这是他性格的特点。我补充了一些细节。奥尔西尼想了想，说道：

"那么，我可以向米尔纳－吉布森夫人查询这事吗？"

"当然可以。"萨斐回答。

"是的，看来我头脑有些发热，不过，"他问我道，"您为什么跟外人谈这事，却不告诉我？"

"奥尔西尼，你忘记这是什么时候的事了。还有，这个外人，我与他谈这事时还不是外人；您比许多人更清楚，他那时与我是什么关系。"

"我没有说这是谁……"

"请您让我说完。您以为复述这类话是轻松的吗？如果这谣言还在传播，也许应该提请您的注意——但现在谁还在谈这事？至于您不肯讲这是谁，其实大可不必，您应该让我与这位告密者当面对质，这才可以真相大白，知道谁在这些谣言中起了什么作用。"

奥尔西尼笑了，站了起来，走到面前拥抱了我，又拥抱了萨斐，说道：

"朋友们，结束这件事吧，请原谅我，让我们忘记这一切，谈别的事吧。"

"这一切都很好，您要我说明这事也是正当的，但是为什么您不肯讲这个告密者的名字呢？首先，这是无法隐瞒的……挑拨者是恩格尔松。"

"您能保证不再追究这事吗？"

"我可以当着两位证人的面保证这一点。"

"好，您猜对了。"

这预料之中的答复还是使我有些痛心——仿佛我本来并不完全相信似的。

"记住您的保证。"过了一会儿奥尔西尼又说。

"您不必担心。但为了安慰我和萨斐，您还是把事情告诉我们的好，反正我们基本上知道了。"

奥尔西尼笑了起来。

"好奇心这么重！您了解恩格尔松，前几天他来找我，我正在餐厅里（奥尔西尼住在一家公寓宿舍里，是独自用膳的）。他已吃过饭，我给他叫了一瓶雪利酒；喝过酒以后，他便开始讲您的坏话，说您侮辱了他，与他断绝了一切来往；讲完各种废话后，他便问我，我回来后，您对我态度怎样？我回答说，您对我很友好，我在您家里吃过饭，还玩了一个晚上……恩格尔松突然喊道：'对，他们就是这样……我知道这些勇士，不久前，他和他的朋友兼崇拜者萨斐，还在讲您是奥地利的间谍呢。可现在，您又有了声誉，又红起来了，他便又要跟您攀朋友了！'我对他说：'恩格尔松，您明白您讲的这事的重要性吗？'他反复声称：'完全明白。''您可以在任何场合为您的话作证吗？''当然可以！'他走后，我便拿起纸，给您写了那封信。这就是全部事实。"

我们都走到了街上。奥尔西尼仿佛猜到了我的心思，安慰似的说道：

"他的神经不正常。"

奥尔西尼不久就去了巴黎，接着他那古典式的美好头颅便鲜血淋漓地滚下了断头台。

我得到的关于恩格尔松的第一个消息，是他在泽西岛上的去世。

我终于没有听到和解的话，忏悔的话……

（1858 年）

附言

1864 年我收到了来自那不勒斯的一封奇怪的信。信上谈到了我妻子显灵的事，说她要求我信仰宗教，洗清我的罪孽，抛弃世俗的虚荣心……

写信者说，一切都是根据显灵者的话记录的。信的笔调显得友好，亲切，热情。

信上没有署名，但我认出了笔迹，这是恩格尔松太太写的。